ファウストとシンデレラ

―民俗学からドイツ文学の再考に向けて―

河野 眞

創土社

1. 英霊の挨拶　エルンスト・バルラッハ（鉛筆画　1924 年）

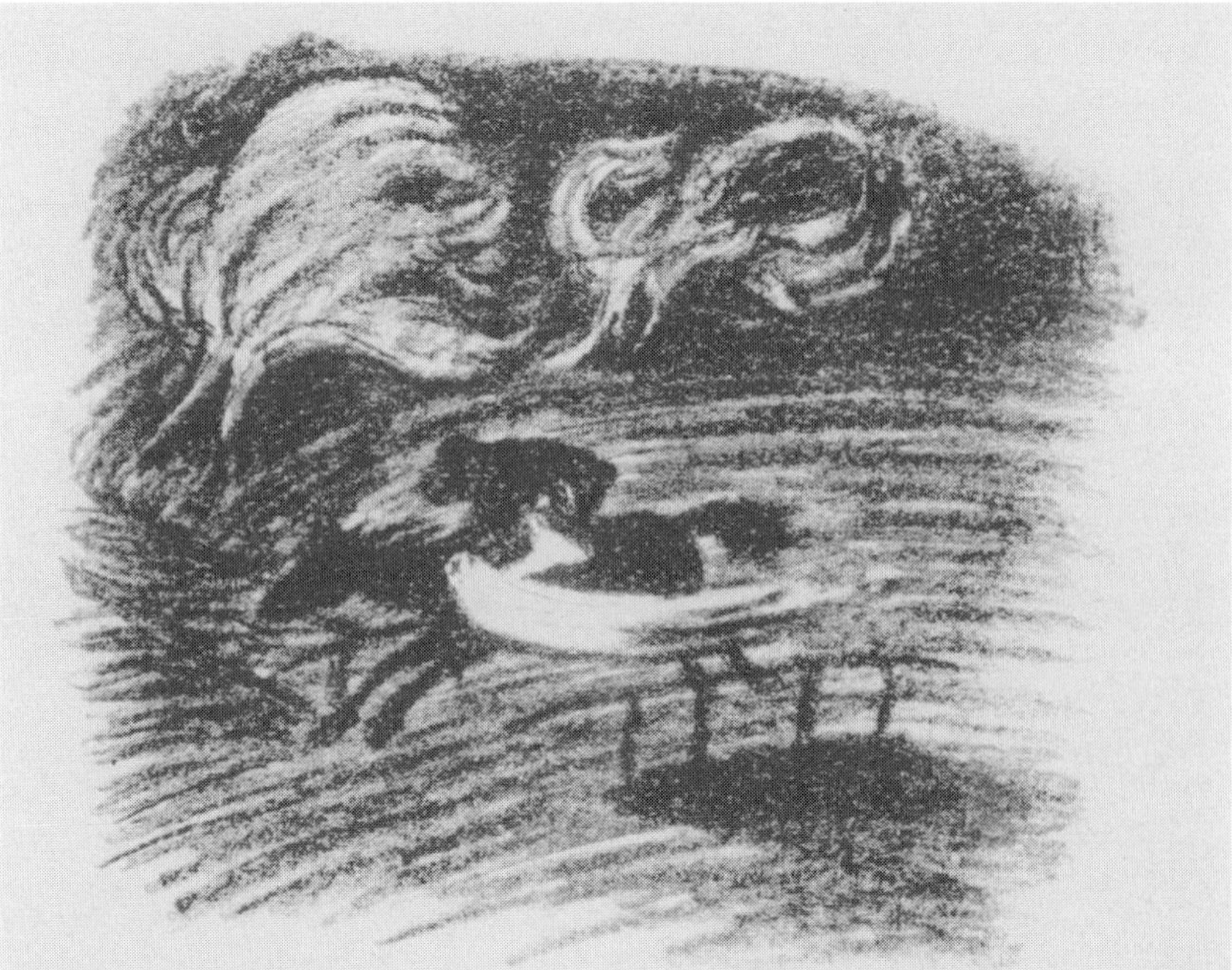

2. 魔王１　エルンスト・バルラッハ（鉛筆画　1924 年）

3. 魔王２ エルンスト・バルラッハ（鉛筆画　1924 年）

4. トゥーレの王　エルンスト・バルラッハ（鉛筆画　1924 年）

5. ゲーテの献納額

ゲーテがビンゲンの聖ロフス礼拝堂に一八一四年に献納した画額。聖ロフスに子犬が食べ物を運んだ言い伝えで、少年期のゲーテの顔で聖者が描かれているのは当時の流行による。

Ausführliche

Beschreibung

des

weit= und wohl bekannten auch

weltberühmten

Johann Doktor Faust

von Anhalt geboren,

Meister der höllischen Geister.

Steyr, gedruckt bei Abraham Wimmer.

6. オーストリアのシュタイアマルクで
印刷された十九世紀の歌謡紙片
「ファウスト博士の歌」 表紙

19. Wie der Passion vollendet, war das Kunststück fertig schon. Faustus thät darob erschrecken, ihm kam Furcht und Schrecken an; er thät dieses wohl betrachten, sagt nichts, daß ihm was mangirt; der böse Feind thät zu ihm sagen, eines kann ich mahlen nicht.

20. Den Titel und heiligen Namen, kunt der Teufel mahlen nicht, oder dem Haupt des Kreuzesstammen, dieses betracht mein lieber Christ; thu den heiligen Nahmen Jesu ehren, sprich diesen andächtig aus; wird dich Gott allzeit erhören, bis du kommst ins himmlisch Haus.

21, Als Faustus sein letzter Tag thät ankommen, da kam der Teufel mit einem Brief, daß er sein verschriebene Seel wird abhohlen, Faustus laut vor Schrecken ruft; zu viel hundert Stücken wird sein Leib zerrissen, sein Seel fuhr schnurgrad in die höllische Pein, allwo Faust und Luxenburg müssen ewig sitzen, und von Teufeln ewig gequälet seyn.

Das zweyte Lied:

1.

Fauste, jene Himmelsgaben, so dir mitgetheilet seyn, können jenen Menschen laben, heilen, lindern Krankheit, Pein; du bist ja ein Mensch gebohren, willst so schändlich seyn verloren, betrachte stets die ewige Pein, wann du willst be freyet seyn.

2. Willst du dann dein Schöpfer hassen, der für dich am Kreuz ist gwest; willst dann du jetzt jenen lassen, der dich mit sein Blut erlöst; kohlschwarz seynd ja deine Sünden, dannoch kannst du Gnad noch finden, wann bei Zeiten dich bekehrest, und von Gott die Gnad begehrest.

3. Fauste, laß nur dein Gewissen nicht so schandlos schlafen ein, du wirst einst erwählen müssen, Krankheit oder Todes-Pein; Krankheit kann dein Seel erquicken, Todespein zur Höllen schicken, fürchte nur den Sündenschlaf, so entgehst der Höllenstraf.

4. Große Schmerzen, große Qualen wirst erfahren mit der Zeit, laß nur deinen Hochmuth fallen, und dekehre dich bey Zeit, sonst wird dich der Himmel strafen, und ergreifen gerechte Waffen, ach weh Fauste, geh in dich, deine Seel erbarmet mich.

Türkische Historie.

Fauste befahl dem Geiste Mevestophilo und dem Auerhahn, ihn von Straßbur in 5 Stunden nach Constantinovel zur türkischen Hochzeit zu führen, Fau=

7. 同歌謡紙片の最後の 2 頁

8.《悪魔によって描かれた》(右下の記載）とされるキリストの肖像
油彩 オーストリア　ケルンテン州グルク谷シュトルースブルクの教会堂蔵

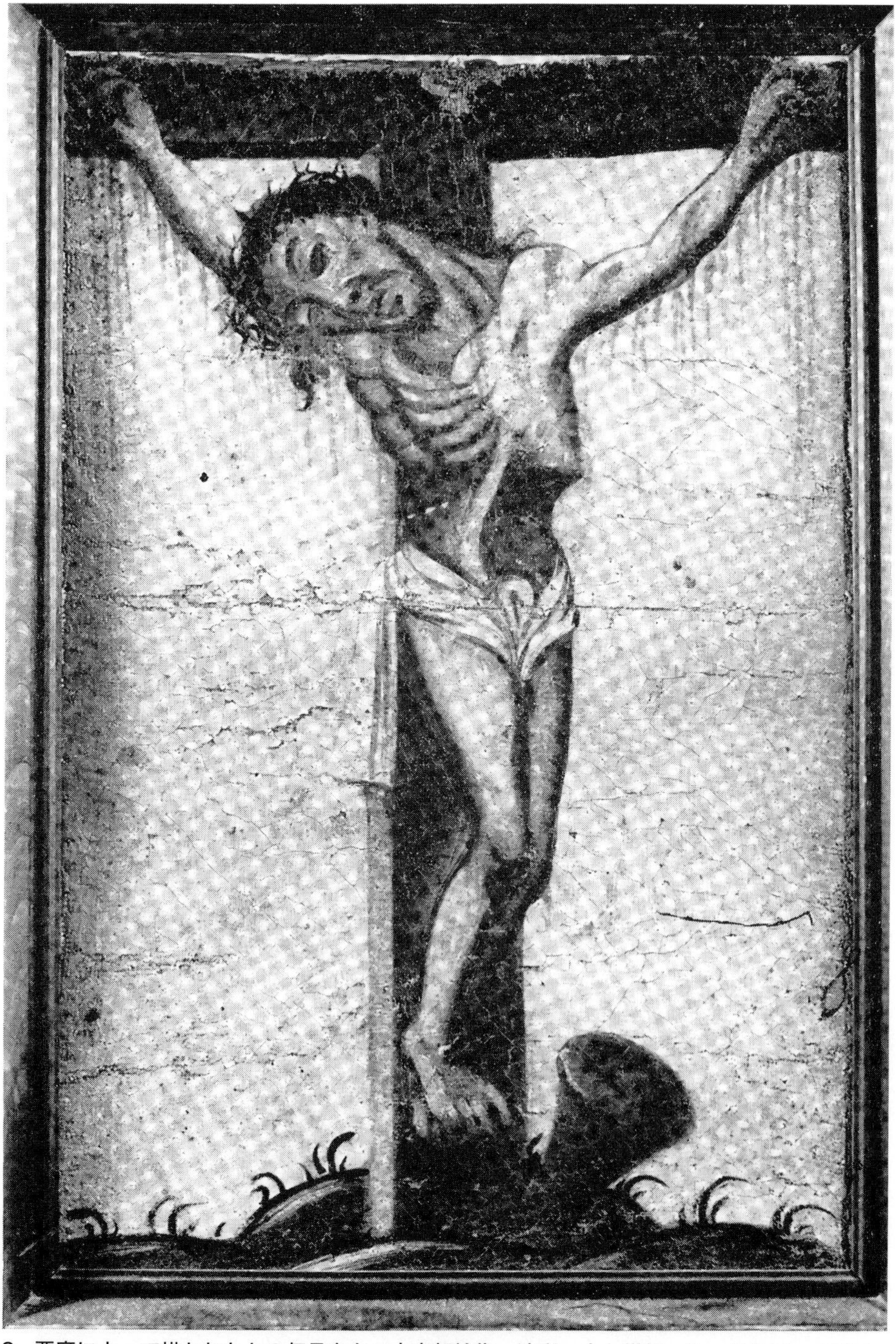

9. 悪魔によって描かれたとの伝承をもつ十字架絵像　油彩　十七世紀　ルードルフ・クリス・コレクション（バイエルン・ナショナル・ミュージアム［ミュンヒェン］所蔵）

10.《悪魔がファウスト博士に見せた原画からの写し》と記載された十字架絵像
十八世紀前半 油彩　ルードルフ・クリス・コレクション
(バイエルン・ナショナル・ミュージアム［ミュンヒェン］所蔵)

11.《ファウスト博士が我らに示したる……》の注記がほどこされた十字架絵像
油彩　スイス民俗博物館（スイス　バーゼル）所蔵

12.「シンデレラの靴神輿」玉姫稲荷神社

2006年台東区の靴メーカーによる「靴の祭り」にてデザインを公募し、秋に完成、玉姫神社に奉納された。以降、年に2回のお祭りに登場するのが恒例となり、担ぎ手は女性限定である。靴の大きさだけで160センチ、メタル製の王冠の中で、アクリル素材でつくられた靴が、30秒に1回転する仕掛けとなっている。　写真提供：玉姫稲荷神社

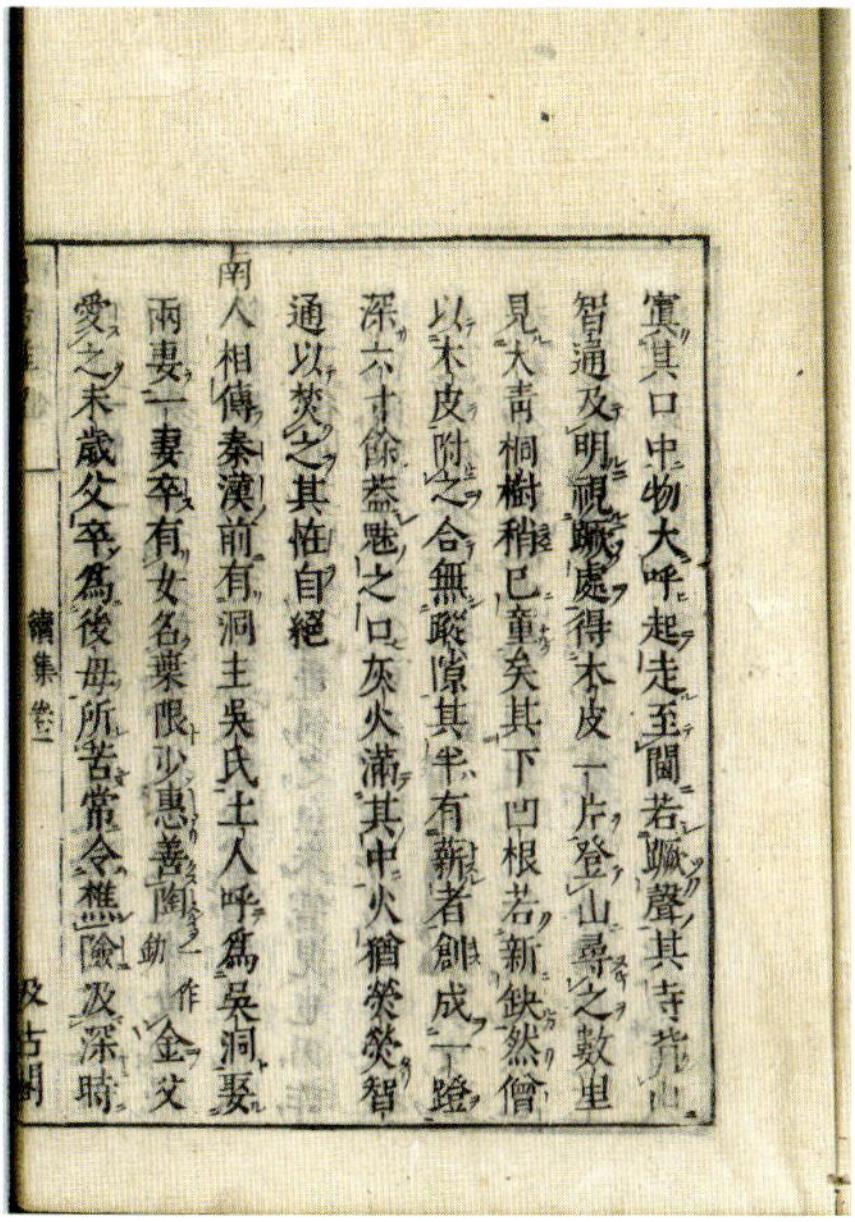

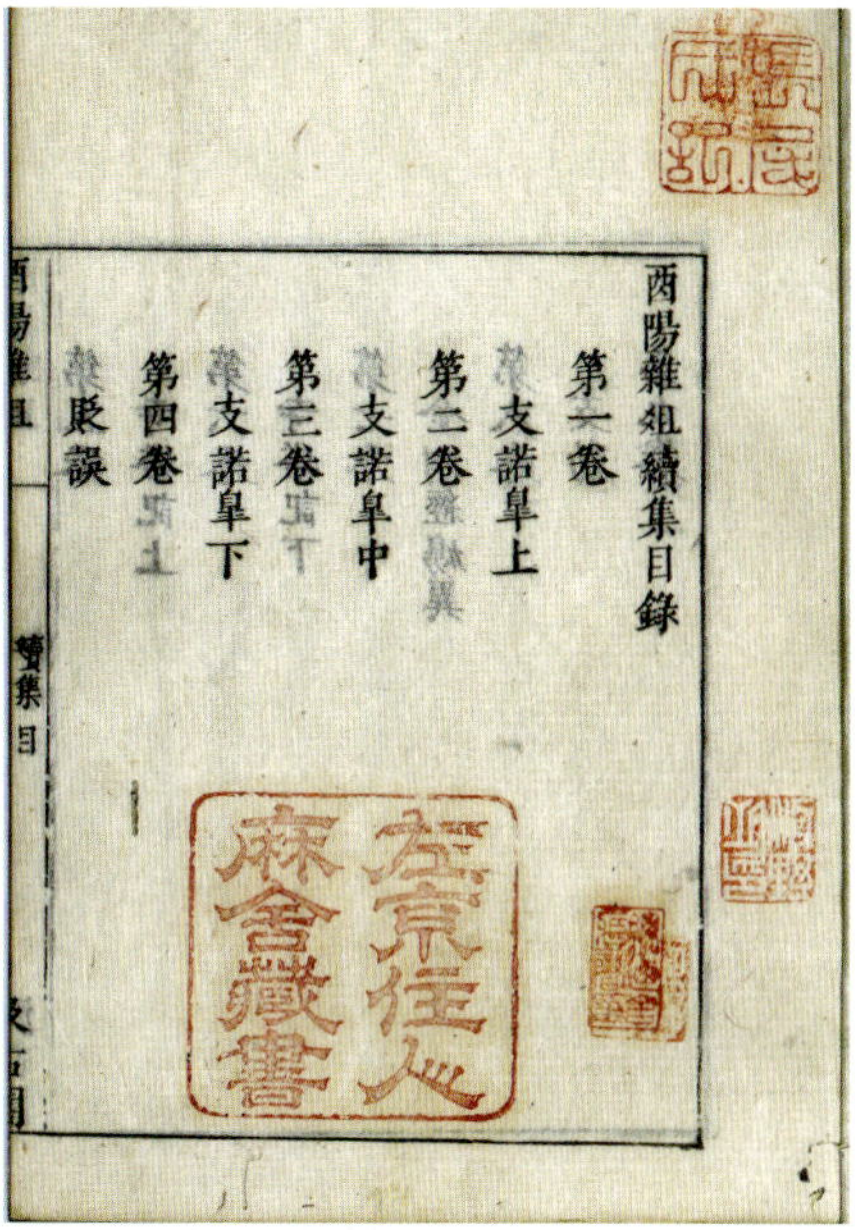

13-a．段成式『酉陽雑俎』宣風坊書林版（元禄十年刊）
愛知大学図書館所蔵「小川昭一文庫」より「葉限譚」の部分
左：葉限譚（始め）　　　　　　　　　　　　右：後集（第４冊）見開き

13-b．葉限譚（続き）

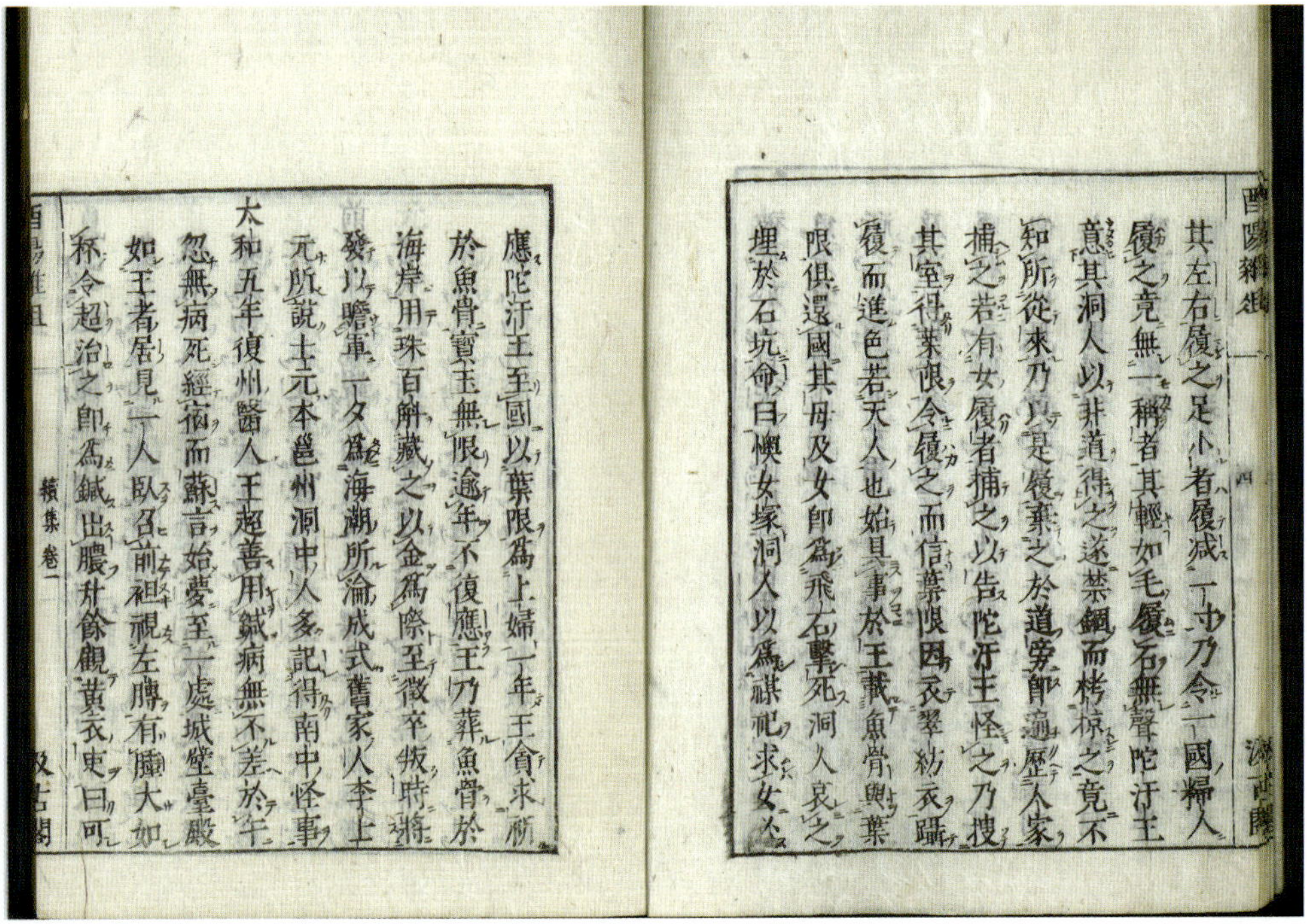

13-c．葉限譚（終り）

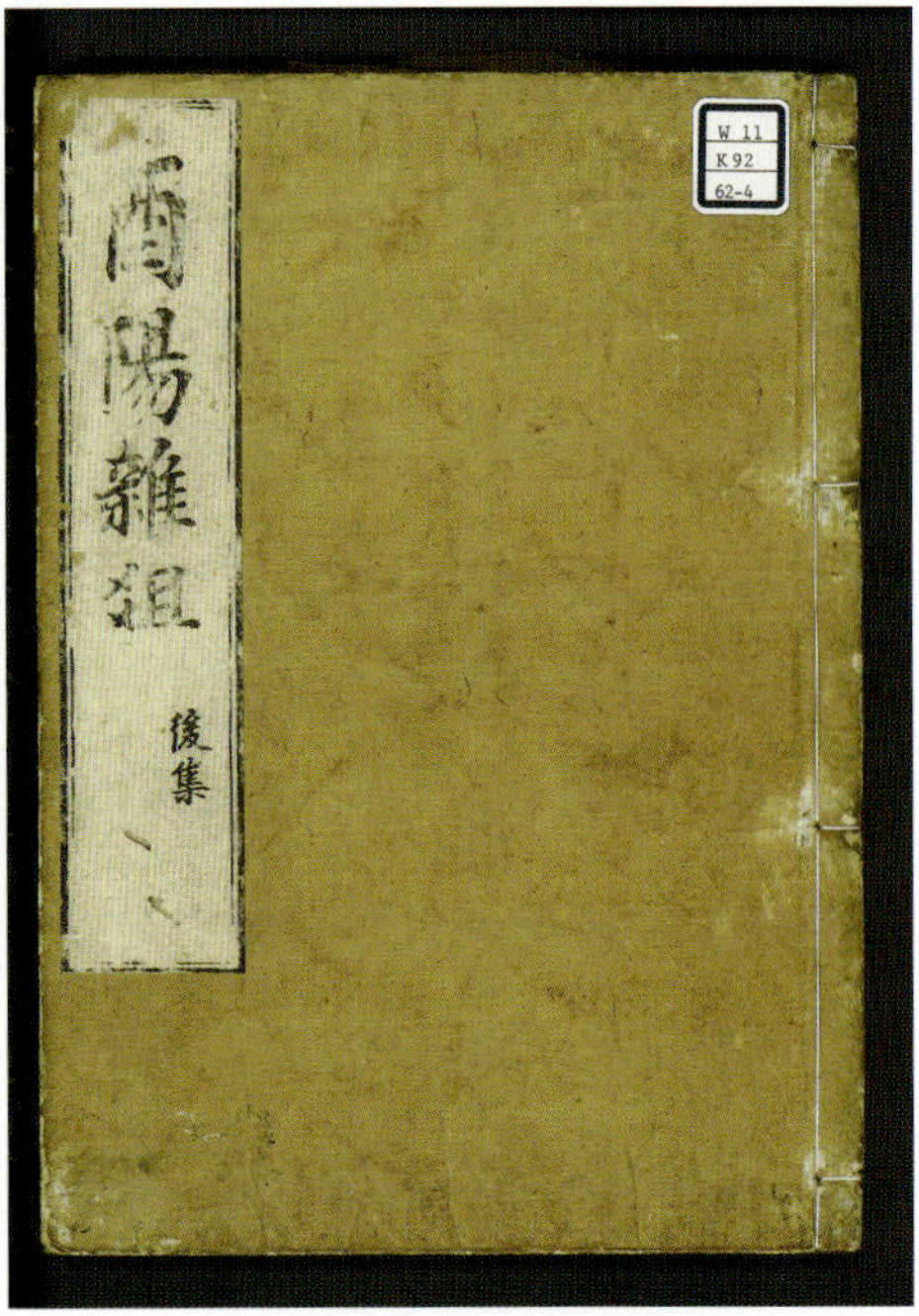

13-d．後集（第４冊）表紙

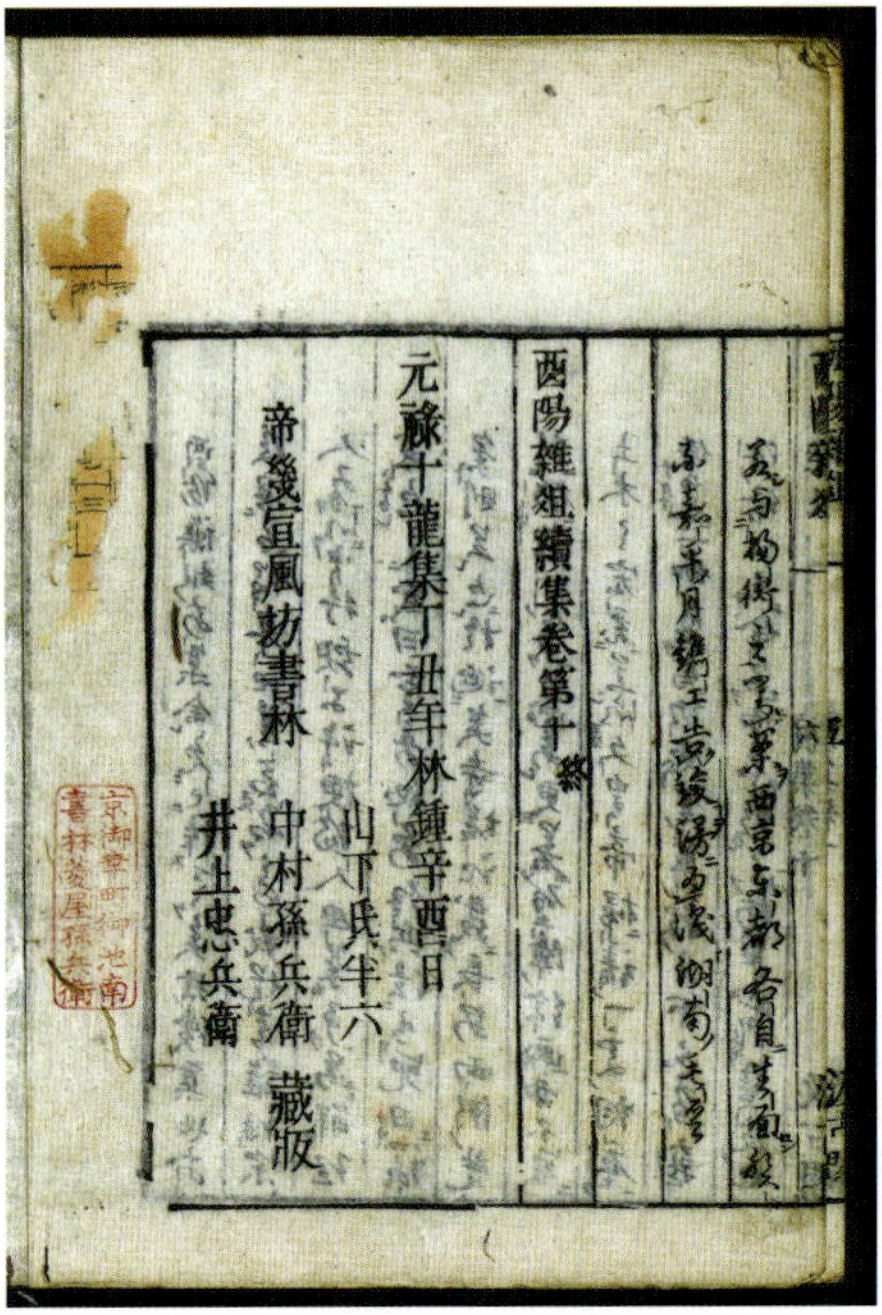

13-e．後集（第５冊）奥付

14・台所仕事の女中さん――『ザルツブルク身分服飾図集』（十八世紀末）より

薪をかかえ、魚を入れた銅製の蓋付きバケツにもつ台所の働き手である。耳隠し付きの半筒頭巾で、後頭部は結髪を出している。頸リボン（ネクタイ）には粗末ながら型どおりの卵形の留め具がついている。三角形の胸当てが外に出ているのは作業着だからであり、襟布をそれで挟み込んでいる。ブラウスの袖は緩やかで肘までたくしあげることができる。それに丈夫なスカートと厚手の前掛けをしている。総じて、市民や農民の女性の正装とは異質で、また同じく女性の奉公人でも屋内の小間使いとは異なる。典型的なおさんどんの装束であるが、頭巾の形状（耳を覆うような半円形の襞付きのレース地は高い身分でもみられる地域色）などにザルツブルク地方ならではの特徴がみとめられる。

N° 14.

Beschreibung der geistlichen Hausmagd

welche das Leiden Christi bei all ihrer häuslichen Verrichtung betrachtete:

deßwegen begehrte ein alter Einsiedler zu wissen, wer ihm in seine Frömmigkeit vor Gott gleich wäre; da er aber durch einen Engel zu der geistlichen Hausmagd geführt wurde, und alle ihre tägliche Uebung wahrnahm, fand er, daß ihre Verdienste bei Gott größer, als die seinigen seien; weil sie bey allen ihren Verrichtungen das Leiden Christi führte.

Es war auf eine Zeit ein alter Einsiedler in einem Wald vierzig Jahr, der gedachte auf eine Zeit, er möchte doch gern einen Menschen sehen, der ihm vor Gott gleich in seinem Verdienst wäre.

Da kam ein Engel Gottes zu ihm sprechend: Gehe mit mir, ich will dich zu einer Magd (oder Haus-Dienerin) führen, die ist dir gleich in deinen Verdiensten vor Gott dem Herrn.

Alsbald ging er mit dem Engel in die Stadt, in dasjenige Haus allwo diese Magd diente. Er sah die Magd an und gewahrte, daß sie fröhlich war und mit jedermann redete, sah sie auch wohl essen und trinken. In Summa er vermeinte an ihr nichts zu sehen und zu erkennen, daß sie ihm in seiner Andacht möcht verglichen werden.

Er bat sie deßwegen, daß sie ihm sage, was doch ihre Uebung wäre? dies aber wollte sie ihm lange nicht sagen, bis er sie um der Liebe Gottes willen bat, da fing sie an und sprach:

Erstlich ist dieses meine Gewohnheit, wann ich des Morgens aufstehe, so bitte ich Gott, daß er mich den Tag hindurch vor Sünden bewahre, und, daß er sehe ein Anfang aller meiner Werke.

2. Dieweil ich mich ankleide, gedenke ich, wie man Jesum unsern Herrn ein Spott-

schwere Kreuz trug, und zum siebenten Mal zur Erde gefallen sei.

14. Wann ich Wasser hole, thue ich mich erinnern wie man den Herrn Jesum durch den Bach Cedron zog.

15. So oft ich ein Messer nutze, so oft gedenke ich an den Speer, mit welchem mein Herr Jesus in seine heilige Seite gestochen worden.

16. So oft ich Holz oder Scheiter in den Feuer-Herd lege, so oft erinnere ich mich der vielfachen Marter, die Jesus meinetwegen erlitten hat.

17. Wann ich das Essen auf den Tisch trage, gedenke ich an das Abend-Essen und an die Einsetzung des allerheiligsten Sakraments des Altars.

18. Wann ich trinke, gedenke ich des Essigs und der bitteren Galle, die man dem Herrn Jesu an dem H. Kreuz zu trinken gab.

19. So oft ich etwas abwasche, bitte ich Gott, daß er an mir abwasche alles das, woran er ein Mißfallen hat.

20. Mache ich dann ein Bett und schlage ich darein, so gedenk ich, wie die Juden Jesum an der Säule so unbarmherzig schlugen und geißelten.

21. Wann ich einen betrübten Menschen ansehe, so bitte ich meinen Gott von Herzen für ihn: erkenne auch dabei die große Gütigkeit, wohl erwägend, daß mein Leiden

4. Wann ich die Schuhe anlege, so betrachte ich, daß Jesus mein Gott und Herr niemalen Schuh anhatte, da er doch so manchen harten Tritt von meinetwegen gethan hat.

5. So ich den Borten auf meinen Kopf setze, so führe ich zu Gemüth die dörnerne Kron, welche Jesus in sein H. Haupt gedrückt wurde durch die Hirn-Schale bis auf den Aug-Apfel.

6. Binde ich den Schleier um, so gedenke ich an jenes Tuch, mit welchem Jesu die Augen verbunden worden.

7. Wann ich zum Früh-Gebet oder H. Meß gehe, so gedenke ich: das Wort Gottes, welches der Priester mir fürtragt oder handelt, sey eine Speise meiner Seele, dadurch mir meine und aller Welt Sünden vergeben werden.

8. So glaube und bekenne ich auch, daß Christi Jesu unsers Heilandes Fronleichnam am Stamm des H. Kreuzes einmal geopfert, ein genügsames Opfer sei für meine, wie auch der ganzen Welt Sünden.

9. Wann ich wiederum heim gehe, so gedenke ich, wie man Jesum von einem Haus zum anderen mit großem Gespött geschlagen und Stößen geführt.

10. Wann ich das Haus kehre, so gedenke ich, wie man Jesum in seinem Gefängnis nieder auf die Erde geworfen und herum gezogen hat.

11. Wann ich das Feuer anmache, so bitte ich Gott, daß er das Feuer götlicher Liebe in mir anzünde.

12. Wann ich die Häfen zum Feuer setze, gedenke ich, wie die Juden bei dem Feuer standen und Petrus Jesum seinen Meister verleugnete, bittend, daß mich Gott erhalte in den Trübsal und Widerwärtigkeiten, und mich mit Gnaden ansehe, wie er den büßenden Petrum angesehen hat.

13. Trage ich dann Holz hinauf, so gedenke ich, wie Jesus unser Herr das

Jesu so unbarmherzig die Kleider vor dem Kreuz abzog, denn sie waren ihm in seine H. Wunden eingebachen, und ihm solche also schmerzlich wiederum daselbst aufgerissen.

23. Wann ich mich ins Bett lege, alsdann gedenke ich, wie man Jesum so unbarmherzig auf das Kreuz warf und ihn annagelte; gedenke auch, wie es um meine Seele stehen werde, wann man meinen Leib ins Grab legen wird.

24. Oder letztens, richte und ordne ich in Summa all mein Thun und Arbeit des ganzen Tages in das Leiden unsers Heilands Jesu Christi.

Da der Einsiedler dieses gehört, gedachte er bei sich: ach Gott! nun bin ich allein, und irret mich niemand und kann dieses alles kaum gedenken, da doch diese Magd solche Betrachtung hat unter ihrer Arbeit; sollte ich also unter den Menschen wohnen wie sie, so könnte ich es in der Wahrheit nicht thun. Fällt also das Urteil selbst, daß diese Magd billig größere Belohnung von Gott dem Herrn zu erwarten habe, als er.

Druck von C. Burckhdt's Nachfolger. Weissenburg i/Els.

15. 祈る女中さん　カール・ブルカルト工房（ヴィセムブール）製作　1889年。
歌謡印刷紙片に木版画が摺られている。

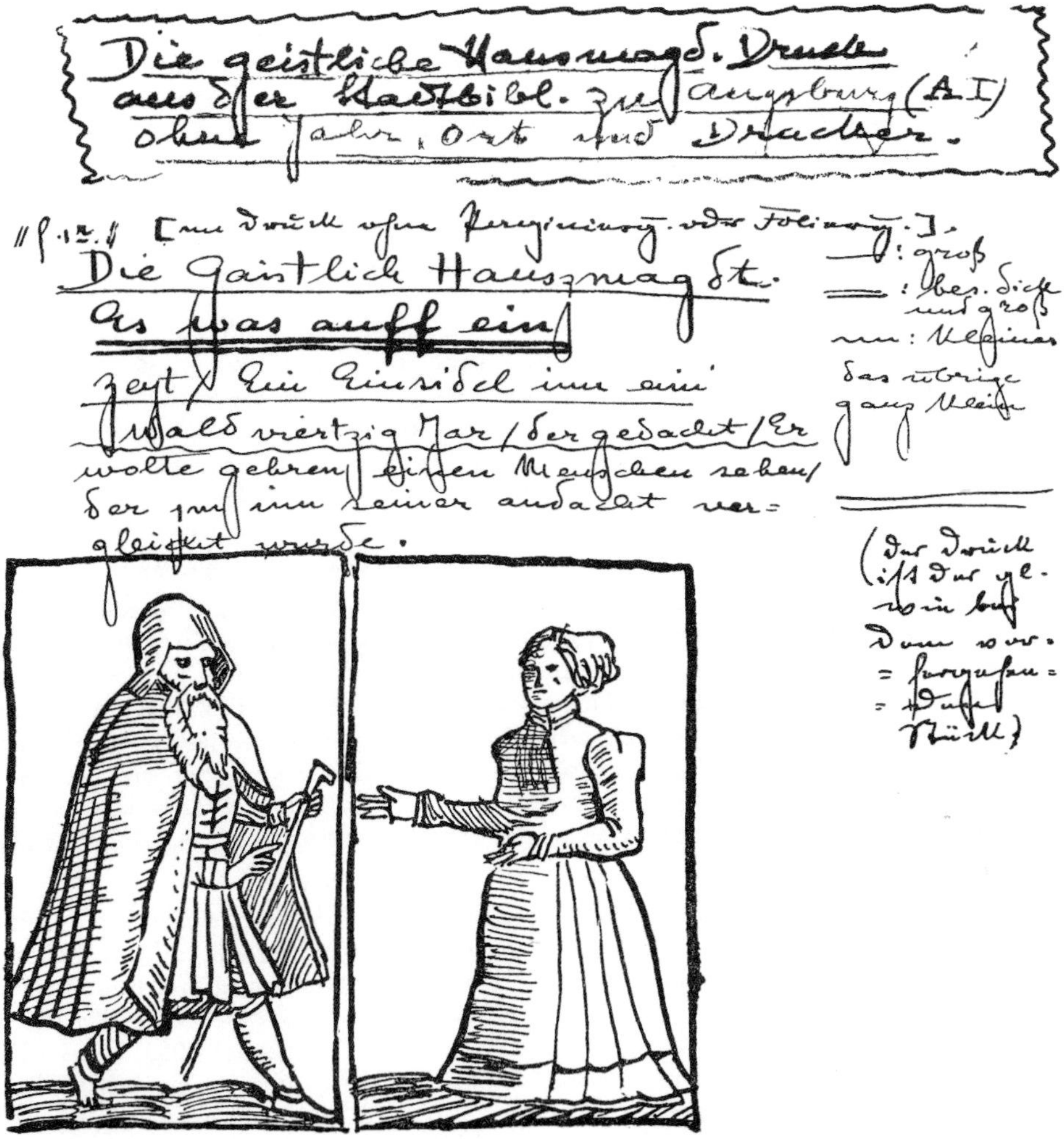

16. アードルフ・シュパーマーが図書館を探索中にノートにかきとめたスケッチ

Die geyſtlich hauſmagt.

Es was ein mal ein Ein⸗
ſidel in einem wald viertzig jar/der ge⸗
dacht jm auff ein zeyt/er wölt gern
einen menſchen ſehen/der in
ſeinem verdienſt were.

17. ニュルンベルク 1520 年　**歌謡紙片の表紙の木版画**

台所仕事で火を熾している女中さんと訪れた隠者、背後に十字架像が描かれている。歌謡の内容には早くも宗教改革が反映されているとされる。

Die geystlich Haußmagdt.　9.

Es was eins mals ein Ein-
sidel in einem wald viertzig jar/ der ge-
dacht jm auff ein zeyt/ er wölt gern
ein menschen sehen der in sei-
nem verdienst were.

18. ニュルンベルク　ファーレンティン・ノイバー（Valentin Neuber）工房　1555 年
「祈る女中さん」を綴りながら、画面作りはかなり自由で、隠者は巡礼者、対する女性は月桂冠をいただいている。

Die Geistlich
Haußmagd.
❡ Es was eins mals ein Einsidel in einem
Wald viertzig Jar / Der gedacht jhm auff
ein zeyt / er wolt gern ein Menschen
sehen, der in seinem Ver-
dienst were.

19. ニュルンベルク　ファーレンティン・ノイバー（Valentin Neuber）工房　十六世紀後半
同じ工房の 1555 年版が、女中さんの描き方に無理があったの対して、巡礼者と天使の組み合わせによって内容に合ったものとなっている。

20. アウクスブルク　マテース・フランク（Matthäus Franck）工房　十六世紀後半

隠者は巡礼者の姿　それと対になるのは下婢ではなく上流の女性（髪の編み方など）という作意によって構成されている。力を回復したカトリック教会のヴァージョンとしてイエズス会の影響とみられる。

623

Die Geistlich Hauß-
magd.

Es was auff ein
zeit ein Einsidel in ein Wal-
de Viertzig Jar / der gedacht/er
wolte gern einen Menschen sehen/der jhme
inn seiner Andacht verglichen
wurd.

Getruckt zu Augspurg/bey Michael
Stör.

21. アウクスブルク　ミヒァエル・シュテール工房　　十七世紀初め
隠者は杖とロザリオをもち、対するのは上流女性、女性の右上の樹上には（おそらく）雄鶏が配された構図

Die Geistliche Hauß-magd.

Es was auff ein zeit ein Einsidel in eim Wald/ viertzig Jahr/ der gedachte jhm/ er wolte gern einen Menschen sehen/ der jhme in seiner Andacht verglichen wurde.

Zu Augspurg/ bey Marx Anthoni Hannas.

22. アウクスブルク　マルクス・アントニー・ハンナス（Marx Antonj Hannas）工房　十七世紀中葉
隠者は剃髪してロザリオをもち、対するのは上流女性、画面は野外で、右端には教会堂の建物が描かれている。

Die Geistliche Haußmagdt.

Ein Schöner
Christlicher Spruch vonn
einem Einsidel vnnd frommen
Haußmagdt / darinnen beyder
Stand gegen einander verglichen vnnd der
Haußmagdt ampt Geistlich erklärt vnd
außgelegt wirt/ gantz lustig
zu lesen.

23. バーゼル　サミュエル・アピアリウス（Samuel Apiarius）工房　1579 年

プロテスタント教会圏で成立した長大な教訓歌謡（全 20 葉）の表紙の木版画。隠者に対するのは天上の女王としてのマリアで、手に三輪の花をつけたバラをもつ。

Duchowný Kuchařka:
To gest:
Hystorya o gedné
Služebné Děwečce/ kteraž něyakému
Paustewnjku/ gessto Cžtyrydceti Let na Pan-
ssti byl/ od Angela vkázaná gest/ a yaké řeči ten
Paustewnjk od nj vslyssel.

W Cžeský yazyk přeložená a wydaná
15 od Tobiásse Mautenjna L. 95

24. チェコ語版　1585 年　天使と隠者

画面構成に特色がみられ、草庵の隠者を天使が訪れて、やがて連れてゆく先の女中さんを指さしている。

Duchownj

Kuchařka,

Kteráž gistému Paustewnjku
skrze Angela předstawená byla, žeby
ona gemu w Pobožnosti Žiwota geho
we wssem rowná byla.

K njžto giné dwě Hystorye též o
Paustewnjcých gsau- zde přiložené
k Spasytedlnému Nawčenj.

Wytisstěná w Holomaucy, 1772.

25. **チェコ語ヴァージョン** 1772 **年 刊行地　オルミュッツ**（Olmütz **オロモウツ** Olomouc）

十六葉からなる歌謡パンフレットの表紙の木版、オロモウツに一軒ながら規模の大きな書肆があり、モラヴィア地方に広く販路を持ち、またカトリック教会の立場の信心書・信心紙片をイエズス会の意向を反映する形で手掛けていた。タイトルは「祈る女中さんのこと、天使、隠者にこの女を示し、女人の信心の程につき……」という既知の内容であるが、ここでの図柄ややや異例で、天使が三人の女（一人は狩猟帽）と共に食卓に就いている。

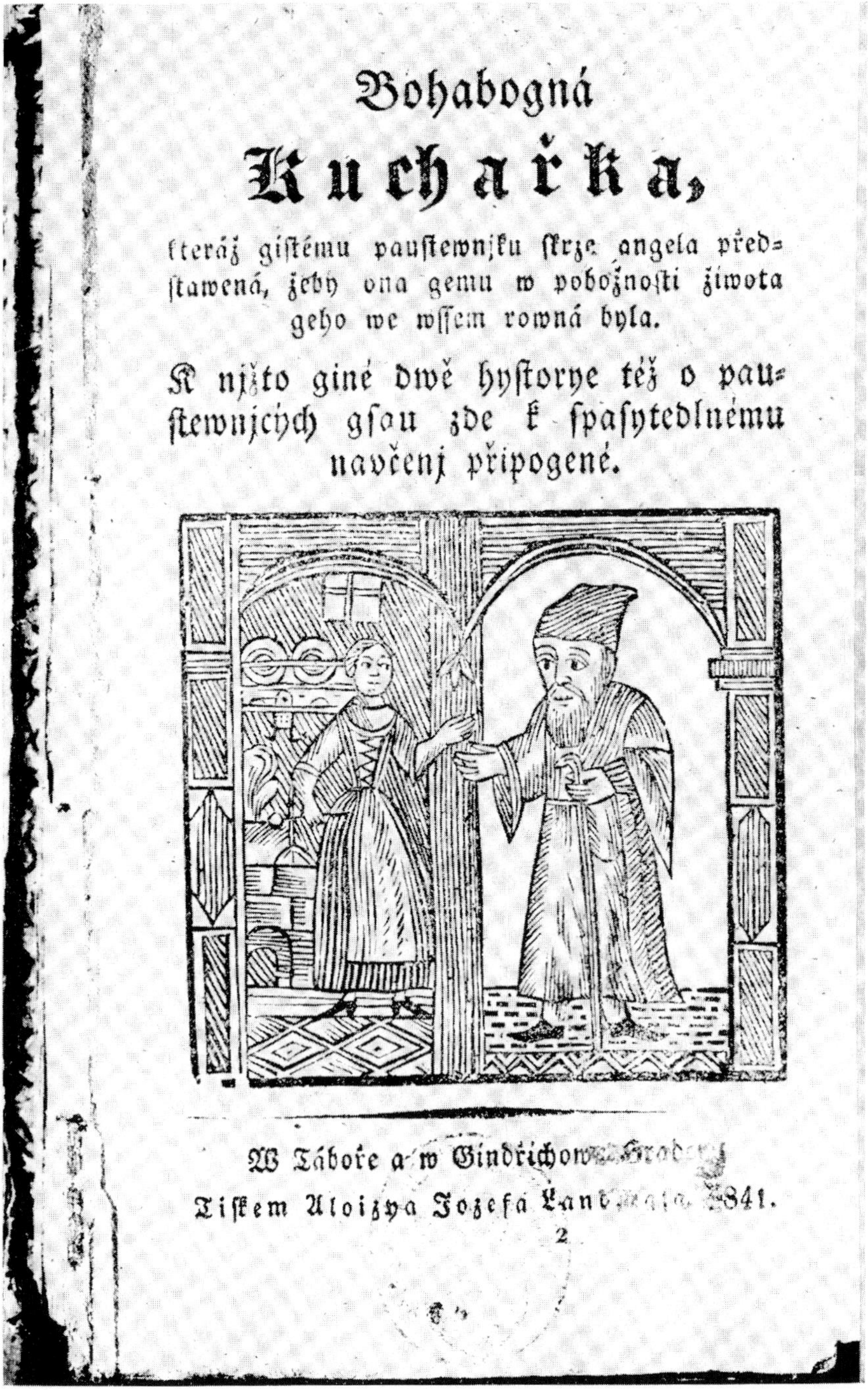

Bohabogná

Kuchařka,

kteráž giſtému pauſtewnjku ſkrze angela před=
ſtawená, žeby ona gemu w pobožnoſti žiwota
geho we wſſem rowná byla.

K njžto giné dwě hyſtorye též o pau=
ſtewnjcých gſau zde k ſpaſytedlnému
navčenj připogené.

W Táboře a w Gindřichow[illegible]

Tiſkem Aloizya Jozefa Lan[illegible] 1841.

2

26. チェコ語ヴァージョン　1862 年　刊行地　ターボル（Tábor）
台所の女中さんと訪ねてきた隠者

Ære=Krands
for
Den Gudfrygtige Tieneste=Pige
Susanna.
Hvorledes Eremiten blev af Engelen overbeviist om, at
Susanna var endnu fuldkomnere end han.

Susanna. Eremiten. Engelen.

Trykt dette Aar.

27. TAFEL X　デンマーク語版　4 葉版　1800 年頃

Die geistliche Hausmagd,

oder:

Betrachtung des bitteren Leidens Jesu Christi bei den täglichen Hausgeschäften.

1. Fromme Christen höret an, wie man heilig leben kann, wenn bei allem was man thut, unser Herz in Christo ruht.

2. Dieses lehrt uns eine Magd, die, wie die Geschichte sagt, aß und trank wie andere Leut, fröhlich war zu jeder Zeit.

3. Doch war sie so tugendreich und in den Verdiensten gleich einem, welcher vierzig Jahr in dem Wald ein Büßer war.

4. Wollt ihr wissen auf was Weis? Hört, und merket auf mit Fleiß, was Armella,*) eine Magd, selbst von sich hat ausgesagt.

---

1. Wenn ich, sprach sie, wache auf, blick ich gleich zu Gott hinauf, daß er mich bewahr vor Sünd, daß ich bleib ein gutes Kind.

2. Wenn ich leg die Kleider an, denke ich mit Schmerz daran, wie mein Jesus angelegt mit dem Spottkleid war bedeckt.

3. Bei der Gürtel denke ich, wenn ich selbe nimm um mich, wie einst von der Diener Schaar Jesus hart gebunden war.

4. Wenn ich meine Schuh anleg, denk ich an die rauhen Weg, die mein Heiland Jesus Christ ohne Schuh gegangen ist.

*) Die fromme Armella Nikola, durch ihr ganzes Leben eine geistliche Hausmagd, ward geb. in Frankreich zu Plörnel im J. 1606, u. starb im Ruf der Heiligkeit im J. 1671.

Entschluß zur Nachfolge.

1. Gottes Sohn, Herr Jesu Christ! der du unser Vorbild bist; gib, daß ich dein Dienstbot sei, deiner Liebe bleibe treu.

2. Dir, nur dir will ich allein, lieber Gott zu Diensten sein; schaffe nur, o Herr! mit mir, treulich will ich dienen dir.

3. Wenn ich, Herr! vom Schlaf aufsteh, wenn ich in die Kirche geh, wenn ich dann mein Amt verricht, mach, daß alles recht geschieht.

4. Daß ich diene recht und treu, meinem Herrn gehorsam sei, bei der Arbeit auch das Herz stets bei Gott in Freud und Schmerz.

5. Daß ich jede Sünde meid, fliehe die Gelegenheit; daß ich sanft, gelassen still, alles thu, wie Gott es will.

6. Daß ich, wo ich geh und steh, liebend stets auf Jesu seh, Ihm zu Lieb, was schwer mir fällt, trage wie den Spott der Welt.

7. Dieses alles und noch mehr, will ich thun nach Jesu Lehr, und mein Lohn soll nur allein, Herr! dein Wohlgefallen sein.

8. Bleibe stets mein höchstes Gut, stärk mich durch dein Fleisch und Blut; einstens, wenn mein Auge bricht, sei mir gnädig im Gericht.

Bei J. Lutzenberger in Burghausen.

28 19世紀 バイエルン版

Die geistliche Hausmagd.

Oder:

Betrachtung des bittern Leidens Jesu Christi bei den täglichen Hausgeschäften.

---

1. Fromme Christen! höret an, wie man heilig leben kann, wenn bei Allem, was man tut unser Herz in Christo ruht.
2. Dieses lehrt uns eine Magd, die, wie die Geschichte sagt, aß und trank wie andre Leut', fröhlich war zu jeder Zeit.
3. Doch war sie so tugendreich und in den Verdiensten gleich einem, welcher 40 Jahr' in dem Wald ein Büßer war.
4. Wollt ihr wissen, auf welche Weis'? Hört und merket auf mit Fleiß, was Armella*) eine Magd, selbst von sich hat ausgesagt.
5. Wenn ich, sprach sie, wache auf, blick' ich gleich zu Gott hinauf, daß er mich bewahr' vor Sünd', daß ich bleib' ein gutes Kind.
6. Wenn ich leg' die Kleider an, denke ich mit Schmerz daran, wie mein Jesus angelegt, mit dem Spottkleid war bedeckt.
7. Bei dem Gürtel denke ich, wenn ich selben nehm um mich, wie einst von der Diener Schaar Jesus hart gebunden war.
8. Wenn ich meine Schuh' anleg', denk ich an die rauhen Weg', die mein Heiland Jesus Christ ohne Schuh' gegangen ist.
9. Wenn ich dann mein Haupt bedeck', ein Mitleiden ich erweck', denkend, wie einst Gottes Sohn für mich trug die Dornenkron'.

---

*) Die gottselige Armella Nikolas durch ihr ganzes Leben eine geistliche Hausmagd, ward geboren in Frankreich zu Campenac 1606 und starb im Rufe der Heiligkeit den 24. Oktober 1671 und wurde in einer Kapelle des Ursulinerinnenklosters zu Vannes begraben.

Nr. 93. 5. Auflage.

29. 1901年　祈祷紙片　ペラート社版（SPoellath）

Schutzengelbrief. Nr. 21.

Mit bischöflicher Approbation.

Die

geistliche Hausmagd

oder

Wie eine christliche Frau und Jungfran das bittere Leiden Jesu Christi bei den täglichen Hausgeschäften betrachten soll.

Fromme Christen! höret an,
Wie man heilig leben kann,
Wenn bei allem, was man thut,
Unser Herz in Christo ruht.

Dieses lehrt uns eine Magd,
Die, wie die Geschichte sagt,
Aß und trank, wie and're Leut',
Fröhlich war zu jeder Zeit.

Doch war sie so tugendreich
Und in den Verdiensten gleich
Einem, welcher vierzig Jahr'
In dem Wald ein Büßer war.

Abb. 12
Schutzengelbrief von 1877

30. 1877年　守護天使のお守り札（Schutzengelbrief）

31-a. カトリック教会の信心書となった「祈る女中さん」 アウクスブルク 1851 年（口絵）

「祈る女中さん」はカトリック教会・プロテスタント教会ともに信心書にまで拡大した。そのカトリック教会における一例　神父カスパル・エルハルトによって各種祈祷の形態にまで枝分かれと総合化が図られ 300 頁を超える信心書となった、そのタイトル頁と口絵（十字架像の前の仕事姿の女中さん）。

Geistliche

Haus=Magd,

oder katholisches

Lehr= und Bet=Buch

darin enthalten:

Das Leben, wie auch die tugendlichen

und gottseligen Uebungen

einer frommen Magd

sammt

Morgen=, Abend=, Meß=, Beicht= und Kommunion=Gebeten, zu sonderbarer Verehrung des bittern

Leidens Jesu Christi.

Für Mägde und alle gottesfürchtige Personen, die Andern dienen müssen.

Nebst der

sonntäglichen Vesper.

Von Caspar Erhard,

der heil. Schrift Doktor und Pfarrer zu Paar.

Mit Römisch Kaiserl. Hochfürstl. Bischöfl. Augsburgisch und Hochfürstl. Salzburgischen Privilegien versehen.

Augsburg.

Verlag der Math. Rieger'schen Buchhandlung.

31-b. カトリック教会の信心書となった「祈る女中さん」 アウクスブルク 1851 年（テキスト頁）

目次

谷友幸先生を追憶して

緒　言

本書には、筆者の書きもののなかからドイツ文学の圏内にある二種類の話題に関係した数篇をあつめた。一つはゲーテの特にバラード作品を中心にしており、また『ファウスト』にもいくらか延びている。もう一つは昔話で、主に「シンデレラ」を材料にしてそこに多少の考察を加えた。どちらも文学の範疇にあるものながら、同時に民俗学がかかわっても不思議ではない対象と言い得えよう。それを言うのは、ドイツ文学と民俗学の関係について感じるところがあるからである。

これまである程度の期間にわたってドイツ語圏の民俗学（ドイツ民俗学と略称する）に関心を寄せてきたが、筆者の出発点はゲルマニスティク（ドイツ語学・文学研究）であった。そこから民俗学へ進んだが、その移行は決して不自然ではなかった。ドイツ語圏でも一九七〇年代いっぱいあたりまでは両分野はそう分かれてはいず、筆者が付き合うことになったドイツ人の民俗研究者は例外なくゲルマニストでもあった。ちなみに、ドイツの諸大学に民俗学と銘打って学科や科目がある程度配置されるようになったのは、戦前から民俗学が設置されていた数大学を別にすれば、主に一九七〇年代からであった。それは一九六〇年代末の学生運動の高まりをも組み込んだ大学改革の一環であった。もっともそれにあたっては、民俗学のなかで伝統的なあり方からの改革が図られてその成果が見えるものとなってきたという変化も与ってはいた。今日ではドイツの民俗学、すなわち《フォルクスクンデ》は《ヨーロッパ・エスノロジー》の名称を掲げていることが多い。しかしそうなった今も、ゲルマニスティクとの重なりはなお根強く、分母を同じくする近しい隣接学でありつづけている。

ドイツ文学理解の基本としてのゲルマニスティク――日本の指標的な研究との関わり

改めて言うまでもないことであろうが、文学作品であると昔話のような伝承的なものであるとを問わず、ドイツ語による言語藝術を扱うとなると、ゲルマニスティクがそれを担当するのは基本であろう。またその観点から見ると、日本ではゲルマニスティクにかかわる研究者の層はことのほか厚く、水準も高い。それは、ゲルマニスティクそのものから少し離れてみると改めて感じられることでもある。特に本書ではゲーテと、グリム兄弟の昔話にかかわる数項目が対象であり、それらはゲルマニスティクの中心領域と重なっているだけに、なおさらそうした感慨をもってしまう。それゆえ本来、ゲルマニスティクの非常に多くの研究者を挙げるべきなのであろうが、ここでは状況を確認するために比較的新しい指標的な数例をあげておきたい。

ゲーテ研究では、一九七〇年代の『ゲーテ研究』にはじまる木村直司博士の諸著が今日日本のゲーテ研究の一頂点と言ってもよいであろう。[1] 筆者の関心から言えば、とりわけ『ドイツ精神の探求：ゲーテ研究の精神的文脈』はゲーテの作品そのものだけでなく、ドイツの社会と文化をも広く射程においた受容のあり方を問い、ドイツ思想史の解明となっていることに教えられるところが多い。ドイツでの理解の変遷を『ファウスト』のイデオロギー化や、ナチスへの接近の問題をも含めて論じられている。そのなかではほとんど忘れられていた思想家テーオドル・ヘッカーの再評価をも含み、そこには日本の文学伝統との対比も見られ、ドイツ国外におけるドイツ文学の理解を方向付けるものとなっている。ゲーテのカトリシズムへの関わりも注目されるが、ゲーテと巡礼慣習の関係を問うてきた筆者にとっては、その方向でも示唆に富む考察を聞くことができる数少ない先達である。

また柴田翔教授のゲーテ研究は、特に『ファウスト』を西欧・近代の人間像の観点から読み解き、筆者の見るところではゲーテの創作手法と西洋思想の特質の二側面からゲーテ文学の基本とを問うている。(2) 一例を挙げるなら、「ファウスト第一部」の書斎の場面でメフィストーフェレスの出現について、「ヨハネによる福音書」のドイツ語による読解をめぐるシュトルム・ウント・ドラングの文壇の営為を踏まえて説明がなされている。大曲の転回点の解明としてすこぶる論理的であり、また同じ説得性には他にも多くの箇所であうことができる。

さらに膨大な著述によってドイツ文化理解と日本への案内を推進する小塩節博士の場合も、中心にはゲーテ理解、とりわけファウスト研究が位置しているところがあり、またそれは西洋的・近代的な人間類型を解明という方向を指している。(3) それがドイツ人の特質を表すものとして、国民性がたどった問題的な側面をも挙げつつ、ゲーテの造形の深みを解明していることにおいて、ゲルマニスティクならでは理解の厚みを見せている。

ゲルマニスティクのなかで民俗学と重なることになるのは昔話をはじめとする口承文藝研究であろうが、今日の日本では、幾多の先人による紹介と読み解きを背景にしつつも、小澤俊夫教授を中心とした研究者層の厚みが格段である。ドイツ語圏における基本的な研究成果、マックス・リュティやハインツ・レレケなどを読む機会が手近にあるのはその端的な証左である。(4) 加えて小澤教授による焦点を厳しく絞った研究と解説、たとえば『素顔の白雪姫』や『グリム童話の誕生 聞くメルヒェンから読むメルヒェンへ』がある。(5) グリム兄弟の昔話は大小の加除改稿を含む七版にわたり、さらに初稿の性格をもつクレーメンス・ブレンターノに提供された手稿から成るが、それらの比較検討を踏まえた研究が日本でなされているのは驚嘆と言ってよい。さらに小澤教授を先達とする動きの下での成果という一面をもつものには、次の世代にあたる竹原威滋教授によるドイツ語の主要文献の翻訳と独自研究の両面にまたがる業績があり、(6) 近年における注目すべきものでもある。さらに同じく近年の成果で

は高木昌史教授による昔話に関するドイツ語の基本的な研究書の紹介も日本の研究水準を支えている。(7)

身近な文化であれ他文化であれ、文学作品をとりあげることにあっては、言語美の手法と思想を問うのが基本であることは動かない。それは風俗史的事実や、また伝承文化への関心の特化では代替することができない核心でもある。その事情は日本の場合に引き移せば、サルカニ合戦（は室町期の御伽草子として高度な教養を盛った文学ヴァージョンがありはするが）やかちかち山の知識をもってはいても芭蕉や漱石を知らない日本文化の研究はほとんど無意味であることを思えばよいだろう。当該文化の要点をおさえてこその周辺知識であり、その点で、日本のゲルマニスティクがゲーテはもちろん、ヘルダリーンやトーマス・マンやカフカ、さらにパウル・ツェランといった際立った個性的にして時代精神や文化の内奥を表出し得た作家たちの研究に厚いのは重要なことである。

日本におけるゲルマニスティクとドイツ民俗学

むしろ問題は、ゲルマニスティクの一部に、ドイツ文学研究という根幹からはずれて民俗学の文献をもちいる傾向がみられることにある。今日、本邦のゲルマニストで、民俗学に接する話題を取り上げる人は決して少なくない。しかしゲルマニスティクと有機的にからみあう角度から取り組まれることは比較的少ない。才能のある人の余技、あるいは目移りのような性格が濃厚である。たしかにドイツ文化のある種の現象を伝統文化の側面から解説するのは一般の需要と照らし合うであろう。しかしそこに陥穽とも言えるような問題がひそんでいる。ドイツ民俗学は第二次世界大戦後の数十年間に大きな課題に直面し、それを解決する過程で大きく変貌したからである。その変貌はドイツ民俗学界のある代表者の言い方を借りれば《小さな革命》ですらあったが、日本のゲルマニストのあいだではそれへの留意がほとんどみとめられない。別の面から言うと、民俗学について日本で一般に流布している（したがって日本民俗学界でみられる見解とはややずれがあるであろう）イメージをもってドイツ語圏の民俗的な諸現象に臨んでいるようである。そのためにドイツ民俗学界が、さまざまな個別領域の差異はともかく、共通して神経をつかってきた諸点を押さえているとは言い難い。祭りの分野の紹介などでは殊にそれが著しく、今日では説得性に乏しい参考書に依拠していることもあれば、民俗的な文物への通俗的な先入観から割り出したと思われる当て推量も散見される。

ちなみに、筆者がドイツ民俗学の勉強を始めた頃、ドイツの幾つかの大学の研究所を訪ねると、そこで異口同音に聞かされることがらがあった。一九四五年以前の文献は研究書の体裁をとっているといないとにかかわらず信用してはいけないという忠告である。それはもちろん大ざっぱな目安で、それ以前のものでも、今日にも意義がある良書もあれば、それ以後でも謬見がまぎれこんだ雑書は幾らもある。それは他でもなく、十九世紀後・末期から二十世紀半ば近くまでの過度なナショナリズム、そして最後はナチズムに吸収された諸要素の故であった。あるいは、ナチズムすらそうした表出形態の一つという面がある程で、底流にはロマン主義のなかのある種の脈絡からネオロマン主義へと至る思潮が作用していた。それもあって筆者がかなり長期にわたってたずさわったのはドイツ民俗学史の理解であった。学史を大まかにせよ頭に入れていないと現実の民俗事象についても文献の判断についても錯誤をおかしかねないのである。結局、小さなものは別にして、書物の形態で三種類の学史文献の翻訳を世に送ったのが、筆者のある程度まとまった、少なくとも一般に役立ててもらえる仕事ではなかったかと考えている。しかし学史を見ずにはリスクが大きい分野であることを感じ取る人がこれまた少ないようである。背景には、民俗学とはこういうもの、という根強い先入観があり、それを以て対象に接することに疑いが起きないのであろう。

ゲーテに関する三篇の小文は、論じつくされた話題の圏内に入るであろうが、民俗学を援用したのが特徴であるとともに、それは決して異質なものを持ちこんだのではないことも断っておかねばならない。テーマの性格上、その分野への目配りは必然的だったのである。筆者の試みが成功したかどうかは覚束ないが、民俗学への目配りは目移りではなく、対象を理解する上で有機的だったことだけは確かなのである。

グリム兄弟の昔話についても、民俗学のなかから生まれた見解を活用することを試みた。それも、敢えてグリム兄弟の昔話のなかの最もよく知られた一つであるシンデレラ譚を例にとった。「シンデレラ」と「祈る女中さん」という二つの話型との重なりと、両者の比重の移動であり、またそれが何を意味するかを考えてみたのである。

ドイツ文学研究とドイツ民俗学の接点と分岐点——事例としての《隣人》

以上を述べたのは、概括的な挨拶としてだけではない。そのために一例を挙げてみたい。もとより、文学にかかわる関心は無限に広いものであろうし、民俗学もきわめて多岐にわたる。それゆえどちらからも見ても、数多い類例の微細な一つでしかないが、事情を判断する手掛かりにはなるのではなかろうか。

——二〇一〇年の秋口、日本の近海は時ならぬ人為の高波に見舞われた。その種の通例として真因は他にあるのかも知れないが、表面上のできごとは隣国どうしの境界をめぐる食い違いであった。のみならず現場を撮った映像の公開か流出かの騒動まで派生した。東アジアでは、日本も、隣りあう諸国も、ヨーロッパの国々の間にくらべると、頭で考えているのとはうらはらに実際の付き合いの歴史は意外に浅い。それぞれにノウハウが蓄積されていず、むしろ現在も模索の途上なのであろう。とまれ、そのなかで、一人の国会議員がこんな発言をした——《悪しき隣人》。

多少話題にもなったこの言い回しを耳にして、ピンと来た人々がいたとすれば、日本では先ずはゲルマニストではなかったろうか。なぜならその古典的な事例は、フリードリヒ・シラーだからである。『ヴィルヘルム・テル』の第四幕第三場にその有名なせりふは入っている。

いかに真正直な者たりとも安穏にはおれぬもの
悪しき隣人に気に入られねば

Es kann der Frömmste nicht im Frieden bleiben,
Wenn es dem bösen Nachbarn nicht gefällt.

主人公テルが悪代官を狙撃するチャンスをうかがいつつ、畑番の男を前に述懐する場面で、人生訓的な名文句として知られている。日本人が人形浄瑠璃や歌舞伎のさわりの文言に知らず知らずのうちに馴染んでいるようなものである。ちなみに、ここでテルの話相手になる《畑番》(Flurschütz) は、Flurhüter や Flurer とも呼ばれ、また地域によってさまざま言い方があった（南チロールの葡萄畑番 Salter など）。町村体の雇い人で、春から秋までの間、畑の傍に仮小屋を構えて過ごすのが普通であった。とりわけ収穫の前には、畑を見張る役目は不可欠であった。村の貧民のあいだから雇われることが多く、わずかな給金で、また現物支給の場合も多かった。一人前に働けなくなった老人のこともあり、村の下層民である。当時の観客にとっては、見知った村の光景が舞台に現れたことになると共に、下層の人々のあいだに潜む主人公の立場を印象づけるものでもあり、またそこに作者の思想が感じられる。

このシラーの作品が書かれたのは一八〇三～〇四年であった。となると、それに近い時期のもう一つの名句も併せて思い出されよう。マティーアス・クラウディウスの「夕べの歌」である。と言うより、詩歌の類型名を借りたタイトルではなく、一般には詩中のさわりの一句で記憶されている。夜の静寂にある自然を穏やかな昂揚のなかで讃える詩行の最後にそれが来る。

神よ、我らを罰しないで下さい　Verschon uns, Gott! Mit Strafen
そして安らかな眠りを下さい　Und laß uns ruhig schlafen!
我らの病める隣人にも。　Und unserm kranken Nabar auch!

この作品は創られてまもなく、ハインリヒ・フォスが編んだ『一七七九年の詩歌による花の摘み取り』（*Poetische Blumenlese für das Jahr 1779*, hrsg. von Heinrich Voß）に収録され、さらに同年中にヨーハン・ゴットフリート・ヘルダーが（創作詩にもかかわらず）『民謡集 第二巻』（*Volkslieder*）に収録し、併せて秀歌として論評した。クロップシュトック風の讃歌を基本にしながら民謡風であることも持ち味であった。今日も評価は高く、ドイツの名詩のアンソロジーには必ず入っている。手近なところではヴァルター・キリーの『ドイツ文学精華集 十八世紀篇』（*Die deutsche Lietratur 18. Jahrhundert: Texte und Zeugnisse,* in Verbindung mit Christoph Perels, hrsg. von Walther Killy. München 1984）を開くと、《当時の讃歌の通念を超えたピアニッシモの終わり方》、あるいは《一見平易でめだたない作りながら、マクロコスモスとミクロコスモスの鮮やかな対比》と評されている。早く作曲家シュルツが『民謡風の調べによる歌曲集』（Johann Adam Peter Schulz, *Lieder im Volkston.* 1790）に収めて発表したメロディも広く知られ、ドイツ人の多くが子供のころから親しんでいる歌曲でもある。今日では、《病める隣人》がタイトルのように受けとめられてもいる。

ところで、この〝Nachbar〟の語は、歴史的には永いあいだ、今日のような《隣人》を指してはいなかった。古い時代の《ナッハバル》が何であったかについては、民俗学の分野に指標的な研究がある。法民俗学の大成者カール＝ジーギスムント・クラーマーの最初期の著作『農民の共同組織としての隣人組――特にバイエルンについて見た法民俗学への寄与』(Karl-Sigismund Kramer, *Die Nachbarschaft als bäuerliche Gemeinschaft. Ein Beitrag zur rechtlichen Volkskunde mit besonderer Berücksichtigung Bayerns.* München-Pasing 1954）である。それによれば、《ナッハバルシャフト》(Nachbarschaft）あるいはその近縁的な幾つかの呼称は、町や村の自治の単位、また支配機構の在地組織を指していた。隣人組を構成するのは、町や村において一定の地位と資産と納税能力をもつ中核的な構成員であった。農業経営者、あるいは商家の事業主、工房の親方、つまり村では正農（Bauer）、町では市民（Bürger）であった。それゆえ古文書に見られる《我ら、ナッハバルは……》という表現の様式は、そうしたメンバーの自負の表れであった。しかしまたNachbarschaftは時とともにやや拡大されて、特定の職責に共同責任を負うグループにももちいられるようになった。特に井戸を共同で使用・管理する《井泉隣人組》（Brunnennachbarschaft）がそうで、権利と義務を同じくする集団であった。今日でも、特に葬儀の費用を積み立てる一種の頼母子講ないしは積み立て組合（Sterbekasse）が《ナッハバルシャフト》を名乗っていることがあるのは、隣人組の本来の意味が緩んできた頃の語法の名残りとされる。その趨勢はさらに進み、ナッハバルは身分も資格とも問われず、個々人に適用できる語へと変化していった。《ナッハバルシャフト》も一般的な隣人関係を指すことができる可能性をもってきた。それはこの組織形態に限られることではない。永く町村体の運営の柱とも支配の末端ともなって生産・自治・治安・納税を担ってきた種々の結集単位の意義が低下し、行政への国家の管理の度合いが高まって、近代官僚制による行政が生活次元にまで浸透した。さら言い添えれば、それと並行して、生産と自治・支配と納税とは直接かかわらない新たな市民的な結集形態として組合（Verein クラブ）が擡頭した。当初は愛国と郷土性を結集核とした団体づくりであった組合は、特に歌謡と体操が結集のモチーフであったが、やがてありとあらゆるモチーフによる団体のあり方となり、それが現代にまで続いている。ちなみに、祭りなどの民俗事象が、古い町村体の伝統的な社会組織ではなく、組合（Verein あるいはクラブ）よって担われていること、担い手団体が古くからの名称を引き継いでいる場合ですら中身は組合的な結集となっていることに注目をうながしたのはヘルマン・バウジンガーの最初期からの着眼点であった（Hermann Bausinger, *Vereine als Gegenstand der volkskundlichen Forschung.* 1959. In: *Zs.f.Vkde.Jg.55.*）。専門誌に寄稿されたこの小さな研究ノートは、やがて民俗事象の担い手の見直しという学界の共通の課題となっていった。たとえばファスナハト（カーニヴァル）行事を担う人々が《ツンフト》を名乗っていたとしても、中身は近代以前の身分や資格を前提としたツンフト組織ではなく、組合（クラブ）となっており、それゆえ現代ではツーリズムともかかわる状況とも重なってゆく。それは教会行事の奉賛会である兄弟団や信心会ですら免れない近・現代の趨勢でもある。かかる近代化の動向のなかで、隣人組もまた伝統的な役割を失ない、それを指していたナッハバルやナッハバルシャフトの語は永く結合していた社会的含意から切り離された。そのトレンドを詩人の感覚がいち早くとらえた。マティーアス・クラウディウスやフリードリヒ・シラーの詩句が同時代人の耳についてはなれなかったのは、新鮮な語法だったからである。

なお言い添えれば、K－S・クラーマー（一九一六〜一九九八年）は歴史民俗学の代表者で、ポストはキール大学教授であったが、バイエルンを主な研究フィールドしていたためドイツ民俗学界ではミュンヒェン学派と分類されることもある。時代的には、主要に中世以後の時代あるいは近代初期、すなわち日本では近世と呼ばれる時期を研究対象とした。主要な著作には『中世以後の低地フランケン地方における農民と市民』などがある。ほとんどの著作にサブタイトルなどで標榜される《文書資料にもとづく民俗学》(*Eine Volkskunde auf Grund archivalischer Quellen*)がK-S・クラーマーの研究方法の特色であった。すなわち一定地域の一定の時代の特に在地資料、すなわち日本では地方文書《ぢかたもんじょ》や村方《むらかた》文書とよばれるものに相当する一次資料をくまなく把握することを土台にするのである。その姿勢はそれまでの水準よりもずっと踏み込んだもので、村法や村掟や法諺にとどまらず、市長・村長・牧師館の出納簿と照らし合わせて実際がどうであったかを問うなどの作業を組みこんでいる。種々の係争にかかわる裁判記録もK-S・クラーマーが好んで分析した古文書の種類であった。これらによって一定の時間・空間における社会の形態とそこでの人間の暮らしを体系的にあきらかになし得るとしたのである。それをK-S・クラーマーは《法民俗学》(rechtliche Volkskunde)と呼んだ。民俗事象を広義での法意識ないしは法観念の表出と見るのである。筆者はK-S・クラーマーがその方法論を改めてまとめた後年の『法民俗学の輪郭』(*Grundriß einer rechtlichen Volkskunde.* Göttinen 1974)を翻訳したことがあるが、クラーマーの隣人組に関する調査は、そうした研究の視点が明瞭に表明された最初期の成果の一つであった。

　この一例のどのあたりにドイツ文学とドイツ民俗学の接点をみとめ、どこに分岐点を見るかは、関心のあり方によってばらつきはあろう。もとより深く進めばそれぞれの枠とする領域がありはするが、卑近の場では二つの分野は相互にとって指呼の間にあることが分かってくる。もちろんそれは、この両者に限られることではない。ドイツ文学研究とドイツ思想史もそうであろうし、美術史研究や音楽研究からも同じことが説かれてもよいのである。

（二〇一二年十月記）

《注》

（1）木村直司（著）『ゲーテ研究』南窓社 一九七六年。同（著）『ドイツ古典主義の一系譜』南窓社 一九八三年。同（著）『ドイツ精神の探求 ゲーテ研究の精神史的文脈』南窓社 一九九三年。

（2）柴田翔（著）『ゲーテ「ファウス」を読む』岩波書店 一九五八年。同（著）『内面世界に映る歴史 ゲーテ時代ドイツ文学史論』筑摩書房 一九八六年。同（著）『闊歩するゲーテ』筑摩書房 二〇〇九年。

（3）小塩節（著）『ファウスト ヨーロッパ的人間の原型』日本ＹＭＣＡ同盟出版部一九七二年（後、講談社学術文庫）。同（著）『愛の詩人・ゲーテ ヨーロッパ的知性の再発見』日本放送出版協会 一九九九年（ＮＨＫライブラリー）。

（4）マックス・リュティ（著）小澤俊夫（訳）『昔話 その美学と人間像』岩波書店 一九八五年。ハインツ・レレケ（著）小澤俊夫（訳）『グリム兄弟のメルヒェン』岩波書店 一九九〇年。

（5）小澤俊夫（著）『素顔の白雪姫』光村図書出版 一九八五年（後に次の解題『グリム童話考「白雪姫」をめぐって』講談社学術文庫 一九九九年）。同（著）『グリム童話の誕生 聞くメルヒェンから読むメルヒェンへ』朝日新聞社 一九九二年。

（6）ブレードニヒ（著）竹原威滋（訳）『運命の女神 その説話と民間信仰』白水社 一九八九年。竹原威滋（著）『グリム童話と近代メルヘン』三弥井書店 二〇〇六年。

（7）マックス・リューティ（著）高木昌史・高木万里子（訳）『昔話と伝説 物語文学の二つの基本形式』法政大学出版局 一九九五年。同（著）高木昌史（訳）『民間伝承と創作文学 人間像・主題設定・形式努力』法政大学出版局 二〇〇一年。

第一部　民俗文化からみたゲーテ

第一章　古典劇における歌謡の使用とその背景

ゲーテの作劇法をシェイクスピア、モリエール、ゴールドスミスの文学技法との比較に探る

本章の基本はゲーテの文学の理解にある。作劇の一側面に焦点を当てた考察として先行する諸例を取り上げているが、目的はゲーテの文学を（ある特定の面から見たかぎりではあるが）西洋文学の流れに位置づけることある。したがって、シェイクスピアやモリエールの研究の観点からは不足や遺漏があるであろうが、ゲーテに収斂するかたちの構成ではあっても、無理をおかしていないように心がけたつもりではいる。

ゲーテが劇中歌を効果的にもちいたのには、シェイクスピアに学んだことが関係しているのは間違いがないであろう。またそのさいヘルダーの文学理論と歌謡への注目も本質的な刺激であったろう。もっとも本稿は、その経緯を作家たちが先人から習得した過程や関係者の交流を細かく跡付けるという行き方をとらなかった。むしろ作品から何が読みとれるかに主眼をおいた。その点では本稿は筆者の読み方を呈示するという性格にあるが、それが客観的にも妥当するものとなっておればと願っている。

ゲーテの劇中歌の活用はもとより一律ではなく、幾つかの種類があり、それぞれに異なった役割を果たしている。しかしここではそれらを網羅的に扱うのではなく、特にめざましい効果を挙げている事例として『ファウスト第一部』のその箇所を理解するように構成した。演劇の通常の科白、いわば地の部分に対して歌謡は異質であ

る。別の次元と言ってもよい。それをゲーテは組み合わせて演劇に独特の奥行きを作りだした。しかもそれは、シェイクスピアとの先例とぴったり重なるところがある。同時に、それはまったく別の人物造形を結果した。それゆえ同じ画像の陰画と陽画のような関係にある。なぜそうなったかは、両者の作品の素地になった時代状況が異なっていたからである。シェイクスピアは近代が始まろうとする最初期、したがって中世世界の根幹をなしていた社会の構図がなお現実味をもっていた時代にその時代の人間を造形した。他方、ゲーテは近代がさらに熟してゆき、市民社会が本格化しようとする幕開けにその時代の人間を描いた。それは今日の私たちが生きている状況と基本において重なっている。その事情を劇中歌は見せてくれるのである。

（一）シェイクスピア

シェイクスピア劇が作劇上の工夫や技巧の点でも永遠の範例であることは改めて言うまでもない。これから見ようとする劇中歌もまたそうした一つである。

シェイクスピア劇で、通常の科白とは違った歌いものの性格を帯びた箇所や、音楽の入る場所は、細かいものまで数えれば八〇か所以上になると言われている。(1) この数からだけでも、シェイクスピアが演劇中の歌いものや音楽の効果に並々ならぬ関心を寄せていたことが推測される。しかしその一つ一つを追うのがここでの目的ではない。そのなかから効果の著しい幾つかについて、その後のヨーロッパ演劇史のエポック、とりわけゲーテの見せた作劇上の工夫と関連づけてみようと思うのである。

音楽の活用で特に知られるのは『真夏の夜の夢』と『嵐』で、前者は一八か所、後者は一〇か所である。この両作品は、リアルな事件の進行というよりは、この世ならぬ空間を設定するところに成り立っており、主に妖精が担当する歌いものや音楽が、観衆をそうした別次元へ誘いこむ上で大きな役割を果たしている。『ウィンザーの陽気な女房たち』における仮装者たちの場面（第五幕）は、そのパロディ的な応用と言えるかもしれない。

しかしこれ以外にも、注目すべき効果を随所に見出すことができる。ここでは音楽面よりも、歌いものの効果の方により多く注意を向けたい。それは、シェイクスピア劇が、ヨーロッパ文化全体からみればオペラの生成期でもあり、音楽への関心もようやくさかんになりつつあったルネサンス後・末期の雰囲気と一部では重なりつつも、本質的には徹底した言語劇だからである。これを言うのは、西洋の演劇史の大きなサイクルとの関係で注意を要するからである。ちなみに西洋の演劇については古代劇、中世劇、近代劇という大区分が措定されるが、前二者は共にその末期には様式化をきたし、さらに最後は言語の要素が低下した。古代劇では歌と踊り、中世演劇では行列行事へと変化してそのサイクルを終えたのである。今日もセマナ・サンタ（聖週間）やミステリー（神秘な場面の意味）などの名称で目にすることができる復活祭の期間の行列行事は中世演劇の成り果てた形態が信仰行事として継続したという面がある。[2] それに対してシェイクスピア劇は、始まろうとする（広義での）近代劇でもあった。そこでの歌謡の意義は、演劇史の大きなサイクルの最後の要素としてではなく、言語使用の幾つかの次元における特定の可能性の開拓にあったと言ってもよい。すなわちそこでの歌謡の使用は、それをのせるメロディーの効果と言うより、言語の位相の差異の意識的な活用であったと考えられるのである。

a　演劇の終結における歌謡の役割の一例――『恋の骨折り損』

そこで実際をみることになるが、先ずめざましい効果を発揮しているものに、舞台の転換、あるいは作品の終結に歌謡をもちいるという形態がある。その代表例は『十二夜』と『恋の骨折損』である。これには、直接的にはシェイクスピア時代の舞台のあり方が関係していよう。周知のように、当時の舞台は観客席に張り出しており、今日のようなカーテンの使用は一般的ではなかった。(3) 近代劇では普通ののぞき舞台が主流になるのは、演劇がエンブレムの性格を帯びたバロック時代のことであった。(4) と言うことは、その前の時代には、各幕の継ぎ送りもそうであるが、とりわけ演劇の終結には、それを納得させるだけの何らかの工夫が必要であった。

演劇の終結について言えば、その最も基本的な型は、事件が解決し、筋が完了することで、悲劇の場合には、主人公の死がそれに当たるのが、ギリシア悲劇以来の伝統であった。シェイクスピアにおいても、悲劇ではこの形態が多い。四大悲劇の他、『コリオレーナス』、『アントニーとクレオパトラ』、『タイタス・アンドロニカス』、『ジュリアス・シーザー』、『リチャード三世』などで、『ロミオとジュリエット』にもあてはまる。また主人公の死に加えるに、『マクベス』や『リア王』のように葬送曲が奏でられることもあり、『マクベス』ではそこにさら正統的な王権の復活を表わすファンファーレが鳴りひびく。

これに対して喜劇の場合（またシェイクスピア劇では重い比重をしめる史劇の一部でも）筋の終結だけでは十分ではないことがある。そこで幾つかでは、締めくくりの口上が述べられる。『お気に召すまま』や『終わりよければすべてよし』であり、史劇では『ヘンリー四世、第二部』、『ヘンリー八世』にそれが見られ、さらに『アセンズのタイモン』でも類似の工夫がなされている。また『空騒ぎ』では登場人物の一人が楽士たちに音楽の演奏を言いつけ、ダンスが始まるという趣向がとられている。

『恋の骨折損』もこれと共通した性格にあると言ってよいであろうが、もう少し踏みこんで観察してもよいものを含んでいる。筋立てを言うと、ナバール王と臣下にして親しい仲間でもある三人の貴族が、学問への精進のために三年のあいだ女性を近づけないとの誓いを立てるが、ちょうどフランス王女とその三人に侍女が到来して、恋の組み合わせができ上がり、加えて、折から宮廷に滞在中のスペイン人（アーマードー）も田舎娘と結ばれるので、都合、五組のカップルが誕生するという運びである。男たちの愚かな自重はあえなく潰え、自尊心の回復をねらった起死回生の計略も女性陣の見破るところとなり、大団円に到達する。そして締めくくりである。

アーマードー　それがし立願を致しました。それがしの大切なジャケネッタのために三年間、鋤を握ることと致しました。されど、陛下、先般申し上げました二人の学者が、梟《ふくろう》と郭公《かっこう》を讃える掛け合いの歌をつくりましたのを、お聞き下さいませんか。実は、先ほどの余興の締めくくりに続けて演じる手はずだったのでございます。

王　ただちに呼び入れるがよい、所望いたそう。

アーマードー　おーい！　入るがよいぞ。

ホロファニーズ、ナサニエル、モス、コスタード、その他の面々、一方の側からは梟《ふくろう》に扮した者に先導されて冬を演ずる一団、反対側からは郭公に扮した者に先導された春を演ずる一団が入る。

こなたハイエムス（Hiems）、すなわち冬でありまして、反対側はヴァー（Ver）、つまり春でございます。冬は梟が語り、春は郭公が相勤めます。さあさあ、春から始めた、始めた。

春　歌

斑《まだら》ひな菊、青色すみれ
銀に輝く種付け花に
（カッコー）黄金《こがね》色した金鳳花
牧場《まきば》楽しく彩れば、
郭公鳥が樹にとまり、
女房持ちをばあざわらう。
カッコー！
カッコー、カッコー、なんと不気味な響きよう。
女房持ちには、耳ざわり！

羊飼いたちゃ藁笛吹いて、
耕す人には雲雀が時計、
きじ鳩、野鳥、小鳥は番《つがい》。
娘ら夏の肌着を晒しゃ
郭公鳥が樹にとまり
女房持ちをば嘲笑う。

カッコー！
カッコー、カッコー、なんて不吉な響きよう。
女房持ちには耳ざわり！

冬

壁にゃ氷柱《つらら》が垂れ下がり、
羊飼いのディックどん、手持ち無沙汰に爪吹けば
トムは薪《たきぎ》を家へと運ぶ、
運ぶ手桶のミルクも凍り、
血の気なくして行き来もしどろ、
それ見て夜ごとに梟が目玉ぎょろぎょろ歌いだす。
テューフィッ
テューフィッ、愉快な歌だ。
太っちょジョーンは熱鍋冷ます。
風はびゅうびゅう吹きすさび、
牧師は咳して説教つかえ、
鳥たちゃ雪中、卵をかかえ、
メリアン霜焼け赤鼻ちろり、
お椀でぐつぐつ焼き林檎、

それ見て夜ごとに梟が目玉ぎょろぎょろ歌いだす。
テューフィッ
テューフィッ、愉快な歌だ。
太っちょジョーンは熱鍋冷ます。(5)

この終わり方の鮮烈な効果は、シェイクスピア劇のなかでも第一級に数えてよい。この異質な空間が転換するからである。

シェイクスピア劇は、大きくみれば宮廷劇の側面をもっている。ロンドンの町なかにあった劇場を宮廷劇と言うのは奇妙かもしれないが、それはヨーロッパ演劇史の大きな区分を前提にしたときのことである。ヨーロッパの演劇の歴史は、古来、三つに区分されてきた。ギリシア・ローマの古代劇はローマ帝国の衰亡とほぼ同じくして衰微・消滅し、ややあって中世演劇が芽をふいた。当初は祭壇の前で聖書の場面を数人が朗読するという儀式的な性格であったが、次第に発展して中世末期に壮大な野外劇にまで拡大した。しかしそれを頂点として、やがて次第に活力を維持できなくなり、パレードなどに変質してそのサイクルを終えた。今日ヨーロッパ各地でなおわずかに残っている聖週間の行列行事などがそれでわる。それはともかく、そうした中世演劇の後に現れて今日まで続くのが近代劇である。なお中世演劇から近代劇へという大きな流れの一部で、古代劇の復活を掲げたルネサンス演劇が起きた。キリスト教演劇とは違い、古代の神話や英雄を演じる種類で、また理論的にはアリストテレスの詩学に支えられていたこともあって、それは多くの場合、支配者や半神の運命をあつかっていた。シェイクスピア劇はその流れと重なるところがある。大きくくくれば近代劇の起点であり、同時にルネサンス演劇である。その演じられる場所がかならずしも宮廷ではないにせよ、首都や王府であり、その国や支配者の運命を現出させることにその特色があった。そして政治的には絶対主義の王権の時代とかさなった。そうした意味で、シェイクスピア劇は広義の宮廷劇であり、また近代の国民国家の運命のドラマであった。ここでは演劇史の問題にはこれ以上踏み込まないが、シェイクスピア劇がそういう性格を持っていたことを踏まえておきたい。

シェイクスピア劇には実際に宮廷人の観賞を主眼にして作られたと思えるものもあり、また国家や王室の記念行事を念頭においていることもある。舞台の設定も基本的には宮廷劇である。これは不思議なことではなく、市民劇の時代が来るのは、なお二世紀ほども後のことなのである。時代は強力な王権を中心にした一元的な国家の幕開けにあたっていた。そこでは絶対君主の宮廷であるが、さらに広く見れば、宮廷は時代によっては世界の縮図の意味をもつこともあった[6]。ともあれ、展開しつつある国民国家の政治・文化の中心として宮廷が機能した時代であり、そこでのできごとには普遍性があり、リアリティを帯びていた。宮廷をめぐるエピソードも、良きにつけ悪しきにつけ、一般的な意義をもち、広く社会の注目するところであった。かかる意味において、シェイクスピア劇は宮廷劇であった。この作品の場合でも、ナバール王の宮廷は当時のイギリス人にとって何らかの縁のある場所であったらしく、またこの他にも、随所に当時のイギリス宮廷劇をめぐる時事的なエピソードとの比定が成り立つと言う。

これに対して、劇の終結に配置された歌謡は、冬と春、ないしは冬と夏の掛け合いで、農村行事を踏まえている。ヨーロッパ、殊にアルプス以北では、農耕における最大の関心事は冬夏の順調な交替で、そのため既に前年の末から何度もこれを予祝する行事が行なわれる。夏と冬の格闘や、夏の到来に見立てて緑葉で全身をおおった紛争者が入村するといった行事は、その起源問題や伝承過程には複雑なところがあるが、ともかく現在も各地につたわっている。しかしそれを非常に古い時代からの伝統、たとえばキリスト教以前の神話や信仰に根ざすとまで考えると、逆に歴史の実相とは離れてくる。かつて文化人類学や民俗学では、そういう脈絡が想定されたことがあったが、今日では否定されている。[7] 夏冬の交替が演じる農村行事の起源は、むしろ中世後期の宮廷の仮装行事であった。そこが社会の中心であるために、社会の諸要素が仮装の形で一堂に会し、またさまざまな演出が工夫されたのであり、それが中世末期以後に民間に広まったというのが実証研究の教えるところである。[8] この場面でも、たとえば郭公がうたう《銀に輝く種付け花に／(カッコー) 黄金色した金鳳花》など、軽妙できわどい言葉の遊びは、まるでロココ調である。

農村を背景として冬と夏（または春）の交替を二種の鳥類に託した文学作品で知られているのはイギリスの中世末期の叙事詩仕立ての『ふくろうとナイチンゲール』であるが、これも、農村行事そのものと解してよいかどうかは一考を要しよう。[9] しかし、宮廷で案出された世界の縮図として、そこに農村があらわれるのである。

かかる複雑な学説史的な問題がありはするが、シェイクスピア劇について言えば、ここで二つの空間が衝突する。すなわち宮廷という舞台空間が、筋の展開が終結に達した途端、異質な農村空間に向かって切って落とすように転換し、この意表を突く解放感のなかで、演劇は終わるのである。

b 『十二夜』の終結にみる作劇法

『十二夜』の締めくくりはやはり歌謡であるが、これまた独特の効果を発揮している。舞台は、大貴族の館を中心に展開する。恋をする大公と、これを受けつけない公女という構図に、折しも乗船の難破で別々にその土地にたどりついた双子の兄妹が加わり、双子の妹は、自分が男装して使えた大公に、他方、公女は双子の兄に恋心をつのらせ、この二人の女性の意思で事態が展開し、最後は二組のカップルが誕生する。大公の諦めと慶事とがないまぜになった賑やかな場面のうちに、すべての事件は解結し、誰もが退場したあと、ひとり広間に残った道化役が歌う(10)。

餓鬼の頃には、おれだって、
ヘーイ、ホイ、風に雨、
いたずらしても叱られず、
毎日雨が降っていた。

だけど大人になってみりゃ
ヘーイ、ホイ、風に雨、
悪さも盗みも大目玉、
毎日雨が降っていた。

女房のもとへ帰っても、
ヘーイ、ホイ、風に雨、
口から出まかせすぐにばれ、
毎日雨が降っていた。

ごろり寝床にもぐっても
ヘーイ、ホイ、風に雨、
酔いがまわってフラフラで、
毎日雨は降っていた。

世界の初めは過ぎたこと、
ヘーイ、ホイ、風に雨、
芝居もこれで果てたれば、
日夜変わらぬ宮仕え。

大勢の人々の集う華やかな場面から一転しての独り歌であり、人の心の奥底にかすかに響いている寂寥がにわかに音を高くしたかのごとき効果である。何かしら人生の哀歓を漂わせ、そして喜劇は終わる。

c　シェイクスピアの歌謡論

以上は、シェイクスピア劇における歌謡のさまざまな効果のなかから比較的注目されることの少なそうな事例をとり挙げてみたのであるが、ここでシェイクスピア自身は歌謡を何と考えていたか聞いてみようとおもう。もちろん、登場人物の科白のかたちでの言表である。(11)

公爵

おお来たな、昨夜の唄をやってくれ。よく聞いておけよ、シザーリオ。古い、素朴な唄だ。日向《ひなた》に出て糸を紡いだり、編み物をしたり、針を操って機《はた》を織ったりする乙女たちが、よく歌う唄だ。飾りけない真実を、無邪気な恋心を、のんびり昔風に歌いあげたものだ。

『十二夜』のなかで恋心に懊悩する公爵が、道化に歌謡をうたわせるときの文言で、シェイクスピアの歌謡論として古来有名なものでもある。(12) その意義については、ほとんど多言を要しまい。宮廷人である公爵が、古い素朴な農村の歌謡に耳を傾けて、ひととき心の急迫を癒すのである。

d 『オセロー』における劇中歌

最後に取りあげるのが、シェイクスピアの歌謡の使用として最もよく知られている『オセロー』と『ハムレット』とのその場面である。

『オセロー』の筋書きは誰もが知るところである。ヴェニスの軍司令官でムーア人のオセローが、初老に及んで若妻を得るが、副官イアーゴーの奸計を機に妻の不貞を妄想するに至り、嫉妬の虜となって、無実の妻を絞殺するという運びである。演劇の大部分は、オセローが、誤ったささいな物証をつなぎあわせて、止めどなく嫉妬をふくれ上がらせてゆく壮大な論理的展開にあり、その極まったところで、破局に向かう転回点がおとずれる。

デズデモーナは、オセローの心に渦巻く暗い地獄のような嵐を定かには知らない。ただ、いらだちをつのらせ、わけもなく自分に辛くあたりはじめた夫の態度に、ただならぬものを感じ、身の置きどころのない思いが増すばかりである。原因に思いあたらず、悲しみと言ってすませることもできない。状況が、理解できないままに迫っ

てくるのである。そして放心する。(13)

エミリア　どうなさったのでしょう。先ほどよりやさしくなられましたわ。

デズデモーナ　すぐお帰りになるって、
私には床にはいっているように仰いました。
それに、お前を下がらせるようにって。

エミリア　下がらせですって！

デズデモーナ　そうするようにってよ。だから、お願いエミリア、
私の寝巻をとって来て。そしてお休みなさい。
今、逆らうのはよくないわ。

エミリア　奥方様はあの方とめぐり合わなければよかったのです。

デズデモーナ　私は違うわ。私は旦那様が好きなの。
だから、どんなに冷たくされても、叱られても、ご機嫌の悪い顔をなさっても――
ちょっと、ピン抜いて――私は嬉しいの。好きなのよ。

ローザ

エミリア　奥方様、何を仰るのです。

デズデモーナ　私の母さまにバーバラという小間使がいたの。その子が恋をしてね。
だけど、相手の男が気が狂ってその子を棄ててしまったの。
その子、いつも「柳の唄」を歌ってたわ。

古い唄なの。だけどその子の運命のような唄だったわ。

あの子はそれをうたいながら死んだの。

あの唄が今夜は思い出されて仕方がないわ。

あたしも首を片方に傾けて、かわいそうなバーバラみたいにうたってみたい気がしてならないの。さあ、もう行って。


夜着に着換えるために、身につけていたものを脱いでゆく。着衣は人間の社会性の最後の砦、そして変装と変身の最少の手段。脱ぐとは、作った自分ではなくなること、しかし自分そのものに返るのでもない。作ってふるまうことこそ、自分らしくなり得る契機でもあるが、その手立てを棄てたときに残るのは平凡でありふれた存在であり、その様相で放り出されるのである。着衣がはがれるにつれ、かすかに肌をなでる風ですら、常とは違い、存在そのものに触れるような意味をもってくる。

エミリア　お寝間着をお持ち致しましょうか?
デズデモーナ　これでいいわ。こちらのピンを取って。
　ロドヴィコ様って、立派なお方ね。
エミリア　素敵な御方でございます。
デズデモーナ　お話もお上手だし。
エミリア　あの方の唇に触れられるなら、パレスチナまで裸足でお参りしても構わないっていう女がヴェニスにいた位です。

デズデモーナ　（歌う）

棄てられちゃったあの娘、木陰で一人ため息ついて
　柳の歌をうたいましょ
胸に手を当て、頭をうずめ
　柳、柳、青柳
澄んだ小川の川音も、応えて共にすすり泣き
　柳、柳、青柳
熱く涙がこぼれれば、固い石すらとけてゆく

——これ、あっちにしまって。

　柳、柳、青柳

はやくして。まもなくお帰りだわ。

柳の歌をうたいましょ　柳の枝はかんざしに
とがめないでねあの人を　私一人のせいだから

でも、ちょっと違うかな。——あら、誰か戸を叩いてる？

エミリア　風でございますよ。

デズデモーナ

あだな男をせめたとて、つれない言葉返るだけ
　柳、柳、青柳
わたし浮気をしたならば、あなた誰でも寝るがいい——

さあ、もう下がって休んで。眼がかゆいわ。
泣きたい知らせかしら?

エミリア　何でもありませんよ。

ドラマは、こうして展開する。それは言語の異なった次元の間の地滑りである。あるいは歌うという営為の根幹にふれるといってもよい。言語を操って生きる人間が、言語ではどうにもならない局面に立ちいたったとき、言語が後退し、言葉は節廻しに場所をゆずる。言語による論理が現実に冷たくはねかえされる状況、言語では整理できない局面で立たされて起きる放心状態、メロディーの発生とはそういうものではなかろうか。そんなこと思わせるようなものが、ここにはある。

しかしそれは筆者の思い入れにとどまらない。文学研究の流れを見ると、ここに秘密を読もうとしてきた系譜がみとめられる。またドイツ文学研究では、それはゲーテのドラマトゥルギーにおける不可欠の課題でもある。この小論で名前を挙げている研究者たちもそうであるが、ともあれ、問題点をしぼろう。このシーンの構図は見紛いようがないほど明瞭である。宮廷のなかに俗謡が流れるのである。その歌は、まさに俗なもので、普段の宮廷の生活のなかでは、それ相応の場を設定するのでなければ違和感を惹き起こしてしまうような種類である。男と女の捨てたり捨てられたりする話、はしたない言葉づかいも紛れ込んでいる。たとえて言えば、威儀を正した場所に艶歌が聞こえるような場違いである。もっとも、それらは宮廷の人々もおそらく知っているものではある。しかし特殊な場を設けでもしない限り口にはしない。誰もがどこかで共有してはいるが、人前にさらけ出さない一面、その意味では裸体のようなものである。着衣の言葉と裸の言葉と言ってもよい。その言語使用の次元の違いは、人間が併せもつ複数の次元でもある。着衣にある人間と裸にされてしまった人間。しかもその地滑りは、放心においておきる。自己をコントロールすることを失った人間が思わず知らず裸の自己を露呈する。
それは狂気の一歩手前の構図でもある。それどころか、狂気そのものとなることすらある。事実、シェイクスピアは狂気を表出するのにもこれを使った。

e『ハムレット』の劇中歌

『ハムレット』の第四幕第五場では、深窓に育った女性であるオフィーリアが、宮廷に渦巻く陰謀のなかで父親を殺され、頼るものとてなく、正気を失い、俗謡を口ずさみつつ宮殿のなかをさまよい歩く。理解を絶する冷厳な現実のなかで自己を見失った人間が、切れた緊張の隙間から存在の深奥をみせる。しかし神秘な何かではない。平凡な人間である裸の自己の露呈である。ありふれたものが露わになる地滑りこそ、狂気の構造に他ならなかった。場所は〈宮廷の大広間〉。侍女を従えた王妃ガートルードとホレーショー、そして一人の宮臣という設定で、そこに狂女が登場する。

王妃ガートルード　私は顔を合わさない方がよいだろうね。
宮臣　是が非にもお目通りしたいと申しております、ですがまったく気がふれた様子で、見るにしのびません。
王妃　どうして貰いたいと言っているの。
宮臣　しきりに父君のことを申します。かと思うと、世の中にあれこれ怪しからぬことが起きているなどと、咳払いをしながら口走ったり、自分の胸を叩いたりします。
他愛無いことに怒ったり、埒もないことを口走っておりますが、
意味は半分も分かりません。どれも取りとめのないことなのですが
不明瞭なだけに、却て聞く者はあれこれの推測にかられます。……

ホレーショー　やはり御引見なされて、お言葉をおかけになる方がよろしうございましょう。腹黒い者
らの心にどんな危険な企みを誘ふやも知れませぬゆえ。

王妃　では連れてお出なさい。……

オフィーリア　デンマークのうるわしき王妃様はどちらにございましょう。

王妃　いかがしました、オフィーリアや。

オフィーリア　汝《なれ》のまことの思ひ人
（歌う）　いかに見極めいたさうぞ
杖に草鞋《わらじ》に、帽子には
ホタテガイこそその**証し**(14)。

王妃　まあ、そなた、それはどういう歌なのです。

オフィーリア　何も、だけど、まあ聞いてよ
（歌う）　もはやゐませぬ、あの御方
とうにあの世に旅立ちぬ
足は墓石、頭には

葉つぱの緑青々と。

王妃　でもねえ、オフィーリア——

オフィーリア　何も、でも、お聞き下さいませ。

（歌う）　峰の白雪、死装束よ

（国王登場）

王妃　殿さま、こんなことでございますの。

オフィーリア　花で飾つて美しく

（歌う）　野辺の送りもしめやかに

しとど濡れたる恋涙。

国　王　いかが致した。のう姫殿。

オフィーリア　忝うございます。梟はパン屋の娘だったと申します。今日このようにしておりましても、明日はどうなりますことやら。食卓には神様もご一緒に居て下さいませ。

国　王　親父殿のことを考えておるのかな。

オフィーリア　どうかもうそのことはお話し下さいますな。ですが、尋ねるお方がおられれば、こう仰って下さいませ。

（歌う）　ヴァレンタインを明日にして

夜の明けるのも待ちかねて

あたしや娘子、お前の窓に、

恋を待つ身となりませう
殿御跳ね起き服着けて
部屋の戸開けるももどかしい
往きは娘で来たなれど
只で戻れぬ世のならひ

国　王　これは痛ましい。

オフィーリア　まこと、それなら。御託《ごうたく》並べず、ケリを付けてしまひましょう。

（歌う）
今さら詮もなけれども
殿御の身勝手目にあまる
なんぼ男の習ひとて
それじゃ世間が通るまい
夫婦《めおと》になるの約束が
あればがこその共枕

（セリフ）
すると男の方がこう言うの

（歌う）
その気でいたのは嘘じゃない
お前忍んで来るまでは。

国　王　いつからこんな調子なのかね。

あすけな男女のあいだをうたう巷間の俗謡である。祭りか余興の場ならともかく、そうした段取りもないまま宮廷のなかに響くような歌ではない。それが、深窓の令嬢の口から出るのである。その場違いに狂気の表現が託される。狂気とは、言語の次元間の転移でもある。そして言語の次元の違いとは、人間のあり方の違いであり、しかもそれらは同じ人間のなかに同居している。それゆえ、ここでもまた、裸体で人前に出るような異様さがある。もとより裸体は誰もがもつものだが、それは制御された局面に限定されるのでなければならない。その制御が失われる様が、人間の重層性をあらわす演劇技法となっている。

ここで考えておきたいのは、シェイクスピア劇では、『オセロー』における放心の表出も、『ハムレット』における狂気の演出も、宮廷女性が町娘のあいだでのようなあけすけな俗謡をうたうという設定をとっていることである。もし放心や狂気が人間の奥深くひそむものを、あたかも内臓を裏返しにして引っ張り出すようなものであるとするなら、人間の深層とは何であるかがここには示されている。測り知れず、謎めいた、暗号のような秘密が人間の深層なのではない。ごくありふれた、とりわけ男女の性的な要素をふくむ欲望や衝動が深層に位置を占めている。と共に、表現するとなれば、その時代その時代におこなわれる平凡で通俗的な行き方である。平凡で通俗的とは、また図式化・様式化でもある。男女の関係の図式的な表現である。たしかに人間という生命体、また社会的存在をも併せて、生存の大原理に接する事象であろうが、その平板な表出である。そしてそれは、おそらく時代を超え出る真理である。すくなくとも近代以後はそうであろう。シャエイクスピアは近代が開幕する時期にそれを造形したのだった。

(二) モリエール

古典劇のなかでの歌謡の使用となれば、是非とも取りあげねばならないのが、モリエールの『人間嫌い』である。モリエールが、悲劇におけるラシーヌとコルネイユと並んで、フランス古典主義の頂点に立つ劇作家であったことは周知の通りである。喜劇は、悲劇が内面への沈潜によっても可能であるのに対して、社会や世相への幅広い関心と、それを的確に把握する批判精神を欠いては成り立たない。モリエールは、そうした社会的な眼差しにおいて、おそらく三巨匠中の随一であった。そしてその手がけた数々の作品のなかでも、非常な傑作とされるのが『人間嫌い』である。が、この作品は、歌謡が大きな役割を果たしていることにおいても、すこぶる異色である。

主人公アルセストは、潔癖で一本気な青年で、また世間知らずでもあるのだろう、才気と富みのある若い貴婦人セリメーヌの愛をもとめてそのサロンに出入りする。そこで彼は、同じくこの貴婦人のもとに通う男性の一人、オロントと顔を合わせる。オロントは、宮廷人士の一つの典型である。彼は、アルセストに、自作の詩の批評を乞う。ちょうど居合わせたもう一人に登場人物フィラントは、良識ある社交家で、アルセストの理解者でもある。(15)

オロント　……貴殿はまことに理解の深いお方でありますゆえ、御昵懇にしていただく始めと致しまして、先ほど書きました小曲《ソンネ》をお聞きいただきまして、世間に発表したものかどうか、お伺いに参った次第です。

アルセスト　失礼ながら、その種のテーマの批判はいたって不得手ですから、御勘弁願いたいものです。
オロント　そりゃまた、どうして？
アルセスト　実は、そうした事柄では、つい率直にものを言う性質なのです。
オロント　それこそ身どもの望むところですな。忌憚のない御批評を頂戴しようとしているわけでありますから、はなから御言葉をにごされたりされましては、身どもの方が心配になろうというものです。
アルセスト　それで御納得なら、たしかにお引き受け致しましょう。
オロント　小曲《ソンネ》……なのでございますが、……《我が望み》。実を申しますと、さる御夫人に宛てたものでして、その御方が身どもの気を引いたというのが、経緯なのであります。《我がのぞみ》……むろん、いわゆる荘重雄大な詩ではございませんで、どちらかと申せば甘美にして柔弱でありまして、恋に懊悩といった歌なのです。
（読みかけはしたものの、止めて、アルセストの顔を詮索するように見る）
アルセスト　ともあれ拝聴致しましょう。
オロント　《我がのぞみ》……どうも、文体の歯切れが悪く、すいすいとは参らないようにお聞きになるやも知れませんが、それに語彙の選択もお気に召さぬやも知れませせぬんが。
アルセスト　いずれそれもはっきりするでしょう。
オロント　その上、この歌はほんの十五分で書きあげたものということもご承知おき下さればと存じます。

アルセスト　失礼ながら、かけた時間は作品の出来映えに関係ありませんな。

オロント　《我がのぞみは心の伏床　やがて喜び来りなば　憂き心すら堪えつらん》

フィラント　その一節を聞くだけでも、うっとりした気分になりますな。

アルセスト　（小声でフィラントをなじり）何をまた、臆面もなく、こんなものをほめるんだね？

オロント　《過ぐる日見せしそが情け　今はただただ恨むのみ
　不実の恋の行く末に　花ののぞみも儚しや》

フィラント　いや、何とも！　粋なことばで味な運びですな！

アルセスト　（低い声で）けしからん！　見え透いたお世辞を言うな。こんな駄作を誉めちぎるのか？

オロント　《待ちて久しき恋なれば　死出の影寄る日の来るや　胸のほむらも消へぬらん》
《汝《なれ》が情は薄かるも　見目麗しきフイリス殿　汝《なれ》が見せたる薄なさけ》

フィラント　その締めの素晴らしいこと、恋々の情を写した様は、実に見事ですな！

アルセスト　（小声で）締めも何もあるものか！　鼻持ちならぬお世辞なんぞ、締めてつまづいて鼻柱でも折るがいい！

フィラント　これほど文言出色の詩はこれまで耳にしたことがありませんな。

アルセスト　（小声で）けしからん！

オロント　それはお世辞でございましょう。さぞかし内心では……。

フィラント　とんでもない、お世辞どころか。

アルセスト　（フィラントに小声で）いったい、何をたわけたことを、顰蹙《ひんしゅく》ものだぞ！

オロント　ところで、貴方様、先ほどの約束通り、どうかひとつ忌憚なくおっしゃっていただけませんか。

アルセスト　まことにこの種の問題は毎度のことながら微妙なところがありまして、自分の作品となると誰だって誉めてほしがるものです。ところで先日のことですが、誰とは名前は申せませんが、ある紳士のお書きになった詩を読んだ後、こう申し聞かせたのです。およそ文雅の人士は常に心にわきおこる書きたくなる衝動を十分に制御しなければなりません、とね。それだけでなく、その種の道楽を世間にひけらかそうとする色気には抑えるによほど手綱を引き締めるべきで、作ったものをあまりに発表したがると、得てして有難くない役割を演じがちのものだ、と。

オロント　すると、何ですか、身どもがただいまこうこうこうしようというのがそもそも間違いとでもおっしゃるのですか?

アルセスト　そういうつもりはありません。とは言え、私はその紳士に、血の通わない文章には誰にとっても傍迷惑《はためいわく》、そうした弱点は君子の鼎の軽重を問うことにもなるのみならず、一面ではいかに多くの長所をそなえておりましても、世間というものは、人を判断するのに短所を見勝ち、と苦言を呈したのです。

オロント　と言いますと、身どものソネットに何かご異存がおありということでしょうか。

アルセスト　そういう心積りはないのですが、その紳士には、今後断じて筆は執らないように、そもそも当世では文筆欲がいかに志士仁人をそこなっているかということを力説したのです。

オロント　と申されるのは、身どもの文章が下手で、引き合いにお出しになった連中の同類ということでありましょうか？

アルセスト　そんなつもりはございません。が、詰まるところ、その紳士に言いきかせたのです。差し迫って韻文をひねる要がありでもするのか？　何を苦にして印刷までさせるのか？　くだらぬ書物の出版が許されるのは三文文士が糊口をしのぐために書く場合に限るのだ。己《おのれ》を信じ、自分の勝手な誘惑を払いのけ、自作などは世間に大っぴらなどにはしないこと、たとえ、他人から強いられようが、せっかく宮中でかちえた君子の名声を捨てるのはやめろ、ということ、とどの詰まり、目先の利益だけの本屋から御用文士の名前を頂戴するのが関の山、こうしたことを懇々と説き聞かせたのです。

オロント　なるほどご尤もでありますな。おっしゃることは分かりましたが、身どものソネットにつきまして是非ご高見をお聞きしたいのです……。

アルセスト　忌憚なく申せば、御自作は筐底深く蔵しておかれるべきでしょう。そもそも貴殿のは、お手本が実によくない。貴殿の表現は断じて自然なものではない。そもそも、《今この悩みありつれど》とは何ですか？　さらに《やがて喜び来りなば／憂き心すら堪えつらん》とは何です。のみならず、《不実の恋の行く末に／花ののぞみも儚しや》とは何です？　その上、《見目麗しきフィリス殿／我のはかなく焦がるるは》とはこれまた何なのです？　そういう持ってまわった文言を吹聴する輩もいはしますが、そんなのはまっとうな趣味からも真実からも逸脱しています。ただの言葉の弄びで、気障この上無い真似ごとにすぎません。自然というものは決してそういうものの言い方を致しません。ですから、当世の悪趣味は私にはぞっとするばかりなのです。それにくらべて、私たちの祖先は多少粗野でありましたが、はるかに好もしい趣味をそなえていました。それゆえ、昨今、あれこれの連中が誉めそやす作よりも古い唄の方を私は高く評価するのです。ひとつ読んでおきかせしましょうか。

国王様に言わりようと　　華のパリとて要りはせぬ
花の都も何のその　　あの娘一人を置いてくれ
アンリ大王御意なれど　　華のパリとて要りはせぬ
かわいい娘ただ一人　　あの娘一人を置いてくれ。

もとより押韻は覚束なく、文句も古臭いかも知れません。しかし健全な常識が許容できないあくどい詩よりもこちらの方がはるかに上質なのです。この唄では情熱が率直に表れているではありませんか。

国王様に言わりようと
……
あの娘一人を置いてくれ

これこそ、心の底から惚れ込んだ男の胸から湧き出る文言です。
（笑って聞いているフィラントに）　何がおかしい？　君らの文雅も華やかではあろうが、世間がちやほやする似而非才筆のけばけばしい作りものより、こちらの方に私は感服する。

ここでの劇中歌としての歌謡の意義は、ほとんど解説を要しないほどである。宮廷人の虚飾や虚栄の習慣に対比して、素朴な歌謡のなかにこそ人間の本来の素直な生き方が見出されるのである。現代の私たちにとっても、理解するのにほとんど抵抗を感じないものであるが、他方では、これは当時の時代状況に対するいち早い諷刺でもあった。絶対王政はその発展の頂点に達し、爛熟の段階に入っていたのである。

ルイ十四世時代がヨーロッパ文化史の絶頂の一つであったことは周知のところである。ヴォルテールは『ルイ十四世の世紀』をペリクレス時代のアテーナイと並べて縷述して飽きなかった。人間が創造の生きものであることを示すありとあらゆる活動が、過剰なまでの展開を遂げた。その中心には、太陽王の宮廷が位置していた[16]。国王権力の絶対性は、かつて中世を克服して社会を推進させる回転軸であったが、次第に合理的に組み立てられた国家のまんなかに最後に残った非合理的で偶然的な一点という君主制の一般的本質を露呈しはじめた。それと並行して、無理な演出が、いよいよその規模を大きくしていった。壮大な建築物、豪奢華麗な宮廷生活、目的の定かでない大遠征、暴虐と突発的な恩赦、これらは、国王の前に毎食並べられる数十、時には百にも及ぶ料理の皿数と同じく、人間の社会形成の奇術的側面をあらわしていた。

王権は、外目には気付かないが、脆くなりつつある骨のようなもので、それを教会の分厚い肉が包んでいた。

『タルチュフ』は王の至上権をデウス・エクス・マキナとして用いてはいるが、諷刺が的確であることは隠しようもなく、他の幾つかの作品と共に上演禁止のリストに入れられた。

しかしモリエールは体制批判者や告発者ではなく（またそうである必要もなかったが）、むしろユマニスムの伝統のなかにおいてみるべきであろう。またその面から見ると、フランス文化のなかには、注目すべき先例があったことに気づくことになる。他ならぬモンテーニュが繰り広げた歌謡観である。

a　モンテーニュ

『エッセー』には、それに当たる箇所が二か所ある。先ずはじめは、ブラジルの原住民をめぐる論評である。[17]

先に挙げた彼らの戦いの歌のほかに、もう一つ恋の歌がある。それの出だしはこういう意味である。《毒蛇よ、じっとしておいで。私の妹がおまえの色模様を手本にして、私が私の恋人に贈る美しい紐をつくるのだから。おまえの美しい縞模様がどの蛇よりも常に皆から好かれるようであってほしい》。最初の一句がこの歌の繰返し文句になっている。さて私は詩には相当に親しんでいるから、これの判断くらいはできる。この詩想にはなんら野蛮なところがないばかりか、まったくアナクレオン風の響きがある。それに彼らの用語の優雅で快適な響きをもち、ギリシァ語の語尾と似ている。

（第三十一章「食人種について」）

またこれと照らし合うものに、自国の民衆に関する次のような考察がある。[18]

民衆の純粋に自然な詩には素朴と優雅さがあって、それは技巧的に完璧な詩のみがもっている最上の美しさにも匹敵する。たとえば、ガスコーニュの田園詩や、いかなる学問もなく字を書くことさえ知らぬ国民からもってきた歌などに、それが見られる。この二つの中間にある凡庸な詩は、名誉も価値もなく、軽蔑されるだけである。

（第五十四章「つまらぬ器用さについて」）

このモンテーニュの論評は大変まっとうなものであるが、他方では、ここにはヨーロッパ文化に特有の、しかもこの時代ならではの特色が含まれている。それは美質であり卓見であると共に、ある種の歪み、と言うより歪みに通じるものを併せもっている。実際、未開民族の歌いものと、近代初期のヨーロッパの俗謡を等質なものと観想し、しかもそれらが古典古代の高度な文藝遺産とも重なりあうというのは、改めて考えてみると大変な飛躍である。と言って、逸脱ではない。実証ではなく、思想と言うべきであろう。健全な批判精神でもあるが、それが危うい仮説と隣り合わせであることには注意してもよい。土台にあるのは、人間の自然なあり方に関する観念であった。すなわち、《これこそが神がはじめにあたえた暮らし方だ》（『エッセー』第三十一章に言及されたウェルギリウス『農耕詩』二の二〇）と言うのである。しかし他方で、『エッセー』の著者が高次の藝術をいささかでも排除しようとしているのではないことは、『エッセー』の数々の思念からも知ることができる。ウェルギリウスの『アエネーイス』の欠陥を指摘し、『農耕詩』の方を高く評価する（『エッセー』第二巻、第十章）のは、モンテーニュがミューズの子であるよりは、実際家であったためであろうが、素朴な歌謡への讃美は、警世の言辞でもあったのである。

モリエールの場合も、いわゆるプレオシオジテへの風刺は、その早くからの得意分野であり、『人間嫌い』の前には『似而非才女』(一六五九年)、『女房教育批評』(一六六三年)、『ヴェルサイユ即興詩』(一六六二年)があり、以後では『女学者たち』(一六七二年)が生彩を放っている。

またこれと併せて注意しておきたいのは、『人間嫌い』が古典主義の規準に照らしてもモリエールの最高傑作とみとめられてきたことで、ニコロ・ボワローもその韻文の論作『詩学』のなかで、同じ作者の他の作品を低位に置くという間接的な方法で、それを示唆している。[19]

(三) ゴールドスミス

十八世紀後半のヨーロッパ文学に多大の影響をあたえた一人に、イギリスのオリヴァー・ゴールドスミス(一七三〇〜七四)がいる。『ウェイクフィールドの牧師』(Oliver Goldsmith, *The Vicar of Wakefield.* 一七六六年)で知られるが、その刺激は、田園への傾斜をうながしたことにとどまらなかった。ゲーテについて言えば、創作活動の初期からイギリスの文学動向に関心を寄せ、特に小説のジャンルではローレンス・スターン(一七一三〜六八)とオリヴァー・ゴールドスミスから多くを習得したようである。なかでも後者については『詩と真実』で言及しているほか、エッカーマンにも語っている。それもあってゲーテの諸作品におけるゴールドスミスの影響については、かなり早くからでは調べられており、数十か所を指摘した基本的な文献が書かれている。[21] それによれば、その著名な小説だけでなく、長詩「旅人」(*The Traveller.* 一七六四)、詩集『寒村行』(*The Deserted Village.* 一七七〇)にも、ゲーテは親しんでいたようである。影響関係が顕著かつ多くを数えるのは『ヴィルヘルム・マイスター』の諸場面であるが、さらに詩歌にも、『ヘルマンとドロテーア』にも、それどころか『ファウスト』の最後の場面にも、その要素がみられるとされる。もちろん中心に位置するのは『ウェイクフィールドの牧師』で、特にゲーテの『親和力』では、構成においても、作中の幾つかの場面づくりでも、対比関係を見ることできる。

ここで注目するのは、小説のなかでの歌いものの使い方である。劇中歌ではないが、散文作品のまんなかに歌謡を挿入することによって独特の効果を狙った点で、親近な性格がみとめられる。ちなみに『ウェイクフィールドの牧師』のその場面（第八章）はまた、作中の人物たちが当時の文学の動向について、ちょっとした議論を交わすことでも興味深い。当時のイギリスでは、イタリアやフランスに踵を接して演劇の分野で新しい動きが起きていた。今日からも指標とされるのはジョン・ゲイ（John Gay 一六八五〜一七三二）の脚本、ヨハン・クリストフ・ペープシュ（Johann Christoph Pepusch 一六六七〜一七五二）の作曲による『乞食オペラ』（*The Beggar's Opera.* 一七二八年初演）であるが、それは年次だけを言えば、オペラの展開はもちろん音楽史的にも転機となったジョヴァンニ・バッティスタ・ペルゴレージ（Giovanni Battista Pergolesi 一七一〇〜三六）作曲の『奥様女中』（*La serva padrona.* 一七三三年にナポリで初演）より早かったのである。やがて、ジョン・ゲイの後を襲って、フランスではファヴァール夫妻（Charles-Simon Favart 一七一〇〜九二　妻で女優のマリー〔旧姓 Marie Duronceray〕一七二七〜七二）がオペラ・コミックを、ドイツ語圏では劇作家クリスティアン・フェーリックス・ヴァイセ（Christian Felix Weiße 一七二六〜一八〇四）と作曲家ヨーハン・アーダム・ヒラー（Johann Adam Hiller 一七二八〜一八〇四）がジングシュピールを開拓してゆく。あだかもモーツァルトが登場する前夜で、その素地の形成期でもあった。ゴールドスミスの関心も、広い意味でのドラマトゥルギーにあったであろう。歌謡が置かれているのは次のような状況設定においてである。

不運に見舞われて失意のなかにある牧師のブリムローズ一家を、奇縁によって一家の知己となったバーチェルが訪ねて来る。快活で勇気があり、潔癖な人物だが、いかにも素寒貧の素振りのこの人物（実は富裕な地主）に、一家の子供たちのうちの年頃の姉妹が心惹かれている。ちょうど収穫の季節で、一家は野外に布をひろげて食事の支度をする。傍らの垣根には二羽の鶫《つぐみ》が止まって啼き交わしている。そののどかな団居のなかで、話題は文学へ移ってゆく。ジョン・ゲイの評価である。なお小説は、一家の主の牧師が語る形式ですすめられる。

家族は野外で食事をした。干し草を敷いて、その上に布を広げたのだ。質素なご馳走を囲むのだが、座るというより、体を投げ出すような具合だった。バーチェル君のお蔭で、座はにぎやかになった。その幸せをより大きなものにしてくれるかのように、二羽の鶫が、向かいどうしの生垣にとまって啼き交わし、それにおなじみのコマドリまで現れて、私たちの手の上の食べ物を啄《ついば》んでいる。どんな音も、静寂がかもすこだまでもあるかのようだった。ソフィアが言った。《こうして坐っていると、ミスター・ゲイが描いた抱き合ったまま雷に打たれた死んだ恋人たちのことを思い浮かべてしまうの。あの詩の表現には何かしら哀れをさそうところがあって、百回読んでも、新しい魅力に打たれるわ》。そこで息子が口をはさんだ。「その詩歌の最高の箇所だって、オウィディウスの「エーシスとガラテア」の素晴らしい箇所にははるかに及ばないよ》。今度は、バーチェル君が口を出した。《あなた方が挙げた詩人は、どちらも、あらゆる行《ぎょう》に形容詞をどつさりつめこむんで、それぞれの国に悪い趣味をはやらせた点がありますね。才能の足りない者たちは、とかくそうした悪いところを真似たがるものなんだが……わがイギリスの詩歌も、近頃はローマ帝国の後期の詩と同様、筋も脈絡も無く、ただただ派手な形容詞――耳に美しく聞えはするものの意味の足しにはならない形容詞を並べるだけになってしまっています。……しかしお嬢さん、私がこんなに詩人たちの悪口を云うからには、彼等の方にも応酬するチャンスを当然あたえるべきだとお思いになるかも知れませんね。実はこんなことを言い出したのは、皆様に一つのバラードを紹介したいからです。このバラードは、あれこれ欠点もありましょうが、今言ったようなだけは免れていると思うのです――》

この運びをみると、小説とは言うものの、ドラマに近い設定であることが分かる。ほとんど劇中歌として、四行詩節で四十節のバラッドが入ってくる。それがまた小説一篇のかなめのような位置にある。――歌は、旅人が谷間に近くで一人の隠者に出会うという設定ではじまる。旅人は、遠くの方でともしびがまたたくのを目にして、そこまで連れて行ってくれと隠者にたのむ。

谷の気高き隠者殿
連れてゆかれよこの我を
かのあたたかな蠟燭の
光放てるかなたまで

道に迷ひてあてどなく
か弱き足でただ一人
歩む荒野は果てしなく
いかに歩むも宿はなし。

《友よ、別して心せよ
あぶなき闇にかががやくは
神に背きし化け物の
飛びて汝を誘ふなり

家なき子やら貧者やら
迎へて我は家の戸も
とぼしき作りそのままに
真心こめてもてなさん》

かなたに見える明かりは神に抗う妖怪《ファントム》の誘いであり、むしろ自分の草の庵で憩うようにと隠者は招じ入れる。貧者や旅人を迎える鄙の宿で、接待にいそしみ、やがて他の客たちが引き上げると、隠者は、連れてきた若者の無聊を慰めようとする。快々として心晴れない様子なのである。

蓄へおきし数々の
菜物《なもの》いだしてその上に
憂しき心のつれづれに

くすしき話聞かせれば

子猫もじやれてうきうきと
たわむれ寄りて炉端には
コオロギ啼きて薪燃えて
時にくずれて炎立つ

各種の野菜が心づくしというのは、食材における野菜の位置が今日とは違っていた往時（農薬を知らなかった時代）の様子がうかがえて興味深いが、それは横においておく。とまれ《くすしき話》(legendary lore) でも旅人の憂さは一向にやまない。それなら恋の懊悩でもあろうかと察した隠者が、世の女の不実を説き聞かせると、若者は頬を赤くして、正体をみせてしまう。

隠者おどろくその前に
包みてゐたる美しき
姿夜明けの空のやう
されどたちまち曇りゆく

顔は恥らひ胸元の

豊かに盛るはまぎれなく
怯えはゐれど愛らしき
乙女の姿あらはれぬ

旅人は若い女性の変装だったのである。そして、身の上話をはじめる。女の名はアンジェリーナ、裕福な貴族の一人娘で、婿に入ろうと言い寄る男は多く、それをよいことに高いプライドで彼らを翻弄していたが、ただ一人エドウィンという若者だけが真心をもっていた。しかしそれに気づかず、男を落胆させて遂に他所へ去らせてしまう。聞けばどこか遠いところで死んだという。

望み絶たれしその男
誇りたかぶる我を捨て
ひとり寂しきさすらひに
いずこか知れず死ににけり

なげき悔ひたるその上は
我が命にて償はん
かの者死にし奥津城《おくつき》に
共にこの身も果てゆかん。

それを隠者が押しとどめ、そして名乗りを上げる。

《アンジェリーナよ、しかと見よ
汝《なれ》の尋ぬるさすらひの
エドウィン今ぞ立ち返り
いとしきそなた迎ふるぞ》

こうして男女が再会し、永遠の誓いを交わして、バラードは終わる。その途端、なごやかな集いは、一発の銃声の轟きで断ち切られる。地主の邸宅付き牧師が、垣根に止まっていた鶫を撃ち落としたのである。その地主は、小説一遍を通じて、はじめは親身な理解者としてふるまい、後半では一家の破滅を画策する敵となって活動する。

このゴールドスミスの小説が発表されたのは、モリエールの『人間嫌い』のちょうど一〇〇年後であるが、その一世紀のあいだに、ヨーロッパの文壇とそれを取り巻く社会的状況には大きな変化が起きていた。そもそも国民諸語に固有の言語美を規則においても実作においても実現し、ギリシア・ローマの古典作品にそれぞれの国民語によって近づくのは、、ルネサンス以来のヨーロッパ文学を推進してきた大きな到達目標であった。それがフランス古典主義文学によって一つの達成を見ることになるが、その後、この方向は急速に形骸化し、マンネリズムに陥っていった。フランス古典主義の直接の後ろ盾ともなった絶対君主の宮廷も積極的な意義を失いつつあって、惰性と紊乱の度合いを深めていた。そのなかで、虚飾や過剰な規則の対極としての素朴なものがポジティヴにみられるようになっていった。素朴なものとは自然なものであり、自然なものは理性的なのであった。文学の水準でこの動きに対応するのが、歌謡、とりわけ伝承歌謡への傾斜であった。しかもその動きを現実のものとしたのは、フランスよりも、イギリスであった。ちなみに、十八世紀の初めの三分の二までのヨーロッパ文学の新しい可能性を次々に切りひらいていったのがイギリスの作家たちであったことは、文学史が一般的に教えるところでもある。とりわけ新しく生成しつつある時代環境の表現形式である長編小説においてそれは著しく、リチャードソンの『パミラ』(一七四〇年)を皮切りに、フィールディングとスモレットを輩出し、スターンの『トリストラム・シャンディ』(一七六〇―六七)に至る僅か二〇数年間のすさまじいばかりの速度とエネルギーをはらんだ展開は、世界の文学史にあっても数えるほどしか類例をもたないであろう。そのイギリスの文学的な活力は一七六〇年代には歌謡への着目というかたちにおいても表面化した。ゴールドスミスによる、小説中にバラッドを置くという実験も、担い手それぞれの個人史にはいかなる連絡もなかったにもかかわらず、ジェイムズ・マクファーソンによるケルト古歌謡『オシアン』の発表(一七六〇―六三年)、またトマス・パーシイの『イギリス古謡拾遺』(一七六五年)の収集と、同じ文学状況の所産と言ってよいであろう。そしてこれらは、一つの大きなかたまりとなって、しかもシェイクスピアの諸作品までがそこに加わって、ドイツの文壇への衝撃となっていった。

(四) ゲーテ

a ヘルダー

ゲーテの演劇作品のなかには、劇中歌が重要な役割を果たしているものがある。長編小説にも、類似の効果を意図した応用が見受けられる。ゲーテはこれらを、イギリス文学、他でもなくシェイクスピア劇から学びとった。ゲーテは、シェイクスピアにちなむ文章を二編残している。「シェイクスピアの日に」(一七七一年)と老齢になってからの「果てしのないシェイクスピア」(一八一三年)である。また実作品のなかでも、何度かシェイクスピアを論じている。むしろ本格的な論作はこちらの方にみとめられると言ってもよいくらいで、特に『ヴィルヘルム・マイスターの修業時代』(第三、第四、第五巻)のなかでのハムレット解釈は、これ自体が古典としての声価を得ている。

ちなみにドイツ人のあいだには、シェイクスピアを発見したことへの自負めいたものが見られたことがあったが、その拠りどころもまたゲーテの論評であった。『詩と真実』(第十一章)には、《シェイクスピアはドイツ国民によって、他のいずれの国民によってよりも、それどころかおそらくシェイクスピア自らの同国民によってよりも、いっそう深く認識されている》と記されている。これは二十世紀のドイツ人の言葉ではなく、傲慢の言辞と聴くべきではなかろう。それにジョンソン博士によるシェイクスピア作品の校訂版がようやく一七六五年であったことを勘案すると、事実とまったく触れあっていないわけでもない。

ところで、そのドイツのシェイクスピア受容には、著しい特徴があった。ゲーテの言葉からも推測されるように、シェイクスピアは、当時のドイツの文学界の閉塞状況を打開するよすがとして熱っぽく注視されたのであったが、その注目のあり方は、公平かつ客観的な評価というより、相当偏ったものであった。さらに言えば、当初はさして歪みの無いものであったが、ほどなく一定の方向への偏りに向けて強引ともいえる力がはたらいた。腕力を発揮したのはヘルダーである。

ドイツの文学者でシェイクスピアの紹介において重要な役割を果たした最初の人は、ヴィーラントであった。

その散文による八巻の訳業（一七六二―六六年）の影響力は大きく、これより先にウィリアム・ドッドによる選集を開いたことがあったと語るゲーテも、『ハムレット』を教材にして英語を勉強したというヘルダーも、実際にはヴィーラントを介してシェイクスピア劇の世界に親しんだのである。ヴィーラントはまた自身の創作では『真夏の夜の夢』に触発されて叙事詩仕立てのロココ調の作品『オーベロン』（一七八〇年）を手がけた。シェイクスピアの洗練され彫琢された言葉の技巧や、明朗にして淀みの無い舞台藝術ということなら、ヴィーラントの姿勢は決して真髄を見誤ったものとは言えない。しかし当時のドイツの文学の状況がもとめていたのは、これとは正反対の行き方と言ってもよかった。澄明な眼差と、高度に練られた言葉のわざと、そして洞察力に富んだ一劇場の立作者と、という面からではなく、民族の奥深い衝動が、それと一緒になることのできた稀有の魂の口をかりて造形へと盛り上がったと感得したのである。そうした深読みとも言える理解を示したヘルダーにとって、シェイクスピアの劇作品は、ホメロスの叙事詩や『旧約聖書』や『オシアン』とも同質であった。のみならず、ヘルダーがその後の採集に向けて刺激源の一つとなった伝承歌謡もまたこれと通じ合うのであった。この方向ではすでにトマス・パーシイが『古謡拾遺』において、シェイクスピア劇から歌謡の部分を抜き出す先例を呈示していたが、かかる行き方はヘルダーの文学理論を得て、一つの明瞭な思想となった。ここにおいて、伝承歌謡に対する従来の理解はようやく様変わりをきたした。

従来、伝承歌謡は、素朴な人々が持ちつたえ、その何とはない口の端に自ずと上るがゆえに、人間の素直なあり方の表現とされ、またそれゆえに文藝のみならず、社会一般の繁文縟礼には警世の手立てとし、批判精神をそなえた人々の注目すところともなっていた。フランス古典主義が頂点をきわめるにおよび、歌謡の表現類型が見直されるようになったのも、同じ趣旨であった。啓蒙主義が人間性の率直な発露を称揚したのも、その理解においてであった。もっとも、ときには勘違いも入りまじった。それはたとえばゴットシェットの弟子で啓蒙主義の音楽理論家アーダム・ゴットフリート・シャイベの大バッハ評であろう[22]。シャイベは、バッハの構築的な作曲方法を《大げさきわまる混乱によって自然が奪われたり、甚だしすぎる技巧によって美しさが曇らされたり》していると難じ、バッハは《詩の領域でのかのフォン・ローエンシュタイン氏がそうであったと同じような存在で……、大げさな誇張が両者を自然から技巧へ、高貴さから曖昧へとつれ去ってしまっている。人は両者の難渋な骨折りに感心しはするが、しかしそれは理性に逆らうものであるゆえにむだな骨折りである》（一七三八年）と酷評したものである。もっともそのシャイベも、『イタリア協奏曲』や『パルティータ』は肯定的に評価したが、これもその趣旨からすれば不思議ではないところもある。要するに、素朴なものは自然であり、自然なものは理性的なのであり、それが一部の識者の頭のなかでは凝固した判断規準となっていたのである。

ところが、この啓蒙主義の一般的な理解の水準は、ヨーハン・ゴットフリート・ヘルダーによって、幾層も掘り下げられた。諸民族の歌謡を前にして、ヘルダーは、そこに《地球をおおって広がる民族（民衆）天才性》を称揚した[23]。その観点からは、ホメロスもシェイクスピアも、民族（民衆）詩人となった。このヘルダーの詩歌観にはさまざまな要素が矛盾をもおかしつつからみあっているが、そうではあれ、まぎれもなく天才的な発見であった。それは、合理精神の所産とも見える、形成されつつある近代社会が、個体の理解を超えた紐帯によって成り立っていることの発見だったからである。身分の原理が理念的に否定されたことによって人間社会は個体の集まりとして理解されることになったが、どうであれ共同体性の契機を措いて人間社会はあり得ない。それは、身分に代わって、民族や人種がその位置を占めるという性格のものではない。国家の概念も、人間の共同体性そのものではあり得ない。啓蒙主義が身分原理から人間を解放する時代に、後戻りではなく、それを見据えていたことにヘルダーの独自性が求められようし、またそこに気づいた先人ジャンバッティスタ・ヴィーコとも重なっていたであろう。ヘルダーはそれを《フォルク》(Volk) と呼んだが、他のいずれかの言葉にはなかなか置き換えが効かないものである。もとより、何であれ普遍的な内実にふれているのであればドイツ語にしかあり得ないというのは俗論ないしは雑談の次元のことであり、語の使い手自身が中身をよく把握していないことを暗に告白している。言い換えれば澄明な概念にまでならない段階での言語的固定であり、その段階での固定に文化的な位相があったということだったろう。実際、フォルクはその類語とおなじく《言い表し得ぬ何ものか[24]》、得体の知れない混沌を指していた。方向としては、やや後にヘーゲルが想い描いた、すべての存在根拠である無規定的で初発的な《精神》に重なるとの解釈もあり得よう[25]。概括的に言えば、それが近代世界における共同体の発見であったろう。そして歌謡はその表出であった。またそこに焦点を当てたために、そのとらえかたは情念の側面が強調されることにもなった。個体の論理とは異質なもの、むしろ個体の原理を絶えず殺してしまう力が常に作動し、芽生えたばかりの近代的な個体性がその力をからみあわせつつ斃れゆき、その果てしない繰り返しにつらぬかれた世界のあり方である。ヘルダーの歌謡論の独自かつ特異な性格、すなわちその文藝理論史と社会思想史に占める位置は、この近代社会の底部にひろがる深淵を指示した点にあり、同時にまた発見者らしく、それを称揚する立場から指摘した、そのパラドックスに存するであろう。

ゲーテの伝承歌謡への関わり、またシェイクスピアへの関心には、ヘルダーの理論が影響しているとみてよいであろう。ただゲーテは、それに単純に同調したのではなく、深く理解し、理解したがために、自己の道を別途に模索したのである。

b 一七七四年

青年期のゲーテにとってシェイクスピアが何であったかを、一つの事例において見ておきたい。一七七四年の夏に、ゲーテが友人たちと共におこなったラーン川とライン河の旅行である。その旅行は、ゲーテの心に永く強い印象を残したらしい。『詩と真実』を後述筆記させていた六二歳のゲーテを、そのときの旅の仲間の一人であるフリッツ・ヤコービが訪ねた。それが共通の思い出をよみがえらせもしたようであるが、その川下りの様子は克明な記述を得、ゲーテの半生の自伝のなかでも、特に文藝創造の現場を鮮烈につたえるものとなった。同行者は、スイスの牧師ラーヴァター、教育学の理論家でデッサウにおいて実践的な活動もしていたバーゼドー、スイスの画家シュモル、そして途中からヤコービ兄弟が加わった。(26) 船がラーン川からまもなくライン河に注ぐあたりまで来たところで、ゲーテの発案で即興詩の競作がはじまった。それがシュトルム・ウント・ドラングの空気であった。誰もが若く、才気はこみ上げ、その前には通常は意識を圧迫するさまざまな桎梏もしばらく退く観すらあった。その昂揚にあってゲーテは詠んだ。七月十八日の正午に近い時刻で、雨が降っていた。

古城の上高く
英雄の気高き霊は立ち
過ぎゆく船に向かつて
航行をことほぐ。

《見よ、勁かりしわが筋を
心は堅固にして勇猛
骨は騎士の精髄に満ち
盃はあふれていた。

わしは半世紀を嵐の中に送り
続く半世紀を穏やかにすごした
汝、彼此を行く人の世の小舟よ
たゆまず進むがよい》。

この即興詩が『ハムレット』のなかのエルシノア城の胸壁に先王の亡霊が出現する場面にもとづいていることは十分考えらよう。同時にそれは嘱目の光景でもある。今日も、たとえばライン河の旅などとして観光の呼びものとなっているが、山や丘に廃城や城砦や古塔が聳え、傾斜の急な河岸の中腹には葡萄畑がひろがり、下方には古くからの交通網である河川が流れているのは、中部ドイツの典型的な光景である。もっとも、今日と違った景観を一つだけ言い添えるなら、動力船がなかった時代のため、人や荷物を流れにのせて運んだ船を上流へもどすには馬に牽引させるしかなく、岸辺を縫ってそのための馬の道が走っていた。それゆえゲーテとその仲間たちの船旅は、水流に沿う下りであった。とまれ、今日もおおむね同じである風景に臨み、ゲーテは夏の行楽のなか、そこに藝術を剪りとった。それは当時に若い世代をとらえていた気圏そのものであった。

ハムレットと彼の独白とは、相変わらず若者たちの心という心のなかに、幻像を駆けめぐらせていた亡霊だった。主要な場面は誰もが暗記し、これを朗読するのを好んだ。また誰もが自分は亡霊を見たわけでもなければ、父王の仇をうたなければならないわけでもないのに、デンマークの王子と同様に憂愁な気分に浸るべき理由があるのだと考えた。

（『詩と真実』第十三章）(27)

戯曲『ゲッツ・フォン・ベルリヒンゲン』は、ドイツ農民戦争のなかで帝国騎士の矜持を保ちつつ斃れてゆく古武士を造形して、ゲーテを一躍ドイツ文藝界のスターにした作品であったが、これまたシェイクスピアへの傾倒のなかで生まれたことを、ゲーテ自身が回想している。そこから見れば、この即興詩「英霊の挨拶」（口絵1参照）には、実在のゲッツの面影が重なっているかも知れない。ゲッツは、作品のなかでは、農民軍の指揮者に押し立てられながらも、旧世界の秩序への信奉のゆえに農民たちに見殺しにされ、牢舎で息絶えるが、実在のゲッツは九〇歳まで生きながらえて、ゲーテの作品のもとになる自伝を残したからである。

しかしゲーテが深刻なものにひたすらのめり込んでいたのではないことは、この作品がすでに示している。雨にけぶる河岸の丘陵か、そこに残っていたかも知れない古く朽ちた城砦にもののふの幻影をとらえたとなれば、画面を小暗く塗り重ねることがむしろ着想を活かすことにも異才の発揮にもつながったであろう。しかしゲーテは、そうした直線的な想像の方向を選ばなかった。亡霊は安全と平安をことほいでかき消え、小品は手すさび以上にはならなかった。それがゲーテの資質であり、またヘルダーともシュトルム・ウント・ドラングの同世代の才能との違いであった。過度の悲痛も極端も、ゲーテには意義あるものとは見えなかったのであろう。ゲーテそうした姿勢を、もう少したしかめておきたい。やはりこの旅行で成り立った即興的な作品「ラーヴァターとバーゼドーの間で」である。これについて、『詩と真実』のなかでゲーテはこんな所見を書き添えた。[28]

コーブレンツの料理店における風変わりな食卓の思い出を、私はクニッテル詩格に書きとめておいた。……私はラーヴァターとバーゼドーのあいだに坐っていた。ラーヴァターはヨハネ黙示録の秘儀についてある田舎教師に説ききかせていたし、バーゼドーは頑固な舞踏教師を相手に、洗礼が私たちの時代にはそぐわない陳腐な慣習だということを証明しようとして、無駄な骨折りをしていた。それから先、どういうふうに私たちがケルンに向かって進んで行ったかを、私はある記念帳に書きつけた。

そしてその書きつけた即興詩である。[29]

ラーヴァターとバーゼドーの間で
僕は食卓に就き、生きる喜びを感じていた
助祭殿は、怠惰には無縁な人で
黒馬に跨るや
司馬の男なんぞは置いてきぼり
預言者ヨハネが私たちに

謎を以て封じこめた
黙示の言葉を解き放ち
テリアク薬の小函でも開くがごとく
聖なる棒を携えて
立方体の都市を測り
真珠の門を計測し
驚き呆れる若者に指し示す

　旅はまだ始まったばかり
　僕は鮭をたっぷり頂戴した

バーゼドーの親父はと見れば
ダンスの教師をつかまえて片隅に連れてゆき
キリストと使徒たちにとっては
洗礼がいかなるものであったかを
説きはするが、一向に効き目がない
精々、子供の頭をしめらす程度
怒りはじめる者も出て

もはや聴いてももらえぬ始末
聖書の教えがこれとは別ではあることは
子供すら知っている通り

　さて僕はと言えば
　鶏をもう平らげていた

エマオをめざすかとばかりに進みゆく
その足取りは嵐のごとく、炎のごとく
右にも預言者、左にも預言者
まん中には現世の子。

ここでゲーテは、二人の奇才ある食卓仲間の向こうを張るかのように「ヨハネによる黙示録」中の謎めいた語句や暗示的な表現、あるいは福音書の文言をたっぷり取り入れ、それによって一場の雰囲気を再現するとともに、諧謔味に狙いをさだめる。韻律も敢えて平板な種類が選ばれている。[30]邦語の擬態で写せば、どっすん、どっすん、といった抑揚とでもなろうか。それにしても《エマオをめざすかとばかりに進みゆく……》とは痛烈である。キリストの真意を理解せず、やたらに躰をうごかすだけの弟子たちを指すからである。とまれ、若きゲーテは、同世代の仲間たちの深刻な問題意識を感受しつつも、のめりこまず、(生涯、年齢相応以上に食卓をたのしんだと言われるのも宜《むべ》なるかな！）ユーモア手立てで状況をひとまずまとめ上げた。

c　ジングシュピールと劇中歌

そうした状況でのこと、ゲーテの劇作品のなかでの歌謡の使い方である。もっとも、その際少し注意しておく必要があるのは、この時代になると、歌謡を中心にした劇藝術の一形式であるジングシュピールが盛んになっていたことである。一七二〇年代のイギリスで起きたこの小ジャンルは、やがてヨーロッパ各国で反響を呼び、フランスではファヴァール夫妻によって、ドイツでは一七五〇年代にクリスティアン・ヴァイセによって本格的な展開をむかえた。ジングシュピールは、田園の風物を背景にした軽妙な展開にジャンル上の特色があり、またイギリスではバラッド・オペラと呼ばれたことからも明らかにように、伝承歌謡やそれと親近な雰囲気の歌いものや舞踏曲の活用が大きな要素であった。筋の進行は散文の対話によるが、そこにオペラ風のアリアや二重唱や合唱も入り、悲劇的な結末には至らないのが通常である[31]。

ゲーテは、フランクフルト時代から音楽好きの友人との交流のなかでこのジャンルに接し、自らも手を染めるようになった。都合六篇の作品があり、その性質上多数の歌唱が作られたが、またゲーテの初期の重要なバラード作品がその劇中歌としてもちいられている。今そのすべてを取り上げることはしないが、数篇について対照を次に挙げる。

『リラ』

『エルヴィンとエルミーレ』　　　　「すみれ」

『イェーリとベーテリ』　「不実な若者」
『ヴィラ・ベラのクラウディーネ』
『漁師の娘』　「魔王」
『悪戯とたくらみ』

このなかで先ず注目すべきは、『エルヴィンとエルミーレ』である。これはゴールドスミスの『ウェイクフィールドの牧師』に挿入された、先のバラードの筋立てを演劇に仕立てたものである。——まじめな青年エルヴィンは、自分が思慕を寄せる女性エルミーレに故意に冷淡にあしらわれ、煩悶の挙句、どこかへ姿を隠してしまう。そこではじめて自分の気持ちを自覚したエルミーレは心配をつのらせ、友人に勧められるまま、森に暮らす隠者に会って本心を打ち明ける。その隠者が、実はエルヴィンの仮装した姿であった。——この筋立ての中ほどで、バラード「すみれ」が歌われる。

エルミーレ　いいわ、だったら、エルヴィンがいつも夜うたってくれたのを一緒にうたいましょう。
——あのひとは窓の下に来てツィタラを弾いてくれたのです
あのひとの嘆き声を
夜の闇が高く、高くつつんでいました。
ローザ　まあ、ぞっこんなのね
ヴァレリオ　ほかの歌も幾らもあるじゃないか。

エルミーレ　私がうたいたいのは一つだけ。一緒に歌ってよ。

ローザ　野辺に咲きます一輪の
菫、真心ふかき花
ひっそり頭を垂れていた

ヴァレリオ　羊飼ってる娘子が
軽き足取り心跳ね
歌をほがらかにうたいつつ
野辺を浮き浮き歩み来る

エルミーレ　すみれは一人思案顔——
《ほんのわずかの間でも
晴れて見事に咲きたやな
されば大事なあのひとが
ああその様にしぼみたい
束の間なりと構やせぬ》

ローザ　さても娘は来たなれど
花のあるのを知らばこそ
すみれの花を踏みつける

ヴァレリオ　これぞ嬉しきそがのぞみ——

エルミーレ

《我は踏まれて死にゆくも
　可愛いあの娘の足ならば
　可愛いあの娘の足ならば》
知らずに道ですみれを踏みつけた
この娘に罪はありません
けれども私は罪な女なのです
何もかも言ってしまいますが
私はあのひとをおもちゃにしたのですから
あの人の歌をほめて
何度も歌わせました
あの人は私の心に歌を分かってもらおうと懸命でした
それなのに、わたしは聴こえない振りをしたのです
その上、もっと意地の悪いこともしました。

一見して分かるように、このバラードは、有名な「野薔薇」と、男女の立場が逆になっている。しかしそこから生じる効果の違いは意外に大きい。一般に伝承歌謡が漂わせている、素朴でありながら併せもつ何とはない閉塞感をほとんどあたえないのである。ちなみに、「野薔薇」の構成はこうである。——野薔薇は、美しく清らかな誰にも知られず、また自らも知らないことを全うしつつ、ひっそりと消えてゆくわけにはゆかない。少年がやって

きて、朗らかに見入っているが、やがて我知らず摘み取ろうとして、一旦芽生えたその意思は破壊的な力にまで高まってゆく。――ここに男女の関係や、所有欲の発生や、権力や支配の生成を読み取ることは不可能ではないが、一義的に特定することはできない。ただ何かしら、原初的なドラマがある。[32] 淡い絶望に終わる、小さな、かけらのようなドラマである。とすれば、逆にここでの小品「すみれ」のような反転は、これはこれで何ほどか独自の意義をもっていよう。男女の立場が入れ替わっているだけのことであるが、それだけで、暗く深い、解決不能な奥行きは薄れ、男女の心のすれ違いの様相が表立つ。神話のなかのような出来事ではなくなり、現実・日常のありふれた一齣が見えてくる。菫に男性の真心が仮託されるのは西洋文化ならではの花のイメージであるが、甲斐の無い憧れに懊悩する男の心理に細部まで分け入るのは、ゲーテが特に関心を寄せ、また技倆を発揮した課題であった。その一方には、切り立った巌のように人を寄せつけない女がいるのである。かかる単純化された構図において、この劇中の歌謡小品は、ジングシュピール一篇の中心点になる。エルミーレは、エルヴィンの誠実をいとおしく思う気持ちをつのらせつつあるが、歌うことで、その心の動きは速められ、決定的になる。歌謡にはジングシュピールの展開が凝縮され、結晶片のような照応関係において、小劇一篇の展開軸となっている。

『ヴィラ・ベラのクラウディーネ』

しかしゴールドスミスの『ウェークフィールドの牧師』の手法を劇作品に応用した作例は、これだけではなかった。同じくジングシュピール『ヴィラ・ベラのクラウディーネ』もそうである。

――舞台は、シチリア島の貴族の居館ヴィラ・ベラという設定である。野盗の首領で、自由と情熱をもとめる快漢クルガンティーノは、恋人を訪ねて、一夜ヴィラ・ベラの客となり、団欒のなかでバラードを歌う。

むかし無頼な若者は
フランス帰りのほやほやで
いとも不憫な小娘を
何かと言えば抱きかかえ
撫でてさすっていちゃついて
婚約までして連れ歩き
あげくは娘を棄てました。

あわれ娘はそれと知り
正気を無くし笑い出し
泣いて祈って呪いごと
かくてこの世を去りました。
娘が死んだその時刻
男はなぜか怖気立ち
思わず馬にのりました。

拍車を駆って前後なく

めったやたらに駆けめぐり
跳ねておどって飛びあがり
されど心は静まらず
七日七夜も駆けました
稲妻かみなり雨あらし
どどっと寄せくる大洪水。

走る稲妻光る空
駆け行く先に古い壁
馬をつないで這って入り
身体ちぢめて雨宿り
手さぐりしつつ進むうち
にわかに足下の土が割れ
百尋《ひろ》ばかり落ちました。

打ち身こらえて見わたせば
三つの鬼火がゆうらゆら
起きていざって近寄れば

鬼火はいつしか遠ざかる
かくて男は誘われて
狭い廊下を昇り降り
朽ちた小部屋を進みゆく。

突如ひろがる大広間
居並ぶ百の骸骨が
うつろなまなこで笑いかけ
男を宴に招きます
見れば下座にあの娘
死に装束も白いまま
振り向き――

ここまで歌ったとき、ヒロインのクラウディーネが悲鳴を挙げる。恋人が負傷したことを耳打ちされたのである。この歌謡については、昔から種々の議論がなされてきた。[33] 一見して分かる、終結部の中断の故である。ゲーテは何らかの理由で、この作品をこういうかたちにとどめたのであるが、またそれを活かすことができる絶妙の場所を、劇中歌としての使用に見出した。ゴールドスミスの小説のなかで、バーチェルの歌うバラードが突然の銃声で断ち切られたことに倣ったのである。そしてこの小劇もまた、この歌謡の場面を転回点として、一挙に終局

に向かう

『漁師の娘』

演劇の締めくくりに歌いものをもちいることについても、ゲーテは何度かそれを試みた。なかでも、いかにもゲーテらしいのは、これまたジングシュピールの『漁師の娘』であろう。この作品は、青年期のゲーテが強く関心を寄せ、多彩な成果を得た《恋人の気まぐれ》のテーマとかかわっている。とまれ、この小劇一篇の筋立てはこうである。

――老いた漁師の娘ドルトヒェンは、漁師の若者ニクラスと許婚の間柄である。ところが、老父と未来の夫は、いつもいそいそと家へ帰ってくるどころではない。豊漁なら仕事がこんで遅くなり、獲物が少ない日は少ない日で、居酒屋で賑やかに過ごしている。今日も今日とて、ドルトヒェンは夕餉の支度にいそしみつつも、気持ちはあまり穏やかではない。それを静めようとてか、いら立つ心をあらわそうとてか、歌を口ずさむ。歌はかのバラード「魔王」である(34)（口絵2・3参照）。

何者だ、夜と嵐をついて馬を駆るのは
あれは父さんと坊や
父はわが子をかかえ
しっかり、あたたかに抱いている。

《坊や、坊や、何がこわくて顔をかくすの》
《見えないの、父さん、あの魔王が
冠をつけて、裾を引きずる魔王が》
《坊や、霧が流れているだけだ》。

――かわいい子だ、おいで、わしと一緒に
わしはお前と愉快に遊びたい
浜辺にはきれいな花がほころ
わしの母様は、黄金の衣をもっておいでだ――。

《ああ、父さん、父さん、きこえないの
魔王が、僕にこっそり約束している》
《坊や、おとなしくするんだ、坊や
風が枯れ葉を鳴らしているんだ》。

――来るだろうね、すてきな坊や、わしと一緒に
わしの娘たちが、きれいな服で待っている
娘たちは、輪踊りを夜踊る

お前をあやして、一緒におどって、寝かしつける——。

《父さん、父さん、でもあれが見えないの
暗いところに魔王の娘が》
《坊や、坊や、おれにははっきり分かって見えている
あれは古柳の風にもまれる影法師だ》。

——お前が好きだ、お前のすてきな姿がたまらない
いやと言うなら、力づくでも連れてゆく》
《父さん、父さん、僕はつかまる
魔王がひどいことをした》——。

父は怖気立ち、一目散に馬を駆る
あえぐ小児をしっかり抱き
ようやく我が家にたどり着くと
その胸で、坊やはもう死んでいた。

軽い運びの劇作品の歌にしては、いさかか重すぎる内容であるが、平静ではいられない娘の心を十分すぎるほど

あらわしていよう。

——やがて、娘は一計を案じて姿をかくす。帰宅した男二人は、娘を呼ぶが、返事がない。二人は腰をおろす。老人はパイプをふかす。青年は歌う。水の妖精が人間の騎士に姿を変えて花嫁探しに出かけるという筋である。きらびやかな騎士の出で立ちに引かれた一人の娘が結婚に応じる。二人はやがて水辺の彼方へ消えてゆく。以来、水底からは娘の叫び声が聞こえて来る、と言う。

——この歌を終えるや、青年は、何か物音を耳にしたような感じをもつ。外へ出ると、井戸の傍らにドルトヒェンの帽子がある。中へ落ちたにちがいない、と隣近所からも人々が駆けつけて大騒ぎになる。予想外の騒ぎに驚いて娘が現れる。叱られはするが、口喧嘩よりも安堵がそれを上回る。隣人たちもまじえたつどいのなかで、またもや歌唱になる。そして明日はいよいよ婚礼という運びになる。そして結びの歌が来る。(35)

花嫁御寮は誰がなる
花嫁御寮は梟《ふくろう》どん
梟どんが答えて言うにゃ
わたしゃあんまり器量が悪い
嫁には不向きだ
嫁にはなれぬ。

花聟殿には誰がなる
花聟殿はみそさざい
そこで答えて言うことにゃ
おれはあんまり小造りで
聟には不向きだ
聟にはなれぬ。

嫁御の介添誰がなる
介添え役には鴉《からす》がよかろ
鴉が答えて言うことにゃ
わたしゃあんまり色黒で
嫁御の介添
つとまらぬ。

料理番には誰がなる
料理番には狼よかろ
狼答えて言うことにゃ
おれはあんまり腹黒で

料理にゃ不向きだ
料理はできぬ。

お酌の役は誰がなる
お酌の役は兎がよかろ
兎が答えて言うことにゃ
わたしゃあんまり粗忽者
お酌は不向きだ
お酌はできぬ。

宴のお囃子誰がする
お囃子役には鶴がなる
鶴が答えて言うことにゃ
わたしゃ嘴長すぎて
囃子にゃ不向きだ
囃子はできぬ。

テーブル・マネジャー誰がなる

テーブル・マネジャー狐がよかろ
狐が答えて言うことにゃ
ほかの誰かにお任せ申す
宴の席の大御馳走
おれは自分で食う役したい。

嫁入り支度は何がよい
嫁入り支度は拍手がよかろ
笑って御覧の見物衆に
役者一同挨拶申せ
ヤンヤの喝采願います
たっぷり拍手を願います。

ジングシュピール一篇のはじめに「魔王」を配置し、この歌で締めくくる舞台運びを案出したのは、自己を劇場監督に擬したゲーテであった。

d　ファウスト

最後に取りあげるのは、『ファウスト』第一部、あるいはその初稿にあたる『ウル・ファウスト』の段階から設定されていた劇中歌「トゥーレの王」である（口絵4参照）。『ファウスト』第一部には、その他にも、「アウエルバッハの酒場」の場面で学生たちが放歌を縦にする陽気な「鼠の歌」や、メフィストーフェレスが歌う「蚤の歌」があったりする。しかし何と言っても、「トゥーレの王」は、それが占める重みにおいて、ゲーテの劇中歌の随一のものと言ってよい。(36) しかもそれを活かす作劇術をゲーテはシェイクスピア劇に倣ったのだった。

成り立ちからみても、バラード「トゥーレの王」は、先にみたラーン川とライン河に旅行に因む。即興詩「英霊の挨拶」ができた一週間後、一行はケルンに到着した。そして大聖堂とライン河にはさまれた場所の旅館に逗留した。その七月二五日の夜、一同は一部屋にあつまっていた。対岸のはるか南にジーベンゲビルゲの連山が見え、山の端に月が懸った。

心も精神も互いに結ばれたような仲間にあっては、誰もが自分の思っていることを口に出して語り合った。そこで私は最近の作で最も気に入っている物語詩バラードを朗誦しようと申し出た。「トゥーレの王」と「あつかましい若者がいた」は評判がよかった。これらの詩は、いまだ私の胸中であたためられていたにすぎず、めったに口に出したことがなかっただけに、私はなおのこと気持ちよく朗誦できたのである。(37)

自伝のこの部分をゲーテの記憶違いとみる研究者もいるが、少なくとも六二歳のゲーテは、四〇年近い昔の自分をそのように考えて納得していた。青年ゲーテは、成立事情において親近な二つのバラードの一つをジングシュピール『ヴィラ・ベラのクラウディーネ』に活用し、他の一作を『ウル・ファウスト』のなかに据えおいた。『ファウスト』第一部では、周知のように、グレートヒェンの悲劇、すなわち嬰児殺しが大きなモチーフである。

全体知をもとめて魔法の力で老いた学者から青年に立ち返ったファウストは、可憐な市民の娘を誘い、背倫と破滅に追いやってしまう。そこへ向かう転回点の場面である。

――ファウストは悪魔の手引きで、少女の部屋に忍び込む。全知を得んとの衝動に荒れさわぐ男の心を、部屋の清楚なたたずまいは静めてくれるかのようである。何もかもがつつましい。そこに少しの贅美もない。が、それに気づかせるやも知れぬ品物が用意される。メフィストーフェレスは、かりそめの主人の意を汲んで、宝飾品を調達していたのである。二人が部屋を抜け出た後、少女が帰宅して、部屋の空気がいつもとは違っていることを感じとる。今しがたまで、悪魔もそこにいたのである。

グレートヒェン

なんだか鬱陶しい、それに蒸し暑い

（窓を開ける）

外はそんなに暑くないのに
変な気持だわ、何故だか分からないけれど
お母さんに帰ってきて欲しいわ
身体中がぞくぞくする――
わたしって、馬鹿な、臆病な女ね

（着物を脱ぎはじめながら、歌う）

むかしトウーレの王様は
黄金の盃もちました
先に逝きたるお妃の
形見に残すお品もの。

宝ものとて王様は
宴のたびに取り出して
そのたびごとに想ひ出し
目には涙があふれます。

やがて死ぬ日になりますと
あまたの町を数え上げ
御子それぞれに譲ります
残るは盃ただひとつ。

海に臨みし城の上
先祖をまつる大広間
あまたの騎士の居並びて

はや今生の別れです。

王はすつくと立ちあがり
これを限りに飲み干せば
浄き盃手に取りて
はるかな海に投げました。

落ちて水つき盃は
海底深く沈みゆき
王の眼も閉じゆきて
雫も飲まずなりました。

（着物をしまおうとして箪笥を開け、宝飾品の入った小箱を見つける）
あら、どうしてこんなきれいな函があるの
たしかに鍵をかけておいたのに
不思議だわ、中に何が入っているのかしら
誰か、お母さんにお金を借りに来て
質においていったのかな

あら、ここに鍵が紐でくくってある
わたし、開けてみよう
まあ、何、これ、素敵
こんなの見たことないわ
装身具よ、これならどんな貴婦人でも
どんなパーティーでも行けるわ
わたしでも似合うかしら
でも、こんな立派なもの、誰のだろう
（身体につけて、鏡に向かう）

すでにシェイクスピア劇において類似の状況を知っている場面である。少女は、先刻、教会からの帰りに一人の青年に声をかけられ、はねつけはしたが、誰だったのか、知りたい気持ちが強くなっている。この迷いが心の均衡を危うくする。家へ帰って、普段着に着換える。外出用の服を脱ぐ。淡い肌寒さを感じ、心細く頼りなげな気持ちになる。理解を超える状況に囲まれつつある予感。かすかな放心。そして思わず、歌が口をついて出る。遠い、伝説のようなできごと。宮殿のなかで起きた、気高い真心の話。一転して、装身具に気づく。まるで貴婦人の着けるような立派な飾りもの。欲しいと思う。破滅は準備されたのである。

予感が現実に転換するときの抗いがたい移り行きを、ゲーテは、二種の異なった言語水準を衝突させることによって表現した。地の文と、伝承めいた歌いものの段差である。都市の片隅で、町娘の眼前に宮廷のできごとが霧のなかからのように浮かび上がる。孤独をぬって忍び寄る没個性的で平板な空想。二世紀近く前、シェイクスピアは、宮廷の女性の狂気を、放心のなかで身分をはがれた平凡な存在が露呈することによって表現した。ゲーテ時代、そこでは、庶民が宮廷を夢想し、その夢想は平凡である。この仕組みにおいて、ゲーテは市民社会をとらえたのである。

《注》

（1）山浦拓造『シェイクスピア音楽論序説』泰文堂 一九七〇年。また総合的なカタログに次がある。Bryan N.S. Gooch and D. Thatcher, *A Shakespeare Music Catalogue*. 5 vols. Ed. by C. Haywood Oxford at the Karendon Pr. 1990. Gooch and D. Thatcher, *A Shakespeare Music Catalogue*. 5 vols. Ed. by C. Haywood Oxford at the Karendon Pr. 1990.

（2）サマナ・サンタの期間の行列行事は、セヴィリアの大行列を頂点に各地で伝統行事としておこなわれている。〈ミステリー〉と称される聖書の諸場面の造り物(見たところは日本の山車や神輿に似ているとも言える）では、たとえばシチリア島の小都市トラパーニが永く辺地としてその行事を伝えてきたが、今日では却って世界的に知られるようになり、多くの観光客をあつめている。

（3）参照 菅泰男（著）『Shakespeare の劇場と舞台』京都 あぽろん社 一九六三年。浜田志保子（著）『シェイクスピア 舞台と劇世界』南雲堂 一九八七年。C・ウォルター・ホッジズ（著）河合祥一郎（訳）『絵で見るシェイクスピアの舞台』研究社出版 二〇〇〇年。上田整次（著）『沙翁舞臺とその變遷 ―― 西洋劇場史研究』岩波書店 一九二五年。

（4）参照 アルブレヒト・シェーネ（著）岡部仁・小野真紀子（訳）『エンブレムとバロック演劇』ありな書房 二〇〇二年（原著 Albrecht Schöne, *Emblematik und Drama im Zeitalter des Barock*. München : 1964）。

（5）ここでは私訳を試みたが、基準的な一例として次を参照 和田勇一（訳）「恋の骨折損」『シェイクスピア全集 一』筑摩

書房 一九六七年 二一二〜二一三頁。

（6）ヨーロッパ社会で宮廷が歴史的にもった意義と機能については次の文献を参照 ノルベルト・エリアス（著）波田節夫（他・訳）『宮廷社会　王権と宮廷貴族階層に関する社会学的研究』法政大学出版局 一九八一年（叢書・ウニベルシタ一〇七A）。

（7）夏冬の交替の行事をキリスト教以前にアーリア人がもっていた古い信仰や習俗に遡らせた古典的な論説はジェームズ・ジョージ・フレイザー（James George Frazer 1854-1941）であったが、ネオロマンティシズムの思潮にして、またそれを助長した理論でもあった。大部な『金枝篇 ―― 魔術と宗教の研究』を貫流する主張でもあるが、学説史的な重みはともかく、今日ではその見解は通用しない。参照 フレイザー（著）永橋卓介（訳）『金枝篇』五巻 岩波文庫 一九六六〜六七年。原著の第一巻が刊行されたのは一九八〇年であった。参照 The golden bough : a study in magic and religion, by Sir James George Frazer. London [Macmillan] 1980.　またフレイザーからも影響を受けつつフィンランド学派のヴァルデマル・リュングマン（Carl Gudmund Waldemar Liungman 1893-1978）はそれをユーラシア大陸の広く適用する壮大な構想を提示した。参照 Waldemar Liungman, *Der Kampf : zwischen Sommer und Winter.* Helsinki [Suomalainen Tiedeaka-temia] 1941 (FFC 130a).

（8）夏冬が農村習俗に起源をもつのではなく宮廷行事から発したことを解明した一人はドイツの民俗学者ハンス・モーザー（Hans Moser 1903-90）であった。同じ観点から種々の行事について解明をおこなったが、夏冬交替行事を直接論じたものでは次を参照 Hans Moser, *Zur Geschichte des Winter- und Sommer-Kampfes.* In: Bayerischer Heimatschutz, 29 (1933), 33-46.　また東ドイツのフリードリヒ・ジーバー（Friedrich Sieber 1893-1973）はハンス・モーザーの見解を実証的に敷衍《ふえん》して、都市行事の起源であることをドイツ人と西スラヴ人および両者の交流の歴史のなかにさぐった。参照 Friedrich Sieber, *Deutsch-westslawische Beziehung in Frühlingsbräuchen. Todaustragen und Umgang mit dem Sommer.* Berlin Akademie-Verlag 1968.

（9）参照 佐々部英男（訳）『ふくろうとナイチンゲール ―― 中世イギリス論争詩』あぽろん社 一九七五年。

（10）ここでは私訳を試みたが、基準的な一例として次を参照 小津次郎（訳）「十二夜」『シェイクスピア全集 二』筑摩書房 一九六七年 一七五頁。

（11）同右 一四六頁。

（12）ここで引用した公爵の独白をシェイクスピアの歌謡論として注目した古典的な事例は、トマス・パーシイ（Thomas Percy 1729-1811）の『古謡拾遺』であった。ここでは次の版を挙げる。*Reliques of ancient English poetry : consisting of old heroic ballads, songs, and other pieces of our earlier poets, together with some few of later date* / [compiled] by Thomas Percy ; edited, with a general introduction, additional prefaces, notes, glossary, etc., by Henry B. Wheatley. London [Swan Sonnenschein] 1891, New York [Dover] 3 vols. 1966. またそれをも参考にしたゴットフリート・ヘルダーの『民謡集』（『歌謡による諸国の声』）であった。次のレクラム文庫版を挙げる。Johann Gottfried Herder, Stimmen der Völker in Liedern: Volkslieder. 2 Tle. 1778/79, hrsg. von Heinz Rölleke. Stuttgart [Philipp Reclam jun] 1975.

（13）ここでは私訳を試みたが、基準的な一例として次を参照 木下順二（訳）「オセロー」『シェイクスピア全集 二』筑摩書房 一九六七年 一四五～一四六頁。

（14）なお論旨とは関係のない感想であるが、ここでの《杖に草鞋に／帽子にはホタテガイこそその証し》(By his cockle and staff, And his sandal shoon. ただし cockle＝トリ貝は、この箇所ではホタテガイと訳されるのが通常のようである）の文言は、一般に行なわれている数種類の解説書を見ると、社交界では恋人が巡礼者に譬える文学の伝統であったとの注解がほどこされている。それはそうであろうが、また当時の西ヨーロッパ各国に知られていた聖者伝説にして夫婦の純愛物語『プロヴァンス伯・騎士ピエールと（ナポリ公女）うるわしきマゲローネの物語』(*L'Hstoire du vaillant chevalier Pierre, filz du conte de provence et de la belle Maguelonne, fille du roy de Naples*）が重なっていることはないであろうか。十五世紀半ばにフランス語で散文による物語として現れ、十六世紀末には各国で親しまれていた物語で、シェイクスピアの同時代人でもあるロペ・デ・ヴェーガもそれを下敷きにしてドラマ「三つのダイヤモンド」(Lope de Vega, *Los tres diamante*.1609）を書き下ろしている。この物語では、巡礼者としてさまよった後に夫婦が再会を果たすのである。

（15）ここでは私訳を試みたが、基準的な一例として次を参照（「人間嫌い」）モリエール（著）辰野隆（訳）「孤客（ミザントロープ）」『世界文学大系　十四』筑摩書房 一九六一年 二四八～二五二頁。
（16）ジャック・ルヴロン（著）金澤誠（編・訳）『ヴェルサイユの春秋』白水社 一九八七年。
（17）モンテーニュ（著）原二郎（訳）「モンテーニュ　エセー（一）」『世界文学大系　九A』筑摩書房 一九六一年 二四八～二五二頁。
（18）同右 二二五～二五六頁。
（19）参照 ボワロー（著）丸山和馬（訳・註）『詩学』岩波文庫 一九三四年。第三篇三九九～四〇〇行には、《スカパンの袋のなかには／もはや『人間嫌い』の著者を認めることができない》とある。また次を参照 杉捷夫『フランス文芸批評史 上巻』筑摩書房 一九七七年 二〇三頁。
（20）ここでは私訳を試みたが、基準的な一例として次を参照 ゴールドスミス（著）神吉三郎（訳）『ウェークフィールドの牧師』岩波文庫 一九三七年。小野寺健（訳）『ウェイクフィールドの牧師』岩波文庫　二〇一二年。小野寺健（訳）『ウェイクフィールドの牧師』岩波書店 二〇一二年。また次の注解付きを参照 〝*The Vicar of Wakefield*〟 by Oliver Goldsmith, with Introduction and Notes by E.Nagasawa（長澤英一郎）研究社 一九二二年 復刻 一九八二年 研究社英文學叢書。
（21）Siegmund Levy, Goethe und Oliver Goldsmith. In: Goethe-Jahrbuch, Bd.6 (1885), S.281-298.
（22）フレート・ハーメル（著）渡辺健・杉浦博（訳）『バッハとその時代』（原著 Fred Hamel, *Johann Sebastian Bach.* Göttingen 1951）白水社 一九七六年（バッハ双書　二）二〇七頁。
（23）民俗学の分野でのヘルダーの理解を参照 Ingeborg Weber-Kellermann, *Deutsche Volkskunde zwischen Germanistik und Sozialwissenschaften.* Stuttgart 1969, 1985 (2.Aufl.), Kap.III. その後刊行された次の拙訳を参照 インゲボルク・ヴェーバー＝ケラーマン（他・著）河野眞（訳）『ヨーロッパ・エスノロジーの形成』文緝堂 二〇一一年 二三～五二頁（「ロマン派によるフォルクスクンデの称揚」）。ヘルダーについては、二六～三二頁。
（24）フリードリヒ・ヤーンは『ドイツ民族体の書』(Friedrich Jahn, *Deutsches Volkstum.* 1810) において書名でもある《フォルクストゥーム》(Volkstum) を《民族の内奥にひそむ言い表し得ぬ何ものか》と説明した。

(25) ヘルマン・バウジンガーはフォルクの概念をそうした脈絡で説明したことがあった。参照 Hermann Bausinger, *Volksideologie und Volksforschung. Zur nationalsozialistischen Volkskunde.* In: Zeitschrift für Volkskunde, 61 (1965).

(26) この旅行の同行者を次に挙げる。Johann Kaspar Lavater (1741-1801), Johann Bernhard Basedow (1723-90), Joahnn Georg Jacobi (1740-1814), Fridrich Heinrich Jacobi (1743-1814), Georg Friedrich Schmoll (?-1785).

(27) 河原忠彦・山崎章甫（訳）『詩と真実』第三部（第十三章）『ゲーテ全集　一〇』潮出版社　一三六頁。

(28) 同右　一七三〜一七四頁。

(29) 次に語注を施す。第三行（助祭殿）ラーヴァターはチューリッヒのWaisenhauskirche の次席牧師であった。第4—十二行「ヨハネの黙示録」六章五節、五章一節以下、二一章一〇〜二一節を踏まえた表現。《見よ、黒い馬が出て来た。そしてそれに乗っている者は、秤を手に持っていた》(六—5)。《その都（=エルサレム）の輝きは、高価な宝石のようであり、透明な碧玉のようであった》(二一—11)。《私に語りかけた者は、都とその門と城壁を測るために、黄金の測り竿をもっていた。都は方形で……長さと幅と高さとは、いずれも同じである》(二一—15・16)。第十行　テリアク薬 (Theriak)、古代ギリシアから知られてきた薬剤で、当初は解毒剤の性格であったが、中世以後は万能薬ともみなされた。材料は種々の植物の根からとられたが、また罌粟《けし》から取られてアヘンと近縁であることもあった。薬剤で官庁の封印がほどこされた小函に入れられることもあった。第二八行《エマオをめざすで……》「ルカ伝」二四—13以下では《二人の弟子が、エルサレムから七マイルばかり離れたエマオと言う村へ行きつつで……》、また「ヨハネ伝」二〇—5にも《二人は一緒に走り出したが、もう一人の弟子の方が、ペテロより早く墓に着きで……》とある。いずれも、復活したキリストに気づかない弟子たちの行動を伝えている。

(30) ゲーテが回想に際して《クニッテル詩格》と述べているが、これは一行四強音で通常は一音節の埋めであるが、埋めはやや自由である。ドイツ語の韻文ではごく普通の種類で、これを最も多用したのはハンス・ザックスであるため《ハンス・ザックス詩格》とも称される。ユーモラスな語調に多いが、それに限定されない。次の簡潔ながら要を得た韻律論にはゲーテの用法をも含めて解説がほどこされている。参照 Wolfgang Kayser, *Geschichte des deutschen Verses.* München Francke 1960, 2.Aufl.1971 (UTB 4), S.68f.

(31) ここではジングシュピール関係の文献は省略する。なお筆者の次の論考を参照「ジングシュピールの成立――十八世紀ドイツ文藝潮流の一側面」愛知大学『外国語研究室報』第六号 一九八二年。

(32) ここでの解釈は、マックス・コメレルを参考にしたところがある。参照 Max Kommerell,*Gedanken über Gedichte.* Frankfurt a.M. 1943, 1956 (2.Aufl.) 特に〝Goethes Ballade〟の章。コメレルのゲーテ論、またヘルダーやヘルダーリンに関する理解には、ナチス・ドイツ期に高まりをみせた民族主義の要素がありはするが、それを割り引いてもなお文学論としては強い説得性をもっている。特にゲーテのバラードの解釈は出色である。

(33) 次の拙論を参照「ゲーテのバラード〝不実な若者〟をめぐる諸問題（上）」愛知大学『文學論叢』第六〇輯 一九七八年所収、ここでは主に韻律面から分析を加えた。

(34) 次の拙論を参照「ゲーテのバラード〝魔王〟――ジャンル史から見た詩想の解明」愛知大学『文學論叢』第六九輯 一九八二年所収。

(35) この翻訳にあたっては次の先訳を参照した。佐藤通次（訳）「漁師の娘」『ゲーテ全集　第十三巻』改造社 八七～一三一頁。

(36) この作品の分析には次の研究がある。参照 Ernst Beutler, 〝*Der König in Thule*〟 *und die Dichtungen von der Lorelay.* Zürich 1947.

(37) 河原・山崎（訳）『詩と真実』一七六頁。

第二章　「トゥーレの王」とゲーテにおける民衆情念の造形

（一）昔話の時代の前夜にあって

前章は、筆者がちょうど四半世紀前の一九九〇年に書いたものだが、今回、テーマとして共通性のある諸編をまとめるために読み返してみて、やや舌足らずではなかったかとの反省が起きる。肉付けが足りないのである。もっとも、趣旨を概括的に表現するということなら、その時点でし終えていた。前章の最後の段落がそれであり、前章全体も、詰まるところ、その五行ほどに行き着くように組み立てたつもりだった。そしてこれからの考察もまた、その数行に肉付けするという以上ではない。ただ当時は、一種、命題のような形で提示しながらも、それを充分には説明できるような具体的な材料を盛りこめなかったのである。材料には、気づきながら先送りにしたものもあれば、後になって集まってきたものもある。

ところで、（私事を言うことになるが）、前章を書いたときも、すでにドイツ文学からドイツ民俗学へ関心が移ってかなり時間が経過していた。その年の筆者の作業を拾うと、ハンス・モーザーによるフォークロリズム概念の提唱論文の翻訳を印刷に付したり、また民俗学に取り組んだ当初からのテーマである巡礼慣習に関する個別研究として巡礼地ザンクト・ヴォルフガングの調査をまとめたりしていた。またそれと並行して、筆者の大きな課題であるドイツ民俗学史を自分なりに把握するという作業がなお途中であった。

この章では、長い中断の後に別の角度から同じ話題をもう一度なぞることになる。それはともあれ、さらに早く、参考書を傍らにゲーテの特に詩歌を読んでいた頃、ある種のわだかまりが払拭し得なかった。なかでもテーマとの関係で避けて通れないのはマックス・コメレルであった。コメレルの論説はゲーテ論にとどまらず文学論そのものと言ってもよいもので、筆者は一時期ほとんどその虜になるほどであった。また別種の感動であるが、エーミール・シュタイガーにも似たような感慨を覚えた。後者のクレーメンス・ブレンターノの詩の評論が新鮮であったことを思いおこす。さらに、筆者の時代には、ずっと前代のローベルト・ペッチュ、コンラート・ブルダッハ、フリードリヒ・グンドルフなどもなお必読のなかに入っていたが、それらにもコメレルに感じたのと同じわだかまりが残った。これらは今では読む人はあまりいないだろうが、またそれと並行して、自死を遂げて間もないペーター・ションディが別の種類で刺激的で、特に市民悲劇の理論に新鮮味をおぼえたものである。

以上は、対象の文学作品に関するある程度多数のモノグラフィーとは別に、文学を論じるという大きな意味で筆者が受けた影響についての記憶である。ここでのテーマだけのことではないが、ゲルマニスティクの枠組みである以上、テキスト批判や成立事情の実証を超えたところでも、どう読まれてきたかという蓄積を度外視するわけにはゆかない。旧稿を上梓するにあたって、改めて感じる収まりの悪さの因由を解きほぐそうと思う。

その要点を一口に言えば、先人たちが示した深読みへの疑問である。ゲーテという古典詩人の詩句ではあれ、とめどなく掘り下げるような読み方は必ずしも正鵠を射ることにならないのではなかろうか。それは、深読みが却って、それぞれの論者が立っていた時代状況の特殊な思潮を表出していることに気づくからでもある。つまりその時代がもとめる読み方をしていた面があったことである。それにもかかわらずそれらが今日も多かれ少なかれ指標視される拘束から抜け出るには、対象を時代状況のなかに置きなおすことが必要になる。今の場合、課題になるのは、二つの時代状況であろう。一つは、目下のテーマにおいて理解の仕方の原型をつくったゲルマニストたちと時代とのかかわり、具体的には二十世紀前半のドイツ語圏にみられた特異なものの見方が読解に影を落としていないかどうかの検討である。二つ目はゲーテ時代で、とりわけここで話題にする種類の文藝が意義を持った十八世紀の第四四半世紀から十九世紀はじめの状況、具体的にはその時期の民間文藝に対する創作者たち姿勢である。これらの検討は、狭義のゲルマニスティクからは幾分はみ出るかもしれない。他の分野を突き合わせることもあり得たではあろうが、ここではゲルマニスティクの隣接学であるドイツ民俗学の知見を援用したのである。

a ゲルマニストの視点

バラード「トゥーレの王」とそれが歌われる場面に特定して解釈をほどこしたものにエルンスト・ボイトラーの論考がある。ゲーテの著作の標準的な選集として今日もよくもちいられるアルテミス版の編者にして注解者の一人でもある。そこでは、「トゥーレの王」をゲーテのバラード作品として特に重要なものとして成立事情が復元されると共に、またそれに強く感化されたことによってブレンターノの「ローレライ」が成り立ったことも論じられる。当然にも「ファウスト第一部」や「原ファウスト」との関係への考察も入っている。[1]

……小箱はグレートヒェンの運命をも決定してしまう。それを目にしたとき、彼女は堕落する。堕落して金ぴかに手を出し、恋人の虜になり、子どもを産み、犯罪に手を染め、最後は死に至る。これらすべてはこの場面から発展してゆく。そもそもこの場面は、グレートヒェンがランプを手に登場し、空気がむっとすると感じて窓を開け小箱を見つけるように構想されていたのだと推測するならば、装身具を見つける前にこの歌が挿入されていることは、この場面を満たし、高め、対象を際立たせ、同時に乙女の魂を明らかに示す、みごとな芸術的手法と言えるだろう。この歌はこの場面の枢軸である。まさしく美そのものであり、みごとに完結し完全なものに仕上がっている。民謡調で書かれたすべての歌の中で、強烈な絵画性にもかかわらず簡潔である点、感情と旋律性に溢れている点で、ゲーテの他の作品でこれほどうまくいっているものはない。フェルディナント・アヴェナーリウスはかつてこう語ったことがある。

そして「トゥーレの王」の語法を分析し、また詩中の比喩的表現が踏まえる聖書の章句にも注目する。日本の代表的なゲルマニストである柴田翔教授もまた、ボイトラーを参照しつつ、この歌を読み解いている(2)。

この詩を貫いているのは、人類史における深い喪失の感覚である。王と王妃がトゥーレの城に共に住み、中むつまじくその国を支配していた時代こそ、平和と安定の黄金時代であった。だが、やがて妃が死に、その時代が終り始める。王も死に近づいた時、彼の支配してきた町々は世継ぎたちに分け与えられ、統一されたひとつの時代が終わる。黄金の盃は、幸福であった時代の象徴として、海の底深く沈んで行く。失われたものは、二度と帰らない。

この深い喪失の感覚が彼女をバラードに結びつけている。彼女はいまだ何ものも失ってはいない。しかしいま彼女をとらえているのは、自分が平和で幸福だった子供時代をまさに失おうとしているという不安な予感である。それは彼女の個人史における自然過程であり、必然である。だが、それは彼女の心を不安で一杯にする。その時、人類の黄金時代喪失の挽歌であるバラード「トゥーレの王」が、彼女の心をとらえ、彼女の個人史における行程を同時に人類の過程に重ねる。そしてグレートヒェン自身も無意識のうちに、自分の小さな一個の肉体がいわば人類史の普遍的悲劇を引き受けて没落して行かなければならぬことを知ればこそ、歌いつつ夜の冷たい大気にその裸身をさらすのである。

「トゥーレの王」は「ファウスト第一部」の展開点として、重い意味をもっている。それはすでに「原《ウル》ファウスト」からの構想でもあったらしい。ゲーテ研究におけるドイツと日本の第一人者が共にこのバラードに世界観にかかわる深い意味を読んでおり、それらはおそらく正鵠を射ている。

それゆえ基本的にはこれらと重なることにはなるのであろうが、同時に筆者は、わずかながら角度の異なる読み方をしてしまう。いずれかの否定といったものではなく、重心の取り方の違いと言う程度であるが、それはおそらく、純然たるゲルマニスティクではなく、隣接学とは言え重心の位置がやや違った領域にある程度永く筆者がたずさわったためであろう。あるいは、そのバラードの受容をも多少念頭においたことも、ここでの理解に与ったであろう。「トゥーレの王」はフランツ・シューベルトの作曲で知られるが、またシャルル・グノーが『ファウスト第一部』にしぼって作曲したオペラ（一八五九年初演）の見どころの一つでもある。たとえばそのフランス語の歌詞でマリア・カラスのうたう声が耳を離れないという人は少なくないだろう。それは、また同じ流れの流行とも重なっている。早く十九世紀の末頃には、グレートヒェン・スタイルはドイツの伝統的な若い女性をしのばせるものとして写真館の人気の場面づくりであったことを、ドイツ女性史は教えている。そうした広がりは、おそらくゲーテ文学の学術的な理解とはやや重心を異にするであろうが、まったくの的外れでもない。そうした受容から見た本質という問題も考えてしまうのである。

b メルヒェンとバラード

筆者が注目するのは、ゲーテの時代、民間文藝を代表する言語形成体では民謡がそれを代表していたことである。これを言うのは、昔話（メルヒェン）はまだ民間文藝の大きな分野として注目されるには至っていなかったという対比からでもある。ゲーテが「トゥーレの王」を含む初期のバラードを手がけたのは一七七〇年代半ばで、グリム兄弟の昔話の収集が刊行されたのは一八一二年、したがって両者の間には一世代ではきかない時間的な開きがある。また昔話というジャンルが誰の目にもあきらかになるのも、ようやくグリム兄弟の収集の刊行によってであった。もっとも、昔話がまったく知られていなかったわけではなく、ゲーテ自身も「メルヒェン」という作品を書いている。しかし、なおそれは民間文藝の主要な柱という位置づけではなかったように思われる。

民謡について言えば、西洋の特質として、民謡の多くはバラードであった。西洋の民謡がバラードであるのは、民衆の情念、とりわけ天上と地上をつなぎわたす情念をになう歌謡としては教会歌謡、すなわちカトリック教会系の聖歌とプロテスタント教会系の讃美歌が大きな柱として存在したからである。(3) 対照的に日本の場合、社会の特質から、西洋では教会歌謡によってその表出がになわれる種類の情念をも民謡が引き受けているところがある。すなわち広い意味での呪術性が表に立つことが少なくない。念仏歌だけでなく、五穀豊穣や大漁祈願の歌い物、禱雨の歌、盆踊りの歌もそうである。多くの場合、初発的な呪術そのものではないであろうが、それは創作においても踏襲される様式であった。實朝は長雨の収まるのを禱り、本居宣長も民謡調の「雨降れ歌」をつくった。もっと共に反面、その然らしめるところ、西洋のバラードほどには、日本の民謡は物語性へは発達しなかった。もっとも両者を過不足なく比較をするには、文化の諸部門の多くと同様、いずれか一つの種類だけを取り出して一対一で対比を見るわけにはゆかない。日本の場合は多彩な音曲の世界をも考慮しなければならないであろうが、ここでは狭い意味での民謡に限って、その様式の違いを指摘するにとどめておきたい。ともあれ、西洋のフォルクスリート（民謡）は多く物語詩のかたちをとり叙事的要素が優勢である。そしてこれがドイツでは、十八世紀の第三四半世紀も終わろうとする頃にヘルダーの着目と理論によって民間文藝の基本として意識されることになった。ゲーテもヘルダーによってそれに気づかされた。両者の交流の記録が教えるところによれば、二一歳のゲーテは、四歳年上のヘルダーのパイオニアに特有の自恃とプライド、それでいて時に悲観の入り混じる毒気のある言動に戸惑いつつも、持ち前の明朗な洞察力によって刺激を吸収しつつ野外での民謡収集者の最初の一人となったのだった。[4]

それに対して散文のメルヒェンはまだ広く注目されてはいなかった。昔話の収集という作業も系統立ったかたちではまだ行なわれていなかった。ゲーテよりもほぼ三十歳若いクレーメンス・ブレンターノとアヒム・フォン・アルニムが『少年の魔法の角笛』（一八〇六―〇八年）を手がけたときも、それはなお新分野の開拓に近い意義をもっていた。昔話はその次にようやく浮上した課題であった。指標的なエピソードを挙げれば、昔話をまとめることはブレンターノが『角笛』の次にいだいた構想であったらしい。『角笛』の散文版のようなかたちを目指したようであるが、それ自体は進捗せず、結局、ブレンターノへの資料提供に応じた年若いグリム兄弟の自助努力を待たねばならなかった。しかも兄弟による昔話の収集は、幾つもの先行者を見た末に現れたというものではなかった。以後永く模範的となるその成果は、この分野にかかわった第一世代とも言える二人によって成し遂げられたのである。今日の昔話研究の幾つかの論集を開いても、グリム兄弟を起点として構成されるのが一般的である。[5]

この辺りの時代状況のメカニズムはまことに興味深い。つまり、昔話がまとまった形で提示されれば、それを受け入れる土壌ができたていたことになるが、それをどこまで見通していたかはともかく、グリム兄弟がそれを満たしたのだった。さらに言い添えれば、それは少し後のロシアでも似ていた面がある。[6]グリム兄弟の業績とその影響を知った第一世代でもあったアレクサンドル・アファナシエフが嚆矢を放ち、かつそれが今にいたるまで金字塔でありつづけている。

c 作品「メルヒェン」

ゲーテのメルヒェンへの関わりは、グリム兄弟以後、延いては今日につながる状況とは、まったく違った状況においてであった。あるいはゲーテの営為も、やがてグリム兄弟が掘り起こす新たな局面への移行過程の一環であったろう。たしかに散文の一形態として《メルヒェン》と呼ばれる種類にゲーテは関心を寄せていた。それを証すものに、一七九五年に書かれた作品「メルヒェン」がある。[7]しかし、『ドイツ避難民の閑話集』の最後に配置されたそれは、《昔話》と訳せるような話類としてのメルヒェンではなさそうである。『閑話集』のごくはじめの辺りに、次のような一節がある。[8]

私たちのすぐ近くで起きた出来事が昔のメルヒェン（ein altes Märchen）として語られ、それでいてその通りでは確認できないではないか、と私がひそかにほくそ笑むこともお許し願います。

この場合のメルヒェンは、作品「メルヒェン」だけではなく、『閑話集』のなかの挿話を一般的に指している。それゆえ、もとの語義通り、すなわち小話、特にたわいのない小咄という意味のようである。ちなみに引用文は、《古い話だと言って、実際には身近な誰それをあてこすっているつもりで話されてはしても、やはり現実とはもう一つ合致していず、うまく対比できていないではないか、とほくそ笑むことも、大目に見ていただきたい》といった話し手の社交辞令でもあり予防線でもある。それゆえ、ここでの《メルヒェン》は、民間文藝ないしは口承文藝の大きな部門、すなわち後世〝fairy tale〟と呼ばれるようになる種類に限定されたものではない。それだからこそ、ゲーテはたわいのない話はいかにして造られるべきか、を考察し、法則そのもののような実作を提示したのであろう。事実、「メルヒェン」は、『閑話集』のなかの先行する数話にくらべて、徹底して空想的で、すぐには論理が取りにくいものである。と共に、以後のメルヒェンにも見られる様々な要素が自在に組み合わせられている。黄金を食べて光る蛇、金貨をまき散らす鬼火、渡し守、美しい姫君（百合姫）と若者、老人と老婆、金属の像でありやがて生きた存在となる王たち、そして王国と民衆（フォルク）。そして登場者の性格や様態の描写を極力省いて筋が優先しているのも、メルヒェン一般のスタイルに近い。これらを自在に組み合させたゲーテの「メルヒェン」は謎と比喩に満ちているが、大方の見るところでは、人間が生きるには何が大切か、そして国とは何で、いかにあるべきか、といったことを含んでいる。特に後者の側面では、『ファウスト』第二部の終結のあり方を先取りしたスケッチとも読めなくもないところすらある。

なお、『ドイツ避難民の閑話集』の特徴を言い添えるなら、それがボッカチョの『デカメロン』の形式をドイツ語で実現しようとしたものであることは、一般に指摘されるところである。と共に、範例に対するゲーテの特徴もまた明瞭である。ボッカチョでは全体の枠組みと、配置された百篇の小話とは特に緊密に連絡しているわけではない。さらに付言するなら、チョーサーの『カンタベリー物語』では、枠組みと小咄群との関係はやや有機的になっているが、ゲーテにおいてはそれが一層強まっている。フランス革命の荒波を受けて避難行動の途次にあるドイツ人小領主一家が枠組みであるが、彼らのあいだで話される数篇の閑話は、単なる枠の設定という以上のからみ合いをもって描かれる。避難行を率いる毅然として聡明な領主夫人はゲーテがさまざまな作品において繰り返し描いた女性像でもあるが、それを中心にして人々が各局面に対処する様子が克明につづられる。そして最後に配置された「メルヒエン」は、そのはじめの場面設定と呼応するようにつくられている。それも次元を超えた再現であり、法則化することによって、永続化の可能性へと開かれて消えて行く。その印象は、ゲーテがシラーに書き送った作品構想とも合致する。(9)

……おおよそ、次のようにできると思います。八月、『閑話集』の最後のできごとの締めくくり。九月、「メルヒェン」。『閑話集』の最後にこれを置こうと思うのですが、空想力の産物によって作品が言うなれば果てしなきところへと入っていって終わるようになるのは、悪いことではないでしょう。

(ゲーテからシラーに宛てた一七九五年八月十七日の手紙)

しかしゲーテはまた、メルヒエンは議論を喚起するためのものではない、とも諭す。作品「メルヒエン」が語られるに先だって、メルヒエンとは何か、をめぐる聞き手と語り手の対話が置かれるのである。

(聞き手の一人)

私たちに何かメルヒェンを語ってくれませんか。想像力は素晴らしい力ですが、私には、想像力が現実に起こったことがらを潤色しようとするのは好ましく思えません。想像力がつくり出す幻影が独自のジャンルの所産として現れるのは大歓迎なのですが、実際のものと結びつくとたいていは奇怪なものを生むだけで、悟性や理性とは矛盾するのが常だと思うのです。想像力は現実の対象に依拠したり、それを私たちに押しつけようとしたりしてはいないのです……

（語り手）

創造力の産物がどうあるべきかについて、それ以上こと細かに要求を言いたてるのは止めてもらいたいものですな。求めることなく、ただただ楽しむというのも、こういう作品の味わい方の一つでしょうね。想像力それ自体は要求を呈示することはできず、あたえるだけのものをもっていなければなりません。想像力は計画を立てることなどしませんし、どんな道を通るかを準備することもなく、自分自身の翼によって運ばれ導かれる、そしてあちらこちらへ飛び移りつつ、方向も常に変幻自在な不思議な軌跡を描くのです。

……

ここでの指示は、文学作品一般にもあてはまる空想について言われている。そしてそれを文法のような縮図として呈示するなら、それはメルヒエンということになり、メルヒエンのメルヒエンたる所以は、まさに法則そのもの、縮図という形態、と言っているように思われる。

d　バラード論

言語表現の種類それぞれの法則を課題にしている点では、この説明は、バラードをタイトルに作品と、それにかんするゲーテの有名な論説とも呼応するところがある。[10] 作品「バラード」(初行 "Herein, o du Guter! O du alter, herein"）は、全十一節のうち九節までが一八一三年十月に書かれ、最後の二節は一八一六年十二月に書き足され、発表は一八二〇年の『藝術と上古』誌上であった。

《お入りなさい、お爺さん
今この広間僕らだけ
城の扉は閉めちまおう
母はお祈り、父上は
狼狩りで森の中
昔話をうたってよ
弟だって聞きたがる
待ちに待ってた歌おじさん》
——子供聞きたいその話。

敵の陰謀、夜の闇
高く輝く城を捨て
財宝土に埋めるや
御城主様は落ちのびる

逃げる腕には何を持つ
すばやく包む外套の
なかに幼くすやすやと
眠る小さなお姫さま
——子供聞きたいその話。

夜は明けても旅の空
森や谷間に臥して寝て
村々まわり歌うたい
いつ終わるなき物乞いに
今は頬こけ髭だらけ
けれど抱いてるいとし子は
嵐も知らず幸《さいわい》の
星にまもられ育ちゆく
——子供聞きたいその話。

月日は過ぎて今ははや
マント色褪せほころびて

もはや娘に着せられぬ
されどその顔見てみれば
父は嬉しさ余りあり
凛と育ちし我が娘
さすが血筋はあらそえず
父の喜びいかばかり
――子供聞きたいその話。

折しも来たる騎士ひとり
物乞いいたす姫さまに
施しなぞはそっちのけ
しっかと掴む姫さまの
手とり引き寄せ乞いねがう
《是非に所望じゃこの娘》
《我が子見染めしその上は
妃にめとり下さるか
緑の野にて誓われよ》
――子供聞きたいその話。

聖なる場所の式の後
どうせ別離は避けられぬ
父御《てて ご》と別れ辛けれど
父は去りゆく一人旅
悲喜こもごもの日々につけ
《娘の幸を祈るだけ
さぞや孫子も出来つらん
昼夜思う娘の身》
――子供聞きたいその話。

孫かわいがるそのさなか
門押し開く人の影
歌の爺様それとなく
隠しおおせる暇もなし
《不埒の乞食許すまじ
皆して捕え地下牢へ》
聞きて母御もかけつけて

ここを先途と押しとどむ
——子供聞きたいその話。

老いてはいても威厳あり
獄吏は恐れ母と子は
許しを乞えど城主殿
面目つぶれ逆上し
言葉失い怒り増す
《賎しき血筋この女
我が一族に恥かかす
かかる悪縁何ゆえぞ》
——子供嫌がるその話。

爺様まなこ鋭くば
鎧の武士も手が出ねば
ますます猛る主殿
《我が若気の後悔は
下賎の花につけし種

いやしき女産みし子は
所詮乞食のやからなり
とても高貴は身につかぬ》
——子供泣きそうその話。

《誓い破りし不実者
子らを足蹴にする上は
この爺様の元に来よ
老いし乞食と見えたれど
輝く道ぞ示さんや
この城もとは我のもの
汝《なれ》の一族奪いしも
埋蔵金がその証し》
——子供聞きたいその話。

《正しき王の御復帰ぞ》
忠臣らにも元の地位
《されば地中の封解かん》

老いたる笑みに大音声
《我が寛大の処置を見よ
婿殿、面《おもて》あげなされ
星廻りよき今日この日
妃の子らは高貴の血》
——子供聞きたいその話。

このバラードでは、一読して、まとまった独特の物語性に気づかせられる。実際、《昔話をうたってよ》と訳した第一節の六行目は、"O sing uns ein Märchen, o sing es uns oft" であり、《メルヒェン》の語がもちいられている。それゆえゲーテにあっては、民間口承の文藝種の基本は民謡ないしはバラードであり、それは時にメルヒェンをも包含していたと考えられる。時期からいえば、ゲーテがこの作品を書いたのは、グリム兄弟の昔話収集が刊行されたのとほぼ同じ頃であった。その時期には、昔話の概念はまだ後世のようには確立されていなかった。むしろゲーテは、民謡収集をも手がけた先覚者として歩んできた道程の延長線上で民間口承について思索していたと思われる。ただし作品「バラード」はすぐには発表されず、一八二〇年になって『藝術と上古』誌に掲載された。長い年月ゲーテが手元に蔵していたのであるが、いったん発表すると、何か弾みがついたのか、引き続いて翌一八二一年に同じ掲載誌に、この作品をもとにした論説「バラード　省察と解説」を寄稿した。この自注の執筆については、内容との関連から、ほぼ同時期の「西東詩集のよりよき理解のための注解と論考」(一八一九年)との重なりがつとに指摘されている。[11] とまれ、ここで、有名な《原卵》の語が現れるのである。

バラードには、神秘的ではないのに、何か謎めいたものがある。前者はその詩の素材にあり、後者はその筋にある。バラードが秘密に富むのは、その呈示の仕方に起因する。バラードの歌人は、自分の大切な対象、すなわち人物や人物の行為や動きを心の奥深いところにかかえているため、どのようにそれを白日の下に置こうとしているのかが自分でも分からない。彼は、詩歌の三つの基本形式すべてに従い、想像力を最初に掻き立て精神を突き動かす形式から表出してゆく。すなわち、その始め方は、抒情詩的のこともあれば、叙事詩的のこともあり、また劇的な場合もある。そして適宜、その形態を変えながら進んで行く。そして最後はそこへ突き入ることもあれば、振り棄てもする。リフレイン、すなわち同じ末尾の同じ響きが、この詩形に決定的に抒情詩の性格をあたえている。

ドイツ人の場合がそうであるように、この詩形に親しんでいると、あらゆる民族のバラードが理解できる。なぜなら、ある種の時代にあっては、どの精神もその時代に即応しているか、それともせいぜい程度の差をしめすにすぎないからであり、同じ作業にあっては常に同じような動きが起きるからである。ともあれ、この種類の詩歌が選択されると、その呈示には詩歌の何もかもが関わってくると言ってもよい。なぜなら、ここでは諸々の要素はなお未分化であり、生きた原卵（Ur-Ei）のなかに一緒に憩っているからである。そして孵化されるや、金の翼をはばたかせて大空へと飛翔する荘厳な現象を呈する。

この《原卵》の含意については、解釈者によって理解が異なるところがある。マックス・コメレルはドラマの要素に強く留意して、バラードの《小さなドラマ》、《原初のできごと》の特質を浮かびあがらせた(12)。それに対してヴァルター・ミュラー＝ザイデルは、ドラマの要素は比喩として言われたもので、バラードは基本的には抒情文藝の一形態との見解をとり、その視点はその学派にも引き継がれた[13]。なおゲーテが「バラード」の各節にほどこした解説でも、第八節の箇所には、おそらくドラマ化を想定したコメントが書き添えられている。

第八節　従卒たちは風格ある老人に手出しをするのを躊躇する。母と子らは哀願する。領主は、かっとなって命令する。（この場面、さぞ舞台効果を発揮するだろう）。しかし永く抑えていた憤懣が爆発する。由緒のある騎士の家系を自覚したところから、乞食の娘を栄光へ引き上げことを、誇り高いこの男はひそかに悔やんでいたのである。

またこのバラード論は、次のような考察で締めくくられる。

この解説によって、読者と歌い手に、この詩歌をより味わいやすくすることを願った。さらに言い添えるなら、ずっと前に私が夢中になったイギリスの古いバラードがこれの元になったのだった。その英語のバラードについては、英文学の識者がどの歌であるかを明らかにしてくれだろう。ともあれ私にはこの材料はたいそう気に入り、そのためオペラにも仕立ててみた。舞台に載せたのは、その草稿プランの一部だけだが、それは既に出来ている。若い人がこの材料に手を出すなら、抒情的な特質とドラマ的な特質を強調し、叙事的な特質は背後にひそませることだろう。詩人と作曲家が活発かつ豊かな精神で手がけるなら、評判のドラマとなること請け合いである。

ここで言われる《イギリスの古いバラード》とは、トマス・パーシイの『古謡拾遺』に収められた「ベドナル・グリーンの乞食の娘」を指している。[14] それはともあれ、この作品はゲーテが「バラード」というジャンル名を冠し、また注目すべき解説をほどこしただけに多くの論者が解釈を呈示してきた。そのなかで、一読して予想され、事実、代表的な研究者たちが指摘してきた一つは、時代に対するゲーテの姿勢であった。第一節から第九節までが創られたのは一八一三年十月であったとされている。前年のナポレオンのモスクワ遠征の大失敗をうけて始まった諸国の反攻のなかでもドイツ人にとっては輝かしい転機となるライプツィヒの戦いが十月十九日を頂点に起き、プロイセン軍はそれに勝利していた。またバラードの最後の二節は一八一六年十二月とされる。すでに前年の六月にワーテルローの戦いがあり、それと並行して旧秩序を基準にした国際関係の再構築をめざしたウィーン会議によって歴史は次の局面へ移りつつあった。もっとも、メッテルニヒが構想した神聖同盟の体制が反動性をあからさまにするのは、なお数年後、カールスバート決議の一八一九年あたりからだったようである。ゲーテの歴史へのかかわりは、ごく概括的に言えば、たとえば自伝の性格を併せもつ『対仏陣中記』の諸所がよく示すように、革命の混乱も価値の転倒をも好まなかったが、また反動でもなかった。あるいは歴史観というより、併せて人間の姿勢を問うていたようである。前進であれ後ずさりであれ、それは変わらなかった。社会変革の熱狂をも守旧への妄執をも忌避し、また個々人の言動や生活習慣についても何であれ自分を見失うような局面、コントロール不能であることを嫌ったように思われる。その代わり、どんな局面にあっても法則を探らずにはおれず、また局面が許す限りその課題をこなした。ちなみに『イタリア紀行』においてゲーテが自らつたえた難破の危機にある船中での言動などは、それをよく示す一つであろう。[15] このときゲーテは、あわたふためくイタリア人の群衆に向けて聖母マリアの加護にすがることを説き、思いがけず外国人の同乗者がそれを説諭したことに驚嘆した彼らは、こう言って歓迎したと言う。《おお、バルラームよ！》。ゲーテが危機に臨んだときの姿勢の雛形として、たとえばこの一例に注目しておきたい。

e マックス・コメレルの「バラード」解釈

その上で、作品「バラード」である。それが時代背景とは無縁であったはずはないが、それを射程におきつつ、「バラード」にゲーテの歴史観を読んだのはマックス・コメレルであった。もっともそれは同時代への直接的な対応ではなく、ゲーテに独自のシンボル化と法則化を経ている、ともされる(16)。

ゲーテの本性は永続に向けられていた。行き当たりばったりの生き方、何であれ恣意的なものを嫌って、ゲーテは、自然が導くところのものを人間に促した。首尾一貫と必然性である。彼自身も永続の元素であった。ドイツ文学における唯一不壊の元素であった。ゲーテの精神は、新規なものを手立てに競うことがなく、沈着に待機する精神であった。やがて古きもの・真実のものが到来し、それこそがすべての詩歌の材料となった。一つの形をもって生きること、それこそが幾世代と幾世代の創始者が目指したものであった。もはや自恃に覚束なくなったとは言え、本来上層者には切っても切れないものであった。それはまたゲーテがその文学、とりわけ長編小説に課したところのものであった。長編小説は、その形象において、最後の純然たる世俗の紐帯を救い出すからである。集って生きるという紐帯。その本性とは金輪際折り合えない何ものかとして、フランス革命が震撼を伴った予感の後、ゲーテをとらえた。それを克服すべく、ゲーテは答えた。が、それは造形によってであった。蓋し、歴史そのままの再現は、常にシボリックにいそしむ精神とは相容れなかった。彼をとらえたのは、普遍的なもの、反復するものであった。そしてそれを、『庶出の娘』では政治的なできごととして語り、『伯のバラード』では根源の出来事として取り上げた。下から発して自己を押しとおす力がどんなであるか、それはゲーテにとって二次的な問いであった。何にも増して考量を重ねたのは、高貴なものが見舞われる危機であった。

　このバラードは三つの時代をうたっている。純粋な秩序の時代、横暴な力の時代、そして復権の時代。ゲーテの解説は何を白日の下におくことになったか（力づくの政変が正当な王と王に従う伯を排除していた）、それを示すのは、ようやく最後の数節であり、それも遠まわしにである。その結末は形を得ることを永く拒まれていた。第二の時代から第三の時代への移行をわずかな詩行で表現するのが難しかったのである。《敵の陰謀、夜の闇》、これは中間の時代をあらわすバラードならではの表出である。祖先を奪われた中間の時代。……

　伯は純血種の男である。彼のなかには純粋な時代が残っている。伸びる髭と擦り切れるマントは、それが遠ざかることを物語っている。しかし貧窮を隠すすべをなくしたマントは、同時にまた輝くような持ち物を明るみにだす。子供、少女である。少女はまことに美しく成長し、新たに権力へとのし上がった領主は我をわすれ、乞食の子と知りながら求婚する。老人の姿にはたらく運命は高貴な血の運命である。高貴な血、これこそバラードの本当の主人公にほかならない。それは二重の意味においてである。なぜならそれは個々の人間ではないからである。……《喜びいかばかり》の伯ではあるが、愛する者と別離を甘受する。それは、諦めによる祝福としてネーレウスが発するのと同じ表白である。まさしく《愛する者は、圧迫の中で輝きを増す》からであり、父親の愛は断念に存するからである。そして老齢にあってなお死滅しなかったものが、子のなかで育ってゆく。身体にそなわる高貴、バラードの始まりと終わりはそれであり、バラードはそれを多彩に表現する。《けれど抱いてるいとし子は／嵐も知らず幸の／星にまもられ育ちゆく》、あるいは《凛と育ちし我が娘／さすが血筋はあらそえず》、さらに《我が子見染めしその上は／妃にめとり下さるか》。これに対して領主の振る舞いは尊大な新貴族のそれであり、彼が口にする（それ自体はまっとうでもある）高貴なるものの法則を挙げて（老人の）祖先と娘と孫を責め、ひたすら自己を利するためにもちいるが、それは、損なわれた時代のうつろな輝きのなかで、却って自分の素性を暴露することになる。《いやしき女産みし子は／所詮乞食のやからなり／とても高貴は身につかぬ》。最後のレフレインの直前、このバラードを締めくくるのも《高貴の血》、すなわち《血》の語である。こうしてバラードは、世襲の価値を、出自を、高位を名指す。しかし歴史は、このバラードのモチーフが突然、経験的な現今に接近する時代があることを知っている。このモチーフ、メルヒェン、民謡が繰り返されるのは、位を追われた王や、女中に貶められた公女や、捨てられた高貴な孤児に、時代が近づくときである。すなわち、流謫にある高貴の血にほかならない。

詩人は、高貴なあり方と独特の仕方で結ばれている。ゲーテは三つの古典劇を作ることにおいてそれにかかわった。……

コメレルの詩論は、作品「バラード」を、ゲーテの古典的な三つの劇作「タウリスのイフィゲーニエ」、「トルクワート・タッソー」、「庶出の娘」と並べ、それらに共通のコアとして読むという試みでもある。そのさい、原初のドラマとしてのバラードという論者の観点がここでも存分に発揮されている。しかもそれは、ゲーテ自身の自作解説に沿っている。ゲーテの詩歌の語法をたずねつつ、骨太な表現でなされる読解は、ドイツの文藝解釈の深みと凄みをよく伝えている。

コメレルの詩論には筆者も若いころ酔いしれる思いをもった経験があるが、改めて読み返すと、むしろ幾分白けた気分にもさせられる。ちなみにコメレルは詩論のこの箇所に「追放され復帰した伯のバラード」という見出しを掲げた。また本文でも、このバラードの要諦は《流謫にある高貴の血にある》と説く。たしかに作品は、最後のレフレインの直前の物語の締めくくりでは《妃の（汝＝領主に産んであたえた）子らは高貴の血》(**Die Fürstin, sie zeugte dir fürstliches Blut**) と、《血》の語でもって終わる。

しかしそれをライトモチーフと見る深読みは、却って疑問を起こさせる。用語もその手がかりになる。《伯は純血種の男である》と説かれるのがさしずめそれである。原語は〝der *echtbürtige* Mann〟、これは時代の用語であった。反対の意味の形容詞〝*außenbürtig*〟の方が使用頻度は高かったと思われるが、どちらも現代では（生物学を除くと）あまり聞くことがない。当時も本来は一般語ではなかったはずだが、それが流行語に近いものだったのである。すなわちナチス・ドイツ時代の用語であった。ナチスのイデオロギーの一環をなす純血種のゲルマン民族と然あらざる人間との区分にもちいられたのである。コメレルがナチズムに近い立場にあったこと、またその中の知的選良同士としてマルティーン・ハイデッガーとも親交があったことはよく知られている。しかしハイデッガーがナチスの党章を身につけて誇示していた事実にもかかわらず、その哲学が第一級の重みをもつのと似て、コメレルもゲルマニストの一方の代表者の意義と声価を保っている。初期の『ドイツ古典主義の指導者としての詩人たち』(17) と題されたクロップシュトック、ヘルダー、ゲーテ、シラー、ジャン＝パウル、ヘルダリーンに関する論考も、その早い版ではナチスの党章であるハーケンクロイツが表紙に掲げられ、また《指導者》の語にはヒトラーを指す《フューラー（総統）》があてられた。《詩人》の語が重なるのも、これまたその時代の語法であった面があり、《総統にして詩人》はヒトラー讃美の言い回しの一つであった。[18] そうではあれ、同書が、ドイツ古典主義文藝の研究史に屹立するコメレルの主要著作であることはかわらない。ドイツ語圏がナチス・ドイツ期とそれへ突き進んだ時期は、おそらく社会と国家のある種の極限状態であり、それが藝術や学問の世界では、平時では考えられないほどの凝縮と密度につながった面もあったようである。その時代に生きた人たちの思索や美意識や語法には、そうした側面がうかがえることがある。

しかし恐ろしいほどの密度と説得性にもかかわらず、コメレルの論説がいわゆる《血と土》(Blut und Boden) が叫ばれた時代状況との重なりをもつことは否定できまい。もっとも、《血と土》自体がどこまでナチズム・イデオロギーの根幹であったかという問題もありはする。ユダヤ人への異常なまでの敵視は、ゲルマン人やアーリア人を過剰に言い立てることと組になっていることが多く、それはナチズムの一要素に違いなかった。しかしユダヤ人排斥も、人種論の必然的な帰結と言うより、社会の危機と窮迫のなか、他の誰かに責を負わせるのが狙い目で、そのための安易な理由づけとして人種論が浮上し、やがて反省意識が消失して絶対視されるに至った、という脈絡も考えられる。それはそれとして、《血と土》という言い方に限れば、ナチスのなかでも特に食料農業大臣リヒァルト・ヴァルター・ダレーのスローガンであった。ヴァイマル共和国時代からの農政家で、共和国において慢性的であった農業政策の不調と農民の窮乏を解決すべく、ナチ政権の下で農業政策を成功裏に推進した立役者であった。その構想から実施された農業二法（一九三三年八月に国会で採択）は人種偏重のイデオロギーと組みになってはいたが、現実に農民の窮乏を解決した面もあり、ナチ政権の少なくとも前半期が安定するのに大きく与った。政権初期にナチスが農民層の熱狂的な支持を得たのは決して演出だけのことではなかった[19]。ダレーはその人種論などではナチスト以外の何物でもなかったが、また伝統的にドイツ農民の定着していた地域の外に向かっての過度な膨張、特にロシアへの侵攻には消極的であったともいわれる。その不徹底がナチ党内でうとまれ、一九四二年にはほとんど影響力を失っていた。それもあってナチスの最高幹部の一人にしてはめずらしくニュルンベルク裁判で死刑相当の罪状には進まず、七年の収監ですんだ。コメレルの『詩論』が刊行されたのは一九四三年で、すでにダレーは失脚し、その掲げたスローガンは色褪せていた。特に農民をゲルマン民族の正統性の継承者として《新貴族》と呼んだのがそれである[20]。コメレルが、バラードの解釈において、力にたよった簒奪者たる《領主》に《新貴族》の語をあてたのは、ナチスの主流がダレーを押し退けてしまった時期であることが背景にあったと考えられないわけでもない。実際、《新貴族》(Neuadel) はナチスのなかでもダレー系のイデオロギー以外ではあまり挙がることのない語法である。当時ナチスに親近な大学教員たちは、ナチ党の実力者たちの内部抗争に直接・間接に影響されることが少なくなく、また彼らもその時々の動きに敏感でもあった。もっともこの点では、ナチ時代の権力の転変よりも、ナチ・イデオロギーのなかで、農民＝《新貴族》の（これはこれでその系譜がありはするが）不自然な農民称揚の議論がコメレルの選良感覚や本物志向とは相容れなかっただけのことかもしれない。コメレルはシュテファン・ゲオルゲのサークルに近く、精神の高貴の意識をそのメンバーと共有していたからである。

より大きな問題は、コメレルが「バラード」を正当な血筋の者が復権して地位を回復することをそのライトモチーフと見る解釈をおこなったことである。日本の古典文学のある種の領域についていわれる貴種流離と似たところも感じられる。が、そうした文藝一般に通じる普遍的な側面とともに、それはドイツ語圏では二十世紀に入ったころから次第にたかまり、特にナチスの政権獲得の前夜辺りに非常な高まりをみせた物の見方でもあった。

あるいはすでに十九世紀後半には、西欧の一角では、アーリア人優越の一種の（今日の言い方をすれば）原理主義が台頭していた。音楽家リヒァルト・ワーグナーのサロンも、多くの拠点の中の有力な一つであった。そこにはフランスの人種論者として影響力の大きかったゴビノー伯が顔を出し、また後にワーグナーの娘婿となるイギリス人ヒューストン・スチュアート・チェンバレンも通っていたからである。学問の諸分野でも、たとえば文化人類学のウィーン学派がその傾向を見せたが、その定礎者となったウィーン大学教授でインド・イラン研究家レーオポルト・フォン・シュレーダーでは、ワーグナーの楽劇が学問構想そのものとも重なっていた面があったようである。ライフワークは『アーリア人の宗教』二巻であるが、その雛形とも言える初期の「リグ・ヴェーダにおける神秘劇と俳優」については、ワーグナーの世界をアーリア人の文化形成の初期にもとめた脈絡が指摘されている。[21] のみならず、それは多彩なテーマにおいて敷衍された。聖杯伝説をオリエントにもとめたのもそれであり、またその系譜はドイツの昔話にまで伸びているとも論じられた。[22] 民間にもいくつもの過剰な人種論のグループができていったが、ワーグナーの楽劇の世界を民族の史実と受けとめて陶酔していることも少なくなく、またそれとも重なる思潮であるが、ネオロマンティシズムの通俗民俗学の知識が養分になった。ハーケンクロイツ（鉤十字）がキリスト教文化のなかでも特に問題もなくもちいられてきた十字架の一種（ガンマ十字架）であることが押し退けられ、太陽の光芒を映すなどの解釈がほどこされて（ユーラシアに広く基層としておこなわれていた）太古の宗教的表徴と言い張るようになったのは通俗民俗学の知識がかかわっていた。もっとも第一次世界大戦のさなか、とりわけ戦死者が増大するなかで遺族や関係者のあいだでハーケンクロイツが流行したのは、まだ両方の要素をもっていたようである。[23] これは一例であるが、そうした雑多な（多くは流行の）知識や現象を集めながらナチズムは形づくられていったが、各要素は特に系統的に整理されているわけでもなかった。むしろ同時代の社会的状況に負うマイナスの情念が接着剤であったろう。第一次世界大戦でドイツが敗北すると、背後からの匕首伝説をはじめ、過剰な被害者意識やルサンチマンや、それを埋める空疎な選民観念が擡頭し伸張した。虐げられた（と思いこんだ）者の妄念と夢である。かくしてゲルマン民族の崇高な運命と、卑怯な敵によって強いられた正統な存在の流謫が時代の自己理解となっていった。

コメレルは作品「バラード」に、三つの時代の対比を読んだ。一つは《純粋な秩序の時代》、次に《横柄な暴力の時代》、そして《復権の時代》。そしてゲーテの《本質は永続的なものを基準としていた》ことを作品は映していると言う。そう読める要素があるのは確かだが、深刻な意味づけが適切かどうかは改めて問われてもよい。ひたすらテキストに密着した深読みの観を呈しはするが、同時に、二十世紀の三〇年代と四〇年代前半の時代思潮そのものだからでもある。

f　昔話研究における神話的な解釈

それが時代思潮であったことは、他の論者による他の対象の理解においても、瓜二つの構図が現れるからである。文藝研究で言えば、昔話研究の一角でもそれをうかがうことができる。昔話にはドイツ人の運命が表現されているというのである。たとえば昔話の代表的なものであるシンデレラ譚においてである。

シンデレラ譚にほどこされてきた多様な意味づけについては、昔話を解釈するとはいかなる作業であるかを問題にしたヘルマン・バウジンガーの論考がある。そこではシンデレラ論のなかの、その要素に関する論説が事態を要領よくまとめており、そのなかにはシンデレラ譚が多くの論者によってドイツ人の民族の運命と関係づけた読み方がなされてきたことを指摘するパラグラフも入っている。[24]
シンデレラ譚の意味づけをめぐるこの指摘については（本書所収の）別稿であつかうため、[25]ここでは別の昔話において、その様子を見ておきたい。さまざまな昔話がその観点から取り上げられるが、一例として、ウィーン学派の流れを組む代表的な民俗研究者の一人カール・フォン・シュピースが、ウィーン研究のエトムント・ムーラックと共に編んだ『ドイツ的メルヒェン――ドイツ的世界』（一八三九年）から、「蛙の王女」の解釈を挙げる。[26]テキストは、スカンディナヴィアにおける昔話収集の基本であるグンナル・オラフ・ヒルテン＝カヴァリウス（一八一八―八九）がイギリスのジョージ・ステファンズ（一八一三―九五）と共に編んだ『スウェーデンの昔話』（一八四四―四九）のドイツ語訳（一八八一）がもちいられている。[27]世界的に広く親しまれてているフェアリー・テイルであるが、その今日の広がりは、スウェーデンに十年ほど遅れて現れたアレクサンドル・アファナーシエフ（一八二六―七一）が収集したロシア語ヴァージョンによってであった（『ロシア民話集』一八五五―六三所収）。もっとも、話の筋立ては、スウェーデンでもロシアでも重なってはいる。ヒルテン＝カヴァリウスまで遡って「蛙の王女」を《ドイツ的世界》に組みこんだのは編者の観点にもとづくと思われ、それはこの一書に《民間伝承における北方的世界観の証左》のサブタイトルが付いていることからも見当がつく。

このスウェーデンの昔話は、非常に多くのヴァリエーションがあり、それらはヨーロッパ全域から、さらにそれを超えて広がっている。それら全てをもとにして、この語り物の筋の基本骨格を明示しようと思う。一人の農夫が、三人の息子のなかで最も有能な者に、農地と屋敷一切を譲ろうとする。最も有能と彼が認めるのは、最上の糸あるいは織物、貴重な財宝、そして最も美しい女性を、決められた期限内に連れてくる者ということになる。……

話の筋は、農民の三人の息子の一人（末っ子）が、蛙を花嫁に選ぶはめになり、その蛙が様々な難問を解いてくれるという、周知の展開である。

個々の点において、スウェーデンのヴァージョンは特に高い価値をもっている。時間区分のなかで決定的なできごとが繰り広げられるわけだが、それが、このメルヒェンでは、クリスマスの祭り、ないしは上古の年初めにおかれている。さらに《樹》が語られ、これを蛙は自在に操るが、運命と時間が形をとったものとして筋の展開に大きな意義もって組み込まれている。この樹は年の樹、測る樹木、ユグドラシル（世界樹）である。そして《測り終え》られる。すなわち蛙が自己を新生させる過程に、独自のあり方でかかわってゆく。その枝が毎日折り取られて薪になる。その火のなかで蛙は若返りを果たす。美しい乙女が、雪のような肌と、波打つ髪と、足元までとどくマントで現れるのは、北方の花嫁の原像である。炎のなかに立つその乙女を、恐れを知らぬ主人公は、燃えさかる火のなかから連れ出して我がものとする。

ここでは、習俗とのつながりも明白で、それは見まがいようもなく描かれている。クリスマスの時期は、これらの日々に姿焼きのパンとして現れる運命の季節にほかならない。すなわち樹木と火の時、それも新生に向かう意味を帯びている。クリスマス・ツリーは、シュタイアマルクやケルンテンでは常緑の樹として、またスカンディナヴィアでは冬至柱（Julstange）として知られている。一六〇〇年頃、都市部に現れたクリスマス・ツリーは、人工的で歪められた鬼子である。冬至樹にはまた冬至の飲み物（ユル麦酒、シユテファン蜜酒、ヨハネ葡萄酒）と冬至の火が付きものである。これら私たちがよく知っているところのもので、たとい習俗のなかに痕跡としてその姿をとどめているにすぎないとしても、それがこのメルヒェンでは筋のなかにしっかり組み込まれている。

これが時代の空気であり、またそれに乗って増幅させたということであろうが、論者の過剰な意味づけには驚くほかない。蛙が若者に向かって、小枝を毎日一つだけ折り取って薪にするように指示するが、この解釈者にかかると、それは、しばしば運命の時を測るという意味をもってくる。のみならず。その樹木は、世界の中心に立って世界を支える樹木、つまり世界樹（Weltbaum）、あるいは樹種で言えばトネリコで、世界を支えるトネリコ（Weltesche）、すなわち「エッダ」にあらわれる《ユグドラシル（Yggdrasil）》であると言う。たしかに、ギリシア神話でも、ヘーシオドスが《トネリコの腕をもつ巨人たち》と歌ってはいた。トネリコは頑丈なために、昔から今にいたるまで椅子の脚によくつかわれる建材なのである。ちなみに座面には伝統的にニレが好まれてきた。とまれ《世界樹》などは、本来、特殊な知識のはずであるが、十九世紀半ば以後、神話学や神話学にならった物の見方が異常な広まりをみせ、ごく一般の知識となっていった。昔話の解釈でも、ちょっと魔法めいた文脈となると、自明のことのように適用されるようになり、またその風潮に乗った学者たちが批判作業には進まず、却ってその風潮に権威をあたえ、煽りもした。もとより、それは樹木だけのことではない。クリスマスはキリスト教以前の節目としての冬至、いわゆる《ユル》であり、またクリスマス・ツリーがクリスマス・ツリーとの意味で現れたのは、一種の鬼子（私生児）だと言う。上古のそれが本来の形とされるのであるが、現在の研究水準では上古どころか、中世にもその種のものは存在が確認できないのである。[28] もう少し、今の話題を続けると、「蛙の王女」のテキストでは、中ほどにこんなくだりがある。

年が終わろうとする頃、若者は最後の糸を最後の小枝に巻きつけました。するとまたもや小さな蛙が飛び跳ねて彼のもとへ戻ってきました。そして、どんなご褒美がほしいのかと尋ねました。若者が、ご褒美なんて要らない、女主人（＝実は蛙の正体）が呉れるかもしれないものだけで十分だ、と答えると、蛙はこう言いました。《どんなご褒美を一番ほしいのか、分かっているよ。お前の兄たちは遠くへ出かけていて、そこで杯を手に入れる。クリスマス・イヴにお前たちの父上のテーブルに置けるようにね。けれど、ここで杯をお前にやろう。お前の兄たちは、これと同じくらいものをとうてい持ってはこれまいよ》。こう言って、蛙は、杯をくれました。杯は銀むくで、しかも内も外も金で鍍金がほどこされているのでした。そして十三人の職匠が匠頭《たくみがしら》のしるしを刻んでいるのでした。作りもたいそう凝ったもので、十二の国々を探しまわっても、同じものは見つけようがないのでした。……

これに、シュピースは次のような意味づけをする。

主人公が持ちきたる杯は、おごそかに飲むための容器である。入れ物の形状と意匠は、この種類の農民工藝の作品としてつとに知られている。すなわち、祭りと結びついた伝承としての意味に富んでいる。杯は、メルヒェンではそれとは記されていないが、そうした場面にはなくてはならないものである。そして十三人の職匠が匠頭として刻印を盃に刻んでいる。杯は、運命を司る者が作ったのだった。運命の姿は、

> 女性として現れるだけでなく、男性のこともある。……その意味で、杯は世界杯にほかならない。空間と時間をもつ世界の映し絵であり、特定の目的を向けられている。つまるところ、支配のしるしである。それは、元は、空間と時間のなかにあるあらゆる出来事を覗き見るためのものであった。さらにペルシアにおいてジャムシードとして現れるヤマは、そうした杯をわがものと呼んだ。世界の支配者とみなされんと欲する者は誰もが、事実として、あるいは伝説に従えば、そうした杯を所有した。ソロモン、カール大帝、等々である。
>
> 　十二＋一＝十三は、古くからある三＋一＝四の法則と照らしあう。この数字の規則から私たちが確かに知るように、それはアーリア人の伝承のなかで豊かにして確かな証しを得た運命の諸形象に発するのである。

昔話のなかに杯があらわれるや、それは世界の成り行きを映し、支配者のシンボルでもあった世界杯（Weltbecher）であるとして、ペルシアの『王書』の語る神話の支配者ジャムシードを引き合いに出し、またそれと同定されることもある古代インドの『リグ・ヴェーダ』が説く人間の始祖ヤマ（夜〈の世界〉を指すともされ、また閻魔の語源とも）にまで引っ張ってゆく。さらに数字が現れれば、それにまで神話的な意味づけをほどこして、アーリア人の上古に関係づける。昔話を、アーリア人の運命の縮図とも予言とも見るのである。

なかには実証可能性は問題にならないにせよ、ヒントになるような着眼もないわけではないが、論の全体は、大仰な妄想と言ってもよい。それはシュピースが影響力を持ったもう一つの分野においても同じである。シュピースは、民藝（Volkskunst）において、《農民工藝としての民藝》のスローガンの下に、一方の有力な論客であった。(29)

ベルリン大学に民俗学科が新設されたとき、(ナチスが推したかどうかはともかく) 初代の教授の有力候補でもあった。[30] その民藝理論では、農民家屋の文様の起源をたずねて、アーリア人の上古へいざなう論陣を張って飽きなかった。この問題は改めて取り上げるが、[31] 昔話研究も同工だったのである。

(二) 民俗学におけるゲルマン性復権の観念

もとよりそれは、昔話の解釈に限られることではなかった。古ゲルマン人の遺産が現代に甦るというのは、さまざまな分野における直接・間接の主張であった。ナチズムはそれをも養分として膨張していった。もっとも、ナチズムという一義的で体系的な思想があったかどうかは問題で、むしろ十九世紀半ばから次第にたかまってきたさまざまな要素が(今日から見れば)禍々しい絡みあいをきたしたといってもよい。ナチズムを構成するほとんどの要素は、それ以前から社会の各所にわだかまり出没していたものであった。その中の何を主軸と見るかの議論には立ち入らないが、古ゲルマンの文化やその伝統の復権を説くのも、思想宣伝にからんだところでは大きな意味を持っていた。その集約的な表現は、不幸にも(あるいは必然的に) 民俗学の関係者によってなされた面もあった。それ自体、それ以前からの動きの帰結でもあったが、一九三八年にブラウンシュヴァイクで開催された「ドイツ民俗学会」と称する団体の第一回大会記録などがさしずめそうである。そのタイトルは『ドイツ文化におけるゲルマン遺産』で、そこにはウィーン学派を中心に当時のそうそうたるメンバーが顔を見せている。[32] 補足すると、これはいわゆるドイツ民俗学会の前身団体と重なってはいるが、そのものと言えず、ナチス系統の民俗関係の新たな結集で、主宰したのはナチ党の有力幹部アルフレート・ローゼンベルクであった。また実質的な企画運営は、ナチスの青年エリートの一人、『ナチス月報』主筆マテス・ツィークラー（一九一一―九二）であった。ツィークラーはプロテスタント神学と民俗学を学んでナチスの幹部となった人物で、一九三四年に『ナチス月報』主筆となったときは弱冠（と言ってもよいであろうが）二四歳であった。[33] 並行してグライフスヴァルト大学で一九三六年に学位を得たが、論文のテーマは「ドイツとスカンディヴィア地方の昔話に見る女性のモラル的な位置について」で、[34] 大学での指導教授は当時少壮のゲルマニストでナチス系として気を吐いていたルッツ・マッケンゼン（一九〇一―九二）である。当時、マッケンゼンは、その下に右傾の秀才たちがあつまり、本人も門下生たちをナチ党幹部に紹介して陽のあたる地位を得させるなど面倒見のよい大学教授であった。自身もドイツ国語学とともに昔話を専門とし、若くして『昔話事典』の編纂をベルリンの有数の書店から委嘱された俊秀であった。ただ、時代はナチス・ドイツ期であり、その状況に波長の合う才能でもあったのであろう。

民俗学者そのものではウィーン学派の流れにあるオットー・ヘーフラーとリヒァルト・ヴォルフラムがその傾向を代表していた。キール大学の若手の民俗学の教授ヘーフラーの小ぶりの著作『ゲルマン連続性問題』[35] は、当時の民俗学界の一角で声高く叫ばれた《ナチズム民俗学》において綱領的な性格をもった。古ゲルマン文化が長期の空白と空白のあいだのたまさかの噴出にとどまる状況を脱して復権、あるいは正当な評価を受けるに至るとの解釈に学問的なお墨付きを与えたのである。なお付記すれば、このヘーフラーと学問的にも私生活の上でも盟友であったヴォルフラムが、第二次世界大戦しばらく影をひそめた後、ウィーン大学教授として復帰したことが戦後のドイツ民俗学に隠微な影を落とし、事態を複雑にした面がある。

この他にも、その時代には、今日では考えられないような奇妙な言動の人物が幾らもいた。時代状況が人間をつくったのである。シンボリックな一人を挙げると、ヘルマン・ヴィルトがいる。[36] 二十世紀初めに学問的な民謡・

歌謡研究の基礎を据えたヨーン・マイヤーの下で学位を得たが、次第に上古遡及の妄執を深めて、ゲルマン文化の偏執的な宣伝家となった。一九三〇年頃には、すでに十九世紀の学問的な批判によって偽書とされていた西フリースラントの『ウラ・リンダ年代記』を改めて持ち出して物議をかもしたが、ナチス幹部や一部の知識人の支持を得ることになった。それだけが原因ではないが、一九三〇年代後半には、その大部な著作『人類の始原宗教』と『人類の始原文字』は、ヒトラーが誕生祝いの返礼にもちいる豪華本の体裁で上梓された。またナチスによってゲッティンゲン大学における初代の民俗学の担当者とされたが、しばらくしてナチス幹部はその狂人を指摘する意見があるのを受け入れて退任させた。以後ナチス親衛隊長官ヒムラーの援助で生活を維持し、戦後も、人類の始原宗教と始原文字の復元をやめず、自説を説きつづけた。もっとも、始原宗教や始原文字の考え方は古くからあり、殊に十九世紀から二十世紀前半には、それをもとめて発狂した人のエピソードにも事欠かない。狂気や半狂気には一部で特有の型があり、それはそのときどきの社会の（やや長期のトレンドの）反映でもある。とまれ、ヴィルトは戦後も夫人ともども生もの中心の《ゲルマン食》で暮らし、フランクフルト・アム・マインにおけるそのカルト集団は一九八〇年代初めまで存続したようである。ちなみに、ヒトラーがヴェジタリアンであったと言われることがあるが、むしろヴァイマル共和国時代から一部で信奉者を得ていた《ゲルマン食》の脈絡が考えられる。

a ハンス・ナウマン

ゲルマン遺産の掘り起こしや復権には、また別の論理も加わった。宇宙論的な王権論や支配者像である。その方向の論客の一人にボン大学のゲルマニストで一時期副学長にも就いたハンス・ナウマンがいた。ナウマンは、民俗学の分野では民俗文化の本質にかかわる理論によって知られている。[37] 民俗事象はその起源をたずねると、ほとんどは文化的（多くの場合は社会的にも）上層における発明や新機軸や流行が下層すなわち民間に流れ下ることによって形成されたという考え方である。この視点は十九世紀から二十世紀への転換期に民俗学界の秀才たちがおこなった提唱と重なるが、ハンス・ナウマンはそれを一種スローガン的に表現したことによって指標的な存在となった。すなわち、民俗文化のほとんどは上層文化から《沈降した文化事象》に他ならない、と言うのである。[38] これは今日にいたるまでドイツ民俗学の基本理論でもあるが、そのナウマンは、一九二〇年代後半から三〇年代初めには、一般社会においてたいそう人気を博した学者であった。ドイツのある程度の大きさの都市なら、ハンス・ナウマンが講演に招かれないところはなかった、と言われるほどである。しかしナウマンが講演で話題にしていたのは、この《沈降した文化事象》の理論ではなかった。それ自体は後に、民衆基盤を原理とするナチスの幹部たちの不興を買うことにもなった。むしろドイツ民俗学にとって意義の大きなその論作を一九二〇年代の初めにまとめた後、ナウマンは民俗学よりもゲルマニストや中世史家としての仕事を専らにしていた。ミンネザングの「マネッセ手稿」の挿絵の校訂を手掛け、『ゲルマン歴史資料集成（ＭＧＨ）』の一書としてテューリンゲンの敬虔公ルートヴィヒの関係文書を整理し、また古高・中高ドイツ語の手軽な手引書を編んだ。それらを背景にした博識を駆使して、現実に臨んで熱弁をふるった。しかもそれは、（ナチ党というより）アードルフ・ヒトラーその人に民族の将来を託そうとする体のものであった。一九三三年に講演原稿を整理して編んだ一書を、《指導者にして詩人》であるアードルフ・ヒトラーに捧げたことは先にふれた。

そして、ナウマンがドイツの町々で講演を繰り返していたとき熱狂的に歓迎されたテーマの主要なものは王権論や支配者像であった。神と人、天上と人間をつなぎわたし、それによって統治するものとしての王という観念であった。古ゲルマンの諸王がそうであったことを、さまざまな例証をもちいて説き、かつそれがもはや損なわれている近代を指弾し、その復権を説いたのである。(39) 材料を、カエサルの『ガリア戦記』、タキトゥスの『ゲルマーニア』、アンミアヌス・マルケリヌスの『歴史』といった古代史研究の基本資料にもとめたこと自体は決まった手順であったろうが、ナウマンはまたそこに「エッダ」が伝える神話を重ね合わせた。しかもそれは同時代への関与でもあった。と共に、歴史をもちいたその種の論説は、決してナウマンだけのことではなかった。それがよく分かるのは、一九三三年にまとめられた講演と論考の一書におさめられた「バルデルの死」という文章である。(40) これには「ビスマルクのヘドゥール(=ヘズ)演説」というサブタイトルがついている。

本日はドイツ国民による第二帝国が生まれてから六十歳の誕生日にあたります。その帝国の偉大な創設者にして初代の宰相ビスマルクは、やはり帝国発足の記念日であります一八八五年三月二日に、国会で有名な演説を行いました。それは、締めくくりの文言によって「ヘードゥル演説」と呼ばれることになりました。宰相は、国民の神話の中に、そのとき宰相自らそう名指したように、まことに予言を見たのであります。すなわち、ドイツ国民がどれほど遺漏なきを期そうとも、どれほど諸国民の春の芽吹きを謳歌しようとも、ロキがひそんで、バルデルを殺すヘドゥールを見出し、ドイツ国民の春を窒息死させんとすることを語ったのであります。……

まことに《バルデルの運命》は、それ(=ビスマルクの偉業)以前もそれ以後も常にドイツ国民の運命、またドイツ国民による二度の帝国の運命と重なっています。……

これを見るまでもなく、神話と現代の重ね合わせは思考の操作として一般的で、ビスマルクもまた帝国議会の記念演説でそれを実行していたことを見ると、原初の神話とは実は近代国家が必要したもので、国家の神話であることを改めて知らされる。なお《諸国民の春》(Völkerfrühling)は一八三一年にパリにいたルートヴィヒ・ベルネが翌年の七月革命を予感して(本来は自由主義的な国民の団結の意味で)もちいたスローガンである(ベルネ「パリからの手紙」)。

ここで語られている神話について言えば、バルデルはオーディンの次男で、見るからに麗しい英雄であったとされる。それを憎んだロキが、同じくオーディンの子で、腹違いのヘドゥール(ヘズ)をそそのかして殺させた。ヘズは盲目であったが、バルデルの不死身が通用しないただひとつのものであるヤドリギをもちいて刺殺した。そののち、ロキは復讐を受け、岩に縛りつけられ、そこに毒蛇が液を垂らし、それを妻のシギュンが盃に受けるが、いっぱいになると捨てにゆく瞬間だけ液がロキの顔をかかって苦痛にもだえるのが地震であるとされる。

この「エッダ」がつたえる北欧神話、特にだまし討ちにあうバルデルをドイツ国民に重ね合わせるのである。ビスマルクの弁論術を直接の土台にして、ナウマンはそこにゲルマニストらしい博学を盛りこんで長々と解説をつけている。そして最後は、戦士の出動に説き及び、かつ動員の員数を算定まででした。

『エッダ』のなかにワラハラ宮を謳った次のような詞章があります。

吾が知るところを言わんか
五百の門あり、加えて四十の門ありて
八百の戦士、いずれよりも現れ出で

狼に立ち向わんとて出征す

それゆえワルハラには五四〇の門があり、そこからワラハラ戦士たちが狼との戦いに向かったのでした。狼はフェンリス狼です。……どれほど多くの戦士たちがこの世の最後の日にワルハラを後にし、そして死んでいったことでしょうか。五四〇×八〇、それはゲルマンの地では異常なまでの数、四三二〇〇〇です。……

この数は、ヘレニズム＝オリエントにおける数の神秘のシステムに関係しています。知り得る限りでは、バビロニアにまでさかのぼります。アエオン説が説くところのこの世界の（終わる）時間、ディアドコイ時代のバビロンのマルドゥク教団の司祭ベロッサが説いたものであり、ノアの洪水に先立つ諸王にはこの世界の（終わる）年数であったのです。……

フェンリス狼とは、この世の終わりの戦いに主神オーディンを飲みこむとされる神話の怪獣を言う。また数字については、ディアドコイすなわちアレクサンダー大王の後継者たちの時代に行われた予言的な世界終末の年数で、それはまたグノーシス主義のアエオン説（時間の教理）にその痕跡をもつものであるとする。あまり学問的とは思えないが、ナウマンはこの読解が自分で気に入ったらしく、古ゲルマンの扈従にかんする小著でもこれを繰り返している。[41] そして、かかる戦士と忠誠の神話を、ゲルマンの王のなかの最大の存在であるカール大帝に当てはめる。そしてそれを現代の政治のリーダーに献呈した。神話と復権と独裁者への期待である。

ナウマンは当時の指導的な有識者にはめずらしく階層的には小作農の出身であり、他の人々には見られない感性をそなえていたが、ナチスの正体には無自覚であった。しばらく交流をもったことのあるトーマス・マンは、

《自己の理想の前に汚い手口が見えなくなってしまった不幸なインテリゲンチャの一人》とナウマンを評した。ボン大学のゲルマニストで民俗学者のハンス・ナウマンにやや詳しく触れることになったが、これを言うのは、ハンス・ナウマンにもまた、正統な存在が不運・不遇に見舞われ、虐げられる日々を経つつもやがて復権を果たすという構図を提示するところがあり、それは同時代に共通な思考の型でもあったからである。しかも、それは科学技術が不可避的に進展し、それと有機的にかかわりつつ社会が変わろうとする時代において、現実から逃避させてくれる社会的麻酔のような効果をともなってもいた。加えてその妄想は、正統・正嫡との対照のおもむくところ、簒奪・掠取の汚名で迫害される被害者をも伴なわずにはおかなかったのである。

b ヒューストン・スチュアート・チェンバレン

正統な血統の復権を人種の概念と組み合わせ、またそれを古代ユーラシアの神話世界にまで引き延ばすという空想の勝った議論は、かならずしも少数の奇人の仕業にとどまらなかった。高級な装いのものから牽強付会そのままのものまで幾らもその例があり、時代の文筆の表通りにもそれは現れた。

ちなみに、日本の代表的な西洋史家の一人が、かつてこんなフレイズで一般の関心を惹いたことがあった。《なぜカントとゲーテの国でヒトラーが》。この疑問を掲げたその研究書[42]は、ナチスの権力構造を、カトリック教会と照応させることを骨子の一つとしているが、筆者の見るところでは、判断のむずかしい脈絡設定である[43]。ところでカントとゲーテを指標にとるなら、ナチズムやそれに親近な思潮が、そこに自己の師表を見出すことはあり得ないどころではなかった。代表的な一例を挙げるなら、先にふれたヒューストン・スチュアート・チェンバレンがそうである。ミュンヒェン会談においてヒトラーの瀬戸際作戦を前に、機熟せずと読んだのか、隠忍自重を選んだ英首相ネヴィル・チェンバレンとも遠縁であった。幼年時よりドイツ人の家庭教師についてドイツ文化に親しみ、長じてドイツ語で多くの著述をおこない、晩年には帰化した。ベストセラーとなった『十九世紀の基礎』は、ドイツ皇帝ヴィルヘルム二世が絶賛したものでもあるが、他にも数々の著作を世に問うた当時のポピュラーな文筆家の一人であった[44]。その論作のなかに、『ゲーテ』と『カント』といういずれも大作があり、特に前者は版を重ねた。論述そのものは必ずしも過激な言葉をつかっているわけではないが、『十九世紀の基礎』に提示された枠組みにおいてみると、ドイツの偉人たちをヨーロッパ文化の根幹と位置づけ、それらがゲルマン文化やアーリア人の特質であることを説くものとなっている。ちなみに著作『カント』は、ヨーロッパ文化に屹立する精神界の巨人としてゲーテ、レオナルド・ダ・ヴィンチ、デカルト、ジョルダーノ・ブルーノ、そしてプラトンを挙げて、壮大な知の殿堂を描いている。また大著『カント』を上梓した一九〇五年に、チェンバレンは『アーリア人の世界観[45]』という挿絵入りの小ぶりな案内書をも世に送った。両書が同年の刊行であったこと自体には大した意味はないが、見解の重なりは見まがいようがない。カントもまたアーリア人の世界観の大成者という位置づけである。その論法とは、たとえばジョルダーノ・ブルーノは西洋思想史において宇宙について思索を深めたことにおいてカントへの橋渡しをした、という。ではもう一方の橋脚は何であったろうか。インドアーリア人の神話の世界がそれであり、ギリシアの哲学者の思索のなかにも、それが点滅し、時には名前を変えて力強くよみがえっていた、と言う。アリストテレス哲学の《ヌス》や《第一質量》の概念をアーリア人の神話に還元するという素人論議であるが、時代の空気は伝わってくる[46]。

アリストテレスを通して、すべてのインドヨーロッパ神話の太初の観念がふたたび畏敬されるものとな

った。ヴァルナがそれであり、ギリシアではそれはウラノスと呼ばれたが、「リグ・ヴェーダ」が言い表す《天の神》にほかならない。最も外在的な天空の諸現象が、アリストテレスにおいて内面に組み込まれたのだった。無意識のうちに神話とむすびついているのは神だけではない。神とは対照的な実在の観念すなわち物質もそうである。ヌス＝神は、純粋精神のあり方として、世界すなわち確実な天空の外にある。これに対して、原存在は、まったき精神の素材であり、最も内奥に憩っている。かくして完全に論理的な明瞭さをもって、両極が相対置する。神と世界である。ヌス＝神は、純粋な精神であり、物質をもたず、動くこともなく、そのあり方は思惟にのみある。……仔細に観察するなら、その神においても、すべてのアーリア人に共通の上古のヴァルナであることが判明する。それは今なお、《天の父》として現れる神話として誰もの前に開示される。アリストテレスの第一質量（prote Hyle）が神話的な観念であることは、たやすく見て取れよう。純粋に論理的な概念はまさに神話に胚胎する。アーリア人たるインド人の間では、原素材、すなわちアサド（asad）と呼ばれていたものである。……

チェンバレンはワーグナーの死後であったがバイロイトに居を構えてその女婿となった。そしてサロンを取り仕切る義母コジマを讃仰し、世界を統べる女神さながらの存在に奉仕する神話的幻影に生きた。第一次世界大戦のドイツの敗戦はすでに老境にあったチェンバレンを打ちひしいだが、混迷の世相にあって政治を志す三十歳台前半の活動家がチェンバレンのバイロイトの館を訪ねたことを機に、その若き国士にドイツ民族の将来を託すべく、その結成した団体に加わって文筆家としての最後の数年を送った。それがヒトラーであり、ナチ党であった。チェンバレンの著述は、かねて熱読して文体を吸収したヒトラーの『我が闘争』に影響をあたえたほか、アルフレート・ローゼンベルクの『二十世紀の神話』において二流の焼き直しを見ることにもなった。

チェバレンは、多くの読者を持ち、版を重ねたことからも知られるように、時代思潮の代弁者であった。十九世紀後半が進む頃から二十世紀のヴァイマル時代べ、さらにナチ政権下、という流れのなかで、ドイツ語圏には行き過ぎたナショナリズムともからんで、一種の選民思想、あるいは虐げられた者の正統な地位や権利への復帰の観念が増殖していったことが分かる。ここで取り上げたのは、その一部であり、同じような動きは世相にも、他のさまざまな学問分野でも起きていた。ゲーテがその脈絡で取り上げられても少しもおかしくなかった。実際、ゲーテの作品や著述には《流謫にある高貴な血》のモチーフが何か所かに現れる。しかし、それをゲーテの何にもまして重要な本質と見るのは、果たして当たっているだろうか。

(二) 考　察

a 読み方の再考

あらためて論説「バラード　注解と解説」をみると、そこでは各節について文章で説明がなされている。そのうちの第八節については先に引用した。第七節以下の解説はこうである。

第七節　彼（＝老人）は子供たちを可愛がる（segnen 祝福する）。ここでは私たちは、この老人が歌の主人公の伯その人ではなかろうか、また（子供たちは）彼の孫で、領主夫人は彼の娘、そして領主の狩人は彼の娘婿なのではなかろうかとの疑念をいだく。となると万事うまく運びそうだ、と私たちは期待する。

しかし次に来るのは恐ろしい事態である。プライドが高く、高慢で、はげしい気性の父親は、帰館するや、乞食が屋敷へ入りこんだことに激怒し、地下牢へ放り込め、と命令する。子供たちはおどおどし、やってきた母親は優しく言葉をかける。

第九節　領主は妻と子供たちに向かって、屈辱的で、見下した罵声を浴びせる。

第十節　何人も触れえぬほどの品位をもって立ち尽くしていた老人は口を開き、自分が父であり、祖父であると名乗る。そしてかつてこの城の主であったことをも明かす。現在の城主の一族が彼を追ったのだった。

第十一節　事情はさらにはっきりする。この伯（＝老人）が仕えていた正当な国王が、力づくの政変で追放され、忠臣たちも悲運を共にした。それが、今、王室の回復によって帰還したのだった。それゆえ老人は、埋めた財宝の場所を示すことができ、それによって正当な城主であることを証明する。そして、国にも家のなかでも広く恩赦を弘布する。かくして、めでたし、めでたし、となる。

ゲーテの自注がなければ、作品をこの通りに読めたかどうかは怪しい。老人が元の城主で、子供たちの祖父なのでは、と読者が何となく気づくのは、第七節になってはじめて、であると言う。また第一節で遍歴の歌の老人が館を訪れたわけは、政権を執る王室が回復されたというより大きな背景があったからで、国王とともに落ち延びた忠臣たちが故郷へ戻ってきたとの脈絡だったのだ、と分かるのは最後の節においてである。ゲーテが注解をほどこしたのも、理由があったのでる。こういう筋になるように舞台運びを調整すべし、として案内したのである。すると、あの分かりにくい論説ももっともなものとなる。《バラードには、神秘的ではないのに、何か謎めいたものがある。前者はその詩の材料にあり、後者はその筋（運び）にある。バラードが秘密に富むのは、その呈示の仕方に起因する》――神秘的ではないのは、材料の種類、つまり虚構の世界におけるごくありふれたできごとを取り上げているからである、と言う。それに対して、謎めいているのはその呈示の仕方、つまり歌い方であり、それゆえドラマにするときには、それを活かすにせよ、整理して演じるにせよ、注意を要する、と解説されている。

この作品では、物語の筋に的をしぼれば、たしかに《追放され、帰還した伯》の話ということになる。しかし、それは果たして非常に重い意味をもつものであろうか。ゲーテは《神秘的ではない（のは、）……その詩の材料》、と記している。つまり、ありふれたものが話題であり、それ自体はどうということはない、と解説している。それに対して《謎めくのは》その筋の運び方、提示の仕方であり、それがバラードのバラードたる所以と説明する。この解説をそのまま受けとめればよいのではなかろうか。材料自体は変哲もない、と言われているその材料を取り出して深読みする必要があるだろうか。正統な王や支配者が復帰するという価値観の重み、という深刻さはない。まっとうなものが最後は報われる、だから、めでたし、めでたし（alles nimmt ein erfreuliches Ende）、なのである。

b 子供の世界

さらに、深読みではしっくりしないのは、子供の聞き手の存在である。《子供聞きたいその話》(——Die Kinder, sie hören es gerne.) という合いの手かお囃子がどの節にも付いて、いわば受けとめられる。つまり、バラード一篇が着地する場所は子供の世界である。深刻一辺倒の解釈は、子供の世界にはそぐわない。ゲーテ作品の材料になったパーシイ『古謡拾遺』所収の「ベルナル・グリーンの乞食の娘」には、リフレインはついていないことを考えると、むしろこの掛け合い的な構成にこそ、ゲーテの独自性があったとも言えるだろう。実際、子供が聞き手として現れることによって、バラードは立体的になる。二つの節のリフレインだけちょっと変化させた破調も、全体の生気に資している。このドラマ的な動きのある立体性のなかで、聞き手の子供は、物語がうたう古城のなかの孫たちに自分を重ねてゆく。ちょうど昔話の聞き手が、物語の展開に誘いこまれるように。概念的な言い方をすれば、物語の素材は、昔の話として語られるのではなく、現存のなかに置きなされたのである。ゲーテは、素材を現実に引き寄せた。言いかえれば、特定の場を設定した。

その場とは何だったろうか。そこで見えてくるのは、文藝史上の階梯である。ゲーテが作品「バラード」を作ったのは一八一三年から一八一六年、発表は一八二〇年、「注解と解説」は一八二一年である。これは、グリム兄弟の営為によって昔話というジャンルが本格的に姿を現した時期にあたっている。それまで文学のなかには今日のような《メルヒェン》という大きな部門はなかった、と大筋では言い得よう。また一八一二年にグリム兄弟の昔話集の第一巻の初版が出てからしばらくは、それがどれほど大きな意味をもつものかは定かでなかったろうが、その後の十年のあいだに、大きな分野が開拓されつつあることが明瞭になってきた。しかもその現実は、当のグリム兄弟が考えているのとはかなり違ってもいた。兄弟が『子供と家庭の昔話』とのタイトルをつけたのは、それらの話がたわいのないものとの意識があったことも与っていたと考えてよいのではなかろうか。なぜなら、グリム兄弟がその後、機会のあるごとに説いたのは、メルヒェンは《神話》の痕跡、すなわち古いゲルマン時代、それもキリスト教以前に生きた祖先の信仰と習俗の痕跡という深刻な理解だったからである。そうした理解は、《子供と家庭の》というタイトルとは矛盾をきたす。たわいのない話で、一見したところ子供向き、家庭で母親が読んで聞かせる話でしかないが、探ってゆくと……との含意ではなかったか。しかし、なぜか選ばれてしまった《子供と家庭の》のタイトルが、口実でも弁明でも仮託でもなく、そのものずばりである時代が到来していたのである。市民の家庭の時代、その家庭には子供がおり、子供らしい感性が有意かつ有機的である状況、一口に言えば子供部屋の時代が到来しており、さらに広がりを見せようとしていたのである。それに気づいたのは、その局面を切り開く立役者となったグリム兄弟ではなく、ゲーテであった、という構図が考えられるのではなかろうか。子供がメルヒェンを子供ならではの楽しみ方をする、言語藝術の分野での新たなそうした位相をゲーテは造形したのではなかったか。

ゲーテはバラードを《メルヒェン》とも呼んだ。バラードの形でメルヒェンをゲーテは早くから知っていた。それはゲーテが開拓したものですらあった。ゲーテの初期のバラードはどう始まるであろうか。

「野ばら」 Sah ein Knab ein Röslein stehn
「トゥーレの王」 Es war ein König in Thule
「不実な若者」 Es war ein Buhle frech genug

他にも、ゲーテがアルサスで収集した民謡（Volkslied）には、〝Es war（einmal）〟で始まるものが見受けられる。(47)
つまり、それは民謡の始まり方であった。
一方、グリム兄弟のメルヒェンである。
「白雪姫」　Es war einmal mitten im Winter
「ヘンゼルとグレーテル」Es war einmal ein kleines Hans
「むかし昔あるところに……」(Es war einmal ……)、これはバラードの始まり方でもあった。あるいは、民謡にしばしば見られる始まり方であった。それには、(先にもふれたように、日本の民謡との対比では）西洋の民謡が多くの場合バラードという物語性の勝ったものだからである。また、グリム兄弟がメルヒェンの型を決めるにあたって、すでに先行して文壇で知られていた民謡の始まり方を取り入れた可能性も考えられる。事実としても、韻文のバラードと散文のメルヒェンは、そう違ったものではなかった。

c　バラード研究史から

ゲーテの詩歌のなかで、ここで取り上げている種類のものは言語藝術の歴史のそうした階梯においてみる必要がある。それは、近代の詩歌の推移における民衆情念のこなし方の問題とみることもできるだろう。民衆情念、民衆詩歌ないしは民衆詩心、すなわち〝Volkspoesie〟である。ポエジーとは詩歌の総体であるとともに、詩歌を成り立たせる詩心、あるいは詩歌によってよって表出されることになる情念のあり方である。この民衆情念を詩歌の世界にどのように取り入れるか、というのは近代が本格化に向かう時代における詩歌の課題であったろう。ゲーテがバラードがかかわったのは、つまるところ、この課題であったように思われる。もとよりそれにかかわったのはゲーテだけではなかった。多くの詩人がそれに取り組んだ。それらを個別に取り上げることには進まないが、研究史に言及するのが事態を見るのに便利であろう。

ゲルマニスティクの特に文学史ではよく知られていることだが、十八世紀の第三四半世紀を中心にしたバラードは一個の研究テーマとして一定の重みをもってきた。そのなかで二人の人物の発言が注目される。一人は、これまでも取り上げてきたコメレルで、ゲーテのバラードはまったく新しい一ジャンルであった、と言う。つまり詩歌のいずれかの分類に入りきらないと特殊なものと見るのである。今一人は、ヴォルフガング・カイザーの『ドイツ・バラード史』である。それはこう書き出される。[48]

今日の人間にとって、バラードと真剣に取り組むことは殊のほか魅力的であるが、それはこのジャンルが、その発生においても、発展においても、それゆえその本質において徹頭徹尾ドイツ的だからである。……バラードは、その始まりから、ほとんどまったく外国の影響を受けることがなかった。

この言い方には、この学究の教授資格論文が刊行された一九三六年という時代を見ることはできよう。また指導教授がベルリン大学のユーリウス・ペーターゼンであることを知れば、同じくその下で作成された、したがって同門のローベルト・シュトゥムプフルの『中世演劇の起源としてのゲルマン人の信奉行事』[49]と通じるものも感じられる。後者が刊行されたのも同じ一九三六年で、ベルリン大学へ進んで書かれたものながら、ウィーン学派の作物の金字塔とみなされてきた。[50]そのあたりの事情はしばらく措くが、カイザーの『ドイツ・バラード史』は、中世から説き起こしてはいるが、中心はやはり十八世紀の第三四半世紀にある。そのエポックがあればこそそのテーマなのである。それは対比的に言えば、抒情詩に含めることには無理があるということでもある。と言うことは、バラードはその当時、抒情文藝に対して外在的であったことを意味する。あるいは抒情詩が盛りこむべくして果しえない心理を詩歌の世界に取り入れることが課題であった。

これら研究史上の大家に加えて、ずっと後のモノグラフィーを加えることもできる。なかには、ジャンル詩学との関係でバラードを問うているものもある。[51] そのモノグラフィーは、ドイツのバラードがラテン諸国のロマンツェの範疇に入れることができず、それは社会・経済における市民社会の進展、また宗教性の後退の時代に、ドイツ語圏では政治的な解放には行き着かない状況のなかで、そこでの諸要素を表出するものとしてその時代の表現形式としてバラードが出現した、との構図を提示している。

一口に言えば、民衆情念を詩歌に取り入れることが問われていたのではなかったか。それは、(この概念をどう解するかはともかく)"Volkspoesie"を詩歌一般のなかに消化することであったろう。もとよりその課題はただちに為しえるものではなく、敷居もあれば段差もあった。それをいかにして克服するか、それをめぐって多くの詩人が挑戦した。新たなジャンルか、ドイツ的ジャンルかはともかく、具体的には民謡や俗謡あるいは街頭藝人歌の文藝化であり、どの詩人もそれぞれ独自の切り込み方をみせた。ヘルティ、グライム、ヘルダー、ビュルガー、シュトルベルク、ヤコービなどである。後にはシラーも加わった。ゲーテは、生涯、断続的にほぼ三回これに取り組んだ。また民謡や都市の俗謡だけでなく、当時、これまた手探りで新たな形態へ移りつつあったオペラの動向、すなわちジングシュピールとの関わりも視野に入って来る。それらを細かく見るのは魅力的であるが、ここではゲーテにしぼろうと思う。

留意すべきは、その局面の真只中にいる人々には、今日から振りかえるようには事態は概念的には解されていなかったと思われることであろう。誰もが前例のない工夫をしていた。ゲーテの取り組みもその一つであったであろう。そしてそれが際立っていたために、《まったく新たなジャンル》や、バラードそのものを《ドイツ的ジャンル》といった見解にもなったのであろう。際立っていたのは、藝術作品として訴えるところすこぶる大きかったためであるが、またジャンル詩学の面で特異な構図を呈するからであった。

それを整理して言うなら、その時期、バラードとの取り組みは、抒情文藝に対して外在的であるほかなかった。それが、歌心の位相であったろう。そしてゲーテはこの点では無理をせず、抒情詩に接してはいてもその外に立ち、外に立つことが可能にするさまざまな工夫を凝らした。これは、次の時代との対比によってあきらかになる。次の時代は、民謡調やバラードの形態で表現されていた心理のあり方を、抒情詩の世界に取り入れることを果したからである。それがクレーメンス・ブレンターノからハインリヒ・ハイネへの推移であったと思われる。前者はなおその課題に完全に果たすような状況に立ってはいなかったが、その位相ならではの持ち味を発揮した。そしてハイネにおいて、伝承や伝説がになっていたものが抒情の表現に途切れなく、段差も亀裂もなく溶けこんだ(52)。近代詩が完成されたと言ってもよかった。近代の熟した感覚は、過ぎ去ったものへのあてどない追憶を必然的に伴うからである。それは、存在の深みであるとともに、センメンタルな自己陶酔でもある(53)。直接的な因果関係にあるわけではないが、土台には、現実の変化、すなわち社会の移り行きとそこに生きる人間のありかたの変質があったであろう。伝承的な世界と人間の形象は、徐々に現実味を失っていったのである。もっともハイネは、現実が架空のすがたをとる仕組みをも熟知していたので、詩想を（フリードリヒ・ジルヒァーの曲想を誘ったような）甘美なかたちに仕立てただけではなかった。現実は人が闘う以外には打開し得ぬものであり、あるいは挑戦を未然に封じこめる狡猾さをもって人に対することをも知っていたので、時にそれらを射当てる暴力的なまでの詩世界を提示した。ハイネのセンチメンタリズムには、現実が仮想を必要とする仕組みを知っている人の自覚的な操作に裏づけられているところがある。しかし操作の筆使いの跡は消えている。

歌曲となって人口に膾炙したハイネの詩の一つ「ローレライ」からもそれは知られよう。現実のなかに伝承が立ちのぼり、現実は伝承のなかに消えてゆく。いわゆる《ジルヒァーもの》の代表作でもあるが、それが甘美であるのは、詩歌の展開が段差や亀裂によって妨げられないからであり、またそうしたものをあたかも存在の土台のように感じとる感性を満足させるからである。そこに見えるのは、その種の仮象を共有するものとしての近代の人間一般に他ならない。

伝承や伝承の様式を取り入れたゲーテの作品では、素材は抒情の世界に溶けこんではいない。それを処理する手つきがはっきり見えている。それゆえ構造的である。それだけに、表現のそうした位相のもつさまざまな可能性をゲーテは試みたように思われる。一例を挙げると、「神と舞姫」の初行もそうである。

Mahadöh, der Herr der Erde【マハデーデァヘァデァエァデ】マハデー、大地のあるじ

ヴォルフガング・カイザーが『ドイツ韻律史』で特筆したのももっともで、[54]〈d〉音の連続とそれを補完する〈h〉音が地鳴りのような音響効果を挙げており、そこからインドの伝説へと物語は入ってゆく。三人称の記述ながら、口寄せの禱りを思わせさえし、おそらく抒情詩とは異質な詩情である。一つの作品のなかながら、物語の展開にそって韻律の声調が変化する、といった工夫もこらされている。ちなみにカイザーは、ドイツ文学のなかのオノマトペを論じた記念碑的な研究『ハルスデルファーの音画』が学位論文であった。

あるいは、「コリントの花嫁」を挙げてもよい。図らずも西洋の《ヴァンパイア（吸血鬼）》の原点の一つなった作品でもあるが、またハイネの文学評論を経由してロマンティック・バレエの代表作「ジゼル」の成立につながったことでも知られている。(55) その二二節は状況の転換をすばらしい語法で表現している。

Und der Jüngling will im ersten Schrecken	男はあわてふためき
Mit des Mädchens eignem Scleierflor,	乙女をその薄衣と
Mit dem Teppich die Geliebte decken;	シーツで隠そうとする
Doch sie windet gleich sich selbst hervor;	だが娘は身体をよじると
Wie mit Geists Gewalt	魔性の力でもあるのか
Hebet die Gestalt	やおら身体を起こし
Lang und langsam sich im Bett empor.	おもむろにベッドに立ち上がる

かなり異例な書法であることは、外面的な形態からも推測がつく。七行詩節なのである。しかも自由音数であり、工夫の産物であることがうかがえる。この大作をゲーテは二日で書いたという。それゆえエーミール・シュタイガーは、この作品の成立を、《ヘーゲルの言う理性の狡知》とまで評した。引用した一節は、埋葬された娘が許嫁のベッドに現れ、そして正体をあらわにする場面である。分析をすれば切りがないが、抒情詩とは異なった詩情をあらわす可能性を最大限にまで実現したと言うにとどめる。抒情詩には組み込めず、外在的であるほかない情念の行方を所与の詩況（とで言うべきか）において生かし切ったということであろう。

d　シェイクスピア

以上を踏まえて改めて、「トゥーレの王」の場面を考えてみたい。ここでの劇中歌の使い方がシェイクスピアの『オセロー』を下敷きにしていることは疑えない。『ハムレット』におけるオフィーリアの歌う俗謡の場面も基本的に同じである。その点では、シェイクスピアとゲーテはぴったり重なり合う。しかしその重なりは、鏡に合わせたような反転した関係にある。瓜二つでありながら、逆でもある。それは直接的には時代状況のゆえであったが、また時代の推移と共に人間のあり方が変わったことを映している。

シェイクスピアの作劇は、近代の始まりの時期であった。中世的な権威と諸権益が崩壊し、統一的で一元的な国家が形成される時期であり、強大な王権の時代であった。その時期、国王の宮廷が世界の中心であることは、世俗の王権のコントルールがきかない多様な二次的権威が併存していた中世の比ではなかった。政治史の区分で言えば、絶対主義に入ったころでもあった。したがってその後の展開との比較で言えば、なお十分な市民社会ではなかった。最も早くそこへ行き着くことになるイギリスでも、なお数度の革命とコモンウエルスと王朝の交替を経験しなければならなかった。王権神授説から社会契約思想への転換もまだ先であった。絶対君主による一元的な支配は、近代初期が必要とした歴史の階梯だったのである。図式的に言えば、市民政府は、絶対主義が完成させた一元的・一円的な中央集権国家という構図を基本設計として引き継ぎつつ、その中央を入れ換えたのである。

とまれ、そうした時代の演劇は、宮廷劇場であろうと村の芝居小屋であろうと運動の構造では宮廷劇の性格をおびる。演劇は、世界が根本的には何であるかを基本的な枠組みとする藝術だからである。それはギリシア悲劇がポリスを枠組みとし、中世演劇が神の秩序の確認であるのと呼応する。そうした意味においてシェイクスピア劇が宮廷的であることは先に触れた。そして始まりつつあった近代が萌芽としてふくんでいた来たるべき諸時代の要素が姿を見せている。それは以後の時代の到来そのものではないために、人間と人間世界の一般的な法則という原理的な性格においてあらわれる。たとえば墓場で掘り起こされた骸骨を前にしたハムレットの科白は、そこだけを取り出せばバロックの世界観の先取りと見ることは可能であるが、またバロックで一般的となるに諸要素をエンブレムに枠づけるような世界理解と支えあうところまで行かない。同じくその場面を中世の死生観の余韻と見ることも不可能ではないが、作品『ハムレット』もシェイクスピア劇の全体も、中世世界の霊的秩序の世俗秩序に対する優位の思考を脱している。それゆえ前代の残滓そのままでも次代の予見そのものでもない。むしろ歴史区分の大きな曲がり角に、人間とその社会の普段は隠れた原理そのものが、ちょうど腰を無理に曲げた人間が背骨の凹凸をみせるように露呈することが起き、またその状況に生きるめぐりあわせになった人々がそれを同時代の縮図として確認することをもとめたのであろう。それが近代初期の舞台であったと思われる。しかし背骨の形状があらわになるような無理な屈曲の時代状況は当然ながら永くはつづかず、やがてその都度その都度の型にはまった居ずまいの奥に本質的なものの形は隠れていったのであろう。そうした時代に数人の貴婦人が描かれた。身分と社会の我を忘れるような状況において歌をうたう。庶民のあいだに流れる俗謡である。それが放心や狂気を表現する演劇技法として観客も了解した。

e ゲーテ——昔話の様式が固まる前夜

これに対してゲーテが生きたのは、近代がさらに進展し、市民社会が本格しようとする時代であった。演劇史の上では、いわゆる《市民悲劇》が悲劇の主流になろうとしていた。ゲーテはその開拓者の一人であった。『ファウスト第一部』、またその初稿である『ウル・ファウスト』も、少なくも「グレートヒェンの悲劇」の要素においては、市民悲劇の性格を併せてもっている。平凡な市民のあいだで起きる破局が、一時代前には王侯貴族や神話的存在が描かれたような深刻さをもって造形され、またそれが受容されもするのである。しからば、その造形の仕組みはどうであろうか。市民社会に暮らす平凡な娘が、自己の経験世界とは無縁な遠い宮廷のなかの出来事を夢想する。それは正に夢想であり、夢の世界へ到達する手立ても欠いておれば、現実味もない。しかしそれにもかかわらず、夢想すること自体にはリアリティがある。逆に言えば、心の空虚や放心や、自己を見失った人間の造形としてそれは受けとめられる。なぜなら、現実とは論理的にはつながっていないフェアリー・テイルが心の隙間をうずめる時代が始まりつつあったからである。メルヒェンが精神生活の一画を有機的に占めるような状況の形成である。ここでの空想はバラードの形をとっているが、それは現実をひととき逃れて空想に浸るよすがとして、次の時代のメルヒェンと接している。しかしメルヒェンは人間にとって何を満たすことになるのか、その構図はなお定かではなかった。昔話が一般に日常生活に定着し、型にはまった夢想が託されるようになるのは、まだ先である。たとえば因果性をもたず、それにもかかわらず型が確立されているがゆえに夢想の次元でリアリティを得るにいたった無媒介な上昇の夢、その代表例のシンデレラのような形態。そうした様式が固まる前夜であった。今日の私たちは、それが固まった時代に生きている。そのため、ゲーテの造形に接してすぐにはそれと気づかないところがある。しかし何かしら同質のものを感じとる。無媒介なセレブへの夢とは状況設定が少し違う。しかし現実味のない解決の夢には違いない。そのわずかな違い、現代おこなわれているのとそっくりのフォルムではないが、同じ構図の早い事例、これは昔話だったのだ。しかも、昔話（あるいはフェアリー・テイルと言うべきか、）へと向かうときの仕組みも併せて造形されていた。なぜならゲーテは探り出しつつあったからである。片や、今日の私たちは、様式が確立された時代に生きており、その空想は型にはまっている。しかし遊びの幅がないわけではない。そして両者を同じ原理が貫いている。無媒介に上へと突き抜ける呪文じみた妄念、でいながら、そこはかとなく消える淡い夢、この問題は、シンデレラ譚において検討しようと思う。

《注》

（1）エルンスト・ボイトラー（著）山下剛（訳・解説）『「トゥーレの王」とローレライ』未知谷 二〇〇八年 二七頁。

（2）柴田翔（著）『内面世界に映る歴史 ゲーテ時代ドイツ文学史論』筑摩書房 一一三〜一一四頁。

（3）筆者はまだ民俗学に進まない時期に、ゲーテが讃美歌の形式に関心を寄せたことに注目して研究ノートをとったことがあった。具体的には《ルター詩節》とよばれる詩型をゲーテがどう取り組んだかを追ったのである。

（4）このあたりの事情はゲーテ自身が『詩と真実』で詳しく記述している。またそれを踏まえつつ、ヘルダーの振舞いを再現している。特に次を参照 Max Kommerell, *Dichter als die Führer der deutschen Dichtung.* 〝Goethe〟の章。

（5）例えば次の二つの論集を参照 *Märchen und Märchenforschung in Europa : ein Handbuch,* im Auftrag der Märchen-Stiftung Walter Kahn, Braunschweig, hrsg. von Diether Röth und Walter Kahn. Frankfurt am Main : Haag und Herchen 1993. *Wege der Märchenforschung,* hrsg. von Felix Karlinger. Darmstadt : Wissenschaftliche Buchgesellschaft 1973, 2.unveränderte Auflage 1985.

（6）プーシキンは青年期のはやい時期にすでに独自に民話に着目していたようである。また後にはグリム兄弟の『昔話集』所収の「漁師とその妻」を下敷きにして「金の魚」を書いた。昔話の収集に手を染めたことではロシア語辞書で知られるウラジーミル・ダーリ（一八〇一〜七二）がいるが、その若干の資料を託された人でもあるアファナシエフによって一挙に本格的に昔話の収集が進んだ。

（7）*Goethes Werke* (Hamburger Ausgabe), hrsg.von Erich Trunz, Bd.VI., 209-241.

（8）同右 S.145.

（9）同右 S.596.

（10）Goethes Werke (Hamburger Ausgabe), hrsg.von Erich Trunz, Bd.I. S.400-402. .

（11）たとえば次を参照 Hermut Laufhütte, *Die deutschee Kunstballade. Grundlegung einer Gattungsgeschichte.* Heidelberg 1979, S.71f.

（12）Max Komerell, *Gedanken über Gedichte.* 1943, S. 310ff.

（13）Walter Müller-Seidel, *Die deutsche Balladen. Umrisse ihrer Geschichte.* In: Wege zum Gedicht. Interpretation von Balladen. Mit einer Einführung von Walter Müller-Seidel, hrsg. von Rupert Hirschnauer und Albrecht Weber. München u. Zürich. 1963. また先に挙げたヘルムート・ラウフヒュッテの著作はミュラー＝ザイデルの教示を活かした教授資格申請論文で、同じくバラードを抒情文藝と叙事文藝の二要素において解している。

（14）参　照 *"Beggar's Daughter of Bednall-Green"*. In: Thomas Percy, Reliques of Ancient English Poetry. Vol.2. Book the second, No.10.

（15）このエピソードを含むゲーテと宗教との関係に関する次の研究を参照 レーオポルト・シュミット（著）河野（訳）「ゲーテと巡礼慣習」愛知大学『文学論叢』第八五輯 一九八七年 二〇〇～一六四頁。原著 Leopold Schmidt, Goethe und das Wallfahrtswesen. In: Bayerisches Jahrbuch für Volkskunde, (fürs Jahre 1976/77) Volkach vor Würzburg 1978, S.218-226.　また『イタリア紀行』におけるこのエピソードとレーオポルト・シュミットの考察への注目を含む次の拙論を参照「ヨーロッパの巡礼地をめぐる議論への疑問と再論」愛知大学『一般教育論集』第三四集（二〇〇八年）一～一七頁、特に一〇～一一頁。また本書の第三章「蹄鉄のバラード」の「考察」を参照 三章 二二一頁。

（16）Max Kommerell, Gedanken über Gedichte. 1943, S.398f.

（17）Max Kommerell, *Die Dichter als Führer in der deutschen Klassik: Klopstock, Herder, Goethe, Schiller, Jean Paul, Hölderlin.*

Frankfurt am Main 1928.

（18）ボン大学のゲルマニスト、ハンス・ナウマンはその論文集に一九三三年三月二四日付けでヒトラーへの献辞を付したが、その献辞は《総統にして詩人に》(Dem Führer und dem Dichter) であった。参照 Hans Naumann, *Wandlung und Erfüllung. Reden und Aufsätze zur germanisch-deutschen Geistesgeschichte.* Stuttgart 1933.

（19）次の拙著所収の論考を参照 河野（著）『ドイツ民俗学とナチズム』 創土社 二〇〇五年 所収（第一部第六章）「ナチス・ドイツの収穫感謝祭 —— ナチス・ドイツのプロパガンダに民俗イヴェントの源流を探る」。また今日につながる（モータリゼーションと一体になった）観光街道の早い事例である「ドイツ・ワイン街道」の提唱もナチ政権初期の農業政策から策定された。これについては次の拙論を参照 「ドイツの観光街道に見る《線型》観光の可能性（一）」愛知大学国際問題研究所『紀要』第一四二号 二〇一三年 一〜四九頁。

（20）参照 Richard Walther Darré, *Neuadel aus Blut und Boden.* München 1930. 日本でも同時代に翻訳されたのは当時のドイツでの声価の高さを反映している。参照 ダレエ（著）黒田禮二（訳）『血と土』春陽堂書店 一九四一年。

（21）このあたりの思潮の動向については次を参照 レーオポルト・シュミット（著）河野（訳）『オーストリア民俗学の歴史』 名著出版 一九九二年。原著 Leopold Schmidt, Geschichte der österreichischen Volkskunde. Wien 1951）特に次の章「ネオロマンティシズムとナショナリズム」。

（22）参照 Leopold von Schröder, *Die Wurzeln der Sage vom heiligen Gral.* Wien 1910.

（23）ハーケンクロイツの意味については、次の拙論のなかで取り上げた。参照 河野『ドイツ民俗学とナチズム』第一部第四章「ナチス・ドイツに同調した民俗研究者の再検討 —— オイゲーン・フェーレの場合」。

（24）ヘルマン・バウジンガー（著）河野（訳）「昔話の解釈とは何か」。原著 Hermann Bausinger, *Aschenputtel. Zum Problem der Märchensymbolik.* In: Zs.f.Vkde.52 Jg.[1955], S.144-155.）『比較民俗学会報』第十五巻第二号（通巻八五号）一九九五年八月 一〜一四頁。

（25）本書所収の次の拙論を参照。「シンデレラの構造と源流」第一章（七）ドイツにおけるシンデレラ解釈から。

（26）Karl von Spiess u. Edmund Mudrak, *Deutsche Märchen - Deutsche Welt. Zeugnisse nordischer Weltanschauung in volkstümlicher Überlieferung.* Berlin 1939, S.235-248.

（27）Gunnar Olof Hyltén-Cavallius u. George Stephens, *Svenska folksagor och äfventyr.* 1844-49,（後に次のように版を重ねた）1853, 1915-16, 1986.（シュピースが用いたドイツ語訳　Deutsch von B. Turley. Leipzig 1881.）

（28）年中行事に関する次の拙訳を参照　ヘルベルト・シュヴェート＆エルケ・シュヴェート（著）河野（訳）『南西ドイツ シュヴァーベンの民俗　年中行事と人生儀礼』文緝堂 二〇〇九年「クリスマス」の章を参照。　原著 Herbert & Elke Schwedt, *Schwäbische Bräuche.* Stuttgart 1987.

（29）Karl von Spieß, *Bauernkunst, ihre Art und ihr Sinn : Grundlinien einer Geschichte der unpersönlichen Kunst.* Wien 1925.

（30）次の学史文献の拙訳を参照　インゲボルク・ヴェーバー＝ケラーマン（他・著）河野（訳）『ヨーロッパ・エスノロジーの形成』文緝堂 二〇一〇年、特に一七四〜一七五頁。

（31）"Volkskunst" を《民藝》と訳して日本と西洋を対比することをも含めて、この分野に筆者は目下取り組んでいる。次の拙論を参照「民俗学にとって民藝とは？ ― ドイツ語圏における概念の推移と今日の課題」日本民俗学会『日本民俗学』第二八二号 二〇一五年 一〜四二頁。

（32）*Das germanische Erbe in der deutschen Volkskultur: Die Vortäge des 1. Deutschen Volkskundetages zu Braun-schweig, Herbst 1938,* hrsg. von Ernst Otto Thiele. München 1939.

（33）ナチスは多くの若手を登用し、その点では革命の要素があったとは言える。マテス・ツィークラーは戦後ただちにプロテスタント教会へ戻り、改めて勉学をはじめて牧師となり、教会の保護下で永く消息が不明であった。逮捕相当とはみなされなかったが、ナチス加担の民俗研究者として探索がなされ、ヴュルツブルク大学教授ヴォルフガング・ブリュックナーによって戦後の行動と所在が解明された。ブリュックナーがカトリック教会系であることも関係して、これ自体も物議をかもした。これらの経緯については次の拙著を参照　河野『ドイツ民俗学とナチズム』創土社 二〇〇五年、特に第十章（＝第二部）第四節「ナチズム民俗学批判の基準をもとめて ―― ブリュックナーをめぐる論争の諸相から」。

(34) Matthes Ziegler, *Die moralische Stellung der Frau in der deutschen und skadinavischen Märchen.* Diss. Graifswald 1936. なおメルヒェンにみる女性像は、師のルッツ・マッケンゼンが手掛けたテーマでもあった。

(35) Otto Höfler, *Das germanische Kontinuitätsproblem.* Hamburg 1937. これに関する批判的検討にはヘルマン・バウジンガーの諸論考がある。そのうち邦語では次の拙訳を参照 ヘルマン・バウジンガー『フォルクスクンデ ドイツ民俗学――上古学の克服から文化分析の方法へ』 文緝堂 二〇一〇年、特に第二章「基本概念の批判」の第一節「連続性」。原著 Hermann Bausinger, *Volkskunde - von der Altertumsforschung zur Kulturanlalyse.* 1971, 1999 (3.Aufl.)。同じく次を参照 ヘルマン・バウジンガー「民俗文化の連続性をめぐる代数学」愛知大学『一般教育論集』第三号 一九九〇年 八九～一〇九頁。原著 Hermann Bausinger, *Zur Algebra der Kontinuität?* In: Kontinuität Geschichtlichkeit und Dauer als volkskkund-liches Problem, hrsg.von Hermann Bausinger und Wolfgang Brückner. Berlin [Erich Schmidt] 1969.

(36) 次の拙論を参照「ナチズムと学術政策――特に《親衛隊――祖先の遺産》の成立事情について」愛知大学経済学会「経済論集」第一四三号 一九九七年 一四七～二三六頁。この小論は、本来、ヘルマン・ヴィルトという狂人の心理を社会構造として解きほぐし、他の数人の学者で狂人となった人物をも材料にして西洋人の場合の狂気とカルト集団の発生の仕組みを探る意図で資料をあつめたものであるが、中断した。

(37) 次の拙訳を参照 インゲボルク・ヴェーバー＝ケラーマン（他・著）河野（訳）『ヨーロッパ・エスノロジーの形成』文緝堂 二〇一〇年、特に次の章「ハンス・ナウマンと《沈降した文化事象》論」。

(38) 次の邦訳を参照 ハンス・ナウマン（著）川端豊彦（訳）『ドイツ民俗学』岩崎美術社 一九八一年（民俗民芸双書八六）。原著 Hans Naumann, *Grundzüge der deutsches Volkskunde.* Leipzig 1922. また《沈降した文化事象》の概念については多くの研究者が論じている。基本的にはその構図を受け入れつつも、まったく異なった構造を提示したのはヘルマン・バウジンガーであった。次の拙訳を参照 ヘルマン・バウジンガー『科学技術世界のなかの民俗文化』文楫堂 二〇〇四年。原著 Hermann Bausinger, *Volkskultur in der technischen Welt.* 1961. 早い時期に部分的に修整を迫った著名な考察の一つとして美術史家で民俗学者による次の論考の拙訳を参照 ヴィルヘルム・フレンガー（著）河野（訳）「十八世紀のロシアの民書

（木版摺畫）と元になったドイツの原畫 —— 民藝と高次藝術の相関」愛知大学『言語と文化』第三三号 二〇一五年 一一九〜一八三頁。原著 Wilhelm Fraenger, *Deutsche Vorlagen zu russischen Volksbilderboben des 18. Jahrhun-derts.* In: Ders.(Hg.), Vom Wesen der Volkskunst (= Jahrbuch für historische Volkskunde, 2). Berlin 1926, S.126-173.

（39）Hans Naumann, *Altdeutsches Völkerkönigtum. Reden und Aufsätze zum germanischen Überlieferungszusammenhang.* Stuttgart 1940.

（40）前掲注（38）所収 (S.9-30) 〝Balders Tod - Bismarcks Hödurrede〟.

（41）Hans Naumann, *Germanisches Gefolgscharswesen.* Leipzig 1939.

（42）参照 野田宣夫（著）『ドイツ教養市民層からナチズムへ —— 比較宗教社会史の試み』名古屋大学出版会 一九八八年。

（43）筆者は、ナチ政権成立前後の時期のカトリック教会系の民俗学にちなんで、当時の教会行政者による教会信心をめぐる政策論議に言及した。拙著所収の次の論考を参照『ドイツ民俗学とナチズム』創土社 二〇〇五年 第三章（第一部）「ゲオルク・シュライバーの宗教民俗学」。

（44）Houston Stewart Chamberlain, *Die Grundlagen des neuzehnten Jahrhunderts.* München 1899. 多くの版を重ね、たとえば筆者の手元にあるのは第十七版（一九三三年）である。

（45）Houston Stewart Chamberlain, *Arische Weltanschuung.* Berlin 1905 (Die Kultur: Sammlung illustrierter Einzeldarstellulngen, hrsg. von Comelius Gurlitt, Bd.1/a)

（46）Houston Stewart Chamberlain, *Immanuel Kant.* München 1905, 306-307.

（47）ゲーテの収集した民謡に加えて、後世そのメロディーを探索した得た成果が併せられたものとして次の基本的な資料を参照 *Volkslieder von Goethe im Elsaß gesammelt mit Melodien und Varianten aus Lothringen und dem Faksimile-druck der Straßburger Goethe-Handschrift* von Louis Pinck. Metz 1832.

（48）Wolfgang Kayser, *Geschichte der deutschen Ballade.* Berlin 1936.

（49）Robert Stumpfl, *Kultspiele der Germanen als Ursprung des mittelalterlichen Dramas.* Berlin 1936.

（50）筆者がこの領域に関心を寄せていた一九八〇年代初め頃、ゲルマニスティクの分野ではシュトゥムプフルの本書をポジティヴな意味で基本文献の一つとみなす傾向があった。それに疑問をいだいてテュービンゲン大学にヘルマン・バウジンガー教授を訪ねたのが氏との最初の出会いになった。そのときバウジンガー教授は即座に同書がナチズムに親近な理論であること、また併せて一九三〇年代のゲルマニスティクについても説明を聞かせてくれた。理論的な批判についてはバウジンガーの著作の拙訳を参照 ヘルマン・バウジンガー『フォルクスクンデ・ドイツ民俗学――上古学の克服から文化分析の方法へ』。原著 Hermann Bausinger, *Volkskunde – von der Altertumsforschung zur Kulturanalyse.* 1971, 3.Aufl. 1999. 文緝堂 二〇一〇年 八八～九〇頁。

（51）ドイツ語圏の一七七〇年前後に特異な様相を見せたバラード文藝を取り上げた次の研究も（前掲注11と同じく）ミュンヒェン大学のミュラー＝ザイデルの下での学位論文であった。参照 Ulrich Trumpke, *Balladendichtung um 1770, Ihre soziale und religiöse Thematik.* Stuttgart / Berlin / Köln / Mainz 1975.

（52）筆者は、民俗学の論考の中ではあるが、民衆情念の造形をめぐるゲーテとハイネの差異に着目し、後者については「ケヴェラールへの巡礼」をもとに考察を加えた。次の拙論を参照『フォークロリズムから見た今日の民俗文化』創土社 二〇一二年。「ナトゥラリズムとシニシズムの彼方」の最後の四節では、ハイネと民俗文化の関係を取り上げた（三〇八―三六〇頁）。

（53）《センチメンタリズム》の概念については、バウジンガーがアドルノを踏まえて考察をおこなった。参照 ヘルマン・バウジンガー（著）河野（訳）『科学技術世界のなかの民俗文化』文楫堂 二〇〇四年。特に第四章「社会の膨張」の第三節「センチメンタリズムをイロニーに転換させる諸契機」。

（54）Wolfgang Kayser, *Geschichte des deutschen Verses.* München 1960, 1971(2.Aufl), S.95f.

（55）次の拙著所収の論考を参照「ナトゥラリズムとシニシズムの彼方」の第十二節「文学における《異教》の概念――バレエ作品『ジゼル』に見るハイネとゴーティエ」『フォークロリズムから見た今日の民俗文化』創土社 二〇一二年 三二六～三三七頁。

第三章　蹄鉄のバラード

――文化史から見た一七九七年のゲーテの詩想

（一）　バラードの年

一七九七年という年は、ドイツ文学史上、特別の感慨をこめて記憶せられる。この年の十月に、フリードリヒ・シラーが編集した『一七九八年の詩神年鑑』が刊行されたが、[1]そこに掲載された一群の詩作品の故である。そもそも、《詩神年鑑》というタイトルは、文藝史の上で、特定の時代思潮とむすびついている。一七六五年にパリで発刊された『詩神年鑑』(Almanac des muses)にそれは由来し、まもなくこれに倣って出た『ゲッティンゲン詩神年鑑　一七七〇年号』[2]が以後《ゲッティンゲンの森の詩人たち》[3]という少壮気鋭の詩人グループの活動舞台になっていったのを皮切りに、各地で詩神年鑑を称する年次刊行物が出され、十八世紀後半のドイツ文藝界の出版スタイルの一翼をになうことになったからである。シラーが手がけたのもその一つで、一七九六年号から一八〇〇年号まで、五巻が世に送られた。その第三巻に当たるこの巻に、特定の形式の詩作品が集中的に掲載されたことが、この年を記念すべきものにしたのであった。バラードと呼ばれる類型である。特にゲーテとシラーが、この

形式での記念碑的な作品を発表していた。いわゆる《バラードの年》(Balladenjahr) である

ところで、これから少し考えてみたいのは、バラードの年に詩人ゲーテがぶつかっていた詩想状況である。この時期、この形式において、ゲーテはどういう詩的課題と取り組んでいたのであろうか。しかし、これは一筋縄ではゆかないテーマである。

第一に、この年にゲーテがシラーと共にバラードという類型に異常な執念を燃やしたことが、ゲーテの創作歴の上でも、広くドイツ文藝史上のなかでもひとつの不思議である。後に少しふれるが、イタリア旅行を境に、ゲーテの文学は古典主義の創出に向かっていた。これ以前にゲーテがバラードという形式と格闘したのは、シュトゥルム・ウント・ドラングの旗手であった青年期であった。またバラードという文藝類型自体が、本来、このシュトゥルム・ウント・ドラングなる爆発的な情熱を特色とする文藝思潮の申し子のような性格をもっていた。それが、何故、この時期のゲーテによって再度挑戦されることになったのか、という問題である。

第二に、バラードの年に創られた作品群は、しかし青年期の創作とは同一の趣向にあったのではない。そこには新機軸が見受けられる。それは一目瞭然と言ってよいほどだが、ではその新機軸の要点はどこにあったかが次に問題となる。それを判断するには、いわば総合的な評価も必要になってくる。一七七九年当時に再開されたゲーテのバラードは、この時点で新たな質での完成に到達していたのか、それとも何か新しい動きがはじまっていて、その経過線上の産物であったのかといった判定も要求される。

第三に、バラードの年の前後のできた作品の理念の問題がある。ゲーテの詩想状況のなかに無理なく位置づけられ、同時に当該の文藝ジャンルの容量と文化史的状況に照応する理念の特定である。

以上、三つの問題を一口に言えば、一七九七年当時、ゲーテはバラードを創ることで何を考えていたのか、と

いう設問になろう。本稿があつかうのもこの設問にほかならないが、以上のような事情を考慮して、一つの工夫をほどこした。この年にできたゲーテのバラード作品中、屈指の名作とされる『神と舞姫』や『コリントの花嫁』を正面からあつかうことを避けて、もっと小さな作品に的をしぼったのである。小さな作品にも、同時期のゲーテの詩想は、大作においてと同様、厳然とそこに存するであろう、否むしろ、雛型のようなかたちで宿っているかも知れないと見当をつけたのである。大作では、主要な脈絡に加えて当然ながら二次的な幾つかのモチーフが含まれるのは当然であり、それらも展開させられている。その様子を逐一たどるのも意味のあることに違いないが、相当こみ入った検討を覚悟しなければならない。むしろ雛型を相手に先ず基本線を抽出できれば、問題圏の整理には便利であろう。これが本稿の工夫のようなものである。ただし右のような意図で取り上げるのであるから、小品をそれらしく読むのとは、やはり違った体裁になる。ある種の不均衡はいずれにせよ避け難い。

以上のような観点から、目についた作品がある。ゲーテの詩作品にはめずらしいことだが、これまで研究者によってほとんど取り上げられてなかった。しかし一面では、それが尋常でもある。小品らしく美しいまとまりがあり、何か大きな問題がひそんでいるとはとうてい見えない。愛すべき言葉の業と言ってもよく、理念とか世界観といった接近は益体もない仕業になりかねない風情を呈している。そこに敢えて切り込みをいれたのである。もっとも、本稿を計画した手順から言うと事態は逆で、そこに亀裂のようなものが覗き見えたのが、筆者を小文へといざなったのである。揚言を敢えてするなら、何らかの対象において何かが見えたとすれば、それは理屈ではない。一文を以てすれば優に言いあらわし得る情動であり、語をつないで敷衍するのは偏に論証のためである。本稿の起点であるその一文は、末尾に置いて、結語の役割を負わしめた。爾余の考察がそれと重なることを期したい。

その作品のタイトルは「聖譚」ないしは「聖者伝説」と言う。作品の大目にしては、いささか一般的すぎる。聖譚（Legende）とは、普通、キリスト教の聖譚を指す。十三世紀のドミニコ会士でジェノヴァ司教であったヤコブス・デ・ウォラギネが編んだキリスト教の聖者伝説集『黄金伝説』(Legenda aurea) が有名だが、その場合の伝説と同じである。もっとも、こういう題名の作品が他にないわけではない。ハインリヒ・ケラーの連作短編集に『七つの伝説』があり、また今日ではギターの編曲で親しまれているアルベニス（Isaac Aobeniz 1860-1909）のピアノ曲に「伝説」(Leyenda) がある。『旅の思い出』(Recuerdos de viaje. 1887) のなかの一曲である。

しかしゲーテの創作歴のなかにおいてみると、また違った側面が見えてくる。ゲーテは、一般的な名称や特定の藝術形式のジャンル名称をそのままタイトルにした作品を幾つか残している。初期の詩に「言葉」があり、短編小説に「ノヴェレ（奇談）」があり、バラード作品に「バラード」があり、またソネット形式の詩作品に「ソネット」がある。読解の謎を秘めた「メルヒェン」『ドイツ難民の閑話集』の一篇も加えてよいだろう。いずれもそれぞれのジャンル概念に走る法則を形象化した試みである。その種の系列に置いてみたいと思わせるタイトルの付けようだが、ともあれこのあたりで作品を先ず読んでみよう。指示の便のためい、普通、「蹄鉄の聖譚」(Hufeisen-Legende) と呼ばれるものがそれである[4]（ただしここでは「蹄鉄のバラード」と表記する）。

聖譚（蹄鉄のバラード）

主イエス・キリストが
世にあまねく知られもせず、歩かれてゐたころじや

慕ひ寄る弟子は多けれ
御言葉を解する者は少なうござつた。
主がことに好まれたのは
街かどでの説法じやつた。
天の神のみそなはす場所でこそ
心おきなく話せるからじや
かくて主は、尊い御唇から
救世《ぐぜ》の法を説かれたのじや
わけても譬へを引いて説かれると
はなやいだ市も、神殿のごとく静まつたものでござる。

さて御心やすらかに弟子をひきつれ
とある町へ旅されてゐる途次のこと
道ばたに、何やら光るものがある
半分こわれた蹄鉄じや
主は、聖ペテロに命じなされた
《その蹄鉄を拾ひなさい》。
聖ペテロには面白うなかつた

歩きながら夢想にふけつておつたのだ
誰もが喜ぶやうな
世界統治の方法などを考えてござつた
頭のなかではいかやうにもかんがえられるが
聖ペテロには、それがことにたのしみじやつた
それに引き替へ、見つけものの貧相なこと
王冠か王笏ならいざ知らず
つぶれた蹄鉄に
腰をかがめろとは何ごとぞ
聖ペテロは、聞こえぬふりをして
さつさと通り過ぎなされた。

主は寛大な御心で
みずから蹄鉄を拾ひなさると
素知らぬふりをしておいでじやつた
やがて一行が町に着くと
主は鍛冶屋の店へお出でになり
銭三文と引き換えなされた

さらに一行が市場を通つてゆかれると
きれいなサクランボがならんでござつた
主は、三文でくれるだけの
サクランボをお求めなされ
いつも通り悠然と
袖につつんでおもちになつた

一行は、町の別の門を出て
牧場や畑を歩んでゆかれたが
家はなし、道ばたに木陰はなし
陽はかつかと照りつけ、途方もない暑さでござつた
かかる恐ろしき暑気なれば
水一滴に千金を積んでも惜しゆうはない
主は先頭を歩まれてござつたが
サクランボを、ひとつぶ落としなされた
聖ペテロは、見るより早くとびついたが
黄金の林檎を見つけたごとき
勢いであつた

サクランボは、顎のとけるばかりにうまかつたのじや
主はしばし間をおかれて
もう一つぶ落とされた
聖ペテロは、さつそく身体をかがめた
かくして主は、聖ペテロの背中を
何度も何度も曲げさせたのじや
かくて大いに手間取りはしたが
やがて主は、ほがらかにかう申された
《もうすこし早く身体をうごかしておれば
苦労しなくてもよかつたのに
ささいなことを馬鹿にすると
もっとつまらないことに骨を折ることになる》。

(二) ビュルガー

ここでいくらかでも見ておかなくてはならないのは、この作品の詩型であるバラードという文藝種の性格である。バラードという形式は、ドイツ文藝史に古来連綿と伝統を保ってきたものではない。十八世紀後半の五〇年代にドイツ詩壇にはじめてこの形式で創作する機運が起き、特殊な問題意識を盛るものとして展開したのである。

それより先にも民間の謡いものとしての歴史がないわけではないが、その時期に詩人たちが意識に手がけるようになったのである。一般に、民間の謡いものの方を《フォルクスバラーデ》(Volksballade)と言い、詩人による創作の方を《クンストバラーデ》(Kunstballade)と呼ぶ。しかし両者はまったく無縁なのではない。前者の存在とそこにこもっている独特の情念の種類に詩人たちが意識的に接近し、それによって従来なかった詩想を実現し世としたのが後者であった。したがって十八世紀半ばからはじまった詩壇の新しい運動と言うことができる。その経緯や細部の事情はしばらく措くとして、当面の課題に必要な諸点にかぎって脈絡を抜き出しておきたい。

クンストバラーデの最初の興隆は、いわゆるシュトゥルム・ウント・ドラング期である。この文藝思潮を担う表現形式として、バラードは無視し得ない重みをもち、事実、この文藝思潮のなかで活躍した詩人たちの多くが試みた。若きゲーテも一翼をになった一人であった。有名な「野薔薇」や「魔王」や「トゥーレの王」がそれである。しかしその時期に、他の誰よりもバラードに没頭して、文藝史上の一代問題作をのこした詩人としては、ゴットフリート・アウグスト・ビュルガー(Gottfried August Bürger)を挙げなくてはならない。言うまでもなく、大作「レノーレ」の出現である。『ゲッティンゲン詩神年鑑 一七七四年号』誌上においてであった。参考までに梗概を記す。

許嫁の男を遠い戦地に送った娘レノーレが、男の帰りを待ちわびている。やがて和平が成り、出征していた兵士たちは、懐かしい家族や恋人のもとへ帰還する。しかしレノーレの許嫁ヴィルヘルムだけは、ついにもどらなかった。それを知った娘は、絶望のあまり地面に身体を投げ、髪をかきむしってこの世を呪詛しはじめる。母親が説く神の慈悲も天の摂理にも耳をかたむけず、ひたすら身の不幸をなげき、とめどなく呪いの言葉を吐きつづける。

やがて夜がふけ、戸外には冷たい風がむなしく渡るだけとみえたとき、遠くにかすかに馬の蹄ひづめの音が聞こえ、家の戸をそっと叩く者がある。恋人が帰ってきたのである。

男は、家に招じ入れて慰めようとする娘の請いを斥けて、これからただちに二人の婚礼を挙げにゆこうと言う。娘を抱きかかえて黒馬の背に乗せると、男は一目散に馬を駆った。町を過ぎ、村を超え、端を渡って駆けてゆくと馬の足元には砂礫が舞い、地面は轟々と音を立てた。疾駆する二人を月が照らし、路傍の樹木と森影を映しだす。烏が妖しく群れ、読経の声がながれている。どこからともなく葬送の列があらわれ、葬列に向かって男が命令する声が陰々とひびく。翌朝発見されたのは、恋人二人の死骸であった。

「レノーレ」一篇は、かかる内容を八行詩節全三二節でつづった長詩である。発表当時センセーションであっただけでなく、今日でも論じられる不朽の名作、と言うより問題作である。擬音語を大胆に駆使するなど、読む者聞く者の感覚に食いこむような言葉遣いで切羽つまった雰囲気を現出した表現技巧だけでも優に画期的である。

（十三節）だが聞け、遠くの声を、カッカッカッカッカッ
もしや、ひづめの音ではないか
鎧が鳴り、一人の騎士が
馬から降りたではないか
聴け、耳をすませ、門の環をたたく音がする
力なく、かすかに、リィーン、リィーン、リィーン、
戸の向うで声がする

声がしている

娘と母親のあいだで延々と繰りひろげられる信仰をめぐる妥協のないやりとりも、その迫真性と袋小路のような状況設定ともども世人を驚かせた。

(六節)《神さま、どうか、わしらに憐みを
なあ、お前、パアタア・ノステルを唱えることじゃ
神さまが悪いことをなさるはずがない
神さまは慈悲深いお方じゃ》
《あゝ、母さん、母さん、それは勝手な妄想
神さまは何も恵んで下さらなかった
私があげたお祈りはどうなったの
お祈りなど、何の役にも立たない》

(十節)《お助け下され、神さま、どうか
この子をお裁きに連れてゆかんで下され
何を言うておるのやら、分かっておりませんのです
この子を罪びとと見んでくだされ
なあ、お前、この世の苦しみは忘れて

神さまとお恵みのことを思うておくれ
そうすれば神さまが
お前の魂の婿様になって下さる》
（十二節）《あゝ、母さん、恵みって何
あゝ、母さん、地獄って何
神さまのもとには恵みがある
でもヴィルヘルムはいない、そんなら地獄よ
消えてしまえ、命なんか、命の灯なんか消えればいい
死ねばいい、死ねばいい、こわい夜の国へ墜ちてやるんだ
あの人がいなきゃあ、この世でも
あの世でも、幸せになどなりたくない》

この作品について、その特徴や、これまで論じられてきた諸点を挙げれば切りがない。たとえば、天の摂理をなじり運命の悪意を呪詛する大胆な表現は、近代ドイツ語の幕開けの一つともなったヨハネス・フォン・テープル「ベーメンのアッカーマン」(Johannes von Tepl, *Der Ackermann aus Böhmen.*) やシェイクスピア「アセンズのタイモン」といった世界文学の里程標と並べてもよいほどである。ともあれ異様な緊迫と妖気に満ちた暗い情念が救いようもなくとぐろを巻いている世界が呈示されたのであった。事実、そのヨーロッパ文藝史への影響の大きさは、英文学にかぎっても数十種類の翻訳がおこなわれたことからもうかがえる。(5) 代表的な人物では、ロマン派

のウォルター・スコット（Walter Scott 1771-1832）や前ラファエロ派の画家で詩人のダンテ・ゲイブリエル・ロゼッティ（Dante Gabriel Rrossetti 1828-82）が数えられる。

ところで問題は、この凄絶な文藝世界を現出したビュルガーの意図と、その意図を可能にしたバラードという藝術形式の命運である。それをたしかめるには、ビュルガーだけを見るのではすまない点もあるが、とりあえずこのエポックに焦点を当てて脈絡をたどってみたい。

作品の発表後のことであるが、ビュルガーは、詩歌の課題について理論づけを試み見ている。「民衆詩歌の真情吐露」という一文である。(6)

何ゆえアポロンとその詩女神《ムーゼン》たちは、ピンドゥス山の頂きにしか存在しないと言うのか？　彼らが降臨して、地上を巡遊することはないと言うのか？　かつてアポロンは、アルカディアの牧夫たちのあいだに降り立ったというのに。

これがその書き出しだが、アポロンとムーゼンは、もちろん詩歌と歌心のシンボルである。古典古代の規格を追いもとめることによってしか詩歌の真髄に到達できないのだろうか、古代の素朴な生活者は、規矩を学ぶまでもなく詩歌を生き生きと体現していたのに、とビュルガーは疑問を投げつける。

詩歌は学知と一体だ。瑣末な学知だ。他国では詩歌は、往々、耳にして久しいのに、僕たちのあいだでは、誰の耳にも心にも入ってゆけるものではない。僕たちは、まことに学知深い存在だ。他民族の言葉を操り、彼らの行動・慣行・習俗、そして愚行をも習得し、彼らの野原と森、町と村、神殿と宮殿、畑と室内、楽屋、家財道具——その他何を挙げてもよいが——、これらを習得して慣れ親しんでいる程なのだから。僕たちは詩作でも、衣装でも、言葉や行動でも、まるで他国者だ、外国人だ。この国土を学知として持っていない者が賢明とされることはめったにない。何もかもを習得し、習得によって立派な存在であるということ。こんなひどい話はない。死んだ財産だ。内的な価値をもたず、的外れな文様を刻んだ貨幣が通用などするものか。

当時のドイツ語圏がおかれていた文化的な後進性を念頭におかなくては分かり難い脈絡である。ビュルガーが悲嘆するように、十八世紀の七〇年代でも、ドイツ詩壇には、同時代のイタリア、フランス、イギリスなど先進地域への根深い強迫観念がみられたのである。

皆な、人間のドラマではなく、天上のドラマを描こうとしている。同類のドラマではなく、場違いな時代の、場違いな土地の他民族がするように行動してみたいと躍起になっている。君たち、ドイツの詩人たちに言うが、君たちは民衆《フォルク》を凍てついた鈍重な存在と誤解して、そちらを向こうともしない。ここに、君たちの詩が民のあいだに入ってゆかない原因があるのだ。

……ドイツの詩神には、学知の遍歴など要らない。自分がいる場所で、自然の教理問答を頭にたたきこめばよいのだ。

……民を総体において知ることだ。民の創造力と感受性をたずね、それを正当な映像で満たし、正しい尺度で測ることだ。そして自然な語り口という魔法の杖を取り出すのだ。一切を混乱と激動のなかに投げこめ。想像力の眼前を一切が疾駆し、黄金の矢が放たれる。そうだ、これまでとは、何もかもが違ってくる。断言してもよい。歌が洗練された賢者だけでなく、森の粗野な住人、化粧台の女性、紡ぎ車や晒し場ではたらいている自然そのものの娘たちをも感動させるところまで行けるんだ。これこそが、詩歌の極致だ。

……こう考えながら、僕の耳は、夕闇のなかで、村の菩提樹や晒し場や機織り場に流れるバラードや俗謡の魔的な響きに聞き入っていた。……

通俗性によって、詩歌は、神がそのためにこそ詩歌を創造し、選ばれた者たちの魂に詩歌を注ぎこんだ本来の目標を取りもどすべきだ。それが僕の考えだ。……

ロマンツェとバラードという詩神からのみ、僕たちの民は、ファラオから水車小屋の女房の息子にいたるすべての階層に共通の愛し児さながらの詩歌をもう一度とりもどせる……

これが、ビュルガーがバラード文藝に求めたもの、またバラード製作において満たし得ると考えた課題であった。もっとも、ビュルガーの創作原理の表明は、挙げてその独創というわけではない。これに先んじて、ヘルダーがやはり詩歌創造の土台として民衆歌謡に注意をうながし、また分析と洞察を提示していた。(7) ビュルガーの「真情吐露」でも、民衆歌謡の様式特徴にふれた箇所には、ヘルダー詩論とその用語の踏襲が顕著である。またヘルダーを介して、シェイクスピアの作品中の民謡への見方はここにも反響している。ヘルダーの詩歌理論そのものは、はるかに深い教養と広い視野に裏づけられているが、民衆歌謡を文壇的詩歌に対置せしめて価値転換を図った点では、両者は共通する。ともあれ、バラード文藝が最初の開花をみたときの詩論の性格を簡単になぞったのである。

次に考えてみたいのは、ビュルガーやヘルダーによる民衆歌謡への着目と価値付与とが、その後の詩人にどのように受けつがれたかという点である。事実、一七七〇年代から活発化する藝術《クンスト》バラード(Kunstballade)の製作に多かれ少なかれ付きまとったのは、ビュルガーの深刻な先例、またヘルダーの鋭利な詩論にどのような姿勢をとるべきか、という問題意識であった。詩壇に対して開示された新局面は、これを全然否定し去るべきものではなかった。この時期にバラード文藝に参画した若きゲーテをはじめ、フリードリヒ・シュトルベルク、ゲオルク・ヤコービなどは、いずれもビュルガーの先例に対して独自の立脚点を築くことに腐心した。ここに、初期ゲーテのバラードが、民衆歌謡への傾斜を表立たせながらも、性格と詩想に複雑なものをふくむ所以の一つが存するのである。

ゲーテの個人史に視点を移すと、一七八〇年代から九〇年代にかけて、ゲーテは初期のシュトゥルム・ウント・ドラングの旗手から、次第にヨーロッパ文藝史の伝統を踏まえた詩歌形態を課題とする問題意識の方向へ移っていた。外面的な目安では、一七八六年九月から一七八七年六月に至るイタリア旅行が挙げられようが、南国の風物と文化遺産に古典古代の規矩の息づきを感得し、また嘱目の光景に広く自然の法則を見据えつつ、古典創造者としての自覚を深めていった。この時期の主要作品を年代順にながめるだけでも、大勢はうかがえよう。

一七八六年　戯曲『タウリスのイフィゲーニエ』
一七八七年　戯曲『エグモント』

一七八九年　古典詩形による韻文作品『ローマの悲歌』と『ヴェネチアのエピグラム』
一七九三年　中世諷刺詩のドイツ語詩歌への翻案『ライネケ狐』
一七九四年　長編小説『ヴィルヘルム・マイスターの修業時代』第一―三巻
一七九五年　『修業時代』第四―六巻、短編小説連作『ドイツ難民の閑話集』
一七九六年　『修業時代』第七―八巻
一七九七年　古典詩形による市民叙事詩『ヘルマンとドロテーア』
一七九八年　古典詩形による自然科学詩『植物の変態』

かく創作配置が証すように、青年期の創作姿勢を払拭しつつあると思われたなかに、突然、シラーと共にふたたびバラードという文藝形式への挑戦が入りこんだのである。はじめに挙げたように、一七九七年のことである。

一体何が進行していたのであろうか。バラードという藝術類型にゲーテとシラーがひそかに可能性をさぐりつつあったことを、それは示すであろうし、また製作を再開したときにゲーテが披露した新機軸は、この類型にゲーテがあらためて担わせようとした新たな詩想の存在をも、それは示唆していよう。もっともその詩想が、企図の全き実現にまで到達していたかどうかは、別問題である。とは言え、ゲーテのバラード観を追っている者には、いささか都合の悪いことがある。ゲーテその人の口からは、理論的な言説をこの時期にはまだ聞くことができないのである。

もっとも、ゲーテという詩人が、創作とともに、文藝類型それぞれの法則性の理論化に意をもちいていたことは周知であり、事実、バラードについても「セルビア民謡について」、あるいは『西東詩集』の付論「注解と論考」の数節などに、考察の成果を結実させている。特にこの両論は、ゲーテのバラード観のあり方において注目されてきただけでなく、広くジャンル詩学（Gattungspoetik）にとって、一つの原理論として重い位置を占めてきた。しかしこれらの論考はいずれも一八一〇年以降であり、晩年のゲーテの思索の一環を構成している。一七九七年当時にあっては、このあと周辺資料によってその様子を瞥見するように、バラード作品の創作は必ずしもジャンル法則の明確な意識化をともなってはいなかった。この点、たとえばシラーとの共同論文「叙事文藝と劇文藝について」（一七九七年）が代表するように、叙事文藝の原理、延いては近代小説とは何かといった問題について、ゲーテがこの時期に早くも固有の見解に到達していたことにくらべて興味ある対比がみられるのである。『ヴィルヘルム・マイスターの演劇的使命』はすでに書き終えられ、その改作『修業時代』がこの時期にほぼ完成していた事実を横に並べると、詩人ゲーテにとって、理論とは、実作を先導するのであったと言うより、自己の実作を改めて反省したときに得られる概念の水準における産物と見ることできそうである。これは、ゲーテにおける実作と理論の相関の基本的なあり方として注目してよいだろう。それはともあれ、では一七九七年当時、ゲーテはバラード作品を実作しながら、この文藝形式について何を考えていたのであろうか。

(三) シラー

そこで次に取り上げるのは、ゲーテとともに《バラードの年》を現出させたフリードリヒ・シラーの考え方である。

年譜を振り返ると、「レノーレ」を含むビュルガーの最初の詩集が刊行されたのは一七七八年であった。第二版の刊行が一七八九年である。再編と同時に、書評をもとめられたのがシラーであった。シラーは、これをバラード文藝について自己の詩想を練りなおす機会ととらえ、やや間をおいて一七九一年のはじめにイェナ『一般文藝新聞』(Jenaer "Allgemeine Lieteratur-Zeitung") に匿名の書評を載せた。内容は、ビュルガーと真っ向から対決するものであった。そこでビュルガーの応答があり、それにたいするシラーの再批判の両文が一七九一年四月六日付のイェナ『一般文藝新聞』に掲載された。こういう経過で成立したシラーの二つの文が「ビュルガーの詩について」(*Über Bürgers Gedichte*) と呼ばれる評論である。(8)

シラーの論調は、ビュルガー「真情吐露」がよくも悪しくも初発性につらぬかれていたのにくらべると、はるかに周到かつ明晰であり、論点も的確である。(9)

現今という哲学する時代にあっては、詩神の活動は軽く見られ勝ちだが、その影響を、その文藝ジャンルよりも深刻にこうむっているのが抒情文藝である。劇文藝ではまだしも社会生活の仕組みが支援材料としてはたらくところがあり、また叙事文藝は、その自由な形式のゆえに世界の音調に自己を柔軟に適応させており、時代の精神を取りこむことができる。

思念することを一般的かつ表立った特徴とする精神的階梯、それが現今の時代だが、これをシラーは《哲学する時代》(unser philosophierendes Zeitalter) と呼ぶ。かかる時代にあっては、思念と形象が合一的であることを狙う、と言うよりそうした概念区分の制約を受けることを潔しとしないものである文藝は、重大な改変を蒙らざるを得ない。あるいは自己を改変することを以て、状況に立ち向かわねばならない。文藝の三大ジャンルにおけるその様相を、シラーは先ず説明する。今の私たちに分かりやすく言えば、文藝製作が方法意識なくしては不可能な状況と言うことになろうか。ともあれ、哲学する時代の論理的な構造とそこでの文藝の課題はこうである。

知識の拡大と職業従事のために私たちの精神の諸力が個別的・分離的に作用することを余儀なくされているとき、これら魂の分離した諸力を再度ひとつにまとめ上げ、頭脳と心、批判力と諧謔、悟性と想像力を諧調ある結合にみちびき、合一的な人間（der ganze Mensch）を再度現出させるものとしては、ほとんど文藝あるのみである。

しかしこの課題に応えるべき詩人も、時代に規定されることを免れ得ない。

詩人が私たちに呈示できるすべては、その詩人の個体性である。

詩人と雖も、一つの個体（Individualität）であるにすぎない。そのような存在が、たとえ忘我の境地で詩作したとしても、それは全一でも人間の全体性でもない。シラーの言い方ではこうである。

感動だけでは不十分である。

そのような時代においても、人間の全体性を提示し得る詩人、《民の歌人》（Volkssänger）は出現せねばならないであろう。しかしそのためには、私たちがおかれている精神的な《階梯》(Stufe)を、もっとよく認識しなければならない。

ビュルガー氏が《民》(Volk)というあいまいな言葉をもちいたからと言って、氏をいじめるつもりはない。私たちの主張を弁護するには、ほんの数語を費やせば充分である。ホメロスが後の同時代の世界にとって、また中世吟遊詩人がその同時代の世界にとってそうであったのと同じ意味での民の詩人(Volksdichter 民衆詩人)は、今日においては追求しても無駄である。今日の世界は、もはやホメロスの世界ではない。社会の諸分肢が感覚と思念において同一の階梯にあり、したがって一つの描出、一つの感情において諸分肢がたがいに触れ合っていたホメロスの世界ではない。国民(Nation)の選良(Auswahl)と国民中の大衆(die Masse)との間に大きな懸隔がありありと介在するのが、今日である。……今日、民の詩人がいるとすれば、最も軽い存在と最も重い存在とのあいだで選択を余儀なくされることになろう。

事態は、ビュルガーの言うように、通俗的であること(Popularität)によって社会のすべての階層をたちどころにまとめることができるというものではない。

恣意的な一概念に総合をもとめても無駄である。それが統一性ではあり得なくなって、すでに久しい。

ビュルガー氏は《詩の通俗性（Popularität）こそ完全性の秘訣》だと説明するが、実はあまり大したことを言ってはいない。

ではどこに立脚し、どうすればよいのか。そこで改めて考えねばならないのは、詩人は個体であり、しかも哲学する時代の個体である点である。個体がその局所性を克服することは、個別性から普遍性へと成長を遂げることにほかならない。それが《理念化》（idalisieren）である。理念化はまた、個物につきまとう狭雑物を淘汰し去ることでもあるから、《純化（貴化）》（Veredeln）とも言い得よう。

詩人に要求されるものの一つが、理念化・純化である。……

自分の対象の当該性を、粗野で、幾分場違いでもある狭雑性から解放し、多数の対象に分散している完全性の光線を一つにあつめ、均整を乱す諸要素を全体性という調和に服従させること、すなわち個体性と局所性を、普遍性にたかめる（erheben）ことである……詩人がこの内的な普遍的理念を純粋と充実に改造する度合いが大きければ大きいほど、個物もまた至高の完全性に接近する。かかる理念的藝術を、私たちは、ビュルガー氏には見ることができない。

この営為が、理念化を旨とする藝術（die idealisierende Kunst）であり、シラーが理論的にたどりついた地点にほかならない。では、誰がこれを行なうのか。

しかしこの前提は、文藝が、成熟した教養ある手腕（*reife* und *gebildete* Hände）に委ねられることである。

このような論旨によって、シラーは、ビュルガーが提起した民衆詩人（Volksdichter）に、まったく違った詩人像を対置させた。シラーの主張は、文藝理論が考慮しなければならない諸項目を組みこんだという点で前進であった。常識的に見ても、一八世紀中葉以降の西ヨーロッパ社会において、無媒介な初発性にのみ突きうごかされた詩的想像力の所産が、時代の鑑賞に耐えられる質と射程に行きつくことは考え難かったろう。生活の折ふしに湧きおこる歌声がそのまま高度な詩歌であり、階層の別なく人々の心にしみわたるといった状況は、美しい夢（あるいはグロテスクな夢）ではあっても、それ以上ではあり得ない。言語の律性とメロディーの分離という一点だけでも、それは夙に進行しており不可逆であった。ただ、詩歌の原像にかんするビュルガーやヘルダーの理論があってはじめて、従来文壇詩が正面からあつかえないでいた民俗情念の深みが、抜き差しならぬ課題に高まったのである。その基本構図を前提にして、積み残された問題にメスを入れた点に、シラー理論の文藝意識史上の位置を定めることができる。ただし最後のところでは、理論と実作は別ものである。ビュルガーの実作品が、その詩論と双生児となっていると言うことはできない。詩人当人によって意識された構図とは別に、テキストがどのような構造にあるかは、テキストの分析によってはじめて明らかになる。

(四) シラーのバラード「ポリクラテスの指輪」

以上を背景として次にとりあげたいのは、シラーの作品である。『一七九八年の詩神年鑑』に、シラーは十二篇の詩作品を載せたが、そのうち六篇がバラードである。「ポリクラテスの指輪」(*Der Ring des Polykrates*)、「手袋」(*Der Handschuh*)、「騎士トッゲンブルク」(*Ritter Toggenburg*)、「海に潜る者」(*Der Taucher*)、「イビクスの鶴」(*Die Kraniche des Ibykus*)、「鉄爐への道」(*Der Gang nach dem Eisenhammer*) の諸作で、他には劇詩『ヴァレンシュタイン』の劇中歌「騎行の歌」(*Reiterlied*) と北米原住民の歌謡の消化である「ナドヴェース族の葬送の歌」(*Nadowessische Todtenklage*) が注目される。ともあれ、この詩人のバラード製作としては頂点の一つである。ドイツ文藝史上、シラーのバラードは《理念的バラード》と呼ばれている。ビュルガーへの批判のかたちでシラーが主張した理念化による創作の結実でもあった。ここでは、そのなかから「ポリクラテスの指輪」を読んでみたい。

ポリクラテスの指輪

一　僭主は天守閣の胸壁に立ち
満悦至極で
統治するサモスの島を睥睨する
《見渡すかぎり余に臣従せぬ者はない》

そしてエジプト王に同意を迫つた
《余が幸運比類なき者と認められい》。

二
《貴殿は神々の寵を受けなされた
かつて劣らず寵児たりし者らも
今は貴殿の王笏に服してゐる
だが一人、復讐を忘れぬ者がゐる
あ奴の目が黒いうちは
貴殿が幸運とは、我が唇は言ひ切れぬ》。

三
王がかく言ひ終へぬうちに
ミレツトの島より使者がまかり越し
僭主に言上する
《陛下、敵を血祭りにあげてござる
月桂樹の若枝にて
陛下の髪を飾られませい。

四
敵は槍の穂先に斃れ

陛下の片腕ポリドール将軍の命にて
軍功状を持参しました》
二人の王が仰天して見まもるなかで
使者は、黒々と血の滴る大盃から
見覚えのある仇敵の首を取りあげた。

五

エジプト王はたじろぎ
眉をくもらせて答えた
《幸運に安住することは禁物
海の波はあてにならぬもの
嵐に遭へばひとたまりもない
そなたの軍船はあやふい海上を漂つておる》。

六

かく語りも終へぬうち
港に歓呼がこだまし
王の声をかき消した。
異国の財宝を山と積んで林立するマストを見せ
あまたの大船が故郷の浜に投錨した。

七　賓客たるエジプト王は畏怖をおぼえた
《貴殿はさぞ満足であらう
だが幸運はうつろひやすい
精悍で鳴るクレタ島の者どもが
貴殿を脅かしておる
はやこの浜に攻め寄せるとのこと》。

八　言葉が王の唇をもれる暇とてあらばこそ
彼方の軍船から人波が馳せ参じ
数千もの声がこだました――《勝つたぞ
脅威は去つた
クレタ島の者どもは嵐で砕かれ
全滅じや、戦は終わつた》。

九　客人の驚愕はいかばかりか
《まこと、そなたは幸運な御方
と申さねばならぬが、なお行く末が案じられる

神々のねたみがこわい
まじり気のない喜悦の人生は
地上の者にはゆるされぬ。

十

わしも万事がうまく運び
国を統べるにあたつて
天の恵みを授かつた
じやが大事な跡取り息子を
神は召された、伜を死なせて
わしは幸運を購つたことになる。

十一

それゆえ不幸に備へ
幸運のなかにも悲嘆があるやうにと
眼に見えぬ方に頼みなされい
幸運児が破滅せなんだためしはない
神々は全能の手をひろげて
恵みの代価をお取りになる。

十二　神々がかなへ下さらずば
かく言ふ友の教へに耳を傾け
進んで不幸を招くがよい
貴殿のあまたの財宝のなかで
一番いとほしい品を
手ずから海に捧げるのじや》。

十三　これを聞いて王もひるんだ
《島のありとある財宝のなかで
この指輪こそまたとない宝
これを海の神々に捧げ
わが幸運の代価といたす》
そして寳石を潮に投げた。

十四　夜が白々と明けそめると
漁師が顔をほころばせて
両王の前に伺候した
《陛下、大魚をとらへました

いまだかつて網にかかつたことのない代もの
つつしんで献上いたします》。

十五　魚を調理した内膳の男は
肝をつぶして御殿に駆け入り
感にたへぬ声で言上した
《御覧なされませ、陛下が大切にされていた
指輪を魚の腹から見つけました
陛下の御運は極まりございませぬ》。

十六　エジプト王は寒気を覚えて背を向けた
《長居はしておれぬ
この上の交友はお断りじや
神々のねらひは貴殿の破滅
道連れとされぬうちに退散いたす》
かく言ふや、王は早や船上の人であつた。

シラーのバラードが《理念的》と呼ばれる所以は、一読して了解されよう。先に、詩人自身による理論的把握

と実作品とは別ものであることにふれたが、シラーという詩人は、理論と作品を合致させることができた稀有な事例である。それだけ自分をも自己の営為をもよく認識していたということであり、ドイツ古典主義文学を代表する知性たるに恥じない。この作品の場合も、先に見た詩人の所論が、全体としても細部においても現実のものとなっている。理論通りであり、しかも詩的形象に少しも硬さがない。

この作品の要点を見ると、[10] 先ず民間文藝の様式特徴を活かしていることが挙げられよう。それもわざとらしさがないので、一見それとは気づかせない消化ぶりである。韻律の側面の諸点は措くとして、分かりやすいところでは、同種のエピソードを三度重ねる手法もそうである（仇敵の破滅、軍船の帰還、クレタ島人の敗北）。これは民謡や昔話に頻繁にみられる形式でもある。また最終節、ときには最後の一行でどんでん返し的な効果を狙ったり、またこの部分で視点を急激に移動させて全編に天晴的効果を及ぼす手法も注目される。シラーの作品で巧みに活かされているそうした手法も、民謡に多く、時には所期の効果を収め得ずに繰り返されてきた様式である。（参考として挙げれば、最終節の成立過程については諸説があるものの、この種の様式をそなえた民間バラードとしては、スコットランドの古歌謡ともされる「エドワード」を挙げることができよう[11]）。

次に素材である。言うまでもなく、これはドイツ語圏の伝承ではない。ヘロドトスの『歴史』に見える逸話である。サモス島の僭主ポリクラテスは、おのれの強運を恃むあまり栄華の絶頂から一転奈落の底に沈んだと伝えられる。その盛運の模様とエジプト王アマシスの忠告、指輪のエピソード、ならびにアマシスによる友好の破棄は、『歴史』巻三・三九—四六節に見ることができる。したがって古代ギリシア世界に取材しているのであるが、かつてビュルガーが当時のドイツ文人の外的規範への憧憬・追随・跪拝ぶりに接して、《まるで他国者だ、外国人だ》と嘆いた様とは質的に異なっている。外部素材がまったく自家薬籠中のものとなっている。

最後にかなめの理念であるが、これまた見紛いようがない。《神を懼れよ》。裏から言えば、《驕るなかれ》。いわゆる《Hybris》のテーマである。人間にとって最も普遍性をもつ命題の一つと言ってよい。詩人が予告した通りの理念化であり、純化である。《成熟した教養ある手腕》によって、民衆的素材はヨーロッパの文化的伝統につなぎわたされたのである。

(五) 一七九七年頃のゲーテの詩想

ゲーテとシラーの両詩人が一七九七年に競合するかのごとくバラード作品を手がけたことははじめに記した。両者の交友と協力関係がドイツ古典主義文学の成立にいたったことは周知の通りである。

両詩人がはじめて出会ったのは一七八八年九月七日で、同年十二月にゲーテはシラーをイェナ大学の無給教授に推薦した。両者の協力関係が決定的になったのは一七九四年七月の植物の始原形態をめぐって会話を交わしたとき以来であるとされる。そして一七九六年初めから、両者の共同執筆になる同時代への批判『寸鉄詩集』(*Xenien*)の作業がはじまり、それは同年十月刊行の『一七九七年の詩神年鑑』に発表された。また同じくシラーが編集・刊行した文藝誌『ホーレン』に寄稿する意図で、ゲーテはこの年から「ベンベヌート・チェリーニ自伝」の仕事も進めている。アウグスト・ヴィルヘルム・フォン・シュレーゲルを『ホーレン』誌の協力者として知ったのも一七九六年であり、以後、ゲーテとロマン派の旗手であるシュレーゲル兄弟の交際も深まってゆく。

以上は、この時期のゲーテの活動を数項目にしぼって挙げてみたのである。『一七九八年の詩神年鑑』誌上でのバラードの競作も、かかる古典主義文学形成への両詩人の一連の協力関係に位置づけられる。十八世紀中葉からはじまったドイツ語の藝術詩歌としてのバラードの展開は、この文藝形式に表現のはけ口を見出した人間社会の底流をなしている情念と、ヨーロッパの文化的伝統とのあいだで折り合いをさぐるところまで来ていたのである。そしてその課題に対して、先ずシラーが、理論と実作の両面でひとつの解決にいたったことは、先に見た通りである。それは、ゲーテもみとめるところであった。一七九七年七月二〇付のマイヤー宛の手紙にゲーテはこう記した。[12]

彼（シラー）は、この文藝形態に、どの点から見ても私より適している。

片や、ゲーテはどうであったか、今度は、シラーの評である。[13]

結局のところ、自己の本性と傾向にとって外在的なものを詩作することは、ゲーテの手すさびに過ぎなかった。

一七九八年二月十二日付のC・G・ケルナー宛の手紙に見える文言である。したがって、前年にゲーテが製作した一連のバラード作品が発表されてから後の評である。ちなみに『一七九八年の詩神年鑑』にゲーテが載せたのは十篇の詩作品で、そのうち五篇がバラードである。

「新パウジアス」(*Der neue Pausias und sein Blumenmädchen*)

「魔法使いの弟子」(*Der Zauberlehring. Romanze*)
「宝堀り」(*Der Schatzgräber*)
「コリントの花嫁」(Die Braut von Korinth. Romanze)
「聖譚」(*Legenede* ＝「蹄鉄のバラード)
「ミニヨンに」(*An Mignon*)
「神と舞姫」(*Der Gott und die Bajader. Indische legende*)
「追憶」(*Erinnerung*)
「決別」(*Abchied,* 初行 Zu lieblich ists,---)
「新アモル」(*Der neue Amor*)

「新パウジアス」と「新アモル」はバラードの範疇に普通入れないが、叙事性を有し、また古代ギリシア神話に取材した点からも、バラード文藝をヨーロッパの古典的伝統に接続させるというゲーテが当時いだいていた課題とかさなっていよう。「ミニヨンに」は、長編小説『ヴィルヘルム・マイスターの修業時代』として構想されたもので、詩情のあり方からは抒情詩に属するが、構想までふくめると叙事性を帯びるので、ドイツ・バラードのアンソロジーには屢々収録される。作品の格付けとなれば読む人によって異なろうが、一応一般の、また文藝史的な評価を則れば、「コリントの花嫁」と「神と舞姫」がドイツ・バラード史上の屈指の名作と大作である。「魔法使いの弟子」、「宝堀り」、「聖譚」は、どちらかと言えば小品ということになろう。

以上の五篇、いずれもシラーのバラード作品に対して遜色のあるものではない。特に前二作の重みは決定的である。ところが、この文藝形式の改造をゲーテとともに推進したシラーの先の評である。シラーのバラード観とゲーテのそれとがどこかですれ違っていたことを予想させるが、自己の準縄にそぐわないことが、シラーの評言の原因ではなかったであろう。ゲーテの創作態度にも、その果実にも、どこかで《外在的なもの》、《手すさび》的なものと思わせる何かがあったと見なければならない。ゲーテの創作歴、少なくともこの時期のゲーテの創作姿勢と、達成された果実とのあいだのの大きな懸隔は、実はつとに研究者を当惑させてきたものでもあった。その端的な事例は、エーミール・シュタイガーのゲーテ論である。吸血鬼伝承に取材したバラード「コリントの花嫁」を丹念に分析した後、この作品が出現した必然性にあらためて言及せねばならなくなったときに、次の論説が入ってくる。(14)

詩節と押韻の藝術、これこそゲーテが巨匠的であった分野だが、それが永い抑制の後に決然と活動を欲し、同時に吸血鬼伝承という素材が心中で陶冶され切っていた正にその時期に、ゲーテが何となく可能性のある形式として発見したのがバラードであった。これは、文藝の歴史において、たぶんヘーゲルの言う《理性の狡知》にも該当する呆然とするほかない事例の一つである。(傍点は引用者)

吸血鬼伝承を文藝の野に取り入れること自体は、ゲーテの永年の懸案であった。それは、ゲーテ自身が、後年、往時を回想して含蓄ある解説を残していることによって知られる(エッカーマン『ゲーテとの対話』一八三〇年三月十四日の項)。しかしそれほど熟考されたモチーフが陽の目を見るにあたって選ばれたのは、バラードという《何となく可能性のある形式》であった。これは《理性の狡知》としか言いようがないという。叙述の格調・

文飾とともに味読にあたいするが、バラードがこの時期のゲーテに必然的であった所以につて判断をあきらめていることは、使用された大仰な比喩がおのずと物語っていよう。

しかしゲーテが一七九七年当時、バラードという文藝形式について考えあぐねているか、いくらか逡巡をもっていたこともまた一方の事実のように思われる。先に引いた七月二〇付のＣ・Ｇ・ケルナー宛の手紙に次の言葉が入っている。

私たちが、目下、バラードという形態、と言うより無形態にかかずらっていることは、シラーからお聞きになったでしょう。彼の作品は、貴方も先般ご承知のように、彼には幸福です。私の作品の幾つかがそれに伍することをねがっているのですが、

とあって、先の文言につづく。《形態、と言うより無形態》は原語が《Balladenwesen und Unwesen》で、訳しづらい言い方である。確固として存在するものや内実が Wesen で、存在や内実の方に重きをおけば本質となり、あり方の確かさに比重をおけば制度にもなる。Unwesen はそれを否定した語で、俗語の水準では、益体もないもの、などの罵りの表現にもなる。ここでは同じ語でも高尚な脈絡であるが、確かでもなく、存在も突きとめにくい混乱を指す。したがって、バラードという形態、いやこんなものに形態などあるものか、といった感じを表している。

これとともに注意してよいのは、シラーが前代のバラードの性格をまったく払拭して新たな明瞭な構図を提示したのに対して、ゲーテのバラード観には、ヘルダーやビュルガーの遺産、あるいはそれらを意識しつつ詩作し

た青年期の思い出が色濃く残っていたことである。一七九七年六月二十二日付のシラー宛の手紙で、ゲーテはこう述べている。[15]

バラードに関する私たちの研究は、私をふたたび靄と霧の道に連れこんだ。

おなじく七月二十一日付のハインリヒ・マイヤー宛の手紙には、次の文言が見える。[16]

二、三篇のバラードを君に送ろうと思う。これらを君は、やはり正しく北方的と受けとめるだろうね。

《北方的》(nordisch) とは、従来のバラード文藝につきまとっていた独特の気圏、ならびにその気圏の形成をうながした伝承詩歌の地域特性に由来する表現である。一七七〇年前後にドイツ詩壇にバラードという部門が本格的に成立したとき、そこには北欧的な空気が重くただよっていた。外部からの刺激では、トマス・パーシイが編集した『イギリス古謡拾遺』があり、また上古ケルトの叙事詩と歌謡である『オシアン』があり、またヘルダーが意欲的に導入を図ったのも、初期にはスカンディナヴィア地域やバルト海沿岸地域の民謡や記録からしられる古歌であった。暗い情念がとめどなく回転する形象世界をそれらは呈示していたが、これを通路として、ドイツの詩人たちは、親近な自国の伝承に降りていった。ゲーテの作品では「トゥーレの王」や「魔王」がそれを代表している。もっともトゥーレの名称はヘロドトスの古記録に見える北の果ての地名であるが、それを引き合いに出したからとて古代ギリシアへの接続ではなく、そこに浮かび上がるのは小暗い情念の灯であった。したがって

《北方的》という言葉には、ゲーテが一七九七年当時も、青年期の気圏から脱しきっていなかったことがうかがえる。

これに加えてみておきたいのは、この時期以降、ゲーテが再開したもう一つの大事業である。バラード製作が、畢生の大作『ファウスト』の続行をうながしたことはよく知られているが、ゲーテは『ファウスト』に言及するとき、バラードを形容するのと同種の言辞を屢々もちいているのである。一例として、一七九八年四月二八日付のシラー宛の手紙から引いておきたい。[17]

ファウストもやはり仕上げてしまいたい。これはその北方的本性のゆえに、膨大な数の北方的読者を見出すに違いない。（傍点は引用者）

ここからは、ゲーテが、自己の作業と読書界との関係を把握していたことがうかがえる。つまり『ファウスト』を早期に仕上げたいと願う一方、それは北方的と受けとめられ、北方的な志向を持つ読者に歓迎されるだろうとしながら、それは決して喜ばしい予想ではなかったのである。さればこそ、ゲーテが同時に、自ら《北方的》と呼んだ気圏からの脱却をもとめていたことにも注意をしておかなくてはならない。先に引いたマイヤー宛ての手紙（一七九七年七月二一日付）のその箇所の口調でも、送付するであろう作品を北方的とばかりは受けとめてもらいたいたくないという口吻が感じられる。またそうした脱却の意図をはるかによくあらわしているのは、「訣別」と題された断片である（初行 〝*Am Ende bin ich nun des Trauerspiel&* 〟）[18]。

ここに悲劇は幕を閉じた
不安にさいなまれつつも、私は遂に仕上げた
もはや人間界の雑踏に圧迫されることもなく
暗黒の力に突きうごかされることもない
もはや誰が好んで感情の惑乱を描き出そう
明るく澄んだ場所に登りつめたからには
されば野蛮人どもの魔界は
狭隘な気圏を閉じるがよい
……

「悲劇」とは作品『ファウスト』を指しているが、この詩断片を、ゲーテは《北方的野蕃から完全に自己を解放することを願って》、一七九七年の暮れに書いた(19)。したがって『ファウスト』完成の暁には、その大尾一筆のエピローグ、ないしはその一部たるべく構想された詞章である。しかし『ファウスト』が実際に仕上がるには、なお三〇年余の歳月を要したことは周知の事実である。悲劇の第二部を展開させるモチーフ群も、この時期にはなお定まってはいなかった。それゆえ、悠々と詩想を熟成させていたかに見えるゲーテが意外に焦慮と切迫のただなかにいたことを知らしめる証左でもある。さらに『ファウスト』の構想とバラード製作との轍の重なり具合を見た後では、かかる性急な表白に、同時にバラード製作者としてのゲーテの不安定な心境のあらわれを見ることもできそうである。

(六) 北方的と聖譚的

以上は、一七九七年当時のゲーテのバラード観を、作品の外の発言によって追ってみた。こうなると、手順としても取り上げておくべきは、この辺りの問題を近年の文藝研究はどうとらえているかであろう。もとより個別研究となれば数も多く、さまざまの角度からの接近がなされているが、ここでは指標的な見解の一つとしてヴァルター・ヒンクの『ドイツ・バラード ―― ビュルガーからブレヒトまで』(一九六八年) に注目しておきたい。[20] ヒンクは、他ならぬ一七九七年当時のゲーテとシラーの詩業に立脚して、ドイツ・バラードに二種の基本概念を措定した。《北方的バラード》(nordische Ballade) と《聖譚的バラード》(legendenhafte Ballade) である。後者の聖譚はレゲンデ (Legende)、つまり聖者伝説である。

参考程度ではあれ背景にふれると、特定の文藝類型を解明する上での手法の問題がある。バラードもまた文藝類型の一つである以上、抒情詩や長編小説と同様、単にバラード、抒情詩、長編小説といった包括的な名称を相手どっているだけでは内的な固有性には到達し得ない。長編小説の場合、たとえば初期の悪漢小説、ドイツの教養小説、あるいは恋愛小説や社会小説などの素材やモチーフによる区分、さらにバロック小説や近代小説のような時代状況とかかわる区分のような下位区分を設定し、それらを関連づけることによってジャンルの法則を検討するという手法がとられる。有名なところでは、市民社会の叙事文藝としての長編小説というヘーゲルの古典的な定義などもある。バラードについても、何らかの内的な区分を設けることによって、類型全体の性格と容量が検討されてきた経緯がある。古いところでは、ドイツ・バラード史のながれをはじめて本格的にさぐった一人であるパウル・ホルツハウゼンが立てた区分は、《コミカルなロマンツェ》(komische Romanze) と《まじめなバラード》(ernste Ballade) であった[21]。前者は一七五〇年代にバラードがドイツ文壇に創作類型として登場して以来の形態を指し、後者はビュルガーによって改造されたそれ以後の形態を指す。さらに一九三六年にはヴォルフガング・カイザーの『ドイツ・バラードの歴史』[22]が刊行されて、従来の水準をはるかに超えた理解がしめされたが、そこでは細かい区分がおこなわれた。《妖精バラード》(Geisterballade)、《戦慄的バラード》Schauderballade、《自然魔術的バラード》(naturmagische Ballade)、《運命バラード》(Schicksalsballade)、《歴史物バラード》(isitorische Balladee)、《騎士バラード》(Ritterballae)、《英雄バラード》(Heldenballade)、《理念バラード》(Ideenballade) などである。これらの下位概念が交替しつつ展開した経緯と仕組みに、ドイツ・バラードの固有の容量がもとめられたのである。カイザーの区分は、ドイツ・バラードをはじめてジャンル史的に見わたして全体像を提示したことにおいて画期的であったが、下位区分が煩雑であり、それらがどこまで本質的な区分原理をもち得るかという疑問も起きさせる。もちろんそこにはカイザーの基本的な理解がからんでおり、それを明らかにするための手立てでもあったろう。しかしそれがまた問題だった。時代思潮との相乗もあったであろうが、カイザーはビュルガー以後のバラードを《ドイツ的ジャンル》と特定して、ナショナリズムを託したのである。今日から見ればそれ自体が批判の対象となるであろうが、叙述の実際はナショナリズムを割り引けば説得的であることも多い。さらに言い添えれば、ナショナリズムを併せもちながらも深みのある解釈を提示したのはマックス・コメレルであった。その『詩論』における重要項目はゲーテのバラード論で、文学理解としては高度な独自性をもつが、そこに《ドイツ性》への強い傾斜がかさなっている。のみならずコメレルの最初の重要著作は『ドイツ文学の指導者としての詩人たち』で、ゲーテやヘルダーやヘルダリーンを論じて聞かせるところがある。と同時にその初版の表紙をかざっていたのは、ナチスの党章、鉤十字《ハーケン・クロイツ》であった。タイトルにもちいられた指導者を指す《フューラー》も総統と二重写しであったと考えてよいであろう。文学には文学の領域があり、ナショナリズムや時代思潮との強い重なりの側面を示すことがあったとしてもそれによって頭から誤謬と決めつけ、また論外として捨てるのはこれまた問題である。それとともに、これらの重要な研究成果がそのままでは今日の時代には受け入れにくいのも当然である。以上は、研究史の概観とまではゆかないが、理解の便として言及したのである。

ケルン大学のゲルマニスティクの教授ヴァルター・ヒンクがバラード文藝に《北方的》と《聖譚的》の二種類の区分を設けたのも、ナショナリズムやナチズムとは違った視点から下区分を試みたものということができる。それは、《バラード的、またバラードじみた諸形態を余すところなく把握し、一つのシステムに封じこめるものではないにせよ、幅広い展開余地を保証するとともに、またこれに近しく実現され得る二種のモデル》と説明される。そしてこの二種は、バラード文藝における《マックス・ウェーバーの意味での理念型》であるとも言う。あるいはドイツ・バラードの諸作品は、その多様性と差異にもかかわらず、この二種類のモデルを設定することによって、類型そのものの基本的な性格があきらかになるとされる。その二種類のモデルの性格とは、こうである。《北方的》とは、深い霧にとざされた異教的世界であり、そこでは不気味な自然の魔力が好戦的・非妥協的に人間の前に立ちふさがり、悲劇的な結末をはらみつつ非合理的な経過をたどる。文藝史的には、ビュルガーの「レノーレ」からゲーテの「魔王」や「漁夫」、さらにアンネッテ・フォン・ドロステ＝ヒュルスホッフを経て、十九世紀から二十世紀にかけてのバラード作家ベリス・フォン・ミュンヒハウゼンの諸作品までが、このモデルによって理解可能であると言う。他方、《聖譚的》とは、ヨーロッパではキリスト教伝説のかたちで親しまれてきた種類の伝承を、広く近東や南アジアや東アジアにもとめ、この種の伝承に一般的にみられる特徴に沿った映像経過を実現するとされる。なお《聖譚》の原語は《Legende》であるから、説話や聖者伝説、と訳してもよいであろう。そうした宗教的な気圏にある語りものとしての伝説である。それゆえ、そこで中心に立つのは聖譚的・説話的人格である。すなわち、《犠牲となることを厭わず、瞑想的かつ叡智ある態度で世界と運命に対処し、神性への献身と自己に打ち克つ内的な力を見せ、愛を以て自己を犠牲にし、殉教の苦しみをになう》ことを特徴とする。殉教者伝説に取材したビュルガーの「聖王ステファン」にはじまり、ゲーテとシラーの中・後期のバラード作品を経由して、二十世紀のブレヒトのバラードまでが、この方向に位置づけられる。もちろん個々の作品が、このモデルにぴったり合うわけではないが、ドイツ・バラードの幅は、この二種類の理念型のあいだにもとめられるとしている。

こうして、カイザーがおこなったような煩雑な下位区分ではなく、理念型を措定することによってバラードという文藝類型が可能にする人間と世界との関係のあり方を指摘したのであるが、今特に注目したいのは、これら二種の理念型が二つながら一七九七年当時のゲーテとシラーの営為と語法から引き出されていることである。前者の《北方的》は、いうまでもなくビュルガーの「レノーレ」、またそれを意識しつつ成立したであろうゲーテの青年期の作品世界である。これらを指して、ゲーテ自身が《北方的》(nordisch)と呼んだことは先に見た。また《聖譚的》という言葉は、やはりゲーテが自作に《聖譚》の字句を冠していたことによる。作品「蹄鉄のバラード」のタイトルが端的に「聖譚」(*Legende*)であること、また「神と舞姫」が「神と舞姫――インドの聖譚」(*Der Gott und die Bajadere. Indische Legende*)のサブタイトルを付されていることである。またこの観点からみると、特に《聖譚》の字句をタイトルに含まない諸作品も《聖譚的》な性格を帯びる。シラーでは、「騎士トッゲンブルク」、「鉄爐への道」、「龍との戦い」、「ハプスブルク伯」などが挙げられよう。したがってバラード文藝における根源的な二つの可能性が、共にゲーテとシラーの営為に実現されており、また逆に両詩人の営為からバラードの究極の可能性を抽出することができる、というのがヒンクの論である。

この理論は、一七九七年当時のゲーテを考える上で裨益するところが少なくない。特にシラーが自己の詩的事業を理論的にも整理していたのに対してゲーテの表白がもうひとつ直截的でないことを考えると、一層その感を強くする。ところが、これで以てバラード文藝に対するゲーテの姿勢が解明できたかとなると、必ずしもそうではない。《北方的》と《聖譚的》は二種のモデルであり、それ以上ではない。ゲーテの志向が、自ら《北方的》と呼んだものからの脱却に向かっていたことは、先に見た通りである。しかしそれは、どのような仕組みをもった心の運動であったのか、詩想それぞれの構造はどうであったか、といった問題は一向あきらかではない、《北方的》から《聖譚的》への移り行きは、前者を放棄して後者に乗り換えるものであったのか、それとも両者は何らかの有機的な連関もっているのか、といった問題である。もし両者がきわめて有機的に関係していて、一人の詩人のなかで成熟していった階梯や局面のようなものであったなら、そもそもこれら二種のモデルを等価な理念型として措定できるかどうかも疑わしくならざるを得ない。少なくとも、ゲーテという一箇の詩人のなかで起きていた生きたドラマは、モデルの設定では明らかにされ得ない。

とは言え、《北方的》と《聖譚的》という二種の理念型が可能かどうかという点には、今はこれ以上立ち入らないでおく、ここには、問題関心の違いも存するからである。必ずしも截然と区分できるものではないが、ジャンル論の側から個々の創作例を配列するか、作家論の立場からジャンル詩学に接近するかという差異である。突きつめて言えば、前者は外的な徴表にしたがって一ジャンルの空中写真を作成し、後者の一人の人間が山野を跋渉する様をとらえることに主眼をおくのである。

ともあれ、今日のバラード研究に影響力をもつ一つの理論においても、一七九七年当時のゲーテの詩想は依然として死角である。ではその死角になった部分の構造は、どのようにして探ることできるであろうか。この時期のゲーテその人の発言はすでに聞いた。ゲーテの創作歴を丹念に復元したシュタイガーにあっては、当該個所は文藝史上の一奇蹟とされた。ジャンル論の視点からの接近も、その溝を埋め得ない。残っているのはただ一つのものであり、また恣意的理解や印象的発言と見られずにその一つをどうあつかうかという直前までできている。すなわち、作品を読むのである。

(七) バラード作品「聖譚(蹄鉄のバラード)」の素材と周辺

作品そのものを取り上げる前に、もう少し迂回路をたどってみたいことがらがある。作品「蹄鉄のバラード」の材料は何だったのという疑問である。ゲーテのバラード作品は、「漁夫」のような抒情性の勝ったものを除けば、ほとんどの場合、典拠ないしは材料がある。これもまたまったく個人の思いつきではない部分をもつことは充分考えられる。しかしこの点での結論を言うと、その典拠はなお完全には解明されていない。ただそれに近いところまで探索した人はいた。半世紀以上も前のことである。

探索したのは、民俗学者のヨハネス・ボルテ(Johannes Bolte)であった。二十世紀はじめの時期に活動した人であるが、今日も知られているのは、同学のゲオルク・ポリーフカと共にグリム兄弟の『子供と家庭の昔話集』に民俗学の観点から注解をほどこした『グリム兄弟の昔話への注解』の故である。したがって昔話に長じた学究であった。そして、ゲーテの「蹄鉄のバラード」に典拠については、世紀の転換期をはさんで都合三篇の小報告を残した。

先ず『ゲーテ年鑑』第三巻（一八九九年）に載った報告である[23]。これによると、一八八四年に刊行されたイウヘニオ・デ・オリヴィア・イ・ファルテの『マドリッドのフォークロア』のなかに「サクランボ」と題する民話が収録されており、またまったく異なった地域であるシレジアにも類話が伝わっている。両者ともに、筋の運びはゲーテの小品とほぼ同一である。マドリッドの伝承を挙げる。

サクランボ

キリストと聖ペテロが世界をめぐっておられた頃のこと、ある日、二人は大変つかれておられた。猛烈な暑さで、行けども行けども水嚢から水を分けてくれる人はなく、滔々と流れる小川にも行きあたらなかった。そしてひたすら歩んで行かれたが、先を歩いておられた主は、ふと地面に蹄鉄を見つけると、弟子を振り返ってこう言われた。《ペテロよ、蹄鉄を拾って、しまっておきなさい》。けれどもペテロは、このとき大そう不機嫌でしたので、あらがって答えました。《そんな鉄くずをひろっても、却って疲れるだけです。先生、放っておきましょう》。

キリストは、日頃の物腰通りに、それ以上諍うことはされず、自分でかがんで拾われると、ポケットにしまわれた。そして二人は、黙々と道をたどってゆかれた。（以下、蹄鉄とサクランボが交換されて、ゲーテの作品と同じような話の運びになる）

これらの民譚を紹介しつつ、ヨハネス・ボルテは、次のように考えた。すなわちマドリッドとシレジアで記録された二つの同じ譚はゲーテの作品に胚胎するもので、たしかな経路は不明ながら、それぞれの地域に縁のある知識人がゲーテを自国に移植したのであろう、というのである。この推論は決して不当ではない。ゲーテの作品、殊に青年期の詩作品には、素朴な民謡調や、さらに民俗情念を盛り込んだものがあり、そのためゲーテの手になったことが忘れられて民間に流布した事例もみられるのである。初期の《ゼーゼンハイムの詩歌》群のなかの一つ、「かわいい花、小さな葉」(**Kleine Blumen, Kleine Blätter**『バラを描いたリボンに添えて』*"Mit einem gemalten Band"*)が後年、民間で採集されたことは、早くエーリッヒ・シュミットが報告している。[24] また有名なセルビアの伝承歌謡「アサン・アガ夫人への哀歌」(*Klanggesang von der edlen Frauen des Asan Agas* 初行 **Was ist Weißes dort am Grünen Walde?**)は、原詩が消滅したにもかかわらず、ゲーテのドイツ語訳をもとに、セルヴィアの国民文学の父と称されるヴーク・カラジッチがセルヴォ・クロアート語に訳しもどしたものが、今日にいたるまで同国の貴重な歌謡遺産とされている。[25] こういう事例を考え併せると、ヨハネス・ボルテの最初の推論は、資料との関係ではむしろ素直な理解であったろう。

次いでボルテは、一九〇〇年の『ゲーテ年鑑』で、再度、ゲーテの小品の典拠を報告した。[26] それはベルギーのリエージュの近郊、メーレン、ガリシア、ハンガリーの四地域で発見されたほぼ類似の伝承である。最初のベルギーの詩人ブリューデンス・ヴァン・ドイゼ(**Prudens van Duyse**)の物語詩集(一八四八年ブリュッセル刊)所収のフラマン語の歌謡で、四行詩節全十五節の作品、またリエージュ近郊で採集され、地元の雑誌に報告された(一八九三年)ものはフランス語の民話である。

ガリシアのものもやはり民話の形態であるが、これは民俗学者ポリーフカが同地方でみずから採集して、発表した(一八九三年)もので、ポーランド語である。

メーレン（モラヴィア）で発見された伝承も民話である。そのヴァージョンでは、道に落ちていたのは蹄鉄ではなく、一ヘラー硬貨であり。キリストが交換した果物はスモモになっている。

ハンガリーで採集され、民俗学の地方誌に紹介された（一八九七年）伝承も民話の形態をとる。ただし路上での見つけ物は十字架である。そして失念の振りをしてサクランボを落とし、ペテロに全部食べさせた後で、キリストはこう言う。《十字架をよろこばない者は、二度とそれを手にいれることはないぞ》。また炎天のモチーフは見えず、全体に教会色がつよい。

ボルテは、諸誌に紹介されたこれらの事例を総合的に判断して、ひとつの推論をおこなった。先にスペインとシレジアの伝承を紹介したときは、それらがゲーテ作品の影響下に成り立ったと見ていたが、このときはじめて、各地の民話はゲーテの作品とは無関係に伝承されてきたのではないかと考えるにいたった。むしろゲーテの作品も、民間におこなわれていた同種の伝承に取材したのではないかと推測したのである。しかしいずれの事例も十九世紀後半以降の採集であり、民話の性格上、古態の延命の可能性はあるが、ゲーテ以前にさかのぼらせるには決め手を欠いていた。

その後、一九二六年になって、ボルテはもう一度、蹄鉄の口碑を三種類報告した[27]。うちに二つは、イタリアのカプリの民話（一九一一年）とハンガリーの民話（一九一五年）で、二十世紀にはいってからの採集である。そしてこれらと並んで、ボルテは一つの古文献を紹介した。十七世紀初めのドレスデンの宮廷牧師ヨーハン・リュステニウスの説教譚集『甘美な花園』(Johann Lysthenius, *Liebliche & Liebliches Lustgärtlein, voller herrlicher, schöner und nützlicher Gleich- und Bildnisse.* Leipzig 1631）である。この書物は一六三一年にライプツィヒで刊行されている。したがってここにようやくゲーテ以前と確定できる同種の譚が発見された。それは次のようである。

昔の人たちがつくられた譚に、こういうのがあります。主キリストと聖ペテロが歩いておいでのとき、一ペニヒのお金が見つかりました。それを拾いなさい、と主はペテロに命じなされた。ところがペテロは、馬鹿にして拾おうとはせなんだものじゃから、主は自分でお取りになり、これで梨を十二個お買いなされた。そして梨を、順番に落としてゆかれました。それをペテロは全部ひろいました。それから主は、ペテロを叱って、こう言われました。《はじめに一ペニヒに腰をかがめようとはせなんだために、お前は、梨を十二回も拾うことになったのだよ》。

この譚の意味は、貧しい者も、富んだ者も、満足することを知りなさいということです。ささいなことに学ばない者は、もっと失うことになります。蠟が煉瓦になろうとしても、溶けてしまうだけです。ですから、誰しも、自分の職を大切にして、分に合わないことに慾を出してはいけません。

この譚には蹄鉄もサクランボも出てこないが、ゲーテのバラード作品と大筋で一致している。この説教譚そのものがオリジナルな創作ではなく、当時流布されていた何らかの素材を取りこんだものであったろうことは、喩え話と教訓とが必ずしも融合していないことからも推測される。逆に言えば、最後に取ってつけたように職業への邁進が説かれることには、ここでの課題である文学作品の理解とは別の面で注目すべき要素でもある。この説教集はプロテスタント教会の牧師によってまとめられており、その職業倫理をうながす体の説諭は、あたかもマックス・ウェーバーの『プロテスタンティズムの倫理と資本主義の精神』を補強するかのような資料でもある。もっとも、宗教改革以後に労働規律や勤勉を説いたのはプロテスタント教会系に限られず、カトリック教会の司牧者もその姿勢において劣らなかったとの研究もおこなわれているが[28]、その問題にはここでは立ち入らない。ともあれ、ゲーテ作品がどの辺りに取材して成り立ったか、おおよその背景が分かってきたのである。

以上は、ヨハネス・ボルテの努力を紹介したのであるが、綿密な跡づけにはなり得べくもないが、折角ここまで来たのなら、これをもとにもう少し幅を広げて考えておきたいことがらがある。蹄鉄譚やその変形のような話類は、西ヨーロッパの言語的伝統のなかでどのあたりに位置づければよいかという問題である。別の面から見れば、その種の民譚に接することで、ゲーテがいかなる性格の言語的分野と取り組みはじめていたかを問うことにもなる。

自覚的な歴史記述でもなく、意識的な文学作品でもないような語りものは、大別して四つに分けることができる。神話（Myhtos）、伝説（Sage）、昔話（Märchen）、聖譚（Legende 聖者伝説）である。神話は、自然力や社会生活の基本的な特徴を神的な人格として造形し、始原的な宗教の内実をかたちづくる。したがって多くは、古代の人々などの生活規範となっていた共同観念であり、全体として体系的な世界観となっている。神話は一面では詩的な想像力の産物としてすこぶる多彩かつ無縫であるが、個的な詩的想像力たる詩人性とは対立的である。伝説は、しばしば自然法則への伝承的な対応方法や社会的禁忌をふくみ、神話との相乗が見えるが、神話にくらべて断片的であり、一社会の精神生活の体系的表現ではない。しかしその社会に優勢な言語的脈絡とは異なる魔術的な事物連関をにない、人間と事物とを、理性では割り切れない奥深い共感でつなぎわたす。昔話は伝説とは一部では重なるが、虚構の自覚があり、展開力もゆたかである。文藝以前の文藝と言ってもよい面があり、生活者の想像力に幅広い表現可能性を保証している。しかしその広大な可能性も、生活者という人間の存在様式を離脱することはできず、まったき自我表現への道を自ら閉ざしている。聖譚《レゲンデ》は、当該社会に支配的な成立宗教の存在を前提にした語り物である。人間の宗教生活を縦横に走っている言語伝承ということでは、神話と近似した性格をもつが、神話が古代人の宗教生活にとって一次的な価値をもったのに対して、聖譚は、成立宗教の価値根拠たる経典に従属し、それ自身のなかに究極の根拠を有しない。要するに、成立宗教の民衆信心に照応する。民衆信心が高次宗教の現実形態そのものでありながら、救済理念を内部からつくり出すのではなく、外在者の来臨を待ちのぞむのに合わせて、聖譚も、語りものとしての決着と完結の実現を、外部の超越的な力に仰ぐ。殉教者伝説から諸聖人の奇蹟譚にいたる多様な種類の聖譚が、奔放な想像世界にもかかわらず、今日の意味での文藝作品とどこかそぐわないのは、詩人性と詩的因果性のかかる不足のゆえである。

（八）流浪する神――死せる犬の歌を比較しつつ

ところで今注目したいのは、蹄鉄譚やその変形の映像的な特質である。これらは古形では初期バロックの説教としてあらわれ、以後は民話であるが、いずれも機知ある教訓によって点眼され、論理的決着を得ている。しかしその論理的終結の重みはそれほど際立ったものではない。構図のなかで特に生彩を放つのは、キリストと使徒との巡遊の映像である。これがゲーテを惹きつけたことは想像に難くない。『蹄鉄のバラード』と同年につくられた、より規模の大きいバラード「神と舞姫」とつくり上げているモチーフも、やはり《流浪する神》であった。後にブレヒトが、「神と舞姫」からこのモチーフを換骨奪胎して『セチュアンの善人』を構想したことも、ドイツ文学史上のよく知られた一齣である。

ゲーテが、民譚において何よりもこの流浪する神に惹かれたと推測させるものとして、ゲーテのもう一つの大作にふれなければならない。『西東詩集』である。一八一四年から書きはじめられ、一八一九年に初版が出たこの連作詩集は、老ゲーテの詩業の一大結晶としてつとに名高いが、この詩集はまた「よりよき理解のための注解と論考」なる論集を併載している。大部分は一八一六年から一八一八年にかけて執筆されたが、実質的にはむしろ詩集の刊行を念頭においた上での整理であり、それ以前からゲーテが長年にわたって構築してきた一連の思索を土台にしている。この論集に、一七九七年当時にさかのぼる一論攷が入っている。「荒野のイスラエル族」がそれであり、日記の記載からは、一七九七年四月九日から五月二九日にわたって書かれたことが判明する[29]。モーセの五書に依拠して、イスラエルの民が預言者モーセに率いられて四〇年間荒野をさまよった事件について、流浪民の宿泊地の地理的照応に想いをいたし、またモーセをはじめ数人のリーダーたちの行動と心理について独自に解釈を試みている。その詳細には立ち入らないが、流浪する群衆と宗教者の姿が、当時のゲーテにとって一つのテーマであったとみることはできよう。

a ペルシアの寓話詩

また時間的にははるかに下るが、同じく「注解と論考」でゲーテがドイツ語への移植を試みたペルシアの古い寓話詩も、類似の形象の流れに位置づけることができる。ちなみにイエススは、イスラームにおいても預言者の一人であり、ムハンマドの前任者とされる。

主イエススは
ある日、市場を過ぎ

路上、一匹の犬の屍が
人家の戸口に棄てられていた
まわりには人だかりができ
死肉に禿鷹が群れるごとくであった。
一人が言った、《悪臭で
脳味噌がつぶれそうだ》。
また一人が言った、《分かり切っている
墓場の滓は不幸を招く》。
かく各人各様の歌で
死んだ犬を罵った。
さてイエスの番となるや
非難せず、慈愛深く
やさしく、こう言われた
《歯は真珠のように白い》
この言葉は、周囲の者を
焼いた貝殻のごとく熱くした。

中世ペルシアの詩人ネザーミー（一一四一頃〜一二〇九または一二〇三年）の詩をハンマー＝プルクシュタルが

ドイツ語に訳し、それをもとに再度ゲーテがドイツ語に翻訳したものである。[30] 最後の二行は、オリエントの風物を身近にして魅力的だが、ハンマーの誤訳のしこりを引き継いでいるとも言われる。『西東詩集』構想時の訳業ではあるものの、ゲーテをとらえた形象の種類がうかがえて鮮やかである。

b ゴールドスミスの「狂犬への哀歌」

もっともこれは、何重もの意味で言えそうである。と言うのは、時空を隔てたペルシアの事例を強調したゲーテだったが、実は創作活動の最初期から、これに近似した歌を知っていたのである。若きゲーテの前に長編小説《ロマーン》の模範として現れたオリヴァー・ゴールドスミスの『ウェイクフィールドの牧師』のなかに、同じモチーフのバラードが入っている（同書 第十七章）。タイトルもそのものずばり、「死んだ狂犬への哀歌」(*An Elegy on the Death of a Mad Dog*) と言う。

お集まりの皆の衆
これなる歌をお聞きあれ
所詮みじかき歌ひもの
さほどお手間は取らせまじ。

イズリントンに男あり
世間の噂する通り

その者祈り挙ぐる様
まこと信心深げなり。

心やさしき男にて
敵も味方もへだてなく
おのれが服を着るときは
服なき人に着せたるぞ。

町に一匹犬ゐたり
もとより犬は数知れず
獵犬、雑種、子犬まで
犬畜生の性《さが》ぞろい。

仲間のはずのその犬に
やがて起きたる一騒ぎ
何か恨みか狂つたか
犬は男に噛みつけり。

あまた寄り来て人だかり
肝をつぶして言ひ合ふは
まさしく犬は狂犬病
かかる良き人嚙みたるは。

まこと痛まし辛かろう
クリスチャンなら分かること
皆で狂犬ののしりて
男の末期《まつご》覚悟せり。

たちまち起こるその奇蹟
大間違ひは皆の方
嚙まれた男生き延びて
嚙んだ犬こそ死にゆけり。

ゲーテはこれを知悉しながら、モチーフに重なりのある中世ペルシアの歌の翻訳のかたちで、その素材を活用した。『西東詩集』に結実することになる詩想に後世のオリエンタリズムの兆しを嗅ぎつけるのはたやすい。もっとも、その時期は、ヨーロッパ列強の中東への侵略にはなお間があり、オスマン=トルコ帝国からのギリシアの独立もようやくゲーテの最晩年であった。むしろ、柔軟かつ多面的であったゲーテの思索が伸びていった様子を見る方が事の本質にふれていそうである。ゲーテの関心は、中東イスラーム圏に限定されたものではなく、《バラードの年》には「インドの聖譚」のサブタイトルのついた「神と舞姫」をも創っている。指標的な研究の一つが、《聖譚的》の概念を措定したのは、（ドイツ人の論作ではそうした体裁がしばしば様式化しているように）重要概念を表に立てながらその拠って来たる基底への考察を欠く憾みはあるものの、実情に触れてはいよう。さらに聖譚と最も密接な人間種をもとめれば、それは民衆になるだろう。となると、そこでの神的な存在のあり方への関心がはたらいても不思議ではない。ドイツ民俗学のなかには、ゲーテを宗教民俗学のはるかな先行者とみなしてよいとの見方もあったりする。それは決して奇異ではなく、ゲーテはキリスト教と教会の伝統に立ちつつも、我とわが手で枷や関門もかまえることなく、宗教をめぐる諸現象と諸問題への関心を逞しくした。プロテスタン教会圏に成長した人として、ピエティズムの最先端の動向や、神の観念をめぐる啓蒙主義者たちの議論に興味を寄せたのはまだしも、その時代をゆるがせたイエズス会の解散（後に再開された）を深刻に受けとめ、また一度などはカトリック教会の礼拝堂に絵馬を奉納までした（口絵5参照）。そしてここでも、ゲーテの自由な思索がうかがえそうである。しかし自由な造形の冒険は、それは切実ではなかったことを意味するわけではない。大きく見れば、民の歌心（Volkspoesie）との取り組みという、ゲーテの創作のライトモチーフにつながっていたであろう。その一つのよりどころとして、流浪する神のイメージにゲーテが関心を寄せたという脈絡があっても不思議ではない。青年期からあれほど模範として言及してきたゴールドスミスではなく、同じモチーフのペルシアの古詩に惹かれたのは、そのあたりに因由があったのかも知れない。別の面から見ると、そこには西洋文化の正面の諸相からは少しずれのある要素がかかわっている。

神が流浪し、叡智ある言葉で人の世の雑踏を精機づけるという構図には、何か底力のようなものがひそんでいる。と共に、逆に、安直で深みのない平凡さも同居している。ではその種の映像は、西洋ではどの辺りに見ることができるであろうか。先に、ヨハネス・ボルテが類話の探索に苦労したことを紹介した。名だたる民俗研究家がそうであった以上、同趣向の口碑は簡単には見つけ出せまい。ところが少し視点を変えてみると、「蹄鉄のバラード」とかさなるような言葉の術は西ヨーロッパでは古くから行なわれてきたのであった。それも生活のまっただ中においてである。

（九）　生活のなかに訪れる超越者の姿——まじないの世界

西洋文化についての私たちの知識の範囲に未だくわしく入っているとは思えないが教会文化と日常生活が接するあたりに《呪詞》という言語形式がある。ひらたく言えばまじないで、生活のなかで人々が出逢う日常茶飯な雑難事や災厄を除去するための言葉である。[31] ドイツ語では Segen や Spruch と呼ばれ、また学術的には Besprechung, Beschwörung, Zauberspruch などと称される。この呪詞なるものは、各人がその都度考案して言いだすのではなく、昔から伝わっている様式に従って唱える。文献的に確認されるところでは、十世紀以前のラテン語詞章につづいて、中世半ばからは種々の国民語の詞章の発達があり、さらに中世末期になると、生活の各局面で唱える呪詞の手引書のようなものも普及するようになった。そのなかでは『エジプトの秘術』や『モーゼの第六と第七の書』といったものが知られている。前者は十三世紀の神学者アルベルトゥス・マグヌスに仮託してつくられ、後者は旧約聖書の逸本のような体裁をよそおって現れたが、どちらもそのタイトルで近世・近代を通じて何度も改版がおこなわれてきた。[32] もとより古典の翻刻のような厳密さはまるでなく、同じ書名のもとに、その時代その時代の呪詞をあつめ、唱誦を勧めているのである。したがって時代的な異同をふくむが、基本的な形式では古くからの特徴がたもたれている。最も著しい点は、呪詞が、神的な存在をめぐる小さなドラマのかたちをとることである。教会文化が生活の生活感情にまで浸透していなかった時代には、ゲルマン神話の諸神が祈願の文言に現れたらしく、いわゆる「メルゼブルクの呪詞」[33]がその片鱗として知られている。しかしその延命や継続を強調するのは当たらないであろう。現存する大多数の呪詞は教会文化と日常生活との交流において成り立ったものであり、キリスト教の民衆信心、すなわち学術用語では Volksfrömmigkeit と呼ばれる分野の一齣となっている。

一例を挙げると、古典的な呪詞の一つに《ヨルダン呪詞》(Jordansegen) と呼ばれるグループがある。[34] 止血を願って発せられるまじないで、古形では九世紀頃のラテン語呪詞が知られている。国民語の詞章もラテン語からの翻訳形が流布したものである。最古の事例の一つは十二世紀頃にさかのぼるとみられている。参考としてそれを挙げる。[35]

キリストとヨハネが
ヨルダン川へ行かれた
そこでキリストが言われた
《ヨルダン川よ、止まれ
私とヨハネがお前を渡り終えるまで》
するとヨルダン川はとまった

かく、某の血も止まるがよい。

このヨルダン呪詞は、詞章を多少変えたかたちで、十九、二十世紀までドイツ人のあいだに行なわれてきた。またキリストと共に登場するのはヨハネだけではなく、ペテロも頻繁である。十五世紀に遡るともされる一例を挙げる。(36)

キリストがペテロを連れてヨルダン川を渡り
杖をヨルダン川に投げて、言われた
《止まれ、森のごとく、壁のごとく》
かく、血の流れも止まるがよい
森のごとく、壁のごとく。

簡単に背景にふれると、キリストがヨルダン川の水を止めるという構図は、素地には旧約聖書の「出エジプト記」で、モーセが紅海を割ったという有名な場面の影響があったようである。ともあれ止血を願う呪詞の一端を紹介したが、ペテロが登場するのはヨルダン呪詞だけではない。

聖ペテロは使徒のなかの頭（Apostelfürst）であり、救世主の負託にこたえてローマ教会を創始したとされるため、その崇敬はローマ教会に発展とともに西ヨーロッパ全域に広く浸透した。ちなみにローマ教会の高位聖職者が使徒ペテロの衣鉢を継ぐ性格を有することは、パリウム発給の慣習からも知られる。パリウム（pallium 典礼用

祭服の一部　肩帯）は、職階とその権能の象徴としてローマ教皇から、本来、首都大主教（metropollitanus）に、下っては司教にも授けられるようになったが、中世を通じて、下賜するに先だって地下の使徒ペテロの墓上に垂らして霊力を分与される風習が成立した[37]。

しかし使徒ペテロは、キリスト教会の権威の象徴としてばかり記憶せられてきたのではない。福音書には、ペテロは善良で一本気な情熱家として随所に活写されており、この原像はその後の民衆信心の展開のなかでもペテロ像の祖形になった。すでに中世末期には、使徒ペテロは、愛すべき性格をもって親しまれていた聖者であった。ともかくこういう背景もはたらいて、使徒ペテロは、民衆信心圏に属する言語的映像として一般的であった。呪詞の分野でも聖ペテロが霊力をもって登場する割合は、キリスト、聖母マリアと並んで高い。またキリストと聖ペテロとの会話によって構成された詞章も少なくない[38]。その場合、聖ペテロは実直な助演者としての役割であるが、初代ローマ司教として教権の始祖たる以上に新約の世界に近いことには安堵させるものがある。かくして《神が聖ペテロを連れて／道を歩いていた……》(Es ging Gott und St.Peter / Auf dem Wege, Pfad.....)、あるいは《聖者ペテロと救世主が／弟子と共に野を越えていった……》(Es ginge sant Peter und der hailand / Mit ain ander wallen über landt .....）で始まる呪詞はかなり多い。形象の形態では、神格や霊的な存在が《野を越えていった》、また《畑を行った》(über den Acker gehen）と唱えるのが、呪詞の基本的な様式となっている。被厄に泣く者が救世主に訪なわれる構図も多いが、変形の一つであろう。次はその事例である。歯痛に苦しむときに発せられるまじないである[39]。

聖ペテロが岩上に坐り

手で頬をかかえていた
そこへ主が来たりて、ペテロに言われた
《ペテロよ、どうした》
ペテロは答えた
《主よ、虫どもが私の歯に穴を掘りました》
主は言われた
《お前の歯のために祈ってやる
父と子と聖霊の名においてペテロの歯に虫どもが、ペテロの歯に
穴を掘る力をもたないように》

同じく、熱に苦しむときの呪詞である。(40)

ペテロがエルサレムの市門の前に臥せっていた
そこへイエスが入ってこられた
イエスは言われた
《ペテロよ、どうしてここに寝ている》
ペテロは答えた
《主よ、私は臥せっております。熱があるのです》

イエスは言われた
《ペテロよ、起きて、そしてついてこい
熱はお前をはなれた》
イエスはさらに言われた
《ペテロよ、他に私にのぞむことがあるか》
《主よ、されば私めの望みは
この魔法の言葉を唱える者は、誰であれ
七十七度まで熱病を免れさせてやりたいのです》
イエスは言われた
《そうあるがよい
ペテロはのぞみ、かつ信じたのだから》。

ペテロが岩上に坐っていたとのイメージは、ペテロの名前が巌と通じること、ならびそれを活かした言いまわしによってペテロに教会の首位権が授けられたこと(「マタイ伝」十六章十六〜十九)などにもとづく。キリストとペテロの対話によるこれらのまじないは、ドイツ語圏だけでなく、キリスト文化圏の一部として西ヨーロッパ全域に広く分布している。イギリス人やフランス人も生活に点滅する小災厄に対して、

Peter sat on a marble sone

As Sant Peter sat at the gates of Jerusalem

Peire a prouve St. Pierre etait

Assis dera la porte de Jerusalem

で始まる文言を口にしていたようである。

以上は、まじないという西ヨーロッパの人々の、すくなくとも伝統的な生活のなかではありふれていたが、私たちの西欧像では未消化な分野に簡単に眼を走らせた。この種の詞章が、その短章形式にもかかわらずその形成には教会文化という大きな歴史を背景にしており、しかし意義においては生活者の実感をになって非歴史的という二重性が納得されればよかったのである。同時に、今問題にしているような言語的映像が西ヨーロッパの文化的風土に親しいことが了解されればよかったのである。伝承的な神格が霊力を帯びて彷徨する映像が西ヨーロッパの人々の生活のなかに位置していた構造には、文化の仕組みからは複雑な面もある。またそれが日常生活に位置しているとなれば、その映像は発育不全であるほかなかったというのも生活文化を構成する要素の宿命でもある。

さらに言い添えれば、ここで挙げた呪詞に注目したからとて、それがゲーテの詩作の直接の素地として因果関係をもつかどうかは定かではない。ゲーテ研究という枠組みであれば、ドイツ人のゲルマニストがそれを指摘しない限り、直接的な照応関係に言及するのは留保するしかない。しかし、この作品に接したとき、乏しい知識ながらドイツ語のまじないの類に似たようなものがあることに思いあたったのである。あるいは、ドイツ語の種々の歌謡集、特に歴史的な作品の大部の収集、たとえばフィリップ・ヴァッカーナーゲルの編集になる五巻などをつぶさに見てゆけば、ここで呪詞のかたちでぶつかったような形象に行きあたるのではないかとも思えるが、今回はその手間を省いた。むしろここで言い添えたいのは、民衆文化のさまざまな局面について民俗学が蓄積してきた知見が間接的ではあれ文藝作品の理解に資する場合があるのではないか、という視点である。とりわけ民衆存在と接する言語表出には、文学と見るには無理なものもある。とすれば、そうした種類とのかかわりを意図した作品などでは、その辺りの論理をときほぐす必要があるのではなかろうか、と思えるのである。

(十) 考察——民衆的素材の文学化

一七九七年のゲーテのバラードを読んで、幾つかの方面を探ってみた。この年の『詩神年鑑』にバラードという類型の文学作品が集中してあらわれたこと、それを実現したゲーテとシラーの両詩人の営為がドイツ文学史にもつ意味を先ず概観した。次いでシラーのバラード観を、実例を紹介しつつ取りあげた。つづいて、その頃のゲーテの詩想のあり方を、作品以外の資料によっても考えてみた。さらにバラードという文藝形式の表現領域について、近年の文藝研究が何を明らかにしたかにも多少眼を走らせた。最後に、問題を考える上で直接の検討材料とした作品「蹄鉄のバラード」について、文化史的な背景にも注目した。これらの操作を通じて、はじめに提起した課題に、ある程度の解答をあたえることができる。課題は次の二点であった。

①一七九七年にゲーテがバラードの形式による創作を再開したとき、それはいかなる性格を持っていたか。

②一七九七年にゲーテがバラードの製作は、この文藝類型を従来のそれとは異なる階梯に引き上げる意図に支えられていたが、そこでのゲーテの新機軸は、この文藝類型に固有の素材や対象とどのような必然性をもっていたか、言い換えれば、素材のどの側面にゲーテは展開の契機を見たか。

以上の問題を解くために、同時期の諸作品から特に「蹄鉄の伝説」なる小品を選んで、いささか不釣り合いになることを承知の上で検討を加えた。そしてその結果であるが、一応の手続きを踏んだわけであるから、比較的無理なく推論を進めることができる。

一七九七年のゲーテのバラード作品の性格は、その頃ゲーテが書簡その他で表明していていた詩想状況と重なっている。人格の統一性から言えば当然であるが、従来、意外に考慮されることがなかった。バラードという文藝類型に何らかの改造をほどこそうとする当時ドイツの文壇においてようやく一般的になろうしていた問題意識であるが、ゲーテの場合、それはただバラードだけの問題ではなかった。それは『ファウスト』の構想とも密接に関係していた。『ファウスト』に言及するとなれば、それ自体きわめて多面的な問題に拡散してしまいかねないが、ここでは一つだけを挙げよう。ファウストは民間伝承であった(民間伝承という概念の多義性にはここでは踏み込まない)。バラードの素材もまたそうであった。民間の伝承的な素材を一個の詩人としていかに文学化するか、という課題である。言い換えれば、民間伝承は民衆のあいだに存在し、片や、文学は個性の営為である。それゆえ極端化すれば、共同体と個体、生活世界と文学世界の絡み合いである。それを如何に解決するか、という課題である。

もう一度『ファウスト』にふれると、(いずれ改めて取り上げる機会もあろうが)ファウスト伝承は、民衆本フアウストや、クリストファー・マーロウの先行作品などの文藝伝統においてのみ存在するのではなかった。民衆演劇もそうであるが、またそれが伝承形態の下限でもなかった。それは《悪魔との契約者》というより広い民間の想念とかさなり、したがって一部で民衆信心の世界にも広がっていた。今日、民俗学の分野で《ファウストの磔刑像》(Faust-Kruzifix) と呼ばれているファウスト伝説とキリスト受難への崇敬の相乗も生きていた。そのカトリック教会圏の動向をもゲーテは知っていた節があるが、それはさておき民衆劇としてのファウストに限定しても、それは民衆の情念へ延びてゆく素材であった。これを民衆的素材とでも言うなら、それを文学とするとはいかなる作業か、という課題となる。ゲーテが見ていたのは、おそらくこの課題であった。

しかしそれを直截に明かす明白な証拠、たとえばその事情を伝えるような理路整然とした本人の表白があるわけではない。むしろ材料は文学的な営為そのものであろう。その点で注目すべきは、ゲーテ自身の自己評である。ほぼ同時期のものと言ってよいが(また同時期にこだわる必要もないことだが)、一七九八年五月十二日付けのシラー宛の手紙のなかで、直接にはそのとき取り組んでいた『魔笛』の続行にちなんで、ゲーテは自己の資質を語っている(41)。

私は実作によってのみ考えることができるのですから…… (nur handelnd denken können)

ところが「蹄鉄のバラード」を締めくくる教訓である。些事を粗末にするな、手近なところに努力の対象をもとめよ、小さな機会に天恵を見よ、その他どのように教訓を引き出してもよいが、これらはいずれも等閑に付されるべきではないが、さりとてありふれた人生訓にすぎない。ゲーテの同時代人が、この作品をまじめなものとは見ず、むしろ民間の語りものに対するゲーテの悪意と嘲笑を読みとっていたらしいのも、締めくくりの教訓の馬鹿々々しさ故であったろう。実際、それはことがらの一面を突いていたと言える。教訓は、映像を統合できる命題ではあり得ない。映像と命題がバランスを保たないのである。それを伝えるケルナーのシラー宛の手紙の一節である。

ゲーテの「聖譚《レゲンデ》」(＝「蹄鉄のバラード」) は、ヘルダーの本に散見される聖譚類に触発されでもしたのでしょうか？ ヘルダーはその固有の声調を見誤り、陰鬱な感じを追求して、聖譚《レゲンデ》の真の性状が快活にもナイーヴであることを忘れてしまいました。その点、ゲーテは、この種類を試みるのを楽しむことができたようです。しかしまた多くの人たちから、この詩が何か嘲笑的なものでもあるかのような誤解を受けています。聖譚《レゲンデ》のなかには偉大な無邪気を呈するものもみられ、それらにおいては真率な磊落があるものですが、それに気づく人はめったにいません。素材に気を取られるあまり、そうした声調に共にできる人は本当に少ないのです。それはやはり難しい課題でしょうけれど、特に若やいだ軽妙と言えるものによって幸福な解決を得ています。

ここまで成功したものと見てよいかどうかはともかく、ゲーテが民衆的素材のもつ素朴や楽天性の側面でまとめることに成功したのを認識したとは言えるだろう。それはおそらくゲーテが民衆にみとめた性状ともつながっていた。ゲーテは、民衆的素材とかかわるとき、そこに陰鬱ではなく明朗快活であることを期待したところがある。『ファウスト』、また『ウル・ファウスト』の段階ですでに入っていた「市門の前」の場面では、復活祭を祝う

民衆の姿を、ゲーテはこう描いた。(43)

……辺りはまだ花咲くのには早いが
代わって、太陽は晴れ着の人間たちを誘い出す
身をひるがえして、この丘から
町を振り返るがよい
小暗い窮屈な市門を抜けて人の波が繰り出してくる
……
山肌に見え隠れする遠い小道にすら
鮮やかに着飾った人々の輝きが見てとれる
耳には早や、村人の賑わいが聞こえてくる
ここは民衆の天国ではないか。
大人も子供も至極満足して、歓声をあげている
ここでこそ私も人間だ、人間でいられるのだ。

ケルナーの言う《幸福な解決》と照らし合うと言ってもよい場面であるが、しかもそれはゲーテの実際行動となることすらあった。なお、その辺りの事情を伝えるものに、イタリア紀行の一齣がある。

一七八七年五月半ば、ゲーテはシチリア島からナポリへ引き返した。しかしその小船での航行は初夏の行楽ど

ころではなかったらしい。風向きは悪く、船はたえず押し流され、とうとうカプリ島の岩礁で難破しそうになった。大勢の乗客は運命を呪って騒ぎたてた。ゲーテは黙っておれず、乗客たちに向かって、喧騒や叫喚は混乱を増幅させるばかりで、事態の改善にはならない、として、声を高めてこう言った。

皆さん、冷静になって下さい。皆さんの切なる祈りを聖母さまに向けて唱えなさい。聖母さまが御自分の息子にとりなして下さるかどうかは、聖母さま次第なのですから。

これを《説教》と言ったのは、「ゲーテと巡礼慣習」を考察した民俗学者レーオポルト・シュミットであったが[44]、事実、それは《信心深いナポリの人たちに現実に効果を及ぼした。人々は、ゲーテに向かってこういった》。

オオ、バルラームよ

《ゲーテを、民衆本で知っている知恵ある言葉を吐く聖者さながらとみなしたのである。そして熱心に祈りはじめ、また水夫たちもようやく船を岩礁から離すことに成功した。やがて再び帆が張られ、船は無事にナポリの港へはいった》。事態が生死にかかわる危機であったかどうかは定かではなく、おそらくそこまではなかったのであろう。イタリア人の乗客たちは、もっともらしい説教を思わせる声を挙げた外国人同乗者の機知と機転を喜んで喝采で報いたということではなかった。間合いをはかってそうした一場をつくることができたゲーテであり、またそれが資質でもあったのであろう。

バラード「蹄鉄のバラード」にも、イタリア紀行から読みとれるとっさの、いわば瞬間藝と通じるものがある。それはまた、ことがらの半面をつかまえということであり、その自覚でもあったろう。すなわち、素材が持っている底しれぬ何ものかを一先ず棄てたのである。それはシラーの作品づくりと比較すればよく分かる。

先にみたシラーの作品では、《神を懼れよ》なる普遍的な命題ないしは理念のもとにモチーフと視覚的な事象経過が参画させられていた。映像は理念をささえ、理念は映像を照らし出して破綻がない。すべてが過不足ないのである。ゲーテの作品には、そうした遺漏無き照応関係は欠如している。一先ずここでまとめた、という側面が見えて来る。ケルナーが伝える同時代人たちの《誤解》も、抒情詩や小説におけるような素材と創作理念との渾然として融合がここには欠けているということでは、ことがらにふれあってはいたのである。つまり、逆に言えば、ゲーテは民衆的・伝承的な素材の容量をよく知っていた。それを十全に活かすことも考えてはいたであろうが、一先ずまとめたのである。

しかもそれは、当の詩人自身、あるいはこの年に競作あるいは共作の関係に立った両詩人の自覚するところでもあった。先にみたように、シラーがゲーテのバラードへの取り組みを《外在的なものを詩作する……手すさび》と感じとり、ゲーテがシラーの営為を指して《彼は、この文藝形態にどの点から見ても私より適している》と記した論評は、おそろしいほど事の妙を言い当てている。おそらくシラーが評した意味を超えて、民衆的素材は、(文学史的に見て)この時期のドイツ文学にとって外在的であった。それが外在的でなくなるのは、次のロマン派の詩人たちの営為、そのゲーテやシラーとは違った立ち位置を待たねばならなかった。(45)

最後に二つの点を言い添えておきたい。一つは、ゲーテには民衆的素材の容量をよく測っていたことにふれたが、そうであれがそれは十分に活かされることがあったと見なければならない。実際、それは現実となったのである。決して一作だけではないが、『ファウスト』の完成はその最大のものであった。のみならず、それは今問題にしているバラードという表現形式においても実現された。しかもその先取りした形態は、他ならぬ「蹄鉄のバラード」と同じ時期に遂行されていた。「神と舞姫」や「コリントの花嫁」がそれである。それと同じ脈絡の営為は、さらに後年の『西東詩集』のなかのバラード作品、特にその末尾に配置された大作「七人の眠り人」にも結実した。それゆえ、本稿は、やがてはこれらの作品を取りあげることへと進むはずである。そこにおいて、ゲーテ自身のバラード論、すなわちバラードとは文藝諸ジャンルの《原卵》(Ur-Ei) という発言をも取り上げることになるだろう。

二つ目は、ここで取り上げたような問題を、後世の、とりわけ私たちに近い時期の研究者がどう考えたかという問題である。ドイツの名だたるゲルマニストたちも、バラード文藝には手こずってきたところがある。また手こずっただけに、めざましい工夫をも披露した。たとえばコメレルである。(46) ゲーテのバラードは他に掛け替えのない独自のジャンルであるとの論は、その《原初の小さなドラマ》という指摘ともども改めて検証を要しよう。今日の私たちはコメレルが、その初期の著作を『ドイツ文学の指導者《ヒューラー》としての詩人たち』と題して表紙にハーケン・クロイツのデザインを掲げたことを知っているだけに、この詩心をそなえていたゲルマニストが極限的な時代状況に何を読んだかという関心にも誘われる。それに重なるような問題はやや抑制されたかたちなら、ヴォルフガング・カイザーにも言い得よう。やはり研究者としての自己形成がナチ時代とかさなった文藝学者であるが、そのハビリタツィオーンとなったバラード論において、この表現形式を《ドイツ的ジャンル》と断じたのだった。(47)

しかしそれらをナショナリズムにだけ還元しても生産的ではあるまい。下って、エーミール・シュタイガーは、ゲーテの一八九七年のゲーテのバラード製作に《理性の狡知》を見たことは先に言及した。文藝学者たちが何か一筋縄ではゆかないものを感じとっていたということであろう。これを課題としてひとまず小論を終える。

《注》

（1）*Musenalmanach für das Jahr 1798*, hrsg.von Schiller. Tübingen: Cotta (1797). Reprogr. Nachdruck: Hildesheim, Olms 1969.

（2）*Göttinger "Musenalmanach auf das Jahr 1770"*.

（3）《ゲッティンゲンの森の詩人たち》についてはその作品をまとめて文献学からの古くからの基本書として次を参照 August Sauer, *Die Dichtungen des Göttinger Hainbunds.* 1887. またやや古い文献ながら次を挙げる Rothraut Bäsken: *Die Dichter des Göttinger Hains und die Bürgerlichkeit. Eine literarsoziologische Studie.* Königsberg, Berlin 1937

（4）*Goethes Werke, Bd.1* (Hamburger Ausgabe), S.266f.

（5）Evelyn B. Jolles, *G.A.Bürgers Ballade Lenore in England.* Regensburg 1974 (Sprache und Literatur, Bd.7).

（6）Gottfried August Bürger, *Herzensausguß über Volkspoesie* (1776). In: Peter Müller (hrsg.), Surm und Drang. Weltanschaulichen und ästhetische Schriften. Berlin Aufbau 1978, Bd.2, S.332ff.

（7）ヘルダーによる伝承歌謡への着目と、それを受けた藝術形態としてのバラードの称揚では『オシアン論』がある。参照 Johann Gottfried Herder, *Auszug aus einem Briefwechsel über Ossian und die Lieder alter Völker.* 1772 *Fragmente über die neuere deutsche Litratur "Adrastea" "Volkslieder" "Stimmen der Völker in Liedern",* Teil 1.: 1778, Teil 2: 1779 .

（8）Friedrich Schiller, *Über Bürgers Gedicht.* In: Schillers Werke. Frankfurt a.M. Insel 1966, Bd.4(Schriften), S.381ff.

（9）ビュルガーの詩論へのシラーの批判については次の論考を参考にした。Steffen Steffesen, *Schiller und die Ballade.* In: Stoffe, Formen, Strukturen. Studien zur deutschen Literatur. FS.f.Hans Heinrich Borcherdt z. 75. Geburtstag, hrsg. von Alfred Fuchs u. Helmut Motekat. München [Huber] 1962, S.251ff.

(10) バラード「ポリクラテスの指輪」に関する詳しい分析には（本稿でも部分的に参考にした）次の文献を参照 Hartmut Laufhütte, *Die deutsche Kunstballade. Grundlegung einer Gattungsgeschichte.* Heidelberg [Winter] 1979 (Beiträge zur neueren Literaturgeschichte, 3.Folge, Bd.42), S.115ff.

(11) 〝*Edward, Edward. S Scottish Ballad*〟と題してパーシィの『古謡拾遺』に収録されて広く知られるようになった。参照 *Reliques of Ancient English Poetry,* ed. by Thomas Percy. Vol.1, London 1765, p.82-84. なおこれはヘルダーが「オシアン論」で特筆した作品でもある。

(12) *Goethes Werke* (Weimarer Ausgabe) IV, Abt. Bd.12, S.199. "Er ist zu dieser Dichtart in jeder Hinsicht mehr berufen als ich".

(13) *Shillers Werke* (Nationalausgabe), Bd.29, " .... im Grunde war es nur ein Spaß von Goethe, einmal etwas zu dichten, was außer seiner Natur und Neigung liegt ".

(14) Emil Staiger, *Goethe* II. Zürich Artemis 1956, S.314.

(15) *Goethes Werke* (Weimarer Ausgabe) IV, Abt. Bd.12, S.167. "Unser Balladenstudium hat mich wieder auf diesen Dunst- und Nebelweg gebracht".

(16) *Goethes Werke* (Weimarer Ausgabe) IV, Abt. Bd.12, S.200."Diesmal schicke ich Ihnen, damit Sie doch ja auch recht nordisch empfangen werden, einpaar Balladen... ".

(17) *Goethes Werke* (Weimarer Ausgabe) IV, Abt. Bd.13, S.126.

(18) *Goethes Werke* (Weimarer Ausgabe) I, Abt. Bd.15-1, S.344f.

(19) *Goethes Werke* (Weimarer Ausgabe) I, Abt. Bd.15-2, S.188.

(20) Walter Hinck, *Die deutsche Ballde vom Bürger bis Brecht. Kritik und Versuch einer Neuorientierung.* Göttingen Vandenhoeck Ruprecht 1968 (Kleine Vandenhoeck-Reihe 273S).

(21) Paul Holzhausen, *Die Ballade und Romanze von ihrem ersten Auftreten in der deutschen Kunstdichtung bis zu ihrer Ausbildung durch Bürger.* In: ZfdPh. Bd.15 (1883), S:129-194, S.297-344.

（22） Wolfgang Kayser, *Geschichte der deutschen* Ballade. Berlin Junker und Dünnhaupt 1936.

（23） Goethe-Jahrbuch, Bd.19 (Fankfurt a.M. 1898), S.303ff.

（24） Erich Schmidt, *Kleine Blumen, kleine Blätter.* In: E.Schmidt, Charakteristiken II. Berlin 1901, S.177ff.

（25） この事実は歌謡研究では言及されることが少なくないが、とくにこの作品の伝承経路を実証的に考察したドイツ語文献として次を参照 Camilla Lucerna, *Die südslavische Ballade von Asan Agas Gattin und ihre Nachbildung durch Goethe.* Berlin [A.Dunker] 1905 (Forschungen zur neueren Literaturgeschicte, 28).;Millan Curcin, *Das serbische Volkslied in der detuschen Literatur.* Leipzig [G.Fock] 1905. なおカラジッチ訳「アサン・アガ夫人への哀歌」は旧ユーゴスラヴィア時代以前からセルビアの国語の教科書に載せられている。

（26） Goethe-Jahrbuch, Bd.21 (Fankfurt a.M. 1900), S.257ff.

（27） Johannes Bolte, *Zu Goethes Legende vom Hufeisen.* In: Zeitschrift f-Vkde. Bd.35/36 (Berlin 1925), S.180.

（28） この問題を含む資料集とそれへの簡便な解題として次を参照 Paul Münch, *Ordnung, Fleiß und Sparsamkeit. Texte und Dokumente zur Entstehung der "bürgerlichen Tugenden".* München [dtv] 1984. 中世以後の時代に労働倫理を説いたのは、必ずしもプロテスタント教会系の司牧者とは限られなかった。いわゆる《家父長往来》(Hausväterliteratur) の執筆者も、従来、推測されていたよりもカトリック教会系の教会関係者が多かったことが判明している。中世以後の混乱の収拾には、むしろ両教会の関係者が競って在地の支配と生産・労働の仕組みの復興に努力した。その過程でプロテスタント教会圏内の方が家政における家父長の権威が上昇したとされるが、両教会で非常に大きな差異が生じたわけでもなかったようである。

（29） *Goethes Werke,* Bd.2 (Hamburger Ausgabe), S.636f.(Anm.). 一七九七年四月九日以来、日記には〝Hebraische Alterthümer〟の文言が見られ、また五月二十九日には〝Fuldas Abhandlung über die Reise der Kinder Israel〟と記されているのは、この論考に関係している。参照 *Goethes Werke* (Weimarer Ausgabe) III, Abt. Bd.2, S.64-70. またシラーに宛てた手紙には論考の意図が詳しく述べられている。参照 *Brief an Schiller,* 12. April 1797 (WA. IV.Abt., Bd.12, S.86.

(30) Mohammad Elyas ebn-e Yusof Nezami（一一四〇または四一年〜一二〇九年）。ゲーテがドイツ語に訳した寓話詩は"*Mahzan o'l-asrar*"に含まれており、ヨーゼフ・ハンマー＝プルクシュタルが一八一八年にドイツ語に訳した。参照 *Geschichte der schönen Redekünste Persiens,* von Joseph Freiherr von Hammer-Purgstall. Wien 1818, S.108. .

(31) 参照 拙論「呪詞・呪文小考——ドイツ語の場合」『愛知大学語学教育研究室報』第五号 一九七一年三月。

(32)「エジプトの秘術」は近代に入っても *ALBERTUS MAGNUS bewährete und approbierte sympathetische und natürliche egyptische Geheimnisse für Menschen und Vieh...* Braband 1821 として刊行され、現代でも復刻が出回っている。それは次の「モーセの第六・七書」も同様で、オカルト関係書として通信販売でも入手できる。*Das Wunderbuch oder 6. und 7. Buch Mosis, enthaltend große Geheimnisse früherer Zeiten.* Magdeburg この版以外にも類書は多い。またローマ・ミサ典（Ordo Romanus / Ordines Romani）に名前を借りた「ローマ豆典書」(Romanusbüchlein)、「閏年速見」(Schultjahr)、「ヨハネ黙示録」を模した「七つの封印の書」(Das siebenmal versiegelte Buch) などもある。またこれらに盛り込まれた呪詞類を学問的な整理に着手しものでは早くは次の論考が知られる。参照 Friedrich Losch, *Deutsche Segen, Heil- und Bannsprüche.* In: Würtembergisches Jb.f. Statistik und Landeskunde. Jg.13 (1890), S.157-259. また一般にはオカルト系のこれら魔術関係の雑書を独自の民俗文化観から学問研究の対象としたのは、ベルリン大学民俗学科の初代の教授で、戦後は東ドイツ民俗学の定礎者となったアードルフ・シュパーマーであった。晩年は研究成果の刊行にも不自由をしたが、死後、弟子によって遺稿が次の形で刊行された。参照 Adolf Spamer, *Romanusbüchlein: historisch-philologischer Kommetar zu einem deutschen Zauberbuch,* von A. Spamer: aus seinem Nachlaß bearbeitet von Johanna Nickel. Berlin [Akademie-Verlag] 1958 (Deutsche Akademide der Wissenschaften zu Berlin, Veröffentlichungen für Institus der Volkskunde, 17a) なおアードルフ・シュパーマーの民俗文化の見方については、次の拙著で解説をほどこした。参照 河野（著）『ドイツ民俗学とナチズム』創土社二〇〇五年。また魔術の歴史を広くあつかったのはドイツ民俗学界の戦後まもなく中心人物の一人ヴィル・エーリヒ・ポイカートで、次の三部作は基本書であるが、活用にあたってはそれへの戦後の批判も併せて見ておく必要がある。参照 Will-Erich Peuckert, *Pansophie: ein Versuch zur Geschichte der weißen und schwarzen Magie.* Berlin E.Schmidt 1935.

3.Aufl.:1976.・・Derselbe, Geheimkulte. Heidelberg C.Pfeffer 1951.

（33）ドイツ中世に関する文献学の面で指標的な次の収集に入っている。参照 *Denkmäler deutscher Poesei und Prosa audem VIII.-XII.Jht.,* hrsg. von Karl Müllenhof uns Wilhelm Scherer（＝MSD). 1892. 3.Aufl.(Nachdruck): Berlin u. Zürich Weidmann 1964.

（34）次の民間療法の文献に収録されている。参照 Irmgard Hampp, *Beschwörung, Segen, Gebet. Untersuchungen zum Zauberspruch aus dem Bereich der Volksheilkunde.* Stuttgart 1961 (Veröffentlichungen des Sttatlichen Amtes für Denkmalpflege Stuttgart, Reihe C.: Volkskunde, Bd.1).

（35）*MSD II.* S.275.

（36）Hampp, *Beschwörung, Segen, Gebet.* S.169.

（37）簡便な解説では次の拙訳を参照 ルードルフ・クリス／レンツ・クリス＝レッテンベック（著）河野（訳）『ヨーロッパの巡礼地』文楫堂二〇〇四年二四九～二五一頁（サン・ピエトロ／ローマ）

（38）Hampp(前掲33）は、この種の呪詞を《ペテロのまじない》(Petrunsegen）と呼んで一節を設けている。・，なお近代前期のまじないではペテロの登場が目立つが、そのフランケン地方での実態については次の論考が、特に農作物と人体への虫害を防ぐまじないを扱っている。参照 Fritz Hegger, *Fränkische Segensprüche aus drei Jahrhbunderten.* In: Bayerisches Jahrbuch für Volkskunde 1966 (München), S.163ff.

（39）参照 Hampp, S.185.

（40）参照 Hampp, S.187f.

（41）*Goethes Werke* (Weimarer Ausgabe) VI, Abt. Bd.13, S.141f.

（42）*Briefwechsel zwischen Schiller und Körner,* hrsg. ausgewählt u. Kommentiert von Klaus L. Berghahn. München [Winkler] 1973, S.275.

（43）『ファウスト　第一部』第九〇三行以下。

（44）Leopold Schmidt, *Goethe und das Wallfahrtswesen.* In: Bayerisches Jahrbuch für Volkskunde (für) 1976/77, S.218-226. 次の拙訳を参照「ゲーテと巡礼慣習」愛知大学文學会『文學論叢』第八五輯 一九八七年 一六四～二〇〇頁、引用箇所は一八四～一八五頁。

（45）本稿をはじめに発表したときよりずっと後であるが、筆者は、民衆的素材にドイツの詩人たちがどのように取り組んだかについて、ゲーテとハイネを比較した。民俗学のテーマによる論考においてであるが、ハイネにおいて民衆的素材が内在的と外在的の区分を解消することになったことをあつかった。参照 拙論「ナトゥラリズムとしニシズムの彼方」第十三節「民俗要素の文学化」 拙著『フォークロリズムから見た今日の民俗文化』創土社 二〇一二年、三三七～三四九頁。

（46）ゲーテのバラード論を含む『詩論』については次を参照 Max Kommerell, *Gedanken über Gedichte.* Frankfurt a.M. 1943, 1956 (2.Aufl.). またここで挙げた著作については次を参照 *Derselbe, Der Dichter als Führer in der deutschen Klassik: Klopstock, Herder, Goethe, Shiller, Jean Paul, Hölerlin.* Berlin [B.Bondi] 1928.

（47）参照 Wolfgang Kayser, *Geschichte der deutschen Ballade.* Berlin [Junker und Dünnhaupt] 1936.

第四章　ファウスト伝承への民俗学からのスケッチ

——民衆信心と世俗化のあいだ

（一）はじめに——ファウストの今日

『ファウスト』と言えば、文豪ゲーテの畢生の大作として、またドイツ文学における屈指の名作として、文学に関心をもつ方面ではほとんど知らない人はいない。[1] 知識をもとめてどこまでも高みをめざす野心は、西洋的人間像の典型として論じられることもしばしばである。そこに盛られた高雅な詩想と透徹した理念と文学作品としての総合的な構成は昔から今日まで洋の東西を問わず読者・識者を惹きつけてやまない。それゆえ一大思想劇として理解する方向への関心が考察の中心に立つのは必然的とは言い得よう。[2] 同時に、ファウストは、ドイツ的人間像としても取り上げられてきた。

もっとも、若干の留保が必要かもしれない。ドイツ人の人間像は他にも行われてきたからである。外部からはともかく、ドイツ人自身の自己像として永く一般的であったのは、いわゆる《ドイツ人ミヒェル》であった。[3] 特に十九世紀の七〇年代からドイツ帝国が勢いをもつようになるまでは、イギリスやフランスに対する遅れの感覚をこれが代表してきた。ナイトキャップをかぶった男の姿で、うとうと眠っている児童用の椅子は手枷足枷となって、英仏露がポケットから金貨をくすね、血を抜きとり、子守歌をきかせ、ローマ教皇までがそれを扇動している図柄はよく知られている。「ドイツ人ミヒェル」をあつかった文学作品も幾つも書かれてきた。両次大戦間には、ミヒェルは、裏切りに遭った口惜しさを強調して描かれた。ずっと下って一九九〇年のドイツの再統一にさいしては、双頭の鷲が二つのミヒェルの顔で描かれ、東西ドイツの党首と首相を写した表情は、片や無気力、片や傲慢をあらわにするものだった。(4) 由来から言えば、守護聖者のなかでも軍事的な守り手である大天使ミカエルであるが、ルサンチマンや自嘲の自己像となってきた。そしてそれとバランスをとるかのように、ファウストがドイツ人のポジティヴな自己像となってきた。それは、ゲーテの作品があってはじめて成り立ったシンボルでもあった。

a　悪魔と契約した音楽家をめぐる二つの文化——ドイツ文化とヨーロッパ文化

たとえばトーマス・マンの長編小説『ファウスト博士』(一九四七年)は、ゲーテの劇作品を踏まえた上で、二十世紀半ばの凄絶な世界史的な試練の下で、ヨーロッパ的ドイツかドイツ的ヨーロッパかを問うた造形であった。その構図は、長編を支える多くの素材と場面にも分有されている。悪魔と契約した音楽家が手がける種々の音楽ジャンルをめぐるエピソード、オーケストラやフーガやオラトリオ、そのいずれの情景も、ヨーロッパ文化かドイツ文化かの議論に裏打ちされている。『恋の骨折り損』をオペラ化しようとする主人公の試みが描かれる件《くだり》などは、長編小説中のほんの一こまだが、それまた基本的な構造を宿した結晶片の観がある。(5) なお、アーマード、ビローン、アーガスは、シェイクスピア劇の登場人物である。音楽家アードリアーン・レーヴァーキューンは、その友人の語り手《私》にこう説く（一部を省略した）。

シェイクスピアの喜劇を素材として行なわれることになるオペラ、言葉と音楽が混然と一体をなしている作品……言葉と音楽とは、本来一体なのだ……ベートーヴェンが言葉で作曲していたことがある……《彼は手帳に何を書いているのだろう？》と誰かが言った。《彼は作曲しているのさ》――そう、それがベートーヴェンの手法だった。ベートーヴェンは、通常、作品の進行過程を、精々、二、三行の音符を混ぜながら言葉で書きとめたのだ。……第九交響曲の終わりを見れば分かるが、音楽が言葉において燃え上がり、言葉が音楽から迸り出るのはまことに自然なことだ。そして、そうしたドイツ音楽の発展全体はワーグナーの言葉と音による楽劇に向い、そこで目標を見出した。……（私は）彼が漠然と計画していたものが、考えられる限り非ワーグナー的で、自然の魔力と神話的情熱《パトス》から最も遠いものであっただけに、なおさら進んでこの限定に賛成した、彼が計画していたものは、最も技巧的な揶揄《パロディ》と技巧性の揶揄《ペルジフラージュ》との精神におけるオペラ・ブッファの革新、ある高度に遊戯的な粋《いき》なもの、気取った禁欲と古典研究の社会的結実であるあの美辞麗句との嘲笑であった。彼は野性的で無作法なものを喜劇的で洗練されたものの傍らに置き、両者を互いに滑稽化する機会を含んでいるその素材について熱中して話した。《過ぎ去った時代から古めかしい英雄精神、大言壮語する礼儀作法が浮び現れてドン・アーマードを形作っている、そして彼は英語で、この喜劇の、疑いもなく彼の心に深く刻みこまれていた韻文、機知豊かなビローンが、誓約を破って、眼の代りに木炭をくっつけたような女に恋してしまった絶望》のために悶えたり祈ったりしなければならないと嘆く言葉を引用した。……私が直ぐに全力で思いとどまらせようとしたのは、この喜劇を英語のままで作曲するという彼の奇抜で全く非現実的な計画だった。彼がそうした計画を立てたのは、それが彼には唯一の正しく適切な真実の方法と思われたからだった、彼が原作の言葉の遊びと古いイギリスの民衆韻文、狂詩韻《ドガレル・ライム》のためにそれを必要なことと考えたからでもあった。テクストが外国語だとすると作品がドイツのオペラ劇場で上演される見込みが全くなくなるだろう、というのが私の主な異論であったが、それを彼は無視した、というのは、彼は自分の排他的な孤独で道化た夢が現代の聴衆の前で上演されるという考えを拒否していたからである。……

油絵具で丹念に塗りかさねるかのような筆致は長編小説ならではあるが、この一節からだけでも、ドイツ文化とヨーロッパ文化の二項関係が複雑に絡み合う様子がうかがえる。ヨーロッパ文化の普遍性の指標でもあるベートーヴェンのエピソードは、やがてドイツ文化の権化とも言うべきワーグナーへまとめられてゆく。同時にそのワーグナーの一面であった洗練・高尚・雄大を拍子抜けさせるような喜劇への取り組みが話題になる。その喜劇は、遊戯的で田舎めき、かつ道化めいた仕立てでありながら、軽やかなヨーロッパ精神の息吹でもある。それを狷獪・高踏そして存在の奥深くでは反逆者でもある藝術家が手がけ、しかもそこに、藝術を享受するかにみえる聴衆への復讐をしのばせる。

b　キナ臭いファウスト

これに較べると、リヒァルト・ワーグナーのサロンから出て、ひとたび文名を恣《ほしいまま》にしながら時代の転変によって馬脚をあらわした文筆家の論説は、ドイツ人をめぐる通俗的なイメージにずっと近いかも知れない(6)。そこでは、ファウストと、ファウストを執筆しつつあるゲーテと、さらにファウストを読むドイツ人が重ね合わせられ、波動と爆発力をかかえた世界観として呈示される(7)。

エッカーマンがゲーテから聞いたという言葉がある。《私の『ファウスト』第二部だが、手を入れることができるのは朝の数時間だけだ。そのときなら眠りからさめてすっきりして元気もあり、昼間の雑事に邪魔されてもいない》。老ゲーテの活力が衰えていた証拠として、これを蔵から引っ張り出すのは、滑稽以外のなにものでもない。わずらわされずに想像力が活発にはたらくひとときでもなければ、あれだけの作品を書き進めることは無理だと言っているにすぎないのだから。第二部を執筆中のゲーテは、こんなことを記したことがある。《これが、上気した様相を絶え間なく指し示すのでなければ、▽▽十三行後に説明あり△△、何の価値もない》。ゲーテは口述筆記に向けてこの《絶え間なく》の語を自ら書き加えて、問題を明示した。すなわち、『ファウスト第二部』は最初から最後まで、人間の生の自然的な諸条件から逸れているのである。……すべては、純然たる幻想《ファタジー》に移調される。すべて、事件も感情も理念も。感覚にしばられた現実というもろい土を踏むことはゆるされない。一瞬たりともゆるされない。そうでなければ、たちまち魔法使いは破滅させられる。《幻術道》(Phantasmagorie) とはゲーテ自身の言い方であるが、それが繰り広げられる舞台は、尋常ではないとされた人間の頭脳である。つまり《ありふれた地上の束縛には飽き足らず、不足をも感じ、極致の知識の獲得や最も美しい品々の享受をも不十分として斥ける人間。ひとときとは言え憧憬を満たしてくれるものに対してすらそうであるような人間》。時が進むにつれ、仕掛けが作動するにつれ、狂気の秘力や、悪魔や妖怪との結託に情熱を燃やす人間。その人物が、その種の人間だけが夢みることができる夢想にふける。……ゲーテは自ら、読者に何を求めているのかを簡潔に語る。それは上記の引用で空白に残しておいた箇所である。《これが、上気した様相を絶え間なく指し示すのでなければ、(▽▽読者にも自己を超えて高みをめざすことをうながすのでなければ△△)、何の価値もない》。ゲーテはこう言っているのだ。ファウスト第二部は、醒めた気分の読者に向けたものではなく、人間をその通常の枠を超えて創造的な捕捉能力において高みへとうながす情感のためのものである、と。このためにゲーテは造語までする。《自己を超えて高みをめざす》(sich über sich selber h i n a u s m u t e n)。それゆえファウスト第二部は、頭脳と心の臆病者のために書かれたのではない。白髪のゆえに巨人的な存在に老衰をみとめるような多数者のためではない。たしかに多数者自身は老衰を宿命としてこの世に生を享けたのではあるが。——この詩作品を自己の内面に受けいれるには、高みをめざすことを、すなわち勇気を要しよう。勇気、新たな種類の勇気。人間精神が通常はめられている枠を超え出る勇気。ここにおいて、詩人は、人間のなし得る幻想《ファンタジー》が通常到達し得るぎりぎりの限界まで私たちをみちびいてくれる。しかも、悟性との関わりは最後のところではたもたれている。この至高の詩人は、詩人の力のおよぶ範囲がどこまで広がっているのかを、私たちに示してくれる。しかし、詩人がそれをなし得るのは、その作品に《うながさ》れて《自己を超えて高みをめざす》限りにおいてである。この促しを感得しない者には、ファウスト第二部は存在せず、それを持ち腐らせてしまう。しかしそれを感じとる者は、なじみのない語法も文法的に手ごわい壁にも押しとどめられることなく、意味するところを追感する心構えに自恃をたしかにする。意味するところ、すなわち幻想《ファンタジー》の世界における思念・情感の価値をより克明に追感する。

この論説でもちいられた工夫にはたしかに瞠目させられるところがある。ゲーテの秘書であった人物の記憶と、ゲーテ自身の発言を対比し、そのいずれに傾くかによって凡人と選良を区分けし、選ばれた者が多数者を後に人間能力の限界まで高みをめざす道程を、これまたゲーテの言葉を活用しつつ呈示する。天才の頭に生起した幻影が膨張を逞しくして限りなく遠方まで力をのばす構図と、それを追体験するための崇高な奮闘が英雄的な行為として描かれる。それゆえ奉仕的な英雄性でもある。悟性の鉤《フック》がかかっている、とは言いながらも、空疎な膨張への誘いでもある。となると、文学の次元にとどまらない戦雲をただよわせる力学のようにも響く。まったく空想の存在でありながら、いつしか同時代に実在性をしみこませていった亡霊たち、たとえば嵐を巻き起こしつつ天空を駆けるワルキューレが重なりそうである。事実、この論者が浸っていたサロンはその製造所の観があり、しかもそれは広く社会を侵す心理の方向ともつながっていた。十九世紀後半から本格化し、二十世紀初めには、まだ第一次世界大戦の挫折には間があり、上昇するドイツ帝国の現実が土台にあったのであろう。とまれ、ここでのファウストは、契約の満了にはほど遠かったように思われる。

c　核を前にしたファウスト

これに対して近年のファウストは、立ち位置を大きく変えてしまったようである。比較的新しい一例と言ってよいであろうが、フランスの女性外交官で独仏関係のエキスパートであったブリジット・ソゼーがそのドイツ人論において、ドイツ人のあいだにみられる破滅への強迫観念を「ファウスト博士」の小見出しの下に描いている。(8)原子力発電所への自信と誇りをかくさないフランスに対してドイツが原子力発電所の全廃計画を政策として掲げるなど、その差異は、今日、各国の世論分布のなかで著しい対照をみせている。一般的に言っても、ヨーロッパのなかで過去の互いの反目を模範的なまでに解消しながら、同時に《似ていない兄弟》(9)である。ここで観察されたドイツは一九八〇年代半ばの状況であるため、冷戦の終結や東西ドイツ統一後の変化にも当てはまるかどうかという問題を残してはいるが、フランスから見たドイツ人像で、それが「ファウスト」と呼ばれるのである。

ドイツにある程度永く住んでいると、(核に対するドイツ人の)集団心理をからかおうという気はあまり起きない。ドイツでは、その種の心理が、常にかたちを変え、しかも絶えず度合いをつよめるのに出遭うことになる。核による死滅は、人類すべてを破滅させるもっと大きな危険の一つにすぎない。ドイツが恐れているのは、科学の自己破綻であるように思われる。

絶えざる進歩と、新たなテクノロジーの革命、それを前にして、見知らぬものに身震いし臆するドイツ人は増える一方である。人間の前に開かれる、わくわくするような思いがけない可能性などは問題外である。ドイツ人の眼には、人類は滅亡を宣告されている。舵がきかない発展は操縦ができる状態ではない。キューブリック監督の「二〇〇一年宇宙の旅」に登場する狂気のコムピュータさながら、科学技術が一人歩きする。

……今日、私たちの社会はモンスターを生産している。科学は、人工衛星の発射を教えただけではない。生化学の研究は私たちの精神的価値にも疑問をつきつけている。試験管のなかでの授精の後、再び《生物的な》母体や《代理母》へもどすといった人工的な操作、出産調整、偶然を否定した新型人類の製造、クローン、ハイブリッドの高度化、人間以外の哺乳類についてその染色体を交配させまでする、となると誰が先を見通すことができるだろう。大企業が資金を提供しておこなわれるこれらの研究に、どのようにして倫理的な基準をもうければよいのだろうか、……私たち自身が解き放ってそうした力に私たちは踊らされているのではなかろうか。医学は、(どんな基準にも制約されずに) 生と死への権利をうばっているのではなかろうか。

新聞には、《プロメーテウスさながら》あるいは《傲慢》の言葉があらわれることがある。……私たちは《智慧の樹からあまりに多くを食べてしまった》、楽園からの次の追放は最初の追放よりもずっと恐ろしい、こういう言い方をどこででも耳にする。

しかし不安をかきたてるのは、医学と生化学だけではない。サイバネティックスが広げている不安はもっと大きい。人間の頭脳を超えるコムピュータの能力は、コムピュータ自身に不気味なオーラを付与している。テレマティクスは私たちの生活を根本的に変えてしまうだろう。……

近代科学の故土の一つとしてその分野での自負と野心に満ちたドイツ人のイメージとはかなり異なった描写である。そして、科学技術をより相対化して見るフランスの視点が対置される。

どの社会も、自分が使いこなす科学をもっている。研究は無邪気なばかりではない。蒸気機関が発明されたのは、社会の発展がそれを必要とした瞬間であった。ドニ・パパン(10)は、鍋の蓋を観察した最初の人ではなかったのである。……

倫理学者たちが問いはじめているように、人間の原罪が人間自身の破滅をも決定づけるとすれば、それを甘受するのでなく科学技術の助けをかりて不安や苦しみに打ち克つことがそれなのでなかろうか。

とまれここでファウストのタイトルのもとに描かれるドイツ人像は、十九世紀や二十世紀初めに言い立てられたタイプとは大きく違っている。当時、ファウストに見られたのは、進歩を信じ野心に培われ、遥かにひろがる前途をもつ人間像であった。しかし、今、ここに現れるのは生命ある存在としての最後の段階にあるファウストである。この古典文学の人間像を引き合いに出すことが適切であるかどうかは別として、核に対するドイツ人の過敏な姿勢は、決してこの論者だけが指摘するものではない(11)。

敷衍すれば、二〇一一年三月十一日に始まる東京電力の原子力発電所の事故にたいする独仏の違いもこのあたりが関係しているかもしれない。東電事故が明らかになると、津波災害のために派遣されたドイツの緊急救援隊はただちに本国へ引き返した(12)。これには日本政府のメリハリを欠いた対応や電力会社の不手際も関係していたであろう。次いで東日本大震災の発生から半年後、ミュンヒェンの「バイエルン国立歌劇場」の日本公演では団員の出張拒否が相次ぎ、延期の後に実現した公演でも、団員約四百人のうち八〇人が無給の休暇を選んだと報道された(13)。他方、フランスは、緊急支援隊が東北地方の被災地へ入ったほか、原発事故が発生した同月中にサルコジ大統領が日本を訪問して、現場の福島への訪問をも打診したとされる(14)。この独仏の違いは、ヨーロッパ、さらに世界のなかでの核に対する姿勢の隔たりとも重なっている。福島の事故によってただちに原発廃止の方向へ舵を切ったドイツと、核エネルギーには政府も世論も積極的であり続けるフランスという対比である。ドイツ人が日本との関わりで必ずしも冷淡であったとは言えず、むしろ原発への習い性ともなった拒否感の発現でもあったろう。とまれ、一九八〇年代に、原子力、延いては科学技術にたいするドイツ人の姿勢をファウスト博士の振る舞いとみたブリジット・ソゼーの比喩を延ばす限りでは、ドイツ人は、悪魔との契約期限を間近にして悲観するファウストと言えなくもない。

(二) 縁日のファウストから民俗学へ

ファウストというキイワードの下に、今日にまで至る様相の一端をとりあげてみた。この話題が決して箪笥の整理にとどまらないことが分かればよいのであるが、それを踏まえて、次に過去の様相へ視点を移そうと思う。ファウスト伝承の実際である。あるいはその伝承が延びていた先、比喩的に言えば、養分を吸い上げる毛根がどこへ伸びていたかである。

ゲーテの『ファウスト』が民間文藝を直接の土台としていたこともつとに知られている。ゲーテのこの素材へのかかわりは、少年期に親しんだ人形芝居の記憶にさかのぼるとされる。[15] たしかにファウストは、西洋の民間伝承において際立っていた。それゆえ紹介や研究も進んでいる。[16] それは、たとえば縁日で人気の出し物であった。ファスナハト、つまりカーニヴァル、いわゆる謝肉祭などはその大きな節目であった。あるいは秋祭りにあたるキルメスすなわち献堂祭にも演じられた。[17] キルメスは、アメリカの感謝祭[18]のヨーロッパでの土台とされる祭りである。もとは教会堂開基祭で、その原義から言えば日取りがそろっているわけはないが、十一月がその時期とされ、また十九世紀に入ると上からの整備を受けて同月の第三日曜と定まっていった。そうした縁日の諸日に臨時の小屋掛けがなされ、芝居が演じられたのである。そのなかでファウストは人気の出し物の一つであったらしい。もっとも、それがまったく、民間の動向だけであったと考えると、事態を見誤りかねない。現存する印刷本数種類は十六世紀の最後の四半世紀に遡る。それに直接依拠したか、同種のいずれかに想を得るかして、イギリスのクリストファ・マーロウが戯曲『フォースタス博士の悲劇』[19]を書き下ろし、それがロンドンの舞台で演じられるだけでなく、ヨーロッパの大陸各国でも評判を呼んだ。教養をそなえた作者個人の作業を中心に広がった波紋という意味では、文化のいわば上層での営為であったが、またそこから民間が刺激を受けて、受容と改変の波動が起きた。何度となく繰り返される意図的な改作と普及、文化におけるいわゆる上層と下層[20]との交流、またそれぞれの水準での伝統の形成、これらがないまぜになっていたのである。決して、民間文藝が文字と切りはなれた独自の世界を維持し、片や知識人が書記の伝統にかたまっていたのではない。

さらに付言すれば、かつて盛況を呈したこの出しものの人気が今日まで続いているとまで言うことはできない。今日ただいま、となれば、すでに古典であり意識して教養を培う向きの教科書的な演目でもある。イギリスでもフランスでも、すでに十九世紀後半には、人気の首座はパンチマンの操る人形劇にとって代わられていたらしい。シェイクスピア劇を観たことがなくても、これを知らないイギリスの子供はいない、とまで言われる、かの《パンチとジュディ》である[21]。もっとも、これまた今日では、かつて香具師さながら七つ道具をたずさえて町や村をまわっていた行商のパンチマンは姿を消し、子供向けの常設の小劇場が主流になり、さらに絵本やテレビ映画が一般化の柱になっているが、演目自体の人気は続いている。それに較べると、早くクリストファ・マーロウに素材を供したフォースタス博士はもう少し古典ものなのである。もっとも、元を質すとパンチとファウストには人形劇としての重なりもありはする[22]。古典化した理由は演目自体の時代性であろうが、その時代性の一部には宗教性もふくまれるように思われる。

ところが、ファウストをめぐる研究の流れを見ると、(その汗牛充棟の文献に目を走らせることなどできようはずはないものの)、その方面への関心は希薄であるようにおもわれる。それは本邦の研究の動向からもうかがえる。西洋的人間像、知識慾や理性の権化としての高踏な側面に脚光が当てられがちなのである。と言っても、筆者が目を通しているのはごく大まかにすぎない。しかしその限りで敢えて言うなら、宗教的な要素、とりわけ民衆信心(Volksfrommigkeit)[23]とふれあう側面への取り組みは希薄なのである。それは、ファウスト伝承の理解にあっては高次文藝が柱というところから来ている。もとより高度な文学作品があってはじめてそれに関連した伝承への着目も促されるのであるから、それ自体は必然であろう。しかし、ここで民衆信心の脈絡をあげてもピンと来ず、そもそもこの術語が耳なれない向きが多いとすれば、やはり手薄な箇所を残していることになるだろう。

もっとも、民衆信心をもって鼎の軽重を問い得る無二の準秤と言っているわけでもない。別のキイワードでも構わないが、要は伝承とは文学の次元に終始するものではないことにある。ちなみに文学における伝承とは口承文藝がそれにあたるとするなら、問題は口承文藝にとどまらない。大事なのは、それらの担い手としての人間である。昔話も伝説も説話も民謡も、文字やメロディーだけが独りで存在していたのではない。昔話に身を乗りだし、伝説に耳をそばだて、説話にうなずき、民謡に心をふるわせる人間がいたはずである。しかもそれらは特定の具体的な状況のなかにある人間のはずであった。

この観点から改めてファウスト伝承を見ると、それは悪魔との契約者の物語であり、最後は悪魔に魂を攫われる運命にある人物像を語っている。とすれば、その明快な構図は、この話が宗教的な気圏のなかにあることを示しているであろう。つまり神と悪魔と人間の織りなすドラマである。ちなみに、この三者の組み合せ自体は原初的・原理的ですらある。アダムとイヴの楽園追放譚、然り。ヨブ記、然り。これらに較べると、ファウストは遥か後世の仮構であるだけに、ゆたかな潤色を得、ときに雑漠ですらある。しかし構図自体は宗教性を意味している。ところが、私たちが知るファウストにおいては、その側面はあまり切実ではない。つまり文学として独立しているのである。

この脈絡から言うと、ゲーテによるファウストの改作は、ファウスト伝承の広い意味での世俗化(Sakularisierung)であったということができる。[24] 本稿は、(筆者の手に負えるかどうかはともかく)ドイツ民俗学を援用することによって、ファウスト伝承とその文学化を《民衆信心と世俗化のあいだで》考える試みである。それがあまり話題にならないテーマであるとすれば、ゲルマニスティクでは死角とは言わないまでも、正面には立たない、浮上しきれなかった論点が存在することにもなる。光と影の対比における後者のすべてが射程に入るわけではないが、少なくともその一部をさぐる懐中電灯のような手立てが民俗学である。民俗研究の視点を組み込むと、調べつくされ論じ飽きたかに見える古今の名作ですら、なお掃き残しの庭に見えてくる。そこには色鮮やかな落ち葉も見え隠れする。その数葉を拾ってみたいのである。

(三)『少年の魔法の角笛』にみる「ファウストの歌」

ところで、こうした角度からの見方へと誘うようなファウストのヴァージョンは決してめずらしいものではない。なぜなら、ドイツ文学の分野では多くの人が目を通していると思われる『少年の魔法の角笛』に収録された「ファウスト博士」の歌がその性格をしめしているからである。[25] それゆえここを出発点して考察をはじめようと思う。もっとも、この有名な歌謡収集にすべり込んだヴァージョンは何らかの原型のような性格にはない。どこか中途半端で、そのため邦訳にあたって迷うところがある。たとえば小児の無碍な好奇心に応える奇譚の調べでは、もうひとつしっくり行かない。そこで試訳にはいくぶん宗教的・教会的な色合いをつけてみた。後者の方向へ傾けたのは、以後の検討を組み込んだのである。成立年代は、注解によれば、十八世紀半ば辺り以後とされている。[26] なお原文は節に区分されていないが、後に紹介する他のヴァージョンとの比較のために便宜的に番号を振った。

ファウスト博士　　ケルンの歌謡紙片より

一
キリスト者の方々よ、さてもこれより
怖がらず、奇《くす》しき話を聞きなされ
現世は虚栄の場所なるが
ヨーハン・ファウスト博士殿、何をせしかの物語。
生まれし町はアンハルト
学問修行に精出すも
傲慢者に育つれば
森羅万象一切の知識を得んと欲したり

二
四萬体の霊たちを
魔法使ひて力づく
地獄の底より呼び出しぬ。
なかにもメフィストフエレスと云ふ者は

人の心をよく察し
すぐれて役立つ悪魔にて
疾風《はやて》のごとく迅速に
主人の用を果たすなり。

三
何千枚の貨幣をば、
調達いたすのみならず
金銀までもご用立て。
シュトラースブルクに参りては
射撃の的を掲《あ》げさせて
遊びにふけるそのなかで
ときに悪魔を狙ひ撃ち
鋭き悲鳴の挙がるなり。

四
郵便馬車を駆るときは
悪霊どもは命を受け
道の前後を丹念に
とくと舗装をいたすなり
あるいはドナウの川岸のレーゲンスブルクの都にて
ボーリング試合をお楽しみ

その上魚の生け獲りや狩猟遊びはファウストの
この上もなき御好物。

五
尊き灰の金曜にイエルサレムの
尊貴なる巷《ちまた》にファウスト来たりたり
キリスト様が十字架に
架けてゐられし場所にして
主の死に給へるは救済を吾らのためになしたれば
その御様子を心内に思ひ浮かべてあるならば
吾らも救ひを得る次第
有難きこと如何ばかり。

六
言ひつけられてメフィストは
疾風《はやて》のごとくいずこかへ
たちまち行きて亜麻布を
三エルレほど持ちて来ぬ。
言ふか言はぬかそのうちに
御用の品の調ふは
まこと迅速比類なき
メフィストフエレスの離れ業。

七　大なる都ポルトカレ
絵筆に写す御役目も
たちまち果たす早業は
いかにも風の如くなり
町のいずこを描きても
元のかたちの実物と同じ姿にあらはしぬ
美々しき町のポルトカレ。

八　《さればこれより吾がために
十字架柱のキリストを
見事描きてみせてくれ
されど汝は何一つ描き漏らしをいたすまじ
御札《みふだ》の上に来るはずの
尊き御名《みな》はなおのこと》

九　これ描くこと無理なれば
悪魔はやをらフアウストにはたと向かひて言ひにけり
《吾に一つの頼みあり、よもや拒みはするまいな
かつて貴様がその手にてしたためたりし彼の文書
いつそ返して遣はさう

主《あるじ》イエスス・キリストの御名《みな》を書くことそれだけは
吾にはとてもなせぬ故》

十　されば悪魔はファウストにやおら問ひかけ始めたり
《然らばファウスト、その代わり何を褒美に下さるや
いつそ書付、これ此処に、置いておくのがよからうぞ
神の御元へ参るともいかな赦しは得らるまい》。
＊ファウスト博士これよりは心を入れ替へなさるべし
＊猶予もあとは一時間なほも残つておるからは。
＊永遠《とは》のまことの御慈悲を
＊ただ今これより神様は汝に告げて申されん。
＊さればファウスト博士殿、汝の心の改めじや
＊ただそれのみをなすがよし。

十一　《神のことなど気にかけぬ
天の館ももとめまい》
これ言ひたると同じ時、十五分を残すとき
神は天使を遣はしぬ。
天使は楽しき歌うたひ
教会の歌うたふなり

天使の身近に来たりなば
ファウスト博士は悔悛を果たし終へんと欲すなり。
瞬時もはやくファウストは悔悛果たすを願ふなり
さすれば地獄の恐ろしさ、しかと眼にして御覧《ごらう》じよ。＊
悪魔はここでファウストの眼をくらまして
ヴィーナスの姿描きてみせたれば
はや悪魔らのその姿、影も形も消へたるは★
地獄の底へファウストを攫《さら》つて連れて行きたるぞ。

このファウストの『角笛』ヴァージョンについては、筆者には予《かね》てその特異な筋立てが気になっていた。たとえば、悪魔がファウストに契約書を返そうと申し出る趣向だけでも、一般に知られた運びとはかなり違っている。細かいところでは、会話となっている「十」の二行目で《これ此処に、置いておくのが》とあるのは、契約書を持ち去るな、という意味のようである。とまれ、かかるヴァリアントが、ドイツ文学のなかでは誰もが知る古典に収まっているのである。

なおここで現れる語句の幾つかについては、幾つか補足を要しよう。ポルトカレと訳した原文はポルトガルであるが、ここでは同国の国名のもとになった都市ポルトカレないしはポルトゥス・カレ、つまりポルトを指している。中世末から近代初期の一大海港都市で、さしずめ横浜というところであろう。また時間が言及されるのは、夜中の十二時が、ファウストと悪魔の契約の期限が満了になるというタイムリミットで、その一時間前や十五分前という設定である。

この歌を、筆者はなお完全に理解するにはいたっていない。先に何か中途半端な感じをあたえることに触れたが、それは会話と地の部分との関係でもそうである。地謡いは通常、物語の進行を伝えるのであるが、幾つかの箇所（＊）は、誰かの立場からのファウストへ呼びかけとなっているようである。しかもそれは、破滅を前にした主人公に悔い改めることを勧める内容である。もっとも地謡いが客観的な場面進行にとどまらず、ところどころで特定の立場からの発話に切り変わるのはギリシア悲劇のコーラスにも見られるが、そうした仕掛けの、あまり洗練されてはいない形態を考えるべきなのだろうか。また最後から二行目については検討課題としておく（★二六二頁の説明を参照）。

a ゲーテのコメント

言い添えるべきは、この「ファウストの歌」をゲーテが視野におさめていたことである。もともと『角笛』の第一巻はゲーテに献呈されたのであった。「枢密顧問官ゲーテ閣下に献ず」という巻頭言は今日の批判校訂版でもほぼ五頁を占める[27]。が、それゆえと言うより、収録された歌謡への関心だったのであったろう、ゲーテは読書紙にまとまった記事を寄稿した[28]。ゲーテが民間の歌いものの収集では草分け的な存在であったことは、文学史上、周知の事実である[29]。なお参考までに付言すると、（今日ではかき消えた要素だが）同時代の識者の眼には『角笛』はアラが目立ったらしく、辛辣な講評にもみまわれた。それは見方を変えれば、アルニムとブレンターノが、歌謡収集の構想においても具体的な選択においても、持てる力の限界線上で課題にいそしんでいたことをうかがわせる。ともあれゲーテは、二人の若い詩人の労作への配慮をみせたのである[30]。とともに、第一巻に収められたほとんどすべての歌謡のタイトルを挙げ、それぞれについて一行程度のコメントをほどこした。その一つとして「ファウスト博士」には次の寸評を書き添えた。

「ファウスト博士」深い、根源的な諸々のモチーフ。もっと上手な作りも出来よう。

ゲーテは、この歌謡がいかなる種類であるかをつかんでいたであろう。それはゲーテだからではなく、今では分かりにくくなってしまった当時の同時代の様相とかかわっている。その上で、『角笛』の「ファウストの歌」に、ゲーテは、机上のテキストを固定したものとみなす批評家としてではなく、親近な素材にかかわる作り手として接したと言ってもよいだろう。つまり、適切に活用すればより効果的となるモチーフが十分に活かされていない、と読めなくもない。短評とは言い条、口吻からはある種のもどかしさの感覚のようなものが伝わってくる。とすれば、この歌謡をゲーテは身を入れて受けとめ、はじめて覚ったというより、ひそかに解決ずみであったかもしれぬ何ごとかを期してそっと元のままにしておいたか、あるいは突き放すかした、ということでもあったろうか。その事情を特定するのは難しい。そもそも創作にかかわる内的な推移は、実証的に証明できる性格のものではなく、その必要もない。ただ作品と外部の材料とのあいだに何らかの対応関係がみとめられるなら、(その意義がある限りで)解読を試みてもよい場合があろう。その点で注目すべき点を挙げるなら、それは『角笛』の「ファウストの歌」の最後の作り方である。具体的にはテキストに振った番号の「十」の後半から「十一」の前半あたりのダイナミックな展開、しかしその意味も効果も鮮明ではないということでは下手な作りのダイナミズムである。これに呼応するものがゲーテの『ファウスト』に見られるかも知れない。しかしその前に、今注目した件《くだり》が何であるかをはっきりさせなくてはならない。

b　オーストリア諸邦におけるファウスト伝承から

『角笛』の「ファウストの歌」には、初版のときからタイトルの下に出典が注記されていた。《ケルンの歌謡紙片（パンフレット）から》である。歌謡の素性をたどる上で決定的な材料ではないが、多少の手がかりになる可能性がある。ケルンは有力な大司教座の居所であり、歴史を通じてライン地方のカトリック教会の中心地であった。しかし大都会であり文藝活動などではプロテスタント教会の詩人たちの活動も盛んであった。また十六、十七世紀のケルン大司教はバイエルン王国の支配家門であるヴィッテルスバッハ家であった。その点では、先ずはバイエルン王国や同じくヴィッテルスバッハ家が聖界領主であったマインツ大司教領国とのつながりがあっても不思議ではない。またそこまで絞らなくても、歴史的にはカトリック教会が優勢な大都市であった。

これを言うのは、最もよく知られているファウストの民衆本がプロテスタント教会系の地で刊行されてきたからである。一五八七年のテュービンゲン版と同年のフランクフルト・アム・マイン版（翌年には第二版）である。両都市ともプロテスタント教会が支配勢力であった。テュービンゲンは、ヴュルテムベルク太公が中世以後の領国経営の立て直しにおいて宗教改革を導入したため、[31]以後もそこに所在する大学の神学部をも併せてプロテスタント教会ルター派の重要拠点であった。片やフランクフルトも宗教改革が行なわれた場所であったが、皇帝の戴冠式の会場という伝統もあるため、軋轢を回避するために教会堂や僧院をカトリック教会に返還するなどの措置がとられ、また文化的には諸宗派が入り混じる多元的な性格を持っていたようである。詳しい事情は知り得ないでいるが、ファウストの民衆本を刊行したシュピース書房は、その巻頭言が示しているように、[32]同書をマインツ大司教領国の書記に献呈した。しかしまたフランクフルトの都市行政の実権はプロテスタント教会、とりわけルター派の都市貴族に帰した。ゲーテも、同市の行政に参与する資格をもつ有力家門の出身であった。それゆえプロテスタント教会系の空気のなかで成長したと言ってよいであろう。

かかる視点で見てゆくうちに気づかせられるのは、ファウストの『角笛』ヴァージョンと親近な形態がオーストリアに比較的多いことである。しかもそれ自体は、かなり早くから調査されていた。十九世紀末に編まれた指標的な文学史であるナークルとツァイトラーの『ドイツ＝オーストリア文学史』の一章「宗教改革からマリア・テレジア時代まで」に、アルニムとブレンターノが『角笛』に収録したヴァージョンの（直接か間接かはともかく）元になった歌謡への言及があり、その一部が引用されているのである。またその注記では一七二五年の印刷歌謡紙片とされている。関連する演劇事情にもふれているその一節を読んでおきたい(33)。

ウィーンのスタイルを決めたのは、ドイツの諸々の舞台の演目であった。……民衆劇が変化をきたして基準的なかたちをとっていたのはウィーンであったが、そこでは一七七五年にファウスト博士が、藝術作品としては初めて演じられた。ウィーンの劇作家ヴァイトマンの作品である。……皇帝の居所であるドナウ河畔の都市では、古いナイトハルト劇がイギリス人の伝統と結びつくかと思うとコメディア・デル・アルテとも結びつき、それによってバロックの土台から民衆劇場がくっきりとかたちをとった。それは後にライムントの魔法のような舞台づくりで完成をみることになる。一七八三年には古い民衆劇であるファウスト劇が演じられたが、それは職業俳優が古いファウスト劇を演じた例としては（確認される）最初にして最後の事例である。

ヨーゼフ・フォン・クルツがフルンクフルト・アム・マインのヴィッテンベルク大学の不興をかうことになったベルナルドンものも、状況からみると、《ウィーンのファウスト》が元になっていた。フランクフルトでは、クリスパンが、《追放された助手になったり、悪魔にいじめられる旅人になったり、メフィストーフェレスの相棒として散々な目にあったり、空を飛んでしくじったり、借金取りに追われて笑いものなったり、魔女の頭目になったり、常軌を逸した夜番になったり》と、舞台上で我がもの顔にふるまった。

……

一六六三年から一六六五年まで、インスブルックの喜劇団が、ウィーンで上演した……。

彼らは一七七〇年代にはプラハで公演をおこなったが、《道化役》のあまりにあけすけな振る舞いのために、代官の厳しい通告を受け、またプラハ大司教マテーウス・フェルディナントの不興を買った。つまり《舞台上にて不届きの振る舞い》を見せたゆえであった。当時、プラハにおいて演劇が盛んであったことはよく知られている。確かめられる限りでは、そこで最初に公演をおこなったドイツ人の喜劇団は、《ザクセン選帝侯の宮廷喜劇一座》、すなわちヨハネス・シリング一座で、一六五一年六月二四日に代官所から認可を受け取った。彼が公演願い出のために差し出した演目一覧はまことに興味深い。そのなかには、トマス・キッドの「スペイン悲劇」、「ジュリアス・シーザー」、またマーロウの「マルタ島のユダヤ人」、それに「大魔法使ひファウスト博士」の物語がみとめられる。ドイツの劇作家ブラウンシュヴァイク公ユーリウスの作品をもとにした演目も入っていた。喜劇の団体の多くは、ヨーハン・ベルテンが設立したいわゆる《大一座》から分かれた諸座がオーストリアの諸州で活動していたが、そのすべてを数えることはできないほどである。著名な座のほとんどすべてが姿をみせている。主にアルプス地方の諸州やベーメンやメーレンで活動していたのは、次の諸家族である。ヒルヴァリング、ティリー、マルクス、ブルニウス、ガイスラー、さらにシュトラニツキー、クルツ。ウィーンでの前述のファウストの改作の意味合いのために、ここで今一度取り上げておきたいのは、ファウスト博士の民衆劇がオーストリアではよく知られ、広く行なわれていたことである。

ツィンガーレは、その『チロール風物詩』のなかで、チロールの地方色をつよく帯びたファウスト劇に注目した。十八世紀末に接するその作品はおそらく藝術文藝に属していた。それゆえラウフェン*の断片から知られるクラーリクやヴィンターやマイヤーによる低地オーストリアの人形劇が推測させる古い民衆劇は、そのコンセプトの大きさにおいて比肩し得ない。民謡のかたちによるファウスト伝承の（最近アレクサンダー・ティレが注目した）二つの描写も、その成立地がチロールからシュタイアマルクにいたるアルプス地方であったことを示唆している。いずれにせよ、それらは演劇の舞台を前提にしていた。またその末尾には、クラーリク＝ヴィンター流の人形劇とおなじく、ファウストが、悪魔に十字架のキリストを描かせる場面を組みこんでいた。ティレの報告によれば、一七二五年の印刷紙片があり、そこでは次のような場面がくりひろげられた。

かくて魔ものは絵筆とり、描きあらはし始めしが、
十字架上の御姿を写してゆきしそのうちに
険《けは》しき声でファウストに念を押してぞ尋ねたり

《なほ、どこか、描き足らざる箇所あるや》
《されば、此処》、と答へてファウスト申すなり
《ここに絵具を塗り足せば
キリスト様の御姿もこの上描く要はなし、
天の館もめでたく成就》
神の忍びし御受難のいかであつたかその様は
かくてはやくも仕上がりぬ。
されば悪魔の問ひたるは
《然らばファウスト、その代わり何を褒美に下さるや》
これをつぶさに見ていたるファウストやおら申すには
《はて、何事か欠けたるぞ》
悪しき魔ものの申すには
《これなる絵には唯ひとつ、わしに描けぬものがある。
尊き札とその御名は
とてものことに悪魔には描き通せるわけはなし
十字架柱のいただきの尊き御名のその場所は
キリスト様が休みなくはたと睨んでござる故
そなたが尊きイエススの御名を畏《かしこ》み

祈り上げ、唱へまつつておつたなら
なん時なりと神さまは、そなたの声を聴き給ひ
永遠《とは》の慈悲とて得しものを》

原文はおそらく一七〇〇年であろう。この歌謡は人形劇において守護天使がうたう歌であるが、その成立時期は十七世紀と推測される。

＊　ニーダーエスタライヒ州（低地オーストリア）の地名

注目すべきは説明文の最後の部分で、先に引いた『角笛』の「ファウストの歌」の疑問点にふれる記述となっている。歌は、人形劇の舞台で守護天使が担当すると指摘しているからである。つまり、単なる地の文としてではなく、適宜、その立場からの発話がさしはさまれても不思議ではなかったことがうかがえるのである。また先の『角笛』ヴァージョンの最後から二行目で《はや悪魔らのその姿、影も形も消へたるは》とうたわれるのは、舞台から登場人物がすべて消えて空っぽになったのであろう。しかしただの退場ではなく、悪魔がファウストを攫ってゆき、観客には直《じか》に見えないものの、実は凄惨な断罪の真最中、との意味合いであった。『角笛』所収の「ファウストの歌」が、現代では予備知識をもたずに読むと分かりにくいところがある、と先に注目したのはこの二点にほかならない。つまり、地謡いの一部が天使の語りかけになっていることと、最後に登場人物がすべて消えた空の舞台が実は凄惨な地獄への拉致と業苦を観客に想像させようとの演出となっている点である。

もっとも、後者について補足を要する。現代人にはもうひとつ分かりにくいかも知れない演劇史上の問題がか

さなっているからである。とは言え、このファウスト劇が演じられた施設がいわゆるバロック舞台であったか、それともルネサンス型の舞台であったかは定かではない。つまり近代劇において一般的となる幕があったかどうかという点である。よく知られているように、シェイクスピア劇には幕がなかったが、これは現代の作劇には想像がつきにくい問題を演劇人に迫った。幕の開け閉めという物理的に有無を言わせぬ操作なくして、観客に区切りを納得させることがもとめられたからである。またそれが極まるのが、演目の終結であった。幕がひかれるのでもなく、映画のようにフェイドアウトになるのでもなく、それでいて大尾を実現しなければならない。ちなみにこの点で、最も多彩に技法を駆使したのはシェイクスピアであった。三六篇（あるいは最近その真作であることが判明した一作を加えれば）三七篇の多くは終わり方にも工夫がこらされているが、私見ではそれらは五通りから六通りの技法が使いわけられている。この問題にはここでは深入りしないが、そうした終結の作劇法という面からも、この十八世紀半ばにオーストリアの諸州においてのおそらく巡業の一座が手がけたヴァージョンは興味深い。舞台からは誰もいなくなり、しかもそれができごとの凄惨かつ凄絶なことにおいて作品全編の頂点なのである。この二重性は演劇の終結について誰をしも納得させたであろう。もっとも、この技法を明白に映しているのは、次に紹介する歌謡ヴァージョンの方であり、実際の民衆劇では、民衆劇に特有の中途半端や妥協が様式となっている。すなわち、誰もいなくなった舞台で終結が達成されたにもかかわらず、その深刻な気分を相殺する滑稽な掛け合いが付け加わるのである。ここでファウストの手助けに、何とカスパルが現れ、しかもファウストの言いつけを聞くと思いきや、悪魔に駄賃をちらつかせられると、たちまち鞍替えしてしまう。そして悪魔の勝利に貢献したとして駄賃をねだるが、悪魔はもはや小物を相手にする必要はないとばかりにあしらって、口から火を発しカスパルの顔に吹きかけて退場する。カスパルが大げさな悲鳴をあげながら退散して舞台はまったく空っぽになり、その蛇足のようなおまけで終わる。しかもそれは、その一座の独創というより、ファウスト劇の型であった。そして、その時代からも、民衆劇の実際からもまだ隔絶してはいなかった演劇人ゲーテには、事情は明白であったろう。ブレンターノも知っていたであろう。むしろゲーテは、そうした型の常套であることに批判をもったとも考えられる。

なお言い添えれば、『ファウスト 第二部』の最後の場面、すなわちファウストの血獄行きと天堂入りのあいだで起きる異界のものたちのせめぎ合いは、舞台上で表現できるようなものではないとも見える。ゲーテの『ファウスト』は実際の演劇というより読み物としての演劇（Lesedrama）という理解が一般的で、そのため作劇の面からの検討は必ずしも正面に立たないが、今のような要素を加味するなら、意外に解ける箇所も少なくない。

次に、もう一つのモチーフを検討しなくてはならない。先の引用文からは、十七、十八世紀当時のオーストリア諸地方の演劇事情が大まかに知ることもできる。と同時にファウストについては、悪魔に十字架のキリストを描かせるモチーフがより鮮明にあらわれている。これは一体なにであろうか。次にそこへ検討の重点を移すが、その前にここで引用した文学史の記述の幾つかについて語釈をほどこしておきたい。

パウル・ヴァイトマン[34]は劇作家として大きな存在である。またブラウンシュヴァイク公ユーリウス[35]は北ドイツの領邦君主で、宗教対立時代に皇帝家の側に立って領邦と自己の地位を保った術数家であるが、また自ら一〇篇余りの劇作をも手がけた異才でもあった。多くの演劇にたずさわった多くの人名が挙げられているが、ほとんどはかなり知られた存在である[36]。シュトラニツキー、クルツ、ヨーハン・ベルテンなどである。また《ベルナルドン》はコメディア・デル・アルテ系の道化役の際立った役柄でクルツの演技と演出で知られた。なおここで名前のあがるツィンガーレは、ずっと後の研究者であるイグナーツ・ヴィンツィエンツ・ツィンガーレを指す[37]。チロールの名門の出身でゲルマニストであり、その『チロール風物詩』は一八七七年の刊行である。またナイトハルト劇は、中世末期の演劇の滑稽劇の一種で、下級騎士ナイトハルトのいたずらが特徴的で、道化役の代名詞の一つであり、また謝肉祭劇の一種ともなった。[38] クリスパンも道化役であり、またメフィストーフェレスも悪魔としてだけの存在でなく道化役を兼ねていたのである。

c クレッツェンバッハーの研究から

文学史研究の古典の一節を手掛かりにしたわけだが、そうなると次に目に入ってくる一冊の書物がある。先の文献よりずっと後に書かれた一冊の研究書、すなわちレーオポルト・クレッツェンバッハーの『ファウスト伝承とその諸形態[39]』である。著者のクレッツェンバッハーはミュンヒェン大学教授として、一九六〇年代から七〇年代にかけてドイツ民俗学の一方の代表者であった。その分野の基本的な専門誌『エトノロギア・エウロパエア[40]』のドイツ語圏での編集担当者にもなっていた。

しかしドイツ民俗学の分野では大きな存在であるこの著者にも、またその主要著作の一つでもあるファウスト像の研究にも、本邦のゲルマニストはほとんど注意を向けてこなかったようである。民俗学という隣接学の成果が死角になっているのはファウスト限られるわけではないが、そのほとんど度外視された分野から何がもたらされるか、次にそこへ話題を移したい。

(四) ファウスト歌謡

a 「ファウスト博士の歌」

はじめに、ファウストを題材にした一篇の歌謡を取りあげたい[41]。一読すれば一目瞭然であるが、そこには、普通、ドイツ文学の分野で知るファウストとは違った世界が広がってくるはずである。紹介する歌謡は、十九世紀末に編まれた民謡集に収録されたが、原本である歌謡紙片そのものはその後消失したようである。クレッツェンバッハーの研究書にはその表紙(口絵6参照)と最後の数節にあたる二葉の写真が収録されている[42](口絵7参照)。その活字のスタイルは一八〇〇年前後の時期、あるいはもう少し遡るかと思われるが、また歌謡自体の正書法は現代ドイツ語と著しくかけはなれてはいないので、そう古い時代にまでは遡らないであろう。以上は書誌的な状況であるが、さらに補足するなら、ファウスト伝承のなかでは、歌謡の研究が遅れていることは、近年の包括的な口承文藝事典が触れてもいる[43]。しかしまたファウスト歌謡の種類はこれまでに知られているヴァージョンが多くないこと、そのなかにここに紹介した一篇もふくまれることも言及されている。その出所は、これを掘り起こした歌謡研究者の注記によれば、オーストリアのシュタイアマルク、特にアドモントとされている[44]。とまれ、その歌謡は次のようなものである。

ファウスト博士の歌

一　キリスト者なる方々よ、怖がりませずと
珍らかな物語をば聞かれませい
そは虚栄の現世の申し子の
ヨーハン・ドクトル・ファウストの御物語をいたすなり
この人物の本貫は、アンハルトなる町にして
学問修行に精出すも
傲慢者に育つれば
森羅万象一切の知識を得んと欲したり。

二　業苦渦巻く地獄より
四萬体の霊たちを魔法使ひて呼び出すも
なかにも迅速比類なき
メフィストフエレスと云ふ者は
人の心をよく察し
すぐれて役立つ霊なるが
他にも瘋癲鶏《フーテンどり》の姿せし
風吹くごとき魔物あり。

三

悪霊どもの働きのげにも機敏なその様は
さながら矢玉のごとくにて
何萬マイルの遠方も
進んで案内《あない》いたすなり
さればかくしてファウストは、悪霊どもを操りて
王侯貴顕の贅をなし
国々めぐりて御遊興
その様いかにと申すなら、とつくと語り聞かすなり。

四

異国の土地に生ひ育つ
夏の果物所望なら
冬のさなかであらうとも
樹になるままに持参なし
はたまた冬に成るものも
急ぎ運んで参るなり
ファウスト殿の欲すれば
スペイン産のワインとてたちまち御前に届くなり。

五　郵便馬車を駆るときは
悪霊どもは命を受け
道の前後を丹念に
とくと舗装をいたすなり
あるいはドナウ川岸のレーゲンスブルクの都にて
ボーリング試合をお楽しみ
その上魚の生け獲りや狩猟遊びはファウストの
この上もなき御好物。

六　夜通しなりとて、霊どもは
面白をかしきコメディーを演じつとめるのみならず
いまだかつて何人も聞いた例《ためし》がないほどの
甘美な曲を奏すなり
空飛ぶ鳥をつかまへて
楽しみ暮らすその上に
仕事万端終へるまで
悪霊どもは、片時もくびきを放していただけぬ。

七

命のあるまま、霊どもは
何千枚の貨幣をば、調達いたすのみならず
金銀までも持ち来れば
大満悦にてファウストは高笑ひをばなさるなり
シュトラースブルクに参りては
射撃の的を掲げさせて
ときには悪魔を狙ひ撃ち
鋭き悲鳴の挙がるなり。

八

悪霊どもは耐へかねて、放免願ひてあまたたび
哀訴哀願したれども
ファウスト殿は承知せず、かくのたまふばかりなり
《貴様ら共を切り刻み、責めさいなむは愉快なり
わしがひとたび命ずれば
その言ひつけはいつとても、聞くが定めと思ふべし
今後もまだまださいなみて
嘲罵玩弄いたすなり》

九

白銀、黄金《こがね》、豪華なる数へも切れぬ御衣裳
何処《いずこ》の国の品とても
悪霊どもは相違なく即座に調達なし終へて
御着用にと供したり
ダイヤモンドの装身具、美々しきあまたの品々も
トルコの国より運ぶなり
はたまた何処《いずこ》の土地にても、をさをさ御不自由なきやうに
通詞の用を勤めたり。

十

末期《まつご》を前にファウストは
聖なる土地を見たしとて
疾風《はやて》のごとき悪霊を二千あまりも呼び出だし
イエルサレムの都まで連れ行くことを命じたり
この世にあまたの国あるも
悪霊どもがこれまでに連れ行かなんだ国とては
イエルサレムを残すのみ
そは明らけき事実なり。

十一　その日は正に至聖なる灰の金曜なりたるが
イエルサレムの尊貴なる巷《ちまた》のなかに
ファウストは、やをら到着致したり
そは他ならぬキリストが十字架柱にて
罪人の我らに救ひをなさんため、死に給ひたる場所なりき
魔ものはこれをファウストに示してしかと申したり
《汝がためにキリストは救ひを確かになしたれど
汝はついに一向に感謝の念をなさざりき》

十二　魔ものに問ふてファウストは尋ね申して言ひにけり
神の最後の御様子はいかなる様であつたるぞ
魔もの答へて申すには
《この世のいかなる絵師とても
十字架上の神だけはとてものことに手に負へぬ
さればファウスト、よおく聴け
救ひを乞ふは筋違ひ
後悔するもはや遅し。

十三　血潮流してキリストが
傷を負はれし御様子は
げに恐ろしき様なるぞ
汝《なれ》の魂今もなほ肉に執着するなれば
自ら見たるそのときは
恐怖に戦《おのの》くなるならん
されば彼処《かしこ》へ行かずして、そのままここにとどまれい
神の御もとへ参るとも、よもや宥しは得られまい》。

十四　虚空に浮かぶ悪霊の群を相手にファ ウストは
激しき議論をなしたりき
しかしてもはや分別を失ひ果てし後なれば
《然らば神の御慈悲をそなたに見せてとらせうぞ
我が眷属《けんぞく》よ、ファウストの望みもとめし似姿を
空に描いて見せてやれ
そは、この者のいやはての姿と見紛ふなるならん。

十五　なれど絵像を見たとても

嘆きをなすことあるまいな
溜息つきしそのときは貴様を海へ落とすなり
もつと以前に悔悛をなせばよかりしものなるを》
悪魔の群はファウストを
二千尋《ひろ》もの上空にかついで飛んだその果てに
ミラノの町へ降りたれば
言はるるままにファウストは、定めの場所へ歩みたり。

十六　瘋癲鶏のウレッスス
二百マイルの空の道
疾風《はやて》のごとく飛びゆきてポルトウス・カレの都より
三エルレもの亜麻布をかつぎて帰り参りたり
かくて悢《こら》へも切れぬ程
悪魔を散々使ひたり
所望さるれば何物も持参いたさぬものはなし
絵具とても同じこと、ポルトウス・カレより運ぶなり。

十七　かくして九時になるときに、悪魔は早くも帰着せり

まことに颪の如くなり
メフィストフエレスは絵具をば磨りてつぶして用意なし
たちまちにして仕終へたり
次いでファウスト申すには、《さあさ、描いて見せてくれ
神聖こよなき十字架のキリスト様の御最後の
死に給ひたる御姿
描き違ひのなきやうに、よおく注意をいたすのじや》。

十八　かくて魔ものは絵筆とり、描きあらはし始めしが、
十字架上の御姿を写してゆきしそのうちに
険《けは》しき声でファウストに念を押してぞ尋ねたり
《なほ、どこか、描き足らざる箇所あるや》
《されば、此処》、と答へてファウスト申すなり
《ここに絵具を塗り足せば
キリスト様の御姿もこの上描く要はなし、
天の館もめでたく成就》

十九　神の忍びし御受難のいかであつたかその様を

かくて悪魔は仕上げたり
これ目にするや、ファウストは、やにはに色を失ひて
恐れおののくばかりなり
さればいかほど見つめるも
描き落としの有る無しを言ひ得ぬ段となれるとき
ここぞとばかり悪魔めは、やをら申して言ひにけり
《これなる絵には唯ひとつ、わしに描けぬものがある。

廿　絵像の上に来るはずの尊き御名前これだけは
とてものことに悪魔には描き通せるわけはなし
十字架柱のいただきの尊き御名のその場所は
キリスト様が休みなくはたと睨んでござる故
そなたが尊きイエススの御名を畏《かしこ》み
祈り上げ、唱へまつつておつたなら
なん時なりと神さまは、そなたの声を聴きたるに
さればそなたは天上の館に入りてありつらん》

廿一　かくして遂にファウストに死ぬ日の到来したるとき

悪魔はやをら一片の書き付け持ちて参りたり
約束通り魂を引き攫はむと致すなり
怖さのあまりファウストは、大きな声を立てたれど
肉はあまたの肉片に千々にちぎれしその上に
魂は地獄へ堕つるなり
地獄の底でファウストは
激しき苦痛に責められて、永遠《とは》に苦しみ申すなり。

歌謡一編を通じた筋立ての眼目は、十字架像という絵像の種類にある。ファウストはそろそろ死期が近づき、そのまま放っておけば悪魔との契約によって魂をさらわれる運命を前に一計を案じる。悪魔に命じて、受難のキリストを描かせるのである。それに祈れば、神の慈悲が得られ、最後のところで救われるという、悪魔を出し抜く計略である。それに対して、悪魔の方も裏をかくための方策を練る。絵が仕上がる少し手前で、ファウストに絵の出来上がりについて念を押す。ファウストも少し注文をつけて絵筆を揮わせたりし、やがて絵はまったく仕上がったかに見える。しかし、そこにはキリストの聖名が欠けていたのである。もし画面に聖名がそなわり、それに向かってファウストが有難い主の御名を唱えていたなら、救われていたはずだった、という設定である。そこで悪魔は、ファウストが仕上がりを確認した後になって、何を描き残したかを自慢げに明かし、絶望に打ちひしがれる獲物を地獄へ攫ってゆく。

このヴァージョンは、歌謡紙片が印刷されたと推測される時期からも、ゲーテの『ファウスト』を踏まえては

いず、両者のあいだに直接の連絡はなかったであろう。文豪は死の床でまで推敲を重ねていたとされ、逝去は一八三二年であった。それゆえ、ゲーテの文学作品と大きく見れば共通の土台をもっているのではあろうが、ファウスト伝承の枝分かれの一つであった。成り立った場所も環境も別系統である。成立はオーストリアのシュタイアマルク州アドモントと推測され、そこに所在する著名な僧院[45]の周辺であった可能性もあるが、いずれにせよカトリック教会の圏内であった。それに対してゲーテの作品は、素材においても、発展の方向においても、(敢えて宗派の別を立てれば)プロテスタント教会系のなかでなされたという見方もできないではない。

実際、ファウスト伝承は多くの改作は、細かく見るとまことに多彩である。むしろ時代の変化と共に、それぞれの状況下で脚色されるのがその常のあり方であったと言ってもよいくらいである。その一つがゲーテであった。文学とそれに盛られた思想という点では、幾多のファウスト改作の最高峰であることは言うまでもなく、系統樹の頂点に位置するであろう。それはまた、他にも大枝や小枝があったということでもある。素材を加工し新趣向を加えるのは、ゲーテの書斎だけではなかったのである。

では今ここで見た歌謡はどういう性格のものであったろうか。ゲーテと同時代に形をとっていたこの系統樹の小枝は何のためのものであったろうか。歌謡の分類をあてはめるなら説教歌(Predigtlied)[46]である。それゆえ、ここで筆者が試みた説明調の翻訳ではなく、音数をそろえて歌いものにするべきであったのであろう。さはとまれ、説教歌は、その内容から見ると、何かを解説する性格にある。耳をかたむける信徒をある特定の霊物へ誘導することを目的としている。とりわけ歌詞の後半から明らかなように、キリストの絵像、特に十字架像である。

かくて魔ものは絵筆とり、描きあらはし始めしが、

十字架上の御姿を写してゆきしそのうちに
……
《これなる絵には唯ひとつ、わしに描けぬものがある。
……》

これがキリスト像の一種、十字架像（Kruzifix）であることは歌詞からもあきらかである。つまり十字架にかけられたキリストの姿である。そのなかのある種類に信徒を誘導するのが趣旨である。と言うより、それは特定の教会堂の絵像であった可能性がある。そこまでの絞り込みは難しいが、範囲はかなり限られてくる。また注目すべきことに、それにたいして研究者は《ファウストの十字架像》(Faust-Kruzifix）と名付けてきた。しかし恣意的な命名ではなく、歴史的・資料的な事実を踏まえている。

その絵像とは、要するに通常、十字架のキリストの頭上の札に書きこまれる〝INRI〟を欠く種類を指している。〝Iesus Nazarenus Rex Judaeorum〟（ユダヤ（人）の王ナザレのイエスス）であるが、その文字が描かれなかった種類がある。そうしたものは必ずしも珍しくはないが、ある時代状況のなかで、またおそらく特定の地域において特殊な受けとめ方がされるようになった。標識が付かないのは悪魔が描いたためで、どれほどうまく描いていてもキリストの聖名だけは書きこめなかったとの解釈である。これについては、後ほどその背景にふれる。

こまかい表現では、《瘋癲鶏《フーテンどり》》と訳した原語は〝Auerhahn〟、すなわち雷鳥を指すが(47)、その和名では雰囲気が伝わらないと思われた。由来は詳らかに確定し得ないが、雷鳥はアルプス地方ではわりあい身近な鳥で、特に発情期に痙攣めいた踊りをみせるところから道化師の振る舞いを連想させるらしく《狂った（おどけた）鳥》とされる。そこから道化劇の主役ハルレキーンの語源をここにもとめる説まで唱えられたこともある。また痙攣をおもわせる変わった動きのイメージが強いためであろう、たとえば雷鳥の肝を食すると小児の癲癇の予防になるといった俗信も報告されている。(48) また今日でもドイツ祭りの屋台やボックスカーにはライチョウの図柄がロゴになっていることがあり、さらにビールの銘柄でも見受けられる。日本ではライチョウが普通は馴染みが薄く、また（おそらく当て字の）雷にも促されて一部では神々しいイメージが伝統となってきたのとは大きな違いである。また悪魔の名前のウレッススはホメロスの叙事詩の主人公オデュッセウスから来ており、遠方を往来したことにちなむ連想である。(49)

ポルトゥス・カレと訳した箇所の原文はポルトガルであるが、注解にしたがってポルトとした。(50) ポルトガルの国名の元になった都市ポルトの古名で、リスボンとならぶエキゾチックな品物の集散地であった。横浜という感じであるが、なぜこの地名が出るヴァージョンが多いのかの解明は今後の課題としたい。ゲーテが『角笛』を通じてこれを知っていたことは明らかだが、取り入れなかったのは注目されよう。

b　民俗研究におけるクレッツェンバッハーの特色

ここではレーオポルト・クレッツェンバッハーの研究を底本にして考えてみたのだが、ここで民俗学者のクレッツェンバッハーの学風について考えておきたい。それはこの研究者のファウストへの取り組みの性格を知ることにもなる。またその大きな枠組みを視野の外においたままで、フォウスト伝承の幾つかのテキストの異同に限った情報になってしまい、それがいかなる考え方から来ているのかが、遂に分からずじまいになってしまう。

ファウストの考察に関しては、クレッツェンバッハーでは、ところどころで自ら探し当てた新資料を加えていることがあるが、基本的には先人が発掘した資料を丹念に整理して、その上に理論を立てている。問題はその理論であるが、それは《民衆バロック》という概念としてまとめられていることが多い。これは、対抗（反）宗教改革の精神が民間に広がるなかで成立した独特の観念を言う。クレッツェンバッハーのフィールドは、自身の出身地でもあるオーストリのシュタイアマルク州をふくむ南東ヨーロッパである。シュタイアマルクは第一次世界大戦の結果、南北にほぼ等分され、北がオーストリア、南が旧ユートスラヴィア、現在のスロヴェニアに分かれた。またその南にはオーストリ帝国時代にはクラインと呼ばれていた一州がある。今日ではスロヴェニアの首都リュブリャナ（ドイツ語名ライバッハ）が位置する地域でもある。それにオーストリアのケルンテン州を併せた三州がクレッツェンバッハーの民俗研究の主な調査地域であったが、そこはまた歴史的には際立った特色をもっている。宗教改革に対するカトリック教会側の巻き返しの運動、いわゆる対抗宗教改革が広まる上での重要地域だったのである。中心はグラーツ太公府で、歴代のオーストリア皇帝は、ここに最も信頼する親族を配置した。そして十六、十七世紀の宗教対立の時期には、ローマ教皇庁とその周辺で起きる新たな動きは、このルートを通って中部ヨーロッパへもたらされることが多かった。もっとも、それは水面を波がくまなくひろがってゆく平面的なものではなく、たいていは先ず領域の支配者が居をかまえる宮廷や、都市の支配層がつなぎわたされ、そのネットワークから幾つもの波動が起きるというものであった。しかし大きな文化地理区分をあてはめるなら、近代初期（日本風に言えば近世）のカトリック教会色を併せもつ政治的・文化的運動が広がる幹線であった。それゆえまたカトリック教会側のエース格の国であり、イエズス会の主要メンバーの出身地でもあるスペインの動向が伝わるルートでもあった。[51] 中身ではむしろスペイン＝イタリア文化と言うべきあろうが、近代初期にかんする文化史のキイワードを挙げるなら、《ドイツとスペイン》の現場にほかならなかった。[52]またそれは、見ようによれば《対抗宗教改革の藝術としてのバロック》[53]の伝播と定着を意味していた。もっともこの二つの古典学説のうち、クレッツェンバッハーが特に繋がりを意識したのはゲオルク・シュライバーである。また後者を掲げたヴェルナー・ヴァイスバッハの簡潔で示唆に富んだタイトルはキイ・フレーズとしてつとに知られており、ここでの文脈にもあてはまるであろう。その第一章は、狭義の美術論を超えてバロック文化の総論となっており、細かくみるとクリストファ・マーロウへの言及もはいっている。[54]とりわけ、イグナシオ・デ・ロヨラの霊視体験に焦点を合わせて、バロックにおける魂の肉感性をえぐり出した件《くだり》は、バロックの展開力を結晶核においてとらえた観がある。事実、おおまかな通念の限りでも、バロック建築、とりわけそのファサードはローマのイエズス会の本部教会堂イル・ジェズに端を発するとされる。

クレッツェンバッハーは、バロックの概念をかなり広く理解し、特に時間的には十九世紀にまで引き延ばしている。すなわち、バロックは、美術の様式にとどまらず、むしろ中世以後の混乱のなかで芽生えた展開力を秘めた心理と営為の姿勢であり、それゆえ人間活動のあらゆる局面に関係してゆくとされる。そして特に生活文化まで浸透したのが《民衆バロック》であった。「南東アルプス文化史紀行」のサブタイトルがつけられた、その研究のエッセンスとも言うべき著作の序文の一部を引くと、次のような宣言とも聞こえる文言に接することになる。[56]

……私たちを採訪へと促すのは、全ヨーロッパをおおう文化的運動が私たちの土地の目鼻立ちを最終的にかたちづくった時代に他ならない。しかしその文化的運動はアルプス・ドナウ地方ではきわめて特殊な形態をとったために、十六世紀以来の私たちの歴史となれば、何を理解する上でもここにこそ理解の鍵がひそんでいると思えるほどである。

……運動の原点は、南国ロマンス語圏における強力な改革意志であった。そしてトリエント公会議で力強い橋頭保を構築した。もっぱらキリストに依拠して行動する感覚鋭敏な人々が、自己の思考を全世界に広めるようになった。彼らはまた最新の手段を意識的に活用した。演劇の舞台、劇行列、絵解き説教、それにオラトリオや小劇である。しかもそれらは教会堂内だけでなく、夜間、野外で蠟燭の輝きや松明のあかりのもとでも催されて、感動に飢えた人々の耳目に訴え、心に深い感銘を及ぼした。新しい精神や新しい感覚や新しい藝術への意志を帯びた活動圏の連鎖が、ドイツの南部でも西部でも、また大学や諸侯宮廷や印刷工房といった精神文化の涵養場所をも中心にして広まっていった。それと共にロマンス語系の観念や図像なども、無数の漣《さざなみ》となってアルプスを越えて北方へと流れこみ、さらに東方や南東方へも浸透した。

教会的復興運動は、特に私たちの地方では、対抗宗教改革のかたちをとって政治的な力と結合した。……これがために、その復古運動は数々の恐ろしい事件を誘発した。半世紀ないしはそれを僅かに超えるくらいの期間に、対抗宗教改革は、戦火やペストが燃えさかるなかで、人間の良心にかかわる重い選択を突きつけた。このため新しい信仰を裏切るよりも、故郷を追われることを選んだ人々も多かったのである。

バロックという流行的世界は、軽快かつ明朗な外観だけがその特質とみられ勝ちだが、その実、田舎の教会堂も貴族の館も、これに感化されなかったところはひとつとしてないのである。……誰もが時ならぬ死によって拉致される。その異常な緊張を体現するのがバロックである。三〇年戦争、トルコ戦役、絢爛たる装飾をほどこした丸屋根の教会堂、華麗なメヌエット、擬古典的な牧羊歌、《羊飼い》、いかにも民俗的な多数の人形を擁したクリッペの多彩な賑わい、聖遺物容器の細かな装飾、これらがその時代の人間を満たし、駆り立てていた。

この流行は西ヨーロッパ全土に波及した。……その潮が引くと、南ドイツ・オーストリアをはじめ、南方・東方の諸地方では、それによって培われた民俗文化の花園が、新しくこれまでになく咲き誇った……宮廷バロックは高次藝術の輝かしい精華を擁して、過去の高潮時における西洋文化の遺産と肩をならべた。しかし《民衆バロック》がその後も成長しつづけたのは、アルプスとドナウ河に臨む諸地方だけである。……

ややオマージュの観のある文体であるが、これ自体、遠くゲオルク・シュライバーにつながるところがある。[57] 特に後者は《キリスト教民俗学》の大成者であるが、その観点に立つと民俗研究によって得られた知識は民衆信心をたしかめることでもあったからである。つまり、民間習俗や慣習へ延びるキリスト教会文化の現実態の確認であり、それは社会形成の土台として肯定されるべきものであった。クレッツェンバッハーとなると、第二次世界大戦後のドイツ民俗学の大きな変革のなかで活動し、また民俗学の知識がただちに社会的な意味をもつ状況でもなくなっていたために、学知の性格をつよめてはいるが、その流れを汲んでいる。

付言すると、クレッツェンバッハーは、ドイツ民俗学界の現代につながる状況のなかにいただけに、ゲルマン文化の延命などといった過去の先入観とはおおむね決別している。また民俗事象が民間で形成されたと見る十九世紀のロマン主義や同世紀末から二十世紀始めに猖厥をきわめたネオロマン主義の考え方にもしばられていない。しかし民俗文化をある種の基層として理解しようとする姿勢を捨て切っていず、むしろその再構築をめざしていたところがある。《民衆バロック》は、そうした近代の直接の土台としての民俗文化の形態を指している。たしかにヨーロッパの文化の諸要素には中世に遡るものも少なくない。なかにはキリスト教以前のものも（その延命を言い立てるのは危険であるが）皆無とは言い切れない。しかし、それらは中世以後に時代の坩堝に投げこまれ、組成が根本的に変化し、新たな要素も加わって、それまでにない基本型をつくることになり、それを土台として近代が積み上げられたと見るのである。(58) そのさい新たな土台づくりに本質的な意味をもったのが、アルプス地方では、対抗教改革の性格を帯びたカトリック教会の再浸透であった。それゆえ北ヨーロッパなどとは、かなり趣の違った民俗文化が形成されたと考えられる。その特徴は幾つかみられるが、それはプロテスタント教会の諸地域では世俗化の度合いが高まったのに対して、カトリック教会圏では生活と宗教が密接でありつづけたこと、またプロテスタント教会圏では合理主義が極端化していったのに対して、それが適度に抑制されたことを挙げている。同時にそれが民衆文化の性格までとるようになったのは、かなり長い年月を要し、一部では、十九世紀にまでその波動が延びていたともみる。それゆえ《民衆バロック》の概念は、十六世紀末から十九世紀の少なくともその初期にまで及ぶ長大な運動であったと考えられる。そしてそれが近・現代のヨーロッパ文化のなかに今日生きる者の直接の土台になる、というのである。またその意味での《郷土《ふるさと》》の概念が成り立つという。それは、アルプス地方という一定の共通性をもつ空間であると共に、ヨーロッパ文化に必然的なある特色をもった文化様式でもある。

（五）民衆劇「ファスト博士劇　ケルンンテン版」に見る《民衆バロック》

先にバラード「ファウスト博士の歌」を見たが、クレッツェンバッハーは、さらにもう一つのテキストを検討している。民衆劇「ファスト博士劇　ケルンンテン版」である[59]。これは人形劇ではなく、旅回りの喜劇の一座の台本と考えられている。またその元になったのがはじめに読んだバラードであるが、その転用の検討において、クレッツェンバッハーの民俗研究の基本的な観点が現れる。またその大きな方向を念頭に置いていなければ、ただのテキストの異同の問題でしかなくなり、ドイツ民俗学の一角に位置するその要点を理解しないままとなるであろう。とまれ、クレッツェンバッハーの解説である[60]。

聖名を欠いた十字架柱、すなわち悪魔が《神聖この上ない名前》を口にすることも描くこともできないというモチーフは、十字架をめぐる、不吉を駆逐する呪《まじない》として民衆の観念に深く根を張っていた。……《イエススの聖名》という特定の兄弟団（Confraternitates nominis Jesu）は、西ヨーロッパでは、すでに中世末に設立されていた。十六世紀初めには、教皇座は、フランシスコ会にたいして、イエススの聖名の特別の信奉儀式を認可した。イエススの聖名の兄弟団の姿勢を嘉し、支援し、明確に規約をみとめる教皇も増えていった。そして最終的に、教皇インノケンティウス十二世が、一七二一年に、すべてのラテン諸国の教会堂に向けて、イエススの聖名の特別の祭りを指令した。それが、説教や歌謡のなかで起きていた動向を踏まえた措置であったことは間違いなく、またそれ以後、その動向はますますバロックの宗教生活のなかに定着していった。十八世紀はじめ、イエススの聖名を称える信奉儀式が特別視されていたことが、ここでのファウスト・バラードの諸場面とファウスト劇に色濃く反映されているのであろう。……

……ファウスト・バラードのカトリック教会のヴァージョンにこのモチーフを引き入れた可能性は、明確な司牧の意図であったことだけは確かであろう。それは、聖職者であったかも知れない。そうしたテーマを取り入れたのは、当時の演劇作家よりも、むしろ説話・歌謡の作り手や民衆説教家がそれに相当する。また十八世紀の多数の説話バラードを鋳造した者たちにもあてはまる。それは、南ドイツ・オーストリア地域とその隣接するスロヴェニアの隣人においてすでに知られることでもある。カトリック教会的なバラード・ヴァージョンの《詩人》に大事だったのは、救われる可能性であり、また自己の過失で最後のところで得そこねた慈悲を通して恐ろしい経験を観衆にまざまざ呈示することであった。実際、このヴァージョンでのファウストは、救世主の死について語ってもらいたいと心から願っていた。彼は、悔悛の祈りへの激しい思いに駆られていた。しかし、目がくらみ、幻影にまどわされるという過失をおかして、破滅に沈むのである。それは、ファウスト博士は破滅するほかないという民衆のあいだにあまりに深く浸透していた筋のゆえであった。

ドイツ人とチェコ人のあいだでのファウスト博士の人生と《地獄行き》の民衆劇をみると、そのヴァリエーションの多彩なことは驚くばかりで、とてもここで取り上げることはできない。しかしその本質的な違いは、キリスト像を描くことを悪魔が拒否するかどうか、それくらいなら契約を突き返す運びになるかどうか、またファウストが頑強に、武器でおどしてまで悪魔にせまって描かせることになるかどうか、さらにファウストが十字架像の欠陥を点検し、あるいはそれに気づくかどうか、そして自ら絵筆をとってINRIの聖名を書き込むことにまで進むかどうか、等の諸点に絞られる。教導をこととする詩人の立脚点から見て重要だったのは、図像を目にしたときの恐怖であり、後悔の念を起こしたお陰で慈悲がはたらく兆しが現れることであった。事実、その段階でバラードが中断し、イエスの聖名への頌歌が響きわたるというヴァージョンも少なくない。そうしたヴァージョンでは、ファウスト物語とその結末は忘れさられてしまう。しかし民衆劇の場合、通常、後悔して十字架像を前に祈るファウストの前に、悪魔は新たに幻影を浮かび上がらせる。ヘレナやメレトリックスや《ポルトガルの乙女》やルツィンデや、名前が特定されないままの《美女》であったりだが、それに惑わされてファウストは我を失い、遂に救いを得そこねる。

ここで私たちは、歌謡と劇作品のどちらが先かという片がつかないあれかこれかにかかわることになるが、これをめぐっては、やはり《バラード》が元にあって、人形劇としてのファウスト劇もふくめて民衆劇の台本の《書き手》は、バラードに依拠して、そのモチーフをあれこれいじったようだというのが当っていそうである。それを他のどれよりも分からせてくれるものとして、「ファウスト博士劇　ケルンテン版」がある。十九世紀半ばに旅回りの喜劇の一座のために書かれたもので、殴り書きとでも言ってよいような無骨な筆跡である。……しかもケルンテン版の書き手は、お手軽に進めたらしい。南ドイツやオーストリア、特にウィーンの雰囲気をもつバロックの舞台では、それがスタイルになってもいたが、紙片《パンフレット》で流布していたバラードの歌詞を機械的に《前口上》の形にして、所作のはじまる前に配置したのである。さらに芝居の前半分は、この魔法使いにして道楽者、そして突飛もない変人の傲慢な生きざまを、ひたすら引き写すだけである。後半になってようやく、人形劇としてのファウストの演目の舞台効果にはいくらかのびのびとしたものになってゆく。それまではお手本のバラードを辛うじて台詞の形に置き換えていたのが、開放感をもって、お笑い役に合う科白に変えていたりする。そこでは、ウィーンのハンスヴルスト劇の伝統にいろどられたカスパルが段々前面に姿をみせて、魔法や奇蹟のファウスト博士とは好対照なリアルな舞台をつくり出す。少なくともここでは、アルプス地方のファウストは、一般に知られたマーロウやガイセルブレヒトやゲーテと決別して独自性をみせるのである。

クレッツェンバッハーはまた、この地方でのファウストの早い事例にも言及している。一六〇二年のファッシング（謝肉祭）にさいしてグラーツの太公宮廷においてファウストが舞台で演じられた。またクラーゲンフルトのイエズス会の学院劇場の上演目録に記載された一五九八年に演じられたラテン語による《博士劇》がファウスト劇であった可能性を指摘している。ちなみに、ファウスト伝承の早い刊本は、フランクフルト版一五八七年、テュービンゲン版一五八八年である。またニュルンベルクでは一五八八年のファスナハトにさいして、仮面行事にファウストが登場したことが、そこに居あわせたアウクスブルクの商人の日記から判明する。それゆえ文書資料からは一六〇〇年前後にファウスト劇のブームが起きたことが分かる。それが南東アルプス地方にそれが伝播したのは、もちろん民間習俗としての広まりではなかった。むしろ支配層の宮廷や、当時の社会・文化の先端的なネットワークであったスペイン＝イタリア系の修道会が弘布者であった。しかし社会の支配網の拠点で起きたためぼしいできごとは、時間をかけて徐々に民間へ流れこんでゆく。つまり《民衆バロック》である。しかも、まったくの民間人が手がけるのではなく、特定の機縁やシステムと結びついている。ファウストでは、キリスト教信仰の新しい要素を盛りこんで弘布する意図がはたらいていた、とクレッツェンバッハーは考察する。それは端的に《カトリック教会のヴァージョン》であり、教会関係者がかかわっていたと考えられるのである。つまりそのヴァージョンは当時の民衆信心の性格と重なっている。

またそれが元になって、娯楽の出し物という水準での広がりも起きた。クレッツェンバッハーが先人の収集資料から改めて紹介するファウスト劇はその性格にある。発見したのはケルンテン州の郷土誌家ゲオルク・グラーバーで、クレッツェンバッハーが若い頃から親しかった先輩でもある。[61] 問題の資料は説教歌謡を底本にした旅回りと思われる一座でつくられた手書きの台本で、次はそのさわりである。

モフエルス 汝《なれ》のただいま立ちたるは、十字の柱にキリストが
汝のためをと許らひて死に給ひたる場所なるぞ
キリスト様は汝のため救ひを確かになしたれど
汝はつひに一向に感謝の念をなさざりき

ファウスト 神の最後の御様子はいかなる様であつたるぞ

モフエルス この世のいかな絵師とても
十字架上の神だけはとてものことに手に負へぬ
血潮流してキリストが
傷を負はれし御様子は
げに恐ろしき様なるぞ
自ら見たるそのときは
恐怖に戦《おのの》くなるならん
されば彼処《かしこ》へ行かずして、そのままここにとどまれい

ファウスト 神の御もとへ参るとも、よもや宥しは得られまい
いいや地獄の悪霊よ、わしを虚空の上高く天上までも運びゆけ、
そこにて天の楽曲をしつかと聴きてとらうずる

モフエルス　おおファウストよ、吾は早や、万事万端し終へたり

ファウスト　わしにはもはや手立てなし、我が分別など知れたもの
天の楽曲教ふるは、我がかねてより願ひたる神の御慈悲の程なるぞ
定めを知るも、溜息をいかほどつくも無駄なこと

モフエルス　されば汝大概に嘆きをなすを止むるべし
さなくば汝を海原に真つ逆さまに落とすなり
つとに悔悛なしたれば、もつとよかりしものなるを

（退場）

（瘋癲鶏の悪魔とファウスト登場）

ファウスト　地獄の輩の手を逃るるいかな手立ても消えたる今
（こなた地獄の瘋癲鶏ウリウス奴、独白の後）瘋癲鶏の汝なれば、風吹く如く飛ぶならん。
二百マイルを飛びゆきて、大なる都ポルトカレ、そこより亜麻布三エルレ、はたまた絵具を持ちて来よ。九時の刻限違《たが》ひなく、これこの場所へ帰着なすべし。

瘋癲鶏の悪魔　承知いたした、ファウスト殿
さうさう早くは行けねども
先ずはこれより発たうずる

ファウスト　貴様はわしに仕ゆる身
疾く〻、行きて仕上げ来よ。

（訳者補記・瘋癲鶏の悪魔は退場）

瘋癲鶏の悪魔　あ奴にやわしの権威の程とつくと示し
痛い目をみせてやらずにおくものか、あ奴がわしの命のまま
十字架像の絵を描き、それを仕上げしその時は
あ奴のもとを立ち去るがわしのかねての腹づもり

ファウスト　ファウスト殿、お前様が私めにお申しつけの品々は、
いずれも寸分相違なくこれに持参致しました

瘋癲鶏の悪魔　さすれば地獄の父つぁんよ、十字架上のお姿を
描き落としのなきやうに、これよりしかと描くべし
これはこれは博士様、お申しつけのその通り
描きますれば、これモフエルス、早速絵具を磨りつぶし
早う支度を致すがよい

ファウスト　これなる仕事をなすことは、悪霊どもにはさぞかし苦患《くげん》
それを承知のわしが言ひつけ

モフエルス　博士の旦那、これでまだ足りないところがござんすか。

ファウスト　父つぁん、此処に、今少し絵具を塗り足せい。さすれば神の御姿、この上描く要もなし、
天の彼方の御様子も祝着至極のでき上がり。

瘋癲鶏の悪魔　さればお前様の執心なされし十字架の御似姿

ファウスト　首尾よく万端これこの目前にめでたく成就。
モフエルス　されば一段と見事なる御肖像。や、、されど描き残しの無きにも非ず
なほ何物か欠けたる気配、絵の頂に来るはずの御主《おんあるじ》の御聖名
ファウスト　そはいずこにありぬるぞ。
モフエルス　いかなファアウスト、それ言ふなれば、何ゆえもつと早う言はなんだ
今更言ふても手遅れじや。汝はすでに我らがとりこ。
ファウスト　何と々、、御札《みふだ》に書かるる主のお名前、仕上げをさせずにおかいでか。さなくば、わしを
つかまへる力のいつかなあるべくも無し。されば、とつとと消へうせい。
モフエルス　御札《みふだ》の上に来るはずの尊きお名前これだけは、描き通せるわけはなし
我が手でそれをなすよりは、いつそ貴様を手放して、立ち去るが得。
ファウスト　わしがただいま心底《しんそこ》後悔いたしたるは、他でもなし
我が生涯のその日々を、地獄の悪魔と存分に共に過ごせし所業の数々。
モフエルス　これはファアウストの旦那様、後悔先に立たずとはこのことでござんすね。この上一緒に
悪事の上塗り、もはやする気はなけれども、最後に何して差しあげるか、よおく弁《わきま》へてお
りやすからね。そうれ、現れ出でたるは絶世の美女、と来らあ。
ファウスト　わしはこれより、神の御もとへ疾く参り、罪の告白いたすが所存。まこと我が生涯とおし
て重ねたる狼藉悪事の数知れず、それを悔ゆるがただいまの覚悟。神よ、何卒、赦免を吾
にあたへて下されませ。

モフエルスとヘレネー　博士の旦那、ファウストさん、もうしファウストの旦那さま。こっちを向いて下さんせぬか。わちきは美人のヘレネでござんす。こなさんのよおく見知つたわちきではござんせぬか。

ファウスト　こりやまたどうしたことじや。そなたはすでにとつくの昔死んだ身ではなかつたか。早や土中にありて変わり果てし筈ではないか。

バントフエルススの変化したヘレネー　さてもいとしやファウスト殿、こつちを向いて下しやんせ。一言なりとも返答給《た》も。

ファウスト　（振り向く）こりやまた何としたこと、そなたがまたもや生きてあるとは。早うに死にいたりておりやなかつたか。

バントフエルススの変化したヘレネー　いとし恋しきファウスト様、始終この身を可愛がつて下されたではないか。一緒においでなされ。あの緑したたる森なかへ、共に歩み行かうではないか。

ファウスト　そなたはまこと、愛しきヘレネ、そなたとはいくたびも快楽を過ごせし仲。

瘋癲鶏の悪魔　は、は、は、ファウスト殿、博士殿、最前、我が手を逃れんとまんまと画策いたせしが、ただいま女人の色香に迷ひ、神の御元を離れたるはれつきとした罪の上塗り。かくなる上は貴様はすでに吾らがもの。刻限十二時来たらんや、即刻貴様を連れ行かん。

ファウスト　南無三、これは身どもの不覚。かかる振る舞ひ致せしとは。さても腹立たしき次第かな。この上は、急ぎカスパルを呼ばねばなるまい。いずこにおるぞ、疾くこなたへ参れ。

カスパル　これはこれは御主人様、慌ただしきは、そも何事でござります。

ファウスト　カスパルか、そなたはこれより急いで刻限を見てまいれ、塔屋高く時計のあらば、何時《どき》打つかをわしに伝へい。十二時とならば、そなたを後に立ち退く所存。
カスパル　されど、お前さま、悪魔に連れ去らるるその前に、わたくし奴にお支払ひを願ひたいもので。
ファウスト　すぐにも払ふてつかはそう。
カスパル　さうそう、お払ひいただかねばなりませんな。
ファウスト　では、わしのこの衣装はどうじや。金の刺繍じやぞ。
カスパル　お前様のお着物など、一向欲しくはございませぬ。悪魔めが、この私をさらうやもしれませんでな。

（中略）

ファウスト　早う行つて、時の打つのを見てこぬか。

（中略）

カスパル　さあさあ、旦那様、時を打ちましたでございます。
ファウスト　して何時を打つたのじや。
カスパル　存じませぬ。そうそうゆるりと待つわけにはゆきませぬ故、急ぎ退散いたしました。頭を打たれてはたまりませぬ。
ファウスト　聞くのは鐘の音だけじや。貴様の頭ではない。……
カスパル　それでようやく得心いたしてござります。

（中略）

カスパル　はつはつは、これはまた面白きことじゃやおなご衆二人が喧嘩をしてござる。

ファウスト　これ、カスパル、そも幾つを打ったのじや。

カスパル　分かりませぬ。数えるのを忘れました。おなご衆の喧嘩じや。これは面白うござる。はつはつは。

ファウスト　早う行かぬか。すぐに言はぬか。

カスパル　左様でござりますな。はつはつは。

（訳注・客席に向かつて）さても旦那方、時が打つたと言わつしやい。槌音高く十二時打つたとな。旦那方、奥様方のもとでせつせと励むがよいわな。さなくば奥様方は毎日喧嘩でうるさうござりますから。さても十二時打つたぞな。

（訳注・客ファウストに向かつて）それはさうと、悪魔がお前様をさらふ前に、お支払ひいただきたいもので。

ファウスト　もとより払つて遣はさう。されど、今しばらくじや。

カスパル　いつかな、即刻払つてもらはねば。とても辛抱できませぬ。早うして下さりませ。もはや袴に漏れさうでござる。少しも待てぬ。すぐにも厠へ急がねば。

こうしてカスパルはファウストの言いつけをまもらず、わざと怠って運命の時刻を教えない。悪魔に褒美の大金をもらおうというのである。カスパルは伝統的なファウスト譚とは直接関係しないが、即興劇の人気の道化役で、それが観客にうけたのであろう。そうした趣向は演劇という藝術ジャンルを考えれば不思議ではないが、それが多少固定して民衆劇の台本にまでなったのであろう。その種の機転はドン・ジョヴァンニの民衆劇ヴァージョンなどでも見うけられる。(62)そこで、悪魔の凱旋と勝ち鬨《どき》になる。

悪魔モフエルス　吾は地獄より来りたる手練手管の悪しき霊
さは何であれ、貴様はこれより吾と共に行くが定め
刻限来たり、時満ちたれば、
今より貴様は我がともに地獄を目指してまっしぐら。
（ファウストを連れ去る）
されば、皆々共に唄など歌はんかな
やれモフエルスじゃ、瘋癲鶏じゃ
グリンゲル、グラインゲル、グロリブス
かのファウストは、我らが生け捕りとなりたるぞ。

意味不明の語呂合わせは、時計を模したと思われる擬音語の延長に教会でうたわれる文言の《グロリブス》で締めくくっているようである。

もっとも、ここで終わらず、この後、悪魔とカスパルの掛け合いを設けているのが村芝居ならではである。しまりがないとも言えるが、深刻一辺倒ではなく、娯楽なのである。カスパルは目当ての褒美をもらうどころか、悪魔に火をふきかけられて目つぶしをくらい、ほうほうの体《てい》で退散する。

カスパル

もう一度現れ出でましたが、さて私めにお支払ひいただけますでせうな。
　さあさ、お代だ、お支払ひ
　さあさ、払ふか、払はぬか
聞いたか、聞かぬか、お支払ひ
聞こえたはずだ、お支払ひ
払つた、払つた、
　この俺に
　この俺さまに
お支払ひ
もしもし、もうし、旦那はもはやおられませぬ。
そこで私めが何か頂戴できますやら
それとも骨折り損になりますやら。
旦那の支払ひが残つたままで、悪魔が旦那をさらつたならば
悪魔に支払ひお願い申す。
でないと俺は素寒貧

瘋癲鳥の悪魔

悪魔の旦那、払つてくれてもよござんしよ。
もは、は、は。旦那に苦情か、恨みごととな。

カスパル　して貴様の望みはいかほどじや

瘋癲鳥の悪魔　おお、悪魔様、旦那をお連れになつたとあるからにや、お前様に払つていただきたいもので。

カスパル　なるほど、然らば貴様も即刻共に連れ行かん。

瘋癲鳥の悪魔　わしがそばへは断じて寄るまいぞ。

カスパル　いいや、一緒に参るのじや。

瘋癲鳥の悪魔　行くのは嫌じや、頂戴したいのは金子だけ。

カスパル　されば、金子を雨と降らせて遣はそう。

さう来なくては。されどお前様と同道はお断り。これでやうやく一件落着。金子が雨と降つたなら、お給金などなんでもないこと。

（悪魔はカスパルに火を吹きかける）

熱つち、熱ち、こは何ごと。俺の目、それに鼻。お支払ひとはこれだつたか。これから、一生、カラスと一緒に黒いのは真平じや。俺の目玉、俺の目玉じや。御見物衆の方々、これでは目玉も鼻もなくりそうじや。急ぎ参つて、絆創膏を貼つてもらはねば。俺の目玉、俺の目玉に俺の鼻。後生じや、この黒焦げを何とかしてくれ。

こうして、ファウスト劇でもあり、カスパル劇でもある巡業の芝居は終わる。観客はさぞ喜んだであろう。今日となると、せっかくのファウスト劇がだいなしではないか、との印象が起きるかもしれない。しかし、これは娯楽であった。しかもドラマの常道に沿っている。私たちの日常でも、テレビ・ドラマのサスペンス物などでは、残酷であったり深刻であったりする筋が終わるや、謎解きを終えたコンビやカップルのエンディングの空騒ぎが一つの型になっている。それによって陰々滅々にならずにバランスがとれるのである。

(カール・ジムロック翻刻の「ファウスト」人形劇ヴァージョン)

参考までに付言すれば、このオーストリアの旅回りの「ファウスト」劇と、もう一つの民間のヴァージョンとの異同も射程に入ってくる。もっとも、後者は早くからファウスト研究では知られてきた。一八四六年にカール・ジムロックが翻刻した「ヨハネス・ファウスト博士　人形劇四幕」である。[63] ジムロックは、十九世紀半ばのゲルマニストとしても創作家としてもポピュラーな存在であった。ボン大学で歴史学をモーリッツ・アルントに、文学研究をアウグスト・ヴィルヘルム・シュレーゲルに学んだ後、ベルリン大学へ移ってドイツ文学の研究を進め、やがて「ニーベルンゲンの歌」の現代語訳と研究で知られることになった。グリム兄弟とも文通を重ね、ヴォルフラム・フォン・エッシェンバッハの「パルツィファール」にも終生取り組んだほか、遺産を受け継いで経営した葡萄農場の近傍で《メンツェンベルクのナイチンゲール》からの聞き取りを軸に『ドイツ歌謡集』を編んだ。[64] また民衆本の掘り起こしにも情熱を注いだ。その一つが「ファウスト」で、その関連で人形劇の台本をも翻刻した。それに付された解説によると、一八二〇年頃から主に南ドイツで活動していた人形芝居でカスパルものを得意としたシュッツ＝ドレーアー一座が一八四〇年前後にポツダムに拠点を移しベルリンでも興行したとのことである。台本は一八三二年のもので、ゲルマニストのフォン・デア・ハーゲンも読んで、そのドタバタ劇であることに憤慨したと言う。フリードリヒ・ハインリヒ・フォン・デア・ハーゲンは初期のゲルマニスティクの大立者の一人で、当時ベルリン大学におけるドイツ文献学の主任教授であった。

その台本を先のオーストリア村芝居と並べると、重なりがあることが分かる。カスパルが登場するのもそれである。しかも人形劇では、カスパルは第一幕からの登場者として大きな比重を占めている。注目すべきことに、そこではグレーテルがカスパルの妻という端役であらわれる。またドン・カルロスがパルマの宮廷執事としてある程度の科白を受けもっている。ファストの弟子ヴァーグナーも、民間のヴァージョンではかなり存在感があると言ってもカスパルともども、決して少なくないその科白は、金銭と、たっぷりご馳走にありつけるどうかというモチーフでのやりとりにほぼ集中している。

なおゲーテの『ファウスト第一部』の主要な筋となるグレートヒェンをめぐるできごとは、人形劇にも、オーストリアの村芝居でも見られない。ファウストの最初の大きな文藝化であったクリストファー・マーロウでもそれは欠けていた。マーロウも人形劇も、女性役ではヘレネーが中心になっている。市井の娘グレートヒェンの筋立ては、市民悲劇の性格をもたせたゲーテの独創だったようである。

ここで特に注目すべきは、ファウストがキリストの絵像を描かせるモチーフが、ジムロックの翻刻版ではみられないことである。やはりそれを中心にした展開は、十八世紀はじめのキリストの名号に関する教皇勅令の普及によるというクレッツエンバッハーの指摘があたっていそうである。またそれが取り入れられた展開を、少なくとも歌謡ヴァージョンついては、ゲーテが『魔法の角笛』によって知っていたことは先に触れた。

a 悪魔の描いたキリスト像、あるいは《ファウスト十字架像》

ところで、悪魔が描いた十字架像は、ファウスト伝承にだけみられる要素ではない。それどころか、それは文学や娯楽の伝統だけにとどまらない。その種の説話をもつ画像が実際に確認されるのである。その作例について、民俗研究者たちは発見と考察につとめてきた。

クレッツェンバッハー自身が、ケルンテン州グルク谷シュトラースブルクの教会堂で、悪魔が描いたとの伝承をもつ作品を確認している[65]（口絵8参照）。その意味では、ここで話題にしている説話が生きている実例である。

さらに、ファウストの名前を伴う事例もある。そのあきらかな一点は、ルードルフ・クリスの収集にかかる十八世紀前半の油彩画である。そこでは、聖名が書き込まれるはずの場所が空白に残され、それについて下部に次の説明がついている[66]（口絵9参照）。

ファウスト博士のために悪魔の描きし原画の写し絵

なお現在、その作品は、クリスの養子でバイエルン・ナショナル・ミュージアムの民俗学部門主任であったレンツ・クリス＝レッテンベックによって寄贈され、同館の所蔵となっている。

またやはりクリス・コレクションに属するもう一点は、記載を欠いているものの、同様の民間伝承がまつわっていたとされる（口絵10参照）。

また聖名が書き込まれていながら、悪魔がファウストのために描いたと記されている事例もある。その作品では、十字架像の足元で天使が涙を流しつつ絵像の説明書きを手にしている。そこには次の文言が読み取れる[67]（口絵11参照）。これはスイスのルツェルン州で発見され、現在はバーゼルのスイス民俗博物館の所蔵である。

これなる作はファウスト博士が我らに示したるものにて、キリストの死に給ひし様を悪魔の力にて描かれこれを見ると、聖名の欠如と悪魔が描いたとの伝承は常に重なるわけではなかったことがうかがえる。と言うより、事実は、悪魔が描いたキリスト十字架像の伝承は、ファウストに起源をもつのではなく、むしろ両者の合体は二次的なものであったであろう。ちなみに悪魔が描いた十字架像の古い形態では、ローマのモンテ・ピンキオの丘に立つカプチン会の僧院に所蔵されている作品が古くからの事例とされている。[68] ただしそこでは、放蕩で金を失った若者が欲望の代償に魂を悪魔に売ったものの、あるとき突然、救世主の最後を見たいとの思いに駆られて悪魔に描かせ、その恐ろしさのあまり、キリストの聖名を唱えてカプチン会僧院を入って、破滅をまぬがれたとされる。そうした説話の重要なモチーフは、絵画が悪魔によって描かれることであるが、その早い事例には、《永遠のユダヤ人》の十四世紀のイタリアのヴァージョンに、受難の現認者となったユダヤ人が、ある絵画について、それ以上に迫真的な作品はあり得ないとの証言をおこなったとの件《くだり》が報告されている。[69] そうした起源はともあれ、十七世紀前半にローマ教皇グレゴリオ十五世によって「悪魔との契約」を非難する勅書（一六二三年五月二十日）が発せられたことが里程標であったらしい。その勅書自体は絵画には言及してはいないものの、絵画を含む聖図像の少なくともカトリック教会圏での盛行については、早くトリエント公会議における聖図像の再評価の規程（第二五会期　一五六三年）[70] が起点としてはたらいていたであろう。悪魔が描いたとの設定における絵像の製作や、既存の絵画へのその脈絡の付与の背景にも、時代状況の波とそれを射程においてなされた理論的・理念的営為がみとめられる。とまれファウストにちなむ聖画は、図像の種類では十字架像であることが枠組みとなったようである。それは、やがて聖名を欠いた十字架像という画種に限られていった。

もっとも悪魔との契約者という説話の要素はずっと古くからみられる。クリストファ・マーロウの劇作の素地になったファウスト伝承の最古の刊本は十六世紀末であるが、印刷本にはさらに背景がある。事実、悪魔との契約者という要素に限定すれば、中世の半ばよりさらに先まで遡るであろう。たとえば、人類の始祖である旧約聖書のアダムにもその伝説が付加していた面がある。林檎に手を出したのは空腹から逃れるためで、そこで悪魔に魂を売ったというのである。[71] 空腹に耐えることが、僧院における基本的な修練や徳目であったことが背景にあったであろうが、飢餓や空腹をモチーフとする形態とファウスト像との間にはまだ距離がある。

ファウストの特徴は、際限ない慾望や野心の要素にあるであろう。また慾望や野心が知識慾と結びついていることもファウストに特有である。通常を超える知識の獲得という脈絡であり、そうなると、そこには知識の修得の制度やシステムの要素が入ってくる。ファウストへ行きつく話種(あるいはファウスト譚そのものにもその要素とかさなっていることがあるが)に神学生が浮上するのは、その脈絡である。通常を超える知識がある種の神秘性や魔力とみなされるのは一般的であろう。それゆえ古来、際立った学者や学智には肯定的には神秘性が、否定的に怪しげな魔法の風聞がただよってきたのは洋の東西を問わない。[72] また今問題にしているファウストの源流に限定するなら、神学生が獲得する知識は、《黒魔術》であった。神学生の名前のひとつが《グラバンチャス》であるのはその脈絡による。[73] ファウストの先行者ないしは枝分かれした人物像の名前であるが、これは、永くその語義が謎めいたものとみなされていたが、要するに《降霊術》の誤認としての《黒魔術》に遡る。〝necromantia〟、すなわち死者に関する(necro)術・手立て(mantia)の〝necro〟が〝nigro〟(黒い)と誤読され、さらにアクセントの位置のために語頭が失われるなどして、〝Grabonczias〟などのスペルとなり、また故土のイタリアから特にハンガリーに定着して、いわばハンガリー版ファウスト伝承として広く知られるようになった。それゆえ源流は、イタリア版ファウストにあたる《トレンタの神学生》、ないしはその素地となった古形であるとされる。ほかにもルーマニアやポーランドでのファウストの類話も現在ではそれぞれの成立径路がときほぐされている。

起源説話の世界から

ファウストが空を飛んで自在に遠出をするモチーフについても考えておきたいことである。これはゲーテでも活用されているが、一般的な魔力・霊力の効能であるだけではない、別の特殊な脈絡が加わっている。その脈絡の、自在な旅遊との前後関係はすぐには特定できないが、聖者伝説に頻繁に見られる要素をここにみることができる。それはエルサレムやナザレなどの聖地との関係である。そこから霊物が飛来したとの伝承は、キリスト教会とその周辺では一般的であった。

〈霊物飛来伝承の一例　ロレートの聖家屋〉

その代表を挙げるなら、さしずめロレートの聖家屋であろう。イスラーム教徒による略取や破壊を逃れて聖家屋、すなわち幼子イエスが聖母に養われたナザレの小屋が、天使にかつがれて西方へ渡ったという伝説である。(74) それははじめダルマチアのトルサトへ着地し、ややあって再び飛び去り、イタリアのロレート（マルケ州アンコーナ県）の地に終の居所をさだめたとされる。現在そこには豪壮な教会堂が立っているが、その中心は、かつて飛来したとされる聖家屋である。二室から成り、うち一つは聖母がイエスのために食べ物を調理した《聖母の厨房》である。調理に使われとされる竈も、聖母が食器の出し入れにもちいた食器棚も、食器の出し入れごとに施錠をした鍵も残っている。このロレートの聖家屋は、西洋キリスト教世界ではたいていの人が知っているほど有名であるが、それはヨーロッパ各国、さらに南北アメリカ大陸にまでにそれを模した聖所が分布するからでもある。あやかってつけられた地名も多い。たとえば、チェコのプラハの旧市街の一角フラシノの今は観光客でにぎわう《ロレタンスケ・ナメスティ》(ロレート広場)は、そこに立つ壮麗なロレート僧院に由来する。それはほんの一例で、《ロレート》の名前をもつ霊地や教会・僧院施設、さらに聖母像は数百カ所ではきくまい。

ところで元になったアドリア海岸の聖家屋は、今日、大理石の華麗な覆屋におおわれているが、注目すべきことに、本体の質素な建物にはひとつの特色がある。基礎を欠くのである。つまり礎石が据えられてその上にそびえ立つ立派な建築でなく、普通の民家の作りとなっている。その土台をもたないことに、飛来伝承が付会したのである。

(起源説話の事例　キリストや天使による献堂式)

こういう起源説話にはさまざまなものがある。もう一例を挙げるなら、キリストや天使による献堂式説話もそうである。たとえばスイスのアインジーデルンの豪壮な教会堂の中央には、小さな礼拝堂があり、それが霊地の発端でもあるが、そこにも起源説話がまつわっている[75]。礼拝堂の献堂式、つまり建物が石や木の組み合わせから神の殿堂へと変質する(日本風に言えば開眼供養の)儀式であるが、その儀式をキリスト自身が降臨して司ったとされる。建物の内部の壁面に仕上げ残しの小さな穴ないしは壁の塗り漏れがあったらしい。それが、キリストが自ら献堂式を行なったことしめす証拠としてとどめた五指の痕とみなされたのである。今日では、その箇所には立派な装飾がほどこされて信徒の崇敬の対象となっている。

（ファウスト伝承の諸々のモチーフ）

これはキリスト教世界の創造力の型のために類話のひとつとして挙げたのであるが、こうした伝承は枚挙にいとまがない。先のファウストの空中旅游でもエルサレムへ飛んだという譚の運びは、ロレート伝承などで親しまれていた類話のいずれかが付会したとも考えられる。さらにミラノが出てくるのは、この話にミラノの特定の教会堂が関係した可能性がある。つまり、悪魔が描いたとの伝承を持つ十字架の油彩画がミラノのどこかの教会堂にあって、その由来譚であったとも見えるのである。それに対してポルトガルの地名は、これまた絵具の調達先という以上ではないが、これは先の歌謡が少なくともその部分については、元の話の主要部分が抜けおいて断片だけになっていることが分かる。ここは《ポルトガルの乙女》の話が元にはあったか、踏まえられているかしていたと思われる。ファウストが手を伸ばす美女ではゲーテのヴァージョンにも特筆されるギリシア神話のヘレネーが有名であるが、それと並んで知られていたのはポルトガル（あるいはポルトゥス・カレすなわちポルトー）の美女であった。ファウストが望んだか、悪魔が誘惑の手立てとしたかはともかく、それはファウスト伝承に親しいものであったが、ここではそれは痕跡となっており、そこから説教歌のこの脈絡の向こうには何らかの本歌が存在したかも知れない。

起源説話と民衆信心

最後に、ここで取り上げた幾つかの要素の結節点に言及しておかねばならない。説教歌は諸人の耳にうったえる教説である。諸人の心に谺《こだま》して広がることもあれば、意図がつたわらずに萎縮し忘れられることもあろう。人《じん》間街衢《かんがいく》に漂うその種の歌を航行する船にたとえるなら、停泊したり係留されたりする港があっても不思議ではない。ここで言えば、説教歌が歌うところのファウストの十字架像は、絵画作品である以上、どこかに所在したのである。画商や古美術商の食指をそそるほどの名品ともみえなかったのであろう、混乱と破壊を辛うじて生き延びた数点が、民俗文物のコレクターや研究者に拾われるか救い出されるかして、今日では民俗博物館に収まっているが、それらはかつてどこかで機能していたはずである。機能という言い方をするのは、王侯貴族や上流市民の趣味の品には程遠いからである。一口に言えば、それらは、そのために製作されたか、伝世品の再解釈であったかはともかく、崇敬の対象であった。つまり悪魔が描いたという伝承のゆえに信仰にかかわっていたのである。そしてその場所は、いわゆる巡礼地であった。いわゆると言うのは、日本語の巡礼のイメージでは西洋の巡礼を誤解してしまうことが多いからである[76]あ、それは今措くとして、要するに何らかの霊力が信じられる教会関係の施設であった。そこに悪魔の描いた十字架像がまつられ、その一部には、ファウストの名前が記されていた。それをもとに学術名としても《ファウストの十字架像》がおこなわれることになった。そうした経緯を今でも僅かながらたどることができる。オーストリアの民俗研究者グスタフ・グーギッツの事典形式の『オーストリアの巡礼地』、[77]あるいは『高地オーストリアの巡礼地』、またレーオポルト・シュミットの研究からは、その片鱗を知ることができる。つまり《ファウストの十字架像》が巡礼地において信奉される図像となっている事例である。

シュタイア都市教区聖堂（Stadtpfarrkirche, zu Steyr）：いわゆる《シュタイアのキリスト》(Steyrer Herrgott) と呼ばれてきた絵像。本画像は、悪魔が、シュタイアの市民を真正の信仰から離れさせるために、十字架のキリストの恐ろしい惨状を描いてみせたとされる。いわゆる《悪魔の十字架像》(Teufelskruzifix) の種類に属する。本画像は後期ゴシックの作品で、したがってプロテスタンティシズムより前から存在していた

が、そこに付会した説話には、ファウスト伝説との関係が指摘されている。

もう一つ、やや間接的であるが、同種とも言える事例としてオーストリア最大の巡礼地マリア・ツェルに因む記録を挙げる。同地の開創は伝承では一一五七年とされ、歴史を通じて永く繁栄したが、特にプロテスタント教会勢力への反撃の転機となったシュトゥールヴァイセンベルクの戦い（一六二〇年）の勝利がその効験によるものとされて、巡礼地として最盛期を現出させた[78]。つまりバロック時代である。今日まで継続されているウィーンからの行列巡礼が始まったのも一六三二年であった。そこに発現した数々の効験のなかには悪魔払いも多く、その一つとして、奉納の画額に悪魔（魔法使い）が関連した記録がみられる[79]。

一七〇九年、低地シュタイアマルク、ヴェルンゼーの少佐なる者の前に魔法使ひの女現れ出でぬ。女魔法使ひの顔はなはだ歪みゐたり。少佐、そが女人によりて激しき苦痛受けたれば、マリアツェルとヴィンディッシュ・ビューレンへ巡礼なし、画額納めんことを立願す。絵師、魔法使ひの女人の醜き顔描くこと能はざれども、ラートカースブルクの神父と言葉交はすうち、描きゐたる顔容、たちまち醜く歪みて紛ふかたなき女魔法使ひの顔となりぬ。これ、ラートカースブルクの画額絵師ヨーハン・ミヒァエル・ミーゼルのしかと証言せしところなり。

これは二十世紀になってからの整理においてなお確認できた事例である。おそらく現代に向かう大きな曲がり角の前にはもう少し力を発揮していたであろう。数多くの巡礼地が禁止や閉鎖、また迷信の巣窟の非難のうちに没落していったのは、十八世紀から十九世紀初めであった。オーストリアではいわゆるヨーゼフ二世帝の率先によるヨゼフィニスムスである。その良しあしや歴史的な評価はともかく、そこに始まる合理化の動きをもくぐりぬけて数カ所の巡礼地がファウスト伝承を保持したのである。[80] それは先に引いた説教歌にもつながる世界の一部であったろう。しかもそれは、ゲーテの改作とは別の方向、系統樹のもう一つの枝であった。

この枝分かれについて敷衍するなら、ここで見た脈絡は、ファウスト伝承の源流ではなく、むしろ二次的な改変というべきであろう。つまり十六世紀末の数種類の印刷本やマーロウの戯曲化という波が、オーストリア＝アルプス地方において教会文化のなかに取り入れられたのである。その素地には、教会的・霊的な戒諭の永い伝統があったであろう。実際、その種のフィクションでは、神や悪魔や不心得者がたがいに智慧をこらし秘術を繰り出す体はめずらしいものではなかった。『黄金伝説』を頂点とした数多い説話集はそれを示している。[81] そうした一般的な素地の上に、新たな文藝が人気を呼び、縁日の流行りの出し物が喝采を浴びるや、それに気づいた教会関係者、特に民衆の再布教にかかわる聖職者の眼がかがやいたと考えられる。その意味では、そこで起きたのは聖俗転用（Kontrafaktur）[82] の一種であった。つまり中世の最末期からさかんにおこなわれるようになった民間歌謡の教会歌謡への転用[83] などと同工である。その近代初期以後、バロックの運動のなかで起きた波のひとつであった。それゆえ、素材がふくんでいた宗教的な側面をことさら強調するという行き方であったと言えるであろう。

（六）文学作品の成立契機

ファウスト伝承では、かかる脈絡をも射程におくことがもとめられるのではあるまいか。ここで取り上げたのは、ファウスト伝承の一端にすぎない。しかしそこからも、この伝承が、文学の世界だけではなく、キリスト教の民衆信心とないまぜになっていたことが分かってくる。そこから見ると、十六世紀の民衆本のファウストは、むしろこの素材が本来もっていた宗教的な気配から脱出した世俗化の産物であったと言ってもよい。それはまた截然と分けることができるかどうかは別にして、大まかにはプロテスタント教会圏に強く見られた動きであった。そしてその延長線上に、さらに（あるいは最終的な）世俗化（Säkularisierung）としてゲーテが手がけたのである。それは逆に見ると、ゲーテがファウストを文学作品としたとき、それが何からの脱却であったか、何からの決別であったかを知らしめることになるはずである。

はじめに挙げた術語にもどると、そこで見えてきたのが民衆信心（Volksfrömmigkeit）の世界である。もとよりこれだけが問題を考える上でのキイワードではないが、ファウスト伝承はその分野にも根を伸ばしていたのである。キリスト教信仰の民衆的な次元で、そこにファウスト譚が食い込んでいたのである。つまり、信仰を説き、また説かれる関係の場である。それゆえファウスト譚（に限られることではない）が、日本の道歌や御詠歌のような性格へと枝分かれしていたのは決して不思議ではない。

ゲーテが、ファウストの名前と結びついた巡礼地の存在を認識ないしは意識していたかどうかは定かではない。ゲーテは、限りなくカトリック信徒に近かったとする指摘[84]もあるほど巡礼地に関心を寄せ[85]、一度などは画額（絵馬）を施納したほどであるが[86]（口絵5参照）、その事跡的なデータの如何は、ここでは本質な問題ではない。文学の創作は飛躍であり飛翔であるが、それは内実をそなえたリアルな現実と袂を分かつことに他ならない。すなわちフィクション化であり、観念への転移であり、実体の断念である。民間文藝の改作ほど、その対比が明らかになるところはないであろう。ここでは民衆信心をキイワードにして探ってみたが、この術語から見える限りでも、民間文藝は（その形成の経絡はさておき）、生活の現場に生きるものとしての人間存在と分かちがたくからみあっている。すなわち区画も終始も明瞭な因果関係も特定し難い心理と行動の流動である生活の現場のなかに位置している。そこに区切りと首尾と継起の整合性という人為的な仕組みをほどこすなら、それは現実を後にすることになるであろう。文学作品になるのは、その分離と人為によってであった。

《注》

（1）参照 相良守峯（訳）『ファウスト（上）（下）』岩波文庫 一九五八年 大山定一（訳）「ファウスト」『ゲーテ』（世界古典文学全集五〇）筑摩書房 一九六四年。手塚富雄（訳）『ファウスト　悲劇』中央公論社 一九七一年。同・中公文庫版（三冊）一九七四年。

（2）例えば次の諸書を参照 溝井高志（著）『ゲーテ、その愛「野ばら」から「ファウスト」の《グレートヒェン悲劇》まで』京都 晃洋書房 二〇〇四年。柴田翔（編著）『「ファウスト第I部」を読む』白水社 一九九七年。同『「ファウスト第II部」を読む』一九九八年 小塩節（著）『ファウスト　ヨーロッパ的人間の原型』日本YMCA同盟出版部 一九七二年 講談社学術文庫〔1216〕一九九六年。小栗浩（著）『「ファウスト」論考 解釈の試み』東洋出版 一九八七年。

（3）《ドイツ人ミヒェル》(Deutscher Michel) への辛口の論評は次のドイツ人論を参照 ヘルマン・バウジンガー（著）河野（訳）『ドイツ人はどこまでドイツ的？　国民性をめぐるステレオタイプ・イメージの虚実と因由』 文緝堂 二〇一一年 第三章第三節「ドイツ人ミヒェルが目をさますとき」。

（4）次のカリカチュア本の表紙を参照 Dieter Hanitzsch und Hand Dollinger (Hg.), *Der doppelte Michel : Karikaturisten sehen ein Jahr "deutsche Revolution"*. München 1990.

（5）ストックホルム版を挙げる、Thomas Mann, Doktor Faustus. *Das Leben des deutschen Tonsetzers Adrian Leverkühn erzählt von einem Freunde.* Frankfurter am Main 1967, S.217f. この引用文は私訳であるが、すでに全訳がなされており、(参考にもした) 該当箇所を参照 円子修平 (訳)「ファウストゥス博士」『トーマス・マン全集Ⅳ』新潮社 一九七一年 一六七〜一六八頁。

(6) H・S・チェムバレンはワーグナーに気に入られ、またその女婿ともなった。晩年のワーグナーの周辺には、ゲルマン至上主義やアーリア人種の優越性を標榜する若きイデオロークたちがたむろしていた。フランスのジョジュ・アルチュセール・ド・ゴビノーもその代表的な一人であった。チェムバレンのワーグナー夫人コジマへの接し方は神話の女神への崇敬さながらであったとも言われる。やがて世界史におけるゲルマン人の超越的な使命を説く『十九世紀の基礎』をはじめとする数々の著作を世に送り、多くはベストセラーとなり、あるものは高く評価された。第一次世界大戦のドイツの敗戦はチェムバレンを絶望させたが、失意のなかで若きヒトラーに出遭い、この在野の過激な青年政治家にドイツの将来を託した最初の著名人の一人となった。このあたりの事情は、ポピュラーな邦訳書にも取り上げられている。参照 ウィリアム・シャイラー (著) 井上勇 (訳)『第三帝国の興亡 ――ヒトラーの台頭』東京創元社 一九六一年 一三三〜一八六頁「ヒトラーの心理状態と第三帝国の根源 第三帝国の歴史的根源/第三帝国の知的根源/H・S・チェンバリンの奇妙な生涯とその著作」。

(7) Houston Stewart Chamberlain (1855-1927), *Goethe.* München 1912, S. 559f.

(8) ソゼーは、ジスカール=デスタン、ミッテランの両大統領の時代に独仏首脳の会談で何度も通訳をつとめたことでも知られる。ここで引いたのは次の著作である。参照 Brigitte Sauzay, *Die rätselhaften Deutschen.* Bonn 1986, S.24-26.

(9) ドイツとフランスの《似ていない兄弟》(ungleiche Brüder) については次を参照 Isac Chiva & Utz Jeggle (Hg.), *Deutsche Volkskunde - Französische Ethnologie. Zwei Standortbestimmungen.* Frankfurt a.M. 1987, S.7.

(10) 蒸気機関の発明はトマス・ニューコメンやかなり後のジェームズ・ワットなど実用化にまで進んだ人物の名前と結びついているが、フランスでは、ドニ・パパン (Denis Papin 1647-1712) が先ず挙げられるようである。水の沸点が気圧に依存することを発見し、圧力鍋を製作した。ユグノーであったため、自国から追放されてロンドンで貧窮のうちに客死した。

(11) 現代のドイツ人の自然観には核と環境汚染への強い危機意識が重なっていることについては次の拙訳を参照 ヘルゲ・ゲルント(著) 河野(訳)「現代ドイツの自然神話 ―― 伝統的な自然理解と今日の環境意識の間で」愛知大学・語学教育研究室『言語と文化』第二六号 二〇一二年 九五～一二四頁。原著 Original: Helge Gerndt, *Naturmythen - Traditionales Naturverständnis und modernes Umweltbewußtsein.* In: Rolf Wilhelm Brednich, Annette Schneider und Ute Werner (Hg.), Natur - Kultur : Volkskundliche Perspektiven auf Mensch und Umwelt. 32. Kongress der Deutschen Gesellschaft für Volkskunde in Halle vom 27. IX. Bis 1.X.1999. , Münster 2001.

(12) 参照『朝日新聞』二〇一一年三月一四日付「ドイツの緊急支援隊 一三日午前、災害救助犬三匹及び関連人員四一名受け入れ。成田空港に到着した。――スイスの救助隊と共に宮城県内登米市へ移動中」。

(13) 参照二〇一一年九月一七日付の全国紙各紙。

(14) 参照二〇一一年三月三一日付の全国紙各紙 もっとも、現代の落書き帳であるブログなどには、電力の八割近くを原発でまかなうフランスの国情から、日本に対して《原発廃止などとは言うなよ、と釘を差しに来た》といった書き込みも見受けられた。

(15) 参照ゲーテ(著) 山崎章甫・河原忠彦(訳)『詩と真実 ―― 我が生涯より ――』(ゲーテ全集九 第一、二部を収録) 潮出版社 一九七八年 第一部第二章四二～四三頁 第二部第十章(三六七頁)。ただし少年期の記憶を叙した箇所では《祖母の形身の人形芝居》とあるが「ファウスト」とは特定されていない。青年期のファウストの最初の構想への回想では《人形芝居の注目すべき物語》と記されており、ゲーテにとってファウストは先ずは人形劇であったことが知られる。

(16) 邦語文献では次の諸書を参照 溝井裕一(著)『ファウスト伝説 悪魔と魔法の西洋文化史』京都 文理閣 二〇〇九年。松浦純(訳)『ファウスト博士(付) 人形芝居ファウスト』(「ドイツ民衆本の世界」三) 国書刊行会 一九八八年。道家忠道(訳編)『ファウスト その源流と発展』朝日出版社 一九七四年。柏倉俊三(著)『ファウスト傳説考 その成生と展開』福村書店 一九四九年。このうち松浦(訳)と道家(訳編)の両書にはフランクフルトのシュピース書房から一五八七年に出版された民衆本の翻訳が収録されている。

（17）この祭りの呼称のドイツ語圏での三区分は民俗事象の指標にもなっている。ドイツ語圏の中北・北西部 Kirmes 南・南西部 Kirchweih 南東部（オーストリアのほぼ全域を含む）Kirchtag スイス Kilbi(スイスでの言い方)、また英・仏 Kermesse. 参照 *Wörterbuch der deutschen Volkskunde*. 3.Aufl. Stuttgart 1974, S.449-452 "Kirmes". また南西ドイツの事例にちなんでその歴史的変遷については次の拙訳を参照 ヘルベルト・シュヴェート／エルケ・シュヴェート（著）河野（訳）『シュヴァーベンの民俗――年中行事と人生儀礼』文楫堂 二〇〇九年 一三三～一三六頁「献堂祭」。原著 Herbert Schwedt (1934-2010) u. Elke Schwedt, *Schwäbische Bräuche*. Suttgart 1986.

（18）参 照 Jessica Faust, Jacky Sach, *Book of Thanksgiving: Stories, Poems. And Recipies for Sharign One of America's Greatest Holidays*. Darby /Minnesota USA 2002.

（19）Christopher Marlowe (1564-1593), *The Tragicall History of Dr Faustus*. 次の邦訳を参照 クリストファ・マーロウ（著）千葉孝夫（訳）『マルタ島のユダヤ人；フォースタス博士』中央書院 一九八五年。小田島雄志（訳）『フォースタス博士』白水社「エリザベス朝演劇集1」一九九五年。マーロウの「フォースタス博士」はエリザベス朝時代の有力な演劇の一座〝The Admiral's Men〟(Admiral's company) によって一五九四年十月から一五九七年十月までの間に二五回上演され、その後も人気の演目であったと推測されている。一六〇四年に刊行され、以後、ヨーロッパ各国にマーロウのヴァージョンが知られ、それは民間での形態にも影響を及ぼした。

（20）この術語をもちいるのは、身分制の意味ではなく、ドイツ民俗学の思考の伝統を踏まえている。ドイツ民俗学界では、民俗事象の生成・展開の問題では、教養ある上層と下層の関係で論じられてきた伝統があることを踏まえている。ただし筆者は、ドイツ民俗学界に定着した視点には（全否定ではないが）懐疑的でもある。参照 拙著『ドイツ民俗学とナチズム』創土社 二〇〇五年。

（21）参 照 Robert Leach, *The Punch & Judy Show: History and Meaning*. Athens(Georgia USA): Univ.of.Georgia 1985.; John Payne Collier and George Cruikshank (illust.), *Punch and Judy. A Short History with the Original Dialogue*. 1929, New York 2006.

（22）参照 南江治郎（著）『ファウストとパンチ　近代人形劇の源流をさぐる』いかだ社 一九七二年。

（23）キリスト教にかかわる宗教民俗学の中心概念であるために文献は枚挙にいとまがないが、さしあたり次の事典の当該項目を参照 *Lexikon für Theologie und Kirche*, 2.Aufl., Bd.IV, Sp. 398-405:"Frömmigkeit". 今日行なわれている版では〝Volksfrömmigkeit〟の術語が消えて〝Frömmigkeit〟にまとめられているのは、第二ヴァチカン公会議の理念が背景にあるようである。そのため教会の公式の術語としては比重の低下をきたしているが、ヴァイマル時代から一九五〇年代初めまでは教会行政の次元でも重みをもっており、それを掲げた教会活動の指針もみられたことは、次の拙著を参照（前掲注20）河野『ドイツ民俗学とナチズム』二五九～三二六頁 第一部第六節「ゲオルク・シュライバーの教会民俗学の構想」。今日でも宗教民俗学の分野ではなお基本タームである。同時にその定義をめぐってときおり議論が起きている。

（24）これまた包括的な概念であるが、やはり『神学教会事典』の当該項目を挙げる。参照 *Lexikon für Theologie und Kirche*, 2.Aufl., Bd.IX, Sp.253-255: "Säkularisierung". なお縁語には〝Säkularisation〟があるが、後者は、教会所領・権益の世俗権力への回収という公的・法的・実効的な行為を指すことが多い。

（25）*Des Knaben Wunderhorn, alte deutsche Lieder.* Gesammelt von L.A.v.Arnim (1781-1831) und Clemens Brentano (1778-1842). Studienausgabe in neun Bänden, hrsg. von Heinz Rölleke, Bd.1 Stuttgart / Berlin / Köln / Mainz 1979, S.202-205: "Doktor Faust. Fliegendes Blatt aus Cöln"（原典の歌謡番号：I214）.

（26）*Des Knaben Wunderhorn.*（前掲注25）Bd.4 (Teil I/1), Stuttgart 1979, S. 383-384.

（27）参照（前掲注25） Bd.1., S.3-7.

（28）ゲーテは一八〇六年に『イェナ一般文藝新聞』に歌謡ごとの短評を掲載し、またその始めの箇所で、アルニムとブレンターノが民謡の再評価に努力したことに理解と好意を示した（Jenaische Allgemeine Literatur-Zeitung, v. 21.u.22. Jan. 1806）。参照 Geothe, Jubiläumsausgabe, Bd.36, S.247-263. またヴァイマル版では Goehtes Werke, Bd.40, S.337-359.〝*Doktor Faust*〟への言及は S.346.

（29）参照 エーミール・シュタイガー『ゲーテ』第一巻　人文書院　一九七六年。

（30）たとえばフォス（Johann Heinrich Voss 1751-1826）は、伝承歌謡と創作が混じる無原則を指摘した。それに対してゲーテは、誉めはしなかったが配慮を見せた。これについては歌謡収集を民俗学の面から整理した次の拙訳の一節を参照 インゲボルク・ヴェーバー＝ケラーマン（他・著）河野（訳）『ヨーロッパ・エスノロジーの形成』文緝堂二〇一一年三三頁以下。原著 Ingeborg Weber-Kellermann / Andreas C.Bimmer / Siegfried Becker , *Einführung in die Volkskunde / Europäische Ethnologie. Eine Wissenschaftsgeschichte.* 3.vollständig überarbeitete und aktualisierte Aufl. Stuttgart-Weimar J.B.Metzler 2003.

（31）次の拙訳にヴュルテムベルク太公領国の宗教事情について解説を加えた。参照（前掲注17）二一六〜二二五頁「ドイツ民俗学における民俗行事研究とヴュルテムベルク地方の理解のために」、特にその「五 ヴュルテムベルクの歴史とプロテスタント教会圏の民俗」。

（32）民衆本ファウストの翻訳を参照 松浦（訳）（前掲 注16）および道家（訳編）（前掲 注16）。

（33）参照 J(ohann).W(illibald).Nagl (1856-1918)u. Jakob Zeidler (1855-1911)(Hg.), *Deutsch-österreichische Literaturgeschi-chte. Ein Handbuch zur Geschichte der deutschen Dichtung in Österreich-Ungarn.* Wien 1899, S.735f, 747-749.

（34）パウル・ヴァイトマン（Paul Weidmann 1744-1801）ウィーンにうまれ、同地に没した劇作家。次の人名事典を参照 In: *Allgemeine Deutsche Biographie (ADB)*. Bd.44, Duncker & Humblot, Leipzig 1898, S.458-468.

（35）ブラウンシュヴァイク＝ヴォルフェンビュッテル公ハインリヒ・ユーリウス（Heinrich Julius von Braunschweig-Wolfenbüttel 1564-1613）はヘッセン城（Schloß Hessen ＝ Osterwieck ザクセン＝アンハルト州）に生れ、プラハの皇帝のもとに滞在中に没した。若年期から領内の政治を主導し、自らはプロテスタント教会に属しつつも宗派間の調整を進め、また魔女裁判にも関与した。大学経営を含む文化事業には特に熱心で、またイギリスから劇団を招致し、自らも劇作を手がけた。そうした活動のために財政を破綻させ、ブラウンシュヴァイク市参事会との対立が激化したため、皇帝の側に与し、その支持のもとにブラウンシュヴァイク市との抗争に辛勝した。次の人名事典を参照 *Neue Deutsche Biographie (NDB)*. Bd.8, Berlin 1969, S. 352-354.

（36）ヨーゼフ・アントーン・シュトラニツキー（Josef Anton Stranitzky 1676-1726）はハンスヴルストに新趣向を取り入れて人気を呼んだとされる。ベルナルドンは、俳優・演出家であったクルツ(Josef Felix von Kurtz 1717-1784 生没ウィーン)によって舞台に導入され、そのタイプは《ベルナルドンもの》(Bernardoniade）と呼ばれる。ヨーハン・ベルテン（Johann Belthen）は有力な座元であったとされるが、ここでは経歴を詳にしえなかった。なお道化役については次の文献を参照 Peter, Csobadi (Hg.), *Die lustige Person auf der Bühne. Gesammelte Vorträge des Salzburger Symposions 1993.* Salzburg 1994.

（37）Ignaz Vinzenz Zingerle (1825-92) メラーンに生れ、インスブルックで没した。簡単な紹介は次の拙訳を参照 レーオポルト・シュミット（著）河野（訳）『オーストリア民俗学の歴史』名著出版 一九九二年　一八五頁以下。 原著 Leopold Schmidt, *Geschichte der österreichischen Volkskunde.* Wien 1950.

（38）参照 Gertrud Balschitz, *Neidhartrezeption in Wort und Bild.* Krems 2000.

（39）Leopold Kretzenbacher (1912-2007), *Teufelsbündner und Faustgestalten im Abendlande.* Klagenfurt 1968.

（40）*Ethnologie Europaea,* hrsg. von Leopold Kretzenbacher u.a.（一九六七年に創刊）

（41）本稿では、主にクレッツェンバッハーの前掲書のなかの次の一節に注目した。Leopold Kretzenbacher, *Faust-Erinnerungen in den Alpenländern.* In:（前掲 注39）L.Kretzenbacher, Teufelsbündner , S.143-177.

（42） 参照（前掲注39） Kretzenbacher , *Teufelsbündner,* S.165. 収録された写真が、現存する断簡であるのか、写真の復刻であるのかは不明である。また写真の二葉には、もう一遍の短いファウスト歌謡が併せて印刷され、またその次には「トルコの物語」の始めの部分が印刷されている。

（43）参照 *Enzyklopädie des Märchens.* Bd.4 (Berlin / New York 184), Sp.905-926:"Faust".

（44）この歌謡紙片を発見して歌謡集に収めたのはアントーン・シュロッサーであった。参照 A(nton) Schlosser (1849-1942), *Deutsche Volkslieder aus Steiermark.* Innsbruck 1881,Nr.315, S. 348ff. 433. そこに、ein〝fliegendes Blatt aus Admont〟の注記が入っている。

（45）アドモントのベネディクト会僧院（Stift Admond）は一〇七四年に創建され、シュタイアマルクにおける最古の同会僧院であり、歴史を通じて文化的にも意義が大きかった。

（46）参照 *Theologie und Kirche,* Bd.4, Sp.627-628:"Predigtlied".

（47）参照 *Handwörterbuch des deutschen Aberglaubens.* Bd.V, Sp.1779 (Maske, Maskeraden).; 〝Harlekin〟が〝Auerhahn〟に当たる古高ドイツ語〝urhano〟に由来するとの説があることに触れている。

（48）参照 *Handwörterbuch des deutschen Aberglaubens.* Bd.I, Sp.672f.(Auerhahn)

（49）参照 *Enzyklopädie des Märchens.* Bd.4（前掲注43）, Sp.g15.

（50）参照（前掲注25＝『少年の魔法の角笛』校訂版）。

（51）その一例として日本人に分かりやすい事例を挙げると、イエズス会の創設にたずさわり東洋布教をおこなったフランシスコ・ザビエルに因む最大の巡礼地が成立したのは現在のスロヴェニアであった。ヨーゼフ二世帝時代に弾圧を受けて巡礼地の性格は消滅したが、当時の面影はなお残っている。これについては次の拙論と新聞への寄稿を参照「霊験記からみたオーバーブルクのフランツ・クサーヴァー巡礼地の成立事情」一九八四年　愛知大学『外国語研究室報』第八号　六（七）～八六頁。「十八世紀　ユーゴ北部に大巡礼地」『朝日新聞』一九八九年七月一四日　夕刊四面〈文化〉欄。

（52）Georg Schreiber (1882-1963), *Deutschland und Spanien.* Aschaffendorf 1936.

（53）Werner Weisbach (1873-1953), *Der Barock als Kunst der Gegenreformation.* Berlin 1921.

（54）前掲書（53）,s.34.

（55）理論的な基本書として次を参照 アロイス・リーグル（著）蜷川順子（訳）『ローマにおけるバロック芸術の成立』中央公論美術出版 二〇〇九年。原著 Alois Riegl, *Die Entstehung der Barockkunst in Rom.* 1908） またイル・ジェズ教会堂の写真はたとえば次を参照 Werner Hager, *Barock Architektur.* (Kunst der Welt. Dir Kulturen des Abendlandes, ihre Geschichtlichen, soziologischen und religiösen Grundlagen, Serie 6.) Zürich 1968, S.29f.

（56）次の拙訳を参照 レーオポルト・クレッツェンバッハー（著）河野（訳）『民衆バロックと郷土ー南東アルプス文化史

紀行』名古屋大学出版会 一九八八年六頁以下。原著 Leopold Kretzenbacher, *Heimat im Volksbarock. Kulturhistorische Wanderungen in den Südostalpenländern.* Klagenfurt 1961 なおこの著作が著者の研究のエッセンスであるのは、約二〇章にまとめられている話題のほとんどには、それに照応する単独のまとまった研究書が控えているからである。本稿が資料面で依拠し、何度も引用している『ファウスト像』もその一つである。なお『民衆バロックと郷土』はミュンヒェン大学における、一般向けの（聴講者は民俗学やゲルマニスティクの専攻学生に限らない）講義の草稿をもとにしている。

（57）ゲオルク・シュライバーの《キリスト教民俗学》としての姿勢はその文体にも顕著であるが、それについては次の拙論を参照 河野（前掲注20）『ドイツ民俗学とナチズム』二五九〜三二六頁 第三章「ゲオルク・シュライバーの宗教民俗学」。

（58）中世末からの数世紀を、民俗文化の次元でも新たな土台作りの時代とみる考え方は、第二次世界大戦直後からのドイツ民俗学の代表者の一人ヴィル＝エーリヒ・ポイカート（ゲッティンゲン大学教授）でも見ることができ、その時代を《もう一つの神話形成の時代》と呼んでいる。参照 Will-Erich Peuckert, *Deutsche Volkserzählungen im Spätmittelalter.* 1942.

（59）Georg Graber (1882-1957), *Ein Kärntner Spiel vom Doktor Faust.* (Kärntner Forschungen, Bd.2) Graz 1943.

（60）参照（前掲注39）Kretzenbacher, S.166f.

（61）参照 ゲオルグ・グラーバーのこの発見にはレーオポルト・シュミットも注目し、またオーストリア＝アルプス地方でのファウスト伝承への関心を促されたようである。次の拙訳にもこの文献は特筆されている。参照 レーオポルト・シュミット（著）河野（訳）『オーストリア民俗学の歴史』名著出版 一九九二年 二一五頁。またグラーバーについて筆者がクレッツェンバッハー教授から聞いたところでは、ケルンテン州の民俗研究の中心人物で、その刺激で同地の著名な巡礼行事《四山巡拝》(Vierbergelauf) には二〇回近く参加したとのことであった。四山巡拝については次の拙訳を参照 ルードルフ・クリス／レンス・レッテンベック（著）河野（訳）『ヨーロッパの巡礼地』文楫堂 二〇〇四年 九六〜九八頁。また四山巡拝のテーマは、クレッツェンバッハーの弟子で後に後継者としてミュンヒェン大学教授となったヘルゲ・ゲルントが手がけて教授資格申請論文とした。参照 Helge Gerndt, *Vierbergelauf. Gegenwart und Geschichte eines Kärntner*

Brauchs. Klagenfurt / Bonn 1973 (Aus Forschung und Kunst Band 20).

（62）クレッツェンバッハーはシュタイアマルクでおこなわれた説教本のなかにドン・ジョヴァンニ譚が活かされている事例を紹介している。参照（前掲注56）クレッツェンバッハー（著）河野（訳）『民衆バロックと郷土』四八〜五六頁「グラーツのジョヴァンニ・テノリオ」。

（63）Karl Simrock, *Faust. Das Volksbuch und das Puppenspiel.* Frankfurt am Main 1846. 本書は以後何度も版が繰り返され、今日ではレクラム文庫版（Nr. 6378[2]a）も行われている。

（64）Karl Simrock (Hg.), *Die Deutschen Volkslieder.* Frankfurt am Main 1851. 大部な歌謡集であり、また《メンツェンベルクのナイチンゲール》(Menzenberger Nachtigall）こと農婦マリーエ・ツェツィーリエ・ハイネ（Marie Cäcilie Heine 1778-1854）に多くを負うと記されている。

（65）参照（前掲注39） Kretzenbacher, S.166.（Anm.25）：所在地については次の注記がほどこされている。Straßburg, Gurktal in Kärnten. またこの画像が、レーオポルト・シュミットが調査（参照 前掲注41）で言及されるウィーンで製作された画像と同系統であろうとの推測をおこなっている。なおこの画像の写真は、書籍の形態ではクレッツェンバッハーの前作（拙訳は前掲注56）においてはじめて広く紹介された。参照『民衆バロックと郷土』五八頁の後の口絵。

（66）参照（前掲注39）Kretzenbacher, S.166.（Anm.26） 所蔵については次の解説が施されている。Bayerisches Nationalmuseum, Sammlung Prof.R.Kriss, Inv.-Nr.239（ウィーンで描かれた可能性が高い）。

（67）参照（前掲注39）Kretzenbacher, S.166.（Anm.27）所蔵については次の解説が施されている。Schweizerisches Museum für Volkskunde, Basel, Inv.-Nr.VI 25395.

（68）参照（前掲注39）Kretzenbacher, S.160.（Anm.17）ここでは次のイタリアの事例報告が挙げられている。B.D.Montault, *Le crucifix peint par le diable, à Rome.* In: Revue de l'art cretien. 1892, p.41f.; Derselbe, *Oeuvres completes VII.* Paris 1893, p.513ff.

（69）参照（前掲注39）Kretzenbacher, S.160.（Anm.17）ここでは次のイタリアの事例報告が挙げられている。A.D.Ancona,

Saggi di letteratura popolare. Livorno 1913, p.169.

（70）要点のみの案内として次を参照　フーベルト・イェディン（著）出崎澄男／梅津尚志（共訳）『キリスト教会公会議史』エンデルレ書店　一九六七年　二〇一頁。

（71）参照（前掲注39）Kretzenbacher, S. 42-53 *"Hunger treibt Urvater Adam zum Pakt mit dem Teufel".*

（72）これに関する原理的な解明の試みでは次を参照　ヘルマン・バウジンガー『科学技術世界のなかの民俗文化』（文楫堂　二〇〇五）原著 Hermann Bausinger, *Volkskultur in der technischen Welt.* 1961）.

（73）本稿では、主にクレッツェンバッハーの前掲書のなかの次の一節に注目した。Leopold Kretzenbacher, *Faust-Erinnerungen in den Alpenländern.* In: L.Kretzenbacher, Teufelsbündner（前掲注39）, S.143-177

（74）邦語による紹介は次の拙訳を参照　ルードルフ・クリス／レンツ・レッテンベック（著）河野（訳）『ヨーロッパの巡礼地』文楫堂　二〇〇四年　二三七～二四二頁「ロレート」。　原著 Rudolf Kriss u. Lenz Rettenbeck, *Wallfhart & wesen in Europa.* München 1950.

（75）参照（同右）クリス／レッテンベック『ヨーロッパの巡礼地』一四～一六頁「アインジーデルン」。

（76）次の拙論を参照「西ヨーロッパの巡礼慣習にたいする基本的視点について――特に日本でおこなわれている通念の修正のために」（一）（二）愛知大学文学会『文学論叢』第一〇二輯　一九九三年　一二八～一〇九頁、　第一〇四輯　一九九三年　一八四～一五九頁。

（77）Gustav Gugitz, *Österreichs Gnadenstätten in Kult und Brauch. Ein topographisches Handbuch zur religiösen Volkskunde in fünf Bänden.* Bd.5.: Oberösterreich und Salzburg. Wien 1958, S. 131.; Leopold Schmidt, *Ein Wiener Faust-Kreuzbild.* In: Chronik des Wiener Goethevereins, Bd. 51, S.75ff.　また次の拙訳を参照　グスタフ・グーギッツ『高知オーストリアの巡礼地』（Original: Gustav Gutitz, *Die Wallfahrten Oberöstereichs. Versuch einer Bestandaufnahme mit besonderer Hinsicht auf Volksglauben und Brauchtum.* Linz 1954.）愛知大学『文學論叢』第八九輯　一九六一年、第九九輯　一九九二年　のうち第九六輯　一九九一年　一七一頁（通し頁一三五頁）。

（78）簡便な案内では次の拙訳を参照（前掲注74）クリス／レッテンベック（著）河野（訳）『ヨーロッパの巡礼地』八四〜八七頁「マリアツェル」。

（79）参照（前掲注51） Gustav Gugitz, *Österreichs Gnadenstätten.* Bd.4.: Kärnten und Steiermark. Wien 1956, S.198f.

（80）Helmut Reinalter (Hg.), *Josephinismus als Aufgeklärter Absolutismus.* Wien/Köln/Weimar 2008. また具体的な事例では特定地域に関する次の文献を参照 Rudolf Hittmair, *Josefinische Klostersturm im Land ob der Enns.* Freiburg i. B. 1907. 邦語文献では次を参照 丹後杏一（著）『ハプスブルク帝国の近代化とヨーゼフ主義』多賀出版 一九九七年。同（著）『オーストリア近代国家形成史 マリア・テレジア、ヨーゼフ二世とヨーゼフ主義』山川出版社 一九八六年。

（81）説話集についての一般的な案内書では次を参照 Helmut Rosenfeld, *Legende.* (Sammlung Metzler). Stuttgart (4)1982.

（82）これまた包括的な概念で研究文献は多数に上るが、ここでは指標的な事典の項目を挙げる。参照 *Lexikon für Theologie und Kirche,* 2.Aufl., Bd.6 (1961), Sp.509-510:"Kontrafaktur".

（83）この方面では十九世紀後半に編まれた次の大部の収集がある。歌謡の成立年代が考察されているのも特色であるが、現代の観点からは個々の歌謡については再検討を要するものも少なくない。Philipp Wackernagel, *Das deutsche Kirchenlied von der ältesten Zeit bis zu Anfang des XVII. Jahrhunderts:mit Berücksichigung der deutschen kirchli-chen Liederdichtung im weiteren Sinne und der lateinischen von Hilarius bis Georg Fabricius und Wolfgang Ammonius.*Leipzig 1864-77.

（84）参照 Johannes Urzidil, *Goethe in Böhmen.* Berlin / Darmstadt / Wien 1965. ゲーテがベーメン各地の巡礼地に関心を示したことに因んで、ゲーテの宗教的な姿勢への言及が見られる。

（85）次の拙訳を参照 レーオポルト・シュミット「ゲーテと巡礼慣習」愛知大学文學会『文學論叢』第八五輯 一九八七年 二〇〇〜一六四頁。原著 Leopold Schmidt, *Goethe und das Wallfahrtswesen.* In: Bayerisches Jahrbuch für Volkskunde (fürs Jahr 1976/77, Volkach vor Würzburg 1978, S.218-226)

（86）次の拙訳を参照（前掲注74）クリス／レッテンベック（著）河野（訳）『ヨーロッパの巡礼地』七三頁（「ローフスベルク・バイ・ビンゲン」）また三〇八頁（画額の写真は本書の口絵参照——なお画額は現存し、筆者も訪ねたことがある)。

第二部　シンデレラの構造と源流

はじめに――動機と輪郭

第二部のタイトルに構造と源流という術語をあてた。改まった印象をあたえかねないが、中身はむしろ逆である。《構造》と言うのは、シンデレラという言葉で何が思い浮かべられるのかを問うたのである。私たちの日常、あるいは日常の中の小さな非日常とでも言うべきか、そこで《シンデレラ》という言い方がなされるとき、そこにはどんな心理がたゆたっているのであろうか。シンデレラの話は、フェアリー・テイルのなかのフェアリー・テイルと言ってもよいほどポピュラーである。それはとりもなおさず、書誌学的な対象であるよりも前に日常のなかで点滅している小さな光のかけらであることを意味していよう。その点滅のしかたを問うところか始めたのは、それこそが動機だからである。

しかし筆者のそうした試みは、ゲルマニスティクの手法に適ったものではないのかもしれない。グリム兄弟の昔話収集の諸版の異同を探り、字句の隠れた意味をたずねるという行き方も分からないではない。しかし筆者は、逆に、普通の会話にのぼるほどポピュラーなフェアリー・テイルであれば、そのポピュラーなあり方こそ本質なのではないか、と考えている。さらに、その方面への関心を締めだす純粋さが、却って書誌学的なデータの見落としをも結果したのではなかったか、との批判をももってしまう。

と言うのは、後半の《源流》はこれにかかわるからである。シンデレラ譚の早い事例となれば、ペローやバジーレやストラパローラが決まって挙げられ、また世界各地の類話が追跡される。しかし鵜の目鷹の目にもかかわらず、見落としが起きている。視野を限った熱意の故か、半世紀近くも前に現れた知見が今にいたるまで日本では情報の空白となっている。《シンデレラ》にあたるドイツ語《アッシェンプッテル》やその類語が、早い事例では、まったく別の話を指していた可能性である。それが「祈る女中さん」であった。シンデレラ譚のグリム兄弟以前の書記ヴァージョンは数例しか確認されないのに比して、こちらの方は細かく見れば何十種類もの写本と板行をあとづけることができ、話種として繁栄していたことがうかがえる。しかしシンデレラ譚との関連において日本でこの話群が取り上げられたことはなく、そもそも「祈る女中さん」自体が、どういう脈絡であれ注目されなかったように思われる。それには原因がある。日本でおこなわれているドイツ語圏の昔話を対象とした研究は、昔話という看板を掲げた種類に限定されがちだからである。もっとも、ドイツ語圏でもその傾向がありはする。神話や伝説は射程に入るものの、中世末からバロック時代の説教や、巡礼地の開創説話すなわち日本の寺社縁起にあたるような伝承は、昔話研究の枠外に位置している。もとよりそれはそれで研究は蓄積され、昔話の研究者でも必要に応じてそれらを参照している。しかし日本では、そうした目配りを共にすることが少ないとは言えそうである。たしかにグリム兄弟の昔話集の各版を比較するのは多とすべき労苦であるが、また昔話の一字一句を聖書の章句のように扱うのは、昔話とは何かを考えたとき、原理的なところで勘違いをしているようにも筆者には思われる。「祈る女中さん」が見落とされたのは、それがキリスト教会との関わりにある教化文藝の一種、説教や信心書や信心歌謡の圏内にあったからである。しかしそれを取り上げた研究成果のなかにはドイツ民俗学の分野で重要な位置を占めているものがある。つまりドイツ文学研究とドイツ民俗学とが本邦ではつながりをもたないことが死角をつくっていたのである。

「シンデレラの構造と源流」というこの第二部を通じて導き得た結論は、この二つの話群に関係している。すなわち、今日《シンデレラ》に託されるような心理は、古い時代には永く《祈る女中さん》という別の系統の話種が担っていた節がある。ところが一八〇〇年頃のヨーロッパで、両者の比重が地滑り的に入れ替わった。それまではシンデレラに託されるような夢は教会文化の流れのなかで受け継がれてきた。しかし世俗化の進展の下、新しい時代には(昔話に限られることではなく、一般的に物ごとを説明したり正当化したりするのに)ことさら宗教の皮をかぶせる必要はなくなった。そこで、それまでは陽があたらずいじけたような育ち方をしていたシンデレラ譚が一気に表面に躍り出て、時代の心理の担い手となった。それと共に《祈る女中さん》の方は、教会文化の一部ではむしろ肥大化をきたした面もありはしたが、一般の関心からは遠のき、ほとんど忘れられていった。近代という時代が本格化するときに口承文藝に起きた構造的な変動であったが、その延長線上に私たちも生きている。

端折って言えば、身近な世相と、昔話には分類されない話種への注目、この二つから本稿は成っている。昔話を含む口承文藝の基本的なことがらを明白にするという課題を正面からあつかったのではないが、誰もが知る代表的な一例をとって、個別事例を超えた一般的な問題点をも洗いなおしたつもりである。また後者の側面を主にしたのは、本稿と並行して書き進めた「昔話の類型学に寄せて」で、独立してはいるが、本稿と同じ意図によっている。

第一章　シンデレラ譚の構造——単純な骨格をもとめて

（一）さまざまなシンデレラ

シンデレラの名前は、至るところで聞くことができる。"Cinderella"、分解すれば、消し炭を意味する英語《cinder》に縮小詞—ella がついた語形で、要するに台所仕事の下働きで顔が炭によごれた女中さんを意味し、古くはかなり一般的に《おさんどん》を差していたようである。[1] ドイツ語のアッシェンプッテル《Aschenputtel ← Asche》、フランス語のサンドリョン《Cendrillon ← cendre》、イタリア語のチェネレントラ《Cenerentola ← cenere》、いずれも《灰、消し炭》が基本語となっており、同工の語形である。

そのシンデレラの物語は、グリム兄弟の昔話の中でも代表的なものの一つであることは言うまでもない。それどころか、《メルヒェンのなかのメルヒェン》と称えられてもきた。[2] 日本でも、グリム兄弟が紹介された最初期から親まれてきた。[3] それゆえ、シンデレラの名前を知らない人は皆無に近いであろう。もっとも、そのイメージは必ずしも元になった昔話そのままではない。しかしまた、当たらずとも遠からずという大凡の幅の間を動いている。そのなかで、爽やかな夢を運ぶものもあれば、奇想天外なアイデアが踊ることもある。ちなみに半世紀も前になるが、師走の巷に《いじわる木枯らし吹きつける……》で始まる募金活動の歌が流れたことがあった。[4] その

第二節はこう歌われる。

真珠に輝く飾り窓
映る貧しいシンデレラ
ポッケにゃなんにも無いけれど
かじかむ指でともしましょう
心の窓にともしびを……

デビューしたばかりのザ・ピーナツの二重唱は忘れ難い澄んだ印象を残したが、同時に、当時すでに、アンデルセンの「マッチ売りの少女」がまじっているらしいことも話題になったものである。

その後も、このヨーロッパ渡来の《fairy tale》は、時代の流れ、世相の転変に寄り添ってきた。現今も、もとより例外ではない。ここはそれらを漏れなく拾う場所ではないが、目についた幾つかを挙げてみる。例えば、「シンデレラ・リング」という名称の《限定販売の》マリッジ・リングは、リングの内側に《「ガラスの靴」、「ティアラ」、「キラキラ」、「馬車」といった、ストーリーにちなんだ絵文字を刻印することができます》と説明されている。[5] さまざまな業種でもシンデレラのイメージの活用はさかんで、その多岐にわたることに驚かされる。美容院、エステ・サロン、ジュエリー・ブティック、レストランの看板（例えば「スロー・フード／イタリア料理シンデレラ」）、ケーキのメニュー。

シンデレラがいわゆる《玉の輿》を意味することも不思議ではなく、その脈絡では有名人結婚情報のその種類のものが話題のトップに立っている。[6] また風俗店でも、「シンデレラ」というチェーン店があるらしい。さらに、その種の業界のイヴェントでもシンデレラらの名前が飛び交っている。「ミスシンデレラコンテスト」というものがあって、《一九八五年に誕生》した「Miss Cinderella 2006 日本全国からトップ・クラスのフードル・キャバドルが集結……」といった派手な宣伝もなされており、略して《ミスシン》というらしい。[7] 変わったところでは、有機肥料の広告にもなっているが、シンデレラの語源が《灰》に関係することが活用されたのである。[8]

官公庁の企画にもそうした名称を見ることができる。二〇〇六年に大分県別府市で「シンデレラシンポジウム」なるものが開催された。[9] イヴェントは非営利活動法人「NPO観光コアラ」が中心だったようで、それに地域振興に関わる多数の官公庁や民間の共催者が加わった。国土交通省九州地方整備局大分河川国道事務所、大分県、大分市、別府市、大分県観光協会などが名前を連ねている。女性の視点からの観光を中心とした地域振興の一環だったようである。Web-site には次のような解説が見える。《別大国道を活かした地域づくり。……観光、IT、女性をキーワードにしっかり議論しよう……観光市場をリードする女性の視点から……役立てたい……》。こうした事例は、今日、枚挙に遑がない。特に、インターネットという媒体を開ければ、そこに次々に現れる事例は際限がないほどである。

シンデレラがディズニーをはじめ何度も映画化されたことは言うまでもなく、それについては次にふれるが、最近の話題では、いわばその男性版がある。二〇〇五年に封切られたアメリカ映画「シンデレラマン」(ロン・ハワード監督作品)は実話を基にした作品でもある。元ヘビー級ボクサーが挫折から奇跡のカムバックを遂げ、実際に《シンデレラマン》と呼ばれることになった経緯をマネージャーとの友情を軸に一九二九年からの世界恐慌を背景に描いている。[10]

日本の芸能界でもその名前を冠したタレントが見受けられる。「シンデレラエキスプレス」は一九八八年に結成された漫才コンビで、[11]結成から間もなく第十九回NHK上方漫才コンテスト（一九八九年）優秀賞を受賞した他、幾つかの賞をとるなど既に年季の入った活躍を見せている。

極く最近の話題では、神社の祭礼にもシンデレラは姿を現した。二〇〇六年の十一月に東京都台東区の玉姫稲荷神社の神輿に、シンデレラのガラスの靴が据えられたのである[12]（口絵12参照）。地場産業の靴の製造を反映して、これまでは地球儀の上に載る巨大な紳士靴が神輿代わりになってきたが、その年はそれに加えて、高さ幅とも二メートル、重さ一一〇キロの巨大な王冠の形状の神輿のなかにガラスの靴が飾られ、地元の女性たちに担がれるという。

（二）ディズニー映画のシンデレラからシンデレラ・コンプレックスへ

ディズニー社がシンデレラをアニメ映画に仕立てたのは一九五〇年のことであった。[13]長編アニメ映画が本格化する最初の時期で、ピョートル・エルショーフの創作童話「せむしの小馬」（一八三四年）を元にしたソ聯映画「イワンと仔馬」（一九四七年）を皮切りに、やがて日本の「白蛇伝」（一九五八年）へとつながってゆく。そうした今も残る代表的なアニメ作品のなかで、「シンデレラ」はそのアメリカ・タイプであった。[14]犬や猫やリスや小鳥が盛んに登場するのは子供向けのためであるが、またある種のアメリカ的な理想像の結集であった。シンデレラは、やさしく気丈で毅然として包容力があり、またハリウッド的なエロスをも漂わせて、アメリカ人にとっての（男性の視点だけではない）理想の女性像だったであろう。

それはシンデレラだけではない。ペアの他方の極である《王子様》もまた理想的な存在である。それは、虐げられた健気な乙女を不当な逆境から救い出す。しかも、自分が救った女性を見下したり恩着せがましく振舞ったりしない。まるで、はじめから貴婦人であった女性に対するように礼儀正しく尊敬をこめて応対する。しかも、ディズニーの描くその風貌は頑健にして凛々しく、ほとんど超人的である。人生と世界に対する明快で揺ぎない姿勢、自信、弱者への同情と不正を懲らしめることに邁進する果てしない正義感、女性への生得の尊敬と労わり、そして聡明かつ健康。その点では、王子様はスーパーマンでもある。事実、ディズニー映画の王子様はスーパーマンと似てもいる。すなわち、一九三八年に『アクション・コミックス』シリーズの第一号として誕生した劇画のヒーロー、スーパーマンである。(15)

このシンデレラと王子様のカップルは、アメリカ映画ならでは、の理想の映像であった。時代的にも、二十世紀半ばから後半にかけてのアメリカ文化の性格がそこには反映しているであろう。映画は、光学的な投影によって提示されるが、その投影は多くの場合総合的な意味にとることができる。時代の投影であり、時代を生きる観衆の心理の投影でもある。観衆は大衆と言い換えることもできるだろう。

しかし、理想には、その反面として現実がある。あるいは、人生が最高に輝く一ときの前後には、ずっと光り方が鈍い、色褪せた長い人生そのものがひろがっている。配偶者を見出し、結婚にたどり着く過程は人生の頂点であるが、それは、幻に身をゆだねる一ときに他ならない。その前後には、気の遠くなるような長い醒めた現実が延びている。シンデレラの物語でも同様で、ロマンスの裾野は、現実が濃度をつよめつつ広がりをみせ、やがて社会そのものにかさなってゆく。シンデレラが、御伽噺を後にして、家庭のなかでどんな女性になってゆくかは、興味の向くところでもある。おそらくその秘密は、可憐なロマンスそのもののなかにひそんでいるであろう。

ドイツあるいはフランスの昔話がアメリカナイズされた以上、ロマンスの次に来る現実もアメリカ的でなければならない。とすれば、典型的なアメリカ女性ということになる。すなわち《Mom》、アメリカの《かあさん》である。それは、千差万別の捉えどころのない集合ではない。あるいは、分散した現実から一つの類型が抽出されていると言うべきかも知れない。

すると、ここでアメリカの《かあさん》とは何であるかと提示した古典的な事例が見えてくる。しかもそれは、ディズニーのシンデレラが封切られたのと同じ年に現れた。もとより、年まわりの完全な一致は偶然に過ぎないが、同時代の両面ということになるだろう。エリック・エリクソンが『幼年期と社会』で描いた《アメリカの母さん》である。[16] エリクソンは、《Mom》の特質を次のようにまとめ上げた。

1. 「かあさん」は家庭内と地域社会の習慣や風紀上のことに関しては絶対的な権威者である。ところが、自分自身には、彼女独特の流儀で見栄をはり、要求は利己的であり、情緒はいつまでも小児的であることを許している。

2. この矛盾した態度は、彼女が子供たちに要求する彼女への尊敬とは両立しない。そして子供たちの反撥を招くが、どのような場合でも、彼女は子供たちの方が悪いと非難する。自分を責めるようなことは決してしない。

3. このようにして、ルース・ベネディクトならば子どもの地位と大人の地位の間の不連続性とでも名づけたものを、「かあさん」は人為的に維持するが、この子どもと大人の差別を認めることにすぐれた大人の手本のよい意味を与えるようなことはしない。

4．子どもが官能的な喜びや性的喜びを自由に表現すると、それがもっとも素朴な形式のものであっても、彼女は決然と敵意を示す。そして夫が性的行為を強要すると、何と退屈な男だろうという態度を彼女は露骨に示す。しかし、年をとると、若やいだ衣裳や、誇示癖を示すフリル、そして「厚化粧」など、性的競争の外面的なしるしへの執着を断念するのは気が進まぬようである。その上、本や映画、ゴシップになると性的なきわどい表現と貪欲におぼれる。

5．彼女は自己抑制と自己統御を子どもに教えるが、自分はカロリーの摂取量を制限することができず、好きな洋服が着られる範囲内に体重を維持しておくことができない。

6．彼女は子どもたちには自己を厳しく律することを期待するが、自分自身の安楽については異常に過大な関心をもっている。

7．彼女は伝統のすぐれた価値を支持するが彼女自身は「古風な」人間になることを望まない。昔は豊かな人生の果実とみなされたもの、すなわち祖母という身分を、実は彼女は死ぬほど恐れている。

アメリカ女性について流布しているイメージが必ずしも的外れではないことを、この名評論は証してくれるが、エリクソンはまた続けてこうも言う。《「かあさん」の人生周期には、幼児性の残滓が老齢と結びついていて、中間の成熟した女性としての時代が息づく余地がない》。それはまた、アメリカの《清教徒主義》の女性における一つの典型的な実態でもある。もっとも、ピューリタニズムは、プロテスタンティズムにまで伸ばすならドイツの昔話におけるシンデレラの一つの側面でもあった。とまれ、ディズニー・シンデレラとエリクソンの「かあさん」とは、表面に歪みをいれて磨いた鏡面に映る自己像のように、似ても似つかない同一像の関係にあると言ってよさそうである。因みに、『幼児期と社会』は精神分析家エリクソンの最初の主著であると共に、今日、人間の社会性をめぐる一つのキイ・ワードとなっている《アイデンティティ》を世界の共通語にした記念碑的な論作でもあった。[17]

ところで、シンデレラの人生に関心を向けたと成ると、ペアのもう一方の極である《王子様》にも注目しておかなくてはならない。その見掛けが《スーパーマン》と酷似することは先にふれた。しかし、そこにも幻の裏の現実があるであろう。その人生と世界に対する明快で揺ぎない姿勢は小児的な素朴であり、弱者への同情と不正の懲らしめに邁進する果てしない正義感も本当の苦境に立ったときになお維持できるかどうかは怪しい。おそらく生来ねじれた人間でもないので、素直で、ヒューマニズムの持ち主ではあろうが、過保護のなかで育ったのである。そして何よりも問題は、女性に対する態度である。このカップルは、そのロマンスの単純な延長上に想定されるような、健全な家庭であり得るだろうか。あるいは、シンデレラは、そうした男性を支え、指導者として活躍させるか、あるいは社会的に成功者となさしめる存在となってゆくのであろうか。おそらく、一九五〇年代はそうした理想が理想なりにリアリティをもった時代だったのだろう。またその背後には、第二次世界大戦後の政治的・経済的、そして（多少の割引は必要であるにしても）道義的にも自由と民主主義を掲げて世界を指導した強力なアメリカの国家と社会がひろがっていたのである。

シンデレラ・コンプレックス

それだけに、状況が変わったときには、リアリティは別の一面をより強くみせることになった。単純な幸福と繁栄の夢の次には、社会はその複雑な現実を見せるようになる。それに要した時間は一世代、すなわち三〇年であった。そのとき、シンデレラはまったく別の、また男女の関係と社会生活にまたがるより深層を指す術語となった。次に取り上げるのは、その段階、すなわち《シンデレラ・コンプレックス》である。"Cinderella complex"ないしは《シンデレラ・コンプレックス症候群》(Cinderella complex Syndrome) が、アメリカのジャーナリズム系の女性ライター、コレット・ダウリングによって提唱されたのは一九八一年であった(18)。それは、素敵な王子様が現れて迷える自分を救ってくれるという幻想に女性が取りつかれること、したがって女性の自立を阻む依存的願望のことである。もっとも、概括的にはそうであるが、ダウリングがこの語にたどりついた文脈を追うと、そこには現代に特有の問題性が複合していることが分かる。十六歳で大学へ入り、二十歳で卒業、ただちにジャーナリズムの世界で活躍しはじめたキャリア・ウーマンが始めて空虚感に襲われ、方向を見失い、自信と誇りが揺らいだときの心理が次のように記されている。

ついに、なにかが起こった。ニューヨークのきらきらきらめく明かりに迎えられてラガーディア空港の滑走路に降り立ってから四年目、私は恐怖症に陥ったのだ。／それは警告もなくやってきた。三年以上も、わたしは調査員という変わりばえのしない同じ仕事をやっていた。誇りを傷つけられ、自分は「何かをしている」べきだと思いながらも、記事ひとつ書く気力がわかなかったのだ。……／いまになって思えば、わたしが願っていたのは、そこから救い出され、妖精の翼に乗って新たな人生へと運ばれてゆくことだった。自信をもち、創造力を発揮でき、人を動かし、そしてとりわけ安全でいられる人生へと。／男もなく、将来の見通しもなく、いつまでもただただ単調な会社勤めを送るニューヨークの独身女という思いに、私の自尊心は日ごとにしぼんでいった。／わたしは意識的に「男を探す」ことはしなかった。その反面、ひとつの人生を作りあげようともしなかった。前方にぼんやりひろがる未来を――巨大で、要求がきびしく、抹殺の力を秘めた未来を――どういうふうに満たしていくべきかがわからなかったのである。
これがそうなのだ――シンデレラ・コンプレックス。これはかつては十六、十七歳の娘を襲い、しばしば大学進学をあきらめさせて、早い結婚へとせきたてた。それがいまでは、大学出の女を襲う傾向にある――しかも、社会に出てしばらくたってから。最初のスリルがおさまって、それに取って代わるべく不安がもりあがってくると、女はあの安泰願望に、救われたいという願望に引き寄せられるのだ。……

ここで言われるシンデレラ・コンプレックスは、見ようによっては高度に現代的である。すなわち、女性の社会進出の（最初の数段階ではなくすでに階段の半ばかそれを超えたか越えないかの）段階で起きる現今に特有の社会的・心理的状況と結びついている。もとより、シンデレラ願望という素朴な夢想も無くなってはいない。それは、どの時代にせよ皆無にはなりようがないものでもある。しかしまた現代では、素朴な願望は、複雑な社会に生きる者が必然的に併せもってしまう幻影である。謳歌する自信の蔭で忍び寄る虚無が引き寄せる単純な空想。

なお付言すれば、シンデレラ・コンプレックスは、もうひとつの重要なコンプレックス概念と並べられることもある。二十世紀の初めにフロイトが提唱した《エディプス・コンプレックス》である。(19) それと対応する女性の深層心理を指すものとして《エレクトラ・コンプレックス》の概念(20)も提唱されはしたが、それは女児の母親への愛憎心理として形式的には対を形作るが、学術語の外を出なかったと思われる。その点では、心理学の外で現れた《シンデレラ・コンプレックス》が、その空白がうずめた観がある。(21)

（三）残酷なグリム童話という脈絡

近年、グリム兄弟の昔話について、日本で特に流行したのは、《恐ろしい、残酷なグリムの童話》という見方であった。[22] その種類で話題になったものは、どれもグリム兄弟の昔話や昔話一般についての研究という性格ではなく、博識家や才気のある文筆家たちの自由な改作であった。もっとも、残酷な要素に焦点を当てることにおいて比較的早く、それゆえ後の風潮の素地にもなったのは、ドイツ文学者で特にグリム童話の研究家である野村泫氏の著作だったかも知れない。[23] それは、「ⅰグリム童話は残酷である」、「ⅱグリム童話は封建的である」、「ⅲグリム兄弟はナチスに通じる」、「ⅳグリム兄弟は非科学的である」、「ⅴグリム童話は総合的である」の章立てとなっている。グリム兄弟の昔話を専門とした人の著作だけに、一般向けとは言え、ドイツでの研究動向が踏まえられている。また、残酷という要素を最初の章の見出しとして、分量的にも多くを割いているのは、すでにその要素が日本で好まれる話題になっていたことへの対応であったとも思われる。またシンデレラに関しては、必ずしも深い意味ではないが、そのヴァージョンのひとつに真っ赤に焼けた鉄の靴を履かせるという復讐があることなどがとりあげられる。

しかし、残酷か否かという観点は、日本での流行の意味はともかく、昔話研究という面では基本的には奇妙である。一般に指摘されるところでもあるが、昔話の叙述スタイルは平板であり様式的であり、写実性や厚塗りの潤色とは対極である。それはたとえばマックス・リュティがいくつかの著作で説いているところでもある。[24] 昔話の記述は、ひとつひとつの出来事に聞き手や読者を立ち止まらせ感慨にふけることをもとめはしない。すべてが経過点にすぎない。それゆえ残酷さの感慨は極端に小さい。それは、日本の昔話を考えてみればよい。「猿蟹合戦」では、サルは栗で火傷をさせられ、蜂に刺され、牛糞で滑り、臼の下敷きになって死ぬ、という運びであるが、その一つ一つに恐ろしいという感情が起きて立ち止まることはない。むしろ話の作りの面白さが表に立ち、組み立て方の知恵のはたらきに関心が向かう。「かちかち山」でも同様で、嫗を騙して殺した狸が、翁の相談を受けた兎によって泥舟に乗せられて溺死する。それどころか、狸がつくるのは人間の肉を煮込んだ鍋料理である。しかしそれゆえに目をそむけ耳をおおうといった反応は先ず起きなかった。カニヴァリズムといった深刻な感想へ延びてゆくこともなかった。昔話の語り方も聞き方の心理も、感情移入とは違った種類なのである。その点では、(グリム兄弟の収集に限らず)《残酷な昔話》というフレイズは、本質とはかけ離れた無理なスポット・ライトの当て方で、逆に違和感をまねいてもおかしくない。(25)

(四) シンデレラ譚の核心をもとめて

シンデレラ譚は、昔話のなかで早くから特別扱いされてきた。無数の昔話のなかでも、基準的な性格をもつものの一つとみなされてきたのである。従って研究も多数に上るが、特に十九世紀末のコックス女史の労作(26)や二十世紀半ばのルース女史の大部の著作(27)は、この方面では古典的なものとなっている。ちなみに、前者は三四五編の類話を、後者は二八〇種類に及ぶ類話・異話を収録している。そこでは、古今の文献や聞き書きの成果から、能う限り多くのヴァージョンが集められ、分析が加えられたのである。またそうした伝統は、近年では、アメリカの昔話の研究にも延びている。アラン・ダンデスの編集による論文集(28)は、サブタイトルが示すように、「九世紀から現代のディズニーまで」のシンデレラの類話を射程においている。それは、シンデレラ譚のような話は地球上の至るところで採集することができるとの前提に立っていることでもある。そのさい注目すべきこととして、シンデレラ譚の核がどこにあると考えられてきたかという問題がある。すると意外なことに、物語の筋よりも、周辺的な要素に重みがおかれてきたことが判明する。もっとも、周辺的な技巧は音楽における装飾音のようなもので、部分的な技巧に不滅の魅力が隠れていることは決して不思議なことではない。シンデレラ譚の場合には、さしずめガラスの靴がその最たるものであろう。これについては、毛皮（vair）がガラス（Verre）と取り違えられたとの説が有力であるが、生成の経路がその通りであったかどうかはともかく、一旦ガラスという着想がなされると、衣類の材質としての非現実性の故に、却って空飛ぶ絨毯や千里先が見える笊と同じフィクション特有のリアリティを帯びることになった。これはカボチャの馬車でも同様である。そうした経験的世界においては非現実ながら、フィクションの世界ではリアリティが持つ要素が行き着くのは魔法や呪術や超自然的な力ということになる。事実、シンデレラ譚には、その種の要素が少なからず入っている。二羽の鳩や榛の小枝などである。つまり、魔法はシンデレラ譚の重要な要素であることになる。

第二の要素は、継子いじめである。これは魔法とは異なり、一般的で経験的な現実を背景にしている。もとより、現実は実際には極めて多様で決して紋切り型ではあり得ないが、それでも、実子の保護と、それに反比例して継子への敵意は、いかにも人間的な感情ではあろう。その際の人間的とは、悪意の棲家としての人間という意味である。いつ頃からであろうか、人間がどれほど悪意ある存在となれるかを表現する枠組みとして継母と継子の組み合わせが用いられてきた。それはまた、多くの場合、一人の男性をめぐる二人の女性の嫉妬と利害の確執とも重なっている。

第三の要素は、悪意への対抗である。シンデレラ譚の多くのヴァリエーションを見るとき、継子苛めという悪意に対抗するに何を以ってするかという工夫は見所の一つと言ってよい。しかし、多くのヴァリエーションが教えるところ、どのような対抗手段の案出も、悪意には劣るのである。魔法や超自然的な力を譚に取り入れることがリアリティをもつのも、悪意の底知れない力に対しては人間の通常の努力は到底太刀打ちができないところに根拠があるのかも知れない。それは、悪意に対抗するに超自然的な力を借りるといった技巧でも凝らさない限り、譚が薄っぺらなものになってしまうことが、よく証している。たとえば、悪意に対抗するに機知を以ってし、また自らも小悪魔になるといった組み立てである。グリム兄弟が、シンデレラ譚の特に早い時代の前身として知ることになったジャンバッティスタ・バジーレの「猫のシンデレラ」(La Gatta Cenerentola) は、さしずめその代表と言ってよい[29]。グリム兄弟はもちろん、シャルル・ペローよりさらに古くイタリアのナポリで記されたとされるそのシンデレラ譚は、次のような粗筋をもっている[30]。

ある時、妻を亡くした公爵がいた。公爵には、大層可愛がっていた娘がいた。娘の名前はゼゾッラと言った。公爵は娘ゼゾッラに、立派な家庭教師をつけてやった。家庭教師の女性も、娘を大変大事にして、裁縫やレース編みを習わせたりした。そのうちに、公爵は再婚したが、継母は意地が悪く、ゼゾッラに辛くあたった。

娘は、継母の仕打ちを家庭教師に訴えた。そして最後には決まってこう言った。《私にこんなに優しくして下さる貴女こそ、私のお母さんになって下さればよいのに》。すると家庭教師の女は、《そんなにお母さんになって欲しいのなら、なってあげましょう》と答え、さらにその方法をもとめられると、こう言った。

《お父様がお留守のときに、押し入れの大きな衣裳箱のなかの古いドレスが欲しいと、継母にお言いなさい。古ぼけたドレスを貴女が着て不恰好な姿になるのは、継母には願ってもないでしょうから、すぐに聞いてくれるでしょう。継母が衣裳を探している間、衣裳箱の重い蓋を持っていて、そして急に手を離して、継母の首の骨を折っておしまい。その後、先生をお母様にして下さいって、お父様にお願いしなさい。》計画が実行されて継母が死に、その喪が開けると、ゼゾッラは、父親に家庭教師の女性との再婚を何度も耳打ちし、とうとうそれを実現させた。

父親夫妻が新婚をたのしんでいる頃、一羽の鳩がゼゾッラのもとへ飛んできて、サルジニア島のもう一羽の鳩に頼むと何でもきいてくれると約束した。

新しい継母は、ゼゾッラを大事にしてくれたが、それは初めの一週間だけだった。たちまち本性をあらわし、あまつさえ、ひた隠しにしていた自分の六人の娘を屋敷へ連れ込んだ。そしてゼゾッラを、それまでのサロンの贅沢や、天蓋付きのベッドや、絹や金糸のドレスをまとう生活から追いやって台所の片隅に追いやった。ゼゾッラは台所の残り火で暖をとり、継ぎはぎだらけの服を着せられた。誰も名前では呼ばなくなり、《台所の隅で灰まみれでうずくまっている猫のような灰娘》と言われるようになった。

ある時、公爵は国の仕事でサルジニア島へ出掛けることになった。そして妻の六人の連れ子とゼゾッラに、土産には何がほしいかを尋ねた。それぞれが贅沢な品物を言ったが、最後にゼゾッラは、《島の妖精が飼っている鳩に、私に何かを届けるようにお願いして》と頼んだ。帰途、公爵は品物を調えたが、ゼゾッラの頼みごとだけは忘れてしまった。すると、船が港に釘付けになって出港できなくなったが、船長の夢に妖精が現れて、公爵に約束を思い出せるように促した。公爵は、島の洞窟で妖精から、棗の苗木とスコップとハンカチを受け取った。

娘は、棗の苗木を植え、水をやり、余分の水はハンカチでふき取り丹精をこめて育てた。成長した棗の樹に妖精が現れて、欲しいものを何でもかなえること告げた。

ある祭りの日、継母の娘達が着飾って出掛けて後、ゼゾッラは、棗の樹に願って素晴らしい衣裳を出してもらい、また十二人の従者を呼び出して往来に出たが、それはまるで女王の登場を思わせた。どこの誰とも覚られぬまま義理の姉妹を散々羨ましがらせていると、そこへ王様が通りがかって、たちまち娘を見初めた。王様は家来に後をつけさせたが、ゼゾッラが金貨を蒔くと、夢中になって拾いはじめて、娘を見失った。

次の日、娘はやはり棗の樹に頼んで、六人の侍女と共に祭りで賑わう往来に姿をあらわし、義理の姉妹を悔しがらせた。その日も王は家来に娘を負わせたが、街路に落とされた真珠や宝石に目がくらんで取り逃がした。

三日目もゼゾッラは祭りに姿を現したが、多数の従者に囲まれたその姿は、まるで高級娼婦が警察に取り巻かれている様を思わせた。そして今度も義理の姉妹を思う様妬ましくさせていると、王の家来が現れた。今度こそ逃がすまいとする彼らから逃れるときに、靴のカヴァーの片方が脱げ落ちた。

王は靴カヴァーを手にとると、《足元がこれほど美しいなら、上に乗る身体はどれほどの魅力であろう》と、恋心をつのらせた。

やがて、王は国中の夫人を祭りのパーティーに招待し、靴カヴァーを手掛かりに娘の探索を開始した。しかし、それに合う者はいなかった。王は、翌日もう一度、国中の娘という娘を集めることにした。公爵が、自分の屋敷にも一人みすぼらしい愚かな娘がいることを告げると、王は、そういう者こそ最前列に並ばせることを命令した。

翌日の宴の最中、娘たちの足の寸法が計られたが、ゼゾッラの番になると靴カヴァーで吸い寄せられようにひとりでに足にはまった。王は娘の頭に冠を被せ、妃として人々に敬うことを命じた。義理の姉妹たちの嫉妬に狂い失望に暮れることこの上なく、帰宅すると身のほどを忘れて、母親にこう託ったものである。《運命に逆らって、あの娘を妃とした王様は気違いだ》。

ここでは元の作品を四分の一に縮めて再録したが、近代文学に親しんだ耳には、まことに締まりのない物語である。と言うより、首尾一貫したストーリーや人物の性格という基準自体が近代文学のものでもある。部分々々の機知や着想や話運びの面白さをつないでゆくのであるから、統一性を欠くことになるのは当然であるが、ここでのシンデレラはあえて言えば、機知と悪智慧と不運と幸運の混ぜものである。それは、この物語のエピグラムが説くところでもあった。

邪心の海に嫉妬の心いたく膨脹すれば、浮き袋すら破裂せん。他人の溺れるを願っても、先に我が身がしずむか、岩で砕け散るのが落ち。これより口演致しますのは、妬み深い女たちが墓穴を掘りし次第なり。

要するに戯作であり、諧謔の話藝であるが、またそれがために、継母の悪意も気迫を欠いている。なお悪意を言うなら、むしろシンデレラが、その裏切られることになる女教師に唆かされて実行した衣裳箱のモチーフは、古来、家庭内の不和の類型的な表現であった。北欧神話の『エッダ』にも見える他、トゥールのグレゴリウスの『歴史』では実話の扱いとなっている。[31]

キルペリック(=メロヴィング朝フランク国王)の娘リグンデは、母(=フレデグンデ)にしばしば悪口を浴びせ、自分が女主人で、自分の母をもとの奴隷にもどすと言った。そして母に多くの非難をしばしば加え、また二人はたびたび拳で打ったり横面をなぐったりしたが、母は娘に言った。《娘よ、お前はなぜ私をいじめるのですか。さあここに、私のところにおいてあるお前の父の財産があります。受けとって好きなように使いなさい》……

娘が腕をいれて、箱から品物をひき出すと、母親は箱の蓋をつかみ、娘の頸の上に投げつけた。彼女はそれを強くおさえ、そして下の板が娘ののどをつぶしたので、眼までがとび出ようとした。中にいた下女の一人が大きい声で叫んだ。《来てください。どうか来て下さい。ほら、私の女主人がその母によってひどく傷つけられています。》そこで彼女たちの帰りを戸口で待っていた人びとは、小部屋にとびこんで、もう少しで死ぬところの娘を助け出して外へ連れて行った。しかしこの後彼女たちの間の不和は一層はげしくなった。それは主としてリグンデが不品行をするためであった。彼女たちは、たえず争いと打ち合いをしていた。

しかしここで挙げた種々の特徴は、今日私たちが親しんでいるシンデレラへの印象には、そぐわないところがある。それらは、あるいは歴史、あるいは深層心理と触れ合い、またいずれも識者によって強調されてきた経緯が

定価
本体9,200円＋税

河野　眞【著】

創土社

ファウストとシンデレラ
民俗学からドイツ文学の
再考に向けて

注文数　　冊

年　月　日

ISBN978-4-7988-0225-1
C0098 ¥9200E

9784798802251

補充注文カード

貴店名

売上カード

ファウスト
民俗学からド
再考に向けて

創土社

ISBN978-4-7988-0

あるものの、特徴として重心がずれている。家庭内のどちらもどちらという果てしない不和から幾つかのモチーフが指摘され訓示が引き出されるのである。可憐な娘に対するに邪悪な母親という単純極まる筋立てがリアリティーをもつには、何かが欠けていた。グリム兄弟では、それが完成されており、衣裳箱による殺人ないしは殺人未遂の挿話が消えているのもそれと関連するであろう。[32]とまれ、シンデレラはなお先である。

(五)「米福粟福」譚――異文化のなかのシンデレラの一例として

アラン・ダンデスの『シンデレラ――中国の昔話から現代まで』[33]には、世界各国のシンデレラ譚数十篇が集められている。もっとも、その編著は、能うかぎり多数のヴァージョンを集めるのが趣旨ではなく、そうした過去の研究を踏まえた上での再検討であるが、これまでしばしば見られた傾向の近年の形態であることには違いがない。すなわち、シンデレラ譚を世界のどこにあっても不思議ではない話種とみなす視点である。シンデレラ譚に限って、類話の大部な収集を行なったイギリスのコックスやスウェーデンのルースの作業を支えたのも、そうした見方であったろう。[34]それは昔話研究における基本でもあるが、そこには二つの見方がしばしば交錯していることにも注意を払いたい。それは、特定の昔話に限らず、昔話一般にも関わることでもある。すなわち、昔話を一般性の勝ったフィクションとして理解する志向と、地球上のどこかに発生地をもとめて伝播を明らかにしようとする志向である。前者は、昔話を普遍性のあるフィクションという面から見ようとする系譜に属している。言い換えれば、人間社会の一般的な要素を基本的な構成素としてフィクションができており、それゆえ世界中のどこで採集されても不思議ではないとの観点である。後者は、おおむね文学作品の研究に近く、フィクションが広く見ればは創作である以上、どこかで誰かが考案したものであり、それが広く受容をみたことを重視し、それゆえ伝播の系譜を解明しようとする行き方である。もっとも、そうなると、民間での受容とは何であるかという問題設定も絡んでくる面があるが、要するに、普遍発生論と伝播論である。しかしそのどちらにも触れはするが、重点の置き方において、どちらにも纏め切れない視点もあり得よう。強いて言えば、機能に注目する行き方である。そうした、視点の取り方によって、把握することがらの様相が違ってくることにも留意をしておきたい。

ところで、シンデレラ譚に因んで屢々話題になるのは、日本でも類話が見出せることである。それは、米福粟福譚ないしは糠福米福譚として分類されている話類である。[35] 昔話関係の専門事典でも、それは《ヨーロッパにおける「シンデレラ」(AT510A) と同型である点で古くから注目されてきた継子話》と解説されている。[36] 同事典には、また東北地方を中心に数十か所で採集されたことが地図上で表示されてもいる。[37] 事実、この話類は、決して偏頗でも、たまさかのものでもなかったようであり、個別研究でも一五〇を超える収集がみられ、[38] また『日本昔話通観』では特に青森県と秋田県の部においてかなり重い扱いとなっている。[39] モチーフの組み合せなどから幾つかの型に分類されるが、両県について見れば、次のような構成である。

青森県：米福粟福
本子の援助／継子の嫁入り——山姥援助型　継子の嫁入り——地蔵浄土型／継子の嫁入り——鳥援助型／継子の嫁入り——弘法援助型／継子の嫁入り

秋田県：米福粟福　継子の粟拾い——山姥援助型／継子の粟拾い——亡母援助型／本子の援助

ここでは突き入った観察をするわけではなく、実際にふれればよいという観点から、目下のテーマであるシンデレラに近い形態を挙げておく。(40)

死んだ先妻に娘があって米福と言った。後妻に入った女には連れ子があり、糠福と言った。継母は、自分の実の娘である糠福には良い袋を、米福には穴のあいた袋を持たせて栗拾いに行かせた。糠福は袋を栗でいっぱいにして先に帰った。米福が空の袋を持って松の木の下で泣いていると、亡き母が白い鳥になってやって来て、小槌を授けた。米福が小槌を振ると、沢山の大きな栗が飛び出した。また別の日、祭りの日に留守番をさせられた米福は、小槌を振って綺麗な着物を出し、こっそり祭りに出掛けた。やがて、その着物が目印になって米福は花嫁に所望された。継母は代わりに実の娘をしきりに勧めたが聞き入れられず、米福は立派な家へ嫁いでいった。継母とその実の娘は妬みに駆られてぶつぶつ呟いていたが、そのうちに姿が変わって田螺《たにし》になった。

なお言い添えれば、亡き母親が何らかの形で現れて助けを差し伸べるのは比較的少なく、山姥が現れるといったモチーフの方が優勢のようである。特に、二人の娘が山姥の小屋に入り込んでしまい、そこで実の娘の方が山姥の身体についた虱をとってやり、その返礼に幸運を授けてもらうといった展開である。また小槌も多くはなく、山姥が葛籠《つづら》をさずけるという形がよく見られる。他にも、モチーフの組み合わせには多彩なヴァリエーションがあり、また語り手の潤色やそれが様式化されて伝承となっていることがあるのは当然の成り行きである。田圃の近辺の水のなかに淡水の巻貝が時に小さな泡を吹いていることが織り込まれていて楽しくも微笑ましいが、《泡を吹く》の可視化である。もとより泡吹くは、泡を食らうと同様にあわてふためくの語呂合わせに過ぎない。それに粟福と文字をあて、さらに対比させて本物なら粟ではなく米福だろう、と伸ばしたのは言葉をあやつる機知であった。因みに『日本昔話大成』では、「継子譚」をできるだけ網羅することを試み、またその筋立てを二〇種類に分類している[41]。そのなかでは、栗拾いのモチーフは、それを中心にして別に一種類が立てられている。また限られたモチーフが組み合せられることにより、どの種類も少しずつ重なるが、個々の譚の実際はまったく別のものの場合があるのは当然である。

なお米福粟福譚に早くから注目したのは関敬吾であるが、氏は、その話類をさらにたどって、古典の「落窪」や「住吉物語」にも言及している[42]。この日本の米福粟福譚や糠福米福譚と呼ばれるグループが、コックスやルースが直接知るところではなかったことは、これまでも指摘されてきた通りである。しかし、またこれと近縁の譚がシンデレラの類話として多数収録されていることも事実である。それは、先に引いたアラン・ダンデスによる簡便な編著でも同様である。言い換えれば、この種類の伝承譚が、シンデレラ譚のグループとして広く世界的に探索されてきたことになる。シンデレラ譚の現代親しまれているのはヨーロッパの昔話としてであるが、多くの研究者が世界に目配りして探索してきた類話として日本ではこれが挙げられたのである。

もっとも、日本の米福粟福譚とヨーロッパのシンデレラ譚のかかわりがいかなるものであるのかは詳らかではなく、形成についての歴史的な経緯はもう一つ明確にはなし得ないようである。また既に平安前半に「落窪物語」のような厚みのある文学的造形がなされていたこと、中世には霊験記との重なりの性格をも示す「住吉物語」が出現したこととの直接的ないしは具体的な関係も定かではない[43]。またコックス女史やルース女史の大部な類話収集においても、本邦の事例としては古典文学はもとより、米福粟福譚も言及されない。わずかに鉢かつぎ姫にふれられるだけであり、もともと東アジアは射程に入っていなかったのであろう。(44)

(六) シンデレラ譚の一般的受容をめぐる分析

ところで、本稿はシンデレラ譚の現代社会のなかで様相を瞥見することから始めたのであったが、それは関心の方向とも関係している。日本の類話に目を走らせたのも、なお定かではない伝播の脈絡を探るためではない。むしろ、今日誰もが知るシンデレラ譚とそれらの断絶を確かめたかったからである。たしかに、丹念な昔話研究の成果を見る限り、日本にも類話があったことは間違いがない。しかし、ここで設問である。今日、シンデレラ譚が日本でも知られ強い吸引力を発揮しているのは、日本の親近な昔話が素地になっているからであろうか。外国の刺激が、自国に改めて光を投げかけたからであろうか。事実は、そうではないであろう。米福粟福譚は、研究者が掘り起こしたように、一定の広がりをもった日本の固有とも言ってもよい昔話の種類であった。しかし、それは、今日シンデレラ譚が多くの人々に親しまれていることとは、ほとんど関わりがないのではなかろうか。シンデレラは近代になって西洋から渡ってきた言語文化財であり、それが親しまれるにあたっては、日本の親近な話類に支援される必要は無かったのである。もし、この見方が妥当であるなら、そこには、幾つかの点検すべきことがらが含まれることになる。すなわち、シンデレラ譚が、知らない人がいないくらい人口に膾炙していることの理由である。そこには何がはたらいているのであろうか。ここでは、特に二つの点を取り上げる。

第一は、米福粟福譚などがシンデレラ譚の類話として指摘されるときの視点の取り方である。そもそも、両者は何が共通なのであろうか。それはいさかかも難問ではない。要するに、継子いじめの譚である。もとより、霊力や奇蹟的な作用を発揮する鳥の出現などの要素もありはするが、それは重要ではあれ、小道具であり、基本が継子いじめにあることは揺るがないであろう。また継子いじめが基本であるとするなら、それは、どこででも生成するであろう。我が子が可愛く、継子が憎いのは、社会生活のなかで広くみられるフィクションを超えた事実でもある。人間の動物としての本能にまで延びているところすらあるかも知れない。事実、自然界にも、自己の生物学的な分身を特定して育成することを生存上の本能的行動とする種類は少なくない。さらに言い添えれば、そうした本能につながる情動の動きを自ら抑制し、無防備で罪の無い存在を圧迫しないことにこそ、人間的なものの所在がもとめられよう。シンデレラ譚の継母が悪役とされるのは、それが剥き出しの悪しき本能に走ったからに他ならない。逆に言えば、継子いじめの否定と戒めはシンデレラ譚の骨子の一つと読めなくもない。苛めに耐えた健気な実子が報われることで話が終わるのは、それと表裏一体である。

そうした点への留意の上で、改めて問いを立てると、シンデレラ譚が今日人気を呼んでいるのは、継子いじめの話だからであろうか。おそらく、そうではあるまい。今日の社会では、継母・継子の関係が過去に較べて著しく減少をきたしている。核家族、少ない子供、死亡率の低下などは、いずれもその継母・継子が現実のものとなることに抑制的な作用を果たしている。もとより、発生率の大小に関わりなく、義理の母子関係への忌避感は常にはたらくものであろう。すなわち継子いじめは予想的事実であり、その限りでは一般的でもあろう。しかし、他方で、ステップ・マザーの側に、いわゆる血のつながりの欠如を克服する高度な人間性がはたらく現実がひろがっている。それが現代社会の様相でもある。そこから見ると、シンデレラ譚が吸引力を発揮するのは、継子がリアルな現実であるからではなく、漠然とした一般的予想の度合いが高いからでもないであろう。要するに、継子いじめのモチーフは、現代社会においてシンデレラ譚が人気を博している本質的な理由とは言えない。それは、先に見た継子いじめの日本固有の類話である米福粟福譚のグループが、一般的には少しも知られていないことからも逆証されよう。シンデレラが代表的な昔話の一つであり、その基本は継子いじめにあるとして、継子いじめの類話を尋ねるという推論自体が、研究者以外にはほとんどみとめられないと言ってもよい。シンデレラ譚を楽しんでいる多くの人々の理解は、そういう脈絡にあるではないとみなければならない。

第二は、シンデレラ譚の魅力や吸引力となっているものが何であるかという問題である。日本にとっても、多くの国々とっても、それは外来のメルヒェンである。おそらく、そこに魅力の一端があるのは事実事であろう。外からもたらされたことが"fairy tale"らしさを高めているのである。さらに出自が西洋であることが、日本人の目に眩しく映えるものとしている節もないではない。しかし、それは程度の差にすぎまい。シンデレラ譚は、アメリカでも愛好され、さらに直接の故土であるヨーロッパ諸国においても吸引力を発揮している。それは、これまでにも何度か挙げた大部な類話収集がイギリス人とスウェーデン人によって行なわれた事実が証している。したがって、多少のばらつきはあるにせよ、それが受ける歓迎は発祥地であろうと伝播地であろうと変わりはない。つまりそれほどの魅力がそこにはこもっていることになる。とすれば、その要点はどこにあるであろうか。そこで、今一度、シンデレラ譚の標準的な観点から筋立てを挙げてみる。(45) おそらく常識的な範囲に入っていよう。

A. 若い娘が、継母と義理の姉妹から、ひどい仕打ちを受け、つまらない辛い仕事をさせられる。
B. 娘は、死んだ母の墓に生える木、あるいは超自然的な生き物によって、助言や着物を与えられる。
C. 娘は綺麗な着物を身につけて舞踏会へ出かけて行き、その素性を知りたがる王子さまと数回一緒に踊る。

D．娘が踊りの場から去るとき、王子は娘の靴を手に入れ、それを手がかりに、娘の身元を割り出そうとする。

E．王子さまはついに娘を見つけだして、娘と結婚する。

味付けも膨らみも排除した一種のスケルトンであるが、かかる展開がシンデレラ譚の基本的な構成であることには、大方の賛同を得られるのではあるまいか。しかしなおまったくのスケルトンになり切っていないかも知れない。以上のどれもが必要不可欠な構成要素であるかどうかについては、少し考えてみなくてはならないからである。たとえば、Bの超自然的な樹木や生き物は、それが無くても譚は成り立つであろう。娘が、舞踏会ないしは、娘を見初める高位の若者と出会うチャンスが到来することが重要なのであって、それに至る過程は潤色に過ぎない。もちろん、潤色は音楽における装飾音のようなもので、基本線から離れた潤色が、その作品全体を一旦聴けば忘れない魅力を付与することは十分あり得よう。それに較べると、Dの手がかかりになる品物は、譚の展開における鍵の性格を持っている。もっとも、その場合重要なのは、手掛かりになる品物が存在すること自体であり、特定の品目には限定されない。ペロー以来、ガラスの靴が定着しているが、これは偶然の産物であることはよく知られている。つまり繻子でも毛皮でも、手袋でも帯でも髪飾りでも小刀でもよかったのである。つまり、主人公を突きとめる力をもつ、ちょっとした品物であり、その点では、物語を展開させる小道具であって、ちょうどパウル・ハイゼがボッカチョの一話を範例として挙げながら、短編小説の生命と見た《鷹》の位置にあると言ってもよい(46)。それと同時に、冷静に見るなら、Dの手掛かりは、物語の基本構造から省いてもよいであろう。すると基本構造は次のようになる。

α．一人の娘が実の母親の死後、継母とその連れ子のために虐げられる。

β．その娘は、何らかのきっかけで高位の青年と出会って相思の間柄となるが、素性をあかすことなく別れてしまう。

γ．娘が残した手掛かりによって、紆余曲折の後に娘が発見されて、不遇な娘は高位の若者と結ばれる。

しかし、なお贅肉は幾分か落ちずに残っている。とりわけ、先に検討した継子いじめのモチーフがそうである。母親が亡くなったが故に虐待に遭うという筋はかなり重要だが、それすら不可欠であるかどうかは疑問である。それは、今日のシンデレラ願望やシンデレラ・ストーリーが必ずしも母親の早世に遭った継子だけのサクセス・ストーリーではないことからもうかがえる。すなわち、逆境にある存在であることが重要なのであり、逆境の原因は二次的といってもよい。それに較べて、逆境に置かれることが不当な運命であるとの脈絡は、むしろ本質的であると言ってもよいであろう。逆境から抜け出すのは、その状態が不当だからでもある。したがって、不当に強いられた苦難の後に本来の境遇や待遇を取り戻すという、アンデルセンの創作童話《醜いアヒルの子》のようなもの、あるいは、苦労を重ねることによって成長を遂げて栄光に至るという筋道とも重なってゆく。前者はいわゆる《貴種流離》であり、後者はサクセス・ストーリーである。

ところで初めに今日の日本でのシンデレラの特色を挙げた。日本というよりそれは世界的な傾向でもあろうが、不遇な若い娘が突如、幸福な結婚をつかむのである。しかもその結婚における最も重要な点は、相手の若者が、高い身分であること、あるいは富者や長者（の息子）という点にある。貧しい者どうしが愛し合う幸福はシンデレラ譚ではない。身分違い、あるいは富の差異に要点がある。なおこの点で付言すれば、かつての身分社会では身分の差は、ほとんどの場合、同時に貧富の差でもあった。近代が進むに連れて、かつての身分に通じるような社会的地位と貧富とは異なった基準の性格をもつようになった。ともあれ、貧しい、あるいは虐げられた、あるいは何らかの意味で劣位に置かれた娘が、(今日の日本の流行語で言えば)《セレブ》の男性を射止めるのがシンデレラである。もっとも、これ自体も非常に今日的な様相にあることも看過すべきではない。単なる上昇や、救出を願う志向だけでなく、そこにゲームの感覚が重なっているのである。ゲームとは、遊びであり楽しみであり、賭けである。想像された賭けのなかにひととき自分を置き、そのかりそめであることを自ら楽しむのである。深層心理にはしばしば暗い衝動がひそんでいるとしても、それらのレベルは一先ず制御されている。すなわち、ゲームなのである。今日のシンデレラ観は、むしろこの話型の本質がより明白になった面すらある。ともあれ、多少念入りに各要素にメスを入れてみたが、それを踏まえるなら、シンデレラ譚の骨格は次のようなきわめて単純なものとなる。

a. ある家に、台所の下働きを健気に果たして暮らす娘がいた。
b. 娘の前に素敵な若い男があらわれ、娘との結婚を熱望する。

これは、シンデレラ・コンプレックスが下敷きにしている構図でもある。なお言い添えるなら、台所仕事は、意地悪く押し付けられる仕事の内容として類話のほとんどに共通であるので、骨格に拾い上げた。それは、幾世紀を通じて生活の直結した分野での惨めな生き方のシンボルとなってきた。またそれにもかかわらず、娘が仕事を毅然として果たしてゆくという要素も捨て切れない。苛めに遭って泣いて暮らす湿っぽさはシンデレラには似つかわしくないのである。

（七）ドイツにおけるシンデレラ解釈から

次に考えてみたいのは、シンデレラ譚の解釈の変遷である。先に見たシンデレラ・コンプレックスも現代における解釈の際立った一例と言うことができる。同時に、シンデレラ譚は、昔話の解釈にはどれほど幅があり、歴史の大波と重なってきたかを知る好個の事例でもある。事実、シンデレラ譚は、グリム兄弟以後、ドイツ語圏においても特に頻繁に論じられてきた対象であった。また、そこに注目して、シンデレラ譚を材料に昔話を解釈するという営為のもつ問題性を論じたものに、ヘルマン・バウジンガーのシンデレラ論がある。ドイツ語圏における民俗学の改革者として知られるバウジンガーは、昔話研究、さらに口承文藝全般を射程においた論議においても独自の観点をしめすが(47)、シンデレラ論もまた特異な設定である(48)。その論考の要点として、二つを挙げることができる。

第一の論点は、ドイツでは十九世紀後半・末以来、昔話が屢々ナショナリズムに偏った解釈に向ったことへの批判である。これには背景がある。ドイツでは、民俗学がナチズムに重なっていった経緯があり、そのため第二次世界大戦の敗北によるナチス・ドイツの崩壊の後、各方面から猛烈な批判を受けることになった(49)。民俗学の存亡も疑問視される状況となったが、そのなかから従来とは異なった学問として民俗学を再建する動きがおきた。またその大きな動きにも幾つかの波があった。戦後まもなくの時期は、ナチス・ドイツの時代にも時流に迎合しなかった学究が中心になったが、その次には、民俗学がその成立過程からナショナリズムと親近となる危険性をはらんでいたことにまでメスを入れて専門分野へのあり方を考え直す志向が現れた。バウジンガーはその代表者であり、昔話を題材とするここでの論でもそれが現れている。ドイツの昔話のなかでも、その代表のようにして論じられてきたシンデレラについて、ナショナリズムが濃厚であったことを指摘し、それが歴史的にはロマン派思潮にまで遡って批判するのである。

第二の論点は、昔話の解釈におけるナショナリズムの傾向を批判するだけではなく、さらに一般的な問題へと押し上げている点である。すなわち、民族主義的な解釈がなされたのも、視点を変えれば、昔話が多種多様な解釈を許すような言語形成体であることが関係している。もっとも、文学における他の種類にもそれがないわけではないが[50]、昔話は解釈の幅の広さにおいては特別のものがある。もとより、過剰なナショナリズムやナチズムに傾いた解釈は、第二次世界大戦後は排斥されてきた。しかし、問題はそれだけではすまない。ナショナリズムやナチズムに傾いた意味付けを否定することには誰しも異論をさしはさまないであろうが、その否定の行為自体には現今の価値観への参加という要素がはたらいている面がある。逆に言えば、ヒューマニズムや博愛や正義などの立場からの意味付け、あるいはキリスト教倫理に引き寄せた解釈は、現代ではポジティヴにみなされることが多い。それらは現代の価値観に沿ったものでもあり、したがって肯定的に受け入れられるのは無理からぬところであろう。しかし、昔話がどこまで解釈の幅をもっているか、また適正な読解と恣意的な付会の線引きはどこにあるのかという反省は、今日肯定的な方向のものでも免れるわけではない。ナショナリズムやナチズムに合わせた解釈が逸脱であったのと同じく、過度なヒューマニズムもまた行き過ぎではないかとの反省である。バウジンガーの論考は、シンデレラ譚に材料をとりながら、その二つの問題の検証を試みたものであった。

ところで、今、バウジンガーの論考に言及したのは、このよく知られた論考の趣旨に注意を喚起することもさることながら、直接的には、そこに目下の問題に迫る手掛かりが隠れているように思われたからである。それは、特に第一の論点に関するものであるが、バウジンガーが列挙するように、ドイツではシンデレラ譚は、驚くほど多くの民族主義的な意味付けがなされてきた。今、その箇所の一部を引くと、次のようである。

ドイツにおいて昔話へのその種の意味付けは、決して一九三三年になってはじめてなされたのではなかった。一九二五年にヴェルナー・フォン・ビューローの著作が①『ドイツの昔話の隠れた言葉――ドイツ宗教史への寄与』というタイトルで刊行されたが、これ自体がすでにひとつの学派の最後の成果という性格を示していた。そのなかでビューローは、昔話をルーン文字を基準にして分類し、また個々のルーン文字や幾つかの語幹に、ある決まった内容を結びつけた。灰かぶり姫の譚もその一例である。それによると、この譚は、北方神話へ延びてゆく心理的かつ宇宙論的事象のあつまったものであると言う。《ルーン文字のARは鷲をあらわすが、二人の姉が偽者であることを暴露し、またこの二人を罰する二羽の白い鳩は、この鷲の変形である。鳩(Taube)は、ルーン文字に則れば、隠れた(T)命(B)を意味している》(S.61.)。またレンズ豆を拾うモチーフについては、こうである。《ルーン文字では、Lは光を、またNは水ないしは河川をあらわし、さらにSは太陽ないしは救いの謂、従って太陽による救いを意味する。それゆえ、レンズ豆は、魂―光―自然、と訳すことができ、またこれが浄められるには、苦難という水をくぐらねばならないことになる》(S.62.)。さらにまた、この昔話の終り方については、こうである。《この譚は、魂が、死後、エッダの十番目にしてあらゆる裁き手のなかの最も優れた存在にして首長たるグリトニールの館において受ける裁判の様子を示している》(S.61.)

これと同年の一九二五年には、またゲオルク・ショットが②『ドイツの昔話のなかの予言と成就』を刊行した。もっとも、この書物の主張するところは、もう少し控えめである。ショットは、昔話を解釈する場合、昔話にはドイツの運命が反映されているという確信を欠いていた。灰かぶり姫の家は、要するに《ドイツ人の家屋》そのものであり(S.19f.)、それが政治的な諸々の出来事によって危機に見舞われていると言うのである。《すべては行くところまで行くしかない。金・銀・真珠・貴石は、貪欲な他所者の手に落ちる。それが運命なら、ひとまず彼らに委ねるしかない。時至れば、古くからのこれらの財産も、私たちの必要に応えることになろう。真正な昔話がどんな結末に至るかを考えれば、それは明らかだ》(S.23.)。

それ以後現れた諸々の意味付けを支配していたのも、これと同じ声調であった。P・シュリープハッケは、③『昔話と魂と宇宙』(プラハ 一九一九年の第二版の序文のなかで、その小著が《内的なドイツ性をめぐる戦いに寄与する》ものであると説明した。そして、またもや大胆な意味論をぶち上げた。《アッシェ(灰)はアーゼ(主神オーディンを中心とする一族)、プッテルはプステル、すなわち火花のことであり、したがってアッシェンプッテルは神の火の謂である》(S.100.)。ここには、昔話への心理学的置き換えが感得される。すなわち、アッシェンプッテルは魂のことであり、これに対して《材料、つまり素材は、所詮は魂の継母でしかなく、そこから生じるのは、肉体と、限りあるものを把握するだけの分別のみである。》(S.101.)——しかしその際に重要なのは、昔話とは《独特の宗教性の証し》に他ならないという点であった(第二版の序文)。

事実を重んじた著作であるエルヴィン・ミュラーの④『ドイツの昔話の心理学』ですら、昔話に《国民意識がともすれば薄れるのを矯正する》(S.77.) 手段をみとめている。――

また一九二七年にベルリンのドイシュキルヒ社から刊行されたヨアヒム・クルト・ニートリッヒの⑤『昔話の本』も、《ドイツ古来の昔話のひそかな囁き》というサブ・タイトルを持っている。ニートリッヒは、その解釈に際して、ショットから多くを取り入れた。したがって彼にとって灰かぶり姫とは、《その場所から離れて、灰のなかにいる他ないドイツの魂》のことであった(第三版,1932, S.99.)。

これ以後、その種の解釈がますます前面に踊り出たのは、当然の趨勢であった。ヨーゼフ・プレステルは⑥『生の文藝としての昔話』のなかで、灰かぶり姫は《ドイツの深奥の内面性であり、アッシェンプッテルが母親の墓に植えるために榛の枝を所望するときには、涙っぽさなどは一かけらも見られない》(S.15) と言う。プレステルはまた、《この昔話を、祖先の遺産、人種固有の倫理性の象徴、高度な藝術作品として評価》(S.1.) した。

カール・フォン・シュピースとエトムント・ムーラックの⑦『ドイツの昔話――ドイツ的世界』は、学問的な深い考察を含んでいないわけではないが、結局、「北方的世界観の証左」(これがサブタイトルでもある) であることに重点を置いている。そして北欧地域での灰かぶり姫譚のヴァリエーションに見られる、姫が金髪であったとの件《くだり》に注目して、それは姫が《血統的に高貴な乙女》であることを示していると説く(S.288.)―― またルードルフ・フィアグーツの⑧『我らが昔話の智慧』となれば、個々の昔話を検討するのではなく、《ドイツの民間俗信の甦り》(S.18.) の観点から、それぞれのモチーフを取り上げた著作である。

……

(原注)

① Werner von Bülow, *Die Geheimsprache der deutschen Märchen.* 1925
② Georg Schott, *Weissagung und Erfüllung im deutschen Volksmärchen.* 1925.
③ Bruno P. Schliephacke, *Märchen, Seele und Kosmos.* Prag 1929. 2.Aufl.1942.
④ Erwin Müller, *Psychologie des deutschen Volksmärchen.* München 1928.
⑤ Joachim Kurt Niedlich, *Märchenbuch.* 1927.
⑥ Josef Prestel, *Märchen als Lebensdichtung.* München 1938
⑦ Karl von Spieß und Edmund Mudrak, *Deutsche Märchen – deutsche Welt.* Berlin 1939.
⑧ Rudolf Viergutz, *Von der Weisheit unserer Märchen.* Berlin 1942.

引用した部分にはナショナリズムやナチズムと親近な解釈が八種類挙げられているが、それだけでも、ヴァイマル時代のドイツの様相が伝わってくる。シンデレラ譚は、民族の運命と結びつけて意味付けされたのである。それが、正当な権利や資格の主張や復権を骨子にしていることは言うまでもない。それを逸脱であることを見るのはたやすいが、ここで注目したいのは、多くの民族主義者がシンデレラ譚に虐げられた正当性を訴える拠り所を見出したことである。それは時代の風潮に沿った読み方だったのである。しかし解釈のイデオロギーを捨象して、それが示す方向性にのみ注目すると、そこには、シンデレラ譚には、権利や資格の正当性を誘うようなものが含まれていることが分かる。またそれなればこそ、時代が変わり、ナチズムが没落すると、一転して、それはキリスト教倫理を謳いあげるものとみなされることになった。次は、バウジンガーの論説のその箇所の一部分である。

一九五〇年にシュトゥットガルトでルードルフ・マイヤーの⑨『ドイツの昔話の智慧』の新版が刊行さ

れた。そのなかでは、昔話は、ルードルフ・シュタイナーの流儀を引き継いで、キリスト教的・人類愛的な意味付けに奉仕するものとなっている。たとえば、白い鳥が灰かぶり姫にもたらす品物について、こんなことが言われる。《聖霊の恩寵が魂に降臨する。この魂は、お定まりの逆境のなかでも蛇の毒に曇らされることなく、無垢の力を保っている。その魂の養根は、ひそかな心根の深みに伸びている》(S.187.)。灰かぶり姫は《魂の衣をまとっており、それに包まれて超感覚的な知覚の前に本質の浄化が顕現する》。《毎夜、人が眠っているあいだに、その霊魂が抜け出て、その魂の外皮(すなわち《星霊《アストラーリッシュ》の肉体が輝き始める。その輝きは、人がその時までに到達した内面的成長と霊化の度合いによる。かくして、超感覚的な世界が、心の目を開く者の前に立ち現れる。魂は、より高次の自己との出会いを果たす。》(S.188.)マイヤーは、二羽の鳩が新婚のカップルの肩に止まる場面に、灰かぶり姫のメルヒェンの頂点を見る。なぜなら、それは《聖霊降臨の神秘だからである》。

(原注)

⑨ Rudolf Meyer, *Die Weisheit der deutschen Volksmärchen*. Neuauflage: Stuttgart 1950.

バウジンガーがこれを引いたのは、ナショナリズムを煽る解釈の逸脱とは方向が正反対の、キリスト教倫理やヒューマニズムではあれ、同じく思い入れが勝った解釈が行なわれている実態を指摘するためであった。それゆえ、シンデレラ譚を材料にしつつも、その論議は昔話一般を射程においている。同時に、シンデレラ譚が、ある種の正当性や資格を謳う上で、イデオロギーや主義主張の中身に関わらず適した材料であることをも明るみに出している。

（八）A・B・ルースの《シンデレラ・サイクル》について

シンデレラ譚を検討するとなれば、避けて通れないのが、「シンデレラ・サイクル」のタイトルでまとめられたアンナ・ビルギッタ・ルース女史の業績であろう。[51] もっとも、材料として挙げられるシンデレラ譚とその近縁譚は二八〇種余りで、それに先立つコックス女史の労作[52]がタイトルにもあるように三四五種であるのに較べて数は減っているが、それは同種の譚が整理されたためであった。またシンデレラ譚の発展過程の解明に取り組んだこと、その遂行にあたって明確な方法論をもっていたことにおいて画期的であった。またそれに因んで注目すべきは、ルースの作業が当時のスウェーデン学派[53]の研究方法を背景にしており、その代表的な成果の一つと見られることである。事実そこには、一時期北欧の研究者たちが牽引役を果たした昔話研究の成果が総合的に活用されている。すなわち、昔話研究の古典でもあるアールネの分類がベースになっているだけでなく、[54] フィンランド学派が切り開いた研究の地平でもある地理的に大きな射程も存分に活かされている。ユーラシアの各地から北アフリカに及ぶ広い空間から類話をもとめて整理を行ない、そこにはたらく構造的な力を探ろうとするのである。したがって、特定のテーマに即した研究であることを超えて、二十世紀の昔話研究の先頭に立った頃の北欧系の研究方法のさまざまな特徴が凝縮した観がある。しかしそれまた、すべてが適切で成功とばかりは言えない問題をも含んでいる。

ルース女史の研究は、昔話シンデレラの研究となると誰もがそれに言及し、ほとんど古典的な扱いを受けているが、意外なことに、本邦ではその中身までは検討されてはいないのではないかと思われる。収集資料の目配り行き届いていることや、それらを関係づける丹念な作業がなされていることを賞賛する限りでは、外観をもとに伝説をかしましくしているに過ぎない。肝心なのは中身の検討である。しかしここでは、その中身に立ち入ると、それだけで相当のページが占められることになり、長い横道を走ることになりかねない。そのためここでは、ルースの研究とその主張を概括的に取り上げるにとどめる[55]。

ルースのシンデレラ研究の基礎にあるのは、ルンド大学の民俗学者カール・ヴィルヘルム・フォン・シイドウの理論であった。シイドウは基本的には昔話の分布は伝播によると考える立場に立ったが、前代の考え方に対して幾つかの重要な視点をも提示した。一つは、昔話の伝播は、《水面に波紋が広がるような》ものではなく、多くの定着地を経過し、それぞれの場所で特定の形態を取るとみたことで、シイドウはそれを《自家類型》(Oico-type)と呼んだ[56]。それはまた多くの場合、民族との重なりを示すともみなした。要点の二つ目は、昔話が本格的に昔話であるためには、昔話以外の要素から解放されていることが条件となるとしたことで、具体的には、多彩な小道具が自在に使われることであるとされる。すなわち登場人物の名前も、空間(土地)も、品物類も現実の拘束を脱却していることである。要点の三つ目は論理的展開、すなわち因果性において破綻をきたしていないことである。そしてこれを民族や人種や文化圏と重ね合わせた。そしてそれらは、インド・ヨーロッパ諸民族にのみ固有であると説くのである。

シンデレラ譚において、論理的展開の核になるモチーフを追うと、パーティーないしは祭りの場面の有無が大きな展開点であり、そこに焦点を当てると、インド・ヨーロッパ系の可能性が高まる、とする。ここまでがシイドウの見解であった。

アンナ・ビルギッタ・ルースはその影響を受けつつ検証をすすめた。その作業はかなり大がかりなもので、シンデレラ譚の諸要素を分有する基本的な型として六種類を措定し、ユーラシア全域から報告された二八〇種類余のシンデレラ譚の類話や構成要素の部分を含むヴァージョンを検証し、それら六種類の生成と伝播の経路を再構成した。生成というのは、基本類型とみることができるもののなかには、比較的後世になって形成されたと思われるものも見られるからである。そしてシイドウとはやや異なった見解に到達した。

シイドウは物語の構成においてモチーフや小道具を自在に行使することと、どの場合にも論理的であることを以てインド・ヨーロッパ系諸族の遺産であると考えていた。しかし基本類型のなかには、論理的ではない形態も見られるという。それらが相互に交流し、変形をけみし、また新しい基本形をも生み出しつつ、昔話は成長をしていったと考えた。その過程で空想性(キマイラ性)と論理性が完成されていったと見るのである。またその成長と完成はインド・ヨーロッパ、殊にヨーロッパ地域において実現された、と見る。

このため、シイドウとルースの見解は微妙に異なるのである。シイドウは、完全な空想性と論理性がインド・ヨーロッパ系諸族の固有性、しかも新石器時代にまで遡る遺産であるとみなし、それが近代にまで保たれた系譜を問うた。それに対して、ルースは、空想性と論理性は、インド・ヨーロッパ諸族のなかで次第に形成されていったと見た。

いずれにせよ、自在な物語構成と論理性をヨーロッパ系諸族に固有と見ることは共通である。一方はそれが原初からの遺産であると考え、もう一方は歴史的な経緯のなかであらわれた固有性であると考えた。かかる見解をどう見るかについては、(本書に収録した)拙稿「昔話の類型学をめぐって」を参照されたい。

(九)『酉陽雑俎』(続集)所収の「葉限」譚に寄せて——南方熊楠以来の年代判定への疑義

補記の程度でしかないが、「葉限」譚に触れておきたい。中国のシンデレラ譚として発見以来つとに知られてきた特異なヴァージョンである。今日では日本でも現代語訳[57]が行なわれていて便利であるが、原文をもとにその概略を記す。

南方に次の譚がある。秦・漢に先立つ時代のことだが、洞という土地の主に呉なる者がおり、土地では呉洞と呼ばれた。呉は二人の女を娶っていた。内、一人は早世し、あとに葉限という娘が残った。幼時より聡明で、父に可愛がられた。しかし、その年の暮れに父が亡くなると、継母にいじめられ、薪集めや水汲みに使われた。

あるとき、娘は一匹の魚を得た。赤い鰭と金の目の小さな魚であった。それをひそかに飼っていたが、成長したので、裏の池へ移して、なお自分の食べ物を分けて育てた。魚は娘の前には現れたが、他の人には姿を現さなかった。継母は、それに気づくと、娘を着替えさせて遠くへ水汲みを言いつけ、自分は娘の襤褸をまとって、魚を誘った。そして魚を殺して食べ、骨を糞の山の下にかくした。

魚が現れず、娘が嘆いていると、天上より粗衣の人があらわれ、《魚の骨は糞山の下にあり、それに願えば何なりとかなう》と告げた。果たして、金や宝石、衣装、食べ物が授けられた。

土地の節句に、継母が実の娘と共に外出すると、葉限も翡翠の羽の衣をまとって出かけた。実の娘がそれらしいことに気づいたことから、葉限は引き返したが、その折、片方の沓を落とした。洞の人がそれを拾った。

その土地の南方に陀汗という国があり、沓は洞人に売られて、その地に王の手に入った。王は国中の女性に履かせたが合う者はなく、売り手の言で洞地より渡ったことを知り、やがてその地で葉限を発見した。葉限は王の婦となり、継母とその娘は殺された。人々はそれを哀れんで遺骸を埋めて《懊女塚》とし、女児を得るにそれに祈った。

陀汗王は、魚の骨に祈って財宝を得たが、翌年からは祈りの効力はなくなった。王は海岸に魚の骨を葬り真珠で覆った。後に、兵卒の反乱に際して墓を開いて財物を支給しようとしたが、ある夜、高潮にさらわれた。

これは自家の使用人であった李士元という者の譚である。李は邕州洞中の出で、南方の怪事を多く知っている。

この譚にシンデレラ譚と重なるところの多いことは明らかである。それだけに気掛りな節もあるが、その一つは年代である。段成式は晩唐の文人で、確かな生年は不詳ながら徳宗の貞元十九（西暦八〇三）年の生まれともされる。没年は懿宗の咸通四（西暦八六三）年であったらしく、九世紀の人である。作品の今に伝わるものも多い。なお『酉陽《ゆうよう》雑俎』中にシンデレラに親近な譚があることを取り上げたのは南方熊楠であった[58]。その博識と着眼は不滅の輝きを放つが、段成式の作中に含められるが故に「葉限」譚が中国では九世紀に知られていたとしたのは、現代に近い時期の中国にもその理解があるものの[59]、一考を要しよう。

ここでは、同書の書写や翻刻の書誌の実際を追うことはできないが、比較的新しい書誌解説を参考にする。[60]「葉限」譚は『酉陽雑俎』の正集（前集）ではなく、「続集」（後集）であり、いわば付録に収められている。そして「続集」が、確認される限りでは、後年と推定できることに注意をしておきたい。すなわち、正続を合せた三〇巻の編纂は、早くても南宋の嘉定十六（西暦一二二三）年の武陽鄧の編本、同じく南宋の理宗の淳祐十（西暦一二五〇）年とされる。また今日一般に流布している『四部叢刊』本は明の萬歴年間に趙琦美による校勘を得た脉望館本である。さらに明末清初に毛晉が訂正を加えた「津逮秘書」本があり、これは日本では江戸期の元禄十年に京都で翻刻されて宣風坊書林版として知られている[61]（口絵13参照）。

今、これらの諸本を実地に比較できる状態にないが、一般におこなわれているものの底本は、明の萬歴年間以降であり、従って十六世紀ということになる。問題は、今は伝わらない南宋時代の版であるが、続集を併せている故に目下の「葉限」譚が入っていると見てよいかどうかである。そうであれば、十三世紀にすでに中国にはシンデレラ譚と同型とみることができるヴァージョンが知られていたことになる。と共に、それが推定できる上限であり、段成式が九世紀の人であったことを以って、同譚がその時期に中国で書き留められたとするのは無理があるのではなかろうか。また後年の時代でも十三世紀と十六世紀は、これまた大きな違いであるが、その点はどの程度まで解明されているのであろうか、機会があれば調べてみたい。

なお言い添えれば、古くからのヴァージョンが存在するにしては、中国ではシンデレラの類譚は必ずしも伝統的に重要な話類となってこなかったように思われる。それには何を以てシンデレラ譚やその近縁と見るかという問題もからんでこようが、現代の丹念な研究[62]によっても資料が散発的な印象をあたえるのは、発展や分布に必要な条件が揃っていなかったとも推測される。

（十）昔話研究におけるシンデレラ理解から離れて

この小稿は、シンデレラ譚のすべての要素を検討しようとするものでも、あらゆるヴァージョンに目配りしようとするものでもない。むしろ、そうした志向は、先ほどその特徴に言及したルースの研究などにおいて存分に見ることができる。そこでは論者は非常な執念でこの有名な昔話の記録を集め、先行する類型研究と重ねることによって、この一画に関する限り全知的な理解を目指していた。その行き方は、おそらく昔話研究の基本に沿っているのであろう。それは取りも直さず、昔話研究がシンデレラ譚を構成する基本要素とみなしてきた幾つかのモチーフに強く留意した検討が重ねられていることを意味する。さらに言えば、その意識される項目には自ずと強弱の差が存する。その強くアクセントが置かれる点については先にそれは取り出しておいたが、改めて整理すると、具体的には次のような思考がなされていることを指すであろう。

西洋の発達した昔話研究、とりわけその先導者たる北欧系の論者たちによれば、シンデレラ譚は魔法昔話（Zaubermärchen）を本質とすると理解されていた。それは十九世紀末以来のドイツ民俗学のなかの昔話研究の視点を引き継いだ視点でもあった。そこから見ると、小鳥がヒロインに幸運への手段を不可思議な方法でさずけることが重視され、延いては種々の生き物が同じく魔力を発揮して主人公を助ける話類が近縁種として注目された。牛や魚が魔力に関わる類譚である。

次に、それとは対照的な要素として、譚の展開における合理性が同時に重視されることになった。それは特に譚の後半において顕著で、貧しい少女が高位や富貴の男と結ばれる筋を無理なく進める上での要素への着目でもある。特に北欧の識者たちが強調したところによれば、パーティーの場面がそれであるという。魔法によってヒロインは美しく変貌して王や長者の催すパーティーに現れ、そこで運命の出会いを遂げ、そして自己の片割れの品を残して姿を消す。ガラスの靴は偶々革の履物の類音であったが故に躍り出た小道具であった可能性が指摘されるが、その真相はともあれ、昔話における出色の身代わり品として魅力を保ってきた。その靴が脱ぎ捨てられるパーティーの場面はストーリーが大団円に向かう転回点でもあるが、またストーリーの展開を合理的なものとする要素として特筆され、それゆえインド・ヨーロッパ系に特有の筋の運びとみなされてきた。その判断はともあれ、昔話研究がシンデレラ譚において重視してきたのは、この二つに代表される側面であった。すなわち、魔法譚であることが強調されると共に、合理的な展開が尊ばれたのである。

ところでシンデレラ譚の核心は、そうした点にあると見てよいのであろうか。この小論を、シンデレラ譚の受容の実態を観察するところから始めたのは、昔話研究がこの話類に本質的なものとみとめてきた諸要素と現実のあいだに乖離が存すると見えたからであった。すなわち昔話研究では、動物を媒介とする魔法に注目が向いてきた。たしかに、そこに譚の形成のある段階における核心があることは否定できないであろう。またその要素によって、広い空間にわたる多くのヴァージョンが関係しあっている可能性は高いのであろう。しかし、果たしてそこにシンデレラ譚の fairy tale としての本質があるのであろうか。それは、もう一つの重点たる合理的な筋の展開という側面にもあてはまる。合理的な筋とは、書記によって本格化する文学作品に近いということになろう。しかし昔話が、書記化された文学作品の価値基準によってどこまで計ることができるかは、ただちに首肯するわけにはゆかない問題でもある。

この小論は、はじめにシンデレラ譚のごく一般的な受容に注目して、その面から要点と思われるものを指摘した。すなわち、ストーリーの進行における起伏や屈折を捨象すると、シンデレラとは、身分を超えた結婚へと飛躍する女性の幸運と成功に他ならない。また現代に引き寄せた意味付けでは、結婚よりも、能力と富を具えた伴侶が出現することに重点が置かれる一種の変化形になる。いずれにせよ、社会的な格差や貧富を前提にして、理想の男性を女性が獲得する幸運譚である。現代の受容の側からシンデレラ譚を縮約すると、幸運なカップルに自己を上昇させることを夢見る女性の心理ということに尽きるであろう。あるいは、変化形として、そのカップルは必ずしも結婚という形態でのカップルである必要はないという現代的な脈絡に置き換えてもよい。その面から見ると、そこに魔法が力を発揮するか否か、筋の展開においてパーティーや祭りの場面があるかどうかは、必ずしも必要不可欠ではないであろう。しかし、昔話研究の分野では、理由や筋を二の次にして要点は女性の夢であるといった縮約は行なわれなかった。その点では、シンデレラ譚の形成過程において重点項目とされるものと、シンデレラ譚の受容における重点とが一致しないのである。

このように昔話研究との距離が見えてくると、今日の受容につながるようなヴァージョンが果たして無かったのであろうか、との問題意識が当然にも払拭できない。言い換えれば、魔法も合理的な転回点もどちらでもよく、境遇を超えた夢の実現だけが核になっているような話の種類である。そうした譚は、決して皆無ではないであろう。しかし、それらは昔話研究の分野では、シンデレラ譚のヴァージョンや類話としては注目されなかったのである。たとえば次のような一例がある。

(十一)『黄金伝説』に記された「バルラームとヨサパト」の一挿話

魔法もパーティーのような華やかな挿話もなく、しかし貧しい乙女が高位ないしは富裕な青年と結ばれるとの筋をもとめると、たとえば聖者伝説集の代表格である『黄金伝説』に、次のような一挿話が入っている。聖者伝説「バルラームとヨサパト」のなかであるが、この著名な伝説の本筋ではなく、そこで語られる数種類の例え話の一つである。したがって、インドに起源を負い釈尊の発心譚から流れ下ったとも指摘されるこの説話における不可欠な構成要素ではない。『黄金伝説』に収録されたヴァージョンでは、何らかの事情で、これが挿話として入ったのである。しかしそれは、早く十三世紀のことであった。(63)

バルラームは王子に向かって次のような話をした。——

王子さま、これからある若者の譚を致しましょう。……その若者は、ある身分の高い家の娘と婚約をしておきながら、結婚を前に逃げ出したのでございます。そしてとある土地まで来たとき、ひとりの乙女にめぐり会いました。その乙女は、ある貧しい男の娘でしたが、たいへんな働き者で、その上、屈託なく神をたたえながら毎日を過ごしておりました。若者は、その娘に話しかけました。《あなたは、不思議なお方ですね。お見受けしましたところ、貧しい身の上でありながら、神さまから豊かな恵みにあずかっているかのように、心から感謝していらっしゃるのですから》。娘は答えました。《少量の薬でも、大病を治してくれることがしばしばあるものです。それと同じで、ちょっとしたことにでも感謝の気持を忘れないでおりますと、いつかは大きなお恵みにあずかることができるものです。人の外見は私たちの本当の持ちものではありません。私たちの内にあるものこそ、私たちのものと言ってよいのです。それゆえ私は、神さまから豊かな恵みをさずかっております。と申しますのは、神さまは、ご自分のお姿に似せて私をお造りになり、知恵をさずけ、栄光の国を約束し、すでに天国の門を私のために開けてくださっています。これほど大きな恵みに与っているのですもの、お礼を申しあげるのが当然です》。若者は、娘のしっかりした話しぶりを聞いて、ぜひ彼女と結婚させてほしいと、娘の父親にたのみました。父親は答えました。《それは、できない相談です。あなたは、身分の高い、裕福な家柄のご子息でいらっしゃいますが、わたしどもは、いやしい貧乏人にすぎないからです》。しかし、若者は、どうしても娘をあきらめようとはしませんでした。そこで老人は、《娘をあなたの父上の家につれて帰られるのでしたら、娘をさしあげることはできません。なにしろ、わたしのひとり娘なものですから》。しかし、若者は、《ではわたしがあなたがたの入婿にならせていただきます。そしてなにごともあなたがたとおなじように暮らします》。こうして若者は、高価な衣装をぬぎ、老人から貸してもらった着物を着て、その家に住み、娘を妻にしました。老人は、長いこと若者を試していましたが、ついに彼を新郎新婦の部屋に案内して、若者がこれまで見たこともないくらいたくさんの財宝を見せ、それを残らず彼にあたえました。

この挿話は、決してメルヒエンや fairy tale ではない。貧しい娘が今日で言うセレブとの幸せな結婚へと飛躍するという脈絡で読むとするなら、時代的にも非常に早く、孤立事例ですらあろうが、むしろ信仰を説くための比喩として案出されたと見るべきであろう。

もっとも、大きな構図としてなら、遠い先例がないわけではない。アッティカ新喜劇のメナンドロスの断片にも、遊女がさまざまな障害の末に、実意と真心によって、契った男の父親の許しを得るという運びと見えるところがある。演劇史の面からは、古代ギリシア喜劇がその末期に差しかかると共に、人情物への様式化が起きた形態ということになるだろう。と共に、筋だけ取り出せば、あたかも本邦の西鶴『好色一代男』にもそうしたモチーフを拾うことができそうである。それだけに、時空を超えた普遍的な筋と、特定の文化や時代の特質の測定が問われることにもなろう。

その点から見ると、「バルラームのヨサパト」の一挿話は、西ヨーロッパらしさ、すなわちキリスト教文化らしさを示している面がある。それが要点でもあるが、ヒロインについては二つの美徳が強調されている。働き者であることと、信仰の厚いことである。しかしこの二つの美徳が兼備されたとしても、身分の変化を促す要因としては現実味は薄かったと見なければなるまい。しかしフィションとしては説得力をそなえている。因みに、これよりさらに後の中世末から近代初期には市民社会が進展したが、その場合に、人間がまっとうであることを指す決まり文句があった。"ehrlich und fromm"、すなわち《名誉を具え信心深い》がそれであり、身元保証や法廷でも頻繁に用いられた[64]。それは、それぞれの人間が社会的に占める身分を中心にした区分のなかで適切な位置を維持していることを指していたのである。

ともあれ、説話であり宗教的な喩え話である。乙女は貧しい男の娘とされているが、そこにリアリティはなく、この世の栄華や財物を否定するための観念的な性格にある。価値は現世ではなく彼岸にあり、肉を否定して霊を尊ぶことにおかれている。ここで語られる結婚という結末もすこぶる比喩的であり、現実世界での若い女性の夢と触れ合うようなものではない。すなわち、ここで同じ意味で言及されるもう一つの喩え話と等価である。

……バルラームは話を続けた。——現世の愛に溺れる者は、三人の友人をもつ人間に似ています。一人は、彼にとって、自分以上に大切です。もう一人の友人は、自分と同じ位いとしい。三人目は、余り好きとは言えません。その彼が王様に召喚される羽目になり、困り果ててどうしてよいか分からない事態になったのです。彼は、助けをもとめて第一の友人のもとへ行き、これまでにあたえた多大の好意を想い出させようとしました。ところが答えはこうでした。《私は、貴方がどなたであるか存じません。私には他に友人たちがおり、今日はその方々のお付き合いをしなければなりません。私にはこれらからも友人はできるのです。けれども、せめてものことに、貴方が身体を包めるように毛布を二枚あげましょう》。そこで彼は悲嘆に暮れながら第二の友人のところへ行って、自分を助けてくれるように頼みました。その友人はこう言います。《俺には、お前と話をしている暇はない。自分でも沢山の心配事をかかえているからだ。しかし王宮の扉の前まで一緒に行く位なら喜んでしてやろう。ただしそこまでで、俺はすぐに家へ引き返さねばならない。俺自身が自分の仕事で手一杯なのだから》。——彼はたいそう悲しみました。絶望しそうでした。そして三番目の友人のところへ行くと、頭を垂れてこう言いました。《とても君に話を聞いてもらうわけにはゆかないことは分かっている。僕は、当然すべき程度にも君を大事にしなかったからね。でも僕は終わりなのだ。友人たちにも見放された。そこで君にお願いしたい。僕を赦してほしい。どうか助けてくれ》。

友人は嬉しそうな顔をしてこう答えました。《あなたは私の最良の友人です。そう沢山ではなかったけれど、あなたが私に良くしてくれたことを覚えています。ですから、あなたを連れて王様の前へ出てあげます。そして貴方を敵方の手に渡さないように頼んであげましょう》。——さて、最初の友人とは、財産のことです。人は危ないことをしながら財産を手に入れますが、死ぬときには埋葬に使う粗末な布片のほかには何も残らないのです。二番目の友人とは、妻や子供や父母のことです。彼らはお墓までしか一緒に行ってくれず、後はさっさと自分の仕事に戻ってしまいます。三番目の友人は、信仰、希望、愛、施し、その他の善行です。これらは私たちがこの世を去るときには私たちの前を歩み、神様の前で私たちの力になってくれ、そして敵や悪魔から私たちを護ってくれます。……

このエピソードの方は聖者伝説の本筋により深く関わっている。しかもその兆しは、インドでの起源の段階から寄り添っていたようである。

(十二) 貧困の意味の文化史的変動

中世の半ばにあっては、貧しい娘が富める者との結婚に至ることは現実性をもたなかった。本来高位にあるべき素性の者が何かの事情で逆境にあることが判明するといった稀な出来事ででもない限り、身分を超えることはあり得ないと言ってもよかった。ここで言われる《貧しい》という条件も、高度に観念的なものとみなければならない。しかし観念の次元では、キリスト教文化には、《貧しく》あることを称えてきた系譜があり、それは原理の一つですらあった。《天国は富者にではなく、貧しき者のために用意されている》とするのである。また《中世における善良な人々は、富を単に軽蔑すべきもの以上に罪悪とみなしていた。当時描かれた地獄の絵では、頸から吊り下げた財布は、断罪の主な象徴の一つであった》(65)。もちろんこれは、ヨーロッパの古い時代のキリスト教文化がもった一種の仕組みとして理解する必要があるであろう。

ヨーロッパ中世のキリスト教は支配層に《貧しく》あることの重要性を教えたが、それは高位にある者が富の集積者であることを前提にしつつ、現世に重きを置かずに霊の次元に顔を向けることを促したのである。最初期のフランス語のテキストが伝わることでも知られる「アレクシス聖人伝」は、そうした表現の代表的なものと言ってよい。(66)あだかも日本の「刈萱《かるかや》」と通じるところのある筋立てであるが、蓋し普遍宗教とは現世を超えたところから現世を見つめなおす姿勢を必ず併せもつものなのであろう。もっとも、十一世紀半ばのおそらくラテン語からの翻訳と思われるその六二五行の韻文は熟したものではなく生硬にとどまっているともされるが、同時に、キリスト教の初期の聖者伝説のなかでは際立った性格をもっている。多くが、迫害を恐れず護教の砦たらんとする勇猛果敢な聖人であるなかで、その類に属さないのである。私人の行状を述べるに過ぎない。しかし、貴公子が婚礼の日に花嫁を捨て、やがて秘かに帰り来て本来行く々主となるべきであった両親の館の《階段下の乞食》として果てる成り行きは、却って内面の緊張と想念の悲痛と推移のパラドックスを伝えて、旧約のヨブ記を思わせるところがあるほどである。

これにはまた、聖マルタンのエピソードで知られる乞食の姿によるキリストの出現も加えることができよう。(67)しかしそうした著名な宗教的フィクションにも拘らず、そこでの要点は、現実に機能する諸々の身分の否定でも、身分間の移動の許容にあるのでもなかった。その辺りの事情が明らかにされるのは中世末期からそれ以後を対象にした研究においてであるが、貧民は貧民として社会的に固定されると共に、また独自の法的な位置と権益を持ち主張する集団として存在したのである。(68)またそこにキリスト教社会が培ってきた貧者を尊ぶ思想が複雑にからんでいた。その原像は貧者ラザロであり、観念の次元では一種の原理であった。(69)

なお付言するなら、近代が進展すると共に、それまで一般的に解かれていた勤勉の美徳は、資産の経済的意義と結合し、金額が勤勉を計測する尺度と見られるようになった。すなわちマックス・ウェーバーが《資本主義の精神》として強調したような姿勢や考え方が時代環境となっていった面は確かにあったようである。[70] 逆に言えば、時代が近代へと進むとともに貧困は無能と怠惰の標識と見られるようになっていった。民俗学の分野で言えば、近代の進展と共に、伝統行事には付きものであった物ねだりの習俗が衰退したことが指摘されている。[71] 祭りに際して家々を訪れて小銭や物品をもとめ歩くならわしであるが、その振る舞いが乞食沙汰として忌避感が強まったのである。ちなみに南西ドイツのシュヴァーベン地方の年中行事を扱った研究には、待降節の項目に次のような解説をみることができる。[72]

貰い物を乞うたり要求したりするのは、古い時代には必ずしも無邪気な遊びの民俗ではなかった。貧しい人々にとっては――子供たちが貰って家へ持ち帰るのも――生活を維持する上で馬鹿にならない実入りと言ってよいことも多かったのである。ゲッピンゲン高等官庁記録の書き込みは、それをよく示している。そこでは、パンや小麦粉を《供出》(Einreiche) という言い方が通常であり、これを見ると、子供への甘やかしではなかったはずである。つまり、物ねだり (Heische) は物乞い (Betteln) と接し、物乞いの雰囲気も漂わせていた。事実、ねだりと物乞いのあいだにはほとんど差異がなかったはずである。ルードルフ・ヴァイトが伝えているところでは、シュタインハイム・バイ・ハイデンハイムでは三回の戸叩きの日の一回には、多くの場合、貧しい家庭の子供たちがやってきた。そこで、これを《物乞いの叩き》と呼んでいたと言う。また、アルプドナウ郡ランゲナウでは、この民俗はまったく物乞いに堕していた、とアウグスト・ヘッケルは記している。つまり、戸叩きをしていたのは、ほとんど貧民の子供たちや子供を連れた貧しい女たちであり、訪れられた方は、そんなおねだりは止めてもらいたいと苦情をもらしたとのことである。ウルムの高等官庁記録も、これに沿っている。《しかし、この仕業は乞食沙汰になり下がっていることが多く、各地で禁止されている》。とりわけ見逃せないのは、この《仕業》がもはや理解されるものではなくなっていたことであるが、同時に、重要なのは、事実として長い間その中心にあったのは権利であった。遅い時期のものながら、ウルム高等官庁記録は、それを教えてくれる。《他の記録によれば、この日に物をねだるのは、貧民の権利でもあった。彼らが貰うのは、たいてい黒パンで、この貰い物で、彼らは何週間もパン入りスープをこしらえた。しかしそれが実際に権利であったことは、この物集めが決まった日取りと決まった型をもっていて、そのため制度的な性格にあった事実が示している》。しかし、物ねだりが権利であったなら、物をあたえるのは、それまた義務であったはずである。すなわち、貧民の面倒をみる邑落の義務、貧民に物を分かつ持てる者の義務である。実際、それは義務に違いなかった。さらに、それは明らかに貧民に特別の貴さを認める宗教的な考え方にも包まれていた。つまり、天国は、金持ちにではなく、貧しき者に約束されていたからである。逆に言うと、物ねだりが物乞いに堕したのは、その考え方に変化が起きたからであった。すなわち、物質的な裕福が神の祝福の目に見える標《しるし》ということになれば、貧乏は胡散臭いものにならざるを得ないのである。

さらに言い添えれば、今日では、一旦途絶えた物ねだり習俗にあたるものが恢復のきざしを見せているが、これは近年の古習のノスタルジーやリヴァイヴァル、またその背景として地域コミュニティの再建に伝統要素を見直そうとの志向がからむが故である。(73) しかしそれにも拘らず、貧民を迷える霊と重ねて広く施しを行なう儀礼が祭りの一こまとして行なわれることはほとんど見ることができなくなった。(74)

《注》

（1）参照 *Enzyklopädie des Märchens.* Bd.3 (Berlin/New York: Walter de Gruyter), Sp.39-57: »Cinderella«

（2）昔話研究の古典であるアンティ・アールネ（Anti Amatus Aarne 1867-1925）『昔話の比較研究』（関敬吾〔訳〕）が既にシンデレラ譚を基準的なものとしてみなしており、またその見方はスティス・トムスン（トンプソン）にも受け継がれた。参照 Stith Thompson (1885-1976), *Motif-index of folk-literatur: a classification of narrative elements in folktales, ballads, mythos, fables, mediaeval romances, exempla, fabliaux, jest-books, and local legends. Revised and enlarged.* Edition. Indiana University Press 1955-1958.

（3）日本でのグリム兄弟の昔話の受容については次の文献を参照 野口芳子『グリムのメルヒェン——その夢と現実』勁草書房 一九九四年。

（4）一九五九年ＮＨＫ歳末助け合い運動のキャンペーン・ソング「心の窓に灯を」（作詞・横井弘／作曲・中田喜直／歌・ザ・ピーナツ）の第二節。

（5）Web-Site において次の宣伝がなされている。《シチズン時計株式会社（社長 梅原 誠）の連結子会社・シチズン宝飾株式会社（本社 東京都千代田区、社長 神戸信之、資本金 三億円）は、ウォルト・ディズニー・ジャパン（株）のライセンスを管理するタキヒョー（株）とサブライセンス契約を結び、『シンデレラ』をイメージしたマリッジリングシリーズを新たに導入》。

（6）Web-site:http://marriage.oricon.co.jp〔二〇〇六年九月更新〕の見出しを参照「羨ましいセレブへの仲間入り！ 玉の輿

シンデレラ発表！」とあって、「玉の輿に乗った女性有名人」が「総合」以下、二十歳台から四十歳台に区分して十位までのランキングが掲載されている。但し、必ずしも現時点の話題だけではなく、数十年の幅で記憶に残る事例となっているのは、総合の部類では、山口百恵（1位）、工藤静香（2位）、デヴィ・スカルノ（3位）などとなっていることからも知られる。

（7）Web-site:http://www.naitai.co.jp/ntn/miss_Cinderella/（二〇〇六年九月更新）「Miss Cinderella 2006」特異な企画でかなり大きな規模であることは次の要項によって知られる。参照《二〇〇六年度の業界No.1の女王は誰になるのか！ 決勝大会 日時 二〇〇六年十月二十八日（土）会場 新宿「クラブハイツ」、司会 ゆうたろう、審査員 団鬼六／梨元勝／家田荘子／ザ・グレート・サスケ／坂上香織／あいだゆあ／三浦和義／ターザン山本／愛田武／チョコボール向井他、チケット販売A席一万円他》。

（8）次のWeb-siteを参照、http://www.kagaku21.net/wonderland/recycle/001.shtml: Wonder Land: 童話『シンデレラ姫』の主役であるシンデレラの名前の意味は、「Cinder（灰）＋ella……で「灰だらけの女の子」。つまり、一見、何の価値もない女の子ということを表しています。／しかし、シンデレラが最後は立派なお姫さまになるように、実は、灰はきれいな花や、農作物の生長に欠かせない栄養となるのです。……》。

（9）シンデレラシンポジウムについては、大分県別府市の広報課Web-site、「NPO観光コアラ」のWeb-siteなどによって知ることができる。

（10）映画〝*Cinderella Man*〟二〇〇五年アメリカ、Film Director: Ron Howard.

（11）（株）松竹芸能の次のWeb-siteを参照 http://www.shochikugeino.co.jp/sinpre.

（12）参照 二〇〇六年十一月二十五日付『朝日新聞』東京版。

（13）ディズニー映画〝Cinderella〟1950はWalt Disneyの製作総指揮の下でW・ジャクソン他の監督によって製作された。Directors: Wilfred Jackson / Hamilton Luske / Clyde Geronimi, Production Supervision: Ben Sharpsteen. なお原作として用いられたのはシャルル・ペロー（Charles Perrault 1628-1703）のテキストであるため、グリム兄弟のものとは筋が異なる。今

日ではＤＶＤ版が行なわれている。ＤＶＤ英語版／日本語版　二〇〇五年十一月。

（14）アニメの最初期を画する作品はとしては、ソ連の「せむしの仔馬」、ディズニー社の「白雪姫と七人のこびと」と「シンデレラ」、日本の「白蛇伝」などがあるが、いずれも子供向きながら、アニメの可能性とナショナリティと重なる独自性を示すことになった。

（15）〝Superman〟は、共にクリーヴランドで活動していたジェリー・シーゲル（Jerry Siegel）が原作を、ジョー・シャスター（Joe Shuster）が作画を担当して製作し、一九三八年にシリーズ〝Action Comics〟No.1として刊行された

（16）参照 Erik Homburger. Erikson (1902-1994), *Childhood and Society*.1950.〔邦訳〕Ｅ・Ｈ・エリクソン（著）仁科弥生（訳）『幼児期と社会一』一九七七年、同二一九八〇年 みすず書房。第二巻は、《アイデンティティ》が提唱された記念碑的な著作でもあるが、その「アメリカのアイデンティティ」の章には、西部開拓時代に直結するアメリカの母親のイメージが扱われている。《「かあさん」とは、いうまでもなく、アメリカ史における強烈で急激な、しかもまだ統合されていない諸変化から発生し、今も存在しているいろいろな矛盾を、紋切り型に戯画化した風刺画にすぎない。その起源を求めるためには、おそらくアメリカ史をさかのぼって、多くの移入された伝統を基礎として一つの共通の伝統を発展させ、それを土台にして子供たちの教育や家庭生活の様式を築くことがアメリカの女の双肩にかかっていた時代にまで戻らなければならないだろう。またそれは、祖国では「囲いをめぐらされる」ことを何らかの理由で望まなかった男たちがそもそも入植した大陸に、新しい定住生活の習慣を確立させることが女の責務でもあった時代でもある。そこで男たちは外的、或は内的に独裁権に再び黙従するようになるのを恐れて、彼らの新しい文化的同一性を何とか暫定的なものにしておこうとした。その執拗さは女たちがいくらかの秩序を要求するために独裁的にならざるを得なかったほどである》（第二巻二五～二六頁）。

（17）〝identify〟の二つの名詞形〝identification〟と〝identity〟については、前者が動作を、後者が状態を表すという大まかな区分があったが、エリクソンによって〝identity〟が総合的な意味内容を付与されることになり、上位概念とされることになった。

（18）Colette Dowling (born 1938), *The Cinderella Complex. Women's Hidden Fear of Independence.* 1981.〔邦訳〕コレット・ダウリング（著）柳瀬尚紀（訳）『シンデレラ・コンプレックス』三笠書房 一九九六年。コレット・ダウリング（著作）木村治美（訳）『シンデレラ・コンプレックス』三笠書房 一九八一年。コレット・ダウリング（著）木村治美（訳）『もうシンデレラではいられない』三笠書房 一九八三年。 原著 Colette Dowling, *How to Love a Member of the Opposite Sex.* 1976. コレット・ダウリング（著）瀬戸内寂聴（監訳）『パーフェクト・ウーマン 《完全な女》の告白』三笠書房 一九九〇年。原著 Colette Dowling, *Perfect women: daughter who love their mothers, but don't love themselves.* New York [Pocket books] 1989)。

（19）ジークムント・フロイト（Sigmund Freud 1836-1939）は1900年に『夢判断』（*Traumdeutung*）第五章で初めて〝Oedipus-Komplex〟を提示し、以後、それは、フロイトの精神分析学の中心的な概念となっていった。参照 高橋義孝（訳）『夢判断』（フロイト著作集）人文書院 一九六八年。

（20）エレクトラ・コンプレックス（Electra complex）は、カール・グスタフ・ユング（Carl Gustav Jung 1875-1961）が、フロイトのエディプス・コンプレックスに対応する女性の深層心理として、同じくギリシア神話を援用して『精神分析叙述の試み』（一九一三年）において措定した。心理学関係の事典にはいずれも見出しとなっているが、例えば次を参照 小此木啓吾（編集代表）『精神分析事典』岩崎学術出版社 二〇〇二年 四五頁。氏原寛・亀口憲治・成田善弘・東山紘久・山中康裕（共編）『心理臨床大事典』培風館 一九九二年、改訂版 二〇〇四年 一〇二五〜一〇二六頁。

（21）シンデレラ・コンプレックス（Cinderella complex）に触れている心理学関係の事典はなお少ないが、見出し語に挙げている事例としては次を参照 小林司（編）『カウンセリング大事典』新曜社 二〇〇四年 三五〇〜三五一頁。

（22）桐生操（注・女性二人のペンネーム）『本当は恐ろしいグリム童話一』『同二』ベストセラーズ 二〇〇一年。これについてアマゾンのカスタマーズに 由良弥生『大人もぞっとする初版「グリム童話」——ずっと隠されてきた残酷、性愛、戦慄の世界』三笠書房 二〇〇二年。類書には次のものがある。前野紀男『グリム童話より恐ろしいマザーグースって残酷』二見書房 一九九九年。倉橋由美子『大人のための残酷童話』新潮社 一九九八年。

（23）野村泫『グリム童話 子供に聞かせてよいか』筑摩書房 一九八九年（ちくまライブラリー 二三）。

(24) 参照 Max Lüthi, *Volksmärchen und Volkssage. Zwei Grundformen erzählender Dichtung.* Bern / München 1961〔邦訳〕マックス・リューティ（著）高木昌史・高木万里子（訳）『昔話と伝説　物語文学の二つの基本形式』法政大学出版局 一九九五年。また次も参照 Derselbe, *Vom Wesen des Märchens.* Heilbronn 1989.

(25) 古書のネット販売〝Amazon〟の Web-Site 上で『本当は恐ろしいグリム童話 1』を検索すると、その「カスタマーズ・レヴュー」には次の書き込み（二〇〇六年七月一日更新扱い）が見られる。《お話として読むなら恐らく楽しめるものだと思うし、自分も熱中して読めたが、知的探究心が強く、ある程度学術的な面や文学として童話の成り立ちなどに関心がある人には、あまりお薦めではないと思う。題名としては、「本当は恐ろしいグリム童話」というよりも、「恐ろしく改変してみたグリム童話」が適切だと思う》。

(26) コックスについては参照（後掲注50）Cox, *Cinderella.*

(27) ルースについて参照（後掲注51）A.B. Rooth, *The Cinderella Cycle.*

(28) アラン・ダンデス（編）池上嘉彦・山崎和恕・三宮郁子（訳）『シンデレラ ☆九世紀の中国から現代のディズニーまで☆』紀伊国屋書店一九九一年。原著 Alan Dundes (ed.), *Cinderella: A Casebook.* Garland Publishing, Inc. New York 1983, 1988(2.)

(29)「猫のシンデレラ」(La Gatta Cenerentola) が収録されたジャンバッティスタ・バジーレ (Giambattista Basile 1573?-1632)『ペンタローネ』が刊行されたのは、一六三四〜一六三六年であった。因みに、ペローの《サンドリヨン》(Cendrillon) は一六九七年、「灰かぶり」(Achenputtel) の入ったグリム兄弟の『子供と家庭の昔話』の初版は一八一二年であった。

(30) ここでは元の譚の筋だけを取り出して四分の一程に縮めた。元の譚の入った『ペンタローネ』には次の翻訳がある。参照 ジャンバッティスタ・バジーレ（原作）／杉山洋子・三宅忠明（訳）『ペンタローネ（五日物語）』大修館書店 一九九五年　六四〜七〇頁。塚田孝雄（編）『ペンタローネ（五日物語）』龍渓書舎 一九九四年。また前傾のアラン・ダンデス編『シンデレラ』にも「猫のシンデレラ」(九〜二七頁) として収録されている。また各種の欧米語への翻訳も多いが、英語訳のひとつに次がある。参照 Giambattista Basile, *Il Pentarone; or the Tale of Tales,* translated by Richard Burton. 1893.

reprint: New York / Boni / Liveright 1927.

（31）トゥールのグレゴリウス（著）兼岩正夫・臺幸夫（訳註）『歴史十巻 フランク史』二冊 東海大学出版会 一九七五〜七七年 第二巻　三六五頁（歴史九巻「三四」）。

（32）なお衣裳箱の蓋での殺害のモチーフは、グリム兄弟では「ねずの木」に現れる。参照『グリム童話』白水社 第二巻。

（33）参照（前掲 注27）アラン・ダンデス（編）『シンデレラ――中国の昔話から現代まで』。

（34）M.R.Cox と A.B.Rooth の書誌については後掲注（50、51）を参照。

（35）本邦の有力な昔話研究家である小澤俊夫氏が百科事典に執筆された「シンデレラ」に関する解説もそうした観点によっている。参照『大百科事典⑦』（平凡社 一九八五年）一〇〇四頁「シンデレラ」。そこではシンデレラ譚の本体に関わる異文化出自の類話は挙げられていないが、後半部分との親近性では日本の「姥皮」譚、また死霊の植物への化成の面では日本の「米福糠福」譚に言及される。これについては、本稿の後続箇所で検討を加える。

（36）稲田他（編）『日本昔話事典』七〇〇〜七〇三頁「糠福米福」（項目担当 丸山久子）。

（37）同右 七〇一頁――ここには石山宣昭氏の作成による「昔話《糠福米福》伝承分布図」が転載されている。

（38）石山宣昭「米福粟福譚小考」『日本民俗学』一〇七号 一九七六年 三五〜四九頁。

（39）稲田浩二・小澤俊夫（責任編集）『日本昔話通観　第五巻 秋田県』同朋舎 一九八二年 では「米福粟福」（一三三〜一四六頁）を比較的狭くとり、「継子の栗拾い――山姥援助型」と「継子の栗拾い――亡母援助型」の二型にのみ分けて特定しており、構成上のモチーフにおいて重なるところの多い近縁譚は別立てとしている（「継子と鳥」など）。

（40）以下は、秋田県の事例を基本にして、同書で挙げられている幾つかのヴァリエーションを組み合せた。

（41）関敬吾（著）『日本昔話大成』第5巻「本格昔話　四」角川書店 一九七八年 では《本格昔話》の十番目のグループとして「継子譚」を設定し、またその内容を次の二〇種類に分類している（八五〜二九五頁）。①米福粟福（A）②米埋栗埋（B）③皿々山 ④お銀小銀 ⑤手無し娘 ⑥姥皮 ⑦鉢かつぎ ⑧灰坊 ⑨栗拾い ⑩継子の苺拾い ⑪七羽の白鳥 ⑫白鳥と姉 ⑬継子と鳥 ⑭継子と笛 ⑮唄い骸骨 ⑯継子の釜茹で ⑰継子と井戸A ⑱継子と井戸B ⑲継子の蛇責 ⑳

継子と魚。

（42）関敬吾「糠福米福の昔話――物語文学と関連して」『国文学　言語と文藝』（大修館書店）一九八二年九月号二～一五頁。

（43）国文学研究においてこの二作が扱われるときにも、昔話との言及は一般的ではないように見受けられる。参照『落窪物語、住吉物語』岩波書店　一九九一年（新日本古典文学大系　十八）。

（44）コックスによる鉢かつぎ姫への言及については「日本昔話事典」をシンデレラの項目を参照。以

（45）以下に箇条書きにした主要な要素は筆者のまとめであるが、専門的な辞典の整理の仕方とも大差はないはずである。例えば次を参照、稲田浩二他（編）『日本昔話事典』弘文堂　一九七七年 四七～七三頁「シンデレラ」。

（46）《鷹の理論》は短編小説を得意としたドイツの作家パウル・ハイゼ（Paul Heyse 1830-1914. 一九一〇年に文學部門でノーベル賞）が自ら編んだ『ドイツ短編名作集』(*Deutscher Novellenschatz*. 1871) の序文において表明した短編小説の方法。短編小説には通常、筋を展開させる上で核となる小道具が意識的に取り入れられているとされる。《鷹》の名称はそれを説明するにあたって、ジョヴァンニ・ボッカチョ『デカメロン』の第六五話（五日目の第九話）が模範例として挙げられたことによる。同話は、貧窮した青年が思慕する婦人をもてなすために、最後に残った大切な自慢の狩猟用の鷹を料理し、それを知った婦人が青年の真心を受けとめるという展開をもつ。文學の分野ではよく知られ、百科事典でも見出しとなっている。参照、*Brockhaus. Die Enzyklopädie*, 20 überarbeitete u. Aktualisierete Aufl. Bd.7, Leipzig / Mhannheim 1996, S.83: "Falken-Theorie". なお付言すれば、これは短編小説では（また戯曲でも）一般的な技巧であり、古来その事例は洋の東西を問わず枚挙にいとまがない。謡曲「鉢木」の三種の盆栽もそうであれば、西鶴『世間胸算用』の数篇、同じく『西鶴諸国咄』中の有名な「大晦日は合はぬ算用」、さらに樋口一葉の「大つごもり」などにも該当し、本邦でも教科書的とも言えるほどの成功例や秀作に事欠かない。

（47）ヘルマン・バウジンガーの出発点は学位論文「口承文藝の現在」であった。それはサブタイトルが「ヴュルテムベルク北東地域での調査にもとづいた民間口承文藝の実態に関する研究」となっているように、昔話を含む多様な発話と語

りについて、それらの現代社会での実態を観察・分析したものであった。参照 Hermann Bausinger, *Lebendiges Erzählen. Studien über das Leben volkstümlichen Erzählgutes auf Grund von Untersuchungen im nordöstlichen Württemberg.* 1951 (Diss. Tübingen).

（48）Hermann Bausinger, *Achenputtel. Zum Problem der Märchensymbolik.* In: Zeitschrift für Volkskunde, 52(1955), S.144-155. 次の拙訳を参照ヘルマン・バウジンガー（著）河野眞（解説・訳）一九八八年「昔話の解釈とは何か —— 灰かぶり姫（シンデレラ）とそのシンボル性にちなんで」『比較民俗学会報』第十五巻第二号（通巻八五）一～十四頁。

（49）次の拙著を参照『ドイツ民俗学とナチズム』創土社 二〇〇五年 第二部「第二次世界大戦後のドイツ民俗学とナチズム問題」。

（50）例えば、ドイツのナショナリズムのなかではゲーテの文学作品も、ゲーテの人格もゲルマン的であるとの意味付けが流行ったことがあった。さらに、哲学者イマーヌエル・カントについても同様の意味付与がなされたこともある。これについては、拙著でふれておいた。参照『ドイツ民俗学とナチズム』第六章「ナチス・ドイツの収穫感謝祭」。

（51）Anna Birgitta Rooth (1919-2000), *The Cinderella Cycle.* Lund 1951, Reprint Ed.: New York [Arno Press Inc.] 1980.

（52）M[arian] R[oalfe] Cox (1860-1916), *Cinderella. Three Hundred and Forty-five Variants of Cinderella, Catskin, and Cap O'Rushes, Abstracted and Tabulated, with a Dikussion of Medieval Analogues, and Notes.* London 1893 [Publication of the Folk-Lore Society 31(1892)] ルースはその著作の序文において、《ミス・コックスの研究目的は、シンデレラ・ストーリーの発展についていかなる結論にも到達しようがなかった。彼女の志向は、精々、収集した多数のシンデレラ譚を自然物に沿って分類する程度であった》、と解説している（p.14）。

（53）ここで「スウェーデン学派」と呼ぶのは、一九二〇年代後半からカール・ヴィルヘルム・フォン・シイドゥが最初の牽引者となった民俗学の新しい研究スタイルを指す。しかし、それ以前のネオロマン派の民俗学もスウェーデン学派と呼ばれることがあるため、対比的に「青年スウェーデン学派」(die junge schwedische Schule）とも言う。これについては、次の学史を参照 Ingeborg Weber-Kellermann u.a., *Einfuhrung in die europäische Ethnologie / Volkskunde.* Stuttgart 1985

[Sammlung Metzler], Kap.8. 〈補記〉今日では次の拙訳を参照 インゲボルク・ヴェーバー＝ケラーマン（他・著）河野（訳）『ヨーロッパ・エスノロジーの形成——ドイツ民俗学史』文緝堂 二〇一一年 一五三～一六四頁「ウィーン学派とスウェーデン学派——同時代の両極」。

(54) Antti [Amatus] Aarne (1867-1925) & Stith Thompson (1855-1976), *The Types of the Folk-Tale, a Classification and Bibliography. Anti Aarne's Verzeichnis der Märchentypen* (FFC No.3). Helsinki 1910.; Translated and Enlarged by Stith Thompson. Helsinki 1928 (FFC 74).

(55) 本稿を愛知大学文學会『文學論叢』に発表した時は、ここで二〇頁余を費やして、ルース女史の《シンデレラ・サイクル》の紹介と分析をおこなった。本稿では、分量的なバランスを考慮して、その項目を本書所収の「昔話の類型学に寄せて」に移し、ここでは結論だけを挙げる。それゆえ、《シンデレラ・サイクル》の内容については「昔話の類型学に寄せて」を参照されたい。

(56) 前注の拙論（本書所収）は紀要に発表時は「昔話研究における《自家類型》(oicotype) の概念をめぐって——シイドウ理論の再検討——」のタイトルであり、この概念を中心に北欧学派の昔話理解の当否を検証した。

(57) 段成式・今村与志雄（訳注）『酉陽雑俎』全五巻 平凡社「東洋文庫」、その「四」一九八一年。

(58) 南方熊楠「西暦九世紀の支那書に載せたるシンデレラ物語」『南方熊楠全集 三』所収。

(59) 今村訳注は、中国の楊憲益の報告「中国の掃灰娘 (Cinderella) 譚」を紹介し、楊氏がこれを九世紀と見ていることに言及している。

(60)『酉陽雑俎』中華書局 一九八一年 校編者方南生の序文。

(61)『元禄十龍集丁丑年林鐘辛酉日（元禄十年六月十三日）帝幾宣風坊書林 山下半六・中村孫兵衛・井上忠兵衛蔵版』五冊本。

(62) 参照 百田弥生子「中国のシンデレラ考」『中国研究月報』三九七号 一九八一年三月 一二～二七頁。

(63) ヤコブス・デ・ウォラギネ『黄金伝説 四』前田敬作・山中知子（訳）三七四～三九九頁「（一七四）聖バルラーム

と聖ヨサパト」引用箇所は三八六～三八七頁。

（64）法民俗学の代表的な学究であるカール＝ジギスムント・クラーマーの諸著作に詳しい。たとえば次を参照 Karl-Sigismund Kramer, Grundriß einer rechtlilchen Volkskunde. 1974, Kap.4 "Ehre".

（65）引用した文章は、十九世紀のイギリスの思想家の考察に見出される。参照 ジョン・ラスキン（著）・宇井丑乃助（訳）『藝術経済論』巌松堂 一九九八年 一六頁。

（66）アレクシ（ウ）ス聖人伝については次を参照 *La vie de Saint Alexis.* edition ciritique par Maurizio Perugi. Geneve 2000.

（67）聖者マルタンの例祭日、すなわちマルティーニは冬の始まりとして節目でもあるが、乞食の姿のキリストとそれに自らはおっていたマントを切って与えるマルタンは古くから図像化され、またそれを再現する劇行事も行なわれている。後者についてはたとえば次のシュヴァーベン地方の年中行事の研究書を参照 Herbert und Elke Schwedt, *Schwäbische Bräuche.* 1982, S.17-21, bes. S.21.

（68）貧民の権利要求については次の法民俗学関係の研究を参照 *Das Recht der kleinen Leute : Beiträge zur rechtlichen Volkskunde. FS. f. Karl-Sigismund Kramer zum 60. Geburtstag,* hrsg. von Konrad Köstlin u. Kai Detlev Sievers. Berlin [E.Schmidt] 1976.

（69）貧者ラザロがヨーロッパ文化における価値観における一つの基準であったことについては貧困の意味に関する次の文献を参照 Kai Detlev Sievers, *Die Parabel vom Reichen Mann und Armen Lazarus im Spiegel bildlicher Überlieferung.* 2005. また救貧の歴史的現実については同じ著者によるドイツ北部シュレスヴィヒ＝ホルシュタイン州を対象とした地域史と重なる次の研究がある。参照 Derselbe., Leben in Armut. Zeugnisse der Armenkultur aus Lübeck und Schleswig-Holstein vom Mittelalter bis ins 20. Jahrhundert. Heide 1991. また貧困への社会政策の歴史研究では次の著者による三部作の第一巻を挙げる。参照 Christoph Sachße / Florian Tennstedt, *Geschichte der Arumenfürsorge in Deutschland. Bd.1: Vom Spätmittelalter bis zum 1. Weltkrieg.* Stuttgart 1980.

（70）マックス・ウェーバー『プロテスタンティズムの倫理と資本主義の精神』岩波文庫。

（71）レーオポルト・シュミットもさまざまな箇所で《物ねだり習俗》の消滅を指摘している。たとえば次の拙訳の次の箇所を参照 レーオポルト・シュミット『オーストリア民俗学の歴史』名著出版 一九九二年 四八頁。原著 Leopold Schmidt, *Geschichgte der österreichischen Volkskunde.*）―― この箇所では、後世ほとんど消滅したその種の習俗が十八世紀には行なわれたことを示す記録に注目している。

（72）次の拙訳を参照 ヘルベルト・シュヴェート／エルケ・シュヴェート『南西ドイツ　シュヴァーベンの民俗　年中行事と人生儀礼』文楫堂 二〇〇九年 二八頁。原著 Herbert Schwedt und Elke Schwedt, *Schwäbische Bräuche.* Stuttgart 1986, S.30.

（73）今日では特に御公現（一月六日）の行事として三聖王の巡遊が人気を集めて各地で復活したり新たに導入されたりしているが、その際に小銭や物品を集めることが行なわれる。既に乞食ざたという評価が過去のものになり、ねだる側も施す側もゲーム感覚という今日の趨勢が関係しているであろう。なお注目すべきものとして、文化人類学のニコレッタ・ディアジオは、ハロウィンに対応する古くからのイタリアの習俗行事を論じた際、かつて祭りなどの節目に施しを要求した貧民の位置を近代では《街の悪ガキ》(monelli) が担っているとしている。次の拙訳を参照 ニコレッタ・ディアジオ「会食と混乱と消費 食べる者たちと死者たち」愛知大学『言語と文化』第十九号 二〇〇八年 一七八～一九二頁。原著 Nicoletta Diasio, *Communion, confusion, consommation: de la gourmandise et de morts.* In: Zeitschrift für Volkskunde, Jg.97 II (2001),S.

（74）迷える魂を体現する者としての貧者への施しについては、やや古いが次の研究はよく知られている。参照 Hans Koren, *Arme Seele. Die Spende. Eine volkskundliche Studie über die Bezeichnung "Arme Seele - arme Leute".* 1945.

第二章　シンデレラ譚の源流
――《祈る女中さん》の話型との相関

（一）源流をもとめて――シンデレラ譚における信仰心の要素

シンデレラ譚の理解に因んで以上に言及したのは、そうした要素と触れ合う種類の話類を取り上げようとするからである。しかし、それは従来、昔話研究ではシンデレラの類譚としてはほとんど認められていなかった。あるいは、それに言及されたとしても、昔話研究の主流からは無視されてきたのである。しかし今日の状況を勘案すると、全面的に受け入れのでなくても、その脈絡に一定の注目が寄せられてもよいであろう。その場合、ここで今日の状況と言うのは、二つの意味においてである。一つは、昔話研究におけるシンデレラ譚の解明が綻びを見せていることである。すなわち、シンデレラ譚を魔法昔話として把握し、同時に合理的な展開を重んじるという方法には、論者たちがそこにインド・ヨーロッパ民族（あるいは人種）の特徴を見るという正にその点において欠陥が露呈している。二つ目は、シンデレラ譚の受容における現実である。この小論を現代の動向から始めたことによって明るみに出せたであろうが、シンデレラ譚の骨子は、身分違いの結婚への《夢想》にあると言ってもよいであろう。したがって一般には非現実的であるが、たわいのない夢が夢としてはリアリティをもっている。魔法の要素もそこにかかわる小道具で、誰も信じてはいないが喜んで耳を傾け、ひととき淡い夢に身をゆだねる。それが現代人の観念世界の一角で起きている。それはなぜであろうか。この問題をあつかうには、もう一度、遠回りをしなければならない。が、そのいかにも現代的な夢想の衣を剥いでみると、単純な骨格が現れる。それはなぜであろうか。四つの要素からできている。すなわち、①身分の低い者が、②立派な性格や行為のゆえに、③身分以上の高い評価を④思いがけず恵まれる、とでもまとめることができる。玉の輿はその夢想の一つの変形である。

先に挙げた『黄金伝説』の一挿話は、身分の変化という脈絡ではほとんどリアリティをもっていなかったが、そこで語られていた二種類の美徳の組合せは注目すべきである。とりわけ、その信仰が私的な性格にあるからである。中世後半の大きな特徴として、教会官庁の教導にひたすら従う正統的な信仰のあり方とは重心の置き方を異にするいわゆる民衆信心（Volksfrömmigkeit）が高まりを見せるようになる。これから見ようとするのは、大きな背景から言えば、そうした種類のフィクションの一つである。もっともそれがシンデレラ譚とどこまで有機的に関係するかどうかとなると判断は分かれるであろうが、これまでほとんど看過されてきた角度からの検討にはなろう。

その点から見るとき、シンデレラ譚において注目すべき件りがある。それは、たとえばグリム兄弟のヴァージョンの一つにおける次のような始まり方である。(1)

昔、金持ちの男がおり、妻が病気になりました。妻は自分の死期が近いのを覚ると、歳のゆかない一人娘を病床に呼んで、こう言いました。

《お前、良い子だから。いつも神様を大事にして、そして気立てをよくしているのですよ。すると、神様は、いつなんどきでも、お前を助けて下さるし、母さんも天国からお前を見下ろして、お前のためを思って上げるよ。》

こう言うと、お母さんは、目をつぶって、この世を去りました。――（傍点は引用者）

この書き出しは、魔法の要素やガラスの靴に較べて、注目されることが少ないであろう。しかし、シンデレラの性格、あるいはその存在のあり方を決定づけているのではなかろうか。それは二つの要素の故である。一つは《いつも神様を大事にして》とあること、もう一つは運命の暗転が、シンデレラに《女中》の立場を強いたことである。そもそも《シンデレラ》という呼び名は、端的におさんどんを意味していた。英語の《シンデレラ》、ドイツ語の《アッシェンプッテル》、フランス語の《サンドリョン》、いずれも語そのものが《女中さん》を示唆している。後になると元の語意はすぐに思い浮かばない固有名詞になっていったとしても、グリム兄弟のヴァージョンが出た頃には、タイトルそのものが女中さんの小話の意味で受けとられるところがあったであろう。また内容を問えば、それは運命のいたずらによってではあれ、けなげな女中さんの話なのである。それは二つのことがらから成っている。一つは信仰心であり、もう一つは働き者ということである。もちろん、その奥には人間の普遍的な徳目とがあったであろうが[3]、ここでのそれはキリスト教世界の身分社会を規準にしたときのまっとうな人間である。たしかにフェアリー・テイルのシンデレラは、女中さんそのものではなく、不当に女中にされた存在とされる。にもかかわらずいつも神様を大事にするのだと言う。するとここに現れるのは、下働きにもかかわらず神を敬うことにおいては人に後れをとらない人間像ではなかろうか。となると、それを強調した口承文藝の一つの型が見えてきてもおかしくない。《信仰厚きこと比類なき奉公人》、神への《祈りを欠かさない女中さん》、すなわち《祈る女中さん》である。グリム兄弟の最終ヴァージョンにその痕跡が残ったか、ないしはそれとかすかにリンクするかした可能性が、ここに見えてくる。昔話研究におけるシンデレラの扱いでは、それはほとんど注意が払われてこなかった要素であろう。しかし時代状況からは、その相関は不自然ではなかった。

（二）アードルフ・シュパーマーによる《祈る女中さん》への着目

文藝研究の分野に、教導文藝あるいは教化文藝（Erbauungsliteratur）と呼ばれる種類があり、そのなかに《祈る女中さん》という話種が行われてきた。ここでは材料にする文献は主にドイツ語のものであるが、そこではその話種は通常〝Die geistliche Hausmagd〟と表現される。直訳すると、《聖職者のような下婢》になるが、同種の内容でありながら形容詞として〝geistlich〟の代わりに、〝fromm〟〝gläubig〟〝selig〟〝getreu〟なども行なわれてきた。さらに僅かな事例ながら、英語では〝the praying [maid-]servant〟と表記されたことがあった。それを参考にして、この訳語を選んだ。

シンデレラ譚を、この異質な話種と関連させる起点となったのは、往年のドイツ民俗学の中心人物、ベルリン大学教授アードルフ・シュパーマー（Adolf Spamer 1883-1953）の研究であった。起点という言い方をするのは、事情がやや複雑だからである。シュパーマーのその研究は《祈る女中さん》に限った丹念な解明で、非常な労作である。シュパーマーは第二次世界大戦の後、東ドイツに残ることを選択して東ドイツの民俗学の定礎者となった人であるが、その立場を以ってしても刊行は容易ではなかったらしく、陽の目を見たのは死後十七年を経過した一九七〇年のことであった。[4] 刊行を実現させたのは、シュパーマーのかつての弟子で、当時の西ドイツで民俗学界のリーダーであった二人の女性、マティルデ・ハイン（フランクフルト・アム・マイン大学教授）とインゲボルク・ヴェーバー＝ケラーマン（マールブルク大学教授）であった。二人は師の研究を早くから知っており、遺稿の価値を理解していた。ハインはすでに戦中にシュパーマーの助手であった。そして遺稿をあずかり、刊行にはなお整理すべき点もあったらしくその作業にあたった。またそれと並行して、師の研究を引き継ぐか、それをさらに活かして発展させることを意図して、シンデレラ譚を《祈る女中さん》との関係で考えてみるべきではないかとの着想を実証的に敷衍し、実質的に主宰していた民俗学関係の専門誌に一九六一年に発表した。[5] ここではじめて、《シンデレラ譚》と《祈る女中さん》とには相関関係がみとめられるとの見解が公にされた。マティルデ・ハインの趣旨は、シンデレラのドイツ語表記〝Aschenputtel〟の初出の一つである一五〇〇年頃の事例の読み方であった。カイザースベルクのガイラー（Geiler von Kaysersberg 1445-1510）の説教中にあらわれる〝Aschengrübel〟の語で、それ自体は二十世紀初めから《シンデレラ譚》への早い言及の可能性が推測されていたが、むしろ《祈る女中さん》を念頭においた表現と見る方が無理なく理解できるのではないか、という点にあった。

とまれ、アードルフ・シュパーマーの遺稿は、マティルデ・ハインによって整理された後、シュパーマーの最も有力な弟子であるインゲボルク・ヴェーバー＝ケラーマン女史によって一九七〇年に刊行された。そのときハインの論考についても書誌データが付記された。[6] その刊行は、ヴェーバー＝ケラーマンの実力を待たなければ実現しなかったであろう。ヴェーバー＝ケラーマンについて言い添えれば、その方法論と実際の研究に加えて、社会的な影響力でもドイツ語圏の民俗研究者では第一級であった。[7] 筆者の私見では（と言っても、かなり客観性があるはずだが）、もし日本人がドイツ民俗学について知ろうとするなら、インゲボルク・ヴェーバー＝ケラーマンは最も得るところの大きい数人の一人と言えるだろう。

なおマティルデ・ハインの着想は、次いでハインの弟子で、フランクフルト大学の民俗学の教授となったヴォルフガング・ブリュックナーに引き継がれて、数篇の論考が書かれることになった『昔話エンサイクロペディア』で「祈る女中さん」の項目を執筆したのもブリュックナーである。[8] ブリュックナーはその後ヴュルツブルク大学の民俗学科を主宰するようになったが、ややあってドイツ民俗学会の主流とは距離をおくようになったのに加えて、[9] 独特の表現方法もあって、そのシンデレラに関係する論考は目立たないきらいがある。ともあれ、シュパーマー、ハイン、そしてブリュックナーが関わってシンデレラ譚に新たな光が当てられた。

では《祈る女中さん》とは、どういう話なのであろうか、その実例を次に紹介する。幾つものヴァージョンがあるが、先ずは十九世紀後半の図像表現において今日から見て最も華麗になった形態を挙げる。実は、テキストはもっと古いのである。そのあと、テキストの最初期の形態に目を向けようと思う。

(三)「祈る女中さん」のテキスト——十九世紀後・末期の事例

その譚は、十六世紀にはほぼ完成されたものとなっていた。したがって近代になって一種の流行を呼んだものも、中身の上ではその再現であった。その顕著な事例である一八八九年の一枚刷りの絵入りパンフレットを挙げる（口絵15参照）。製作したのはヴィセムブールのカール・ブルカルト工房であった。大きさは、縦四五センチ、横三二センチの大型の印刷物であり、ポスターあるいはカレンダーを思わせる体裁である。中央に大きく木版画が配置され、それを囲んでストーリーが入っている。また木版画は輪郭を印刷した上で手彩色がほどこされている。なお木版画の元画をつきとめたのはヴォルフガング・ブリュックナーであった。[10] それによれば、イコノグラフィーとして同じ図柄は一七〇〇年頃にアウクスブルクで刷られたパンフレット、また下って一八二五年頃にケルンでの印刷があるが、直接の見本となったのは一八五〇年のウルムでの刷本であるとされる。なお言い添えれば、この木版画の女中さんの服飾は正確と言ってよい。それは一八世紀後半から末にかけてのザルツブルク大司教領国で成立した身分服飾図集に描かれた女中さんの服装とも符号するのである[11](口絵14参照)。なお本書には、一八八九年のカール・ブルカルト工房版の版画を資料として写真で再録した。

キリストの御受難を家事万端に重ね見し
祈る女中さんの御物語

昔、老ひたる一人の隠者ありて敬神の念深きこと己に並ぶ者この世に無かるべしと思ひおりしが、天使の案内にてそが女中がもとへ連れ行かれ、なべての振る舞ひに神の御苦しみを重ねて日々送りゐるを知りたれば、神に仕ふる心根深きさま己の敵ふところに非じと悟りし次第左の如し。

昔ひとりの隠者あり
齢は四十路《よそじ》、森に住み、
神に帰依する心栄《こころば》え

吾と等しき者あらば
会ひて見たしと思ひたり

ある日天使の舞ひ降りて
案内せんとて言ひにけり
《神に仕ふる心根の
汝《なれ》と等しき女中あり。》

着きたる町の屋敷内
果たして見ゆる女中さん
面白おかしく朋輩と
話もすれば飲み食ひも
何ら普通と変わるなし。

されば隠者の思ふには
どこにでもゐる女中さん
いかほど見ても信心の
吾に敵はう筈はなし。

隠者の問ひに女中さん
暫し逡巡したれども
信心故とうながされ
語りし次第聞こし召せ。

一、夜が明け染めて起きたれば
神を思ひて一日を
罪犯すこと無きやうに
見守り給へと祈るなり

二、起きて服着て身づくろひ
なすにつけてもキリストの
汚き衣《ころも》着せられて
憂き目に遭ふを思ふなり。

三、帯を締めるにあたりては
イエスス様の縛られて

無慈悲の扱ひなされたる
遠き昔偲ぶなり。

四、沓《くつ》穿く段になりたれば
キリスト様の素足にて
吾らの罪を購《あがな》ひて
歩みし様を思ふなり。

五、頭巾被ればその昔
神が茨を被せられて
目玉の奥まで棘の刺す
むごき王冠浮かぶなり。

六、ヴェール被るに当たりても
イエスス様が御受難に
目隠しされしその様を
よもや忘れは致すまじ。

七、朝の祈りに参るとき
神父の教へのその通り
神の言葉を糧として
全ての罪を許すなり。

八、イエス・キリスト救世主
十字の柱で刑死され
我らと世界に課せられし
罪の重荷を解かれたり。

九、祈りを終えたその帰路は
キリスト様の侮《あなど》られ
追ひ立てられて家々を
歩みしさまを思ふなり。

十、家内で掃除のそのときは
イエスス牢屋に放りこまれ
地面に投げらる苦しみを

今に思ふて偲ぶなり。

十一、竈《かまど》に向かひ火を熾《おこ》す
仕事の段になりたれば
神のお慈悲の火をともし
諸人救ふを願ふなり。

十二、燃える薪に我が見るは
焚き火を囲むユダヤ人
怖れてペテロ神を捨て
知らぬ存ぜぬ言ひし様。

十三、薪運びて偲ぶのは
重き十字架担がされ
キリスト様の道行《みちゆき》で
七度倒れし様なりき。

十四、水汲み仕事に思ふのは

追い立てられしイエススの
ケデロン川を踏み越へて
引かれ行かれしその昔。

十五、包丁手にするその時に
毎度眼《まなこ》に浮かぶのは
イエスス様の脇腹を
槍で突かれし様なりき。

十六、薪竈にくべるとき
我が目に見ゆる様言へば
あまた拷問受けなされ
イエスス苦しむ御様子ぞ。

十七、食卓作り運ぶ時
ミサの教える聖餐と
主の弟子たちを招きたる
最後の晩餐思ふなり。

十八、飲み物口にするときは
十字架上で海綿に
酢を浸しては飲まされし
神の苦しみ偲ぶなり。

十九、洗濯仕事するときは
神に願ひをこめるなり。
我のいたらぬ点あらば
何卒許し給へとぞ。

廿、布団叩きて寝台を
整ふときに偲ぶのは
ユダヤの民がキリストを
叩きて折檻なせしこと。

廿一、悲嘆に暮れし人見れば
キリスト様に願ふなり

我が身の上は何のその
まこと苦しき人々をどうぞお救ひ給へとぞ。

廿二、一日終えて寝るときは
服を脱ぎつつキリストの
服脱がされて苛められ
傷つけらるを偲ぶなり。

廿三、寝床に就いて思ふのは
十字架柱に縛られて釘を打たれし主の様と
我もいつかは墓穴で
死体となりて横になりその魂の行く末ぞ。

廿四、かくて毎日休みなく
キリスト様の御受難の
様を重ねて思ひいれ
働きづめて過ごすなり。

かく聴き終へて隠者秘かに思ふに、神よ、吾は一人《いちにん》にて暮らしたれば何人も吾を惑はす能《あた》はざるに、これなる女中の立ちはたらき、そがさなかに明察なすこと、何人の思ひ及ぶところぞ。吾人中《ひとなか》に棲むとて、かほどまでには為し得まい、されば評定の下らむや、これなる女中の信心の神に嘉《よみ》さるること吾を超ゆるは必定なり。

以上は十九世紀のほとんど末の事例であるが、それをアードルフ・シュパーマーはこの図像の完成形態と見るところから考察をはじめた。磔刑のキリストの周囲にいわば受難の現認者を配置するのは十字架象における描法の常套であるが、一般に多いのは、聖母マリアと福音史家ヨハネ、そしてヨハネにキリストの伝記を囁き聴かせる天使である。ところがここでは、隠棲者と案内の天使、それに隠棲者のライヴァルとなる女中さんが御受難の証人ないしは現認者の位置に描かれている。見ようによれば伝統的な磔刑者像のパロディでもある。もっともイコノグラフィーでもこの図柄は通常は挙がってこない。では、十九世紀末の時点ではじめて登場したかと言うと、そうではなく、その歴史はかなり古い。十字架像との組合せではないが、女中さんと隠棲者を対比的に描く構図のイラストは、アードルフ・シュパーマーによれば、十六世紀にまで遡る。またテキストの方はさらに古い。

(四)《祈る女中さん》の最古のヴァージョンから

アードルフ・シュパーマーは、この歌いもの、あるいは譚のヴァージョンを可能な限り収集した。それは数十種類に上り、それによって年代や伝播の事情がかなり明らかになってきた。ここではそれらをすべて紹介することはできないが、確認される最初期の形態である十四、十五世紀の事例については、いわば原点でもあるので、シュパーマーを元にして翻訳をつけておく。もっとも、詩歌であるため、ともかくも大意を伝えるという程度である。

①第一は、ゲルマニストのカール・バルチュが一八七三年に公表した、羊皮紙に手書きされた「尊き村娘」(Die sellige Dorfmagd)で、稿本の状態からテキストには欠損がみられる。なお原本の所在は以後不明となり、今日ではバルチュによる翻刻が唯一の記録となっている。(12)

②第二は、十五世紀と推測される手書きの稿本中のテキスト「誠実な女中さん」(Die getreue Hausmagd)である。稿本全体は三九六頁からなり、紙本と羊皮紙が混在しており、内容は教導的な性格の種々のテキストであり、信心書(Andachtsbuch)として一本に綴じられたものらしい。成立地は不明で、一七八二年にザンクト・ガレンの修道院図書館の所蔵となった。「誠実な女中さん」は、稿本の第三四四〜三四六に見出される。全体で四三行であるが、そのうち脚韻を踏むのは六対(十二行)のみで、詩歌としてはしまりのない体裁である。アードルフ・シュパーマーによると、押韻を伴う、元のより良質のテキストがぞんざいに書き写されたようである。

③第三は、ミュンヒェン国立図書館に所蔵される手書き稿本で、一四三六年にヒエロニムス・ミュラーという名前の十四歳の筆工による書写であることが判明している。稿本の全体は一九七葉で、教父著作の抜粋、神秘家たちの教説、聖者伝説などから成り、そのなかの第七五葉から八一葉に記されている。アードルフ・シュパーマ

ーは、バイエルン訛りなどの特徴などから、バイエルンのいずれかの尼僧院が関わって書写が成り立ったのであろうと考察している。

①「尊き村娘」(カール・バルチュが発見した稿本)

一、昔尊き雇はれの村の娘が
牛の群追ふて出かけて行きました
(　欠　失　)
女は長き鞭持ちて
いとも朗らでありました。

五、そこで出遭ひし二人の神父
(　欠　失　)
娘の言ふに、《ご機嫌いかが、神父方、吾を覚へて下されい》
神父の一人言ひたるは、《その気で
我らおるなれど、もし忘るやも知れませぬ》。

十、娘応へて《神父方、外面にては忘るるも
心の底にしつかりと覚へておいて下されい

神父の言ふに《お女中よ、雇はれ女なるなれど
まこと知恵ある言葉なり
されば、そなたは、村人と共にあるとき

十五、如何やうにその一日を過ごせしや?》
女の答《いら》ふに、《神父さま
されば語りも致しませう
朝は早々起き出でて
牝牛の乳をしぼるのが

廿、ミサの祈りになりまする。
牛乳搾りを致すのは
朝の祈りでござります。
牛の群追ひ出かくれば
教会にての寿《ことほぎ》と変るところはありませぬ。

廿五、チーズ作りをするときは
すべてのために祈ります。

草刈りなせしそのときは
すべての人のためなれと切に祈りを挙げまする。
かくして昼となりぬれば、

三十、寝袋詰めてふくらませ
次いで子牛に草をやる、これがすなはち
ありがたき七つの香油になりまする。
厩舎に藁を敷くなるも
吾の夕べの祈りなり。

三十五、かくして時を過ごす後
一日最後の祈りして
夜は寝床へ行きたれば
吾が傍に立ちたるは
日中《ひなか》語りしキリストの

四十、夜の夢にぞ現はるる》。
（　欠　失　）

これぞ尊き村娘、その一日を過ごしける
祈りづくめぞめでたけれ。

②「誠実な女中さん」(ザンクト・ガレン修道院図書館蔵)

一、真心《まごころ》深き女中さん
（　欠　失　）
牛の群れ追ひ出かくるに
鞭を携へゆくさまは
いとも朗らでありました。

五、そこで女の出会ひしは二人の偉き神父さま
されば女中は挨拶し言葉をかけて言ひました
《神父の方々、吾がことを
ミサ挙ぐときに是が非で思ひおこして下されい》。
されば両人応ふるに《神に沈思をなすときも

十、よおく覚へておきませう》。されど女はかく言へり

《神父さま、神に沈思をなすならば
吾を覚えおくことのとてものことになかるべし》
聴きて両人問ひ質す、《神にかけてぞ話されい
そなたはそもそも聖職の人か、それとも俗人か》

十五、女答へて《聖職に吾もありたく思ふれば
吾が説くことをゆるされい》。
両人答へて《さればこそ語り聞かせて下されい
汝は如何に日中のときを過ごしていやるかな》
女答へて語り出す《牝牛の乳を搾るのはミサの祈りでありまする。

廿、次いで牛乳漉《こ》し取るは
イエス・キリストその側《そば》で
吾が安らかな喜びぞ
草を刈つては刻むとき
われらが主の苦しみを偲んでこれをいたします
チーズ作りをなすときも

廿五、忘れることはありませぬ。
牛の群れ追ひはるばると外へ出かけてゆくときも
吾がいとおしきキリストを心に偲んでおりまする
かくして常に祈念なす心の内を言ふなれば
キリスト様が我と我が死するをもつて
吾がために命与へしことなるぞ、
三〇、かくして常にキリストを忘れることはありませぬ》。

③「祈る女中さん」(一四三六年の手書き稿本　ミュンヒェン国立図書館蔵)

一、祈る女中さんがおりました
朝は早うに起き出でて
牛を追ふのでありました
長い鞭をばたずさへて
朗らな気持ちでおりました。

五、そこへ二人の神父さま、
ミサ挙げるとて出でました
女中の言ふに《吾もまた神の御加護うけたきぞ
どうかミサの最中に
吾を思ふて下されい》。

十、神父ら言ふに《我らとて神に沈思をいたすれば
きつとそなたを思ひませう》。
女答へて、《神様に沈思を深くいたすなら
吾もなべての人々も忘れてしまふでありませう》
聞きて老ひたる神父言ふ、《まこと賢き女中なり

十五、そなた豊かな智恵あるはそも聖職の者なるや》
女中答へて《聖職にありてみたしと願ふれど、吾が説教を聴き給へ》
《されば汝の如何にして一日過ごすや語られい》
されば女の語るにや、《早起きすれば地面すら
いずこも光る神のわざ

廿、先ずは牝牛の乳搾り、
そこへ参るは早朝のお勤めにてぞござります
次いで乳を漉しますは
教会の祭りになるでありませう
さらにチーズを作るとき

廿五、果てなき万《よろず》のことがらを
さつぱり忘れてしまひます。
次に火熾《おこ》しいたすとき神の愛をば思ひます。
家中《いえなか》を掃いて掃除をするときは
神が無残に叩かれしさまを想ふていたします。

三〇、糸巻きて紡ぐ仕事をいたすなら
神がむごくもその髭をむしられたるを思ひます。
次いで食卓就くときは
永遠《とは》の糧をともとめます
皿を洗ふているときも

三五、吾を忘れで給はじと神に祈つていたします。
草の刈り取りするときも神の苦難を想ひます。
次いで餌をやるときは神の母《ムター》を想ひます。
次に厩舎へ赴くときも片時《へんし》もやめず祈ります。
夜はまた神を忘れでおりまする。

四〇、手足洗ふてゐるときは
神が甘美に弟子たちの足をお拭ひあそばして
我らが罪を一身に背負ひしこと想ひます。
寝床に横になるときは

四五、神が刃物で傷負ふて倒れ伏ししは
クリスチャンそが万人の
健やかなれと起きしこと。
かくこのやうに一日を過ごせし後に
夜はまた夢に神さま見入りつつ眠《ねむ》り就くのでござります》。

五〇、げに信心の心根《こころね》深き女中なり。アーメン。

（五）アードルフ・シュパーマーの民俗学の方法

一九九九年のこと、その年の六月から九月にわたって南西ドイツのフランスに近い町カールスルーエのバーデン州立博物館において「聖者・王侯・抜き絵人形――ヴィサムブールの錦絵」という展覧会が企画された(13)。アルサスの都市ヴィサムブール、ドイツ語ではヴァイセンブルクは、絵画の印刷史では特別の位置を占めている。十九世紀の三〇年代から二十世紀の初めまで、そこは石板画を中心に複製絵画の製作ではヨーロッパでも有数の場所だったからである。ジャン・フレデリック・ヴェンツェルという印刷技術の職人が石板画の工房の認可を得た一八三二年がその発端であったとされる。以後、幾つかの有力な工房が並び立って、フランスとドイツの各地に向けて多種多様な複製絵画が供給された、最盛期は一九世紀末でヴェンツェル工房だけでも年間に二〇〇万枚もが製作されたようである。種類はさまざまな技法による石板画が中心であったが、工房によっては木版画を手がけるところもあった。画材は、聖人画、支配者のブロマイド風の肖像画や歴史的名場面、また男女のロマンスの光景も取りあげられた。さらに展覧会のカタログが《抜き絵人形》と記しているように、人物や建物や都市景観の部分がカラー印刷され、それを鋏で切って組み合わせると立体的になるものもあった。日本でもほぼ同時代に行なわれた立版古《たてばんこ》(14)に当たるであろう。

このカールスルーエの展示企画の図録では、冒頭に、ヴィサムブールの複製画産業への注目はアードルフ・シュパーマーによって始まったことが記され、またそれは一九七〇年に刊行された《祈る女中さん》に関する遺稿に代表されることが記されている。しかし一九七〇年以前にはまったく注目されていなかったわけではなく、一九六〇年代末から七〇年代初めに、フランツ・マルクの研究で知られるクラウス・ランクハイトがヴィサムブールの藝術活動を取り上げていたが(15)、シュパーマーの遺作が公になった動きと何らかのつながりはあったかも知れない。

ところでシュパーマーがなぜヴィサムブールの工藝活動に注目したのかは、その民俗研究の方法と密接にかかわっている。ドイツ語圏において今日にまでつながる民俗学が形成に向かったのにはロマン派の思潮が土台になったが、その思潮を背景にした民衆存在（あるいは民族存在）に民俗文物の生成根拠をもとめる見方は十九世紀末になると破綻があきらかになり批判が高まった。民俗事象の多くは民衆や民族、あるいはその根源の魂から発するといったものではなく、むしろ上層の文化的営為に起源をもつという実証的な指摘が強まったのである。そうした見方の転換は、当然にも、では何を以て民俗事象と見るのかという議論になり、大きな論争に発展した。シュパーマーも一九二〇年代からそれに参画した一人であったが、関心は、上層で始まった文化的営為が民間に受容されるときの改変過程に向けられていた。その研究姿勢はきわめて実証的で、手がけたテーマはいずれも先駆的でもあれば、模範的でもあった。たとえば宮廷の髪型が一般に流布した形態を、鬘《かつら》職人、特に女性の鬘職人の仕事に追ったりしている。刺青の研究も同じ観点からであった(16)。なかでもシュパーマーが生涯にわたって研究の中心に据えたのは、中世の神秘思想家の独創的な観念が民間に普及して民俗事象を形成するようになる脈絡であった。すでに学位論文がそれにかかわっており、またそれと並行して中世後・末期の神秘思想家の観念世界を把握するために、未完手稿をも含む説教の翻刻とドイツ語への翻訳をも手がけた(17)。シュパーマーの研究業績では最大のものである『念持画片』もまたそれとの取り組みであった(18)。なお《念持》という訳語をつけるのは、信仰が正統的なキリスト教の帰依を指すのに対して、ここで扱われる〃Andacht〃とは私的な信心を指し、それを邦語で映すことを考えたのである。〃Andachtsbild〃とは基本的には教会堂の祭壇画などのような教会法の規則や慣例など正規の手順を経て制度的に霊性や資格を得た図像ではなく、私的な信仰圏にある図像を指す。それゆえ念持図像とでも訳せよう。またそれらは、巡礼地の成立にあたって崇敬の対象として浮上した図像類でもあった。その概念に成立についてては宗教学、美術史研究、民俗学それぞれの分野で議論があり、またそれらが必ずしもからみあっていないように思われるが、ここでは踏み込まない。[19] とまれ、それに対して〃kleines Andachtbild〃とは、ささやかな絵像である。最も多いのは巡礼地など霊験が信じられる教会堂において参詣者に授けられる御札で、今も各地の霊場で用意されている。護符の意味をもつ小さな図像で、埋葬にさいして死者に添えたり、普段、財布に入れてお守りとしたり、ときには切手状の小さな紙片につくられて身体の不調のさいに呑み込むこともある。多くは刷りものであるが、一部には刺繍で作られる特別のものもあった。当然にもそれらは、独創的な図案であることはめったに無く、〃adopted art〃である。その点では、シュパーマーの民俗観と方法論に沿っている。

シュパーマーは、研究を徹底させるあまり、丹念な資料収集と比較考量が当初の目標を脇においてしまうこともあった。畢生の大著ですら、《厳密な歴史学的かつ実証的な作業が、心理学的目標を圧倒してしまっている》と評されている。[20] それはともあれ、シュパーマーの民俗学は、嘱目のありとあらゆる現象について形成過程を解明しようとするものであるが、そこでの基本的な視点は《崩し》であった。すなわち本来は個的な営為であり、それゆえ独創でもあったものが、民間において崩されてゆくととらえるのである。《歌う》(singen) に対して《歌いくずす》(zersingen) のであり、《着る》(tragen) にたいして《着くずす》(zertragen) のである。高度な文化的営為、言い換えれば個性的な営為が、その発生の場所から離れ、また広がるにつれて崩れをきたし、特に《民》の文物となることによって民俗事象に変貌するという考え方である。シュパーマーがそうした見方をしたのは、その世代がかかわったドイツ民俗学の方法論議からは不思議ではない。それが十九世紀の最後の十年あたりに提唱され、やがてその時期の少壮の学究たちがとるになった共通の視点だったからである。[21] グリム兄弟やその直接の弟子たちがもっていたロマン派的視点が一八〇度逆転させられたのである。ただ注目すべきことに、それをになった少壮の研究者たちは、前代の主流派とは人脈的にはその後継者たちであった。それはともあれ、シュパーマーもそうした時期の最も嘱目される新進の学究として民俗学界（と言うよりゲルマニスティク界）に登場した。その視点と、そしておそらく構想も、すでに学位論文に現れていた。ゲルマニスト、オットー・ベハーゲルの下でギーセン大学に提出された『ドイツ神秘思想家稿本に見る崩れと流布について』である。[22] この著作は一見したところ、中世ドイツ後・末期の教会系の文筆家のテキストをめぐる原典批判である。対象とされたテキストはマイスター・エックハルトであるが、通常の研究の方向とは逆の観点からの検討であった。普通、原典批判は、後世の諸本から原本を復元することに主眼が置かれる。しかしシュパーマーの場合はまったく逆で、書写が繰り返されるにつれて原典が変えられてゆく過程に注目がなされたのである。まったく一般に流布されるような形態にまではなっていない段階の諸本であるので、動きの初期の段階の検討であり、ここから後のアードルフ・シュパーマーの多岐にわたる諸研究を想像するのは難しいが、核となる方法論はすでに明瞭にあらわれていた。

なお補足をすれば、高度な文化的営為が変形しつつ流布することによって民俗事象となるという考え方は、日本の民俗学の関係者には抵抗があると思われる。しかし、歌謡、服飾、祭り、村芝居などさまざまな事象を見ると、いずれも源流は宮廷や宗教的な中心や歴史的大都市の流行にあることが否めない。実際、それは今日のドイツ民俗学における基本理論で、その上で論者それぞれの見解に幅がある。またそれは民俗学にとどまらず、大きく見れば西洋の知識人に特有の視点である。またそうした視点に対しては、民衆を見下すものとに非難が投げかけられことも一再ではなかった。しかし逆に民衆の独自性や創造性を持ち上げる議論がナチズムに吸収されていったのも無視し得ないもう一方の事実であった。それゆえ西洋思想のアキレス腱のようなところもあり、単純な賛否、あるいは共感か反発ではすまないのである。それはアードルフ・シュパーマーの民俗研究の姿勢が、分野は違ってはいても、オルテガ・イ・ガセットやテーオドル・W・アドルノやエリーアス・カネッティの大衆社会の考察と通じ合うことからもうかがえる。また『念持画片』で言えば、たとえば誰もが知っているクリスマス・カードが、形成過程をたどるならその遠い後進の性格をもつのは実証的な事実でもある。またその対象はしばしば、特に近・現代の場合、いわゆる俗美（Kitsch）と評されるものでもある。たとえば宗教画にせよ男女のロマンチックな光景にせよ、いかにも作ったような、過去の名品の通俗的な焼き写しといったものである。民衆文化を二次的な現象と包括的に理解し、その具体例を特に二次藝術である複製絵画の画材や形態に焦点を合わせて、生成・展開の経路の解明が試みられたのである。

㈥《祈る女中さん》の普及と変貌

先に挙げたのは十九世紀末のテキストと、十四世紀頃の手書き稿本の数例であるが、アードルフ・シュパーマーの研究には、それらの間を埋める数十類のテキストもあつめられており、またその系統分類も試みられている。テキストのなかには、ここで訳出したものよりずっと簡略なものもある。また全篇を韻文で通しているものもあれば、韻文と散文が混交している場合もある。古く十四世紀に遡る稿本は書写であるが、十六世紀前半からは、初期の活版印刷にもその事例があり、以後も印刷での流布が主流になってゆく。またその時には、ほぼ決まってイラストが入りおり、ほとんどは隠者と女中を対比的に描く構図である。

ところで《祈る女中さん》と呼ばれるこの詩歌あるいは読み物の骨子は何であろうか。シュパーマーの理解では、それは十四世紀にまで遡るテキストからもうかがえる宗教的な気圏にある。とりわけ、毎日の仕事をキリストの受難と重ね合わせることにある。つまり生身のイエスをまざまざと観照することにある。となると、その点で重要なのは、特に十三世紀に盛り上がりを見せた女性の神秘家たちの霊視にそれは由来するとされる。なかでもスウェーデンの聖ブリギッタ（hl.Brigitta von Schweden）、大ゲルトルート（Gertrud die Große）、聖マティルド（hl.Mathild）の三人は霊視によってキリスト教の歴史に残る人々である。聖ブリギッテは今日にもつながる大きな修道女会ビルギット会（Birgittenorden）の創設者でもあり、大ゲルトルートはハッケボルン（Hackeborn）の尼僧院長、また聖マティルドはヘルフタ(Helfta）の尼僧院長であった。いずれも霊視を含む思想的な著作があり、また周辺の人々によってその事蹟が記録された宗教家である。その霊視は教義と関わる省察や宗教的な情熱において独自であったが、やがて先ずは尼僧院において一般化への歩みをはじめ、さらに平易かつ平板化されて民間で多数の人々が共有するものとなってゆく。十四世紀以降の絵入り印刷の読み物・唄い物が程度はともあれポピュラーになったのは、そうした宗教的・知的な営為の《崩しと送り継ぎ》に他ならなかった、と見るのである。

たしかに、それはその時代の大きな動向と重なるところがある。民衆信心の大きな高まりは十五世紀から宗教改革に至る時期の大きな特徴であり、それは、制度・機構としてのキリスト教会が行き詰まりをみせるなかで、いよいよ勢いを増していった。各地で絶えず新しい崇敬地が成立し、公式の教会儀礼にも私的信心の要素がさまざまな形で侵入した。よく知られた免罪符なども、私的信心がリアリティをもとめたことを背景にしてはじめて有効性をもったと見なければならない。また後世に意味を変えて一般化する風習が教会堂儀礼の周辺で成立したのも、民衆信心が高まったこの時代であった。

かかる中世末期の様相のなかで《祈る女中さん》は韻文あるいは説教調の散文になり、さらに印刷術の普及の波に乗って絵入りの刷り物にも組まれ、しかもそれは各国語でおこなわれた。シュパーマーはドイツ語の諸本だけでなく、デンマーク語やチェコ語などの印刷刊本にも目配りしいる。それら数多くのヴァージョンの成立やヴァージョン間の異同をめぐるシュパーマーの丹念な読み解きについて紹介するのはここではあきらめる。

先に挙げた三種類のヴァージョンにちなんで一つだけを挙げるとすれば、沈思のモチーフが注意を惹こう。事実、十四、十五世紀のヴァージョンは、そのなかに尼僧院ないしはその周辺で書写されたとみられるものがあり、神秘思想の原点に近いことをうかがわせる。聖職者の勤行が取り入れられているのもそのためと見るのは説得性がある。つまり全身全霊を挙げて神を想う勤行となれば、他のことは忘れてしまうだろうというこじつけのような理屈づけのモチーフであるが、それがリアリティや面白みを持つのは教会や僧院を中心とする圏内であろう。また時代が下れば実感も伴わなくなるであろう。そのため後世になると、そうした特殊な要素は消えて、誰にも分かるモチーフでまとめられてゆく。信仰という大枠のなかでも、ある種の世俗化が起きたのである。そして最後は、信仰で話をまとめること自体が、物語の社会性を支えるものではなくなってゆく。

時間を大きく飛ばすと、その行き着いたのが現代であるが、もとより現代人が宗教心をもたないわけではない。しかし、信仰を掲げる種類のテーマは社会生活の多くの局面においてものごとをまとめる一般的な核にはなりにくい。信仰のあり方がより内面的になったとも言える。社会生活において世俗化の度合いが究極まで進んだのである。

（七）《灰かぶり》（Achenbrödel）の用例とマティルデ・ハインの考察

ここでもう一つ、注目しておかなければならないことがらがある。シュパーの遺稿『祈る女中さん』をあずかって出版を工夫すると共に、師の成果を補うことをも心がけたマティルデ・ハインの見解である。注目すべきは二点である。一つは《祈る女中さん》の祖形について、シュパーマーを手がかりにしながら、さらに補足をするところまで進んだこと、二つには、それと関連して、〝Aschenputtel〟、すなわち《灰かぶり》、つまり《シンデレラ》を意味する語の用例の追加的な発見である。それが、《シンデレラ》と《祈る女中さん》の関係をめぐる新知見となった。

a　グリム兄弟『ドイツ国語辞典』

なおその前に言い補うべきは、《シンデレラ》を指すドイツ語〝Achenbrödel〟はグリム兄弟による『ドイツ国語辞典』に見出しとなって語釈がほどこされていることである。(23) そこでは、語源は〝Asche〟（灰）と〝brodeln / brudeln / brutzeln /〟（鍋で水や知る者が《沸騰する》の意から、ごろごろしている）とされ、また〝sudeln〟（ぞんざいな仕事をする、汚れる、汚す）も示唆されている。用例では、十五世紀前半のオスヴァルト・フォン・ヴォルケンシュタイン（Oswald von Wolkenstein 一三七七頃～一四四五）の詩歌の一つに〝aschenbrodele〟の語があって三人の兄弟の最も年若い者（男性）を指していること、またルターにも男性・女性の両例があることの他は、主に台所の女を指すとされている。なおこの見出しが含む辞典の第一巻は一八五四年に刊行された。グリム兄弟が自ら手がけた一冊であり、昔話の刊行後、シンデレラ譚が特に人気の一篇となっていたことを兄弟は知っていた。とまれ、兄弟は辞典の語釈にあたっては、各国の昔話をも指摘しつつ、虐げられた下働きの女性が復権する筋を強調しており、この語をシンデレラ譚と親近と解する視点に立っている。

b 『ラウソス修道士史』の一話とマティルデ・ハインによるガイラー説教の分析

マティルデ・ハインは《祈る女中さん》に近縁な譚をたずねて、幾つかの事例に注目した。一つは、中世フランスの武勲詩『ジラール・ド・ルシヨン』(*Girart de Roussillon*) の一節で、もし成立時からの詞章であれば、十二世紀まで遡ることになる。作中、ルシヨン公妃の美徳が綴られる箇所で、尼僧院の下級の修道女が辛い仕事のなかにも敬神に厚いことにふれられる。もっとも、その箇所が《祈る女中さん》と重なる可能性は、はやく十九世紀後半には指摘されていたようである。アードルフ・シュパーマーは、そうした先行研究にもかかわらず、十三、十四世紀の女性の神秘家たちに絞った面があった。それはともあれ、広く同種のものをもとめると、非常に早くすでに四世紀のパッラディオスの『ラウソス修道士史』第四二話(ヴァージョンによっては第三四話)に次のような話が入っている。

愚者を装ひたる女のこと

一、これなる修道院に、今一人の処女ありて、馬鹿と悪霊に憑かれたる様よそおひゐたり。されば尼僧ら、その者を忌み嫌い、食事を共にするをも厭ひたるが、そは女人みずから選びしものなりき。かく、台所の中歩きて、下働きの仕事あまさず果たしゐたれば、言回しに申す僧院のスポンジとはかくばかりか、行なひによりて聖言を全ふしたりき。《もし汝らのうちに、おのれこそこの世の智者と思ふ者あらば、智者たらんには愚者となるべし》（第一コリント書 三―十八）。かの女人、他の女らみな髪刈り整へ、頭巾付き外套まとひたるなかに、ひとり頭に布片結はへて下働きにいそしみぬ。

二、そが女人の普段を見るに、物食すとて口動かすこと目にしたる者、四〇〇人の修道女のなかに一人もいず、食卓に就くこととてなく、パン切れ貰ふこともなく、食卓の上にこぼれし屑を集め、壺を洗ふのみにて満ち足りてゐたり。酷使と侮蔑を甘受し、罵りと嫌悪にさらさるるも、おのれは他の誰かれを侮辱すること絶えてなく、不平漏らしたることもなく、また多く喋ることもなし。

三、さるほどに、聖ピテールゥムに暮らしゐていと高き試練経たりし隠者あれば、天使の降り来たりて、かく告げたり。《かかる場所に座りおるのみにて、敬神者のごとくおのれを誇りおるは何ゆえぞ。汝に勝《まさ》りて敬神の念篤き女を見るを欲せんか、タベンネーシスの女人らの尼僧院を訪ね行け、そこにて頭に頭巻布をまく一人の女見るならん。その者、汝より優れたる女人なり。

四、その者、大勢と不仲となるも、心、神より離れたるためしなし。しかるに汝、ここに座りおりながら、精神は国中をさまよふならん》。されば隠者、これまでいつかな遠出せしこと無かりしも、尼僧院差して出かけぬ。女人暮らしゐる修道院に入らんとて教師らに頼み入りぬ。隠者高名の者にして、また老人にありしかば、疑はるることなく案内許されたり。

五、かく院内に入りて、すべての女人らを見んとて巡り歩きぬ。されど件《くだん》の女人姿現はすことなし。見おはりて後、隠者、女らに問ひぬ。《修道女の者ら余さず吾に引見させられよ。なお何者か残りたるならん》。尼僧ら答えて言ふ。《頭おかしき者――受難の女らはかく呼ばれゐたりし――一人《いちにん》、我らが台所にあるなり》。されば隠者、女らに向かひて言ひぬ。《そが女人をも吾がもとへ連れ来たるべし。その者に会ひたしと思ふ》。女ら、女人のもとへ行きて声かけたり。女耳貸すことなきは、事の次第察したるならん、はたまた、啓示のあるならんか。されば力ずくにて引き立て、皆々女人に言ひたり。《聖ピテールゥムのそなたに会ひたしとぞ》。隠者、まことに名声ある者なればなり。

六、かく、女人来たり、そが額の鉢巻き目にするや、隠者、女人が足下に身を投げ出して告げたり。《吾を祝福いたされたし》。女人また隠者が足もとに身を投げて言ひたり。《汝こそ吾を祝福せられよ、吾が主よ》。女らみな驚きて、隠者に言ひたり。《師父よ、侮辱受くること無かるべし。この者、狂女なればなり》。ピテールゥム、女ら皆に向かひて、かく諭しぬ。《気の狂ひたるは、そなたらなり。これなる女人、吾にもそなたらにも大母君なり——これ霊性得たる女人の呼び名なり——。されば、裁きの日の来たらんか、これなる女御に値する者と見出されんがため吾はかく祈るなり》。

七、これ聞きて、尼僧ら、隠者の足下に身を伏して、口々に告白したり。ある女、皿に食ひ残したるを女人に浴びせ掛けたりとぞ。また別の女、拳骨にて殴りたりとぞ。女人の鼻、辛子責めにしたる者もあり。かくなべての者、何くれとなく荒々しき振る舞ひいたせしこと白状いたしぬ。隠者これ聞きて、すべての女らのために祈りて後、立ち帰りぬ。数日を経たる頃、くだんの女人、尼僧院の姉妹らの讃美と礼遇うるさしと思ひたるにや、はたまた弁解陳ぶるを鬱陶しと感じたるならんや、尼僧院より出で行きぬ。いず方へ行きしや、いずこに身をひそめたるや、いかにして生涯を終へたるや、一人として知るものなし。

教父文献の解読として語釈をほどこすべきなのであろうが、ここではキリスト教学とは別の角度からの一点にとどめる。傍点をほどこした《僧院のスポンジ》(spongia monasterii) である。マティルデ・ハインの解説によれば、これが指すのは、ぼろ布の最後の行き場として厠内に吊るされた拭うための布であり、それはまた古代末期における最下級の台所働きへの呼称でもあったと言う。それゆえ修道院のなかの身分の差を伝えているが、またそれだけに、信仰の前には身分の差が二次的であるとの思想が古代からおこなわれていたことも分かる。

　これが収められているのは、ヨーロッパ中世を通じて代表的な聖者伝記集であり、神秘家たちの霊視にも、そこから得た知識が流れこんでいたであろう。とまれ、それが連綿と読まれてきたと考えられるが、今注目すべきは、このピテールゥム譚が、中世の終りに同じく初期キリスト教時代の別の隠者の名前でも語られていたことである。マティルデ・ハインが注目したのがそれである。中世末の説教師として有名なカイザースベルクのガイラー（Johann Geiler von Kaysersberg 1445-1510）の語った話は、死後しばらして『散文集』（一五一七年）の一書にまとめられた[24]。さらにそのなかの幾つかの話は、ガイラーの弟子で書物編集者でもあったフランシスコ会士ヨハネス・パウリの語り物の収集『放言と至言』（一五二二年[25]）に収録された。その両書に収録された数篇には、《灰かぶり》(Eschengrüdel) のタイトルが冠せられている。マティルデ・ハインは、両書から二話を抜粋している。うち一話は『ラウソス修道士史』中の「ピテールゥムの話」に発することが明らかである。ただ『放言と至言』の一話では、隠者の名前はピテールゥムに代わって、同じく教父時代のエジプトの砂漠の隠者ムーキウス (Mucius) となっている。

　灰かぶりとムーキウスの話……砂漠のなかに、尼僧院がございまして、四〇〇人の女たちがおりました。……そのなかの一人は進んで台所へゆきまして台所女となり、遊んだりはいたさず、火を熾し、薪をかつぎ、洗濯をし、壺をこすつて洗い、しかも食卓には就かず、何も食べず、壺のそぎ落しだけですませておりました。かく灰かぶりは、女たち皆に仕へまして、きたないぼろ布を頭に被つておりました。夜になりますと、すべてを整頓いたしまして、人知れぬところへ参り、心より神を想ふのでありました。……

そして、すでに知っている通りの、隠者のエピソードが来る。隠者は、天使に案内されて《灰かぶりの完全無疵》を聞くことになる。

注目すべきは、《灰かぶり》(Eschengrüdel) と名指される女をめぐる次の一話で、こちらは『散文集』の所収である。

灰かぶりの何を致しましたるや。……その者は、第一に灰まみれでありまして、鼻も目も服もヴェールも灰まみれでありますことが知られておりました。第二にその者が火熾《おこ》しいたさねばならぬときは煙が鼻をつよく襲うのでありました。第三にその者は洗濯と皿洗いをいたし、さらに薬缶、鍋、丼を洗うことをせねばなりませんでした。……第四に焼いて料理をするのでありましたが、その家の御婦人はとんと手をよごさす、灰かぶりがもつぱら行ふのでありました。第五に、その者は壺をこそげるだけでありました。……第六に、この者は家の中の多くのことを心がけねばなりません。第七にこの灰かぶりを、家の主はたいそう気に入り、結婚へといざないまして……誇り高き淑女にいたしたのでございます。……

かかる灰かぶりになりたいとお望みのあなた様、健気《けなげ》この上なく信心深き者をこそ、神は嘉《よみ》されるのでありますぞ。

先の話は『ラウソス修道士史』に由来する尼僧院のできごとであるが、後者の舞台は世俗であり、身分を超えた結婚に至る筋書きである。しかもどちらも同じ人物が《灰かぶり》(Eschengrüdel) すなわち《シンデレラ》のタイトルの下で語ったのであった。これを紹介した後、マティルデ・ハインは特に後者について次のように考察をおこなう。

ガイラーが、昔話《灰かぶり》の重要な諸々のモチーフを知っていたこと、またその知識が彼の聴衆にも前提となっていたことは明らかである。ではこの昔話は何であったのか。ガイラーの語り口には奇蹟のモチーフは欠けており、きわめてリアルであるのが特徴である。説教のまじめさを損なわないために、奇蹟のモチーフは排除されたのであろうか。そもそもこれは昔話であろうか。これまでのところ、管見の限りでは、十五、十六世紀では灰かぶり物語（=シンデレラ譚）の証拠は他には存在しない。他方、《祈る女中さん》の伝統の脈絡は、数々の文献資料によってあきらかに跡づけることができる。それゆえ、ジンガーの仮説（★）、すなわち初期キリスト教の聖伝《レゲンデ》が《より古い昔話に遡るか、もしくは逆に天上の花婿の話が地上の花婿に転換されて世俗的な昔話に移行したか、そのどちらか》という見方は、いかなるリアリティも欠いている。《シンデレラ譚》と《祈る女中さん》は二つの異なった流れであり、偉大な説教家ガイラーが文学創造のファンタジーを駆使してはじめて両話を結びつけたのだった。とは言え、カイザースベルクのガイラーが関与したものでもある中世末の説教文藝のなかに灰かぶりの諸々のモチーフを探索することは今後ももとめられよう。

《原注★》

Artikel 〃Aschenputtel〃 von Samuel Singer. In: Handwörterbuch des deutschen Märchens, hrsg. von Lutz Mackensen, Bd.1, S.125f.

このマティルデ・ハインの考え方は、正論でもあれば、一考を要する点をも含んでいる。また『昔話事典』の《灰かぶり》の項目への批判を表明していることにも背景がある。その事典はゲルマニスト、ルッツ・マッケンゼンが手がけたもので二巻までで未完に終わった。マッケンゼンは才能の持ち主ではあったが、またナチス系の学者の代表格でもあった[26]。シュパーマーがナチ時代の後半に圧迫を受けたことは、その学派の共通の記憶でもあり、それがここにも表れているところがある。とまれ、《シンデレラ譚》と《祈る女中さん》はどちらか一方から他方が派生したという考え方はとらない方がよいと言うのである。それ自体は見識であるが、また両者がすでに中世末に並び立っていたと考えることにも無理があるように思われる。マティルデ・ハインがここで記している最後の課題は、《祈る女中さん》とは別に《シンデレラ譚》が存在していたはず、という仮説を前提としており、だからこそ説教文藝をもっと細かく見てゆく必要があるというのである。たしかに中世はともかく、次の時代であるバロックの説教となると、まだ知られていない文献や翻刻されていない資料がかなり多いと言われている[27]。そこから何かが発見される可能性もないわけではない。しかし現在のまでのところ、マティルデ・ハインの期待を満たすような新たな材料は現れていない。

（八）『昔話エンサイクロペディア』の《シンデレラ》へのコメント

そこで次に触れておかなくてはならないのは、では今日のドイツの昔話研究は、このあたりの事情をどう整理しているか、であろう。これを見るには、昔話研究における指標的な成果である『昔話エンサイクロペディア』を取り上げるのが妥当であろう。ところが、そこでは意外に問題の解決が遅れているのである。それが扱われるのは、《シンデレラ》の見出しでの解説であるが、それを含む事典の第二巻が刊行されたのは一九八一年であった[28]。ところが、事典の項目としては、この昔話が重く見られていることを反映してかなりの分量が割かれているにもかかわらず、アードルフ・シュパーマーからマティルデ・ハインへ至る一連の考察は取りあげられていない。これには明らかな理由がある。それは直接的には、何をもってシンデレラ譚とみなすかと、という問題でもある。そこで『昔話エンサイクロペディア』が選んだのは、いわば伝統的な昔話研究の視点であった。要するに、シンデレラ譚を成り立たせているものとしては、①継子いじめ、②（ガラスの）靴による真贋判断の二つが基本的な柱であり、それに加えてやや比重を減じるものの、③鳩などの奇蹟、④パーティーあるいは祭りの場面、⑤豆の選別、の諸要素が重視されるからである。これらを柱とも骨格とも見る限りでは、《祈る女中さん》との相関などは検討すべき項目にはなりようがないのである。代わって、この大小五つの柱を目安に、類譚をもとめて世界中に眼を走らせることになる。

これは基礎理論の面では[29]、アンティ・アールネとそれを拡大させたスティス・トンプソンが基盤になっていることを意味する。その一部に異論を唱えたものの、大局的には土台を同じくするカール・ヴィルヘルム・フォン・シイドゥの議論もそこに加わる。またそこから成り立ったシンデレラ研究であるアンア・ビルギット・ルースの《シンデレラ・サイクル》も生きている。事実、《シンデレラ・サイクル》は、『昔話エンサイクロペディア』でも判断規準にかかわる文献となっており、部分的には修正がほどこされても、基本的な物の見方であることは動かないのである。しかし今日も昔話研究の大綱となっているそうした視点と思想的な背景が適切かどうか、これは改めて考えてみなくてはならず、また本稿もそれに向けた一助となることを意図している。ウラジーミル・プロップやクロード・レヴィ＝ストロースのまったく立場を異にする批判的見解がそれには役立つところがあるが、それらもまた鵜呑みにしてよいわけではない。

またシンデレラ譚に限った観察でも、その今日の様相と、『昔話エンサイクロペディア』の扱い方にはギャップがみとめられる。事典が重視する五つの要素は、シンデレラの名前で現代社会で機能しているフィクションのあり方とはずれがある。それは《シンデレラ・コムプレックス》と突き合わせてもよい。そこでは継子いじめもガラスの靴も重みをもっていない。本来それらは装飾音的な効果なのではなかったか。グリム兄弟のテキストで固定して、そこからはずれたものを排除するのであればともかく、昔話のなかのある種のものは同時代のなかでの受容のされ方に重みがあるはずである。言い換えれば、グリム兄弟のテキストの小道具を超えて動いている現実がある。そこでは、先にあげた二つの柱だけでなく、残りの三つの要素、すなわち鳩や樹木の奇蹟も、パーティーあるいは祭りの場面も、豆の選別もリアリティをもたないのである。過去の一つのテキストの装飾音であり、装飾音としての魅力はあっても、構造ではあり得ない。

（九）女中さんをめぐる二種の話類の比重の逆転――《シンデレラ》譚の擡頭

本稿の先立つ諸節では、現代に向かう基本的な変化として世俗化を挙げた。現代に近づくにつれて、多くの要素に軽重の変動が起きた。たとえば身分もそうであれば、貧富もそうである。それらは現実そのもの変化であるにとどまらず、フィクションにおけるリアリティにも関係する。宗教的なものはそうした変化をけみした一つの基準であるが、留保をほどこせば、現代人や現代社会が宗教性を失ったわけではない。合理的な判断が重んじられ、科学が進展しようとも、科学は正に科学であることによって宗教や全智学に取って代わることはできない。科学とはよく考えられた訳語である。すなわち分科学を意味し、区切られた知識であり、限定された範囲と視点の下での精確性を特質とするからである。概括的に言えば、現代に進むにつれて、宗教性は内面化の度合いをつよめたのである。それは、外面的な規準としては機能を低下させたということでもある。この大きなトレンドに眼をむけることが、今の場合、問題の整理に役立つとおもわれる。ここでの話題に即して言えば、現代に近づくにつれて、信仰心を軸に繰り広げられてきた《祈る女中さん》はリアリティを失っていったのである。両話が母体と派生形の関係にあるか、別々の起源をもつかはあまり重要ではない。近代が進み、現代へ入ると共に二つの話のフィクションとしてのリアリティに変動が起きたのである。

と言うことは、歴史を遡ると、逆の方向の動きが見られるはずである。中世末から宗教改革後の時代は、キリスト教信仰を掲げることがものごとをまとめる論理であった。それはフィクションのリアリティとしての力を発揮した。これについては何か任意の一例を挙げてもよい。たとえば、筆者は西洋の動物倫理について調べたことがあるが、そこで歴史学者パウル・ミュンヒの好論文にであった。(30) 一五八二年の教皇グレゴリウス十三世による暦の改革の後、カトリック教会とプロテスタント教会はさまざまな局面で反目と競合をつづけたが、その一こまである。

ユリウス暦を廃して新たな暦を導入するのは天文学的には意味のある改革であったが、プロテスタント教会側の激しい反撥にみまわれた。ローマ教皇に祭礼の日取りを決められるのは堪えられなかったのである。テュービンゲンの神学者たちはその姿勢を補強すべく、動物の世界を引き合いに出した。そして大真面目に、コウノトリもローマ教皇の暦にごまかされたりせず、昔ながらのカレンダーの日取りが来るまでは旅立つことはないと言い張った。カトリック教会側も負けてはいず、動物の世界もまた信仰厚く新しいカレンダーに沿って行動しているとして、さまざまな事例を説き語った。なかでも風変わりなのは、オラトリオ会の神父トーマス・ボージウスが一六二六年に説いた譚である。ある夫人が数封のミツバチを飼育していた。しかし期待していた蜂蜜は採れず、ミツバチは衰える一方であった。忠告してくれる女友達があらわれ、それに従って彼女はミサにおもむいて、聖なるオスチアを拝受した。しかし全部はのみこまず、口に含んだままにして、それをミツバチの籠の一つのなかへ入れた。それからほどなく、ミツバチは元気になり、あふれるほどの蜂蜜をつくったのである。その甘い果実を収穫するために、彼女が籠を開くと、そこには目を射るばかりの荘厳な光景がひろがった。ミツバチは見事なチャペルをこしらえていた。まばゆく輝く壁と窓、それに表玄関がそびえていた。鐘をそなえた塔もそなわっていた。祭壇には彼女が巣籠に押し込んだオスチアがおかれ、その周りをミツバチたちが聖歌の羽音を立てて舞っていた。

十六世紀や十七世紀には、信仰を引き合いに出せば、話をきれいに整えることができたのである。ここはオスチア（聖餅）の奇蹟力が話をまとめる上で説得性を発揮している。もっとも、補足をほどこせば、オスチア（聖餅）奇蹟の大きな波は中世後期の十四世紀に起きており[31]、ここでのそれは対抗宗教改革が中世の教会文化の遺産の復興を図った二次的な波であった。またそうした伝統との接続をもふくめて時代の風潮となっていた。ともあれ、この時期、オスチア（聖餅）の奇蹟力を掲げれば、話をそれらしく構成することができたのである。一般的にも、宗教対立の時代には信仰は多分にフィクション構成の契機であった。逆に言えば、信仰を外において話をメリハリあるものに仕立てるのは難しかった。シェイクスピアやローペ・デ・ヴェーガのような高度な文学となれば人間の優しさや誇りや嫉妬や裏切りや憎悪や物欲など種々のモチーフによってまとめ上げることができたであろうし、ハンス・ザックスほどの機知であれば世相と照らし合う様式性をもつ諷刺を活かすこともできたであろう。バロックの演劇もまた種々のテーマ、多くは格言のような世知で一場をまとめることをめざしていた。しかし日常のなかに行き交う小話となると、先ずはキリスト教信仰の枠がはまっていることが多かった。

これを考えると、簡単な統計的な事実が重みをもっているように思われる。シンデレラ譚は、グリム兄弟以前に文字化されたものが決定的に少ないのである。たしかに後世、グリム兄弟のヴァージョンが結果した人気が手引きとなって各地で採録がおこなわれた。しかしそれらは、しばしば主張されるように古いものであろうか。ある程度魅力のある話であれば、何らかのかたちでそのときどきの知識人は書きとめ、また手を入れてきた。それがジャムバッティスタ・バジーレ（Giambattista Basile 1575-1632）『五日物語』（*Il Pentamerone.* 一六三五年）のなかのいわゆる「猫のシンデレラ」やシャルル・ペロー（Charles Perrault 1628-1703）のサブタイトル『鵞鳥おばさんのお伽噺』(*Contes de ma mere l'Oye.* 一六九七年)で知られる話集に所収のヴァージョンなのであろう。が、それらは、殊にバジーレにおいてそうであるが、未だ後世のグリム兄弟の昔話集におけるような整然とした形態ではなく、さまざまなモチーフが雑然と寄り集まった体のものであった。もっとも、十六、十七世紀の国民語の読み物で用心しなければならないことの一つは、構成に重きをおく今日の感覚で受けとめると誤解をしてしまうことである。その時期は、国民語の言語美がなお模索されつつある段階であり、そこに近代の息吹も重なっていた。それゆえ全体の構成がは必ずしも優先せず、個々の部分の描写の妙に書き手も力点をおき、受けとめる側もそれを楽しんでいたところがあった。今日から見るとしまりのない、特に翻訳してみると深みもなくだらだらとした記述でしかないのが中世以後からバロック期の散文であり(それゆえ世界文学にはなりようがないが)、その時代の詩学《ポエティク》を考えあわせることも時には必要なのである。シンデレラ譚が今日親しまれているような、引き締まった運びの話になるのは、文献的にはグリム兄弟の手を経てからであった。

かかるヴァージョンの少なさを考えると、それが書き記されることなく、しかも各地でさかんに語られていたとの推測には無理があるのではなかろうか。しかし後世、それが育ってゆくことになる要素は含まれている。それは他ならぬ世俗性である。キリスト教信仰がフィクションをまとめる力を低下させたときには、世俗性のさまざまな要素が代わってそれを果たすことになる。その一つとして擡頭もし、育ってゆきもしたということではなかろうか。後世のような形態が、歴史の表に現れることなく強固な層をなしていたとの仮説を補強するような材料はなさそうである。

グリム兄弟以前の時代にさかのぼるシンデレラ譚の書記ヴァージョンの少なさは、それほど人気のある話ではなかったことをうかがわせる。『昔話エンサイクロペディア』もシンデレラ譚の確認できる最古のものはバジーレのヴァージョンであるとしており、ガイラーの説教やその背景にはシンデレラ譚が存在したと見るような推測を控えている。何らかの素材はあったであろうが、それは民間に広くおこなわれて人気もあるといった性格にはなかったのではないかと思われる。逆に見れば、グリム兄弟のテキストは、新たな時代がもとめる動きの一環であった。グリム兄弟の昔話だけを聖典さながらにみなすのではない限り、その時期にはいくつもの動きが相次いだ。シャルル・ペローのテキストがにわかに見直されて、シャルル＝ギョーム・エシャンヌ（Charles-Guillaume Étienne 1778-1845）の台本、ニコラ・イズアール（Nicolas Isouard 1775-1818）の作曲でオペラ『サンドリヨン』（*Cendrillon*）が初演されたのは一八一〇年であった。次いで一八一二年にグリム兄弟の『昔話』第一巻にシンデレラ譚が入り、その五年後にはヤコポ・フェレッティ（Jacopo Ferretti 1784-1852）の台本に若きジョアキーノ・ロッシーニ（Gioachino Rossini 1792-1868）が曲をつけた『チェネレントラ』（*La Cenerentola*）がローマで初演され、以後ロンドンでもアメリカでも評判となった。ただしこのオペラ『チェネレントラ』は子供向けとは言えず、それは《子供の時代》の嗜好をまだ理解していなかった証左になる。さらに一八二四年にはアウグスト・フォン・プラーテン（Karl August Georg Maximilian Graf von Platen-Hallermünde 1796-1835）が演劇「ガラスの靴」（*Der gläserne Pantoffel*）を書いて翌年初演され、さらにそれをエルンスト・モーリッツ・アルント（Ernst Moritz Arndt 1769-1860）が創作メルヒェンに作り直した。一八二九年には劇作家クリスティアン・ディートリヒ・グラッベ（Christian Dietrich Grabbe 1801-36）もまた喜劇『灰かぶり』（*Aschenbrödel*）の初稿を書きあげた。というように、十九世紀に入った頃からシンデレラ譚との取り組みは目白押しになる。それは、シンデレラ譚が時代と波長が合ったことを示している。ディズニー社の企画やシンデレラ・コムプレックスの提唱などを見ると、その動きは現代もなお続いているのであろう。逆に言うと、そうした活発が動きが起きる十九世紀初めまでの時期に、シンデレラ譚が、文化の表面にあらわれず記録もまばらな様相の奥、民間では活発に生きていたとの想定には無理があるであろう。シンデレラ譚は端的に近・現代においてはじめて意味があるフィクションであり、したがってその時期が来るまでは微々たる(今から見れば)先行形態(に当たると言えなくもないもの)を除いては存在しなかったと見る方が実態に適っているのではなかろうか。しかし、昔話研究の主流は、それが古い時代から連綿と続いており、しかもユーラシア大陸の各地で生きていたと見ずにはおかない。昔話研究の刷新を叫んだアラン・ダンデスですら、そうした見方にどっぷりとつかっている[32]。

フィクションが生きてあるときに種々のヴァージョンが現れ、痕跡も豊かであることは、シンデレラ譚が盛行する前の時代の《祈る女中さん》にもあてはまる。実際それは、遅くとも中世末からはメリハリの利いた歌い物として印刷され、幾つもの版が流布していた。十六世紀には印刷技術の波に乗ったこの話藝は、アードルフ・シュパーマーが収集し、マティルデ・ハインが補足したように、版本もかなり多く行なわれていた。しかもその動向は十九世紀になってもなお持続している面があった。これまた興味深いことであるが、インゲボルク・ヴェーバー=ケラーマンによって刊行されたシュパーマーのその著作には、祈祷紙片の実物が貼りつけられている(口絵30参照)。「祈る女中さん、即ち家事日常におけるイエスス・キリストの受難の省察」と題された、裏表の一枚刷りで一九〇一年に教会関係の出版社による印刷である。小さなビラのようなもので、大量生産の品物ではあったろうが、それにしても七〇年前の紙片を添えるのは本作りに気持ちがこもっている。と共に、それは教会堂へ参集した信徒が持ち帰るものであり、しかも第五刷と記されていることからも二十世紀初頭には、《祈る女中さん》はキリスト教会の信仰生活のなかでなお生きていたことが伝わってくる。ちなみに祈祷紙片を刷ったのはバイエルン州ショルンハウゼンのカール・ペラート社である[33]。

しかしまた《祈る女中さん》の需要は、十九世紀の大判の木版画が最後の輝きであったように思われる。現代に向かうにつれて、信仰心がライトモチーフになる話種の時代ではなくなってきたからである。図式的に言えば、古くは女中さんが主人公になる話では《祈る女中さん》がよく知られ、印刷されたヴァージョンもかなり多数であったのが、近代へ進むにつれて、時代を映し時代がもとめるフィクションとしては意義が薄れてゆき、最後は信仰の砦である教会を中心とした世界に限定されていった。それに加えて、もう一つこの話種がある程度生きていた分野があったようである。奉公人の組合であるが、これについては未だあまり研究は進んでいない。

そしてそれに代わって、十七世紀あたりでは書記の例もほとんどなく、書記文藝としては熟してもいなかった《シンデレラ》譚が整えられてゆき、グリム兄弟による書記を転機に一躍時代の需要に応えるフィクションへと躍り出た。しかしグリム兄弟では、二つの要素が痕跡の程度ながらなおみとめられた。一つは、グリム兄弟が、初版にはなかった信仰心に一定の比重をおく件《くだり》を加えたヴァージョンを定本としたことである。つまりキリスト教世界の徳目を挙げることが話の筋立てに適うとの判断があったようである。もう一つは女中さんで、それは身分そのものではもはやなくなっているが、まったく身分を脱却しているとも言い切れない。

これを言うのは、グリム兄弟以後の動きを考えるからである。現代のシンデレラ譚は世界に普及すると共に、グリム兄弟ではなお痕跡がみとめられたキリスト教信仰の徳目と女中さんの身分がまったく棄てられたかたちで受容されている。シンデレラ譚は、グリム兄弟のヴァージョンをも超えて生きている。その骨格は無媒介な上昇の夢であり、それゆえ私たちが共通にもつ悲しい性《さが》を映しているが、また多くの人々が心をなごませるアミューズメントの契機でもある。

《注》

（1）Brüder Grimm, *Kinder - und Hausmärchen.* ここでは定版とされる第三版によった。なお邦訳では次を参照 金田鬼一（訳）『完訳 グリム童話集一』（岩波文庫）二二七頁。なお初版の書き出しでは、シンデレラを《信心深い》とする脈絡は希薄である。定版と目される第三版においてこの記述となった。グリム兄弟自身による改変の事情は定かではないが、この属性を明記する方がフィクションとしてのリアリティが高まるといった判断がなされた可能性はあろう。

（2）シンデレラ譚におけるガラスの靴への着目も、そこにはたらく視点は多様である。グリム兄弟の昔話が短期間に広く知られるようになったなかで、かなり早い時期にシンデレラ譚を独自に作品化したのはイギリスのウィリアム・モリスであった。モリスは一八六三年に水彩画家フォスターの家を飾るタイル・パネルとして六面のシーンから成るシンデレラ・ストーリーを製作し（デザイン＝バン・ジョーンズ、フィリップ・ウェッブ 絵＝ルーシー・フォークナー）、下部に作品の主題として次の銘文を添えた。〝This is the story of the maid with the shoe of glass and of how she became Queen that was before called Cinder-wench〟．タイル・パネルはステンド・グラスと並んでモリス商会の初期の独自製品であったが、そこでの主要なモチーフは中世世界への傾斜であり、シンデレラ・ストーリーも中世の写本を飾る絵画の描法を思わせるなど、fairy tale の魔法ではなく、むしろキリスト教世界の奇蹟の性格を持たせているようである。参照 クリスチーン・ポールソン（著）小野悦子（訳）『ウィリアム・モリス アーツ・アンド・クラフツ運動創始者の全記録』美術出版社 一九九二年 四〇頁。

（3）先のジョン・ラスキンの引用するところを挙げると（前章 注65）、旧約聖書の箴言には次のように謳われている。《彼女は、夜明け前に起き、家の者に食事を整え、召使の女たちに用事を言いつける。彼女は自分のために敷物を作り、彼女の着物は亜麻布と紫色の撚り糸でできている。彼女は力と気品を身につけ、ほほえみながら、後の日を待つ》（宇井氏の訳注によると出典は箴言 31:15, 22, 25）一九〜二〇頁。

（4）Adolf Spamer, *Der Bilderbogen von der geistlichen Hausmagd. Ein Beitrag zur Geschichte des religiösen Bilderbogens und der Erbaungslietratur im populären Verlagswesen Mitteleuropas.* Bearbeitet und mit einem Nachwort versehen von Mathilde Hain. (Veröffentlichungen des Instituts für europäischen Volkfsforschung an der Philipps-Universität Marburg-Lahn: A. Allgemeine Reihe, herausgegeben von Gerhard Heilfurth und Inborg Weber-Kellermann, Bd.6). Göttingen [Otto Schwarz] 1970.

（5）Mathilde Hain, *Aschenputtel und die "geistliche Hausmagd"*. In: Rheinsches Jahrbuch für Volkskunde, XII (1961), S.9-16.

（6）Spamer, *Der Bilderbogen von der geistlichen Hausmagd.* S.33.

（7）一例を挙げると、インゲボルク・ヴェーバー＝ケラーマンはちょうどこの時期（一九六九〜一九七一年）に、ヘッセン・テレビと組んで民俗学の記録映画三一篇の製作をおこない、これがドイツ民俗学会における学術映画部門の土台となった。目下、筆者はその三一篇を幾つかのグループに分けて日本に紹介する作業を進めている。

（8）参　照 Wolfgang Brückner, *Neues zur "geistlichen Hausmagd"*. In: Volkskunst, 4.Jg. (1981), S. 71-78.; Derselbe, *Trivaler Wandschmuck der zweiten Hälfte des 19. Jahrhunderts. Aufgezeigt am Beispiel einer Bilderfabrik.* In: Anzeiger der Germanischen Nationalmuseum, 1967, S. 117-132. また『昔話エンサイクロペディア』の項目を参照 Artikel *"Geistliche Hausmagd"* von Wolfgang Brückner (Würzburg), in "Enzyklopädie des Märchens" Bd.5 (1987), Sp.944-948.

（9）次の拙著を参照『ドイツ民俗学とナチズム』創土社 二〇〇五年 第十章「ナチズム民俗学批判の基準をもとめて――ブリュックナーをめぐる論争の諸相から」。

（10）前掲注（7）の一九八一年の論考による。またカールスルーエの展示図録（後掲注11）でもブリュックナーの解明が引用されている。一七〇〇年頃のアウクスブルクもアルブレヒト・シュミット工房（bei Albrecht Schmidt, Augsburg）が製作した木版画では現在も伝わる作品がある。また一八二五年頃のケルンの作例はとはヨーハン・マティーアス・ファイルナー工房（bei Johann Matthias Feilner, Köln）を指す。一八五〇年より前のウルムでの作例とはアンドレーアス・ディック工房（bei Andreas Dick, Ulm）を指す。

（11）『ザルツブルク身分服飾図集』ないしはそれが発見された場所の家名をとって『クーエンブルク服飾画集』と呼ばれる

画集は、後にザルツブルク地域の民俗学の定礎者となったカール・アードリアン（Karl Adrian 1861-1949）が十九世紀末に家庭教師をしていたクーエンブルク家の子供部屋で発見した肉筆の水彩画集（一部はグアッシュ）を指す。二〇五点の人物が描かれており、身分や職種の服飾を描きとめるために製作されたとみられ、モーツァルト時代の服飾を知る重要資料となっている。数種類の復刻がなされているが、ここでは次の文献を挙げる。*Gewand und Stand Kostüm- und Trachtenbilder er Kuenburg-Sammlung,* hrsg. von Friederike Prodinger und Reinhard R. Heinisch. Salzburg 1983, S. 27. なお木版画の方は幾らかラフであるが、女中さんであることが間違いなく伝える服飾となっている。

（12）アードルフ・シュパーマーは次の文献を挙げている。Karl Bartsch, *Sprüche und Verse deutscher Mystiker.* In: Germania, Bd.18 (N.F.6, 1873), S.196f.

（13）次の展覧会のカタログを参照 *Heilige, Herrscher, Hampelmänner. Bilderbogen aus Weissenburg / Saints, Souve-rains, Pantins. Imagerei populaire de Wissembourg.* Karlsruhe [Badisches Landesmuseum] 1999. なお先に挙げた一八八五年のパンフレットはこのカタログでは六六〜六七頁に収録されている。

（14）立版古は子供の遊びとして流行し、また作りの細やかなことが明治時代に日本を訪れた外国人の人気を呼んだ。エドワード・モース＝コレクションにも多数の実例が含まれる。参照、小西四郎・田辺悟（構成）押切隆世（写真取材）大橋悦子（翻訳担当）『モースの見た日本』小学館 一九八八年。

（15）Klaus Lankheit (1913-92), *Aus der Frühzeit der Weissenburger Bilderbogenfabrik.* In: Kolner Zeitschrift für Soziologie und Sozialpsychologie, 1969, S.585-606. その他。ランクハイトは生涯をかけてフランツ・マルクを研究したほか、ワシーリー・カンディンスキーの研究をも手がけた。

（16）次の拙著ではアードルフ・シュパーマーの『ドイツ港湾諸都市における刺青慣習』を例にとってその研究の特徴を解説し、またそれを（ドイツ人研究者による学史解説とは別の観点から）ドイツ民俗学史に位置づけた。参照（前掲注9）『ドイツ民俗学とナチズム』第一部第一章「民俗学における個と共同体」の第七項。

（17）参照 *Texte aus der deutschen Mystik des 14. Und 15. Jahrhunderts,* hrsg. von Adolf Spamer. Jena [Eugen Diederichs] 1912.

（18）参　照 Adolf Spamer, *Das kleine Andachtsbild vom XIV. bis zum XX. Jahrhundert.* 1930.2. Originalgetreue Aufl. München [Bruckmann] 1980. 本書は永く稀覯本であったが、元の豪華な作りの体裁で復刊された当時、その頃手がけていたオスチア伝承の研究文献の角度から取り挙げたことがある。次の拙論を参照「念持画片（Kleines Andachtsbild）の成立とその周辺――A・シュパーマーに依拠しつつ」愛知大学『外国語研究室報』第九号 三九～七〇頁　なお〝kleines Andachtsbild〟に《念持画片》の訳語をつけたのは、術語の重点が〝klein〟にあることによる。この概念は広義ではイコノグラフィーに属するであろうが、美術史研究などでも日本では未紹介ではないかと思われる。

（19）筆者が主に関心を寄せてきたのは、ドイツ民俗学のなかでの巡礼地研究の学説史であり、そのなかでの〝kleines Andachtsbild〟をめぐる議論である。一方、美術史研究ではエルヴィン・パノフスキー（Erwin Panofski）がそのテーマで論じており、そこからうかがえる美術史研究と民俗学の違いについて、特にパノフスキーが批判したロームアルト・バウアライス（Romuald Bauerreiss）の理論の再評価として試みたことがある。次の拙論を参照「聖餅伝承とその巡礼地形成史に占める位置について――R・バウアライス理論の再評価のために（上）」愛知大学文学会『文學論叢』第七五輯 一九八四年三月 二二六～一九八頁。同「（下）」同七六輯 一九八四年七月 二六四～二三五頁。

（20）この興味深い論評はマティルデ・ハインの学史解説に見出される。次の拙訳を参照 マティルデ・ハイン「ドイツ民俗学とその方法」（一） 一九八七年十二月 愛知大学文学会『文学論叢』第八六輯 一四六～一二三頁、（二） 一九八八年三月。同 第八七輯 一九〇～一六九頁(Original: Mathilde Hain, *Volkskunde und ihre Methode.* In: Deutsche Philologie im Aufriss, hrsg. von Wolfgang Stammler, Bd.III, 2.Aufl. 1962, Sp.2547-2570.)、引用は拙訳（一） 一二五頁。

（21）次の拙著所収の論考を参照、（前掲注9）『ドイツ民俗学とナチズム』「民俗学における個と共同体――二〇世紀初めのフォルク論争を読み直す」。

（22）Adolf Spamer, *Über die Zersetzung und Verbreitung in den deutschen Mystikertexten.* Hall. a.S. [Buchdruckerei Hohmann] 1910 (Diss. Gießen).

（23）参照 Deutsches Wörterbuch, von Jacob und Wilhelm Grimm. München 1984, Reprint. Originally published: Leipzig 1854., Sp.

581-582. 〃Aschenbrödel〃 u. 〃Aschenbrödlein〃.

（24）次の初期印刷本（一五一七年ストラスブール刊）が挙げられている。*Buch der Brösemlin Doktor Keiserspergs / die dann zesamen hat gelesen der wirdrig bruder Johannes Pauli ...und ist getruckt in der keiserlichen freien statt Straßburg von Johannes Grüninger ... in dem iar als man zalt von der geburt churisti tausend fünfhundert und XVII.*

（25）(Johannes Pauli), *Schimpf und Ernst.* 1522, 2 Bde, hrsg. von Johannes Bolte. Berlin 1924.

（26）日本ではこの辺りの事情がゲルマニストの間でもあまり知られていず、用心を欠いている面がある。ナチズムに関係するものを頭から全否定する必要はないが、その要素への目配りは欠かせないであろう。なおルッツ・マッケンゼンのナチズムへの関与とその弟子への影響については次の拙著を参照、『ドイツ民俗学とナチズム』創土社 二〇〇五年 四四七〜四四八頁頁。

（27）筆者は、説教文藝を含むバロックの民俗文化関係の文献資料に厚い知見をもっていたレーオポルト・クレッツェンバッハー（Leopold Kretzenbacher 1912-2007 ミュンヒェン大学教授）から、これを聞いたことがある。

（28）参照 Artikel *"Cinderella"*, von Rainer Wehse (Göttingen). In: *Enzyklopädie des Märchens,* Bd.2, Göttingen 1981, Sp.39-58.

（29）本書に収録した拙論「昔話の類型学に寄せて」では、昔話の基礎理論に検討を加えた。

（30）Paul Münch, *Die Differenz zwischen Mensch und Tier. Ein Grundlagenproblem frühneuzeitlicher Anthropologie und Zoologie.* In: Tiere und Menschen. Geschichte und Aktualität eines prekären Verhältnisses, hrsg. von Paul Münch. Paderborn u.a. 1998, S. 323-347, hier S. 323-324.

（31）前掲（注19）で挙げたロームアルト・バウアライスの再評価を試みた拙論を参照。

（32）参照（前掲 第一章　注27）アラン・ダンデス（編）『シンデレラ――中国の昔話から現代まで』。

（33）参考までであるが、同社の創業は十九世紀初めの針作りの名工カール・ペラート（Carl Poellath 1777-1834）に遡り、その死後、未亡人が夫の下にいた針職人と再婚して事業を拡大し、やがて信仰具製造会社となり、十九世紀末にはロザリアや信仰用のメダル、また各地の巡礼地で信徒にさずける追憶品などを生産するようになった。十九世紀末にはウィーン万国博覧会にも出品をしたことがあり、現在も信仰具の企業として活動をつづけている。

第三部　昔話の類型学に寄せて

(一) 課題設定への経路

本章は、はじめ、シンデレラ譚の検討と一つのものとして計画した。もっとも出発点は、昔話とは何か、という疑問の方で、そこに具体例が結びついたのである。口承文藝にはあまり手を染めてこなかったこともあって躊躇していたが、ある時期に、一歩踏み出す気持ちにさせられるような動因が幾つか重なった。その一つは数年前にドイツで完結した『昔話エンサイクロペディア』、いわゆるEMの「シンデレラ」の項目で、その説明に納得がゆかなかったのである。[1] 百科事典やそれに類した便覧の項目解説は、部外者として参考にするには便利だが、よく読むと不審に思えることが間々あり、この時もそうであった。さらに疑念は一項目に限られるものではなく、そこから編集作業の一端が透けて見えるような気がしたのである。おそらく関係資料を分類整理するのに、アールネ＝トンプソンの昔話モチーフ・インデックス（AT）が使われたのであろう。その見当は、その後、事情に詳しい方面から多少の裏付けを得ることになったが、それによれば、専門家のあいだとは言え、分担作業に起きがちな機械的な割り振りがなされていたらしい。譬えて言えば、型番が決まった篩があって、それを使って濾すために、網目に合わない材料ははじかれてしまい、型通りの解説にしかならないのである。たしかに、昔話研究の水準をこなしてはいる。それは正に型通り、すなわち専門分野の通念が卒なくまとめられたものとなっている。その実際は「シンデレラ譚」の方で取り上げたが[2]、そうした篩にあたる整理の基準がATで、それに対して予て疑問を感じていたのである。

シンデレラ譚を選んだのは、《昔話のなかの昔話》とまで言われるほどポピュラーであるだけに、ジャンルの問題を考えるには好個の題材でもあったからである。しかし逆に検討すべき項目が幾つもあって、一つの論考につめこむと見通しが利きにくくなる恐れが出てきた。そこで具体例は「シンデレラの構造と源流」として独立させ、他方、昔話一般に関する考察を本稿とした。しかしもとは一つであったため、本稿の材料でも、関係したものを活用することになった。特に頁数をとったのは、「シンデレラ・サイクル」である。

しかしそれを取り上げたのは、これまた昔話「シンデレラ」の検討に欠かせない研究書という以上の意味をもつからでもあった。アンナ・ビルギッタ・ルースのその著名な研究成果は、モノグラフでありながら、西洋の昔話研究において、話種の系統の解明では基準的なものとみなされている。本邦ではタイトルだけが独り歩きして中身が検討された事例が多くないという実態もありはするが、西洋の研究者が昔話を相手にするときの物の考え方が、そこには如実にあらわれている。

もっとも個別研究に限定すると事態が見えにくい面があり、その思想的背景を知るには、ルースの師でもあるカール・ヴィルヘルム・フォン・シィドウの検討が欠かせない。シィドウはアンティ・アールネの協力者としてそのモチーフ・インデックスの提唱にかかわったが、またフィンランド学派の行き方に異論を呈した人でもあった。なお筆者の場合、シィドウに注目したのには、他にも理由があった。筆者は、これまでシィドウについては、ジェームズ・ジョージ・フレイザーの文化人類学・民俗学を全面的に否定した（あるいはその方向への端緒となった）学史上の意義を紹介してきた。しかし、それを手がけたときから、逆に昔話の理論における一種の歪みともいえる特異な観点をも指摘する必要を感じていたのである。

その検討は、またほぼ同時期に活動したフィンランド学派とは別の出自をもつもうひとりの大きな理論家アルベルト・ウェッセルスキーへの関心ともつながっている。その『昔話理論の研究』が口承文藝の研究史に占める位置は不滅と言ってもよいであろうが、これまた書名だけが独り歩きして、日本での言及例はそう多くないように思われる。それには、昔話とは何か、といった基礎理論への関心とは別のところに重点をおいて研究が蓄積されてきたことも無縁ではないであろう。個々の昔話の系譜や分布の解明などが重要であることは言うまでもないが、それと並行して、昔話がかなり大きな研究領域となり、またその土台にはフェアリー・テイルへの一般の人気がひろがっているという自明の状況そのものを改めて見直すことも必要ではないかとも感じるのである。

なおそうした問題意識となると、それは必然的に、日本の口承文藝研究における里程標的存在にはふれるのでなければならない。もちろんそれまた十指を以てしても足りないが、最低限、視野の狭窄をきたさないための関門は柳田國男と関敬吾であろう。しかし本稿自体をそこまで伸ばすのは、直接のテーマをはみ出す恐れもある。特に本稿が収録されることになるのが《ドイツ文学と民俗学》をタイトルにうたうものであることを考えると、問題意識はそれとして、然るべき区切りも実際的な選択と思われた。関敬吾については、ドイツ語文献に分け入った偉大な先人としても、またテーマとの関わりからもここで幾らか触れずにはすまない。柳田國男については、西洋の民俗研究との異同の観点からこれまでも幾らか言及したことがあるが、昔話の領域でもそれに触れずには基本的なことがらが見えてこない。たとえば図式的な対比をすれば、ルース女史の「シンデレラ・サイクル」やウェッセルスキーもまた手がけた特定の昔話の系譜の解明を念頭において、同じく古典の位置にあるものを本邦にもとめるなら、それは「桃太郎の誕生」をはじめとする柳田國男の論作がそれにあたるであろう。そこには「絵姿女房」や「瓜子姫」の考察やさらに唱導文学への諸論も加わるであろうが、それらはいかなる手法や視点によって推進されたのであろうか、その手法や視点は西洋の口承文藝の研究の古典的な成果とどのように照応し、またそれらに対してどれだけの距離をおいたものなのであろうか、といった関心である。なお言い添えれば、こういう言い方をすれば、柳田國男を西洋とは一線を画して日本的な独自性を体現した偉人として称揚するものと受けとめられかねないが、筆者の視点はそれとはまた違っている。本稿ではこの問題そのものでは行き着かなかったが、これらを今後の課題として望見しつつ、先ずは当面のテーマである。

a 昔話の分類基準の必然性について

昔話の分類基準として国際的にもちいられているものに、いわゆる「アールネ=トンプソン（トムスン）によるタイプ・インデックス（Aarne-Thompson type index AT分類）」がある。[3] 今日ではさらに、ハンス=イェルク・ウッターの改訂版によって、その権威はなお衰えないが、[4] 筆者には、それを知った当初から問題があるように思えてならなかった。その疑念は、分類表の背景を知るにおよんで、さらに強まった。

先ず分類基準そのものがあまり説得的ではないようにも思われるのである。その疑念は、昔話を動物昔話とか魔法昔話とか笑話とかに分ける大きな分類から、数百に及ぶ細目にまで広がってゆく。昔話の多くは動物に仮託されて人間の特定の要素、つまり正直とか狡猾とかが表現されているのであるから、それが正直な人間と狡猾な人間として語られようと、ウサギとキツネとして描かれようと、本質的には差異はないと思われる。魔法昔話も、物語の展開のなかで普通ではない一種の霊力をもつ登場者や物品があらわれることが、そうでない物語と、基本的に分類を異にするとは思えない。

要するに基準自体に説得性の薄さを感じるのだが、登場者や小道具によって分類しておけば、使い手がよい面はあるかも知れない。したがって深刻に考えなければ、AT分類は便利な面はあるだろう。それに因んで、AT

が便宜的なもの以上ではない、との考え方が、当の北欧の代表的な研究者で、一九八五年の来日当時、国際口承文藝学会会長であった人物によって表明されているのを知って、やや安堵をおぼえている。(5)

さらに言い添えれば、分類の細目にあまり意味がないことを早い時期に指摘していたのは、ロシアのウラディーミル・プロップであった。その後、レヴィ＝ストロースがやはりそこを批判したことを機に、プロップの一九二〇年代の見解が見直されることになった。それは多くの人が知るところである。

b 民俗学者シィドウへの注目

筆者はカール・ヴィルヘルム・フォン・シィドウの仕事に注目したことがある。(6) 民俗学史上にひときわ大きなその意義は、フレイザー批判であった。十九世紀末から二〇世紀の四十年代まで、ジェームズ・ジョージ・フレイザーは西洋諸国の文化人類学・民俗学・宗教学に大きな影響をあたえ、一般社会でもその見解がひろがりを見せた。物の見方におけるポピュラーな型となるほどにまでその風潮がまだ力を揮っていた一九三〇年代に、フレイザーを頭から否定したのがシィドウであった。フレイザーの源流をドイツのヴィルヘルム・マンハルトにまでさかのぼって批判したいわゆる《マンハルディアン批判》で、それは文化人類学のいわゆるスウェーデン学派の形成につながり、やがてフレイザー流の物の見方はとどめを刺されることになった。それには一九五〇年代から本格化するドイツ民俗学の刷新においてシィドウの観点が導入されことも与っていた。その経緯はこれまでに多少くわしく紹介したのでここでは省くが、筆者がそのテーマで学史を追っていたとき、いずれ取り上げる必要を感じたのが、シィドウの口承文藝の理論であった。シィドウはむしろ口承文藝が最も力を注いだレパートリーで、アールネの協力者でもあった。後者がＦＦＣの一九一〇年号においてはじめて昔話の分類表を提示したとき、その協力があったことが記されている。

しかし昔話へのシィドウの観点は、その後のアールネ＝トンプソンという本流とは食い違ってもいた。特に昔話における《oicotypus》（筆者はこれを自家類型と直訳しようと思う）の概念などで、両者は微妙にずれをきたしたようである。それは、今日の、たとえば『昔話エンサイクロペディア』の関連項目でシィドウが言及されるときの評価にもつながっている。もっとも、大局的には、シィドウの理論もアールネの提唱の重要な背景であったろうが、その理論を探ってゆくと、昔話のモチーフ・インデックスの思想的のネガティヴな側面が見えてくるのである。

シィドウに関しては、筆者はもう一つの点でも、改めて問い直すべきものを感じている。それはアンナ・ビルギッタ・ルースによる『シンデレラ・サイクル』の思想的背景だったからでもある。両者は師弟関係にあり、そこから昔話研究の里程標と目されるモノグラフが生まれたのだった。ルース女史の労作は、シンデレラ譚という昔話のなかの昔話を材料にとったからだけでなく、その調査研究の方法によっても北欧の口承文藝研究の型を示したものとみられてきた。しかし筆者には、それをも併せてネガティヴな側面が予想されたのである。

（姓の表記） シィドウの日本語の表記については、元はスウェーデン語のために一定しないが、ここでは関敬吾のの紹介を踏襲する。ちなみにシィドウの子息はハリウッドの映画俳優で、日本ではマックス・フォン・シドーと表記されている。

c　関敬吾の昔話研究と以後の動向への概括的な感想

アールネもシィドウも、早くから日本の研究者によって注目されてきたが、その大半をこなしたのは本邦における昔話研究の草分け、関敬吾（一八九九～一九九〇）であった。とりわけ『日本の昔話――比較研究序説』（一九七七年刊）においてで、今日では著作集の第六巻に収められている。(7) その約六〇頁にもなる「序章」では、昔話をめぐる西洋諸国の諸理論が取り上げられ、昔話研究のなかで特に重要な七人の見解が紹介され、それぞれにコメントが加えられている。フリードリヒ・フォン・デア・ライエン（Friedrich von der Leyen 1878-1966）、カールレ・クローン（Kaarle Krohn 1863-1933）、マルティ・ハーヴィオ（Martti Haavio 1899-1973）、ヴィルヘルム・フォン・シィドウ（1878-1952）、ワルター・アンデルソン（アンダーソン Walter Anderson 1885-1962）、ヤン・デ・フリース（Jan de Vries 1890-1964）、アルベルト・ウェッセルスキー（Albert Wesselski 1873-1939）である。また七人のうち、関敬吾が最もつよく関心を寄せていたと見えるのは、アールネの他では、シィドウとウェッセルスキーであり。(8) 両者の所論は、序章だけでなく、本文でも随所で引照されている。

その時点で重要な学説が網羅的に解説されていたには驚嘆するほかないが、また関博士の研究成果としてそれが重要であることは、『口承文藝研究』の創刊号に、「書評」としては異例に長大な（一五頁に及ぶ）論評が掲載されたことからもうかがえる。評者は、昔話研究において関博士と並んで双璧の観のある小澤俊夫教授である。(9) その論評はこれまた驚くほど丹念に論旨と細部にわたる問題点を指摘しており、同書を読むときの不可欠のコメントと言ってよいほどである。が、それと共に、同書において西洋の理論家の所説がどのように検討されたか、それを今日からみ見てどうとらえるかとなると、必ずしも踏み込んではいない。シィドウの試行錯誤がマックス・リュティによって克服された点があるなど幾つかの重要な指摘はあるものの、むしろ日本の昔話の扱いについてATナンバーを挙げながら論評することに多くの頁を割くものとなっている。その点では、関敬吾が、その取り上げた西洋の理論家をどう読んだか、を部分的ではあれ改めて問おうとする本稿の試みも必ずしも無駄ではないであろう。たしかに、評者小澤俊夫教授が何度か口にしているように、西洋の諸理論を紹介・検討する関敬吾の文章はところどころで《難解》あるいは《文脈がつかみにくい》のも事実である。ただし取り上げられた欧文の文献と突き合わせてみると、関博士自身は過つことなく理解していたことが判明する場合が多いのである。

実際、昔話研究における関敬吾の努力は超人的なもので、そこで据えられた確かな基礎が、その後多くの理論が日本では紹介されることを容易にしたとは言えるだろう。豊富な翻訳を通じて世界の研究動向に接することもできるようになっている。その厚みは、民俗学の他の部分領域に比べて格段である。他の領域、たとえば労働・習俗（民俗行事）・宗教民俗・現代フォークロア・法民俗学、さらに民藝（フォルクスクンスト）をめぐる議論など、どれも西洋の理論の紹介も検討も、ほとんど放置されてきたのに比べて、口承文藝の領域は多数の研究者を擁し、毎年生まれる研究や報告は大変多い。しかし、そうでありながら、そこには何か枠がはまっているような印象を受ける。たとえば関敬吾の案内を受けて、関係する諸学界においてフォン・デア・ライエンやウェッセルスキーの検討がなされ、議論が深められる、といった動きにはならなかったのではなかろうか。それには、関敬吾の姿勢も関係してはいたであろう。たしかに状況からは、抑制もそれはそれでまっとうな面があった。同書の「序」には取り組むべき課題として《昔話の比較研究》と《科学的研究》が挙げられている(10)。《科学的研究》とは、世界共通の基準に合わせることであり、それによって日本での昔話の取り組みの水準を高めるという課題であったようである。事実、以後、本邦の口承文藝研究でも、アールネ＝トンプソンの分類が普通にもちいられるようになった。したがって、世界基準の採用による世界のその分野への参入、いわば（漢語の近年の語義で言う）《入世》である。しかしそれが果たされた陰で、世界基準なるものの背景やそれをめぐる周辺の異論をもふくむ論議は目立たなくなってしまった。また事実として、西洋の分類基準を取り入れることに大局的には抵抗はなかったのであろう。分類基準が日本の口承文藝にあてはまる割合は一割程度という不満はあれ、基本を受け入れつつ補足すればよいと考えられたようである。それは（今後あらためて問題にすることになろうが）柳田國男の口承文藝に対する姿勢とも共通していたようである。そこからは両者が共に合理主義の人であったことも見えてくる。

もとより事態が停滞しているわけではないことは、数種類の学会組織の大会や特集などの企画としてや接することができる。たとえば昔話に力点をおきながらも、小島瓔禮教授をリーダーとして中心に広く民俗学全体に目配りしつつ企画されてきた『比較民俗学』誌[11]のようなすこぶる啓発に富んだ機関誌がある。もっとも、やはり関敬吾がかかわって創刊された『口承文藝研究』誌であろう。実際、同誌のナンバーを開くと、多くの知見が盛られていることに気づかされる。世界の動向への関心も、たとえば『口承文藝研究』の比較的近年の「小特集――口承文芸の現在――世界」（一九九九年[12]）では、ドイツ、アメリカ、ロシア、中国、インドについての報告を見ることができ、そのいくつかは研究動向の紹介を含んでいる。またそれに先立つ海外の「研究動向」（一九九六年[13]）では、ロシアとドイツの学会動向の諸側面が伝えられている。さらに「シンポジウム／口承文芸研究のこれから」（二〇〇七年）も注目すべき特集で、研究動向の回顧と展望であり、そこには関敬吾への言及も含まれる[14]。理論的な検討では、同誌の早い時期に、フィンランドの昔話研究家ラウリ・ホンコの来日講演が竹原威滋教授によって紹介されていることは先に上げた。また小澤俊夫教授による昔話のモチーフの概念の洗い直し[15]や、マリノフスキーの機能主義とその本邦での理解にちなんで関敬吾の再検討を行なった論考[16]などの重要な知見がある。斎藤君子女史によるプロップを中心としたロシアの研究動向の報告・検討や、間宮史子教授のドイツの事情の伝達も毎度刺激的である。アイヌの人々のあいだの口承文藝や、中国やラテンアメリカの昔話の実際なども貴重であり、もとより日本の動向については地域を特定した克明な報告が多数みられる他、都市伝承との取り組みも欠けてはいない。

かく専門誌の一誌だけでも、収録された論考や報告は全巻を通すとおそらく数百を数えると思われ、そのほとんどについては、それぞれの課題設定においては毎度納得させられる。しかし同時に、やはり何か疑問が残るのである。昔話プロパーの研究における共通認識に筆者がなじんでいないからであろうが、たとえば、昔話の歴史性の問題を挙げてもよい。マックス・リュティは、小澤俊夫、野村泫、高木昌史・高木万里子の諸氏によって主要著作については邦訳がほぼ揃っているおそらく唯一のドイツ語圏の昔話研究家であるが、その見解によれば、民間に伝わってきた昔話は《文藝》であるであるとともに、昔話の魅力は《口伝えされたメルヒェンそのもの、数百年間、いやおそらく数千年間も魅惑的な効果を発散しつづけてきた全体像》にある、と言う。[17] リュティはまた、年代確定は避けつつも、《昔話はあきらかに人類発展のかなり早い段階に属するものであると結論できる》として、シィドウの言う巨石文化時代や、ヴィル＝エーリヒ・ポイカートが説いた後期トーテミズム時代、あるいは《昔話はトーテミズムの神話に先行していると考え……発生の時期を族長制の人類の機構から社会的人類機構の移行期に置く》精神分析家オットー・ランクの見解を挙げて、概括的にはそれらに肯定的である。[18] 昔話の古さに関するこの種の見解は、西洋の昔話研究ではよく見られるものだが、筆者は何か疑念が払拭できない。それは、そもそも（ドイツ語で言えば）メルヒェンという概念自体が、端的に近代の産物であることを考えてしまうからである。

たとえばゲーテの語法がある。ゲーテの場合、メルヒェンは散文形態に限定されてはいず、かなり幅があり、またその時代にはそれが普通だったようである。[19] フリードリヒ・シラーに当てた一七九七年の手紙の中で、シラーの創作バラード「海に潜る者」をゲーテは《メルヒェン》と呼んでいた。またグリム兄弟の昔話集が刊行された年に遅れること一年の一八一三年、またそれからさらに十年近く経った一八二一年になっても、ゲーテは自作のバラードを《メルヒェン》と表記した。しかしまた逆にと言うべきか、一七九五年の連作『ドイツ難民の閑話集』では、昔話風と言えなくもない散文の一作に「メルヒェン」というタイトルがつけられている。ゲーテにおける《メルヒェン》の概念は、それはそれで考えてみなくてはならないが、その時期にはメルヒェンは、まだ今日のような内容を指すものに固まってはいなかった。それはグリム兄弟においてすら、ゲーテとは違った意味であてはまりそうである。兄弟の収集は『子供と家庭のためのメルヒェン集』のタイトルで刊行されはしたが、以後の兄弟のメルヒェンへの考え方を見ると、メルヒェンは神話の痕跡、また上古のゲルマン人の精神生活を伝えるものといった見解が強く表明されるようになり、《子供と家庭のため》というタイトル通りの規定からだんだん遠ざかっていったように思われる。もっとも、《子供》を今日の私たちが普通に考えるのとは違ったとらえ方をしていた面もありそうだが、これにも今は踏み込まないでおこう。ともあれ、一八世紀末辺りでは、まだ《メルヒェン》の語が何を指すのかも、まだ固まっていなかったことは、ゲーテの例だけではなく、各種のドイツ語辞典が指摘するところでもある。(20)

それとまったく並行というわけではないが、日本でも似たような事情をなぞることができなくもない。《昔話》という言い方で今日にもつながりそうなものとして注目されてきたのは、江戸後期の多才闊達な文筆家の一人、山東京傳の語法で、童話を《むかしばなし》と訓ませた事例(『骨董集』上篇)は専門事典で取り上げられている。(21)と共に、同じ京傳は、読本《よみほん》『昔話稲妻表紙』を《むかしがたり》と訓ませもした。そして明治に入ってほどなく、西洋のメルヒェンが歓迎され、それを基準にして日本の事情が探られるようになった。これらについて深入りするのがここでの趣旨ではなく、ドイツ語の《メルヒェン》も、それと対応させられることが多い邦語の《昔話》も、今日のような意味にかたまり始めるのは大体一八〇〇年前後、あるいはそれ以後なのである。術語が安定に向かうのが精々その頃であるとすれば、概念自体が近代の産物と見ることができるだろう。もとより、ものごとの認識では、それを指す名称を欠いていても事実は古い歴史を持つこともある。たとえば、病気の多くは、近代になってはじめてそれらが何であるかが解明され名前があたられたが、病名が確立するよりずっと前から事実として人間につきまとってきた。また多くの自然現象が、そうした認識の経路をたどった。それと同じように、古くからありはしたが、それが何であるかは一八〇〇年あたりになってはじめて正面から取り上げられるようになったものとしてメルヒェンや昔話と考えてよいかどうか、という問題である。そうした自然科学の場合と同じような観点を取り入れた昔話研究家も、実際現れはした。それは本稿でも取り上げるが、一般的に踏まえるべきことがらがここでもあるように思われる。すなわち、近代になってはじめて概念が確立されたのであれば、その概念の中身は、近代に生きる者の関心が主要な脈絡となっていると考えられる。そうした脈絡は近代に特徴的である以上、それを満たすものを古い時代にもとめることが適切かどうかは疑問である。もし、現在、メルヒェンや昔話と呼ばれるものと同じ現象が古い時代にあったとしても、その現象と人間との関係は、近代のそれとは同じではあり得ない。(仮にそれが遥かな過去から行なわれてきたとしても)その同じ現象に対して古い時代の人々はいかなる関係に立っていたか、そうした設問への答えになかなか出会わない。またこの問題は、昔話だけのことではなく、民俗文化の多くの領域に共通な一般的でもある。歴史的に見ても、昔話への関心が高まったのは、民俗学の直接の前身にあたるような関心が社会にひろがりをもつようになる趨勢と重なっていた。あるいはその一部であった。その点では、学術としては民俗学の形をとって表出されるような一般的な心理動向が、言語現象の領域では昔話の概念を求めたと言ってもよい。しかもそこには、民俗学の大きな問題点が重なっている。すなわち、民俗学が多分に関与して作られたのは、総じて変わることのない恒常的な人間像であった。あるいは逆から見て、そうした人間の原像をもとめる志向が一般化するのが近代の趨勢の一つで、それに学術的に応じるものとして民俗学が成立したと言ってもよい。この問題を、筆者はすでに何度か取り上げており[22]、ここで踏み込まないが、昔話の場合にも、同じような、歴史を通じて変わることのなき人間像が想定されてきた節がある。昔話を語る者とそれに耳を傾ける者がおり、またその関係に人間の原像を見るということ、それは歴史の契機が消去されているという意味で特異であるが、そうした心理が近代ないしは近・現代に特有であることが検討される必要がある。民俗学の成立根拠への設問を、昔話研究ないしは口承文藝研究もまた組み込むべきであったろう。

これを昔話研究における物の見方について言えば、たとえばマックス・リュティが行なった昔話の諸特徴の解明がある。それは多く点で昔話の特徴を的確につかまえており、説得性に富んでいるように見える。しかし《昔話の美学》として挙げられる諸点は、美の特徴にせよ人間像にせよ、その感じとり方を改めて問うと、それは今日に生きる私たちの美の観念や人間観であって、長い歴史を通じて常にその通りであったとは思えない。むしろ、昔話の美学とされるものは、近・現代、あるいは今日をも含む近代市民社会に生きる者にとっての美学という以上ではない。またその限りでは、今日では世界各地で共通というところがある。つまり共時的である。逆に（これを一口に、また図式的に言えば）そこで挙げられる昔話の諸特徴が通時的にあてはまるとされるなら、それは、民俗学が陥りがちな恒常的にして不変な人間という虚像を支えることになるだろう。

やや性急に結論にふれてしまってきらいがあるが、これらを言うのは、関博士の場合、その関心が専ら口承文藝に向けられたことが、その偉業を可能にした反面、理論の検討において死角をつくったように思えるからである。すなわち、昔話研究を民俗学の全体にかかわる視点と重ねられなかったような印象も受けるのである。たとえば、関博士が強い関心をもってその昔話の理論を検討した対象であるシィドウは、文化人類学・民俗学の学史のなかでは、フレイザー流の行き方に終止符を打った（あるいはその端緒となった）が故に特筆される存在でもあったが、関博士はそこに特に思いをいたしていなかったようである。ドイツ民俗学の歴史と現状にかんする博士のまとまった書き物[23]は一九六〇年であるため、それ自体にはオン・タイムの情報は無理であったにせよ、その後もドイツ民俗学界で起きた大きな動きは博士の射程に入っていなかったのではないかと思われる。口承文藝研究にしぼった禁欲的な専門性が、大きな趨勢への目配りを遮蔽していたきらいがあり、それがせっかくの入念な紹介が通じにくくなった一因であったかも知れない。逆に言えば、関敬吾の『日本の昔話――比較研究序説』の約六〇頁の「序章」に解説をほどこすだけでも、筆者のこの小稿の少なくとも前半を満たすことができるほどである。本稿では、再評価と再検討の両方をうながす意味で、多少そういうスタイルも取り入れた。

（二）シィドウの口承文藝の理解をめぐって

昔話をどう見るかという基本問題について、今日にも及ぶ土台を据えたのは、北欧の学派であった。日本で早い時期からそれらを系統的に紹介してきた関敬吾は、すでに一九四〇年にカールレ・クローンの『民俗学方法論』[24]の翻訳を刊行していた。原書は一九二六年であった。したがってクローンの晩年の著作であるが、そこには、ほぼ同世代であるシィドウの見解が取り入れられている。そのシィドウの見解は昔話に関する限りアンティ・アールネへの批判が一つの柱になっていた。この三人は、近代的な昔話研究の発端に立つ三人でもあるが、その見解は微妙に違っていた。これから取り上げる問題もそこに胚胎すると言ってもよいのであるが、この三者の見解の異同を構造的にとらえることは、昔話研究の基本にかかわるところがあるであろう。またそれにあたっては、先行理論であるグリム兄弟とベンファイの理論にもふれることになる。

a　アンティ・アールネの昔話観

先ずアールネは昔話をどのようにみていたであろうか。これにはやはり関敬吾の早い時期の翻訳を借りることになるが、[25] そこで強調されるのは、昔話がフィクションとしては特異な様態をしめすことである。[26]

昔話が、その発生地から広く伝播したのは、口から口への言い伝えの物語と文献の媒介とによったものである。昔話が口頭で伝播するものであるということは、隣接しているふたつの民族に伝わっている昔話が、遠く離れて住んでいる民族のそれよりも、ずっとたがいに近似しているという事実によって明らかに証明される。昔話が口頭で伝播することは、もうほとんど否定するものはない。また昔話の伝播に文献が影響することも、容易に認められることである。たとえば、多数の国語で公刊され、あまねく利用された『千夜一夜物語』や、グリム兄弟の『こどもと家庭の昔話』のような本がいくつかの昔話の伝播と一般化の促進になったことは明らかである。しかし文献は、昔話の伝播に対してあまり大きな意義はもたなかった。印刷術が発明される以前には、文献の影響はごく小さなものであったにちがいない。本というものは、昔は非常に珍しいものであり、書物印刷が発明されたのちでも、長いあいだ読書術はほとんどひろまっていなかったことを考えてみるがよい。研究が個々の昔話に関して実証したところであるが、民間の昔話においては、古い文献の類話の影響はまったく認められないか、または認められたとしてもごくわずかなものである。

昔話に限らず民俗学における口承文藝研究においては、一種の型にはまった考え方がある。それは口承文藝が民間で伝承されてきたという見方であり、またその担い手は民衆であるという理解である。民衆はしばしば、無教養層や、文字とは縁の薄い人間種とみなされてきた、とされる。(27)

スウェーデン人A・アーストレーム(*)はその研究の結果によって、スウェーデンの昔話では、前世紀(=十九世紀)にいたるまで文献の影響はほとんどみられないという確信をえたのである。G・O・ヒルテン・カヴァリウス(**)とステフェンス(***)とが、一八四〇年に大規模な昔話蒐集事業を完成したとき、民間の昔話のなかには、スウェーデンの通俗文献の痕跡はほとんど何もみいだされなかった。

昔話の伝播は数世紀を通じて、まず第一に口頭によって行なわれたものであり、今日でもそうである。昔話は民衆のあいだをいとも容易に移動していく。そして言語の差異には左右されない。言語の限界は民族精神の韻文の作品の移動を停止させるか、またはすくなくとも非常に困難ならしめるが、無韻の昔話の移動を妨げることはほとんどない。昔話の伝播には個人や民族の相互の往来さえあればよかった。昔話が同一民族の内で個人から個人へ移っていったように、民族間の親しい往来が昔話を一民族から他民族へ運んでゆくのである。

《引用者補記》

＊アースシュトレーム（Olof Åhlström 1756－1835）スウェーデンの作曲家、音楽出版者。詩人・歴史家・神話研究家のアフゼリエス（Arvid August Afzelius 1785-1871）とも共同して民衆文化を探求した。

＊＊カヴァリウス（Gunnar Olof Hyltén-Cavallius 1818-89）ウプサラ大学に学び、劇場支配人、また外交関係の職をこなしつつ、グリム兄弟に強い刺激を受けて神話学に興味を持ち、イギリス人シュテフェンスとともにスェーデンの昔話を収集した。

＊＊＊ステフェンス（George Stephens 1813-1895）イギリスの考古学者・文献学者、ルーン文字の研究家。コペンハーゲン大学で教え、北欧の口承文藝を収集して、カヴァリウスとともに刊行した。

かく、口承文藝が民間で民衆によって伝えられることが自明のこととされている。その問題性は改めてと問うとして、今、注目したいのは、民衆が持ち伝えるという理解と必然的に一体となった質と運動である。前者について言えば、昔話には本質的な意味で区分は存在しないことになる。またそれは運動としてもあらわれる。ちなみに今日の『昔話エンサイクロペディア』は、昔話の伝播をめぐるクローンの視点を次のようにまとめている。[28]

クローンの理論では、水に小石を投げ込むとリング状の波紋が生じるような具合に考えられている。簡単に言えば、昔話は民衆によって保有され、それゆえ等質なまま伝播拡大する、という理解である。

b 自然科学を援用したシィドウの観点

この点に切り込みを入れたのがシィドウであった。実際の昔話には、同じ種類のものであっても、地域によってさまざまな違いが認められることが少なくない。それをどう説明するのか、という問題である。このためにシィドウは、生態学が植物の分布を説明するのと似た視点をとる必要性を説いたのである。そこでは当時の大きな刺激であった進化論の影響もみとめられる。一九三四年の論文では次のように記されている。[29]

植物学では、同じ種の植物の遺伝的に似ていない存在のなかで自然淘汰によって特定の環境（海岸や山岳など）に適合するようになった植物の遺伝的なヴァラエティを指すのに、oicotype の術語がもちいられる。また伝統のフィールドでは、昔話は説話（伝説）のように広く分布している伝承は、孤立によって特殊なタイプをかたちづくり、特定の文化地域に向けた適合性をつくりあげる。とすれば、科学としてのエスノロジーとフォークロアのなかでも oicotype の術語をもちいることができるであろう。また oicotype のなかに、高い水準と低い水準（つまり国民的、地方的、狭域的など）を区分することもできる。

それどころか、シィドウは別の論考では《突然変異》(Mutation) の概念をもフォークロア研究に取り入れることを試みた。[30] かかる植物学を援用した類推には、自然科学こそ学問的という十九世紀から二十世紀初めの頃の風潮も関係していたであろう。それはシィドウだけのことではなく、社会科学と精神科学（人文科学）で広くみられ、それどころか文学作品の創作においてすら自然科学的な手法で法則をつきとめようとする動きがみられたほどである。[31] とまれ、そうした時代思潮をも念頭に置いた上で、そのフォークロア研究としての独自性をなお検討してみよう。

c グリム兄弟とベンファイに対するシィドウの昔話観

ここで少し視野を広くとって、シィドウと先行理論との関係にも目を走らせておきたい。と言うのは、シィドウは昔話を考察するにあたって、先行する二つの大きな学説を否定することから始めたからであり、それが今とりあげている話題にも関係するからである。その二つとは、グリム兄弟の見解と、テーオドル・ベンファイの説である。グリム兄弟が昔話を神話の痕跡とみたことはよく知られている。『家庭と子どものための昔話集』第三版の注解は、それを直截に表明したものとして有名である。[32]

すべてのメルヒェンに共通しているのは、最古の時代に遡る信仰の痕跡である。その古き信仰は、超感覚的なことがらを形あるものにすることを通じて自己を表出した。神話は、こなごなにくだけた宝石の破片に似ている。それらは、雑草や草花におおわれた地面に散らばっていて、鋭敏な眼差しをもつ人だけがそれを見つけることができる。神話がもっていた意味ははるか以前に失われたが、それはなお感得することができる。

それゆえ神話を復元することに意義がもとめられた。

二番目のベンファイの見解とは、昔話のインド起源説である。テーオドル・ベンファイ(一八〇九〜八一)が

『パンチャタントラ』をドイツ語に翻訳したのは一八五九年であった。[33] それ自体は不滅の業績であるが、それと共にベンファイが唱導したインド起源説[34]も時ならぬブームを巻きおこした。実際、ヨーロッパの昔話や伝説には事実としてインド起源であるものも少なくない。一例だけをあげれば、昔話では「長靴を履いた猫」[35]が有名であり、説話では「バルラームとヨサパト」[36]がそうである。前者は報恩譚であることに仏教的要素が指摘され、後者は特に出家前の釈迦の事蹟譚、特に無常感が注目されてきた。そうした重要な事例をはじめ数多くの証拠があるものの、ヨーロッパの昔話のほとんどすべてがインドに起源を負うとするのはやはり一時の熱気であった。しかしほかならぬインド起源説の甚大な刺激こそ、フィンランド学派の伝播論を派生させた主因であった、とは後のマックス・リュティの指摘である。[37]

d　関敬吾を読む（一）――シィドウの見解への関心

ここで少し視点を変えて、昔話をめぐる西洋の論議を関敬吾がどう読んだかを見ておこうと思う。今日に至るまで、この先達の工夫が日本の昔話研究の大枠を決定しているところがあるからである。大きく見れば、それは西洋の理論の導入であった。しかし西洋の理論が決して一様であったわけではないことを、関敬吾はよく認識していた。《日本ではほとんど柳田説によっているが、ヨーロッパ諸国では研究者の説は一つ一つ違っているといってよい》という言い方からもそれは知られる。[38] それを踏まえた上で、関敬吾は何を導入し、またそのさいどんな工夫をしたのだろうか。最初の話題は昔話の伝播をめぐるアールネの見解への異論と、シィドウが措定した概念《オイコテュプス》についてである。[39]

シィドウはフィンランド学派の伝播の問題について次のように批判している。彼はいう。《民間伝承という言葉にはかつて庶民の全体が詩人であるという考え方と同じように、伝承が庶民に属するという誤ったロマン主義的な考え方があった。昔話が移動するというクローンやアァルネの考え方の根底には多少ともこの考え方があった。彼らはこのことについて二つの譬喩（英語ではimage）を使用した。その一つは、もし石を投げこむと静かな水面上に波紋を描いて拡がるように、昔話はすべての方面に拡がって行くこと。いま一つの移動はあたかも水流のように一方的に前進するというのである。この二つは明らかに誤りである。それは昔話を聞いたものは誰でも次々に語るという誤った仮設にもとづくものである》と。……

決定的な問題はそれならどういう拡がり方をするかということである。シィドウのスウェーデンにおける昔話を担う庶民層の生活の観察によると、積極的な伝承の担い手、本格的昔話の語り手は比較的少ない。彼らが記憶している昔話はきわめて親しい間柄（両親、祖父母、親戚、友人など）から聞いたものである。いずれにしても聞き手が昔話を語るには根本的に親しみが必要であり、しかも一度や二度聞いただけではなく、たびたび繰り返して語り、また話も要求し、それが習慣となって初めてそこに移植することができる。しかし昔話の場合はしばしば繰り返して語り、そうすることによって積極的な語り手が十分に記憶し、それを語り拡めることができるようになる。このように昔話の伝播を可能にするためには仲介者が一つの新しい場所に長く滞在することである。それ故、昔話は大きな民族集団が移住定住するときにのみ拡がり、しかもそのなかに多くの昔話の語り手が含まれていることを必要とする。地理・歴史的方法は昔話が口から口へ、諸民族の境を越えて流れるということを基礎とした影像は、緑の机に座って考えたものであって、民俗学的事実に適しない。

なお筆者が《自家類型》と直訳した〝Oico-typus〟に関敬吾は意味をとってニュートラルな訳語をあてている。後に見るように、提唱者はもう少し思想ないしは情念をこめており、そこに問題もあったのでる。

シィドウは……フィンランド学派の昔話の起源の問題に批判を向ける。彼らのように類話を集め分析することによって起源を追求するのは不確実であるという。かかる方法では発見可能な重要な文化的・地域的タイプ（Oikotype）を見逃す危険性があると主張する。

このオイコタイプはシィドウの昔話の理論では重要な概念である。オイコタイプは簡単にいえば、地理的ならびに文化的境界に限定されたある一定の地域に属する地域的・文化的変化形である。日本の昔話というのはとりもなおさず日本のオイコタイプである。昔話そのものは他の地域の昔話とは根本的には同一であるかも知れないが、個々の挿話、構成、構造、語り方には大きな相違がみられる。アァルネ・トムスンの分類は、一応は全世界的立場から共通のタイプにもとづいてなされたものである。後にもふれるが現在三千三百余のタイプを挙げている。我が国の昔話と共通するタイプは一〇%くらいで極めて少ない。最近、シィドウらの批判からも推定されるように、それぞれの国民や民族におけるオイコタイプ、言い換えれば昔話の国民形式の研究が次第に多くなる傾向がある。シィドウが多くの民族群に共通する物語を発見するのはかえって困難であるといっていることとも関係している。

ここで引用した箇所の前半は、昔話の広がりは、水に石を投げ込んだときの波紋のようなものとするクローン＝

アールネの有名な比喩とかかわるが、そうした見方の土台になっているのは、伝承文化の生成はごく普通の人々のあいだで起きるというロマン派の民俗学の視点であった。あるいはロマン派の民俗学では《民の魂》(Volksseele)という神秘的な概念が立てられ、そこに文化事象の根源があるとされた。またロマン派のそうした側面は十九世紀の後半になると、仮説ではなく公理的な重みをもつようになり、教条化をきたすまでになった。それがネオロマンティシズムである。それに対して十九世紀から二十世紀への転換期に、特にドイツ民俗学界の少壮のリーダーたちが正反対の見解をとるようになった。民俗文化の起源は文化的上層(多くの場合は社会的上層でもある)の間での発案や流行に発し、それが民間に流れ下って民俗文化になってゆくという上層・下層の理論である。もっとも、そこまで単純化したのは一九二〇年代のハンス・ナウマンで、同様の考え方ではあれ、論者によって微妙に異なった表現をとった。ここでの記述に最も親近、したがってシィドウが念頭においていたのはスイスのエードゥアルト・ホーフマン=クライヤーの主張と思われる。すなわち、人間の集団の中には、常に個性の強い者と弱い者とがおり、新しい着想は個性の強い者によってなされ、個性の弱いものがそれを受け入れるという考え方である。この方向の見解の論者それぞれの特徴またこの種の思考の西洋文化のなかでの位置づけについては、ある程度くわしく取り上げたことがあるのでここでは繰り返さない[40]。

シィドウもまたは同時代のドイツ民俗学界の俊秀たちと同じ空気を吸っており、その当時はまだ一般には優勢であったネオロマンティシズムの文化人類学・民俗学に対して反発した。特にフレイザー流の見方の否定として表明したことが知られるようになったが、同じ視点がここでは、昔話の伝播における民のあいだの差異の設定につながっている。すなわち《昔話を担う庶民層の(なかの)……積極的な伝承の担い手》と然あらざる者である。それは《比較的少ない……仲介者》でもあるが、そうした《積極的な語り手が十分に記憶し、それを語り拡めることができる》ようになって昔話が伝播されるとき、いかなる様相が生じるであろうか。それはアールネが考えたような、同じ昔話が単純に広まってゆくというような、言い換えれば《地理・歴史的方法》で想定されたような《昔話が口から口へ、諸民族の境を越えて流れるということを基礎とした影像》ではない。《積極的な語り手》ないしは《仲介者》の持ち味が出たものとなる。《昔話は大きな民族集団が移住定住するときにのみ拡がり》を実現するとの件《くだり》は、積極的な語り手はそうした集団の一員として、その積極性において（ここでの文脈では昔話についていては）牽引者、多少とも創造者の性格を帯びることを意味する。それゆえ、伝播がなされるときには、その《大きな民族集団》としての特徴や固有性をもつことになる。

ところで関敬吾が《オイコタイプ》とそのまま表記する他、《文化的・地域的タイプ》と意訳した"Oikotype"であるが、それに提唱者がこめた意図は、スウェーデンにおける昔話の独自性の指摘と、その独自性が確かであることを理論的に裏づけることにある。つまりスウェーデンに焦点を合わせて民族性ないしは国民性の要素を昔話にも導入したのであった。それはまたアールネのまったくニュートラルな国際基準だけではカヴァーしきれないものがあることをも意味していた。実に、関敬吾がシィドウに強く関心を寄せた理由もそこにあったと思われる。つまり、アールネの分類基準で日本の昔話に適用可能なのは、関敬吾によると一割程度でしかないと言う。しかし世界で有力になりつつある基準を受け入れないわけにはゆかず、それが《科学的研究》でもあるとすれば、その基準作りに近く位置して若干の異論をもって昔話の国民性を確保する上での理論を提示したシィドウはまことに望ましい論客であった。それゆえ、アールネにたいするシィドウの修正案を、どの点においても注意深く検討している。それは、依拠できるものであることを望んでのことであったろう(41)。

国際的なメルヒェン・タイプを最初に編集したのはアァルネであろうが、その総括名称としてメルヒェンという語を用いた。その範疇は動物話（Tiermärchen, Animal tale）、本格昔話（eigentliches Märchen, ordinary tale）、笑話（Schwank, Jokes and Anecdote）である。後にトムプソンが形式譚（Formelmärchen, formula tale）を加え四種とし、それぞれ各部門を細分している。日本の昔話はアァルネ・システムによっているという人もいるが、三区分が一致しているにすぎない。先ず問題になるのは本格昔話の意味と範囲である。アァルネは〃eigentlich〃という形容詞で呼び、ordinaryと英訳されたが、これはプロパー（proper）という意味である。さらにこれを次の四項に細分した。A魔術譚（Zaubermärchen, tale of magic, AT300-749）、B宗教譚（legendenartige M., religious tale, AT750-849）、C現実譚（novellenartige M., romantic tale, AT850-999）、D愚かな悪魔（M.v.dummen Teufel, Tale of stupid ogre, AT1000-1199）に分けた。

アールネに対するシィドウの修正案とは、関敬吾によれば次のようなものである[42]。

スウェーデンのシィドウは前述の魔術譚（AT300-749）に該当する物語をキメラート（chimérate 妖怪譚）、英語でchimera taleといった。のちに語源は同じであろうが空想譚（Schimäremärchen）の用語を使用している。ここにいう魔術譚とシィドウの空想譚とは概念がほぼ一致する。彼によると、この物語にとって典型的なのは魔術でもまたその他のある種の奇蹟でもない。同じような現象は他の種類の物語にもあらわれるからだという。またアァルネが魔術譚として分類した昔話の多くが、他の多くの名称で呼んでいる部分にもみられるからである。これに反して、空想譚の特徴的な事件はすべて非現実的空想世界において王、王子、王女によって行なわれ、巨人、龍について語られ、主人公は不可能な課題の解決、転身、超自然な援助者、空想的なふしぎな呪物、昔話の伝承者が現実の生活においてかつて経験したことがないばかりか、語り手の喜びと気分に従ってつくり出された空想的次元の出来事のみが語られる。したがって、この空想譚には実際の場所も行為者の名前も欠けているという。これに類する昔話として「白雪姫」(KHM53)、「茨姫」(KHM50)、「鉄のハンス」(KHM136) などを挙げている。

わたしは、日本の昔話研究の伝統からいって、西欧の学者が主張する魔術譚ないしは空想譚を狭義の昔話に限定し、魔術譚(A)、宗教譚(B)、現実譚(C)の三つの種類を現段階では広義の昔話とする。しかし笑話、動物譚、形式譚などを総括した名称として昔話という語を使おうとすると混乱はまぬがれない。

しかし、シィドウが論陣を張ったのは、もとより東洋の一角での思案や苦渋とは何の関係もなかった。スウェーデンの独自性を正当化する論は、さらに大掛かりな系譜の設定へと伸びていった。それがここで関敬吾が《chimérate 妖怪譚》と補記したり《空想譚(Schimärenmärchen)》と訳したりしている昔話における《キマイラ型》の概念である。それをも関敬吾は、まちがいなく読みとっていた。

メルヒェンの概念規定は研究者によって異なるが、シィドウにとってメルヒェンとは何かということが問題になる。メルヒェンはインド・ゲルマンに起源し、特殊なタイプを呈していると考える。物語の意見は時間と空間とを超えた空想の世界で行われる。「昔々」というのはそれが決して起こらなかったことを意味する。地名や登場者の名前は語られていない。主人公は紋切り型の月並みな人間であって、不可能な目覚ましい働きをする。このとき超自然的なものが現れて援助し、女王と王国とを勝ちとる。このことは取り上げて述べるまでもなく、メルヒェンの性質として早くから説かれているところである。これはわが国でいう散文伝承と同意語の昔話一般に該当するものではなく、アァルネの概念における魔術譚である。

ごく端折って言えば、シィドウは昔話、ことに《本来の》昔話とは《キマイラ型》、すなわち純然たる空想譚であると考え、またそれはインド・ゲルマン民族に固有であるとするのである。この後者の要素の強調に対して、関敬吾は、その点に限ってという姿勢で、事例を挙げて修正を図った。(43)

空想譚の発生を、彼(=シィドウ)はインド・ゲルマンに求めている。この系統の昔話はインド・ゲルマン民族(ゲルマン、スラヴ、ルーマニヤ、ギリシャ、ペルシャ)ならびに非ゲルマン民族ではその文化の本質的部分をゲルマン文化に負っている民族(フィン、ハンガリー、トルコ)にのみみられるという。他の民族の間に同系統の昔話があったとしても、それは単なる偶然にしかすぎない、と彼は主張する。そうして、この昔話はインド・ゲルマン領域ではすでに紀元前はるか以前に成立しているが、ギリシャでは英雄伝説のなかにその痕跡が認められるように、完成した形でギリシャに受容されている。エジプトには紀元前千年よりはるか以前に、黒海の周辺の国々から偶然の領地に入っていることは、パピルスの中に昔話が記録されている(例えば「二人兄弟」の昔話は紀元前一三〇〇)ことによって明かであるといっている。これに以外にも、例えば「呪的逃走譚」(AT313, 314)は巨石文化昔話(Megalithenmärchen)と呼んでいる。これは記紀の黄泉国、根の国訪問説話がこの呪的逃走譚と同一系統の昔話である。これを見てもシィドウの主張するように、日本文化はインド・ゲルマン文化の影響を受けたとはいえず、かつ文化の本質部分もインド・ゲルマン文化の影響を受けていない。日本の昔話に関する限り、この理論にはあてはまらない。

e《本来の》昔話の性格と淵源に関するシィドウの見解

ところで日本では、昔話のまとまった形態について《本格昔話》の術語があてられてきた。これがアールネの《eigentliches Märchen, ordinary tale》への関敬吾の訳語であることは先にみた。それはそれでよいが、シィドウの場合には、やや違った意味がこめられている。《本格》というと単純なものが成長して高度なものになるという、時間とともに形成されたという感じがある。あるいは、同種で多様な形態がならんでいて、そのいずれかをもって最もまとまった形という、平面的な羅列を想定して優劣を判定するという見方もできないではない。シィドウの場合は、後者の性格が強いようである。つまり地球上には多種多様な昔話とその形態があるが、そのなかのある種のものが最も整っているという見方で、それはインド・アーリア人系の昔話である、とするのである。またそれは成長してそうなったものではなく、インド・アーリア人が巨石文化時代から持ち伝えた特質であるとも説いている。これに対して、関敬吾は、《本格》という見方は取り入れつつ、かならずしもインド・アーリア系の人種や民族に固有ではなく、またその強い影響下に限られるのでもなく、日本にもその種類のものがある、との修正をほどこした。問題はその《本格》であるための構成要件である。

f シィドウの《キマイラ型》の概念——純然たる空想としての昔話

先に、グリム兄弟による昔話の改変という客観的事実と、兄弟の主観との乖離にふれたが、兄弟の理論は当然にも主観に軸足をおいて繰り広げられた。すなわち、昔話は神話の延命、あるいは延命までゆかずとも痕跡や破片なのであった。それゆえに尊いとされたのであるが、シィドウは、そうした昔話の起源と価値を神話との接続にもとめる行き方に反撥した。まったく逆の視点に立っていたと言ってもよい。それをよく示すのは、《自家類型》とともにシィドウが昔話研究に導入を試みたもう一つの術語《キマイラ》ないしは《キマイラ型》(Chimerat)である。そしてこれまた生物学や医学など自然科学の用語の転用であった。キメラないしはキマイラ（ドイツ語Chimära〔ヒメーラ〕）は、ギリシア神話に登場する、頭はライオン、胴体は山羊、尾は蛇の怪物である。それが生物学や医学では、遺伝の事情によって、遺伝型の異なる二個以上の組織が接触融着して個体をつくることを指すのに転用され、邦語でも《キメラ》の語がおこなわれているようである。(44) 自然科学の用語であることがシィドウの関心をそそったのであろうが、今日では『昔話エンサイクロペディア』にもシィドウが昔話研究に導入した術語として見出しになっている。しかしその記述は、決して積極的な意味での取り上げ方ではない。ほとんど使われることのない思い着きという解説で、執筆者はドイツの代表的な昔話研究家ルッツ・レーリヒである。(45) またそういう説明であるため意味がもう一つとりにくくなっているが、シィドウが敢えて造語に近い言葉遣いをおこなったときの考え方は、学史の流れのなかに置き直してみると、それはそれで興味をそそるものがある。と言うのは、それは一面ではグリム兄弟の呪縛からの脱却だったからである。シィドウは、次のように述べる。(46) なおここでグリムと呼ばれるのは、主に弟ヴィルヘルムである。

事実として、インド＝ヨーロッパ系の諸民族のものと見ることができる昔話のグループがある。それは空想豊かな（phantastisch）昔話のグループで、それを私はキマイラ型（Chimerat）と呼びたい。グリムが昔話の理論を呈示したとき、彼は疑いもなくキマイラ型を想定していたのだが、彼はその思念するところを術語としてより詳しく説明することを怠ったのである。またベンファイは、自己の理論を補強するために、《動物の報恩》を挙げ、それを仏教的として説明したのだが（これが間違い！）、そのときベンファイは、いわばキマイラ型のなかでそのモチーフが出現することに思いをめぐらしていたのである。

術語の提唱でもあるこの一節にはシィドウの着眼点もその長短も凝縮された観があるが、少し解きほぐす必要があろう。これに続いて、キマイラ型の説明が次のようになされる。

キマイラ型は、現実との遊離を高度に果たしている。それは常に女王や王子や王女をとりあつかうが、その実人生を語り手は少しも経験的に知ってはいない。目指すのはただの娯楽であり、すべての筋はファンタジーのなかにおかれているので、キマイラ型は実際の人名にも地名にも関係しない。主人公には偶然的な名前がつけられる。灰被り（シンデレラ）とか、金髪とか、いばら姫とか、白雪姫といったもので、語り手も聞き手も、それが実名にはつかないものであることは承知の上である。そうかと思うと、ペーターやパウルやヨハネスやハンスやジャンなども付けられるが、それは若者とか王子様とか王女様とか、というだけでは十分ではない場合に、ただ名前を付けるためだけに任意に付けてみたにすぎない。事件も強度にファンタスティックであり、巨人や多頭のドラゴンとの闘いを耳にし、変身を聴く。不可思議な護符や不可思議な女中や、助けてくれようとする動物たちが、いつも一番それがふさわしい瞬間にあらわれる。水上とおなじように陸の上をすべってゆく船もあれば、金の鎖で空中につるされて龍が番をしている錠前もある。しかも描き方には決まった構図がある。三つ組が好まれ、直線的な構成であるため、導入部を聴けば、大筋は予測がつく。

シィドウは何を言わんとしているのだろうか。鍵《キイ》は、この文章のなかにあらわれている。《現実との遊離を高度に果たしている》、そして《ただの娯楽》。すなわち人物も地名も小道具も、現実との何らかのつながりをもたない、ということにある。《ファンタジー》の語に力点が置かれているのは明らかだが、それは言い換えれば自在な空想である。たいていの昔話がそうであることを知っていると、それが強調されることに違和感があるほどだが、それは信仰や呪術や迷信はその尻尾すらなくなっていることを意味すると分かれば、納得できるであろう。つまり純然たる空想の勝利である。しかもそれは決して乱雑でも乱脈でもない。因果関係が整っている。了解や説得にかかわる基本的な手立てである三つ組の仕組みも適切に活用される。それゆえ悟性的でもある。かかる観点からシィドウは昔話のあるべき姿を考えたのであった。

g シンデレラ譚にみるグリム兄弟の姿勢

ここでは、後続の検討のために、特にグリム兄弟の昔話への考え方について、やや具体的に見ておこうと思う。決して昔話だけのことではないが、グリム兄弟にとっては、神話が根源であり、それゆえ神話は後世のどんな改作よりも価値高いものであった。神話すなわち始原に近ければ近いほど昔話も高く価値づけられたのである。グリム兄弟による彼ら自身の『昔話』への手の入れ方もそこに重点があったと言ってもよい。その事情は、たとえば「シンデレラ」の小道具の一つからもうかがうことができる。この譚の初版の冒頭では、ヒロインが母親の墓に苗木を植えることが語られる。その樹が魔法の力を発揮して、シンデレラに姫君の装いを得させたりするのである。そのあたりの表現を確かめるにあたっては、私訳ではなく、できるだけ先訳をもちいようと思う（ただし傍線は引用者）[47]。

死ぬほど病気が重くなると、母親は娘をよんで言いました。「かわいい子よ、わたしはおまえをおいていかなければなりません。でも天国に行ったら、おまえのことを上から見ていますよ。私のお墓の上に小さな木を植えなさい。そして何か欲しい物があったら、その木をゆすりなさい。そうすれば手に入りますよ。……」

この樹が鳩と共に、不遇のヒロインを不可思議な力で何度もたすけることになる。同じく初版では、舞踏会のための衣類をもたないことを嘆くシンデレラに鳩が助言する。

鳩たちは言いました。……「お母さんのお墓の木のところへ行って、木を揺すって素敵なドレスをお願いしてごらん……」。そこで灰かぶりは表へ出て、小さな木を揺すり、言いました。
「小さな木さん、ゆらゆら、ゆさゆさ、からだを揺すって

「素敵なドレスを落としておくれ」

ところが後の版では、この《小さな木》は榛《はしばみ》と特定される。そればかりか、ヒロインが父親に土産品をたのむエピソードが加筆され、そこでも樹種は榛であるとされる[48]。


あるとき父親は、年の市に行こうと思いたち、ふたりの連れ子に、何をおみやげに買ってきたらいいかたずねました。

「きれいな服を」と、ひとりはいい、「真珠と宝石を」と、もうひとりはいいました。

「ところで、灰かぶり、おまえは何がほしいかい?」と、父親はききました。

「お父さん、帰り道にお父さんの帽子にあたった、最初の木の小枝を、わたしにおってきてちょうだい」

……帰り道、緑のしげみを馬で通ると、はしばみの小枝がさわって、帽子をつき落としました。


初版以後の版では、母親の遺言そのものには樹木は言及されないが、墓に木が植えられたことは同じで、それも榛になっている。義理の姉二人が宮廷の舞踏会へ出かけたあとの場面はこう綴られる（傍点は引用者）。


うちにだれもいなくなると、灰かぶりは、はしばみの木の下の、お母さんのおはかへいき、こういいました。

「かわいい木よ、からだをゆすって、金と銀をわたしの上に投げとくれ」

その魔力はこの昔話の最後までつづく。靴合わせでヒロインが見きわめられた後、意地悪い二人の義姉が鳥に突かれて盲目にされる復讐の場面が後の版にはもうけられているが、そこでも同じ樹木があらわれる。

王子は、灰かぶりを馬に乗せ、一緒にでかけました。はしばみの木のそばを通ると、二羽の白い小ばとが大きな声で鳴きました。

ヴィルヘルム・グリムが何度も手を入れた数種類のヴァージョンの間の異同に逐一神経をとがらせてもあまり意味が無いが、初版とそれ以後では、もとは無名であった樹木が特定され、またその特定の樹木をめぐる新しいエピソードが加えられたのは、細部の表現を越えた違いと言ってよいであろう。当初《小枝》としか記されていなかったのは、グリム兄弟の聴き取り、ないしは先行文献ではそうであったのであろう。聞き書きにも先行文献にもあらわれない小道具を挿入したのであるから、改作や改変とみるのが普通である。しかしグリム兄弟にはその意識は無かったらしい。そうした場面で魔力をもつ樹種をもとめるなら、《はしばみ》であるほかないというのが神話研究の成果だったのである。(49) グリム兄弟は、《榛》と特定することが原型に近づけることになると考えたようである。(50)

最古の遺物が私たちに始原のものを示してくれるのではなく、過去に向かって絶えず歩みつづけることによって、私たちの方から近づくのである。

榛について敷衍するなら、グリム兄弟の「灰被り」における特筆にも後押しされて、その後の民俗研究者たちは榛の魔法や俗信・迷信について膨大な報告を手がけることになった。それは『ドイツ迷信事典』の《榛》の項目がかなり大きなものとなっていることが示している。[51] また事典の解説にもつながっていった多くの研究の一つをあげるなら、グリム兄弟の晩年の弟子であり、ドイツ民俗学会の創設者となったカール・ヴァインホルトが学会誌に載せた「古ゲルマンの信奉・魔法慣習における榛の意味について」という論考などがさしずめ代表格であろう。[52] そこでは、一般にはトネリコがそれに比定される世界樹、つまりこの世の中心にあって世界を支える樹木の性格を榛もまたもっていたとの論説まで入っている。トネリコ（Esche）の神話的な性格は、古代ギリシアのヘーシオドース『仕事と日』にも《トネリコの腕をもつ巨人たち》といった言及があるためによく知られている。またトネリコが世界を支える樹と観念されてきたのが不思議でないのは、頑丈な樹木であるために古くからテーブルや椅子の脚に使われてきたからである。それに対して、榛は弾性にすぐれているために曲げて使うことが多かった。図式的に言えば、脚はトネリコ、座面は楡《にれ》、フレーム仕立ての背凭れは榛というのは西洋家具における椅子作りの基本でもある。そうした建材としての用途がどこまでかかわっているかはともかく、榛の魔力をめぐる俗信が強調されるようになったのは、神話学系の民俗学の掘り起こしによるものであった。それは人口に膾炙するところまで進んでいった。ワンダーフォーゲルをはじめとする青少年運動への歌謡教本『ギターのハンス』は一九〇八年のクリスマスに刊行されたが、その初版の序文には次の一節が入っている。ワンダーフォーゲルの歌謡がうたわれるや、その歌声にはゲルマン神話の女神がひそかに耳を澄ます、というのである。[53]

今もなお、あの死んでしまったはずのフレヤが榛の葉《はしばみ》の衣にかくれて聞き耳をたてているのです……。

榛の神話的特質がほとんど一般通念化していたことがうかがえるが、それは十九世紀以来の神話学系の民俗学の流布が結果した状況であった。それが時代の波であったと言ってもよい。なぜなら現今ではそうした知識は特に強い刺激を伴っていず、また研究においても重要度が薄れているからである。今日の指標的な民俗学事典である『昔話エンサイクロペディア』には、《榛》はもはや見出しにはなっていない。

この一例からも知られるように、グリム兄弟の昔話は実際にはかなり手が入っている。しかし兄弟には創作の意図はなく、学問的な探求によって得た知識をもちいて始原の形態に近づけようとしたのである。事実、兄弟は創作としては見るべきものを残していない。したがって明らかな食い違いであるが、その結果が『昔話集』の非常な成功につながり、しかも世界的であるとともに、すでに二世紀にわたって魅力を発揮しつづけている。近代がいよいよ本格化すると時代にあって、近代の本質的なものと、グリム兄弟の姿勢と資質とのあいだで、歯車がかみ合ったのである。敷衍すれば、今日の世界もまた一面ではその延長線上にあることが、グリム兄弟の昔話の人気が持続している所以なのであろう。

h　グリム兄弟に対するシィドウの立場

昔話は神話と接続するがゆえに尊く価値高い、とするグリム兄弟の姿勢は、昔話に限定すれば誤認という他なく、事実その後、一つ一つの昔話の系譜の解明などによって修正されてきた。しかし、神話と現代をつなぎわたすという姿勢は、決して場違いでなかった。近代国家が本格化するなか、神話は時代がもとめる共通観念であった。上古の神話とは、よいか悪いかはともかく、国家の神話なのであり、それを満たすべく着想の豊かさでも探求に飽かないことでも天才的な学究が現れるのはドイツだけのことではなかった。十九世紀の神話学とは学術と倒錯の混合であったろう。

そうして甦った神話であるが、古代世界のなかにもどしてみれば、もっと現実的なものであった。神話は古代人の生活を律する規範であり、広い意味で法であった。語られる神や女神は土地の守護者であり、それゆえそれが機能していた状況のなかでは掛け替えのないものであった。神や女神と関係づけて語られる地名や物品も、それぞれに意味があり、特定の土地、特定の物品として霊力をもっていた。例を挙げれば、ギリシアのデルポイ、イタリアのクーマエ、《ディオニュソスの耳》と呼ばれたシチリア島シラクーサ郊外の耳殻状の洞窟、いずれも他処では替えることができない特定の霊地であった。ゼウスの侍者は大鷲であり、雷もゼウスの力そのものであった。オーディンには二羽のワタリガラスと二匹の狼が付き添い、乗り代は八脚の馬スレイプニールであり、それ以外ではあり得なかった。そこで名指されるすべてが大なり小なり霊力や呪力を帯び、それゆえ規範や迷信であり、すくなくとも俗信をひきずっていた。霊性や呪性の世界、またその退化形態である俗信という現実とのつながりのゆえに昔話には意味があるとグリム兄弟は論じた。

シィドウはそれを振り切ったのである。純然たる空想、語り手による小道具の自在な入れ替え、しかも因果性で解くことができ、したがって悟性の産物であるようなフィクション、それが昔話の姿である、と言うのである。その点では、神話に基準をもとめ、始原に遡及して価値をさぐったグリム兄弟の行き方とは真っ向から対立するものであった。しかもシィドウによれば、グリム兄弟も実際にはそうした昔話を取り上げていたと言う。しかしそれらが係累なきフィクションであるが故に意味多いという理論を提示しなかった。上の引用句を繰り返すなら、

《グリムが昔話の理論を呈示したとき、彼は疑いもなくキマイラ型を想定していたのだが、彼はその思念するところを術語としてより詳しく説明することを怠ったのである》。

以上はシィドウの見解を整理したのであり、これによってグリム兄弟との異同もあきらかになったであろう。しかしこれが正しいかどうかとなると、また別である。それはそれで筋の通った論説であるが、突き放して見渡すと、これは要するに昔話を文学作品に近づけており、それを基準にして評価していることになる。文学作品と昔話とのあいだに違いがあるとすれば、前者が個に帰するのに対して、後者は民衆が担うことだけである。したがって、民衆がみずから持った文学作品、これがシィドウにおける昔話の姿であった。しかもそこには、先に見たように、《積極的な者》とそうでない者という、文化の牽引者を個性にもとめる姿勢も入っている。それが十九世紀から二十世紀への転換期からのドイツ民俗学の新たなリーダーに共通した視点であることは、先にふれた。となると、それは民衆のなかの個性的な存在が強く関与して成り立った文学作品ということになる。

i シィドウにおける昔話の民族性の理論とその検証

①《自家類型》の概念と民族性との重なり

《オイコタイプ》すなわち《自家類型》が説かれるとき、それは昔話の民族性という考え方と強く結びついていた。シィドウは、グリム兄弟とテーオドル・ベンファイという二つの指標的な先人を論じたときにも、彼らの功績の陰には意識されないながらも民族性の志向が走っていたこと、そしてそれを明瞭に取り出すことが昔話研究の重要な課題であるとの主張をおこなっていた。それは幾つかの論考に共通しているが、特に明瞭に表明されたのは一九四〇年の「昔話と民族性」である。(54)

グリム兄弟が民間の昔話を学問的な議論に引き入れたとき、すでにエスニックな脈絡を問うことが、主要な観点となっていた。すなわちヴィルヘルム・グリムは、民間昔話の広汎な分布を、それらがインド＝ヨーロッパ人に共通の神話の名残りであることと関係づけた。テーオドル・ベンファイとその弟子たちの理論が否定されたときも、それは、特定の民族的《エスニック》な脈絡を考察することには意味がないとされたわけではなかった。なぜならベンファイは、動物昔話を別にすれば、すべての昔話をインド＝ヨーロッパ的ではなく、インド的とみなしたからである。もっとも彼は、動物昔話はインドにおいて仏教が説教の事例として必要としたとの考えをも示していた。

たしかにグリム兄弟の理論がその後かなり経ってから、神話起源が（一般にそれをみとめることができないところから）批判に堪え得ないとされはした。ベンファイの理論も誤りとされたが、それはインドの昔話集成のなかの昔話が必ずしもヨーロッパの伝統に現実として見つからず、またヨーロッパに典型的な昔話がインドでほとんど出遭うことがないからであった。フィンランド学派は、昔話は少なくとも理論的には任意のどの民族においても生成するとする至極ただしい視点に立ったが、何がそれぞれの民族の固有性であるかについて呈示しなかったために、実際には、ベンファイの理論の変形にとどまることになった。すなわちほとんどの昔話は、中世にインドからヨーロッパへ到来したとされてきた。この変形理論に対しても、現存の材料は決して支持するものとはなっていない。東方の書きしるされた集成に胚胎するさまざまな語りものがヨーロッパの各地で口承伝統となっていったと考えられるにもかかわらず、さらに昔話のなかには東方からヨーロッパへの伝来とヨーロッパでの広まりが口づてである場合もあるにもかかわらず、である。

また大略、次のようにも言う。民間の昔話についておこなわれた、民族性にかかわるこの先行理論が正しくないとされたからと言って、エスニックな観点が挙げて馬鹿げているとみなされてよいであろうか。答えは、もしすべての昔話にエスニックな観点を関係づけてみるなら、否となることは当然である。グリム兄弟がその理論を提示したとき、その欠陥は、知られていない神話に由来させたことにのみあったのではなかった。おそろしく多様な昔話を、民間の昔話という名称の共通性の下にひとくくりにしてしまい、当然の分類を手がけなかったことにもあったのである。もし『子供と家庭の昔話』のなかのどれをインド＝ヨーロッパの上代に遡らせようとしているのかを挙げるようにヴィルヘルム・グリムが迫られていたなら、彼は躊躇することなく、彼の理論に合致しない膨大な数の昔話を除外し、ファンタジー豊かなわずかなグループのみをとりおいたことであろう。そうした限定によって、理論は胡乱なものではなくなり、これまで学問がその理論についておこなったよりさらに踏み込んだ検証にも耐え得るものとなっていたであろう。あまりにも相容れない内容を一つの名称でまとめようとする欠陥は、(たしかに動物寓話に特殊な位置づけをしたことにおいて賢明であったにもかかわらず) ベンファイにもあてはまる。——かかる論説であるが、続けて次のようにも説かれる。

娯楽としての語りもの（昔話の概念もそれに含まれる）がきわめて多彩であることは理の当然であるが、そうであれば、世界中にはそうした語りものとして何があるのか、その全てに目配りをする場合もあれば、あるいは特定の一つ民族グループのなかにとどまることもあり得よう。しかし何らかの諸民族あるいは何らかのエスニック・グループをもって、固有の内容と固有のスタイルをもつ昔話グループと関係づける試みとなると、まったく違ったものとなるだろう。すなわち、特定の藝術スタイルがひとつの民族ないしは民族グループにおいて発展するのとまったく同じく、語りものというわざのある種の様式形態も、特定のエスニックな領域において発展するのは当然である。昔話の多彩な様式類型とそのエスニック性との関わりを検討する真剣な試みはこれまでなされてこなかった。しかしそれをそうした検討を踏み込んで行なえば行なうほど、またその検討が包括的であればあるほど、普遍的な学問的関心から見て価値高いものとなるであろう。それは、たとえば、インド＝ヨーロッパ諸語が密接に関係し合っていることの発見とも通じるところがある。しかし自分（＝シィドウ）がここで試みるのは、昔話のエスニックな諸関係について今日のところ何が知られており、またそれ以上に何を推測し得るかについて端緒をひらくことである、と言う。

シィドウによれば、一つの国全体の伝統はさまざまな地域の伝統から成っている。ある一つの国に属しているある昔話が、その国のどの地域からも発見されることはない。それは、幾つかの限られた場所で見つかるだけである。その割合を明瞭にするのは非常な冒険であるが、敢えてそれを試みる、として次のような検討を行なう。

デンマークのスコーネ地方では、一八五〇年頃に、「リンドヴルム王（King Lindorm）の譚」（Aa433B）(*)について一五種類のヴァリエーションが採集された。用心のために言えば、数字が二倍になれば、より真実に近づくことになろう。もしこれが十倍になったとしても、その地方全体の人口との関係では一万人に一つというところまではゆかない。昔話のなかには、この十倍のもの分布がみとめられるものもありはするが、それ以上ではない。特定の昔話の伝承者の数が、その地方の人口について千人に一人というところまでゆけば、より確度はたかまることになる。

《引用者補記》
（＊）リンドヴルム王（King Lindorm）の譚」（Aa433B）　子のいない王と王妃が龍（Lindorm　独 Lindwurm）を授かる。地下で育った怪物の王子であったが、妃となった羊飼いの娘によって魔法が解かれて人間の王子となる。やがて新王の妃として二人の男子を産むが、妬みを受けて城を追われ試練を経た後、子供ともども城に復帰する。

そして次のように考察をつづける。一つの国は、幾つかの異なった地方からできており、それらの地方の相互の接触は比較的希薄である。したがって、各地方は、昔話においてもヴァリエーションをみせる。ある程度までは、それぞれが違った蓄積をもっているか、また一面では、同じ主たるタイプのなかでありながら、特殊なタイプを形づくっている。つまりそれぞれの地方ごとに《自家類型》を示すと言う。

昔話伝統の担い手についてすでに述べたことがらから出発すると、これを説明するのは困難ではない。文化的空間の内部では、人々の少なからぬ動きがある。彼らは、隣接する地方を訪問し、また他の地方へ移ってゆくこともある。また（稀とは言え）、異なった地方の伝承者どうしが出会うと、互いの昔話のヴァリエーションを比較し、たがいに同意して変更することもある。より頻繁に起きるのは、彼らが、受動的な伝承の担い手と会うことであり、そうすると、その担い手は、あれこれのエピソードやあれこれのモチーフを比較し、そのようにして同じような方向へむかって動いてゆく。もっとも、他の文化空間の伝承者との邂逅は、実際にはめったに起きない。これは必然的に、徐々に共通の展開へと向かうことになり、特定の文化空間の伝承は、（他の文化空間の伝承と較べると）統一した特徴を獲得する。もとより、そこまでゆくには永い時間を要する。

さらに、これは法則と言ってもよいことであるとして、ある空間から他の空間への移動には、政治的な境界が大きな障害になることが挙げられる。

ある国から外へ移住する人は、全人口のなかのほんの一部分にすぎない。《すでに述べたことであるが、一国のなかのある譚の伝承者は、全人口の千人に一人もいないであろう。しかし外へ移住する者のなかで伝承者の割合はもっと小さいパーセンテージであろう。さらに、これまた法則と言ってもよいが、外へ移住するのはほとんど専ら若い人々であり、彼らは固定した伝承を多く獲得するにはいたっていない。この理由だけからも。ある国が他の国へあたえる影響はきわめて僅かであることが知られよう。

こうした考察を見ると、シィドウの手つきには、できるだけ自然科学的であろうとする姿勢がうかがえる。植物が分布域を広げるのを観察するような姿勢を意識的に選んでいることも伝わってくる。それを確認した上で言うなら、昔話の伝播をめぐるシィドウの理論には基本的なところで無理なところも見えてくる。書記伝承、また何らかの知識人や知識層の介入を排除していることである。実際には文化文物の伝播もヴァージョンの改変にも、そのときどきの知識人の手がかかわっているのが普通である。それを度外視すれば不自然な理論にならざるを得ない。もっとも人為の介入をシィドウがまったく射程に置かなかったわけではない。しかしそれは政治と民族ないしは国民的単位の歴史的動向であった。それゆえ動植物の種族や群落に生じる運動をとらえるような視点である。

スウェーデンとデンマークは、言語境界によって隔てられているわけでもないにもかかわらず、一般的に言えば非常に異なった伝統をもってきた。それは、昔話においても明瞭にみとめられる。スウェーデンのスコーネ県、ハッランド県、ブレーキンゲ県は、約三〇〇年前にスウェーデンがデンマークから獲得した地域で、驚くほど短期間にスウェーデンのなかに統合されたが、なお典型的にデンマーク的な伝統を保持している。三〇〇年という年月は、国境をまたぐ密接なコミュニケーションを可能にしたが、実際には伝承をほとんど変えなかったのである。フィンランド学派の考え方とは裏腹に、ナショナルな境界は伝承の動きを妨げない。ここでの状況が示すように、言語的な境界ではない境界で、また約三〇〇年前に政治的な境界ではなくなった境界が、なおも明らかな伝承境界でありつづけている。ヨーロッパにはそうした境界が少なからず存在する。境界が一般的に及ぼすあきらかな作用の一例として、上述の「リンドヴルム王の話」を挙げてもよいであろう。これは、スカンディナヴィアでは、かつてデンマーク領であった空間でのみ発見されており、またドイツでも見つかっていず、この事実は、それはドイツからデンマークへ移入した可能性を排除する。別の事例をとるなら、洞窟の王女の譚（Aa302）は、中世初期に姿をあらわし、やがてスカンディナヴィア全土とフィンランドに広がったが、ヨーロッパの他の地域では、長くデンマーク領であったホルシュタイン（現在はドイツ）以外では見つかっていない。

そこで考えられているのは広い意味での民族性である。民族性が不変ではなく、変化をけみすることも説かれるが、さまざまな変化形を最終的にまとめ上げられるのは、民族性にそった形態を措いてはあり得ないともされる。何らかの個人、ときには《一人》の人間の媒介によることも排除されないが、それを可能にする決定的な契機は民族性なのである。

そうした伝承境界が時々越境されることは容易であるが、それは境界から独立して移動する人々のもつ伝承によってではなく、伝承者の移住によってである。新たに移った国で昔話を語ることを押しとどめるような環境にもかかわらず、流入者が語りはじめることもあり、実際に自己の伝承を移植することに成功する場合もある。流入者が持参した昔話は、新たな土地にとっては、見知らぬものであり、すなわち《自家類型》である。そこで、新たな聞き手の集団に合うようにただちに改変がおこなわれる。存在するのが相対的に自家類型である場合、両者は早晩まじりあおうとするであろう。それに対して、昔話がその地の人々の気質や伝統とかけはなれていると、やがて死滅するであろう。しかし適応へと進み風合いを取り込むと、やがて環境に完全に順応することになる。しかしそのときには、元の国の自家類型とはちがった性格の自家類型へと発展してゆく。

そうした新しい国での環境適応の事例は、先に挙げた「リンドヴルム王の話」であろう。この話は、イタリア、バルカン半島諸国、トルコ、ペルシアに広く分布している。しかし、西ヨーロッパや、ドイツ語圏には存在しない。それがデンマークへ入ったのは、おそらく一人の伝承者によってであり、時期は十七世紀以前であったと思われる。デンマークの気質に適合したのであり、デンマークの他の昔話の影響も受けて、独立した自家類型となった。（傍点は引用者）

シィドウの見解を大づかみにするなら、近代の国民国家の単位を背景において民族のまとまりを想定し、昔話のヴァージョンの差異をそれぞれの民族の固有性として理解していると言えるであろう。なかには同じ民族のなかでの分布の傾斜にも注意されることがないわけではないが、基本は民族である。ここにおいて、諸々のヴァージョンの差異を含む昔話は、それぞれの形態において現代の国民の神話の性格を付与されることになる。

最近、古典古代後期の神話をあつかった研究『パンは死んだ』が刊行された。その著者が呈示するところによれば、その神話は広い分布をみせている。しかしそれが存在するのは北西ヨーロッパだけである。一部はケルト的な自家類型であり、ブリテン諸島にも一例がみられ、さらにチュートン的（ドイツ的）な自家類型となっている。ケルト的自家類型は、デーモンが猫の形をとることによって容易に見分けがつくが、それはまたスカンディナヴィアとドイツにも点在するように広がっている。しかし主要なのは、フランスのヴァリエーションである。チュートン的な自家類型は、フランスの域内でも見うけられるが、ケルト的な自家類型にくらべると少数派である。つまり古典古代の神話はチュートン自家類型となっていることは明からであり、それはまた（かつて多数を数えた）チュートン人流入民とともにギリシアへはいったのであった。しかし神話はギリシアの地からは消えさって生き残っていず、わずかにプルタルコスに書きとどめられているだけである。

そうなると、シィドウにおいては、昔話は神話に近づくことにもなる。神話が人間社会の民族という集団のあり方と結びついていることは概ね言い得るであろう。ギリシア神話はギリシア人の定住地、すなわちバルカン半島南部の山岳で阻まれて行き来すら難しいで幾百の小さな海岸部の平地に分かれて暮らす古代ギリシア人が、その地勢を克服して一体性を維持するために作りあげた共有の観念世界であった。それぞれの小さな都市集落で結集のよすがであった神格を縁戚とする複雑なシステムがつくられたのである。ギリシア神話と銘打たれる文書のなかには、物語がほとんど皆無で、ひたすら神々の親族関係だけを綴っている事例があるのは少しも不思議ではない。それゆえギリシア神話はエジプトともイスラエルとも異なるのである。またユダヤ人の間では、それまた部族間の関係の確認が緊要であった。「マタイによる福音書」のはじめにつづられる部族長の系図はその片鱗を伝えている。ギリシア神話に話をもどせば、そうした神話は、ローマに伝播すれば、それを必要とする現実はもはや異なっているために宗教の性格を急速に失い、アミューズメントの次元での精神財に変わっていった。しかしシィドウは、そうは考えていなかったようである。昔話で基準とされた民族性が、神話にも叙事詩にも適用される。

『ベオウルフ』では、ベオウルフがグレンデルおよびその母親と闘うのはケルトの起源と大きく重なり、またケルトの伝統の名残とも完全に合致する。しかしチュートン人の域内には親近なものはまったくみられない。唯一の例外はアイスランド・サガでうたわれるグレティールのエピソードであるが、それは他ならぬベオウルフを出自とするのである。ジーグル・ファニスバーネをめぐる英雄譚については、スカンディナヴィアのジーグル伝承にはケルトの昔話から借りた幾つかの要素が見出される。北方人がアイルランドの植民地を通じてケルト人と接触をもっていたからである。

この観点は、叙事詩にも適用される。次はその『ニーベルンゲンの歌』へのコメントである。

ドイツの「ニーベルンゲンの歌」で言えば、ジークフリートが義兄ギュンターのためにブリュンヒルデを我がものにするエピソードはロシアの昔話と同じである。ドイツの研究者、とりわけホイスラーは、ロシアの昔話がドイツのブリュンヒルデ話から派生したとの説明を試みたが、それは愛国心であった。しかしチュートン人の昔話にはそのモチーフはまったく存在しない。それにニーベルンゲンの詩歌の全体が、チュートン族をよく知っている者にはなじまない。他方、ロシアでは、その広大に国のさまざまな地域に数多くヴァリエーションを見ることができ、ロシアの昔話の構成と完全に一致する。なぜなら〈超人的に強い女性〉はロシアの昔話の種々の類型においてポピュラーなモチーフだからである。のみならず、それは東ヨーロッパの全域と近東でもみとめられる。ロシアの昔話は、それを聞いたドイツの吟遊詩人を魅了し、かくて彼は、ある種の連想をはたらかせて、おそらく元はスカンディナヴィアのブリュンヒルデ・エピソードに見られるような古いモチーフであったのに代えて、それをブリュンヒルデの詩に取り入れたのであったと考えられる。さらに「ニーベルンゲンの歌」をまとめた偉大な詩人は、そのモチーフを、吟遊詩人の素朴な詩歌から取り入れたのであろう。しかしそうした民衆的な伝承が残らなかったのは、その全体はチュートン人の思考にはエキゾチック過ぎたからであろう。これはドイツ人の嗜好には名誉なことであった。とは言え、「ニーベルンゲンの歌」の吟遊詩人あるいは詩人がロシアの昔話を活用したのは決して恥ではない。

民族性の観点が他を圧倒してあらわれた箇所と言ってもよいであろう。事実、それは執拗かつ丹念に点検された項目でもあった。それは、昔話研究の分野でも、その年代の古さからさまざまな角度から話題になる古代エジプトの語り物までもが点検の対象となっていることからもうかがえる。

②人種的特質の事例として挙げられた古代エジプトの語りもの

上記の論考「昔話と民族性」のなかの一節「エジプト人とセム人の昔話」において、シィドウは具体例を取り上げ、またその趣旨を概括的に次のように述べる。

古代エジプトからは、すこぶる興味深い多彩な昔話が伝えられている。早く古王国にさかのぼる若干の昔話は、きわめて巧緻な魔法使いの話であるという素材面からも、またその固有の様式の面からも、すこぶる固有の性格にあるのであって、エジプトの外では類例を見ることができない。したがって、それらをもって、明らかにエジプト的な特徴をそなえた昔話グループと名づけることにはいかなる躊躇も要しまい。それゆえ、……たしかに他の諸民族においても純然たるファンタジーとしての昔話があり、現実主義的であるセム諸族においてすらそれが見られるが、キマイラ型のまったき構成と様式類型の昔話はインド＝ヨーロッパ諸民族に固有と思われる。

キマイラ型はすべてのインド＝ヨーロッパ諸民族のあいだで見出され、それが彼らの伝統のなかで占める位置は、あたかもセム人のあいだでノヴェレ型が占める位置に相当する。キマイラ型が非インド＝ヨーロッパ諸族のあいだで見出されることがある場合、それはインド＝ヨーロッパ諸民族からの借り物であるように思われる。たとえばアラビア人の膨大な昔話の集積である『千夜一夜物語』のなかにはキマイラ型は極くわずかしかあらわれないが、それもアラビア人がペルシア人から借りて入手したものであり、またその借用においてはノヴェレ的なものとなった。すなわち人名においても地名その他において、現実主義的な特徴をもつものとなった。

なおここでノヴェラと言われるものについてトンプソンの解説を補足として挙げる。(55)

《ノヴェラ》 構成から言えば大体メルヘンに近いものとしてノヴェラ（Novella）がある。文学でいえばこの形式は『千一夜物語』、あるいはボッカチオの中にその例がみられるが、同様の話は読み書きができないの民衆の間で、特に近東の人々の間で広く知られている。その話は具体的な時と場所の中で起こった現実の出来事として語られ、あり得ない出来事がまさに起こるのであるが、それはメルヘンの場合とは違って、聞き手に本当のことをとして信じることを求めるのである。船乗りシンドバッドの冒険談はこのようなノヴェラの一つの例である。

その上でシィドウはさらに次のような理論を立てて行く。

キマイラ型は、きわめて古くからのインド＝ヨーロッパ的な昔話形態であったと言わなければならない。ギリシアの英雄伝説では、今日もよく知られ広まっている一連のキマイラ型を明らかにみとめることができる。それを見るだけでも、キマイラ型にはほぼ三千年の歴史を与え得よう。ちなみに紀元前約千三百年頃のエジプトのパピルスに記された二人の兄弟の話が、これを同じ方向を示唆している。当時、エジプト人は、遠方より来る商人や、傭兵や奴隷を通じて他の諸民族の影響に接していた。そしてこの昔話は、上述した古エジプトの魔法昔話とはまったく異なった様式類型を示している。実際、この昔話は、今もインド人やペルシア人やスラヴ人のあいだに広まっており、その主要部分ではインド＝ヨーロッパ的なキマイラ型であることにおいて歴然たるものがある。しかしそれを書きとどめたエジプトの書記は、彼にとってまったく異質であったその様式を理解せず、それゆえエジプト人の性向に合う導入部を設け、また名前はエジプト人のものに替え、さらに小さな幾つかのモチーフを併せたが、そのため、諸部分において昔話の元のありかたとは正反対のものとなった。上古のギリシアの英雄伝説によって知られるキマイラ型と併せるなら、この古代エジプトの書記物は、キマイラ型が新石器時代まで遡らせなければならないことを示していよう。しかし、この古い昔話において最もめぼしいのは、インド＝ヨーロッパ人のなかでも東部にあたるサテム諸語に間にしか分布していないことであろう。すなわち、伝播論者がインドの昔話に不可欠とみなしたよりもはるかに長い時間をかけて伝播してヨーロッパまで達したにもかかわらず、（近代の旅行者がもちこんだ若干のヴァリアントを別にすれば）中欧や西欧にはまったく浸透せず、スラヴの文化遺産としてのみ屹立するのである。

　もっとも、キマイラ型がすでに新石器時代に造形されたからと言っても、すべてのキマイラ型の昔話が原初インド＝ヨーロッパ時代にまでさかのぼるほど古いものであることを意味するわけではない。古い昔話がキマイラ型であることに則って、新しいキメラ型の昔話が造形されたのは、まことに自然なことであった。それは、個々の昔話が接して分布することからも発生する。したがって分布自体が、少なくともある程度までは、多様なキマツイラ型の年代を測定する手がかりにもなり得よう。

なおここでは例として挙げられた昔話についても案内しておきたい。二人兄弟譚である。トンプソンからそれをとると、次のような話形である。[56]

ほとんどの複合型の昔話には何らかの闘争がある。主人公は最後に幸福をかちとるまで邪魔物に打ち勝たなければならない。ヨーロッパと西アジアの多くの話の中では主人公に対して超自然的の敵が現れる。その性格は固定せず、話によっていろいろに変わっている。まず最初に竜その他の恐ろしい動物、または怪物の敵の場合を考えてみよう。その性格は不定であるが、それとの戦いには一定の型がある。この竜または怪物退治の話はヨーロッパの昔話の中で最も普遍的なものの一つとなっている。

一つの話がいく世紀の間にヨーロッパの中に広がって行った経路をしらべるのに一番よい例は「二人兄弟」（AT303）と「竜退治」（AT300）の二つの話である。二人兄弟の話は竜退治の一般的な形そっくり包含しているので、この二つの話を一緒に研究すれば二つが混じり合い、または別々に存在してきた関係とを把握することができる。ランケは二人兄弟の約七七〇話、竜退治の三六八話を資料として、この二つの話型の研究を発表した。……

③参考　昔話「二人兄弟」（Aa303）

子のない漁師が魚の王を釣り上げる、その頼みにより放してやり、その代わりに他の魚をとる。二度目の魚も同じように命乞いをする。三度目につかまった魚の教えに従い、それをいくつかに切ってその一片を妻に食べさせ、一片を馬に、一片を犬にやり、残りを庭の木の下に埋める。妻は二人の男子を生む。同時に雌馬も犬も二匹ずつ仔を生み、庭に埋めた場所からは二つの剣と木が生じる。二人の男子は見わけがつかないほどよく似ており、馬の子も同様であった。男子たちは成長すると一人は旅に出る。もし一人の身に変わったことが起これば二本の木のうちの一本が枯れるのでもう一人が救いに行かなければならない。兄は剣を持ち馬と犬をつれて旅立ち、ある城下町へ着く（ここからは前の竜退治の話と同じで兄は王女の危難を救い結婚する。しかし結婚したのち話は次のように展開する）……。

婚礼の夜、彼は山の木に火が燃えている怪しい光景を見て妃にそのわけを問う。そこへ行ったものは今まで決して帰ってきたことがないときき、その火のもとをさぐろうと、剣をもち犬とともに馬に乗って出かける。魔法使いの老婆の住む家に着く。彼女は犬をこわがるふりをして、彼女の髪の毛を一本犬にかけてくれと若い王に頼む。その通りにすると髪の毛は鎖になる。魔女は杖で若者を打つと石に代わる。そのとき家では彼の生命の木が枯れる。弟は兄の身が危ないことを知り、馬に乗り犬をつれ剣をもって出発する。同じ町へ着いて宿屋に泊る。亭主は兄と間違える。王妃の所へ行くと彼女も夫が帰ってきたと思う。兄の消息を知るためにはその方が都合がいいので間違えられたままにしておく。夜妃と床に入るときに抜身の剣を二人の間において寝る。彼もまた怪しい山の火をみてそのわけをたずねる。妃は同じ質問をされたので不思議に思うが再び同じように答える。弟は兄がそこへ行ったことを知り馬に乗って出かける。魔法使いの老婆の家で彼女の言うこときかず犬をけしかける。魔女は恐れて魔法の杖を渡す。それで石を打つと魔法がとけて兄の姿にもどる。魔女を殺し二人は一緒に城へ帰る。

以上は話形の補足であるが、とまれ、これらエジプトの古例を挙げつつ、それが大きな区分と関係する、とシィドウは説いている。

このように「二人兄弟」の話の中には「竜退治」の話がそのまま取り入れられているが、その中でただ一つ変わっている点は犬が三匹でなく、一匹になっていることである。発端その他部分的にいくらかの変化はあるが、大体上記のような筋の話がヨーロッパと西アジア全地域にわたって広がっている。そして二人兄弟の話、竜退治の話は同じような分布状態を示している。その分布状態は古くから口承で伝えられた昔話の伝播を判定する国家、民族、文化、言語による境界線を現わしているので興味がある。

キマイラ型（Chimerat）とは、自在な語り物であること、すなわち人物にせよ他の動植物にせよ事物にせよ、すべての小道具が呪術性を脱して自由に案出され配置されることを指す。それはインド・ヨーロッパ人種に固有の資質であるとするのである。

（三）アルベルト・ウェッセルスキーの口承文藝論から

a 両親による息子殺しの《事件》と《話》とその広がり

昔話をめぐる考察において、もう一人とりあげたいのはアルベルト・ウェッセルスキー（Albert Wesselski 1871-1939）である。関敬吾がシィドウと共に強い関心を寄せた論客でもある。永く新聞の編集者をつとめ、それと並行して中世の語り物などにかかわり、ボッカチョ『デカメロン』のドイツ語訳をも手がけた。大学の講壇に立つことを望んではいたが、何度かの機会も（一度はすでに定年の年齢に達していたことも含めて）障碍が起きて実らなかった。[57] ナチスによって経歴抹消などの圧迫を受けたことなどで、しばらくその業績が読書界からかき消されたこともある。そのため学派的な系譜の外に置かれてきたが、学識者たちのなかにはその意義を認識していた人もいる。[58] 主著の『昔話理論の研究』[59]は非常な労作で、多数の昔話をKHMなどの作品番号で指示しつつ例証とした密度の高いものである。とりわけ昔話とは何か、という本質にかかわる問題を、理系出身者らしくロジカルに系統立てて追求したことでは今日でも色褪せない。またアードルフ・シュパーマーが編んだ民俗学の指標的なハンドブックへの寄稿「口承文藝の諸形態」は、この論者の持論のエッセンスの観のある好篇である。[60] 昔話の表現様式などでは今日ではマックス・リュティの重要な知見などがあるが、[61] そもそも昔話とは何かという正面切った議論はリュティの他には多少それをも含むヘルマン・バウジンガーの研究[62]が目を惹く程度で必ずしも盛んとまでは言えないだけに、本質論への関心にとってウェッセルスキーの立論は今も見逃せない。あるいは昔話を文学の一形態と見る方向での理論性の勝った考察において、リュティの先行研究者という面がある。ちなみにリュティは、昔話の様式特徴と昔話を享受する人間の心理の襞に触れ、読解の脈絡に読む者の共感を引きよせる解釈学的な記述手法を存分に発揮した。その点では、同じくスイスが生んだ同時代の解釈学の文藝理論家エーミール・シュタイガーと重なるところがあり（この点を指摘した高木昌文の解説を参照[63]）、口承文藝におけるシュタイガーと言ってもよいほどだが、その共感を誘う感情移入の記述スタイルを横において、論説の立体性を平面図に落しこむと、リュティの昔話論はウェッセルスキーが提示した構図に驚くほど近いことが分かってくる。昔話を文学そのものと見ることがそうであり、また昔話の展開の一般的な特性として《奇蹟》モチーフを挙げるのもそうである。図式的に言えば、ウェッセルスキーにはリュティにつながる無骨な発案者の趣があり、また発案の段階だからこそ問題点が透けて見えるところもある。

その事情を見るために、先に挙げたシュパーマーの『民俗学ハンドブック』へのウェッセルスキーの寄稿を例にとろう。またこれまでウェッセルスキーの記述そのものが紹介されてはこなかったので、多少まとった引用をしようと思う。その段落は、昔話が成立する前段階の現実生活と虚構のとの関係を説いている。術語で言えば、《話》（**Geschichte**）と小話（**Märlein**）と伝説（**Sage**）、そして藝術形式と単純形式の関係である。

一九三二年一月二三日のドイツ語の新聞各紙は、その数日前に起きた事件を報道した。左は、『ドイツ一般新聞』の記事である。

パッサウ、一月二二日（本誌特派員・発）ベーメンの森と接する小都市ノイエルンで、行方不明のまま歳月が経ち死亡者リストに載って久しいオーストリア兵士が、シベリアでのロシアの捕虜生活から、思いがけず帰還した。しかし誰もその男とは気づかなかった。男は、出征する前によく通っていた飲食宿の店主にだけ、自分が誰であるかを打ち明けた。そして両親をいきなり驚かせないために、先ず両親の家で一夜の宿を乞うた。両親は男が誰であるかが分からず、馬小屋に寝床をつくった。母親は欲の深い女で、その見知らぬ男のカバンを調べて、大金を持っていることを知った。彼女は夫に、どこの誰とも分からぬその男を殺して金を奪うようにそそのかした。夫は決断がつかず、酒の勢いを借りようと、飲食宿で飲みふけった。息子が素性を明かしていた店であり、そこでよそ者が誰であるかを店主に教えられた夫は飛んで帰ったが、すでに妻が息子を殺した後だった。

民間の口承文藝としての話(Geschichte)にうとい新聞読者には、このニュースの事実性を疑う余地はない。実際、それは高い信憑性でもって迫ってくる。しかしこれは、伝播話(Wandergeschichte)で、しかも古くからのものである。ちなみに一八八〇年六月の『自由新報』は、ウィーン出身でアメリカへ渡ったまま十五年間不在であった息子を、持ち金三十万グルデンのために、母親が殺した事件を報道していた。さらに一八〇九年初めに、ツァハリーアス・ヴェルナーは、ゲーテの前で新聞を朗読したが、それは宿命劇『二月二十四日』(*)の着想だった。その半年前に、ヘルマン・フォン・ピュックラー＝ムスカウ伯(**)は、まったく同じような事件を、ジュネーヴで聞いていた。さらに一七二七年七月七日付の『フォス紙』(***)第八五号は、パリ発として、コルベイユで起きたよく似た悲劇を伝えたことがあった。それよりさらに一世紀近く前にイギリスの瓦版は、ジョージ・リロの悲劇『運命の奇譚』(****)(あるいはスヴェン・エルヴェシュタッド(*****)のミステリー小説と言うべきか)の舞台として、コーンウォールの海岸のペリン村を挙げ、それは一六一八年九月のことだったと記した。つまり、その年に、一六五八年の教理問答書に言及されることになるライプツィヒの出来事とそっくりのものが起きたことになる。後者では、息子を殺すのは、飲食宿「金の篩」の店主で、場所はライプツィヒのヘリス小路であったとされる。

この物語に関するラインハルト・ケーラーの詳細な解明は一八五七年に『ヴァイマル日曜新聞』に掲載され、次いで多くの補足を併せてヨハネス・ボルテが編集したケーラーの文集（第三巻 一八五～一九〇頁）にまとめられた。ケーラーは、イギリスの瓦版がドイツの読者を魅了して、恐ろしい事件の現場がドイツに移し替えられたと考えた。しかしそれは、《もっと早いドイツのヴァージョン、それも同じく瓦版のかたちのものが存在しない限り》であるとも言う。逆に言えば、イギリス人が、ドイツの書記物をもとにその話を作り、そのさい事件の起きた年だけは残しておいた可能性があることになる。その点で、筆者には、小枝を生じさせた元の幹があったと思えるのである。それは、一六二一年にサントームとアントワープで出版されたベルギーのイエズス会士アントニオ・ド・ベリンガムの『童蒙教説』(*****)である。この本のなかの物語が、他のイエズス会士や聖職者の雑学的な書き物に取り入れられ、さらに世俗の作品に広がったのだった。出来事の場所は、当時ポーランド領であったポルタヴァ（プルタウ）であった。一六一八年五月十五日、退役した兵士が、馬にまたがり、大金をたずさえて、故郷の町へ帰ってきた。町の入り口で、彼は一人の女に両親についてたずねた。言葉を交わすうちに、男には、それが妹であると分かった。妹の方も、男の腕のあざで、兄であることを知った。妹は野良仕事を済ませた後、父親の営む飲食宿に兄を訪ねることにし、また喜びを倍にするために、その時まで誰であるかを明かさないでおこうと、兄妹は約束した。そして父親の飲食宿に泊まったが、自分が誰であるか、男は名乗らなかった。寝室へ引き上げる前に、彼は、リュックサックを、何も知らない両親にあずけた。両親は、なかに大金があることを知ると、そのよそ者を殺そうと決めた。母親がナイフを使って実行し、死体は掘に投げ込んだ。翌朝、妹がやってきて、開口一番こういった。《兄さんはどこ?》それを聞いて、両親には誰を殺したのかが分かった。母親は、同じナイフで自ら命を絶ち、父親は絞首刑になった。

『童蒙教説』の著者が、でホスピタリティの章のその記述にあたって（精々三年前までしかさかのぼらない）瓦版を使った可能性も排除はできないが、瓦版の内容はベリンガムが書き記した物語と一致していたと考えられる。しかし、ポルタヴァで一六一八年五月十五日に起きた恐ろしい出来事の情報が、ベリンガムあるいは彼のインフォーマントに口頭でもたらされたとしても、その時点では一体どんな風であったかは、私たちには知りようがない。そしてやがて、そのモチーフがかくも藝術的に整えられ、その結果、出来事が民間の藝術形式となり、小話と呼んでもよいものに（これはこういう形でその存在が伝わったとも言える瓦版にもあてはまる）なっていったのだった。いずれにせよ、後の口伝えの伝承のあり方を見ると、元の話とベリンガムの小話とのあいだには大きな差異があったはず、と考えることには正当性があるだろう。

この悲劇をライプツィヒでの出来事として自国版のかたちへとさそった元のものである最古のヴァージョンは、（一般に文学で剽窃が起きるときの推移が示すように）間違いなく原型と接していたはずである。しかし「金の篩」屋の店主をして知らずに息子殺しをなさしめたヴァージョンは、単純形式すなわち自明であるような話とは異なり、藝術形式として小話になりゆく形態であることを示している。殺人の直後、父親はリュックサックを調べてそれが息子の持ち物であることを知るのだが、そうすると殺した相手が息子であることは娘の言葉ではじめて《知らされる》という件《くだり》は〔ライプツィヒでの出来事の場合〕彼女はどうしてそれを知ったのか)、まったく余計である。となると、ここでは明らかに連結項であるところの口頭の話がどれほど拙劣であるかが明白になる。ゴットフリート・シュルツの年代記(第三版はようやく一六五〇年であった)にみられるヴァージョンのもとになった話は、低落と言うより、むしろ勝手な作りかえであった。そのヴァージョンでは、一六四九年にベーメンのテルメールス(テープリッツか)の出来事とされ、《両親は、戦争が相次ぐなか、職業的に殺人をしていた》ことになっている。同じような潤色に走ったことでは、かなり多くのヴァージョンが伝わるフランス語の民謡の作り手もそうであった。そこでは帰郷者は、母親について、《別の仕事にたけている》との警告を受ける。そうした脈絡が導入される場合、なぜか、殺人の仕方を複雑にする意図が続くことになる。母親は、息子をナイフで殺すのではなく、小鍋で熱したラードを息子の口に流し込む。そうした潤色による質の低下は頻繁に起きる。すなわち、カール・ボーデが『魔法の角笛』において《伝承一般でみられる特徴的な死滅形態》と名付けたものである。それはドイツ語の多数の歌謡においてあらわれるだけでなく、伝説(Sage)でもみとめられる。たとえばグラウビュンデンやメクレンブルで集められたヴァリエーションであるが、後者の場合、若者は、溶けた鉛を耳に注がれる。しかし改変は決して質の低下を意味するばかりではない。ちなみに兵士あるいは若者に仲間が加えられることがある。その仲間は、犯行直後の朝、男を訪ねて、殺人者である母親が、男はすでに発ったと言い張るのを嘘と見抜く。男の馬がつながれたままだったからである。ここから、〔改変の〕推移を考えてみることもできる。先ず、殺された者と犯人との関係を見抜くただ一人の人物であった妹の役割の重要さが忘れられ、代わりに仲間が考え出された。同時に馬のシーンも加わった。これにちなんで言えば、グリム兄弟の昔話の一八一五年ヴァージョンですでにみられるヴァリエーションがある。現在の番号では第一二〇話であるが、そこでは馬が、謎を解く最高の手段になっている。またエルク＝ベーメの民謡集にも反映されている(******)（第一巻 一七二〜一七五）。さらに『少年の魔法の角笛』のなかのブレンターノが「殺人者、女亭主」のタイトルをつけた歌（第二巻 一九七頁以下）のもとになったのも同じで、兵士となった三人の息子で始まる。しかしそこで馬に乗っているのは一人だけで、あとはその仲間であり、返答につまることで物語は終わる。

藝術形式として作られた物語が民間口承に移ってゆくと、絶対的に藝術形式であるところのもの、すなわちノヴェレ（Novelle）であれ、民衆的な藝術形式であれ、それは小話（Märlein）という単純形式になる。言い換えれば話（Geschichte）になってゆく。民俗学におけるロマン派もまた、不承不承であれ黙認であれ、認めるほかないのは、エードゥアルト・ホーフマン＝クライヤーの命題であろう。《民は生産せず、再生産するのみ》はまことにその通りで、またロマン派（的な考え方）の人々ですらも誰も否定し得ないであろうが、民の再生産は質が低い。それは集合としての民には、上手に物語る能力が欠けているからである。民のあいだでは、常にどこでも、モチーフの藝術的結合は稀にしか、また藝術的結合に近似したかたちでしかなされ得ない。がそれも、そうした才能にめぐまれた者によってなされたわけである。そうした少数者には重要な機能がある。すなわち、話にまで引き下げられた小話は、彼らがいなければ短期間に崩れて粉々にくだけてしまうところだが、それを元の藝術形式にもどすことである。そうした男や女を筆者は小話保存者（Märleinpfleger）と呼ぼうと思うが、そうした男女が民あるいは部族のなかに多くなればなるほど、民や部族は、民衆的な口承文藝において豊かになる。もちろん小話保存者は、詩人と等しい存在ではない。たとえば、母親が息子をナイフで殺したあと同じナイフで自ら命を絶つ種類のヴァージョンもなお残っているはいるが、この簡潔な記述の殺し方の代わりに熱したラードを流し込むなどの奇矯な殺し方(後世になるとこちらの方が愛好され、またこの展開は、それはそれで小道具が必要になることはもちろんだが)を導入した者をあまり誉めるわけにはゆかない。しかし、自分たちが殺した相手が息子であったことを両親が気づく経緯が忘れられたとき、その空白をうずめるために二人目の騎馬者を持ち込んだ者は、自分の仕事をよく理解していた。その誰とも分からぬ者は、最高の小話保存者であったのかも知れない。ポルタヴァの悲劇のちょうど三百年後の一九一八年に封切られたフランス映画の脚本を担当したジャン・リシュパン(*******)と、着想を一にしていたからである。つまり両親はどこの誰ともわからぬよそ者を謀殺しようとするのだが、それは、奪った金で、まもなく戦争からから帰ってくる息子が生計を立てて行けるためであった。結果は、その思惑で当の息子が殺されるのである。

《引用者補注》

*ツァハリーアス・ヴェルナーの宿命劇『二月二十四日』 ヴェルナー(Zacharias Werner 1768-1823)プロイセンのケーニヒスベルクに生まれウィーンに没した詩人、劇作家。ドラマ『二月二十四日』(Der vierundzwanzigste Ferbruar)については本文で解説を施した。

**ヘルマン・フォン・ピュックラー=ムスカウ伯(Hermann Ludwig Heinrich von Pückler-Muskau 1785-1871) ドイツのザクセン州ムスカウ城に生まれブランデンブルク州コトブスに没したプロイセンの世襲貴族、軍人、世界旅行家で文筆家でもあった。

***『フォス紙』(Vossische Zeitung) 元は一六一七年にベルリンで発行が始まった新聞で、経営者が交代するなか十八世紀末に当時のすぐれた出版人クリスティアン・フリードリヒ・フォス(Christian Friedrich Voß 1724-95)が関

わって新聞として確立させた。このタイトルを掲げた期間もあったが、むしろ通称として一般的に行なわれてきた。

＊＊＊ジョージ・リロの悲劇『運命の奇譚』リロ（George Lillos Truerspiel 1691-1739）はロンドンで活躍した劇作家。バラッド・オペラをも手がけた。『運命の奇譚』(The Fatal Curiosity）は一七三七年の作品。

＊＊＊＊スヴェン・エルヴェシュタッド（Sven Elvestad 1884-1934）ノルウェーのジャーナリスト・作家、推理小説をも手がけた。

＊＊＊＊＊アントニオ・ド・ベリンガム（Antoine de Belingehm 1571-1630 一五）『童蒙教説』原著名は"Zoopaideia, seu morum a brutis petita institutio ordine alphabetico tum virtutum, tum vitiorum, authore R. P. Antonio de Belinghem Societatis Iesu. Opus non iniucundum, ex sacris & prophanis collectum".

＊＊＊＊＊＊エルク＝ベーメの歌謡集（Deutscher Liederhort）ルートヴィヒ・エルク（Ludwig Erk 1807-83）とフランツ・マグヌス・ベーメ（Franz Magnus Böhme 18277-98）によって編まれた基準的なドイツ民謡集で、一八九三年から九四年にかけて三巻本として刊行された。

＊＊＊＊＊＊＊ジャン・リシュパン（Jean Richepin 1849-1926）アルジェリアに生まれ、パリに没したフランスの作家、詩人、劇作家。

ここで注目すべきは、ウェッセルスキーが、口承文藝の生成やそのなかのジャンル間の動きを、社会的な現実としてとらえていることである。ジャンルの起源を過去の特定の時空に特定して封じ込めるのではなく、口承文藝のさまざまな種類が、現在をも含めた生きた現実のなかで進展と交代を繰り返す様を追っている。なまの実話と見えた冒頭の新聞記事も、事件を伝えているという点では報道でありながら、伝播話の様式に沿っている。背景として大きなのはツァハリーアス・ヴェルナー（一七六八〜一八二三）の演劇で、つまり芝居を地で行ったような出来事、あるいはそういう組み立てで記者は記事にしたのだった。ちなみに、ヴェルナーのドラマ「二月二十四日」は一八〇八年に書かれ、一八一〇年二月二十四日にヴァイマルの宮廷劇場で初演されて評判となった。――主人公はクンツ・クールートというスイスの兵士で、妻トルーデと、父親と一緒にゲムニ峠の一軒屋で暮らしていた（今もスイスのその場所には、演劇の舞台となったとされる建物がある）。ある年の二月二十四日、クンツはひょんなことで父親をナイフで脅し、そのショックで父親は亡くなる。やがて借金を抱えたクンツは、裁判所から遠方への追放を命じられ、それに対していっそ強盗か乞食にでもなった方がまし、という妻と言い争う。そのとき、誰か家の戸を叩く者がいた。長く音信不通のままアメリカで農場を営んで成功した息子のクルトが帰ってきたのである。クルトは少年の頃、ある年の二月二十四日に誤って妹を殺してしまい、そのため父親の呪いを受けて勘当されたのだった。その呪いを解いてもらい、両親を金銭で助けるために帰郷したのである。そうとは知らない夫婦は息子を殺して、金銭を奪う。虫の息で、クルトは息子であることを名乗り、両親をゆるす。――この演劇は、一八〇九年に先ずスタール夫人のサロンで簡単な舞台で試演され、そこに同席したゲーテとアウグウス・ヴィルヘルム・シュレーゲルの称賛を得て、翌年、本格的な劇場公演となった。これが人気を得たのは、ドイツ語圏の諸国諸邦がナポレオンの支配下におかれていた状況が関係していたようである。フランスの支配圏域の大発展は、ナポレオンの天才もさることながら、フランス革命がもたらした勢いによるものであった。それゆえ当然にも、反仏ないしは伝統的な規範の転換への忌避観が、世論の一角でくすぶっていた。大革命は国王ルイ十六世を処刑しており、そこから王殺しを指弾する風評が歓迎された面もあったようである。それを父殺しとその呪いという筋書きで表現したことがこのドラマと時流との絡みあいだったらしい。ドイツ語で《宿命劇》というジャンルを切り開いたとされ、またそのジャンル名ですぐに頭に浮かぶドラマでもある。ただし、息子殺しというモチーフから見れば、枝葉をやたらに茂らせた筋書きであるが、その通俗性が却って評判になった。それが一世紀以上も後の新聞報道が紋切型になった背景であった。

これも含めて、引用した段落では、同じモチーフの物語を追うことによって話（Geschichte）と小話（Märlein）の相関が解きほぐされる。現実生活のなかでのできごと（Geschehen）を写すのが話であり、虚構化を得て小話へと進む。しかもそれはさまざま局面とむすびついて多彩に展開する。息子殺しが起きた水車小屋といった特定の場所や施設と結びついて由来を語るものとなると、小話は伝説（Sage）となる。さらに小話が話へ帰ってゆくこともある。最初のエピソードの新聞報道は、そこで語られる実話の背景には通俗的な藝術作品がひろめた型が影響している。また二十世紀に入ってからの映画ヴァージョンの刺激も加わった可能性が考えられる。なお演劇化でもそうであったが、映画は、両親による息子殺しのモチーフとしては枝葉を多くした質の劣化の延長上にあるとともに、その再活力化でもあった。両親と息子、あるいはそこに妹が加わった元の形が、登場人物の数が増え、馬のモチーフまでが付け加わるなどゲルマニストのカール・ボーデの言う《劣化の法則》の実例である。[64]『少年の魔法の角笛』第二巻の歌謡「殺人者、女亭主」がそうであり、また物語がまた別の方向へそれていった形態の一つはグリム童話の第一二〇話「三人の見習い職人」として拾い上げられることになった。もっともグリム童話のこの番号は、両親による息子殺しとはかなり距離ができており、同じくらいの関連の強度において「ブレーメンの音楽隊」を構成するモチーフも重なってくる。森の中の盗賊の巣窟は、痕跡の薄れた殺人の現場だったかもしれない。

こうして多種多様な物語が、現実生活で起きた事件を語る話と、その藝術性への最初の階梯である小話の間で揺れ動いている。ウェッセルスキーの考察は、この息子殺しの材料だけでもなお多少の続きがあり、他の物語との絡み合いや、またそれに関連するグリム童話の数話や、幾つかの歌謡集に収められた民謡にもふれている。

なおウェセルスキーが、自己の考察を、当時の民俗学界における理論の動向とのあいだですり合わせを図っていることにも注目しておきたい。スイス民俗学会の創設者でもあるエードゥアルト・ホーフマン＝クライヤーの名前が挙げられるが、十九世紀のロマン主義の一要素が肥大化した《民の魂》の発露という民俗文化への見方に対して、創造は個性のわざという近代ヨーロッパ思想の王道への揺り戻しが、当時の新世代の学説として現れたのである。(65) ウェッセルスキーも、先にみたシィドウも、それを受け入れた上で、自己の立脚点を調整したところがある。

それはともあれウェッセルスキーの持ち味は、出来事（事件）、話、小話といった独自概念、それに同時代のもう一人の口承文藝の理論家アンドレ・ヨレス（一八七四〜一九四六）が措定した藝術形式と単純形式の概念(66)などによって口承文藝の各種小ジャンルをまたいだ動きをもあわせて法則を解明しようとしたことにある。それはシィドウとはかなり違った姿勢であった。後者が口承文藝を歴史と人間種のなかに、特に起源に焦点をあてて位置づけようとしたのに対して、ウェッセルスキーは口承文藝の流動する実態を幾つかの概念をもちいて説明しようとしたのである。それゆえ大衆受けした芝居や映画や推理小説も射程に入ってくる。シィドウが人種や民族や国民を単位としたいわば祖師相伝の脈絡に比重をおいたのとは、まるで異なった視点であった。そして昔話とは何かという理論的な追求になってゆくが、それについては、その観点からウェッセルスキーを読んだ先人である関敬吾の解説に注目しようと思う。それはこの先人の仕事への再評価と再検討を促したいからでもある。再検討という点では、関博士は、ウェッセルスキーが同時代の通俗小説や映画を含めて口承文藝を考える視点に立っていたことにはほとんど関心がなかったようである。他方、昔話をめぐる読み方は、まことに的確である。

b 関敬吾を読む（二）――アルベルト・ウェッセルスキーの昔話論

関敬吾がウェッセルスキーに注目したのは、何よりもこの論者が昔話の特質を正面から説いた数少ない論客だったからであろう。シィドウとの主張の重なりと差異も関心を惹いたことと思われる。たとえば神話と伝説と対比したときの昔話の特定では両者は理解を同じくしている、と関敬吾は読んだ。[67]

神話は宗教的物語であり、神々の伝説である。少なくともその中に現れる人物の一人は神である。神話は特に自然現象が神格をもった人物の行為として把握することによって成立する。

伝説は特定の人物と関係し、多くは特定の場所に固定した民俗的な、すなわち民間伝承を基礎とする物語である。神話ならびに伝説は不明になった太古にあったはずの何かに由来するものである。

昔話は宗教とももまた一定の名前をもった人物とも、一定の場所とも関係はない（人物名については、ヨーロッパ、日本では固有名詞を使用しないが、アラビアでは「ハルン・アル・ラシッド Harun al Rshid」など代表的な名前であり、古エジプトでは名前をもった老王、王子が登場する。インドも同様である）。昔話はそれが伝承している国の場所とか時代からも自由である。しかし、昔話は他所の国から来た娘のようにあつかわれたにしても、その国の子供のような装いをし、言葉も同じである。昔話は、大昔、まだ希望がかなえられた諧謔的な時から始まる。大部分は「昔々」から語り始める。

この説明自体は、非常に特色のあるものとまでは言えないが、昔話をある特定の話種に限るときの論法には注目

すべきものがある。(68)

彼（＝ウェッセルスキー）によると、物語の分野における一切の始まりは事件（Geschehen）である。ある人がある事件について話をするとき、その話が物語（narration）なのである。したがって①語り手の主観的な考え方がその中に含まれているときでも物語となる。②この語り手がその事件の能動的な関係者であるのか、③受動的な関係者であるのか、④目撃者であるのか、⑤単なる聞き手であったのか、というようなことは全く問題にならない。こうしてひとりでできあがった話を、彼は「話」(Geschichte）と呼んでいる。

ウェッセルスキーは「話」として分類している物語と対照してノヴェレという術語を設定する。国際的タイプ目録では、現実譚（Realistic tale）、ロマンチックな話（Romantic tale）と訳している（AT850-999）。一般に現実譚は自然発生的な話が藝術的に整えられたものである。ウェッセルスキーはノヴェレの実例として「デカメロン」のフェデリゴ卿の鷹（五日・第九話）を挙げている。わが国ではこの語を短編小説とも訳しているように、高度に発展した想像力による形態と結びつけやすい。そのために、ウェッセルスキーは「話」と現実譚のあいだに「小話」とい藝術形式を挿入する。

「小話」(Märlein）はモチーフが巧みに整えられることによって「話」と区別され、また藝術的叙述がないことによってノヴェレと区別される。

しかしまた「話」と「小話」は相互に流動的でもあるとされる。小話が話になり、また小話が話から発展することもある。また「小話」の概念は、昔話をある種の特質をしめす話類に限定しようとする志向と重なっている。

たとえばアールネでは広い意味での昔話に含まれる動物昔話と笑話も、ウェッセルスキーは小話に含めている。[69]

彼（＝ウェッセルスキー）は動物小話の形式を寓話および自然伝説から区分している。わが国ではこれまで寓話にはほとんど注意されていなかったので、したがって分類されておらず（『日本昔話名彙参照』）、いずれも動物昔話と呼ばれていた。わたしは、後に動物の起源と動物昔話を分離したが、現実に寓話形式の話はわれわれの伝承には少ないようである。……

ウェッセルスキーは、自然伝説では動物を一個体と考えずに常に一種族と見ようとしている。したがって自然伝説が語っている運命は決して個々の動物ではなく、常にその種全体の運命である。……イソップの寓話の中には多くの自然伝説がみられる（例えば「蜜蜂とゼウス」などそうである）。動物小話は自然伝説よりももっと寓話に似ている。これらの形態はともに動物に対して人間的属性を与えているが、寓話においては動物は動物的環境に従って行動しているとともに、動物小話においては動物は人間的関係に従って行動している。動物小話も寓話もまた自然伝説もかつて昔話であったことはない。……

物質小話（**Sachmarlein**）[*]は物や植物が人間と同様に口をきき行動する形式である。例えば先に挙げた「豆と炭と藁」の旅行、寓話のイソップの「北風と太陽」（岩波文庫 AT298）などそれである。わが国の伝承で「大根・人参・牛蒡」、植物寓話の「蕨の恩」などこの形式である。「猿蟹合戦」の臼・針・牛の糞など動物と協力しているが物質小話である。

《引用者補記》

＊物質小話（Sachmärchen）を表記のように訂正した。

動物の由来譚なども、ウェッセルスキーによれば、現実の現象の説明であるがゆえに、純然たる空想ではあり得ないということなのであろう。ちなみに「蜜蜂とゼウス」は、ミツバチが人間に蜜を奪われることに腹を立てて、近づくものを刺し殺すことができる針を望んだところ、ゼウスはミツバチの言い分だけを聞くのは身勝手を容認すると考えたらしく、針を使えばそのミツバチも死ぬ運命と定めた、というミツバチの生態に関する説明譚・起源譚である。(70)

ウェッセルスキーによると、笑話（Schwank / jest）は伝説と同じように現実的モティーフのみを用いる。また現実的（社会的）モティーフと迷信モティーフとをともに用いるかによって判断すれば、単純形式の場合は話であり、藝術形式の場合は「小話」である。――☆笑話の実例として、愚か者が絹のクッションを引き裂いて、中の羽毛を部屋のあちこちにばらまく。それから、主人の飼犬が自分のことを話すのではないかと恐れて、犬に話さないように命じ、口をふさいで押えているという話を挙げる。

笑話が独自に存在するためには、聞き手または読者に喜劇的効果を与えるものであることを必要とする。この喜劇的効果は必ずしも事件の最初の出来事に存在していなくとも、後にいたってその要素が生じてくる。これが藝術形式にまでに発展してもなお語り手の個人的性質からもたらされるものである。笑話も「小話」もともに事件の経過に対する批判が明白に示されている。言葉を換えていえば、一方は笑いを誘い他方は無関心の憤りをもたらすものである（例えば愚か息子・娘の話などは笑いを誘うものである。吉四六話(*)など無関心ではあるが、話の対象となっている人物に軽い憤りを感ずる。これに対して、「馬の皮占(**)」「俵薬師(***)」などでは、時として主人公に対して憤りを感じ、これと対照的に長者の愚劣さに極度の笑を誘う)。

これに対して、昔話では一種の軽い笑いのみが存在する。これは物語の結末における喜劇性であって昔話の本質をいささかも変えるものではない(例えば「糠福米福」の結末における母が臼に娘をのせて田に転がり落ちて田螺になる如き)。奇蹟的要素が物笑いにされたとき、諷示・嘲笑(Parodie)が生ずる。

ウェッセルスキーはこれを「嘘小話」(Lügen-Märlein)と呼んでいる。これは「小話」の特殊形式で、それが笑話そのものから湧き出る点で笑話から区別される。しかし常に笑話のなかに用意された結果である。

《引用者補注》

*吉四六話(きっちょむばなし)――大分県南部で集められた頓智話。きっちょむという名前の人物が、巧みな話術で天狗から隠れ蓑を巻き上げるなど、二〇〇話以上が伝わる。落語を元にしたと推測されるものも含まれ、明治時代にまとめられた。

**馬の皮占――佐々木喜善『聴耳草紙』に「馬喰八十八」としてまとめられている頓智話の連作。痩せ馬しかもたない貧乏な馬商人が、長者をだまして馬を殺させ、その皮で占いをすると偽って偶々行き合わせた夫婦と間男から金品をせしめることから始まり、最後は長者を死なせてその後におさまるまで、あくどい頓智が続く。

***俵薬師――一寸法師と重なる頓智話。矮人に生まれた男が計略を構えて長者を死なせて後釜におさまるまでの連続した悪知恵から成り、右の「馬の皮占」と同じ話が含まれるヴァージョンもある。

本論そのものには直接かかわらないコメントを言い足せば、「きっちょむ話」その他が引き合いにだされ、またそれへの違和感が併せて語られているが、これには時代の変化を加味する必要があるだろう。今日私たちは、ヒューマニズムが社会の原理とも表現の様式ともされる状況のなかに生きている。そこから見れば他人を陥れる悪だくみは、気持ちのよいものではない。しかし近代以前、武士が公的に支配層であった時代には、武家に特有の行動の尺度があった。時と場合、また独特の間合いを要することがらではあったろうが、相手の裏をかくのも知謀であった。謀殺仕物《しもの》すら武略であった戦国乱世ほどではなかったにせよ、敵を欺くのは知略の一端、見破るのは機転であった。いずれも、一朝事あるときのためとて、身にそなわっていることが望まれる心構えであった。そうした覚悟や才覚がある種の模範であった時代、またその名残りのなかでは、フィクションとなればなおさらのこと、聞き手は、騙し討ちにはまった者の転落を愉快がり、他方、仕掛けの首尾には喝采を送ったであろう。

日本の語り物への関敬吾の感想とそれへのコメントはさておき、ウェッセルスキーの考察を貫いているのは、何らかの現実性や現実の断片に拘束されている話種を排除することによって昔話の概念を確立させようとする志向である。たとえば笑話は現実生活をひきずっていたり、現実の生活の諸相と思わず重ねて受け取るがゆえに現実と触れあうと見られ、それゆえ昔話からは排除されるのである。

しかし、こうして極度に限定がほどこされた結果、ウェッセルスキーでは、昔話自体は非常に純粋な相貌において現れることになった。それは物語の質と、生成の時代区分の二つの側面において際立っている。質の面では、何らかの意味で現実と触れあう要素を含むものは昔話ではあり得ないとされる。その点を関敬吾は、伝説と昔話の対比をめぐるウェッセルスキーの見解を、モチーフの概念との関係で次のように解説している。(71)

……彼は、これらのモティーフを三つのグループに分けている。

①社会（現実）モティーフ　　現実あるいは可能な経験、社会生活にもとづくモティーフ。

②迷信モティーフ
　迷信あるいは古い、もはや隠滅した信仰にもとづくモティーフ。

③奇蹟モティーフ
　今日すでに克服された、もはや空想としてかあるいは文藝的フィクションとして残存するモティーフ。

しかし、わが民俗学界でもここに言う迷信ならびに奇蹟の概念は必ずしも明確な規定もなく、ただ漠然と民間信仰（Volksglaube, folk belief）と呼んでいるに過ぎないので、ただちにウェッセルスキーの用語をこれに当てはめることはできない。

かかる観点から、次のように規定している。

伝説は社会的・現実的モティーフと迷信モティーフとから構成されているが、藝術的に十分に洗練されていない物語である。昔話は、これに反して高度の藝術的創造物である。その内容は現実の経験、社会的モティーフ以外に、特に空想的モティーフ、彼のいう奇蹟モティーフを第一義的なものとして構成されたものである。

この解説はわかりやすい。なお関敬吾が《迷信モティーフ》と訳した原語は〝Wahnmotiv〟、また《奇蹟モティーフ》は〝Wundermotiv〟である。もっとも、前者は、原書の含意をふまえてよく考えられた訳語であるが、筆者はむしろ直訳して《妄想モチーフ》と試訳している。先に見た、親による息子殺しの物語が、核になる筋から離れて息子の仲間が加えられたり、殺し方がナイフの代わりに熱した粥や鉛になっていったりといった混乱などもそれに入るのである。ただしウェッセルスキーが迷信と言ってもよいような古い思考の影響という意味では、《迷信モティーフ》でもよいが、そのあたりの解説を要するかもしれない。この箇所でも感じることだが、関博士本人は分かっていたのであろうが、原意がすぐに伝わるかどうかと思われることも少なくない。次の一節もそうである。(72)

彼（＝ウェッセルスキー）に従うと、《昔話は社会モティーフ（および迷信モティーフ）とともに事件の展開を規定する仕方で、かかる奇蹟モティーフにも適用する物語の一つの藝術形式である。語り続けることによって、昔話は単純形式「話」になる》。かかる昔話の規定に従えば『グリム昔話集』の二百余の物語の中で昔話《メルヒエン》の名に価するものはわずかに六十にしかすぎず、その他の物語は単純な話、伝説、自然伝説、笑話、奇蹟をともなわない藝術形式の「小話」にすぎない。

ここで引用されているウェッセルスキーの一文は、特定の文脈であることが併せて解説されるのでなければ、意味が読みとりにくい。あるいは、前半の引用と、後半の『グリム昔話集』云々とが、少なくともウェッセルスキーではすぐにはつながらない。前半について言えば、これは民間文藝の諸ジャンルの流動性についてウェッセルスキーがおこなった説明の断片である。筆者が直訳するなら、次のような文章になる。《昔話は物語の藝術形式で、社会モチーフのほかに、筋の展開を規定する手法として奇蹟モチーフを活用している。その昔話も、語り続けることによって単純形式すなわち話になってしまう》。そして原文では続いてこうも言われる。(73)

同様に、小話も、社会的モチーフのみを活用する藝術形式であり、語り継がれることによって、単純形式すなわち話になってしまう。

このあたりでウェッセルスキーが問題にしているのは、《民》のあいだでは昔話を昔話らしく語る才能、また語り継ぐ才能もそう多くなく、その上、書物による昔話が普及すると、書物に記された形態こそ基準であるとして、それに合わせようという志向も起きる。かくして昔話は、昔話らしくなくなってゆく。語り継がれることによって、昔話から遠ざかってゆく、と言う文脈である。それだけでなく、そうした変化のなかでも、形式の違いは見まがいようがない、とも説かれている。つまり、昔話が《話》にまで変形し、小話もまた《話》にまで落ちてゆくことがあるが、それが何になったかは明白に特定することができる、という文脈の一部分だったのである。となると、そう読むのはむずかしいような解説になったのはなぜだったのだろう。それは、関博士が、特定の構想をもって読解に臨んだからではなかったか、と思えてくる。要は、《話》(Geschichte)の理解にある。[74]

彼(＝ウェッセルスキー)は「話」の事例として、「親方が死んだ」「どうして死んだんだい」「親方は狩に行って喉が渇いたので、水を飲もうとして体を泉の上にかがめて乗り出したのだが、すると何かが、狩人を水のなかに引きずりこんで殺したのさ」。

ここにいう「話」はいわゆる世間話に該当する。この用語を昔話、伝説研究に導入したのは柳田國男であろう。『昔話覚書』で述べられた限りでは、派生説話論との関係で取り上げられているが、その内容には統一がなく、明確な概念規定はなされていないようである。もし派生説話の一形式であるとすれば、ここにいう「話」とは一致しない。世間話が崩壊現象であるとすれば、ここにいう「話」はむしろ反対に萌芽形態だからである。

先にも解説したことだが、ウェッセルスキーの視点で重要なのは、口承文藝の発生を、ジャンルごとに歴史のどこかの階梯にはめこむのではなく、それらが今も昔も（昔には限定があるが）流動的と見ることにある。そこがシィドウとの決定的な差異でもある。しかし関敬吾はそこにはあまり注意をはらわなかったのかもしれない。柳田國男の世間話の理解が、まともな話の崩壊現象と見るところにあったかどうかはともかく、ウェッセルスキーは、昔話はそれを維持するだけの条件がなければ（形式の分類から見れば）話へもどってゆくことがあり、また時には伝説へと移ってゆくとも論じている。たしかにここで引用される、沼に引き込まれて死んだ親方の話は、物語の起点としてウェッセルスキーが挙げたものだが[75]、別の個所では昔話が小話や話へと解体されることも論じられている（原書 第十二章）。

もっとも、それも関博士自身には分かっていたであろう。次のような解説がある[76]。

> 昔話の概念は、ウェッセルスキーが考える文化民の藝術形式に類似している。……昔話は詩人、言い換えれば語り手の創造物であるとともに、その用語の真の意味は、実際は folk tale, Volksmärchen, 伝承された物語である。しかし、語り手が遅から早かれその物語を変え本来の要素が失われると、その話（Märchen）に限ってただちに folk tale（Volksmärchen）ではなくなる。いうところの伝承的な話ではなくなる。
>
> ウェッセルスキーに従えば、いかなる場合でも昔話は文藝であって（再話された民話になる）、文学の法則以外のいかなる法則にも従わないものである。……

したがって、《語り手が遅かれ早かれその物語を変え本来の要素が失われると……folk tale（Volksmärchen）ではなくなる》という原意も踏まえられてはいるのである。

ところで、最後に肝心なのは、昔話を成り立たせている決定的な要素は何か、であろう。先に挙げた《奇蹟モチーフ》(Wundermotiv）がそれにあたり、ウェッセルスキーはこれを非常にポジティヴな意味で使っており、それが、昔話とは文藝そのもの、という見解の中心に位置している。しかし、術語として絶えず使われるにしては、あまり詳しい解説はほどこされていない。大体のところ言えば、自在な空想であり、その破綻なき遂行をさしている。それゆえシィドウの《キマイラ型》と通じるところがあるが、いかなる系譜にそれを求めるかについては、考え方に差異がみられる。ウェッセルスキーでは、それは《神話モチーフ》(Mythosmotiv）の神話的な拘束性が脱落したできた作用力といったことのようである。またそこに、それほどの強度ではないが、土着性と外来性の区分も重なっている。このあたりを関敬吾は次のように解説している(77)。

ウェッセルスキーによると原始的ないしは自然伝説は奇蹟の観念を知らない。むしろ進歩した文化において初めて、原始的自然伝説は宗教的に価値高い神々の伝説、神話に転化する。自然伝説の中では単純な自然の事件であったものが、初めて神話に作用することが可能になる。より以上に進歩した文化と信仰が消滅した後に、奇蹟は昔話という信仰のない創造文藝を自由にする。すなわち、昔話は死に瀕したあるいは死滅した神話の子である。

ウェッセルスキーが、もしここでグリム兄弟の昔話はインド・ゲルマン神話の残存とする理論にしたがうとすれば、それ以上の思想の発展はただちにその路線からそれるだろう。なぜなら、彼のいう奇蹟モティーフはすでに久しく忘れられた（あるいは関係のない、いずれにしても、もはや生きていない）観念に属するなら、ほとんど無限の奇蹟信仰が多くの実例をもたらしている中世ヨーロッパでは、この種の昔話は成立できなかったということになると、F・ランケは批判している。これまでウェッセルスキーが一般に『中世の昔話』として特徴づけていたものは神話、笑話、「小話」である。昔話は残っていないことになる。そうして、この理論は今日のインド人にすらあてはまり、それぞれの悟性批判すら近づき得ない信仰をもっており、外見上の逆説《昔話の国インドは昔話を知らない》ということは、逆にいえばインドには数千年前の神話が今もなお生きているからだという。

ウェッセルスキーの命題として有名な《昔話の国インドは昔話を知らない》も、この文脈で紹介されている。また原文では、インドが昔話を知らないだけでなく、非常に多くの口承文藝の物語が昔話の概念にはあてはらないともされる。では、いかなる基準で選ぶのであろうか。その具体例について、ウェッセルスキー自身の語るところは次のようなものである（KHM番号を補う）[78]。

民衆の語り物をめぐって単純形式と藝術形式の概念を導入したことによって得られる認識は、私たちの目的にとって、ちょっと目よりずっと重要である。なぜなら、我らが民のなかで、かつての観念の残滓として妄想（Wahn 迷信）のかたちで生きている、ないしは最近まで生きていた（したがって記憶のなかに生きている）ところのものを知ることは、外来の物語財を、我らの物語財から区分することを可能にするからである。たとえば、神聖な乙女が、人間にはなしえない手段によって報いたり罰したりすることができるということを、我らが民の大部分は信じている。その点で「マリアの子供」（ＫＨＭ第三話）は小話であり、自国の起源であり得る。死者が帰ってきて何だかんだと悪さをすることを、我らが民の多くは信じている。それゆえ「こわがることをおぼえるために旅にでかけた男」（ＫＨＭ第四話）のメルヒェンは、メルヒェンではない。それは小話、それも自国起源と言ってもよいだろう。それに対して蛙が乙女の愛を獲得し、また約束をもとめ、その成就を誓い、最後は若い王子に変身することは、子供や子供と同じ段階にある大人をのぞけば、誰も信じない。それゆえ、ＫＨＭの第一話（「蛙の王様または鉄のハインリヒ」）は、フリードリヒ・グレーター(*)が「乳母のメルヒェン　三人の公女と蛙に変えられた王子様」として一七九四年に発表しており、また外国のものであるにもかかわらずメルヒェンである。同じことは、「歌って跳ねる雲雀」（ＫＨＭ第八八話）や「小さな驢馬」（ＫＨＭ第一四四話）や「三枚の鳥の羽」（ＫＨＭ第六三話）などにも言えるだろう。

《引用者補記》

*フリードリヒ・グレーター（Friedrich David Gräter 1768-1830）南西ドイツのシュヴェービシュ・ハレに生まれ、同地方のショルンドルフに没したギュムナジウム教師・校長。またドイツにおける北欧文学と民俗研究の定礎者であったが、グリム兄弟からライヴァル視されて激しい攻撃を受けたこともあって、永く評価が定まらなかった。兄弟の昔話に先だって昔話を自ら編集する雑誌に掲載したこともあった。

《奇蹟モチーフ》を柱として成り立つ昔話の文学作品としての性格については、創作としての文学との差異も説かれていないわけではない。それが《叙事の法則》と言われるもので、デンマークのアクセル・オールリク（Axel Olrik 1864-1917）が一九〇八～〇九年に昔話研究に導入した概念である。[79] これは昔話に典型的に見られる様式的な特徴を十数項目にまとめたもので、古典的な指標となっている。たとえば同種類の問答を数回くりかえす《反復の法則》や、さまざまな局面で三人や三匹や三回といった三の数があらわれる《三数の法則》、主人公と副主人公すなわち双生児や、兄VS弟、あるいは実娘VS継娘といった《二者の対立ないしは対比の法則》、またそれらを駆使した上でまとまりを実現する《統一性の法則》などを言う。もっともそれらが完備して現れるのは、いわゆる本格昔話ということにはなるであろう。しかしまた、そうした整った形態を誰が作り上げるのかとなると、一種の自己撞着が起きることになった。

それには、民俗文化一般の理解にかかわる学史上の展開として先にもふれたことだが、十九世紀の最末期以後、ロマン主義の民俗観念への疑義が民俗学者のあいだで擡頭したことが関係していた。民俗事象は決して《民Volk》の創造性によって生み出されるのではなく、逆に個体によって創造された成果が民によって受容されるとする理論的な転回であった。特にヨーン・マイヤーとエードゥアルト・ホーフマン＝クライヤーの二人が推進したその時期の学界動向はドイツ民俗学史の一大エポックとなっている。[80] オルリークの次の世代であるウェッセルスキーやシィドウは、その大波を受け、そのなかで考察を深めた人々であった。そのため、昔話について、もし叙事の法則を盛り込んだものであるなら、その高度な営為を誰がどのように遂行するのかについて筋道を描く必要があった。ウェッセルスキーの場合は、それは、口承文藝ないしは《民衆的な語り物》に《藝術形式》と《単純形式》の概念を取り入れ、《民》のなかのポジティヴな人々が前者を、それ以外の大多数の受動的な人々が後者の法則にしたがうという構図を設定した。これは《民》のなかに、創作者に近い詩人を想定することでもあった。とすれば、その詩人は、普通に詩人と目される存在とどこ違ってくるのかという問題へつながってゆく。これを見ると、説得性の高い論説の一方、厄介な理論的な問題が残されたことにある。昔話を高度な、いわゆる本格昔話（この術語の問題性はさておき）においてはじめて実現をみるような高度な技法のものと考えると、民（フォルク）のなかで無碍に形成されるものではあり得ないという議論になる。ウェッセルスキーの場合は、昔話の高度な構成を尊ぶために、昔話の概念を狭く考える一方、書記物にはわりあいラフな姿勢をみせるという顕著な対比がみられる。要するに、昔話を文学作品として基準を設けると、詩人、すなわち創造力をもつ語り手がかかわる以外には成り立ちようがないことになる。しかし創造性をもつ詩人がかかわれば、それは民のものではなくなってしまう。すなわち folk tale（Volksmärchen）ではなくなるはずである。これは昔話の形成や伝承の理論としては自家撞着を意味しよう。

c　シィドウにおける口承文藝と文学の関係

同じ問題はシィドウにおいてもみとめられる。書かれたのは一九三二年で、おそらく前年に刊行されたウェッセルスキーの『昔話理論の研究』の刺激を受けてのものであったと思われる。もっともその時点ではスウェーデン語とフィンランド語での発表であった。今日、それは一九四八年の論文集に第一論文として英語で収められている。[81] そのなかで、シィドウは昔話の《民》のなかでの形成を次のように考察する。

伝承者、すなわち昔話や伝説の担い手には積極的な担い手と消極的な担い手の二つのタイプがある。積極型は昔話や伝説を広めることによってその維持に寄与する。他方、消極型はこれらの伝承を聞いて記憶しはするが、それを他者に語ろうとはしない。前者のタイプは、伝説や昔話を伝える能力をも受け継ぐ子供たちが、両親が記憶していた伝説や昔話を受け継いで伝え、その際、時には修正を加えたり潤色したりする。あるいはその集団内部のさまざまな伝承あるいは家の伝説、また家で語られる伝説と他所で聞いた話を交差させることもある。

伝承は、積極的な担い手が受け継ぎ伝えてゆく限り後世に残る。しかしそうした積極的な担い手がいない場合、昔話は消極的な担い手によって保存だけはされる。また能動的な担い手が消極的なタイプに変わったり、あるいはその反対に消極型の担い手が積極型に変貌したりすることもある。

物語は、積極的な担い手がそれを新しい土地で誰かに話したとき、その場所に伝達される。また聞いた者がそれを順次に伝えてゆく時には、彼は積極的な担い手になる。通常、一個人の移動の範囲は母国語の圏内であるため、物語は単にその国内の一地方から他の地方へ拡がってゆき、同じような類型的な構造を徐々にもつようになる、そしてこれがその文化集団内における地域型となる。新しい地域でその話が拡がるにしても、極めて緩慢である。なぜなら、昔話や伝説は新しい担い手が語り伝える前に幾度も繰り返して語られるに違いないからである。またその地方には既存のできあがった物語の地域があって、新しい侵入者を押しのけることもあり得よう。

もし昔話が言語の境界を越えて拡がるなら、それは国境に住む人々が二ヶ国語を話すからではない。言語境界を越えた伝播は、むしろ《飛び越し、あるいは種が風に運ばれときのもの》である。

物語の伝播の難易は、それぞれの種類によって差異がある。日々のニュース、噂話、いわゆる世間話や地方伝説はその発生した狭い地域内で容易にひろまるが、それ以外の地域には拡がりにくい。その関心が特定の人物や特定の場所に根づいていて、伝説でも積極的な担い手が運ぶなら、新しい場所に広まる可能性がある。しかし昔話は、これまで論じてきたタイプよりも上手に物語る能力とより優れた記憶力を要求する。動物譚や笑話などは、繰り返し語られはするが、遠方へは拡がらない。なぜなら、これらの話はほとんど一般的にもとめられるものではないからである。それに対して最も輝かしく伝達される物語は厳密な意味における昔話、すなわち空想譚（Schimärenmärchen）である。何となれば、この形式による昔話はきわめて長く、また複雑であるため、優れた担い手は非常に少ないからである。……

シィドウは話が広まり、また維持や保存され、ときには変化や発展をけみするメカニズムを、かかるシミュレーションにおいて描き出す。その要点は、最後の箇所にある。すなわち、昔話、特にいわゆる本格昔話とも呼ばれる種類の場合、その形態が複雑かつ高い完成度を要求するために、通常のはるかに超えた担い手でなければ実現し得ない。それは、ウェッセルスキーが《詩人》と呼んだ存在でもある。それが常人をまったく超えた存在かどうかをシィドウは問わない。むしろそれに代わって、そうした担い手が出現する集団の特質の方に関心を強めているところがある。それを強調することによって、ウェッセルスキーの場合にはほとんど陥っていた民俗文化における個体の機能を問うジレンマから免れている。しかしむしろそこにシィドウの理論の最大の問題点がひそんでいる。それが人種の概念だからである。本格的な昔話、シィドウの術語ではキマイラ型を担うだけの資質をもつ唯一の人間種が名指されるのである。すなわち、インド・ゲルマン諸族である。実は、アールネの分類表の形成に協力したとき、シィドウが思い描いていたのも、この特定の人間種に他ならなかった。そこにおいて、シィドウにおいて際立った形態をとるものの、やや薄まったかたちではアールネにも内在していた問題性があらわれる。それに注目することによって、昔話の分類を支えている思想の下で、どのような推論や帰結がなされるのか、その具体的な作業手順を次に観察しようと思う。

(四) A・B・ルースのシンデレラ・サイクル論とその検証

昔話の系譜の解明をめぐる個別研究の指標的な成果、別の言い方をすれば個別研究でありながら昔話研究にとって指標的なものをたずねたとき、アンナ・ビルギッタ・ルースの『シンデレラ・サイクル』は間違いなく挙げられるものの一つであろう。題材がこの上なくポピュラーであることも関係してはいようが、またそれがもとめる負託に応えるかのように、北欧諸学派の特徴が具体的な作業に集中してあらわれている。また北欧そのものではないが、アルベルト・ウェッセルスキーも当該分野の一角を占めていた時期に共通の問題性をもそこに見ることもできる。

a 「シンデレラ・サイクル」

「シンデレラ・サイクル」のタイトルでまとめられたアンナ・ビルギッタ・ルース女史の研究(82)が挙げるシンデレラ譚とその近縁譚は二八〇種余りである。それに先立つコックス女史の労作(83)がタイトルにもあるように三四五種であるのに較べると数は減っているが、それは同種の譚が整理されたためであった。またシンデレラ譚の発展過程の解明に取り組んだことと、その遂行にあたって明確な方法論をもっていたことにおいて画期的であった。またそれに因んで注目すべきは、ルースの作業が当時のスウェーデン学派(84)の研究方法を背景にしており、その代表的な成果の一つとも見られることである。それはまた、一時期北欧の研究者たちが牽引役を果たした昔話研究の成果が活用されていることをも意味している。すなわち、昔話研究の古典でもあるアールネの分類がベースになっているだけでなく、(85)フィンランド学派が切り開いた研究の地平でもある地理的に大きな射程も存分に活かされている。ユーラシアの各地からから北アフリカに及ぶ広い空間から類話をもとめて整理を行ない、そこにはたらく運動を探ろうとしている。したがって、特定のテーマに即した研究であることを超えて、二十世紀の昔話研究の先頭に立った頃の北欧系の研究方法のさまざまな特徴が凝縮した観を呈する。しかしまた、すべてが適切で成功とばかりは言えない問題点をも含んでいる。

ルース女史の研究は、昔話シンデレラの研究となると誰もがそれに言及し、ほとんど古典的な扱いを受けているが、意外なことに、本邦ではその中身までは検討されてはいないのではないかと思われる。収集資料に目配りが行き届いていることや、それらを関係づける丹念な作業がなされていることを賞賛する限りでは、外観をもとに伝説をかしましくしているに過ぎない。肝心なのは中身の検討である。そこで、この小論の一章という短い場所ながら、紹介を試みる。ルースの著作は頁数こそ本文が二五〇頁程度であるが、昔話研究に特有の分類記号が多用され、また何よりも世界の数十カ国の文献が参照されるなどの点で大作であることには違いなく、そのため骨組みが分かることに主眼をおきたい。要点は二つで、一つは方法論、二つには研究の実際である。また、それらを、できるだけ著者自身の言い方で再現することを心がけた。そこで次のような構成に組んでみた。

①ルースの方法論：ルース女史は、スウェーデン学派の定礎者であるカール・ヴィルヘルム・フォン・シィドウを主に批判することによって自己の方法を説明している。ところが、表面的にはその批判が目につくが、実際にはシィドウの指針が、研究のベースになっていると言ってよい。しかも長所ばかりでなく、問題点も

また引き継いだ面がある。これについては最後の「評価」の箇所で言及する。

②シンデレラ類譚の基本形：話型については、アールネとトムプソンが膨大な種類の昔話を見渡して整理した成果が継承され、その上で、六種類の類型（タイプ）に焦点が当てられる。ここでは、女史の挙げるヴァージョンを再録した。

③シンデレラ・サイクルの特定：上記の六種のタイプの相互連関を地理的な移動を含めて明らかにすることが目指される。その連関の骨組みを、ルース女史のレジュメから抜き出した。

④ルースの結論：シンデレラ譚が如何なる経路によって西洋の口承文藝に成り至ったか、それについての見解である。これまたルース女史の「結論」を再録した。

⑤評価：最後に、ルース女史のシンデレラ譚の研究とは何であるのかを、広く民俗文化に対する考え方の系譜のなかに位置づける。それゆえ基本的なものの見方の問題性を問うことにもなるが、ここでは特定の昔話が対象であるため、思想史の側面についてはスケッチ程度にとどめた。

b アンナ・ビルギッタ・ルースの方法論

【解説】 ルースは、カール・ヴィルヘルム・フォン・シィドウの見解を挙げて、それがシンデレラ研究においてもつ意味をプラス、マイナス両面から検討することからはじめている。それまた、シィドウがおこなった北欧のもう一つの研究方法への批判の洗い直しでもある。主に引用されるのは、シィドウの「フィンランド学派の方法と現代の昔話研究」からである。(86) したがって、フィンランド学派の定礎者であるカールレ・クローン(87)を批判したシィドウの言説をさらに批判するという重層した構成となっており、読過の際に注意を要しよう。

なお以下はしばらくルースの引用となるため、そのテキストに付された注記はアステリックス（＊）で表示する。また原注の理解のために【補記】として補足を加えた場合がある。

A・B・ルース「シンデレラ・サイクル」より Anna Birgitta Rooth, The Cinderella Cycle. p.23ff：Chapter 1: Ends and Means.

カール・ヴィルヘルム・フォン・シィドウは「フィンランド学派の方法と現代の昔話研究」のなかで、次のように記した。

クローンは、楽観的な昂揚感をもってパラドックスを表明した。予備的な段階として、あらゆる譚(Tale)が、モノグラフを主題として取り上げるべきだと言う。そしてすべての話しがその手法であつかわれるとき、フォーク・テイルの本格的な研究がなされることになる。この考え方はある程度まで論理的であるが、あまり効果的ではない……。

モノグラフの追求は、経験においても思考においても生産的ではあるが、それ以上に重要なのは分野全体の研究であり、昔話の生き様の研究である。最初期の形態や発生地や個々の譚の伝播経路は、研究者が考察すべき唯一の局面ではない。研究の対象は、諸々の譚があらゆる角度から研究されるのでなければ、研究に目的は尽くされたとは言えない。譚に関する何らかのモノグラフとアクセル・オルリーク(＊)の論文「語りの生命」(*Episke love*) やモルトケ・モエ(＊＊)の「語りの根本生命」(*Episke grundlove*) などの論考を比較すると、後者が優先されることはどの研究者にも明らかであろう。

《訳注》

＊アクセル・オルリーク（Axel Olrik 1864-1917）はコペンハーゲンに生まれたデンマークの文献学者。一八八六年以来コペンハーゲン大学教授。エッダなど北欧神話の研究から民俗学に進み、デンマークの民俗学を指導した。

＊＊モルトケ・モエ（Moltke Moe 1859-1913）は Krødsherad に生まれたノルウェーの言語学者、フォークロリスト、クリスティアニア大学（Christiania）教授。

たしかに昔話（tale）の生命を研究することを強調する点では、フォン・シィドウは正しい。しかし、モノグラフに取り組むことが、昔話の生命の研究ほど重要ではないとは、完全には言い切れない。昔話の解明には、様々な異なった視点が取り入れなければならない。例えば、昔話が語られる状況あるいは昔話の叙事の構造を描こうとする研究者はモノグラフの研究を強制されるべきはなく、同様に、個別のストーリー・テラーが知っている昔話を調査したり、そのストーリー・テラーの昔話の扱い方を調べようとする研究者も強制を受けてはなるまい。こうした研究が、モノグラフ研究よりも劣っているとは言えまい。………フォン・シィドウは続けてこう述べる。

ある種の状況では研究を進展させるときには、特定の重要問題の解決を見出すためには、モノグラフに依拠することも必要である。その点では、フィンランド学派の方法も、多少手直しすれば採用することができよう。しかし私見を言えば、任意に選び出した昔話に関するモノグラフを書くことは、……その昔話が学術上の大問題にとって特別に重要ではないならば、道理に反し非現実的な取り組みである。

フォン・シィドウ客員教授の講筵に長年連なった人なら、右の引用文を読んで、同教授が昔話の個別のタイプではなく、昔話の関連する諸タイプのグループとしての研究が重要であると絶えず説いていたことを想い起こすであろう。(88) それにも拘わらず、実際には、そうした諸タイプのグループの調査も、必然的に一連のモノグラフとの取り組みに進まないわけにはゆかない。その種の研究は、いずれにせよ、モノグラフの助けなくしては処理することができないのである。

本研究では、近縁な諸々のタイプのグループを選んだが、それは偏に相互関係と相互発展を明らかにするためである。その限りでは、昔話の近縁な諸々のタイプのグループを学術研究のテーマとして取り組んだ研究者はただ一人に過ぎない。その研究者とはスヴェン・リリェブラッドであり、研究とはその「トビーアス譚と、死せる助力者その他のメルヒェン」である。リリェブラッドは、昔話が上古のインド・ヨーロッパの遺産と見るシィドウの理論から出発しており、事実、その理論が問題設定の枠組みに影響すると共に、間接的にはその方法をも規定した。リリェブラッドは、次のように述べる。(89)

魔法メルヒェン（Zaubermärchen）が原初インド・ヨーロッパ的であるとのシィドウの理論を受け入れるなら、それに従えば素材は簡単に整理できる。その理論に際しては、インド・ヨーロッパの言語と昔話の特殊発展の間にアナロジーを想定することがどの程度まで適切かとの問題が起きよう。

この命題のなかで、リリェブラッドは予め決められた理論に関与しているが、彼が個別モチーフとの骨の折れる研究を放棄しているのも、ここから来るのかも知れない。

しかし、ある種の昔話類がインド・ヨーロッパの遺産であるとの仮説も、その昔話類について満足のゆく数の一連の近縁タイプを検討するまでは、受け入れることも否定することもできない。研究のあり方としては、その種類の理論を支持するに先立って、諸々のタイプと諸々のモチーフの地理的な配置を注意深く検討することをベースにしなければならない。

諸々のモチーフの検討が推進され、あるいは多様な昔話における中心的なモチーフ類が検証の主題になるのであれば、現在の材料でも、シンデレラがインド・ヨーロッパの遺産である明証として用いることも可能になるかも知れない。

昔話の諸々の近縁タイプのグループが検討の俎上に上げられ、決して孤立事例だけの点検にとどまらない場合ですら、主要モチーフだけでなく、その微妙なヴァリエーションや細部のモチーフ類を検査することは、それに要する作業がどれほど膨大であろうとも必要なことである。またその場合には、フィンランド学派の方法を無視するわけにはゆかない。

因みにトムプソンは、フィンランド学派の長所に注意を促して、こう述べる(90)。

歴史・地理学の方法を突き詰める前に比較研究を行なうのは、一点か二点で弱点をもちかねなかった。……過去三〇年間の民話との取り組みのすべてがこのテクニックに忠実であったのではない。シィドウとその学生たちは、研究を二つの方向において修正するのが常であった。彼らは、民話の諸々のグループを検証して有機的な関係の有無を特定してきた。それと共に、究極的な元型(archetype)を定めるよりも、自家類型[91]を明らかにすることに、より多く関心をもった。これらの研究が立脚するのは、自家類型は、起源地からの拡散よりも、古い古形に連なる遺産に依拠するとの仮定であった。

この学派の方法[92]によれば、諸々の異なったモチーフの原初形態は、その地理的な関与ならびに事象経過における論理的で無理のない位置（logical and natural place）を知ることによってはじめて明らかになる。それがなされるなら、諸々のモチーフの原初の諸タイプは組み合せられて、タイプの最初の形態を私たちに与えてくれ、またそれに助けられて、昔話の起源地（original home）も拡散にあたっての経路も明らかになってくる。

いずれにせよ、複数の異なったタイプを検討する際には、オリジナルなタイプを先ず構成し、その後最初期の形態をもとめるのは不可能である。前者を確定するには、モチーフとタイプの両者を考察することが必要である。

モチーフとタイプの土地に関する徹底した検査が終るまでは、モチーフとタイプのオリジナルなタイプを決定するのは不可能である。

さらに、オリジナルなフォルムの決定は、タイプとモチーフの地理的な検討だけでも無理である。昔話を伝統として研究するのは、不十分である。合成（composition）あるいはフィクション体（fictional work）としても注意を払わなければならない。

空間的にはヨーロッパと西アジアが関わるヨーロッパ・オリエントのキマイラじみた昔話（chimerical

tales）あるいはキマイラ型（chimerats）[93]は、どれほどそのプロットが非合理であろうとも、論理的に合成されている。譚のオリジナルなフォームと起源地を確定するには、この合成における論理的な要素が最も重要な基準である。

昔話は、フィクション体（a fictional work）すなわちそれ自体有機的であるより小さな諸要素から成る有機的統一として研究されるのでなければならない（モチーフ複合について参照、p.32.《訳注 原書の頁》）そのアプローチについては、口頭伝統とその内容（すなわちフィクション体）との関係を発見することが必要である。材料について意見を形作るためには、譚の生命を研究しなければならない――つまり、伝統の発展のなかでそれぞれの役割をはたすそれぞれにことなった事象である。この面でのサンプルは、革命的な変質の継続、すなわち一つのエレメントから他のエレメントへの関心の移動においてみとめられる[94]。すなわち類型的な展開[95]、その後のプロットの組み方と崩れ方である。

本研究において、筆者が、シンデレラに関係する限りで、また限られた材料を用いて明らかにしようと努めたのは、全体としての材料を考察する上で非常に重要なかかる現象を解明することである。

フォン・シィドウが昔話の生命（life of the tales）を研究する必要性を強調するのは、たしかに正しい。シィドウはまた、一つの局面において研究をおこなった。すなわち、伝統の担い手、昔話の語り手、そして語り手による材料の扱い方であり、要するに外面的な側面であった。しかし、本研究では、昔話は、構成体としての内面から考察し、それによって、構成における発展と相互制約の両者の可能性を跡付けたのである。

ここで用いた方法は、昔話の研究を三つの側面から行うことをもとめることになった。それは、本書の三つの部分と対応する。すなわち、①類型、②モチーフとモチーフ複合、③伝統エリアあるいは地理的エリアである。

かくして、本稿の各セクションは、モチーフの研究に当てられ、またその過程では、異なった類型内でのモチーフとモチーフ複合の出現、ならびにその地理的な関与を検討する。このセクションでは、モチーフとモチーフ複合のオリジナルな諸タイプ、類型的な展開、そしてモチーフが構成された地理的エリアを扱う。

フォン・シィドウは続けて、こう述べる。[96]

シンデレラ・ストーリーは、全ヨーロッパ、さらにその境界の向こうにも分布しているが、既に古代エジプトにおいてすら知られていた。しかしそのヴァージョンは、シンデレラが登場して誰をも魅了し、とりわけ彼女の靴を得ることにただ一人成功する王子を虜にする重要なエピソードである祭りの場面を欠いていた。この出来事は、インドシナの譚でも欠けている。インドシナでは、エジプトの場合と同様、シンデレラの靴を小鳥が見つけて、王子の膝に落とすのである。その結果、王子は、彼女の美しさを我が目で確認することなく、靴に合う女性と結婚する決意をすることになる。

エジプトとインドシナの形態は、オリジナルの形態を保ってきた地域に保存されてきたシンデレラ地域の境界的なヴァリアントである。王子のパーティーがどこに起源をもつのかは、誰にも分からないが、しかし、その譚を予め知っていて、新しい形態を耳にした者なら誰にせよ、後者の方が優れていると思うと、彼ら自身の伝統を改変して、後者に合わせて、より良い形態をもつことになる。かくして、新しい形態が未だ入っていなかった保守的な地域でも、新しい形態が優勢になる。……パーティーという新しいエピソードがどこで初めて付け加わったか、あるいはいかなる秩序によって、それが、より古くよりシンプルな伝統と合体したかを決定するのは、たぶん不可能であろう。

この方法は、特定のモチーフが、他の伝統地域における近似したものとを関係させるのが何であるかをめぐっては、ヴァリアントとしてのモチーフが優勢な場所に関心を払うと共に、後者が同じ域内における他のヴァリアントにどのように関係するかにも注意を向けることなくしては、不十分である。

インドシナ伝統エリアと中国伝統エリアにおけるヴァリアントのあいだの比較が教えるところでは、鳥は、幾つかのインド・中国ヴァリアントでは二次的な付加物であり、それに対して穀粒選り分けのモチーフは二次的な名残りのモチーフとして残り、これらのヴァリアントにおいてパーティーが早く存在したことを明らかにする。これは、また、インド中国と中国ヴァリアントの名残のなかには、パーティーと穀粒選り分けのオリジナルなモチーフ複合が保存されていることによっても、支持される。

ある地域の伝統から逸れるのは、近隣地域の伝統との関係の結果であるかも知れない（cf.スコットランドのヴァリアントがスカンディナヴィアの伝統の影響を受けたこと）[97]。あるいは、ある種のエスノロジカルな現象であるかも知れず、また一地域内の類型的な発展であるかも知れず、さらにもっと付随的な性格の変化かも知れない。個別の事例にとって何が決定的であるかは、一つの伝統エリアの諸々のヴァリアントと比較した後で、また比較を系統的に研究することによってはじめてなし得るのである。

現在の調査研究によって採用される方法によれば、各モチーフは、それが属するモチーフ複合との関連において考察されるのでなければならない。同様に、各モチーフは、それ自身の地理的エリアのなかでの伝統という背景と突き合わせて観察するのでなければならない。

地理的エリアに関するセクションは、材料の収集をめぐる解説を含み、さまざまなエリアのなかの伝統によって採用された形態を解明することを試みる。これらの地理的エリアには、当然ながら材料がそれぞれ分散して入っているが、それらは、概ねトムプソンの分類(98)と重なる。このセクションにおいて注目するのは、幾つかのエリアあるいは全てのエリアに共通のモチーフで、それと共にそれぞれのエリアにおける伝統がもつ個別の特徴に重点を置く。かくして、種々のエリアの諸々の伝統から検討結果が得られるのであり、モチーフだけの調査にのみ依拠したのではない。Aタイプと（ABのなかの）パートAのモチーフの輪郭図は本書の末尾において参照されたい(99)。

c シンデレラ類譚の基本形

【解説】ルース以上の方法論が事例検証を通じて具体化されるが、扱われる材料が何であるかについての知識が必要であろう。以下に、ルース女史が重視したシンデレラの六種類の類譚について基本形を挙げる。なおそれらのコックスとアールネ／トムプソンとの対照は次のようになる。

A・B・ルース「シンデレラ・サイクル」より　Anna Birgitta Rooth, *The Cinderella Cycle.* p.15ff：Types of the Cinderella　Cycle.

コックスとアールネ／トムプソンの対照

Cox	Aarne
A. Cinderella	510A
B. Cat-Skin	510B
C. Cap o'Rushes	510B
D. Indeterminate	511
E. Hero tales	511B

ルースとアールネ／トムプソンの対照

Rooth	Aarne
AI	Aa511
AII	Aa511
AB	Aa51 ＋ 510A
B	Aa510A
BI	Aa510B
C	Aa511B

＊アールネ／トムプソン Aa511 がルースでは AI と AII の二類型に分割される。

【A１】タイプ[100]

魔女の継母に男と女の二人の子がいた。継子もまた、男の子と女の子であった。継母は実の子二人を大切にし、継子二人を意地悪く扱った。継子たちは、自分たちがもらったパンで牝牛を育てたが、餌をやるときにこう言った。《牝牛よ、私たちの母さんが優しかったように、お前も優しくしておくれ》。牝牛は、子供たちは、食べ物をあたえてくれた。その様子を、継母の実の男の子が盗み見した。しかし、彼は、二人がクリーム・ケーキをもらっていることを母親に告げずに、自分もそれを少々もらった。継母の実の女の子もまた盗み見した。彼女もケーキをもらったが、彼女は、それで服をよごしてしまった。彼女は、服の汚れを母親に見せた。継母は、病気になったふりをした。彼女の愛人が、医者に変装をしてやってきて、継子たちの雌牛の肝臓を使う処方をした。継子たちは、牝牛が継母のところへ連れてゆかれ、自分たちから取り上げられると、大層泣いた。こうして家族は、牝牛を食べた。継子たちは、骨をもらった。そしてそれを焼き、その灰を土の壺にいれて埋めた。そこに一本の樹木が育ち、アロエの実をつけた。継子たちはその実を食べ、その汁を飲んだ。こうして彼らは幸せに暮らし、神の恵みに感謝した。

【A2】タイプ(101)

老いた男とその妻にそれぞれ一人の娘がいた。どちらも糸つむぎも機織りもできなかった。継子は、牡牛の見張りながら、夜までに、羊毛を紡いで、それを織り、コートを縫い上げることを言いつけられた。牡牛は、彼女が泣いているわけを尋ねると、彼女に、牡牛の右の耳からはいって左の耳にくぐり抜けろ、と言った。そうすると、仕事はし終えることができた。継母は、そのコートを実の娘にあたえた。そして、継娘に、亜麻糸を織り、漂白し、縫い、刺繍をするように言いつけた。継娘は、その仕事も、前と同じように成し遂げた。継母は肉を食べたくなり、牡牛を殺すことを夫にせがんだ。牡牛は殺される前に、継娘に、内臓をとっておけと教えた。内臓の中に、銀の豆(あるいは金の粒)が見つかるので、それを門の傍に植えろ、と言うのである。そうすると、翌朝、そこの一本の林檎の樹が成長していた。村の長老たちがやってきて、娘は隠れた。長老たちは、林檎の実をとることができる娘がおれば、その娘は結婚できると言った。実の娘が樹によじ上ったが、林檎はとれなかった。皆は、他に娘はいないかと、尋ねた。継母は、もう一人いるが、醜いので、見ればパンが喉に通らないだろうと言った。しかし、その娘を連れてくるように言われた。娘は、林檎の実を一つとって、皆に長老たちに渡した。長老たちは、彼女に、高い素性の農民の少年を夫にあたえた。林檎の樹は、彼女についていった。こうして継娘は幸せになり、他方、継母の娘は行かず後家で終った。

【AB】タイプ(102)

娘を持った女教師が、ファティマという女の子を唆《そそのか》して、母親を七つ目の酢の樽で溺れ死にさせた。女教師はまた、コリアンダの種を髪に撒き、ランプを消して、火の上で頭を振るように教えた。そうすると、炎で種子がぱちぱちと音をたてると言うのである。その後で父親に、誰も髪を梳ってくれないので、髪に虱が湧いたと言えと教えた。また、戸口に肝臓を吊るして、最初にそれが頭に触れた女と結婚をしてくれるように父親に頼め、と入れ智慧をした。女教師はやって来て、父親と結婚した。

家へ入って四〇日目に、母親は黄色の牝牛の姿に変わって、樽から出てきた。ファティマは泣いた。すると、牝牛は、泉へ行き、そこに住む魔物に丁寧に挨拶をするように教えた。魔物から無理な言いつけを聞いても、言われたとおりにせよ、と言うのである。髪を梳けと言われると、首を折る代わりに、髪を梳いてやった。皿をこなごなに壊す代わりに、水を満たした。家の中は、壊すかわりに、雑巾をかけて綺麗にした。彼女は、魔物に向って、自分の木綿を探していると言った。彼女は、魔物の宝の蔵へ入ることを許されたが、自分の木綿だけを持って出た。白い風と黒い風が、彼女に吹いてきた。しかし、彼女は何もくすねなかった。魔物は、彼女が何も盗まなかったことを知った。そこで褒美に、額に月を、顎に星を受け取った。彼女はそれを被って、帰宅した。

彼女は、真っ暗な部屋から、銅のスプーンをとってくるように言いつけられた。彼女が入ると、真っ暗な部屋は輝いた。母親の連れ子がそれを見て、母親に、継娘が自分のランプをもっていることを継げた。彼女は、母親に強く言われて打ち明けた。継母は、自分の娘を魔物のもとへやった。ファティマは、一掴みの木綿を川に投げ入れて、その娘に、魔物の命じる何でも聞くように忠告した。結局、娘は、額に猿の眼を、顎に猿の尾をつけられる罰を受けた。

王女の結婚式が決まり、皆がその結婚式に招かれた。ファティマは、豌豆とレンズ豆を選り分けることを言いつけられた。捏ね鉢は、彼女の涙であふれた。一羽の雄鶏と一羽の雌鶏が一頭の牡牛の角から現れて、ファティマのために豌豆とレンズ豆を選り分けた。牡牛の同じ角からは、塩水が噴出して、涙の代わりに捏ね鉢を満たした。もう一本の角からは、衣裳が現れた。それを着て、彼女は、結婚式のパーティーへ出かけた。彼女が会場を去るとき、王子がそれを見て、恋に陥って追いかけた。小川を飛び越えたときに、片方の靴が脱げ落ちた。かくして靴試しになった。ファティマは、竈の陰に隠れた。雄鶏が竈の上で鳴き声を立てたため、ファティマが居るのが分かり、靴の持ち主であることが明らかになった。王子とファティマは結婚し、いつまでも幸せに暮らした。継母とその娘には難儀が重なって死んでしまった。

【B】タイプ[103]：

妻を亡くしたルカという名前の男が、二人の娘を連れた女と結婚した。ルカの本当の娘には辛い家事が押し付けられた。彼女は竈の灰の傍にいることが多かったので、義理の姉妹は、彼女を《炉辺の猫》と呼んだ。ルカが町へ出かけるとき、娘たちに、土産を尋ねた。二人の姉妹は、衣裳と宝玉と真珠とダイアモンドを買ってもらい、《炉辺の猫》の娘は薔薇の苗を望んだ。彼女は薔薇を母の墓に植え、涙で水をやった。

薔薇は大きく成長した。――大きなパーティーが催されることになると、姉妹はそれに出かけ、た。炉辺の猫は手伝いをさせられた。彼女には、衣裳も靴も無かった。姉妹は、灰のなかに豌豆を撒き散らして、それを二時間のあいだに選り分けるように言いつけた。それができれば、一緒に舞踏会へ行ってもよいのだった。薔薇の木が彼女を助けてくれた。次に姉妹は、ボール二杯の小麦粉をひっくり返し、小麦粉と灰を二時間のあいだに選り分けるように言いつけた。それをし終えると、継母は、粗末な服しかもたない炉辺の猫がパーティーに行けるものか、と意地悪く言うのだった。

継母と義理の姉妹が行ってしまうと、彼女は薔薇の木にすがった。薔薇の木は、彼女の望みを尋ねた。彼女が、パーティーへ行きたいと言うと、薔薇の木から、立派な衣裳と黄金の靴と素敵な馬車が降ってきた。パーティーでは彼女が最も美しかったが、誰も正体を知らなかった。彼女は王子と踊ったが、やがて逃げ去った。彼女は、姉妹よりも前に帰宅して、ガウンを薔薇の木に返さねばならなかった。ガウンは消えてなくなり、娘は元の炉辺の猫としてうずくまっていた。宮殿での二度目のパーティーでは、王子の目は娘に釘付けだった。三度目に、彼女は、靴の片方を失った。王子がそれを見つけ、それが合う娘との結婚をのぞんだ。王子は、家々をまわって靴試しをおこなった。義理の姉妹も失敗した。王子は、他にもう一人がいるかと尋ねたが、とても外に出せるような娘ではないとの返事を聞いた。なおも、その娘を出すようにもとめると、娘は立派な衣裳と黄金の靴で現れた。王子は、すぐにそれが探していた相手であることを知って、王宮へ連れて行き、結婚式を挙げた。薔薇の木も彼女について宮殿へ行った。

【B1】タイプ(104):

死の床にある王妃が、王にせがんで、約束をさせた。彼女が死んだ後、彼女の指輪が合う者としか再婚しないように、と言うのである。王は町じゅうでそうした相手を探したが、無駄だった。そして、最後にある娘にぴったり合うことが分かったので、娘と結婚を考えた。娘は家庭教師と相談をして、三着の魔法の衣裳を要求した。月の衣裳、星の衣裳、そして錫の衣裳だったが、その三つとも叶えられた。彼女はさらに木の衣裳を要求して、それに身を隠して逃れた。こうして、彼女は、最後に王様の宮殿へやって来たが、彼女が住むことを許されたのは、鳥小屋だった。夜になると、彼女は、木の衣を脱ぎ、錫の衣裳をまとうと、宮殿の前の樹に上った。その音色には、誰もがうっとりとなって、音楽の正体を不思議に思った。同じことは、次の夜にも起こった。翌朝、彼女は鳥小屋から連れ出されて、侍女の仕事をすることになった。彼女は、木の衣を着けて現れると、王妃に向って、自分がそうした衣を着ているのは贖罪のためであり、名前を《木のマリア》(Maria Intaulata) と名乗った。王子が、パーティーへ出かけるとき、彼女は王子に三つの品物を渡すのを忘れた。鞭と轡と拍車である。これらの品物で、王子は彼女を打った。彼女は、やがて、どこから来たかを問われると、その度に、これらの品物の名前を挙げた。パーティーが三回開かれることになり、それぞれに参加したいと彼女は懇願する。女王は、はじめそれを拒むが、遂に、ヒロインの彼女が、王子の見えないところにいることを条件に許可する。彼女は、第一回目は星の衣裳で現れる。二度目は月の衣裳、三度目は錫の衣裳を着ける。王子は彼女とダンスをし、毎回、ダイアモンド(の指輪)をあたえる。彼女は逃げ出す。帰ると、女王が、王子が彼女を見たかどうかを尋ね、彼女は、見なかったと答える。やがて、ヒロインは、主人(王子)に、彼が楽しんだかどうかを尋ねると、王子は、彼女とよく似た少女が現れたと答える。これが三度起こる。やがて、王子は、その見知らぬ少女がどれほど愛らしかったかを思って、病気になる。医者たちは、王子の病気は恋であるから、治せないと言う。ヒロインは、食べ物を運ぶ役を申し出る。女王は、王子が何も食べようとしないので無駄であると言う。ヒロインは粥を三回運び、その度に粥のなかに王子がくれたダイアモンドを入れておく。王子は、自分が恋をしたのが、他ならぬ木のマリアであることを知って、ベッドから飛び降りると、彼女が着ている木の皮を短剣で切り裂いて、パーティーに現れた美女をそこに見出す。王子は、彼女を両親のもとへ連れて行き、彼女と結婚する。

【C】タイプ(105)：

ある少年のところへ、継母が来るが、彼女は三つ目（目の数は、他に四、五、六、七など）の娘を連れて来た。少年は、父親の二頭の牡牛の世話をする。そのうちの一頭はワイルドと言った。少年がもらう食べ物は、ふすまのパンだけだった。牡牛は、それを可愛そうに思い、右の角を取るように言う。すると、少年の前には食卓が広がり、そこに彼は坐っているのだった。たらふく飲み食いをした後、少年は角を元へ戻した。少年の肉付きがよいのを見て、継母は、娘に盗み見をさせる。牡牛は、少年に忠告をする。娘と遊んで、二人とも疲れて眠りこけるまでになること、その際、全部の目が眠るかどうかに注意をすること、と言うのだった。七つの目が彼の行動を見張っていたが、彼は、最後の首の上にある目のことを忘れてしまった。そこで娘は、継母に、何が起きていたかを知らせる。事態を知った継母は、牡牛を殺したいと言う。それを聞いた牡牛は泣いて、少年に、角の間に飛び乗れと言う。そして二人は、虚空へ飛んでいった。彼らは、先ず、銅でできた樹のところへ着いた。少年は、銅の花を摘み取って、帽子に挿した。牡牛は、少年に、大きな狼が現れて、住処を荒らしたわけを尋ねるだろうと忠告するが、無駄だった。牡牛は、現れた狼と闘い、相手を殺す。次に、彼らは銀の樹に着いた。少年は牡牛に頼んで、銀の花を摘むことを許してもらう。ライオンが現れて、森を荒らしたわけを問いつめ、牡牛の右の角を引き裂く。牡牛はライオンを殺して、少年に向い、これ以後、さらに花を摘むようなことがあれば、牡牛は殺されるだろうと告げる。最後に、彼らは、黄金の樹にたどり着く。そこでも、少年は花を摘む。彼らは、虎と、三つの頭をもつドラゴンと、黒い小さな野兎に出会う。虎は、二人に、自分と闘うか、それとも奴隷になるかを求める。少年は叫び声を挙げ、翌日、牡牛は闘って虎を殺す。牡牛は少年に、明日誰かが自分に会いたいと言えば自分は引き返すが、その後誰かが牡牛に遭ったと言うものが出てくれば、縦笛を吹くのだよ、と教える。

小さな黒い野ウサギがやって来て、牡牛に会いたがる。少年は遊び半分で、敵は少しも怖くないというダンスのメロディーを吹く。しかし、牡牛は悲しんで、野ウサギに殺されるだろう、と告げる。小さなウサギは牡牛を騙して、腹の下にもぐりこみ、牡牛の体を空中に投げ飛ばす。牡牛は真二つになり、右の角は体から外れる。少年は、牡牛に言われていた通り、その角を手にとり、ハンカチに包む。

少年は旅を続け、美しい牧場に着く。そこで少年は角を差し出して、食べ物を手に入れ、その跡、ぐっすり眠る。少年が起きると、牧場は羊で一杯になっていた。少年は、どうすれば羊たちを角に収めるのか、戸惑う。しかし魔女が、現れて、少年が魔女と結婚すると約束するなら助けてやる、と言う。

やがて少年は、水車へたどり着き、水車屋の娘が好きになる。しかし、少年は、彼女とは結婚できない、と告げる。少女は、少年が勇敢である以上、心配せずにやり遂げられる、と教える。

結婚式のパーティーが終ると、花嫁は一切れのパンと水嚢をテーブルの上におき、火掻き用の鉄の熊手と逆さにした箒をドアの傍に立てかける。真夜中に魔女がやって来て、こう言う。《箒よ、私のためにドアを開けておくれ》。しかし、箒は答える。《できません。私は、頭が下になっているのですから》。火掻き熊手も同じ答えをする。魔女は叫ぶ。《出て行け、お前たちはお終いだ》。パンが答える。《やい、地獄の魔女め、俺がやったことがお前にできるか？　俺は種で蒔かれて、大きくなった。それから刈られて挽かれて、水と一緒に捏ねられて、焼かれて、最後は食べられる。そんな傷みに堪えたけれど、全部忘れてしまうのさ。》魔女は、悪口を言い返した。ここに私より偉い奴がいるって言うのかね。そして腹を立てて、炎となって焼けてしまった。若いカップルは未だ死んでいなければ、今も幸福に暮らしているはずだ。

d シンデレラ・サイクルの特定

【解説】右記の六種のタイプの相互連関を地理的な移動を含めて明らかにすることが目指される。それはシンデレラ・サイクルを構成する諸タイプの関係の解明である。

A・B・ルース「シンデレラ・サイクル」より（Anna Birgitta Rooth, *The Cinderella Cycle.* p.236ff.：Summary.)

諸々のタイプの相互の関係については、次のようにまとめることができる（【A】以下、いずれも「タイプ」の語は省く）。

【A】の起源は東方である。そこで、より早い【A１】から発達し、現代のものに近い【A２】となった。なお、【A２】はヨーロッパに流布し、特にヨーロッパ東部において見出される。

【AB】は、近東において【A】から発展したもので、オリエントのモチーフ複合は失われているが、なお僅かにみとめられる。このタイプは、南東ヨーロッパにもたらされ、またそこから西に向かったことが跡づけられ、イタリア、スペイン、ポルトガル、また北へも向ったことによりスラヴ・エリアとバルト海エリアへ広まった。スラヴ・エリアからは、さらに【AB】がスカンディナヴィアとブリテン諸島に達した。

南東ヨーロッパでは、【AB】からシンデレラ・ストーリーそのものである【B】が結晶化し、ヨーロッパ全域に広まった。【A2】と【B1】は、ヒロインが美しく着飾って王子様のパーティーを訪ねるというモチーフ複合を【B1】から借りているが、それ以外では【A2】と【B1】は無関係である。スカンディナヴィアにおける【B】と【A2】及び【B1】の混合は、境界ゆえに起きたのであった。

【C】は、【A】の等価物として近東で展開したように思われる。そして、近東から南東ヨーロッパへ伝播し、そこからアイルランドやスカンディナヴィアへ到達した。またスカンディナヴィアでは、【A】は【AB】と入り混じった。

e　女史の結論

【解説】以上のようなシンデレラ譚の系譜の解明は、また女史の次の見解とも一体である。昔話が、グリム兄弟やペローやアファナーシエフなどで世界的に知られるような、構成のしっかりしたものばかりではないことは、ここで挙げられる六例からも明らかであろう。つまり論理的ではないのである。そうした、首尾一貫せず、とらえどころのない譚が、論理的で整然とした譚に進展してゆく、とルースは考え、その発展過程を再構成したのである。その際、発展が完成にまで行き着くのはヨーロッパにおいてであったとされる。以下は、その推論である。

A・B・ルース「シンデレラ・サイクル」より　Anna Birgitta Rooth, *The Cinderella Cycle*. p.234ff.：Conclusion.

（【A】以下、いずれも「タイプ」の語は省く。）

本書の検討から得た結果からは、インド・ヨーロッパの遺産を構成するのがキマイラ（chimera）であるとの理論は支持され得ない。昔話の関連する諸々のタイプのグループが分布している地理的な様相を調査したリリェブラッドは、分布がインド・ヨーロッパ人からの遺産として続いてきた昔話に依拠していると推測し、それゆえモチーフの検討を怠った。それに対して本研究では、上記の研究方法によって、次の見解を得るにいたった。シンデレラ・サイクルのなかの諸々の昔話が分布する種々のエリアは、異なったタイプのものが分かれて拡散し移動した結果と見られということである。最初期の二種類のタイプである【A】と【C】は、ヨーロッパのなかでは異なった分布を見せるが、それは異なったルートによって移入した。より若い【AB】は、ヨーロッパのあらゆる箇所に見出すことができ、モチーフの検討から、その伝播は、バルカンから南ヨーロッパと南東ヨーロッパを経由してスカンディナヴィアとブリテン諸島へと跡づけることができる。最も新しい【B】と【B1】は、ヨーロッパ全域においてみとめられるが、大きな伝統エリアではなく、【AB】が確立されたエリアとほぼ対応する。それに基づいて、【B】と【B1】の拡散は、【AB】よりも遅れるとの推測できる。さらに、これら二つのタイプはそれぞれ独立したルートをたどったと考えられる。

本書の主要な志向は、特定の昔話について、相互に関連のあるグループのなかでのつながりを解明することにあるが、研究の結果は、さらに幾つかのことを示唆しよう。かくして、フォークロアのなかの特定の一分枝（フォーク・テイル）をめぐる研究方法を用いることにより、異なった文化のあいだの関係についての知識に寄与し、それは延いては人類学の進展でもあろう。

フォーク・テイルの検討には、民間伝承と虚構が絡みあった諸問題を解くための特殊な方法が求められる。そのため、成果を得るには、フォークロアの分野に分け入るしかない。それゆえ、研究者にとって、限定を甘受し、その選んだ研究分野のなかで諸問題を特定し、またその分野のなかで素材の批判的検証を進めることが肝要である。このようにして始めて、人類学の他の諸分枝にかかわる研究者にとっても価値のあるものとなり、地球上の人々、異なった諸文化の人々の間の緊密な結びつきについて共通の解釈をもつ上で前進することになろう。

f　評価

最後に、ルース女史の研究への短評をほどこす。（1）「ルースの方法論」や（4）「ルースの結論」などの項目からも知られるように、その研究には、幾つかの特徴がある。

先ずシィドウが提唱し、それ以来論議となってきた《キマイラ型》(Chimerats) および形容詞《キメリカル》(chimerical) の術語が、空想譚を指すことは、これまでに取り上げた。因みに今日よく読まれるのは、グリム兄弟の昔話や、それに先行するペローの小話集などであるが、それらは、民間の口承文藝に接続しているとしても、それぞれの時代の文学観からの整理がほどこされていると見るべきであろう。それに対して、その後、民俗学の観点から忠実な採録が心がけられるようになると、口承の実際が尊ばれるようになった。するとそこには、筋が混乱しているとの観をあたえたり、論点も定かでなかったりするようなヴァージョンが幾らも見出されることになった。クローンやアールネの作業はそうした作業の成果を背景にしている。シィドウの方法論も、素材面から見ると、口承の書記化がもたらした不整合なヴァージョンの蓄積という状況に対応していた。その点では、例えばグリム兄弟のテキストを固定したものとみなし、それに限定して時には一字一句の解釈を試みる手法よりは、はるかに昔話の実態を踏まえたものであった。昔話は、多数多様なヴァージョンの集合と連鎖とみる方がよく、特定のヴァージョンに固定したテキストをもとめるのは、この対象の性格にそぐわない。シィドウが重視したように、昔話は多くのヴァージョンが全体として流れをつくっており、個々のヴァージョンは流動が何らかの条件下で固形化したものというべきであろう。そうした様態をシィドウは、《昔話の生命》と呼ぶと共に、それを解明するには長大な射程がもとめられることを説いた。その点で、シィドウの認識は昔話研究を新しい地平に導いたと言ってよいであろう。

もっとも、その作業を実際に遂行したのは、ルースのシンデレラ論であった。その際、シィドウがモノグラフを退ける論陣を張っていたため、ルースは却ってモノグラフの復権を叫んでシィドウを批判したが、包括的に見れば、その作業はシィドウの方法論の具体化と見ることができるものであった。もっとも、作業の性格から来る相違点もありはした。シィドウは語り物の形態と語り手の相関の実地の検討を説いていたが、それは主に身近なスカンディアヴィア地域を念頭においていた。スカンディナヴィアに焦点を当てた、いわゆる自家類型である。それに対してルースの作業はユーラシア各地から報告された昔話の多様なヴァージョンを書記的に検討するものであった。その相違が批判的な言辞につながったところがある。先の「方法論」の箇所でそれを指摘すると、シィドウは《伝統の担い手、昔話の語り手、そして語り手による材料の扱い方》を重視したが、ルースから見れば、それは《外面的な側面》であり、それに対して、《昔話を構成体として》諸要素を分析することが《内面》的な考察である言うのである。

そうした差異を含みながらも、ルースの思想がシィドウに負っていることは疑えない。それは、特に多彩なヴァリエーションを整理するときの推論によく表れている。言うまでもなく、推論を行なうには、そのための基準が必要になる。実際の作業は複雑な手順から成るが、個別の基準の奥には、特定の思考がはたらいている。それは観点と言ってもよいであろう。そこまで行くと、ルースの場合も、観点は意外に単純で、また問題を含んでもいる。しかも問題の根は深いのである。それは先に挙げたルースの考察のなかに直裁に記されてもいる。すなわち、《空間的にはヨーロッパと西アジアが関わるヨーロッパ・オリエントのキマイラじみた昔話あるいは空想は、どれほどそのプロットが非合理であろうとも、論理的に合成されている》という観点である。それゆえ続いて、こうも言われる。《譚のオリジナルなフォームと起源地を確定するには、この合成における論理的な要素が最も重要な基準である》。

ルースの研究の実際は、欧米諸語の文献を広く精査し、膨大な資料をアールネ／トムプソンの分類と照合した上で、収集資料から選んで基本形を設定し、それらを《伝統エリア》(traditional area) ごとに各ヴァージョンの構成や連結を分析して伝播関係を推測するという手法である。なおルースの地域区分の基本は、次の六種類の伝統エリア（九エリア）である。インドシナ・中国、インド、近東、南ヨーロッパ（イタリア、スペイン、ポルトガル）、東ヨーロッパ（バルカン半島、スラブ地域、バルト海地域、西スラヴ地域がそれぞれエリアを形成）、北ヨーロッパ（スカンディナヴィア、ブリテン諸島、スコットランド、アイルランド）。

なお昔話における論理性であるが、シィドウは、シンデレラ譚においてはパーティーの場面が入っているかどうかを目安の一つとする。家庭のなかでの陰湿な虐待から、一転して装ったヒロインがパーティーに出て、去り際に自己を確認させる手がかり残す。そしてそれがストーリーの後半の社会的な広がりにつながってゆく。その点では、パーティーの場面は、シンデレラ潭の展開軸であり、ストーリーとしての解決に至る論理性において不可欠であるとされる。それと共に、その場面は、アジアが起源ではあり得ないともする。論理性は、オリエントからヨーロッパの固有の資質であると考えられるのである。

それは、シィドウにもルースにも共通であるが、その扱いに微妙な差異がある。シィドウは、自ら世界各国のヴァージョンを精査したわけではないため、その見方は着想と一般論にとどまっている。それに対してルースは、少なくとも中国南部にはシンデレラ潭の近縁譚があったこと、しかもパーティー（あるいは祭り）の場面が入ったヴァージョンの存在を確かめ得るとする。またそこから、シィドウは実態に接することなく論じたと難じている。しかし、またその中国のヴァージョンについては、構成要素から見て、インドシナあるいは近東からの伝播と推測するのである。その際、構成素の重点は、パーティーの場面の有無に置かれている。その点では、シィドウの見解を下敷きにして基本的な判断を下すと共に、またパーティーの場面の入ったヴァージョンの中国起源を否定するのである。これを見ても、ルースがシィドウに依拠していること、またその差異は具体例における僅かな差異でしかないことが分かる。ここで両者を一連のものとして理解したのは決して無理なことではないであろう。そして問題点であるが、目下の事例に即して言えば、次の疑問が起きるであろう。すなわち、パーティーの場面の有無と論理性がそれほど相関のあることであろうか。さらに言えば、そもそも昔話における論理性を基準として措定し、それをヨーロッパおよびヨーロッパと古い近親関係にあるオリエントの特徴とすることが、昔話研究の骨子になり得るであろうか。

かかる検討からは、昔話とはそもそも何であるかという問題が起きてくるが、ここでは二つのことがらに触れにとどめる。一つは、昔話のそれぞれのヴァージョンに首尾一貫した構成をもとめ、それを満たすものこそが昔話として本格的であるとの見方である。これは、畢竟、書記物としての文学作品に近い基準を昔話にも適用することに他ならない。シィドウによる《昔話の生命》の着想にも拘わらず、結局、提唱者自身によって挫折させられたように思われる。さらに付言するなら、北欧の昔話研究に立脚して日本でも論理的で首尾一貫した構成をもつ昔話が《本格昔話》の術語を冠せられる。文学作品として読める形態であることを以て昔話の成長とみなし、またそれが価値高いものとするのである。その点では、その昔話観は論理性に価値をみとめるものとなっている。しかし、昔話とはそういうものであろうか、あるいは昔話の本領をそこにもとめるのか適切かどうかは、疑問とすべきであろう。

二つ目は、そうした見方の思想的な背景である。それを言うのは、二十世紀前半の西洋に優勢であった思潮が、そこに働いているからである。西洋文化に固有の資質として論理性や合理主義を強調するのは、近代の西洋文化に深く根を張った自文化理解である。文化人類学の分野でも、西洋文化と異文化の原理の違いを挙げることは、それ自体、異文化理解に際しての伝統でもあった。立論にはそれぞれに特徴があり、また今日に近づくにつれて巧緻になりはするが、古くはエドワード・タイラー（アニミズム）やアードルフ・バスティアン（原質思念）、さらにリュシアン・レヴィ＝ブリュール（前論理的思考）などが基礎理論であった。ブロニスワフ・マリノフスキー（機能主義）とクロード・レヴィ＝ストロース（構造主義）においてようやく西洋と異文化の差異は本質的ではなく、それぞれにおける社会と外界に合った適用形態というところまで進んだ。その革新においてもなお西洋・非西洋の落差が残っている面もないわけではないが(106)、目くじらを立てるのも奇妙である。それはともあれ、最後の二人が登場するまでは、またそれ以後でも分野が異なるために、西洋・非西洋の対比の考え方が昔話研究ではなお底流となっていたのである。

(五) 考察　昔話の分類表（AT）の思想ならびに《本格昔話》の概念について

先にもふれたが、アールネがその昔話分類表を発表したのは一九一〇年の「フォークロア・フォロウズ・コミュニケーション」（FFC）第三号においてであった[107]。その段階ですでに昔話の全体は、動物昔話、本格昔話、笑話に分かたれていた。またその分類表の作成にはカールレ・クローンの促しが基になったことと共に、カール・ヴィルヘルム・フォン・シイドゥの協力があったことが記されている。その点では、分類表は、北欧学派の一致した事業であり、その国際規準への踏み出しであったとも言える。アールネ自身の『昔話の比較研究』があり、またシイドゥが、クローンからアールネといういわば主流への懐疑という形で自説を述べた。シイドゥの疑問は、孤立した議論にとどまったところもないではないが、またまったく無視されたのではなく、ここで挙げた《自家類型》の考え方などは、その語を使うかどうかはともかく、多くの関係者がそれに近い見解をとってきた。自家類型はそれぞれの各国（語）型と言ってもよいのである。実際、昔話が扱われるときには、イギリスではどうであって、フランスではこうであるというふうに、国名（ないしは民族名）を挙げて整理をするのが一般的である。

それに代わる原理的に異なった視点となれば、クロード・レヴィ＝ストロース（Claude Lévi-Strauss1908-2009）の構造主義による神話の分析と[108]、そのあたりから再評価されたウラディーミル・プロップ（Wladimir Jakowlewitsch Propp / Владимир Яковлевич Пропп 1895-1970）の機能面からの整理を待たねばならなかった[109]。しかしまたこの両者が近似した性格において評価されるとき、問題もないわけではない。レヴィ＝ストロースの議論は基本的には神話を対象にしており、昔話に特化しているわけではない。またプロップのそれは、その理論の文學作品への適用が一時期ブームの現象を呈したように、昔話の特質を射当てているのか、フィクション一般の法則であるのか、という問題を含んでいる。

それはともかく、北欧学派にアメリカのスティス・トムプソンが合流して整理した分類表は、本質的な指針というより便宜性が次第に勝ってきてはいるのであろうが、いまも健在である。そうであれば、その元になった思想に一度は踏み込んでおく必要があったであろう。それが本稿の動機でもあったが、そこで見えてきたのは、先ずは十九世紀後半から二十世紀前半に支配的であった民族・人種論であった。『昔話エンサイクロペディア』の《自家類型》の解説に目を走らせると知られることだが、今も昔話を話題にするときにはイスラエル型や中東型といった民族・地域・文化圏が分類の目安として現れる。そしてその方向をとるかぎり、その特定の昔話に限定した労作《シンデレラ・サイクル》の考え方も、原理的には批判し得ないことになる。そこでは、シンデレラ譚の完成形態は、端的にインド・ヨーロッパ人種（あるいは諸民族）に固有の昔話とされるのである。

またそこにはシイドゥがキメラ型と呼んだ自在な、またウェッセルスキーが昔話の完全な形態として名指したときのもう一つ規準が重なる。論理性である。先に引用したルースの言説はいみじくもそれを言いあらわしている。しかもそれは、シイドゥとトムプソンの二人の見解に支えられたものとして表明される(110)。

空間的にはヨーロッパと西アジアが関わるヨーロッパ・オリエントのキマイラじみた昔話（chimerical tales）あるいは妖怪性《キマイラ》(chimerats 空想性／空想物語）は、どれほどそのプロットが非合理であろうとも、論理的に合成されている。譚のオリジナルなフォルムと起源地を確定するには、この合成にさいしての論理的な要素が最も重要な基準である。

ここで言われる論理性は、因果性と置き換えてもよいであろう。そしてそれを規準にして世界中のシンデレラ譚のヴァージョンを追って行くと、インド・ヨーロッパ語族の分布域、とりわけヨーロッパに行き着くというのである。逆に、他の地域、と言うより他の人種や民族の昔話は論理性すなわち因果性において欠陥があるとされる。シイドゥは中国のシンデレラ譚の類似譚を頭から斥け、ルースは中国にもそれがあるとの異論を呈しながらも、インドシナ経由で中国に入ったことをシイドゥは見逃した、と批判するので、根は同じである。

ところで問題は、日本の昔話研究において《本格昔話》という概念がおこなわれていることである。アールネが提唱した"eigentliche Märchen"(複数形)を関敬吾が訳したものである、それはまた《複合昔話》のある種のものを指しているが、その核心は論理的に構成されていること、すなわち複雑でありながら因果関係が乱れていないことにある。

なお付言すれば、プロップが、昔話が無数の現れ方にもかかわらず三一通り乃至三四通りに整理できるとしたときにも、筋を読むこと、それも因果関係に沿って理解することが前提になっていた。人をとまどわせるような複雑な現象について機能主義がそうした明快な解明をもたらす意義には、たしかにたいへん大きなものがある。それは昔話や神話に限らない。祭り研究でもそうした手法が役立っている。例えば、スイスのパウル・ガイガー(Paul Geiger 1887-1952)の着想を受けて、同国のリヒアルト・ヴァイス(Richard Weiss 1907-1962)は、無数の現れ方をするヨーロッパの祭りについて、それらを成り立たせている要素をまとめ、祭りの現象形態が無数の語彙であるとすれば要素はアルファベットの字母にあたるとして基本的なものを列挙した。遊び・競争・舞踏・巡回・変容（仮面扮装など）・物ねだり・祭り火・宴と飲食・物叩き・騒音・水掛け・水漬け・物品の提示と担ぎ上げ・歌・語りである。またヘルベルト・シュヴェート（Herbert Schwedt 1934-2010）は、祭りの諸現象を万華鏡の無限の輝き方に、それを構成する要素を色石にたとえて同じく要素の絞りこみを試みた(11)。プロップの視点もそれと近似したところがある。が、肝心なのは、昔話とは何か、という問題はそれでは解けないことである。今、祭り研究を話題に挙げたのも、祭りの構成素を絞ることはものごとを整理する上で大いに役立ちはするが、では祭りとは何かという設問への解答そのものではないことに留意するためである。

そこで根本的な問題が立ち現れる。因果性と同義としての論理性がヨーロッパの人々に固有であるとの理論に目くじらをたてるには及ばない。非ヨーロッパの諸民族も劣らず論理的であり得るといった反論は滑稽であろう。したがって人種や民族の問題を指摘するわけではない。要は、昔話を判断するのに論理的であるかどうかという基準をもって臨むのが適切かどうか、そうした基準を当てるのがふさわしい種類の発話や話藝かどうかという点にある。

なおヨーロッパの諸民族に固有なものとしての論理的思考を謳う学説の場合、そこには独特の内部区分が設けられていることにも注目しておかなければならない。たしかにヨーロッパ諸民族とか、インド・ヨーロッパ諸民族とか、インド・アーリア人といった言い方がされ、それがＡＴの背景になってはいる。と共に、そうした名称で名指される人間種や人間群が挙げて論理的であると考えられているわけでもない。シィドウの場合でもポジティヴな者とそうでない者、また後者は受容性の方が勝っている者とされるように、人間種・人間群の中に区分がもうけられている。個（Individuum）の尊厳と輝きとしての創造性は、すべての人間に一様ではたらくわけではない、というのは二十世紀前半のドイツ民俗学のリーダーたちの頭を領した原理であった。昔話の研究家として、民俗学の理論そのものにかかわったわけではないが、シィドウもその一人であり、ルースもそうであった。彼らは、文化の生成根拠としての《民の魂》というロマン派の民俗理解、またその教条化した形態であるネオロマンティシズムの民俗理解（フレイザーもそうだが）に抵抗し、ややあってそれを葬り去った。と共に、それは基本には民俗文化の生成根拠をめぐる逆方向への振子の動きでもあった。論客の一人ハンス・ナウマンが説いたように《民》は《群（むれ）》であり、そこでは諸現象は群に特有のものとならざるを得ない。《一人が笑えばみんなが笑う。一人が罵ると、誰もがそれに続く。……彼らは群で思念し、群で行動するのである》と言う。当然にも《民俗学を志す者らしからぬ民の蔑視》という反論は早くから起きていたが、それまた熟した思索には至らなかった。むしろそれを現実に咎めたのは、理念としては民に依拠することを標榜していた政治集団ナチスであった。そしてナチスに特有の儀式の世界が繰り広げられるという展開になってゆく。その詳細はここでは繰り返さないが[112]、ヨーロッパ諸民族に固有のものとしての論理的思考を掲げる思想は、またヨーロッパ内部の《民（フォルク）》を下位に位置づける思想でもあった。さらにそれこそが、ルネサンス以降の近代ヨーロッパの文化的な自己理解の系譜への接続と考えられたのである。それゆえ昔話研究にとどまらない民俗学の基礎理論をめぐる論議とつながっている。最後に、もう一度《本格昔話》をめぐる関敬吾の論説を聞いておきたい。

わたしはアァルネの用語に従って本格昔話という語をしばしば使ったが、この範疇に属する物語は多挿話から構成される物語である。この種の物語をシイドゥはメルヒェンと呼んでいる。この形式の説話は多くの挿話から構成されるために、語る際に当然長くなる。単一形式はわずかの時間に語ることができるが、この形式の説話は当然、労働の余暇、祭礼の際などにあるいは我が国の慣習などによると、お伽の際に講員の前で語ったものである。家庭にあっては、家族の成員を前にして語ったものであろう。シイドゥはこれを重要な説話であるとし、かつその内容から空想譚（Schimäremärchen）と呼んだ（これが厳密な意味で、昔話と呼ぶべきものであろう）。反対説もあるが、彼はこの形式の昔話の発生をインド・ゲルマン民族の中に求めた。この複合形式に属する説話を、さら現実譚（Novellenmärchen）、譬喩譚（Parabelmärchen）、累積譚（Konglomeratmärchen）、および連鎖譚（Kettenmärchen）を加え、五つに分けている。これらを広義のメルヒェン（Märchen）、昔話と呼んでいる（ATの本格昔話参照）。

この文章に接すると、偉大な先人がいくらか逡巡をも覚えていたようにも感じられる。しかしそれ以外に方法はなかったのであろう。それに、大きな方向では柳田國男の昔話論も、ほぼ同じ方向にあったと思われる。またATはそのインデックスであることは、便利な面もあることから、賛同する人々によって規準になっているのだろう。

しかし突き放して見ると、やはり問題は残る。さまざまなモチーフや小道具を自在に使い、それらが因果性の意味での論理性で筋が通っていることに評価基準がおかれるとすれば、それは文学作品ではなかろうか。詩人や小説家や劇作家の作品なら、筋の運びにおいて破綻をきたしていないことが問われよう。人物や小道具の出し入れが巧みであることも見所になろう。その同じ規準を適用するとすれば、昔話を文学作品として見ることになってしまう。創作作品との相違点は、それが民衆によって作られるか伝えられるかしていることであろう。つまり民衆のあいだにある文学作品である。果たしてそうであろうか。

昔話を文学ないしは文学作品、あるいは文藝と見るのはウェッセルスキーやマックス・リュティの視点でもあり、とりわけ後者によって今日では主流の観すらあるが、そこにはこれらの論者自身も解いたとは言い切れない大きな問題が幾つも隠れている。たとえば、ほとんどの昔話が散文によって表現されてきたという事実一つをとってもよい。文藝学の通常の理解では、文学の形式としては散文は韻文に遅れるのである。もっとも、人間がいるところ、必ず発話があり、報告があり、お喋りがあり、それらは散文であるということに立脚することはあり得ようが、そこから散文による文学を初発的なものして結論づけるのは無理がある。韻文という超越的な次元での表現が批判的に見られ、相対化されたときに、はじめて散文が文学の表現手段になるのである。また、昔話を文藝と見ることと、それが人類史の歴史時代以前といった過去に遡らせるのも説得性に欠ける。それには民謡を引き合いに出してもよい。西ヨーロッパで民謡はいつ頃成立したか、もちろん古代から人間は何らかの歌を歌ってきた。しかし、今日の民謡の基礎ができたのは、(地域によってばらつきがあるが、平均をとれば)ようやく十五世紀頃であった。一四五〇年がその節目で、同世紀は《民謡の世紀》とも呼ばれる。すなわち、宮廷で培われ蓄積された詩歌財が、もはや宮廷が時代を牽引する場所ではなく、市民社会が育ちゆくなかで、民間に流れ、かなり短期間にその後の民謡の土台ができた。民間の文藝として昔話をとらえるなら、それと同じような構図をどこかで考えるべきではなかろうか。しかし、口承文藝における韻文と散文の問題も含めて、それらは今後の課題にしておきたい。またそれは、今後検討すべき指標的な先行者が見えてきたことをも意味する。ここでは踏み込んで扱わなかったマックス・リュティの《文藝としての昔話》がそうであり、また間接的には見え隠れしていたアンドレ・ヨレスの《単純形式》もそうであり、そして現在ただいまの理論家ではヘルマン・バウジンガーの《フォルクスポエジー》に関する考察は避けて通ることができない。そしてこれらを検討することによって、はじめてもう一つの大課題である柳田國男の口承文藝理解に進むことができるのではないかと考えている。それは筆者の手に負えない設問かもしれないが、ここでの検討から見えてきた道筋を言えば、そうなるだろう。それはまた、昔話あるいは口承文藝に限定されない問いでもある。本来、領域を細分化して問いを立てることが適切かどうか、その根拠は何か、をおさえておくべきだったと言ってもよい。

この点で、ドイツ民俗学を探っていて、そこから得られるヒントがある。これは参考として挙げるのだが、そこでは、生活文化の全体、あるいは少なくともその少なからぬ割合は《摸倣の体系》にほかならないする理論も提唱されてきた[113]。実際、昔話も歴史を通じて知識人がかかわったヴァージョンが民間に流布した割合が高いとは言い得よう。もっとも、それ自体は社会的な系譜論であり、これを基本として論者によってヴァリエーションを見ることができる。マックス・リュティもその一人である[114]。

数百年もおとなのなかで語られてきた「フォルクスメルヒェン」はフォルク（民衆）によって創作されたものではない。……それにもかかわらずフォルクスメルヒェンという名は正しい。なぜならそれは、しろうとの語り手によって変化させられ、ある場合には語りこわされ、だめにされ、それでもある場合には修正して語られ、完全にされ、よりいっそう発展させられた――要するに、しろうとによってしろうとのために語りつがれたのだから。

これはマックス・リュティの独創ではない。すでに一九二〇年代や一九三〇年代からほとんどこの通りの表現で行われてきたドイツ民俗学の基本理論に沿っており、その上でちょっぴり（しかし驚くほどの生産性につながるような）工夫が加えられたのである。しかもその工夫もまたリュティの同時代人に共通している。その点では、民俗学の方法論とも重なっている。ちなみに、右の論説の元になった理論は、二十世紀前半に方法論として提唱されものであると共に、具体的な対象とのかかわりでは、民謡理解として、また民藝理解として提示されのだった[115]。と言うことは、口承文藝だけの課題ではなく、人間生活の日常に走る論理になるのだろう。民衆存在とは何か、生活の場の論理とは何か、を問うことでもあるだろう。それゆえ外在的なものではなく、自分を問うことでもある。およそ人間が共に生きるところには必ず論理が走っている。しかしそれは通常の意味での整合性ないしは因果性であろうか。それを否定することが合理的な思考の否定になるとすれば、否定すべきではないだろう。おそらく生活者の位相における論理性ということになると思われるが、それを合理的な記述方法で取り出す工夫ということではなかろうか。枠組みや分野をどのように設定するか自体も問題になってくるが、もし学問分野と関係づけた言い方をするなら、《民俗文化[116]》を問うこともその一つだろう。そこから見ると、たとえばヘルマン・バウジンガーが民俗学の課題として挙げた要請を受けとめることも考えてよいかも知れない[117]。

> たとえば大きく隔たっている個別領域を二種類挙げるなら、口承文藝にも、、住宅民俗にも、、適用できるカテゴリーに到達することが大事なのである。

《注》

（1）参照 Artikel *"Cinderella"*, von Rainer Wehse (Göttingen). In: *Enzyklopädie des Märchens*, Bd.2, Göttingen 1981, Sp.39-58.

（2）本書所収の「シンデレラ譚の構造と源流」の後半「源流」のなかの（廿）節「『昔話エンサイクロペディア』の《シンデレラ》へのコメント」を参照。

（3）Stith Thompson, *The Folktale.* New York 1946. S・トンプソン（著）荒木博之・石原綏代（訳）『民間説話―理論と展開』（上）（下）一九七七年 社会思想社。

（4）Hans-Jörg Uther, *The types of international folktales. A classification and bibliography. Based on the system of Antti Aarne and Stith Thompson.*3 vols. Helsinki 2004.

（5）ラウリ・ホンコ（著）竹原威滋（訳）「フィンランドにおける口承文芸研究の過去と現在」『口承文藝研究』第八号 一九八五年 一～一五頁。そこには次の言及を見ることができる。《アールネ＝トンプソンの話型目録（タイプインデックス）は、決して学問的なものではなく、実際的な（研究の）補助手段であり、より良い手段がほかにないので、今後もたえず使われていくであろう》（五～六頁）。

（6）次の拙著所収の論考を参照『ドイツ民俗学とナチズム』創土社 二〇〇五年 第八章第五節 五二五～五四一頁「スウェーデン学派の導入―マンハルトとフレイザーへの批判」。

（7）同書は著作集に収録されるにあたって「比較研究序説」と表記された。『関敬吾著作集 六』同朋舍 一九八二年 一～三六二頁。

（8）これは『関敬吾著作集 六』の責任編集者である小澤俊夫氏が「解説」において指摘されるところでもある。参照 同書四六三頁。

（9）小澤俊夫「関敬吾著『日本の昔話―比較研究序説』を読む」『口承文藝研究』第一号 一九七八年 四一～五五頁。

（10）『関敬吾著作集 六』七頁《本書を書き始めたころは、昔話の比較研究を目的とする学会ができることをひそかに夢想していた。ところが紆余曲折を経てこの本がようやく出版されようとしているとき、科学的研究に忠実な同志者の肝煎りによって「日本口承文藝学会」（仮称）がまさに発足しようとしている（一九七七年五月設立）……》。

（11）ほぼ毎号掲載されてきた小島瓔禮教授の論説と、それと密接に関連しつつ進められてきた他に類例をみないテーマ設定、たとえばチベット・モンゴル・キルギスの昔話「シッディ・クール」の総合的な研究に注目したい。

（12）参照『口承文藝研究』第二十二号 一九九九年「小特集 ― 口承文芸の現在 ― 世界」。

（13）参照『口承文藝研究』第十九号 一九九六年「研究動向」。

（14）参照『口承文藝研究』第三〇号 二〇〇七年「第三十回大会 シンポジウム／口承文藝研究のこれから」 ― シンジウムとして十人の報告の一つは野村純一「思想としての口承文藝研究 ― 関敬吾先生を巡って」、また方向付けに関して次を参照、小澤俊夫「これからの課題 ― 昔話内部の研究を」。

（15）小澤俊夫「モティーフ論」『口承文藝研究』第九号 一九八六年 一～一三頁。

（16）金子毅「ねじ曲げられた機能主義 ― 説話研究に見る人類学理論導入の陥穽」『口承文藝研究』第三二号（二〇〇九年）四三～五五頁。

（17）マックス・リュティ（著）小澤俊夫（訳）『昔話　その美学と人間像』岩波書店 一九八五年 xvi 頁。

（18）マックス・リュティ（著）小澤俊夫（訳）『ヨーロッパの昔話 ― その形式と本質』岩崎美術社 一九六九年 一七五頁以下。

（19）次の『ゲーテ用語辞典』を参照 Paul Fischer, *Goethe -Wortschatz. Ein sprachgeschichtliches Wörterbuch zu Goethes sämtlichen Werken.* Leipzig 1929, S.423.

（20）たとえばヘルマン・パウルのドイツ語辞典を参照 Hermann Paul, *Deutsches Wörterbuch.* 6. Auflage. Tübingen 1966, S.718.

（21）稲田浩二・大島建彦・川端豊彦・福田晃・三原幸久（編）『日本昔話事典』弘文堂　昭和五二年 九一八頁。

（22）たとえば次の論考を含む拙論を参照「《民俗学》の形をドイツ語圏の学史に探る ― 図解の試み」『民俗学のかたち ― ドイツ語圏の学史にさぐる』創土社 二〇一四年。

（23）『日本民俗学大系』第一巻（平凡社 一九六〇）所収の次の二編を参照 関敬吾「ヨーロッパ民俗学の成立と概観」（同書三～四三頁）「独・墺民俗学の歴史と現状」（同書八一～一一五頁）。

（24）クローン（著）関敬吾（訳）『民俗学方法論』岩波文庫 一九四〇年。（原書 Kaarle Krohn, *Die folkloristische Arbeits-*

methode, begründet von Julius Krohn und weitergeführt von nordischen Forschern. Oslo:Aschehoug 1926）訳書の「研究範囲の区画」の項目の一部（p.30.）にシイドゥの次の論考からの引用が入っている。Carl Wilhelm von Sydow,*Våra folkminnen.* Lund1919.

（25）アールネ（著）関敬吾（訳）『昔話の比較研究』岩崎美術社 一九六九年（「民俗・民芸双書 四〇」原著 Antti Aarne, *Leitfaden der vergleichenden Märchenforschung.* 1913, FFC 13）。

（26）同右二六～二八頁。

（27）アールネ（著）関敬吾（訳）『昔話の比較研究』二六～二八頁。

（28）*"Ökotyp".* In: Enzyklopädie des Märchens, Bd.10, Berlin, Sp.258-263, here Sp.259.

（29）Carl Wilhelm von Sydow, *Geography and Folk-tale oicotyes.* In: C.W.v.Sydow,Selected Papers. pp.44-59, 244-244(Notes), here p. 243.

（30）幾つかの論考でこの術語をもちいているが、スウェーデン語と英語で発表された次の二篇を参照 Carl Wilhelm von Sydow, *Om traditionsspridning.* In: Scandia, 5 (1932), p.321-344（英語訳 On the spread of Tradition. In: C.W.v. Sydow, Selected Papaers, p.11-43)...., *Nagra synpunkter a sagoforskning och flologi.* In: Ost og Vest. Festschr. A.Christensen. Kop. 1945, .140-146（英語訳 *Folk-Tale Studies and Philology. Some Points of View.* In: C.W.v. Sydow, Selected Papaers,p.189-219.

（31）文学潮流における自然主義には、人間とは何かを科学的に解明する姿勢が重なっていた。これについては次の拙著所収の論考を参照 河野（著）『フォークロリズムから見た今日の民俗文化』創土社 二〇一二年「ナトゥラリズムとシニシズムの彼方」。

（32）KHM 一八五六年版の巻三の原注。

（33）*Pantschatantra. Fünf Bücher indischer Fabeln, Märchen und Erzählulngen. Aus dem Sanskrit übersetzt mit Einleitung und Anmerkungen* von Theodor Benfey. 2 Bde. Leipzig 1859. [reprint] Leipzig 1966. 次の邦訳を参照 シブクマール（著）下川博（訳）『パンチャタントラ物語　古代インドの説話集』筑摩書房 一九九六年　邦訳の「解説」には西洋諸語への翻訳の歴

史にもふれられている。

（34）参　照　Theodor Benfey,*Kleinere Schriften zur Märchenforschung,* ausgewählt und herausgegeben von Adalbert Bezzenber-ger. Berlin 1894.

（35）グリム兄弟に先立つ昔話の収集者であるストラパローラ、バジーレ、シャルル・ペローがそれぞれにこの話を取り上げている。これらをまとめた次の文献を参照　*Das Märchen vom gestiefelten Kater in den Bearbeitungen von Straparola, Basile, Perrault und Tieck, mit zwölf Radierungen* von Otto Speckter. Frankfurt am Main: Insel (Faksimileausg.) 1981.「長靴を履いた猫」はグリム兄弟の『昔話集』でも取り入れられた。参照 吉原高志／吉原素子（訳）『初版グリム童話集』第一巻 白水社 一九九七年 一二三～一三四頁。注目すべきことに、グリム兄弟はこの話を第二版から削除したが、それはペローの先例の故にフランスの話であるとみなしたからであった。なお『昔話エンサイクロペディア』にも詳しい解説が見られる。参照 *Enzyklopädie des Märchens,* hrsg. von Kurt Ranke, zusammen mit Hermann Bausinger u.a. Bd.7 (Berlin /New York 1993), Sp.1070-1083 "*Der gestiefelte Kater*" von Ines Köhle-Zülch. ここには、インド起源説に対して、猫の代わりに狐が登場する中央アジアのヴァージョン、あるいはガゼルが登場するアラビアのヴァージョンに原型を見る説が紹介されている（Sp.1075-1076)。

（36）この説話は『黄金伝説』に所収でもある（標準版では第一七四話）。邦訳では次を参照 ヤコブス・デ・ウォラギネ（著）前田敬作・山中知子（訳）『黄金伝説 四』人文書院 一九九七年 三七四～三九九頁。また『昔話エンサイクロペディア』でも詳しく取り上げられている。参照 *Enzyklopädie des Märchens,* Bd.1(Berlin /New York 1975-77), Sp.1243-1252 "*Barlaam und Josaphat*" von Irmgard Lackner. 『神学・教会事典』でも見出し語となっている。参照 LThK, B.1. Sp.1246f.

（37）Max *Lüthi, Märchen.*（Sammlung Metzler M16) Stuttgart 1964, 2. durchges. und erg. Aufl. 1979, S.62f.

（38）「比較研究序説」『関敬吾著作集 六』五六頁。

（39）『関敬吾著作集 六』二七～二八頁。

（40）次の拙著所収の論考を参照 『ドイツ民俗学とナチズム』創土社 二〇〇五年 第一部第一章「ドイツ民俗学における個

と共同体」。
（41）「比較研究序説」『関敬吾著作集 六』七〇頁。
（42）「比較研究序説」『関敬吾著作集 六』七一頁。
（43）「比較研究序説」『関敬吾著作集 六』二一九頁。
（44）参照 『南山堂医学大辞典』一九六七年 二九六頁。『ステッドマン医学大辞典』（改訂第三版） メジカルビュー社 一九九七年 三二〇頁 (chimera).
（45）*"Kimeira"*. In: Enzyklopädie des Märchens, Bd.10, Berlin, Sp.258-263.
（46）Carl Wilhelm von Sydow, *Das Volksmärchen unter ethnischem Gesichtspunkt.* In: C.W.v.Sydow, Selected Papers. p.220-242, 245 (Notes), here p. 225.
（47）これは日本語版でも確かめることができる。参照 吉原高志 / 吉原素子（訳）『初版グリム童話集』第一巻 白水社 一九九七年 一一一～一二六頁。
（48）ここでは次の翻訳をもちいた。高橋健二（訳）『グリム童話全集Ⅰ』小学館 一九七六年 一九七～二〇八頁。
（49）ヤーコプ・グリムの神話研究のなかでの榛の意味については『ドイツ神話学』の次の箇所を参照 Jacob Grimm, *Deutsche Mythologie*. Berlin 1835., Reprogr.Nachdr.;Einleitung von Leopold Kretzenbacher. Graz: Akademische Druck-u. Verlagsanstalt 1968, Bd.II, S.543.(Kap.XXI "Bäume").
（50）Jacob Grimm, *Kleinere Schriften,* Bd.4, S.551. (Reprogr.Nachdr.1965/66.)
（51）参照 *Handwörterbuch des deutschen Aberglaubens,* Bd.3, Sp.1527-1542.*"Hasel"*.
（52）参 照 Karl Weinhold, *Über die Bedeutung des Haselstrauchs im altgermanischen Kultus und Zauberwesen.* In: Zeits-chrift des Vereins für Volkskunde, Bd.11 (1904), S.1-16.
（53）参照 *"Zupfgeigenhansl"*, hg.von Hans Breuer unter Mitwirkung vieler Wandervögel. Darmstadt: Heinrich Hohmann (1908)「榛の葉の衣にかくれて」(aus dem Blättergewande der Haselin）の文言を含む初版の序文は、その後の版でも踏襲されている。

（54）Carl Wilhelm von Sydow, *Das Volksmärchen unter ethnischem Gesichtspunkt.* In: Féil-Sgribhinn Eoin Mic Néill. Dublin 1940. In: C.W. v. Sydow, Selected Papers on Folklore, publisched on the occasion of his 70th birthday. Copenhagen [Rosenkilde and Bagger] 1948, p.220-241,

（55）S・トンプソン（著）荒木博之・石原綏代（訳）『民間説話 —— 理論と説話（上）』社会思想社（現代教養文庫 九三〇）一九七七年 三〇頁。

（56）参照（前掲注36）トンプソン（著）荒木・石原（訳）『民間説話 —— 理論と説話（上）』五三〜五六頁。

（57）経歴については昔話研究誌上の比較的新しい次の報告を参照 Cary Henderson: *Kultur, Politik und Literatur bei Albert Wesselski.* In: Fabula 37 (1996), S. 216 - 229.

（58）ウェッセルスキーの民俗学史上の位置については次の学史でも触れられている。参照 レーオポルト・シュミット（著）河野（訳）『オーストリア民俗学の歴史』（名著出版 一九九二年）二四八〜二四九頁。原著 Leopold Schmidt, *Geschichte der österreichischen Volkskunde.* Wien 1951.

（59）Albert Wesselski, *Versuch einer Theorie des Märchens.* Reichenberg i.B. 1931. 直訳すると「昔話の理論への試み」であるが、関敬吾に合わせてこのタイトルとした。

（60）Albert Wesselski, *Die Formen des volkstümlichen Erzählguts.* In: Handbuch der deutschen Volkskunde, Bd.I, hrsg.von Adolf Spamer. Berlin 1934, S. 216-248.

（61）マックス・リュティ（著）小澤俊夫（訳）『昔話　その美学と人間像』岩波書店 一九八五年 原著 Max Lüthi, *Das Volksmärchen als Dichtung. Ästhetik und Anthropologie.* Düsseldorf 1975. マックス・リュティ（著）高木昌史・高木万里子（訳）『昔話と伝説　物語文学の二つの基本形式』法政大学出版局 一九九五年。原著 Max Lüthi, *Volksmärchen und Volkssage. Zwei Grundformen erzählender Dcitung.* Bern 1961. マックス・リュティ（著）野村泫（訳）『昔話の解釈　今でもやっぱり生きている』筑摩書房 一九九七年 原著 Max Lüthi, *So leben sie noch heute. Betrachtungen zum Volksmärchen.* Göttingen 1969. また次も参照 Derselbe, *Vom Wesen des Märchens.* Heilbronn 1989. Max Lüthi, *Märchen.*（Sammlung Metzler M16）

Stuttgart 1964, 2. durchges. und erg. Aufl. 1979, S.62f.

(62) 参照 Hermann Bausinger, *Formen der "Volkspoesie"*. Berlin 1968. 以後も改版がなされているが、論考の成立時点での状況との関わりを重視する論者の基本的な姿勢から、その都度の序文が加えられる程度である。

(63) 参照（前掲注42）リュティ（著）高木昌史・高木万里子（訳）『昔話と伝説』「解説」。

(64)『少年の魔法の角笛』をその資料との異同を追跡したボーデの次の研究でそれが指摘された。Karl Bode, *Die Bearbeitung der Vorlagen in Des Knaben Wunderhorn*. Berlin 1909.

(65) 次の拙著所収の論考を参照（前掲注40）「民俗学における個と共同体——二〇はじめの民俗学論争を読みなおす」『ドイツ民俗学とナチズム』第一章。

(66) André Jolles, *Einfache Formen. Legende, Sage, Mythe, Rätsel, Spruch, Kasus, Memorabile, Märchen, Witz.* Halle (Saale) 1930 (Forschungsinstitut für Neuere Philologie Leipzig: Neugermanistische Abteilung; 2).

(67)「比較研究序説」『関敬吾著作集 六』五五頁以下。ウェッセルスキーの原文は次を参照、（前掲注40） Wesslski, *Versuch einer Theorie des Märchens*. S.194f.

(68)「比較研究序説」『関敬吾著作集 六』四三頁。

(69)「比較研究序説」『関敬吾著作集 六』四八頁以下。

(70)「比較研究序説」『関敬吾著作集 六』四七頁。

(71)「比較研究序説」『関敬吾著作集 六』五八頁。

(72)「比較研究序説」『関敬吾著作集 六』五〇頁。

(73)（前掲注59） Wesslski, *Versuch einer Theorie des Märchens*. S.104.

(74)「比較研究序説」『関敬吾著作集 六』四三頁。

(75) 参照（前掲注59） Wesslski, *Versuch einer Theorie des Märchens*. S.10.

(76)「比較研究序説」『関敬吾著作集 六』五六〜五七頁。

（77）「比較研究序説」『関敬吾著作集 六』五二頁。

（78）参照（前掲注60）Wesselski, *Die Formen des volkstümlichen Erzählguts.* S. 233.

（79）はじめ一九〇八年にデンマーク語で発表され（A.Olrik, *Episke love i folkedigtningen.* In: Danske Studier, 1908）、翌一九〇九年にドイツ語で発表された。参照 Axel Olrik, *Epische Gesetze der Dichtung.* In: Zeitschrift für deutsches Altertum und deutsche Lieteratur, Bd.51 (Berlin 1909), S.1-12. ; また今日では次の英語訳が行なわれている。参照 A.Olrik, Epic Laws of Folk Narrative. In: Alan Dundes (ed.), The Study of Folklore. Englewood Cliffs, New Jersey: Prentice-Hall, 1965. 関敬吾はこれについても早くから紹介をおこなっていた。参照「比較研究序説」『関敬吾著作集六』八〇～八二頁。

（80）これについては次の拙著所収の論考を参照、（前掲注40）河野（著）『ドイツ民俗学とナチズム』一六～二〇一頁「民俗学における個と共同体――二〇世紀初めのフォルク論争を読み直す」。

（81）C.W.v.Sydow, *On the Spread of Tradition. In*: Ders., Selected Papers on Folklore. Copenhagen 1948, p.11 - 43. なお最初のスウェーデン語ヴァージョンの書誌データは次である。参照 *On tratiditionsspridning.* In: Scandia, 5 (1932). また同年にはフィンランド語でも発表されたようである。In: Historiallinen aikakaushirja.

（82）Anna Birgitta Rooth　(1919-2000), *The Cinderella Cycle.* Lund 1951, Reprinted Ed.: New York [Arno Press Inc.] 1980.

（83）M[arian] R[olfe] Cox (1860-1916), *Cinderella. Three Hundred and Forty-five Variants of Cinderella, Catskin, and Cap O'Rushes, Abstracted and Tabulated, with a Discussion of Medieval Analogues, and Notes.* London 1893. (Publication of the Folk-Lore-Society, 31 [1892]). ルースはその著作の序文において、《ミス・コックスの研究目的は、シンデレラ・ストーリーの発展についていかなる結論にも到達しようがなかった。彼女の志向は、精々、収集した多数のシンデレラ譚を自然物に沿って分類する程度であった》と記している（p.14）。

（84）ここで「スウェーデン学派」と呼ぶのは、一九二〇年代後半からカール・ヴィルヘルム・フォン・シイドゥが最初の牽引者となった民俗学の新しい研究スタイルを指す。しかし、それ以前のネオロマン派の民俗学もスウェーデン学派と呼ばれることがあるため、対比的に「青年スウェーデン学派」(junge schwedische Schule）とも言う。これについては、次の拙訳による学史文献を参照 インゲボルク・ヴェーバー＝ケラーマン（他・著）『ヨーロッパ・エスノロジーの形成／ドイツ民俗学史』文緝堂二〇一一年 一五三～一六四頁「ウィーン学派とスウェーデン学派――同時代の両極」。原著 Ingeborg Weber-Kellermann u.a., *Einführung in die europäische Ethnologie / Volkskunde.* Stuttgart 1985.(Sammlung Metz-ler, M79)

（85）Antti [Amatus]Aarne (1867-1925) & Stith Thmpson(1885-1976), *The Types of the Folk-Tale, a Classification an Bibliography. Antti Aarne's Verzeichnis der Märchentypen* (FFC No.3). Translated and Enlarged by Stith Thmpson. Helsinki 1928 (FFC 74).

（86）参　照 Carl Wilhelm von Sydow (1878-1952), *Finsk Metod och modern sagoforskning.* In: Ett Svar. 〔Rig. Tidskrift utgiven av föreningen för svensk kulturhistoria, 26 (1943), p.1-23. その後、シイドゥの次の論集に収録された。〕*Selected Papers on Folklore Published on the Occasion of his 70th Birthday.* Copenhagen, p.127 et seq.

（87）シイドゥが特に取り上げたのは、クローンの昔話研究の到達点でもある次の著作である。参照 Kaarle Krohn (1863-1933), *Übersicht über einige Resultate der Märchenforschung.* Helsinki 1931 (Folklore Fellows' Communications 96).

（88*）参　照 arl Wilhelm von Sydow, *Finsk Metod och modern sagoforskning.* In: Ett Svar. Rig. Tidskrift utgiven av föreningen för svensk kulturhistoria, 26 (1943), p.1-23. その後、シイドゥの次の論集に収録された。*Selected Papers on Folklore Pub-lished on the Occasion of his 70th Birthday.* Copenhagen, p.127 et seq.

（89）Sven Liljeblad, *Die Tobiasgeschichte und andere Märchen mit toten Helfern.* Diss. Lund 1927, p.10. スヴェン・リリエブラッド（Liljeblad 1899-2000）はスウェーデン南部 Jönköping に生まれた昔話研究家。なおトビーアス譚は、旧約聖書「トビト記」で語られるユダヤ人トビトの息子トビーアスをめぐる伝承とその類型を指している。「トビト記」はユダヤ教とプロテスタント教会では正典とは認められていない短い経典であるが、その中心的なエピソードである息子トビーアスと大天使ラファエルの出会いは西洋美術の重要なテーマとなってきた。特にヴェロッキョ（Andrera del Verocchio 1435-1488）の作品（一四七〇～八〇年頃）は徒弟時代のレオナルド・ダ・ヴィンチが一部を担当したとの説もあってよく知られ、またレンブラントも「トビト記」に題材をとって五点の作品を残している。

（90*）Thompson, *The Folktale.* New York 1946, pp.442, 443.

（91）参照 C.W.von Sydow, *Folkssagoforskningen.* In: Folkminnen och Folktankar. 14 (1927), p.105.: なおこの術語は百科事典にも取り上げられている。Meyers Enzyklopädisches Lexikon, Bd.17, Mannheim 1976, S.602.

（92*）Antti Aarne, *Leitfaden der vergleichenden Märchenforschung.* Hamina 1913 (FFC 13), pp.67, 68, 77, 78.

（93*）参照 Thompson, The Folklore, p.14.

（94）ルースは著作の次の箇所を指示している pp.82-92. この箇所では幾つかの昔話の特定のタイプが他のタイプと結びつくと共に第三のタイプを排除しながら、独立したタイプに変質することが説かれる。それをルースは《進化》(evolution) と呼んでいる。

（95*）類型的展開（typological development）の術語は、類型のなかでの展開（development in type）の代わりに用いた。なお本書では、類型（type）の語は、通常、昔話の類型（type of tale）を指す。

（96*）Wilhelm von Sydow, *Finsk method och modern sagoforskning.* Ett svar. [Rig. Tidskrift utgiven av föreningen för svensk kulturhistoria 26 (1943), p.1-23], p.7.

（97）ルースは著作の次の箇所を指示している p.151 .【補記】この箇所では主に助力者としての牝牛の役割が扱われている。

（98*）参照 Thompson, The Folktale. p.15 et seq.

（99）ルースは著作の次の箇所を指示している。「付録 p.III」参照 pp.I-XVI. またその付録の図表について、次のように述べる。《インド・中国エリアの輪郭図（参照 付録の図表）を除くと、Bタイプと（ABのなかの）パートBについては、注記においてのみ記した。シンデレラ・サイクルの諸タイプの間の相互関係の検証もそれに従う》。

（100*）参照 エジプト二 Basset, *Contes popuolaires d'Afrique.* In : I,es litteratures de toutes les nations, 47 (Paris 1903), p.102.

（101*）参照 ロシア四 M.P. Dragonanov, *Malorusskija narodnyja predanija i razskazy.* Kiev 1876, p.361.

（102*）参照 ペルシア二 D.L.R. Lorimer & E.O., *Persian Tales, Written down for the First Time in the Original Kerman and Bakhtiari and Translated.* London 1919, p.256.

(103*) F. Pimentel, *Contes da Carochinha.* 18ed. Rio de Janeiro 1944, p.157.

(104*) Cox No.142 = P.E.Guarnerio, *Prima saggio di novelle popolari Sarde.* In: Arichivio per lo studio delle tradizioni popolari, 2 (1883), p.19-38, here p.21.

(105*) A.Horger, *Hétfalusi csangónépsemék.* In: Magyar népköltési gyüjtemény.10 (Budapest 1908), p.26.

(106) レヴィ＝ストロースは西洋文化が非西洋文化に仮想した呪術性の用語であるトーテミズムに検討を加え、それで見られるのは動物霊崇拝の呪縛という特殊な心理的様態ではなく、社会の運営に必要な弁別行為の機能としての一定の合理性であることを指摘した。よく知られた学説上の転回であるが改めて注意しておきたい。参照 Claude Lévi-Strauss, *Le Totémisme aujourd'hui.* Paris 1962. 邦訳 仲沢紀雄（訳）『今日のトーテミズム』みすず書房 一九七〇年。また〈料理の三角形〉の理論では調理方法の貴賎の原理を立て、《焼くこと》をもって高貴な調理方法と見る等級区分を措定したが、それは、東アジアには歴史的にも、その後の現実にも合わない。東アジアの文明の源流である中国文明では《煮る》ことが祭りの料理として重要性をもってきた。これは古代中国において煮る調理には青銅器を要し、また巨大な青銅器と生贄の動物を臣下に下賜することが支配者の権威だったことが背景にあったようである。他方、レヴィ＝ストロースの理論は、旧約聖書に描かれる家畜を犠牲として焼いて神を祀ったユダヤ教の伝統に重点を置いているようである。参照、Claude Lévi-Strauss, *Mythologiques, t.I: Le Cru et le cuit.* Paris [Plon] 1964. 邦訳 早水洋太郎（訳）『生のものと火を通したもの』みすず書房 二〇〇六年 —— これなどは異文化のずれという程度であり、文化の落差が理論に組みこまれているとまでは言えない。

(107) *FFC*, No.3. "Verzeichnis der Märchentypen". Helsinki 1910, p.I-X (Vorwort von Antti Aarne).

(108) 次の総タイトルで刊行されて諸書（五冊）を参照 クロード・レヴィ＝ストロース『神話理論』みすず書房 二〇〇六〜二〇一〇年。

(109) 参照 ウラジーミル・プロップ（著）大木伸一（訳）『民話の形態学』白馬書房 一九七二年。ウラジーミル・Я・プロップ（著）北岡誠司・福田美智代（訳）『昔話の形態学』白馬書房 一九八三年。

（110）本稿五四〇頁。（注92辺り）。
（111）参 照 Paul Geiger, *Deutsches Volkstum in Sitte und Brauch.* Berlin und Leipzig 1936 (Detusches Volkstum, 5); Richard Weiss, *Volkskunde der Schweiz.* Zürich 1946.; Herbert Schwedt und Elke Schwedt, *Schwäbische Bräuche.* Stuttgart 1986. 次の拙訳を参照 ヘルベルト＆エルケ・シュヴェート『南西ドイツ シュヴァーベンの民俗』文楫堂 二〇〇九年 三頁。
（112）次の拙著を参照『ドイツ民俗学とナチズム』。
（113）次の拙訳を参照 ヘルマン・バウジンガー（著作）河野（訳）『科学技術世界のなかの民俗文化』（原書 Hermann Bausinger, *Volkskultur in der technischen Welt.* 1961, 2.Aufl. 1986）文楫堂 二〇〇四年 二一六～二一八頁「《摸倣の体系》としての民俗文化（民衆文化）」―― バウジンガーは、作家ヘルマン・ブロッホのエッセーに見出した《摸倣の体系》という表現を民俗学の章題に活用した。
（114）マックス・リュティ（著）小澤俊夫（訳）『昔話 その美学と人間像』xvii 頁。
（115）ここではこの方向の代表的な民俗研究者の中から、三人を挙げておく。民謡研究のヨーン・マイヤー（John Meier 1864-1953 フライブルク大学教授）、民藝研究にも重点をおいたアードルフ・シュパーマー（Adolf Spamer 1883-1953 ベルリン大学教授）、またマックス・リュティの場合はスイス民俗学会の創設者エードゥアルト・ホーフマン＝クライヤー（Eduard Hoffmann-Krayer 1864-1936）を特に念頭に置いていたかも知れない。なお《語りこわす》は、シュパーマーの方法論考における用語である。
（116）この術語の曖昧性と現実の諸相との関わりについては次の拙論を参照「《民俗文化》の語法を問う」『フォークロリズムから見た今日の民俗文化』創土社 二〇一二年 一四〇～一七二頁
（117）バウジンガー（前掲注113）一七頁（初版「序文」）。

補論　《永遠なる》グリムのメルヒェン

（一）昔話の一枚看板？

グリム兄弟の昔話（メルヒェン）はたいていの人が知っています。一説には、聖書とシェイクスピアと並んで、世界中でもっともよく読まれ論じられている書物だそうです。その真偽は定かではありませんが、そうであっても不思議ではなさそうです。日本でも、グリム兄弟のメルヒェンの人気は昔からたいそう高く、その傾向は今も高まる一方のようです。別に強制がはたらいているわけではないので、自ずとそうなるような何らかの原因があるのでしょう。

そこで少し突き放してひとつの問いを立ててみようと思います。グリム兄弟のメルヒェンは、要するに昔話の収集ですが、昔話の収集は、ただひとつしかないというものではありません。日本では『日本昔話大成』のような大部の収集をはじめとして、特色のあるものがいくつも編まれています。また時代に合わせて新しく編集もなされたりします。それはドイツでも同じことです。ところがドイツのメルヒェンというと、グリム兄弟のメルヒェン以外のものはほとんど話題に上りません。読書界だけではなく、ドイツ文学の研究者のあいだですらそういう傾向がみられます。ちなみに、ドイツ語圏の昔話の分野で代表的な収集者には、テーオドル・フェナレーケン、カール・ロッホホルツ、ヨーハン・ネポムク・アルペンブルク、ルートヴィヒ・ベッヒシュタイン、エードアルト・マイヤーなどがおり、また地域的なものではメクレンブルク地方のリヒァルト・ヴォシドロとかオーストリア南部のマティーアス・プッフなどは特色を発揮しており、さらに二十世紀に入るとヨハネス・キュンツィヒやヴィクトル・フォン・ゲランプが学術的な方面に意をもちいた収集をおこなうなど、さまざまな種類のものを見ることができます。さらに、グリム兄弟の昔話の収集が刊行され当時、近似した方向への関心をもった人々は他にも何人かいました。そのなかには初版第一巻と同じ一八一二年に、しかも半年早く『民間伝説・メルヒェン・聖伝』を刊行したヨーハン・グスタフ・ビュッシングや、グリム兄弟が初版から一貫して冒頭にすえた第一話「蛙の王さま」を自ら編集する雑誌に早くから発表していたフリードリヒ・ダーヴィト・グレーターや、すでに一七九〇年代初めからメルヒェンをも含む民間の話藝を順次刊行していたヴィルヘルム・ゴットリープ・ベッカーなどがいました。グリム兄弟は野心とは無縁な人たちではなく、同時代人で同じく一流の学者でもあったビュッシングやグレーターには対抗心を燃やして、ときに激しい攻撃をも浴びせました。もちろんそういう戦術は一時的なもので、やはり総合的に見てそれが落ち着き先だったのでしょうけれど、昔話を自己のレパートリーとして決してゆずらなかった兄弟の執念は、その意図以上に実って今にいたっていると言えるでしょう。実際、ドイツ語圏の各地域で語られている昔話をどれだけ実地通りに採録したかという尺度から言えば、グリム兄弟よりも少なくとも部分的には上を行くものもあったのですが、グリム兄弟の前にメルヒェンなし、グリム兄弟のあとにメルヒェンなしという状況は一向に止みそうにありません。これはいったい何故でしょうか。

この疑問を私は早くからいだいていたのですが、また同時に、それがドイツの民俗学のなかではよく知られた設問であることにも気づきました。というのは、戦後のドイツの民俗学を代表する人物であるヘルマン・バウジンガーがその著作『科学技術世界のなかの民俗文化』（一九六一年）のなかでこれをとりあげているからです。曰く、《グリム兄弟のメルヒェンが、ドイツの幾百のメルヒェンの収集を圧倒して、メルヒェンの代表であるかのような観を呈しているのは何故であろうか》。それはグリム兄弟の収集が、他の誰の収集よりも正確であったり、良心的な採録であったからというわけではなかったのです。事実、グリム兄弟のメルヒェンは生前の数種類の版を追うごとに加筆や削除や修正がなされ、聞き書き通りの記録からは遠ざかった面すらみられるのです。では何故か。バウジンガーの答えは、グリム兄弟のメルヒェンが《本当の昔話》、すなわち実際に語られているものとしてのメルヒェンではなくなっていったからであったというのです。

（二）　昔話の指標とは？

では《本当の昔話》とは何でしょうか。その指標はいくつかありますが、はじめに考えてみたいのは、言葉のあり方です。昔話の収集の実際は、日本でもドイツでも、その方面の研究機関が膨大な資料を保存していますが、その重要なものに音声の記録があります。ドイツでのそうした収集は私も案内してもらったことがあり、また見本に聞かせてもらいました。するとそこで驚くのは、方言のすさまじさです。私に分からないのはともかく、案内してくれた研究者が、出身地方のものをのぞけばお手上げだと語っていたのは印象的でした。村ごととまでは言わないまでも、日本の郡の程度の距離をおけば、まるで言葉が違っているというのが、伝統文化の実態だったのです。加えて身分や階層や職種による言葉遣いの差異がかさなります。標準語が普及する以前は、訛りは、出身地や社会的位置を映している点で、手形や指紋にも似た識別の指標でもあったのです。

これにちなんで一例を挙げますと、グリム兄弟のメルヒェン集の初版（一八一二年）とほぼ同時代に、フリードリヒ・フォン・シュパウルという人が『高地ドイツ紀行』という旅行記録を刊行しました。解体直前のザルツブルク大司教領国の貴族で、民俗学の先駆けのような仕事を残した人物です。その旅行記録は当時流行っていた書簡体で書かれており、ザルツブルク周辺の民衆の生活を伝えています。その内容はさておき、注目すべきは採録の方法です。ザルツブルクの町の背後にはアルプスの山並が迫っていて、そこでは伝統的に移牧という形態の酪農がおこなわれてきました。その生業の様子が描かれるのですが、都会で育った民俗好きの青年貴族には、アルプスの牧場に牛を追う人々の話していることが聞き取れなかったらしいのです。そこで貴族の館に使えているアルプス出身の召使が通訳をつとめたということが書いてあります。町を離れること僅か二〇キロメートルの民衆の生活言語が上流人士には通じなかったのです。同時にまたそこを仲介するマージナルな領域の人々が多彩に活躍していたのです。新聞や学校教育やラジオが普及する以前の伝統社会の言葉の実態は、そのようなものだったことが分かるのです。

そこで、もし実際の昔話を採録するとすれば、それ以外地域の人々にはほとんど理解ができないような強い訛りで記録されなければならなかったはずです。ところが、グリム兄弟の昔話はそうなってはいません。見事なインテリのドイツ語で、誰が読んでも分かるように書かれています。もっとも、幾つかの話は一見したところは訛りという感じの綴りで表記されてはいますが、それは雰囲気を作るための工夫なので、誰もが読み取ることができます。

もっとも言葉は、ともかくも多くの人々に分からなければいけないので、致し方がない面があるでしょう。次は内容です。実は言葉遣いでグリム兄弟が選んだ方向は、内容の面にもはたらいています。すなわち、標準的で誰にも受入れられるような様式を意図的に採用するという行き方です。昔話の内容において、それは具体的にはどういう形になるのでしょうか。そこで対比的に、もうひとりの昔話の収集者の見解をきいてみます。テーオドル・フェルナレーケンが、『アルプスの伝説集』（一八五八年）の序文で、こんなことを言っています。

見聞を忠実に寸分違わず採録するのが私の鉄則であって、解釈は二の次である。私は民衆の口が語る通りのものを報告するだけであり、それ以上には進まない。なぜなら私は、その内容を改竄すべからざる歴史資料とみなしているからである。

とは言えフェルナレーケンの場合も、見聞通りを写したとは言えないところがあるようです。その原因のひとつはフェルナレーケンもグリム兄弟の影響を受けており、その様式を踏襲して面があったからです。

ところで本当のメルヒェンの場合、ひとつの目安になるのは各地の《言い伝え》と性格がかさなってくることです。つまり××山の奥には魔女の住処があるとか、▲▲の野に不思議な光が放っているとか、あるいは＊＊の川原の紅い石は○○という名前の巨人が死んでその血が固まったそのもので、その巨人は何時の時代に何処からやってきたというように、いわば《ご当地もの》の色彩が強くなります。事実、アルペンブルクの『アルプスのメルヒェンと伝説』などをみると、そういう指標がよく残されています。つまり、その土地の人しか実感できないような具体性に富んでいるのです。細かいところでは、ある場所にそそり立つトネリコの枝の張り具合や樫の幹の形状、また山の岩石の表面の模様などが、知っていて当然といわんばかりの口調で語られます。それゆえ特定の狭い空間の人々にしか実感が湧かないのです。

ところがグリム兄弟のメルヒェンでは、具体的な地名や特定の空間をしめす特徴は乏しいのです。水車は、回ると独特のきしみ音をたてることを誰もが知っている××村の水車ではなく、水車一般です。意地の悪い継母も、その子供いじめをしたのは今は廃屋となっている旧家の何代前の誰それと特定される人物ではなく、継母一般です。

しかし以上の特徴は、グリム兄弟のメルヒェンに限られることではないとも言えます。次いで現れてグリム兄弟とメルヒェンの収集では双璧を成すロシアのアレクサンドル・アファナーシェフの『民話集』(最初の巻は一八五五年)にも共通しています。ということは、聞き書きをもとにしながら、聞き書き通りではないという収集のスタイルが十九世紀を通じてヨーロッパの各地でおこなわれたということになります。別の面から言えば、そういう種類への需要がそのころ起きたのです。さらに同じ種類の非常に早い事例がシャルル・ペローの『寓意のある昔話またはコント集　がちょうおばさんの話』(一六九七年)であるとすれば、その後各国で一般化する動向が、フランスでは一世紀以上も前に形をとりはじめていたということになります。

次に考えてみたいのは、これとは違った方向への動きです。先に《生きた昔話》とか《生きたメルヒェン》という言い方をしましたが、たとえば二十世紀前半の採録をみると、新しい時代の生活の風物がとり入れられているばあいがあります。暖炉に代わって石油ストーヴや電熱があらわれたりするのです。電話や映画や飛行機やペーパーバックの本やガソリンが小道具に入ってきます。鉄工所の娘の話を水車屋の娘の後進と見ることもできないではありません。メルヒェンが生きて周囲の実際の環境に合わせてゆくとなると、そうならざるをえないというのは素直に考えれば分かりやすいことです。つまり筋立てはほぼもとのままで、道具立てが変わるのです。事実そうした事例もかなりあつめられているのですが、それを民俗文化における《道具立ての変化の法則》と呼んだのは、戦後のドイツ・オーストリアの民俗学の泰斗レーオポルト・シュミットでした。

ところがグリム兄弟のメルヒェンは、そういう趨勢とも正反対の様相をみせるのです。十九世紀初めにはすでに起きていた近代への変化を感じさせるような道具立ては、そこにはまったくみられません。グリム兄弟の頃にも、そのメルヒェンは同時代らしい話ではなかったはずです。まさに《昔々あるところに》だったのでしょう。しかも恐ろしく様式化が進んでいます。美人はいつも妹娘であり、継母は意地が悪いと決まっています。バウジンガーは、レーオポルト・シュミットの向こうを張って、これを《道具立ての凍結の法則》と呼びました。口承文藝は時代や環境にあわせて変化するものという漠然としたイメージがあるかも知れませんが、実態は逆で、決まって起きるのは固定化と様式化なのです。そしてそれがもっとも徹底しておこなわれた最初の例が、グリム兄弟のメルヒェンであったというわけです。したがってグリム兄弟のメルヒェンは、具体的な土地や時代や社会という観点からみれば、どこの土地のものでもなく、いずれの時代なのか決めようもなく、社会の実態とも縁の切れた話ということになります。

バウジンガーは、これについて、科学的な技術機器が優勢となる時代の特徴という考察をしています。バウジンガーによれば、かつては、伝統的な社会の仕組みや観念や手仕事の世界が基層をなし、その上にそれぞれの時代の先端的な技術がほそぼそと網の目をつくっていたとされます。ところが汽車や電話といった科学技術の産物が生活に浸透してゆくと、伝統的な仕組みとの関係が逆転し、科学技術世界という基層の上にかつての民俗文化が点々と浮いているという構図に変わってきます。それにともなって、一見したところ継続しているとみえる民俗文化は、その意味や機能において根本的な変化をとげることになります。バウジンガーの研究はその変化を空間・時間・社会の軸にそって解明しようとしたものなのですが、そのなかでグリム兄弟のメルヒェンを証左のひとつに挙げています。生活空間が膨張して狭域性を維持できなくなるとともに、昔話は特定の土地の伝承から遊離してゆきます。狭域性の崩壊というリアルな現実があり、それに対応して、どこの土地のものでもなくなった話にリアリティを感じる心理がはたらくようになるというのです。時間の軸について言うと、人間が日常のなかで経験的にたしかめているのは精々祖父母の時代までで、それより前は抽象的で観念的ということになります。ちなみに《科学技術世界》は、科学的な技術機器との交流のなかで進展した（科学技術そのものに対応する）日常生活の位相を指すものとしてバウジンガーが措定した概念ですが、そこでは時間尺度が近代に特有の観念性を高めてゆくとされます。また自動車や電車や電話やラジオ・テレビといった技術機器の一般化のなかで伝統的な近隣の拘束性が低下するなど、空間も伝統的な意味合いからは根本的に変化したものになってゆきます。たとえば親近・排斥さらに異次元空間までさまざまな心理が向かう先であった《となり村》は消えてしまいます。逆に、空間性を帯びた拠り処をもとめる心理がたかまって、あらたに田舎のイメージが、国民国家を枠として共有されるかたちでつくられてゆきます。漠然とした昔のイメージが郷愁をさそうようになるのも、近代化のなかの動きです。つまり、いつの時代とも特定できない、いわば芝居の書き割りのようなものです。様式化された時代風景で、どの時代であるかには重点はないのです。時代が混在していても少しも構わないのです。時代祭りのような行列行事が各地で催されるようになるのはそのあらわれです。そうした祭りや行事にみられるのと同じことがらが口承文藝の世界で起きた早い例がグリム兄弟のメルヒェンということになります。いつの時代のものとも決められず、型にはまっているからこそリアリティをもつのです。そうした、祭りにも、民俗衣装にも、方言見直しの運動にも、家具調度の仕様にも起きている変化が口承文藝にも起きたのであって、それがすなわち科学技術世界なかの民俗文化であるというのがバウジンガーの説明です。

(三) 神話の痕跡としてのメルヒェンという考え方

次に考えてみたいのは、グリム兄弟自身はそのメルヒェンの収集を何と考えていたかという問題です。兄弟のメルヒェンについては研究は日進月歩です。兄弟にそのメルヒェンを語ってきかせた人物についても、ドイツの寒村の強い訛りが口からはなれない古老ではなく、フランスからドイツへ逃れてきた人々の子孫で都会で暮らす教養のある階層の人物であったらしいことが判明しています。しかしそうなると、兄弟がそれを率直に明かしていないことが、改めて研究者たちを戸惑わせています。

しかしグリム兄弟自身は、自分たちが記録したメルヒェンの特質について、明確な理解をもっていました。それは当のメルヒェン集そのもののなかに認められます。

すべてのメルヒェンに共通しているのは、最古の時代に遡る信仰の痕跡である。その古き信仰は、超感覚的なことがらを形あるものにすることを通じて自己を表出した。神話は、こなごなにくだけた宝石の破片に似ている。それらは、雑草や草花におおわれた地面に散らばっていて、鋭敏な眼差しをもつ人だけがそれを見つけることができる。神話がもっていた意味ははるか以前に失われたが、それはなお感得することができる。(一八五六年版の巻三の原注)

すなわちグリム兄弟は、メルヒェンを、古代の神話の延長、その名残と理解していたことが分かるのですが、今日では、その通りと受けとめることはできないでしょう。グリム兄弟が集めたメルヒェンは、古いゲルマンの神話時代のものとは言えません。口承文藝の形態からみると、それらには古代・黎明期どころか、ほとんどの話については中世の文藝の特徴もみとめることができないのです。二十世紀後半のドイツ民俗学の代表的な一人であるインゲボルク・ヴェーバー＝ケラーマンは、グリム兄弟のメルヒェンについて、いみじくも十九世紀初めの小市民的な文化の呼称を挙げて、〈ビーダーマイヤー時代の子供の嗜好〉に合わせたものであると言い切っています。事実はその通りでしょうし、また子供の嗜好とは、子供を経由した大人の嗜好でもあるでしょう。しかしグリム兄弟は異なった認識をもっていました。その神話ないしは神話の痕跡という確信は、同時代の教養人の圏内から聴取しているという事実にもかかわらず、変わらなかったようです。当初入っていた「長靴を履いた猫」がペローが拾ったフランスの話であると知って第二版から追放するという作為をほどこしながらも、毫も揺るがなかったのです。したがって今日からは腑に落ちない幾多の齟齬をふくんでいることになりますが、同時にそこには何か確かなものが感じられます。つまり思想のレヴェルになっていたということでしょう。

そこで注目したいのは、誰がメルヒェンを語るのかという問題です。グリム兄弟は、共同体がそれであると考えました。そしてそれをドイツ語の宿命的な語彙で言いあらわしました。《フォルク》（民・国民・民族）です。ヴィルヘルム・グリム（弟）は、メルヒェンの初版から程遠くない一八一六年に、敬愛する詩人ゲーテに宛ててこんなことを書き送っています。

『子供と家庭のあいだでのメルヒェン』はフォルク（民）の本然のうた心のありかたとその感覚を混じり

けのないかたちでしめしています。〈八月一日付の手紙〉

また別の箇所では、当時作家たちが手がけていた創作メルヒェンにたいして、グリム兄弟は自分たちの収集を〈フォルクスメルヒェン〉、すなわち〈共同体の昔話〉であるとも言っています。やはりヴィルヘルム・グリム(弟)の表現では、こういうことになります。

これらのフォルクスメルヒェンには、失われたと思われている原初のドイツの神話が顕現しているのです。(Wilhelm Grimm, Kleine Schriften 2.S.336)

つまりもとの聞き書きに散々手を入れて文学作品にちかいものになっているものにもかかわらず、兄弟は創作の意識をもっていなかったと考えられるのです。事実、グリム兄弟は、他にはこれという文学作品は残していません。それどころか、兄弟は当時行なわれていた口承文藝の収集のあり方に不満をもっていました。たとえばブレンターノとアルニムによる『少年の魔法の角笛』について、編者たちが歴史学的に厳密に検討することに関心がなく、時代の必要に応えようとしているのは古い歌謡の扱い方として間違っていると難じています。大事なのは研究であり、そうである以上、それらは当代の詩歌として再び生命の高揚をみることなどありえず、ただただ歴史資料として味わうべきものである、とも言います(グリム兄弟の往復書簡から、ヤーコプから弟に宛てた一八〇九年の手紙)。ところが、兄弟は、その信念にもかかわらず、昔話に手を加えています。たとえば有名な「灰かぶり(シンデレラ)」です。そこでは、亡くなった実の母親の墓に娘は樹を植えますが、初版では、《女の子は一本の樹を植えました》としか書かれていません。ところが後の版になると、話がこみいってくるだけでなく、それは榛（ハシバミ）であると樹種が特定されます。別段、インフォーマントを相手に聞き書きをやり直した結果でもないのです。したがって今日からみると、作家的な加筆ということになります。しかし兄弟には創作の意識はなく、むしろ強い否定の姿勢にあったのです。とすると、そこにはよほど特異な脈絡が走っていたことを想定しなければなりません。

それがいかなるものであったかを知る上で、兄弟がそのメルヒェンにたいしてしめしたのと同じ種類の理解をどのような場合におこなったかに目配りしてみましょう。実は、兄弟はいたるところで同種の発言を残しているのです。たとえばセルビアの言語学者ヴーク・ステファノヴィッチ・カラジッチの労作にヤーコプ・グリム（兄）が寄せた数篇の序文はそれ自体が有名なものですが、そこには『子供と家庭のあいだでのメルヒェン』への自己認識と瓜二つといってもよいような文言が入っています。

先に篇者（＝カラジッチ）は、貧しい教養のないセルビア人の口承をもとに、数巻の民衆歌謡と語りものを収集しましたが、これらの民衆文藝からはスラヴ諸言語の息づかいを、撓められず自由な姿において感得することができたと言ってよかったのです。かかる考え方からすれば、この裨益することの多い辞典からは、スラヴ語の魂、スラヴの歌心の魂、スラヴの諸民族の真の魂を真摯に学び、汲みとることができます。しかもそれは、後世のポーランドやベーメンやロシアの知識人の書き物から学ぶことができる以上のものであると言ってよいのです。（「セルビア語・ドイツ語・ラテン語辞典への序文」一八一八年）

おなじくカラジッチが編んだ『セルビアの民衆歌謡』にヤーコプ・グリムが寄せた序文では、《メルヒェンや歌謡には……もとのかたちが後世の変化をとりこみながらも生き永らえてきた》ところがあるとして、歌謡にうたわれる諸人物の奥にゲルマン神話の神々を想定しています。つまり口承されたそのままの形は、本来の共同体の歌心そのままではなく、後世の変形を受けているとされます。《雑草や草花におおわれたて地面に散らばっている宝石の破片》なのです。だからこそ《鋭敏な眼差し》で失われたものを見つけだす必要があるのでした。その操作を経へはじめて《共同体の本然の歌心のありかたとその感覚が混じりけのないかたち》で明るみに出ることになります。そのようにみてゆくと、グリム兄弟が聞き書きにたいして加えた改変は、実は欠くべからざる作業であったように見えてきます。

(四) 文法と昔話

そうすると、グリム兄弟のメルヒェンとの取り組みには、何かを探り出すような姿勢があったことが分かってきます。それは、たまたま接した語彙からその本来の語形を探りだすような作業であり、また多彩なそれゆえひとつひとつは偶然的な言語現象の奥にはたらいている文法を探りあてるような姿勢です。

グリム兄弟は、メルヒェンにたずさわっているときには、言外に比較の作業をおこなっていたと言うことができるでしょう。あるいは、対比関係をたしかめながら何ごとかを探りだそうとする姿勢をたもっていたと言っても構いません。比較され対比されたのは、《後世に書かれた知識人の書き物》であり、またいわゆる文学作品でした。文学作品は、個体を超えた深いところで動いている表現への意欲、(当時のドイツの思想界の用語では)ポエジーの表出、つまり歌心のあらわれでした。しかしそれらは通常は個々の作家の硬い殻におおわれているとされます。そういう個性原理への反発という強迫観念はロマン派の特徴でもありますが、それは言い換えれば、《うたごころの本然のありかた》は、《共同体の歌心》でなければならないということになります。ホメロスが民族のうた人であったように、ドイツ人のつくりあげたシェイクスピア像が語り部のような面影をみせていたようにです。幾多の文学作品のありかた、そのスタイルと対比しながら、さらに聞き書きがすでにこうむっている後世の改変を修正しながら、グリム兄弟は法則を探りだしていったということになります。すなわち、多様な言語活動の奥にあるはずの歌心の文法です。フィクションの文法と言ってもよいでしょう。

意外にもと言うべきか、当然にもと言うべきか、グリム兄弟は、話し言葉のあるがままの姿、すなわち訛り（ムントアルト、ディアレクト）に大きな意義を認めていませんでした。それらは古形を類推する資料であるがために評価されたのです。それはヤーコプ・グリムの『ドイツ語文法』、また『ドイツ神話学』の方法とも重なる基本的な特徴です。ちなみに先のカラジッチの『セルビア語辞典』への序文で言えば、トルコ人と接する地域のセルビア人のあいだで使われている語彙に、古形すなわち原形が保存されていること、そこにカラジッチが着目したことをヤーコプ・グリムは特筆しています。言語はそれぞれの民族の魂であり、言語の規則である文法は魂の法則なのでした。そしてそれぞれの言語には、一個の堅牢な法則の体系が存在するのでした。グリム兄弟の理解した諸民族の存在と相互関係とは、それぞれ独自の言語文法すなわち独自の魂の法則をもつ共同体の相互関係だったと言ってよいでしょう。要するにロマン派の言語観ということになりますが、それゆえ言語の地域的な特性をその特性のゆえに重んじるといった姿勢は、実際には希薄だったのです。またその側面がことさら強まった背景には、十九世紀前半にはなお政治的な統一国家を実現していなかったドイツの現実があったことも考慮しておくべきかも知れません。グリム兄弟は、人も知る愛国心の闘士だったのです。

（五）グリム＝メルヒェンのパラドックス

以上はグリム兄弟の思想にふれる面から問題をとりあげたのですが、最後に考えておきたいのは、グリム兄弟のメルヒェンの実際と兄弟自身の理解のすれ違いの問題です。それはまったくの勘違いだったのでしょうか。それとも何らかの因由があったのでしょうか。おおよそのところを言えば、その両方であったということになるでしょう。

先に、グリム兄弟のメルヒェンはとうてい中世に遡るようなものではないことにふれました。それは、中世の民衆的な色彩が濃いとされる文藝の種類を少しみてゆくと分かるのですが、寓話《ファーベル》とか笑話《シュヴァンク》とか　聖者伝説とか説教とか、また中世の末期にいくらか現れる伝説の収集などについて言えば、それらは一般的に言って神話との接続という要素をほとんど含んでいないと言えます。またこれらのどの話類のばあいでも、筋立ても、さわりの部分も、今日の私たちには必ずしも取っつきやすいものではありません。起承転結の組み立て方も、もうひとつ要領を得ません。中世末期の世相を考えあわせて読みほぐせば想像できなくもないとか、キリスト教の民衆信仰の独特の展開に照らせば何とか見当がつくというように、今日の感覚からは、またヨーロッパの外部の者にとっては、かなり分かりづらいのです。そうでなければ、その時代の産物が、もっと親しまれているはずです。むしろ現代の私たちが素直に受けとめることができるのは、当時の民衆文学よりも、文学史のなかの名作、たとえばボッカチョとかチョーサーに代表される種類の新らしい創作の方でしょう。言い換えれば、今日にもつながる人間心理の基本線は、中世末期に近代文学の先駆者たちが発見したものであったというべきでしょう。民衆文学だから、中世のものにも、今日の私たちにも通じあう要素が、高度な文学作品以上に表現されていたというのは、間違った先入観です。ある時代の一般的な特質は、その時代が始まろうとする時期に際立った個性によって発見されて、表現にまでたどりつくのです。

つまりグリム兄弟のメルヒェンが普遍的な要素をそなえているといっても、それは古代や中世から延々と生き続けていたものを拾い上げたものではありえないのです。では、その普遍的な要素は、ヨーロッパの文化史とどのように交差しているのでしょうか。これにちなんで注目しておきたい説があります。ちょっと古いものですが、中世以後の西ヨーロッパ世界について民俗学者のヴィル＝エーリヒ・ポイカートがしめした見解です。ポイカートは若い頃に『プロレタリアートの民俗学』（一九三一年）といったリアルな方向の民俗研究を目指した人ですが、そのためもあってナチズムの時代には難儀をしました。またその経歴が評価されて、戦後まもなくのドイツの民俗学の立役者になっていった人物です（ゲッティンゲン大学教授）。そのポイカートがゲシュタポ（秘密警察）にいつ逮捕されるか知れないとの不安と緊張のなかで書いたものに、『中世末期の民間の俗信』（一九四二年）という小さな著作があります。そのなかでポイカートは、ナチス好みの古ゲルマン・中世連続説を否定した上で、その後のドイツの民俗研究の分野での歴史観に影響をあたえることになる着想を書き記しています。それは、西ヨーロッパ世界には中世が過ぎた時代、十六世紀からの数世紀にもう一度《神話を形成する力がはたらいた》という見解です。近世はヨーロッパが新たな社会形成の原理をもとめて激動に見舞われた時代ですが、社会が千年に一度というような根本的な構造変化をきたすときには通常の時代推移においては隠れたままでいる人間社会の骨格の部分や基底の仕組みが表面にあらわれてくるというのです。そのために十六世紀以降、西ヨーロッパの人々は改めて一からやり直すようなところがあって、その思考は原初的・初発的なものとふれあい、またそれが土台になって近代が形成されたというのです。

この着想をポイカートはさらに肉付けしようとして、中世から近代への転換点の構造をたずねる『大転換――黙示録的観念の諸世紀』、さらにその背景を解明するために『全智学』三部作などを執筆しますが、その試みは必ずしも成功せず、次第にテーマが拡散し焦点がぼけてゆきます。しかしこのポイカートの考察は、西洋文化における想像力の流れを考えるときには、今なお注目すべきものを含んでいます。今のテーマ近づければ、十七世紀から十九世紀はじめの時代にもう一度、神話的な思考がおこなわれたということです。このポイカート説に照らせば、グリム兄弟は、近世ないしは近代初期という神話時代を、古代・黎明期という古い神話時代に置き換えて理解していたのではないかということになります。

ではなぜそういう置き換えが生じたのでしょうか。これには幾つかの原因があるでしょう。そのなかで最後に注目しておきたいのは、グリム兄弟の仕事に走るひとつの特徴です。それは真面目ということです。グリム兄弟はまことにまじめな人柄の人たちであったと思われますが、それは同時に文化史な特徴とかさなります。ちなみにホイジンガが、ヨーロッパの歴史のなかでものごとに真面目一方に立ち向かう時代があったとすれば、それは十九世紀であったと言っています。これはまた一七〇〇年頃の人であったペローとグリム兄弟の距離でもあるでしょう。ペローには、変わった種類のネタを斜に構えて披露したという趣があります。ところがグリム兄弟になると、ここにこそ真理がある、これこそ魂の法則だ、という具合に大真面目で突き進んでゆきます。そんな大層な意味をこめて探究をはじめれば、民間の現実と噛みあうはずがなく、遠いところに理想的なものを仮定するしかないでしょう。しかし他方で、その観念性が、すこぶる法則的な色合いの造形をうながしたのでした。そしてアファナーシエフになると、グリム兄弟に倣うという動機にもかかわらず、観念性が薄れてきます。ロシアでは神話学は幸いなことに借り物の域を出なかったらしく、かわりにグリム兄弟には欠けていたユーモアの感覚をアファナーシエフは発揮したのでした。

グリム兄弟のメルヒェンがかかえる数々のパラッドクスの幾つかをとり上げてみました。そのパラッドクスの多くはグリム兄弟とその時代の特異なドラマとして消えてゆき、今はその成果がひとり歩きをしています。同時にかつてのドラマのいくつかは、メルヒェンという表現と一体になっています。メルヒェンはグリム兄弟の思想においてとっていた形そのままではあるべくもないにせよ、やはりパラドックスなのです。そして今も無数の愛好者を引きつけてやみません。各国語に訳されて読まれるだけでなく、絵本になったり、ディズニーの企画にとり入れられたりしています。またそのままのかたちでなくても、現代の新しい創作の土壌になっていることもあります。たぶんメルヒェンという表現のジャンルを成立させた世界と同じ仕組みが広がっていて、私たちがそこに暮らしているからなのでしょう。それゆえメルヒェンには絶えず新しい解釈が現れては、消えてゆきます。それを《市民的文化》ないしは《小市民的な文化》と呼ぶべきか、《科学技術世界のなかの民俗文化》と呼ぶべきか、あるいは別の呼称をえらぶべきかはともかく、メルヒェンが一種の文法のような様相をみせることもできる世界と私たちはかかわっています。それは絶えず微妙な心理の調整を要するような仕組みの世界でもあります。誰もがメルヒェンと接するわけではないけれども、その仕組みとふれあっているために、メルヒェンはいかにも悠久な面立ちをみせています。《永遠なる》グリムのメルヒェンなのです。

（付記一）本稿は一九九九年に文藝関係誌に掲載したものだが、その数年後の二〇〇三年に滋賀県立美術館において本稿のタイトルと期せずして通じるところのある「永遠のグリム展」という展示企画がおこなわれた。

（付記二）本稿を、今回、拙著に収録するにあたり、初出時の誤植をあらためたほか、年数を経過したことによる不可避の手直しなど、合計十行ほどの加除をおこなった。また初出時のエッセイのスタイルを踏襲して、今回も注記をほどこさなかったが、ここで取り上げたほとんどの話題について、筆者の論考と翻訳のいずれかにおいて資料の出典を含めて解説をつけている。

初出一覧

古典劇における歌謡の使用とその背景――ゲーテの作劇法をシェイクスピア、モリエール、ゴールドスミスの文学技法に探る
（初出タイトル）
古典劇における歌謡の使用とその背景――ゲーテ・シェイクスピア・モリエール
愛知大学文学会『文学論叢』第九四輯（一九九〇年七月）

蹄鉄の伝説――文化史からみた一七九七年のゲーテの詩想――
愛知大学文学会『文学論叢』第七二輯（一九八三年）

ファウスト伝承への民俗学からのスケッチ――民衆信心と世俗化のあいだ
愛知大学文学会『文学論叢』第一四五輯（二〇一二年二月）、第一四六輯（二〇一二年七月）、第一四七輯（二〇一三年三月）

《永遠なる》グリムのメルヒェン
青土社『ユリイカ』一九九九年四月号

昔話の類型学に寄せて
（初出タイトル）
昔話研究における《自家類型》(oicotype) の概念をめぐって――シイドォウ理論の再検討
愛知大学一般教育研究室『一般教育論集』第四二集（二〇一二年三月）、第四五集（二〇一三年七月）

シンデレラの構造と源流
愛知大学文学会『文学論叢』第一三五輯（二〇〇七年二月）、第一三六輯（二〇〇七年九月）、第一三七輯（二〇〇八年二月）、第一三八輯（二〇〇八年八月）

あとがき

本書には、ドイツ文学に関係した筆者の小文のなかから、テーマにつながりのあるものを選んで収録した。改まって言えばゲルマニスティク（ドイツ語学文学研究）で、それが独文学科の出身である筆者の出発点であった。ドイツへの留学もゲルマニスティクの枠で行かせてもらった。そしてその途中でドイツ民俗学へ方向を変えた。もともと文学作品を読むのは好きだったが、それを論じることが自分に向いているとは思えなかった。その思いは学生の頃から強まっており、幾つかのきっかけが重なって専ら民俗学を手がけるようになった。折から、ドイツ民俗学は、普通に民俗学と言われて思い浮かべるような学問形態から離れて新しい学問分野へと移ってゆく大きな転換期で、やがてそれが世界の民俗研究に決定的な影響をあたることになった。はじめはそれに気づかずに、手当り次第に文献を読んだり、関係機関を訪ねたりしていたが、しだいに事情が分かってきた。そこへ至るまでにかけた手間への反省もあり、ドイツ民俗学の推移を整理して伝えることが自分の大きな課題になった。筆者の仕事のなかで、もしわずかなりとも評価してもらえるものがあるとすれば、学史の解説と、第二次世界大戦後のドイツ民俗学の展開のかなめとなるような数種類の文献の翻訳であろう。なかでもヘルマン・バウジンガーの『科学技術世界のなかの民俗文化』などは、戦後のドイツ民俗学の金字塔であるが、一般におこなわれている民俗学のイメージとはかけはなれているために引き受け手がなく、訳出自体は比較的みじかい時間で仕上げたものの、刊行には十五年もの歳月を費やした。今日では西洋各国語に加えて中国語でも翻訳が出ているが、筆者の版のように訳注で理解の便を図ってはいない。学史理解に時間をかけたことが、そのあたりで活かせたのである。

それも一例だが、この数十年、苦楽のほとんどはドイツ民俗学との取り組みにおいてであった。そのなかで、ときどきドイツ文学に関係したところへもどることがあった。と言うより、ゲルマニスティクとドイツ民俗学は、本来、そう違った分野ではないはずである。たとえば少し古いものながらヴォルフガング・シュタムラー編集の『ドイツ文献学綱要』はゲルマニスティクでは常備図書であるが、五部構成の一つは《フォルクスクンデ》にあてられている。しかもそのなかの一項目は《身体運動》となっており、中身はドイツ・スポーツ史である。しかし日本ではこれらはゲルマニスティクには含まれない。先年、関係する拙論を『フォークロリズムから見た今日の民俗文化』として一書に編んだとき、一般性が期待しにくい専門書のため支援を得ようとしたが、ゲルマニスティク界から出ている委員から《分野外のため審査できない》として門前払いにされてしまった。しかしフォークロリズム概念を提唱したハンス・モーザーは、ドイツ語圏の民衆劇つまり伝統的な村芝居や行事などの専門家で、フォークロリズムはそのフィールドワークのなかで着想されたものだった。似たようなことは、今回についても経験する羽目になった。ゲーテの文学作品だけを対象にしておれば、また昔話だけを対象にしておればよかったのかも知れないが、ファウスト伝承と巡礼地との関係などを問えば、逸脱とみられてしまう。そうした純粋培養の姿勢はそうでなければ行き着かないテーマとの取り組みなどプラス面もありはするが、反面、見落としをしてしまうこともあると思われる。本書でとりあげたシンデレラ譚と《祈る女中さん》との相関もその一つで、後者への着目はドイツ民俗学の分野で進められていたために、日本のゲルマニストの視野には入らなかったらしい。フィクションとは言うものの本邦の妙好人のような人物類型の話種で、その再発見の起点に立つのは、ちょうどナチス期のベルリン大学民俗学科初代教授アードルフ・シュパーマーであった。またその研究がナチスとの軋轢に苦しんだ碩学の遺作となった。本来ゲルマニストで、生涯にわたる研究対象は中世後期の霊視家たちのテキストとそれが民間に広まった過程の解明で、その追跡のなかでこの話種が射程に入ったのである。しかもシュパーマーにとって、それへの着目は、蔓職人の調査や「ドイツ港湾諸都市の刺青慣習」とも一連であった。後者については、拙著『ドイツ民俗学とナチズム』のなかで、それを材料にしてシュパーマーの民俗学の構想について解説をほどこした。

もっとも、ドイツ民俗学が分野外であるのは、ゲルマニスティクとのかかわりだけではない。筆者が属している日本民俗学会でも、ひどくマイナーである。先に挙げた『科学技術世界のなかの民俗文化』などは、少なくともタイトルだけは世界的に知られたものでもあるため、訳書の刊行に向けて学会長歴任者の方々による斡旋も優に十社を超えた。しかし民俗学の一般のイメージと乖離が大きすぎると受けとめられるらしく、先ず出版社の編集の段階で拒否反応が起きてしまう。日本の場合、民俗学として決まった観念が強固に定着しており、そこからはずれるものは血液型の合わない輸血剤さながらはじかれるのである。

ルードルフ・クリスの『ヨーロッパの巡礼地』も訳出から刊行まで優に二〇年を要した。クリスはドイツ語圏における巡礼研究の定礎者で、またカトリック教会の立場に立つナチス抵抗者でもあった。そして第二次世界大戦後の荒廃したヨーロッパにその書を送った。しかし、民俗学から見て特徴のある巡礼地百か所が対象となるため、サンチャゴ・デ・コムポステーラやルルドなどに関心が限られる日本では需要は見込めないというが市場原理に立った判断のようである。さらに背景を探ると、日本語の《巡礼》のイメージを尺度にヨーロッパ・キリスト教の巡礼慣習を裁断することに疑念が起きない岩盤のような（研究者も払拭してはいない）固定観念に気づかせられる。

こういう話題はきりがなく、敗残顛末記のようになってしまうが、それにつけて思い出すことがある。本書の巻頭に名前を挙げた谷友幸博士は筆者が独文学の研究方法を教わった恩師である。師が亡くなったのと同じ年齢に近づいているわけだが、半世紀近い前のことが今さらながら脳裏によみがえる。谷先生はなぜか好意を示され、大学院生だった筆者を何度も自宅に呼んで夫人の手料理をふるまわれた。その最後は、留学を終えて帰国したときで、他の分野に関心が散っている自分に《お前は文学だけをやればよいのや》と諭されたものだった。狭い道に迷いこむのを避けさせようとの配慮だったのだろう、と後になって噛みしめることがたびたびあった。本書は若いときの書きものも併せているので今から見て会心の出来でまとまってはいないが、もはやもどって来ない感覚による箇所もある。それに民俗学はともかく、ドイツ文学を謳うのは書物としてはこれきりかもしれない。となれば、すべてを言い切ったわけでもないが、また自分以外の何物でもないのもたしかであり、ひとまず本書を以て昔日に向けた一炷のくゆりにできればと思う。

かくドイツ文学を掲げることには一抹のポレミクをこめてもいるが、ゲルマニスティク、日本民俗学、いずれからも縁辺にあたる空隙に筆者の研究は位置している。本邦の読書界の一角に安定した居所を得る日がすぐに来るとも思えず、それだけに本書を刊行できたのは小さな奇蹟という感じもする。実現したのは、一つには勤務校の助成金であり、二つにはドイツ文化に関係した出版をレパートリーとする創土社の侠気をも併せた開拓精神のゆえである。特に担当してもらった増井暁子さんには何かと御厄介をおかけした。深甚の謝意を表したい。

二〇一六年一月一〇日　　河野 眞

口絵一覧

1 バルラッハ　英霊の挨拶（鉛筆画　一九二四年）
2 魔王1　エルンスト・バルラッハ（鉛筆画　一九二四年）
3 魔王2　エルンスト・バルラッハ（鉛筆画　一九二四年）
4 トゥーレの王　エルンスト・バルラッハ（鉛筆画　一九二四年）
5 ゲーテの献納額
6 オーストリアのシュタイアマルクで印刷された十九世紀の歌謡紙片「ファウスト博士の歌」表紙
7 同歌謡紙片の最後の二頁
8 《悪魔によって描かれた》（右下の記載）とされるキリストの肖像
9 悪魔によって描かれたとの伝承をもつ十字架絵像
10 《悪魔がファウスト博士に見せた原画からの写し》と記載された十字架絵像
11 《ファウスト博士が我らに示したる……》の注記がほどこされた十字架絵像
12 「シンデレラの靴神輿」玉姫稲荷神社
13-a 段成式『酉陽雑俎』宣風坊書林版（元禄十年刊）愛知大学図書館所蔵「小川昭一文庫」より「葉限譚」の部分　後集（第4冊）見開き

13−b 同右 葉限譚（始め）

13−c 同右 葉限譚（終り）

13−d 同右 後集（第4冊）表紙

14 台所仕事の女中さん――『ザルツブルク身分服飾図集』（十八世紀末）より

15 祈る女中さん カール・ブルカルト工房（ヴィセムブール）製作 一八八九年

16 アードルフ・シュパーマーが図書館を探索中にノートにかきとめたスケッチ

17 ニュルンベルク 一五二〇年 歌謡紙片の表紙の木版画

18 ニュルンベルク ファーレンティン・ノイバー（Valentin Neuber）工房 一五五五年

19 ニュルンベルク ファーレンティン・ノイバー（Valentin Neuber）工房 十六世紀後半

20 アウクスブルク マテース・フランク（Matthaus Franck）工房 十六世紀後半

21 アウクスブルク ミヒァエル・シュテール工房 十七世紀初め

22 アウクスブルク マルクス・アントニー・ハンナス（Marx Antonj Hannas）工房 十七世紀中葉

23 バーゼル サミュエル・アピアリウス（Samuel Apiarius）工房

24 チェコ語版 一五八五年 天使と隠者

25 チェコ語ヴァージョン 一七七二年 刊行地 オルミュッツ（Olmütz オロモウツ Olomouc）

26 チェコ語ヴァージョン 一八六二年 刊行地 ターボル（Tabor）

27 TAFEL X デンマーク語版 4葉版 一八〇〇年頃

28 十九世紀 バイエルン版（Bayerischer Druck）

29　一九〇一年　祈祷紙片　ペラート社版（SPoellath）
30　一八七七年　守護天使のお守り札（Schutzengelbrief）
31―a　カトリック教会の信心書となった「祈る女中さん」　アウクスブルク　一八五一年（口絵）
31―b　同右（テキスト頁）

目次細目

第二部　シンデレラの構造と源流……325

＊著者紹介　河野 眞（こうの・しん）

一九四六年 兵庫県伊丹市生まれ。京都大学文学部ドイツ文学科卒業、同大学院修士課程修了。博士(文学)。愛知大学国際コミュニケーション学部教授、同大学院国際コミュニケーション研究科教授。

著書

『ドイツ民俗学とナチズム』(創土社)

『フォークロリズムから見た今日の民俗文化』(創土社)

『民俗学のかたち　ドイツ語圏の学史にさぐる』(創土社)

訳書

レーオポルト・クレッツェンバッハー『郷土と民衆バロック』(名古屋大学出版会)

レーオポルト・シュミット『オーストリア民俗学の歴史』(名著出版)

ルードルフ・クリス／レンツ・レッテンベック『ヨーロッパの巡礼地』(文楫堂／現社名：文緝堂)

ヘルベルト＆エルケ・シュヴェート『南西ドイツ　シュヴァーベンの民俗　年中行事と人生儀礼』(文楫堂／現社名：文緝堂)

ヘルマン・バウジンガー『科学技術世界のなかの民俗文化』(文楫堂／現社名：文緝堂)

ヘルマン・バウジンガー『フォルクスクンデ／ドイツ民俗学　上古学の克服から文化分析の方法へ』(文緝堂)

ヘルマン・バウジンガー『ドイツ人はどこまでドイツ的？　国民性をめぐるステレオタイプ・イメージの虚実と因由』（文緝堂）
インゲボルク・ヴェーバー＝ケラーマン『ヨーロッパ・エスノロジーの形成／ドイツ民俗学史』（文緝堂）
カール＝ジーギスムント・クラーマー『法民俗学の輪郭——中世以後のドイツ語圏における町村体と民衆生活のモデル』（文緝堂）

ファウストとシンデレラ
民俗学からドイツ文学の再考に向けて

2016年3月27日　第1刷発行
著　者　河野　　眞
発行人　酒井　武史
発　行　株式会社 創土社
〒165-0031　東京都中野区上鷺宮 5-18-3
TEL　03（3970）2669
FAX　03（3825）8714
http://www.soudosha.jp

カバーデザイン　黒瀬 仁
印刷　モリモト印刷株式会社
ISBN:978-4-7988-0225-1 C0098
定価はカバーに印刷してあります。

本書は、平成27年度（2015）年度愛知大学学術図書出版助成金による刊行図書である。

フォークロリズムから見た今日の民俗文化

著者　河野眞

〃フォークロリズム〃とは、簡単にいうと「伝統的な民俗事象が時代とともに変遷し、過去とは異なった意味・機能を果たしている状況」のことである。

本体価格　八五〇〇円

《目次》

民俗学のかたち
—ドイツ語圏の学史にさぐる

著者　河野 眞

民俗学とは、民間伝承をおもな資料として日常生活文化の歴史を、再構成しようとする学問である。本書はその民俗学の中でもとくにドイツ民俗学にスポットを当てた学術書である。

本体価格　一二〇〇〇円

《目次》